KB030878

오웰
의 복수

Orwell's Revenge: The 1984 Palimpsest by Peter Huber

Copyright © 1994 by Peter Huber

All rights reserved.

This Korean edition was published by KUHMINSA in 2018 by arrangement with the original publisher, FREE PRESS, a division of Simon & Schuster, Inc. through KCC(Korea Copyright Center Inc.), Seoul.

웰의 복수

초판 1쇄 인쇄 2018년 6월 28일
초판 1쇄 발행 2018년 7월 3일

지은이 피터 후버
옮긴이 박선주
펴낸이 조규백
책임편집자 한아슬
디자인 이성희

발행처 도서출판 구민사
주소 (07293) 서울시 영등포구 문래북로 116, 604호(문래동 3가, 트리플렉스)
전화 02-701-7421 | 팩스 02-3273-9642
홈페이지 www.kuhminsa.co.kr
등록 제 2012-000055호(1980년 2월 4일)

ISBN 979-11-5813-584-3 03840
값 14,800원

소피와 마이클을 위해

조지 오웰 선생님의 시대 이후 이른바 전체주의라는 것이 등장했습니다.

조나단 스위프트 그게 새로운 것인가요?

조지 오웰 엄밀히 말해 새롭다고는 할 수 없지만 현대의 무기와 의사소통 방식 덕에 비로소 실현 가능해졌다고 말할 수 있습니다.

— 〈조나단 스위프트: 가상 인터뷰Jonathan Swift: An Imaginary Interview〉[1942, 라디오 방송]

차 례

서문 : 006

1부 기계 : 022

2부 시장 : 110

3부 자유 : 182

4부 이중사고 : 340

감사의 말 : 416

참고 도서 : 418

미주 : 419

서문

1984년 4월 4일……. 자유롭게 생각할 수 있고
사람들이 서로 다르며 혼자 살지 않는 시대
진실이 존재하며 일어난 사건이 안 일어난 사건이
될 수 없는 시대인 미래 또는 과거에게.
획일성의 시대, 고독의 시대, 빅브라더의 시대,
이중사고의 시대로부터 - 안부를 전한다!

조지 오웰, 《1984》(1949)

날짜가 틀렸다. 앞의 글은 사실 1948년 4월 4일이나 그 즈음 어느 때인가에 써졌다. 고독한 우상 파괴주의자이자 영국문학의 천재이며 44세에 결핵에 걸려 죽어 가던 작가에 의해서. 책은 그가 죽기 바로 6개월 전, 1949년 6월에 출간되었다. 그는 제목으로, 책을 집필했던 해를 택해 끝의 두 숫자의 위치를 바꿨다[1]. 작가는 조지 오웰, 책 제목은 《1984》였다.

책은 즉각적으로 대 성공을 거뒀다. 1949년 7월까지 미국 출판계에서 《1984》에 대한 논평 기사가 60건 발표되었다. 《뉴욕타임스New York Times》가 보도한 대로[2] 90퍼센트가 "박수갈채를 넘어서 놀라 비명을 지르며 압도적 찬사"를 보냈다. 《뉴요커New Yorker》의 리오넬 트릴

링Lionel Trilling은 이 책을 "심오하고 무시무시하면서 아주 매력적"이라고 설명했다. 런던의 《이브닝 스탠다드Evening Standard》[3]는 "전후 출판된 책들 가운데 가장 중요하다"고 했다.

40년이 흐른 뒤에도 《1984》는 여전히 전후 출판된 책들 가운데 가장 중요한 책이었다. 기술에 대한 오웰의 으스스한 시각은 전신이나 원격측정, 전화, 텔레비전 같은 모든 기술적 진보, 말하자면 오늘날 우리의 삶을 변화시키고 있는 원격 기술의 모든 측면과 초고속 정보통신망에 어두운 그림자를 드리운다. 실제로 오웰의 이 책을 읽어 본 사람은 어떤 상황에서든 그를 떠올리지 않고는 단 일주일도 보낼 수가 없다[4]. 그의 짧은 책에 등장하는 어떤 장면 또는 신조어가 때와 장소를 가리지 않고 걸핏하면 떠오를 것이다. 빅브라더, 사상경찰, 신어New Speak, 이중사고, 현실 통제. 이 표현들은 모두 오웰이 《1984》에서 만들어 냈다. 《1984》는 단순한 책에 그치지 않고 하나의 세계를 이룬다[5]. 오웰의 의견에 동의하지 않는다고 말하는 사람들조차 무심결에 그를 인용한다[6]. 오웰은 《1984》를 통해서, 극소수의 작가들이 했던 일을 해냈다. 즉, 영어라는 언어에 그가 쓴 어구들뿐만 아니라 그 자신의 이름을 추가했다[7]. 사람이 거듭해서 읽고 또 읽어 그의 지식이 되고, 삶의 태도 전체[8]를 바꾸는 책들이 있다. 《1984》가 그런 책들 가운데 하나다. 당신이 오웰에게 동의하든 그렇지 않든, 오웰은 워싱턴 기념탑[9]과 같이 우뚝 서 있다.

여기서 유일한 문제점 하나는 오웰이 틀렸다는 데 있다. 세부사항들은 틀리지 않았다. 사실 《1984》의 세세한 사항들에서 오웰은 놀라울 정도로 정확하다. 하지만 기본 논리에서, 거시적 안목에서, 전체를 꿰는 순차적인 추론에서 틀렸다. 강한 확신이나 열심 또는 도덕적 진실성이 부족하여 틀렸다는 게 아니다. 오웰은 그런 자질들을 그 시대나 현재의 어느 누구보다도 더 많이 작품에 쏟아 넣었다. 그럼에도 오웰은 웅장한 건물 전체를 지탱하는 기본 지지대와 기둥, 지지구조물을 자신이 이해하지 못한 장치 위에 세웠기 때문에 틀렸다. 《1984》의 이무깃돌은 훌륭하다. 그러나 그 아래 구조가 썩었다[10].

I

-

《1984》의 오웰처럼 매일 밤 당신을 무감각 상태에 빠뜨리고 매일 아침 침대에서 일어나게[11] 만드는, 오세아니아인 모두의 마취제, 승리주와 함께 시작하라. 책의 주인공 윈스턴 스미스는 다른 모든 사람과 마찬가지로 승리주에 젖어 있다. 바로 이 승리주가 2분증오 시간에 차분함을 유지하고 빅브라더의 시선 아래서도 긴장을 풀게 하며 사상죄라는 치명적인 지뢰밭으로 새는 것을 막아 준다.

스미스는 진리부에서 역사를 위조하는 일을 하는 비참하고 하찮은 일개 시민에 불과하다. 스탈린주의 빅브라더 집단의 포스터와 정치선전 프로파간다, 각종 지저분한 사건들로 가득 찬 도시 런던에서 산다. 거리는 산산이 부서진 것은 아니지만 "여기저기 무너져 이가 빠지고 더러워 보이며 상품 진열장들은 거의 비었으나 먼지가 너무 끼어 안이 들여다보이지 않으며", 이따금 떨어지는 폭탄 때문에 이곳저곳이 움푹 패어[12] 있다. 이 도시에는 "포스터와 식량배급을 기다리는 줄, 피마자유와 경찰봉, 침실 창밖으로[13] 쑥 내민 기관총", 포스터 속의 구호와 "거대한 얼굴들[14]"이 있으며, "비밀경찰과 당신이 무엇을 생각해야 할지를 말해 주는[15] 확성기들"이 있다.

《1984》에서는 애정이나 충성, 진짜 우정이라곤 티끌만큼도 없이 살아간다. "모든 말과 생각이 검열을 당하고", "개인 간의 자유로운 대화는 생각조차 할 수 없으며", "은밀한 반항은 은밀하게 퍼지는 질병과 마찬가지로 결국에는 당신을 독살한다." "당신의 전 인생은 거짓말로 이뤄진 인생이고, 당신은 폭정의 산물이며, 깨부술 수 없는 금기들[16]에 둘러싸인 수도승이나 야만인보다 더욱 단단히 옥죄어" 있다. 당신은 잠에서 깨는 매 순간, "이제껏 친구였던 누군가가 당신을 비밀경찰에게 고발할[17]지도 모른다는 꺼림칙한 느낌"에 사로잡힌다.

《1984》가 펼쳐지자마자 윈스턴 스미스는 반항의 몸짓을 하려 든다. 자신만의 일기를 쓰기 시작할 참인 것이다. 이 서문 초반에 내가 인용한 단락이 윈스턴이 기록한 첫 논리적 구절이다. 계속해서 그는 지독하게 혐오감을 유발하고[18] 이가 다 빠진 늙은 창녀를 찾아갔던 이야기를 기록한다.

다음날, 윈스턴은 진리부에서 다시 일을 한다. 오세아니아 전 지역의 공용어, 불필요한 요소는 모두 빼고 골자만 남긴, 신어로 글을 쓴다. 《1984》의 부록에는 신어의 기본 문법과 단어, 구문이 설명되어 있다. 당은 언어에서 다양한 단어들과 질감을 박탈함으로써 독립적 사고의 가능성을 점진적으로 제거해 나간다. 스미스가 일기에 적은 내용을 바꿔 말하면 이렇다. 신어는 모든 사람이 말하는 것, 따라서 생각하는 것에서 동일해지도록 보장한다. 신어는 사람들을 전혀 소통

시키지 않으므로 모든 인간을 외로이 살게 만든다.

《1984》에서 두 번째, 비상한 정치적 현실은 '과거의 변동성'[19]이다. 거짓 없는 역사란 더 이상 존재하지 않는다. 일어났던 일이 **언제든** 일어나지 않은 일이 될 수 있다. 윈스턴이 진리부에서 맡은 일이란 당의 모든 예측이 정확하게 들어맞았음을 입증하도록 지난 신문 기사들을 다시 쓰는 것이다. 윈스턴은 생각한다. "다른 사람들 모두가 당이 강요한 거짓말을 받아들인다면, 모든 기록이 동일한 이야기를 말한다면, 그 거짓말은 역사의 일부가 되고 진실이 된다[20]." '모든'이 중요하다. 그래서 당은 여기저기서 몇 개의 기록만이 아닌 도처의 신문이고 책이고 시를 비롯한 모든 기록을 위조한다. 과거가 그저 약간 변경되는 정도가 아니라 세세한 부분까지 다시 쓰인다. 따라서 사람들은 "검은색이 내일은 흰색이 되고 어제 날씨가 법령에 따라 바뀔 수 있는 세상, 빅브라더가 미래뿐 아니라 과거도 통제하는 악몽 같은 세상에서 살고 있다. 빅브라더가 '이런 저런 사건은 전혀 일어난 적이 없다'라고 말하면 그 사건은 없었던 게 된다[21]."

《1984》의 세 번째 주요 정치적 주제는 이중사고다[22]. 이중사고는 '광범위한 정신적 속임수'이고, '모순되는 두 가지 신념을 동시에 품으면서 수용하는[23]능력'이다. 이중사고를 하기 위해서는 의도적으로 거짓을 말하면서 그것을 진정으로 믿고, 불편하게 만드는 사실은 어떤 것이든 잊어버린다. 그리고 필요해지면 잊었던 것을 꼭 필요한 만큼만 다시 떠올려 객관적 현실의 존재를 부인하고 그러면서 부인하는 그 현실[24]을 고려해야 한다.

승리주가 이 모든 것을 가능하게 한다. 침묵과 신어, 망각과 변경

가능한 과거, 이중사고와 사상경찰을 말이다. 《1984》의 일상에서는 승리주에 취해 생각이 둔해지고 고통에 무감각해지며 반항이 소멸된다. 일상의 다른 버팀목들 - 압박감을 느끼고, 정신을 둔하게 하는 대신 예리하게 하며, 없애는 대신 기록하게 하고, 기억을 억누르는 대신 향상시키는 - 역시 소멸된다.

더 가보겠다.

II
-

《1984》에서 모든 감정은 증오로 바뀐다. 윈스턴은 복도 끝에서 일하는 검은 머리의 줄리아를 원하지만 갈망하는 시간 대부분을 그녀를 매질하고 강간하는 악랄한 공상을 하며 보낸다. 그러던 어느 날, 그녀가 난데없이 쪽지를 쥐여준다. "당신을 사랑합니다."라고 적힌 쪽지다. 윈스턴은 처음에는 놀라지만 곧 좋아서 어쩔 줄을 몰라 한다. 두 사람은 골동품 상점 위층의[25] 허름한 방을 은신처로 마련한다. 짧은 몇 주간 그들은 욕정을 채우고 사랑한다. 밀폐된 두 사람만의 공간에서 그들은 자유다. 그들의 정사는 통절하고 필사적이다. 결국에는 사상경찰에게 잡힐 것을 알기 때문이다.

미미하고 희미하지만 희망의 빛이 하나 있다. 윈스턴은 고위급 내부당원인 오브라이언이 실제로는 지하 저항단체의 비밀 수장일지도 모른다고 생각한다. 그래서 윈스턴과 줄리아는 그에게 가서 모두 털어놓는다. 오브라이언은 그들의 고백을 호의적인 태도로 들은 다음,

당을 전복시킬[26] 모의를 하고 있다는 베일에 싸인 형제단에 대해 알려준다. 또한 최대 반역자 케네스 블라이드[27]가 쓴 불온서적인 《과두제 집산주의 이론과 실천》의 사본 한 부를 윈스턴에게 전달해 주기로 약속한다. 몇 주 뒤 실제로 전달이 이뤄진다.

블라이드의 책은 오세아니아의 정치 이념과 사회구조를 확실하게 설명한다. 총 3부로 구성된 책의 각 부는, 당의 3가지 구호에서 하나씩을 테마로 삼는다. 윈스턴은 '전쟁은 평화'와 '무지는 힘'이라는 부분을 열정적으로 읽어나간다. 그러나 '자유는 굴종'이라는 3부는 결코 읽지 못한다. 그렇기는 해도, 그가 읽어나가는 부분은 《1984》 중반[28]에서 꽤 긴 부분을 차지한다.

블라이드는 설명한다. 수년 전 사회주의는 계급 없는 평등한 사회[29]를 약속했다. 지속적인 기술 발달로 새롭고 풍족한 부가 창출되어 모든 사람과 공유될[30] 수 있게 되었다. 그러나 부의 배분은 각 나라에서 권력에 굶주린 엘리트들을 위협했고, 부를 배분하는 것에 대한 반동자들이 인간적 사회주의로의 자연스런 진행을 막았다. 자본주의 사회는 파시스트 국가로, 사회주의는 공산국가로 변했다. 양 극단에서 작은 국가들은 큰 국가에 병합되었다. 초국가(超國家)적 전체주의로의 이동이 도처에서 동시에 일어났다. 그 결과 과학 능력과 군사력이 쇠하는[31] 동안에도 지정학적 안정은 유지되었다. 블라이드의 책은 《1984》에서 가장 덜 풍자적인 부분으로, 오웰의 초기 정치적 에세이들[32]과 유사하다. 이 책 속의 책은 세계가 어디를 향해 나아가고 있고, 그 이유는 무엇인지에 관한[33] 오웰 자신의 관점을 단도직입적으로 요약한다.

1984년까지 세계는 서로 세력이 균등하고 정치 구조도 비슷한 세 개의 초대국들의 지배를 받는다. 영국은 전체주의 이념이 득세한 영국 사회주의(영사, Ingsoc) 체제 하의 초대국, 즉 오세아니아에 속해 있다. 또 다른 초대국들로 유라시아(이곳에서는 '신볼셰비즘'을 실현한다)와 동아시아(이곳의 정치 이념은 '자아 소멸'이다)가 있다. 모두 비슷한 정치 체제인 세 개의 초대국들은 완벽한 힘의 균형을 이루고 있어, 실제적으로는 외부에 정복당할 위협이 전혀 없다. 각 초대국의 집권당에게 위협이 되는 것은 오직 내부에 있다.

첫째로 문제가 되는 게 교육을 받지 못한 하층민, '무산 계급'이다. 전반적인 부가 증대되면 곧 교육이 확산될 것이고, 혁명의 불꽃이 튀게 된다. 따라서 지배층은 빈곤을 유지시킨다. 이때 단순히 공장의 생산 기계들의 가동을 중단시킬 수는 없다. 노동자들이 상황을 파악하고 폭동을 일으킬 수 있기 때문이다. 그렇다고 진짜 전쟁을 계속 벌일 수도 없다. 원자 폭탄의 위력을 생각할 때 실제 전쟁은 생각조차 불가능하다[34]. 따라서 지배자들은 제3세계와 끊임없는 거짓 전쟁에 들어가 사회를 심리적으로 빈곤하게 만든다. 빈곤은 피지배층을 계속 무지 속에 몰아넣어 소수 지배층의 권력을 유지시킨다. 이렇게 해서 당의 첫 두 가지 구호가 설명된다. 즉 **전쟁은 평화**이고 **무지는 힘**이다.

지배 엘리트 계층에게 위협이 되는 또 다른 것은 윈스턴과 줄리아 같이 외부 당원이면서 교육받고 부단히 활동하는 중간 계층[35]의 반란이다. 블라이드가 설명하듯이, "지배 엘리트 계층에게 유일한 진짜 위험은 현재, 능력 이하의 일을 하고 있지만 권력에 굶주린, 능력 있는 사람들로 구성된 새 집단의 분리이고, 그들 사이에서 자유주의와 회의론이 자라나는 것이다. 다시 말해 문제는 교육이다. 지속적으로 의식을 형성해 나가는[36] 게 문제인 것이다."

이것은 오세아니아 인구 전체의 의식을 마비시키는 마취제, 승리주를 떠올리게 한다. 그리고《1984》의 일상으로 돌아가서, 감각을 확장시키고 의식을 고양하는 것은 물론……

좀 더 가보겠다.

III

-

오브라이언은 줄곧 충실한 내부당원이었음이 밝혀진다. 윈스턴과 줄리아는 체포되어 애정부로 끌려가서는 각각 다른 독방에 갇힌다.

윈스턴은 즉시 증발되지 않고 투옥된다. 오브라이언이 그를 구하기로 결정했기 때문이다. 약이나 고문 기계와 관련된 세세한 내용은 중요하지 않다. 세뇌 가능성과 그 방법들이 오웰이 살던 당시에는 기발했겠지만 현재는 더 이상 그렇지 않다. 윈스턴의 정신이 생각 하나 하나 철저하게 해체되었다고 말하는 것으로 충분할 것이다. 그의 정체성을 드러내는 마지막 흔적까지 드러난다. 오브라이언이 윈스턴이 가장 두려워하는 쥐들을 들이댄 것이다. 윈스턴은 완전히 무너져 아침의 독주(酒), 저녁의 독주, "눈물 냄새가 나는 두 잔의 독주[37]"로 돌아가게 된다. 윈스턴은 더 이상 줄리아를 신경 쓰지도, 좋아하지도 않는다. 그리고 결국 자신을 넘어서 승리한다. 그는 빅브라더를 사랑한다[38].

IV

-

오웰은 "7년 간 소설을 쓰지 못했지만 조만간 하나를 쓰고 싶다"라고 1946년에 발표한 에세이에 적었다. 이어서 이렇게 밝힌다. "어떤 종류의 책을 쓰고 싶은지[39] 나는 꽤 명확하게 알고 있다."

그해 8월, 오웰은 작업을 시작한다. 그는 자신이 쓰고자 하는 책이 무엇인지 충분히 알 만했다. 《1984》를 위한 초안과 메모들, 장면과 은유, 비유를 자신의 문학을 향한 인생 여정 내내 작성하고 있었기 때문이다. 1946년에 쓴 《정치와 영어Politics and the English Language》에서 이를 증명하는 짤막한 예를 하나 소개한다.

플랫폼에서 익숙한 문장들을 기계적으로 반복하는 지친 일꾼들을 바라보고 있노라면...... 살아 있는 인간이 아니라 일종의 마네킹을 보고 있는 듯한 기이한 느낌이 종종 든다. 때때로 불빛이 말하는 사람의 안경을 비춰, 안경 뒤로 눈은 없는 듯 텅 빈 원반만 보일 때면 그런 느낌이 더욱 강렬해진다...... 그의 후두에서 적절한 소리가 나오기는 하지만 뇌는 아무런 관여를 하지 않는다[40].

《1984》에서는 이렇게 쓰고 있다.

그는 머리를 약간 뒤로 젖혔는데, 그가 앉은 각도 때문에 안경에 불빛이 비춰, 윈스턴에게 그의 눈은 보이지 않고 두 개의 빈 원반만 보였다......
눈이 없고 턱만 위아래로 빠르게 움직이는 얼굴을 보고 있자니 윈스턴은 진짜 사람이 아닌 일종의 마네킹을 마주하고 있다는 기이한 느낌이 들었다. 말을 하는 것도 사람의 뇌가 아니라 후두였다[41].

《1984》에는 이와 같이 자신의 글을 표절한 부분이 더 있다. 아주 많다. 나처럼 강력한 컴퓨터를 이용해 체계적으로 찾아보면 갈피마다 그런 부분을 발견할 수 있을 것이다.

오웰은 물론 자신이 하는 일이 무엇인지 알았다. 1948년에 그는 우울하기는 했어도 자신이 써 두었던 글들을 잘라 내고 붙이는 작업에 많이 의존하면서[42], 《1984》를 쓰면서 틀림없이 즐거웠을 것이다. 《1984》 내에서조차 진리부에서 이와 같은 방식으로[43] '소설 제작기'를 작동시켜 책들을 찍어 낸다. 줄리아가 일하는 부서에서 생산하는 외설물들은 단 여섯 개의 플롯으로 기계가 이것저것 바꿔가며[44] 지어낸다. 감상적인 노래들도 "작시(作詩) 기계라는 일종의 만화경과 같은 기계가 전부 만들어 낸다…… 인간의 개입 없이 말이다[45]." 오웰은 책상 주변에 흩어 놓은 자신의 수필이나 책에서 떼어낸 조각 글들을 이용해 이 부분을 쓰면서, 분명 미소 지었을 것이다.

하지만 다행히도 오웰의 잘라 붙이기식 작업은 《1984》에 언급된 저작 기계의 작업보다 훨씬 나았다. 편집되었건 아니건 《1984》는 대단히 독창적인 작품이다. 책이 출간된 지 반세기가 더 지나고, 1984년 그 해 이후 10여 년이 더 지난 오늘날에도 《1984》의 정신을 마비시키고 영혼을 피폐케 하는 분위기는 여전히 손에 잡힐 듯 생생하다. 일기장에 끄적거리는 펜의 움직임을 감시하고 거실에서 얼굴을 미세하게 씰룩이는 것을 지켜보면서 머릿속 깊은 곳에서 일어나는 사상범죄까지 추적하는 빅브라더의 전자 눈이 거의 느껴질 정도다. 《1984》는 기술 문명에 대한 과대망상을 완전히 합리적인 것처럼 만들었다. 통신기술에 대한 공포증을 타당한 것으로 만들었다.

그러나 - 이미 말했듯이 - 《1984》는 틀렸다. 단지 예측에서만이 아니라 책의 구성, 구조, 중심 시각에서 틀렸다. 그 이유를 탐구하는 작업은 단지 한가하게 문학사를 훑는 게 아니다. 오웰이 어떻게 해서, 그리고 어째서 그런 본질적인 실수를 저질렀는지 풀어나감으로써 우리는 현재뿐 아니라 어쩌면 미래에 대해서도 대단히 많이 배우게 될 것이다.

V
-

나는 옛 방식으로 작업할 수도 있었다. 하지만 오웰이라면 그렇게 하지 않을 것 같았다. 오웰은 현대에는 책이 "기계에 의해", "아이들의 조립 완구 메카노세트처럼[46] 미리 제작된 구절들을 짜 맞추듯" 써질 것이라 예상했다. 앞으로 책은 "많은 손을 거치기 때문에 생산 라인을 거쳐 완성되는 포드 자동차만큼이나 더는 한 개인의 산물이 아닐 것[47]"이라고 말이다. 또한 오웰은 이제 "과거의 문학작품"은 "발매 금지를 당하거나 최소한 정교하게 다시 써질 것[48]"이라고 예측했다. 오웰의 이런 예측을 나는 단순히 전할 뿐이다.

나의 범죄는 《1984》 책 자체를 물리적으로 파괴하는 것에서부터 시작됐다. 나는 책 표지를 뜯고, 314쪽의 종이들을 책등에서 떼어냈다. 그 다음에 그 종이들을 한번에 30쪽씩 광 스캐너에 집어넣고 선을 연결해 컴퓨터로 전송했다. 《1984》는 지금까지 내 컴퓨터에 남아 있는데, 아스키 텍스트 파일로 590,463바이트를 차지한다. 추가로 오웰의 다른 책과 수필, 편지 들 그리고 BBC 방송 내용까지 전부 스캔했다[49]. 오웰의 생애에서 세부적인 사항들을 알아보기 위해 마이클 셸든Michael Shelden의 탁월한 책 《오웰: 공인된 전기Orwell: The Authorized Biography》[50]도 스캔했다. 오웰의 글 전부가 9,546,486바이트에 달한다. 다시 말해 수억 조각의 자성 철가루로 하드드라이버라는 회전판 표면에 붙어 있다.

그다음에 나는 일에 착수했다. 디지털화한 오웰의 글과 그의 삶에서 실제 이름과 얼굴들이 눈앞에 떠올랐다. 가장 먼저, 여러 인물로 구현된 오웰 자신이 나타났다. 윈스턴 스미스의 실제 모델이었던 오웰, BBC에서의 방송 경력을 마치 '찌꺼기[51]가 된 듯한' 인상을 받으며 끝냈고 실명 에릭 블레어Eric Blair로는 거의 인정받지 못한 채 대부분의 생애를 평범하게 살았던 사람. 그리고 오웰 즉, 빅브라더가 언제나 당신을 지켜보는 일을 가능케 하는 신기술을 보유한 애정부를 고안한 사람. 세 번째로도 오웰이 떠올랐다. 오웰은 수선하길 좋아했고 도구들을 사랑했으며 그 자신의 말처럼 "이를테면 인간이 뇌나 근육을 사용하는 문제에서 구해줄 수 있는 기계들의 환영을 끊임없이 보는[52]" 사람이었다.

오웰 주변으로 오웰이, 그리고 오웰의 실제 삶에 등장했던 실제 인물들이 나타났다. 브랜단 브렉큰Brendan Bracken, 즉 오웰이 BBC에서 일하던 때[53] 영국 정보부를 이끌던 일명 'B.B.'는 《1984》에서 오웰에 의해 오브라이언O'Brien으로 개명되었다. 더프 쿠퍼Duff Cooper는 브렉큰이 정보부 수장으로 임명한 사람[54], 본 윌크스Vaughan Wilkes는 어린 오웰이 크로스게이츠(Crossgates) 학교에 다니던 가난한 시절에 학대하고 매질했던 가학적인 교장, 버날J. D. Bernal은 BBC 방송에서 '자본주의, 파시즘, 사회주의 하에서 과학의 미래와 과학자의 지위[55]'에 관해 강연하도록 오웰이 초청한 사람, 시릴 코널리Cyril Connolly는 오웰의 이튼 학교 동창이자 평생의 친구, 가이 버지스Guy Burgess는 오웰이 BBC에서 일할 때 동료로 나중에 소련 스파이로 밝혀진다[56].

나는 이 책을 쓸 때 글이 막혀 힘들었던 적이 한 번도 없었다. 오웰의 인생을 그의 눈으로 그려볼 필요가 있을 때마다 그 자신이 직접 기록한 글들을 즉시 참고할 수 있었다. 내 목적에 맞으면 그의 글에서 개별 단어나 이미지, 구, 문장 들 때로는 단락 전체를 끌어다 썼다. 때로는 재배치하거나 덧붙이거나 잘라내거나 도치시키거나 뒤바꾸거나 변조했다. 죄책감은 들지 않았다. 그저 철저히 오웰식의 죄, 즉 컴퓨터상에서, 그리고 컴퓨터 자체가 범하는 표절과 위조, 예술적 파괴, 역사적 수정주의를 범했을 뿐이기 때문이다. 그런데 다르다는 말인가? 사실 오웰도 저지른 범죄인데, 나만 벌을 받아야 한다는 말인가?

이것은 문제가 아닌 것 같다. 내가 일을 끝내자, 이 책이 나왔다. 오웰의 이야기가 다시 써졌다. 그의 검은색이 흰색으로 변했다. 무엇보다도 그의 손에서 그렇게 되었다. 거의 말이다.

VI

-

처음에 나는 오웰이 승리주와 함께 시작한다고 말했는데, 그건 거
짓말이었다. 승리주는 두 번째다. 오웰이 처음 함께한 것은 승리주와
정반대되는 것이었다. 감각을 둔하게 하는 대신 예리하게 만드는 것,
오웰을 열광케 하는 것이었다.

그것은 물론……

1부

—

기계

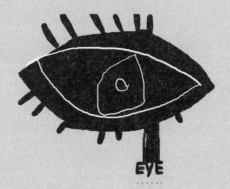

EYE

1장

텔레스크린은 여전히 거기에 있었다. 그것이 빅브라더 자신인 이상 항상 그 자리에 있었다. 검은 머리에 검은 콧수염을 기른 힘이 넘치고 신비스럽게 차분해 보이는 빅브라더의 얼굴이 늘 스크린 속에서 바깥을 응시했다. 매일 밤낮 매 분 언제나, 당신은 알고 있다. **빅브라더가 당신을 지켜보고 있다는 사실을.**

살을 에는 듯 지독하게 추운 3월 어느 날이었다. 땅이 꽁꽁 얼어붙어 풀들이 다 죽어 버린 듯 어디에도 새싹 하나 보이지 않았다. 다만 크로커스 한두 잎이 때 이르게 돋았다가 바람에 꺾여 버렸다[57]. 바람이 잎이 다 떨어진 나무들을 세차게 휘감았고 회색의 건물 벽들에 붙은 찢어진 포스터들을 퍼덕이게 했다[58]. 블레어가 승리 맨션[59]의 유리문들을 통과할 때마다 거리에 떨어진 종잇조각들이 마치 쥐새끼들처럼 골목 벽을 따라 재빠르게 도망치는 듯했다. 그 앞에 계단이 나타났다. 계단에 깔린 올이 다 드러난 카펫은 더러운 유리창으로 들어오는 빛에 흐릿한 초록색을 띠었다. 승강기는 작동하지 않았다. 애정주간(Love Week)까지 에너지절약 내핍 프로그램이 진행되는 한 달간은 항상 전력이 끊겼다.

블레어는 자신의 우중충한 아파트 방까지 8층 계단을 올라갔다. 벽이 눅눅해져 기포가 생기고 페인트칠이 벗겨진 곳도 있었다. 그는 층계참에 멈춰서 기침을 했는데, 고통스러운 경련이 일어나서 몸을 웅크렸다. 다시 숨을 쉴 수 있게 되자 누더기 같은 레인코트 안을 더듬어 열쇠를 꺼냈고, 냉기가 돌고 환기가 안 된 집 안으로 발을 내딛었다. 그는 문과 마주보게 놓인 거울에 비친 사람을 보았다. 에릭 블레어, 당 번호 503-330-090인 E. A. 블레어를. 애처로운 모습이었다.

추레하고 볼품없는 모양새에 서른다섯인 제 나이보다 더 늙어 보였다. 안 그래도 창백한 피부는 이미 몇 주 전부터 날이 무뎌진 면도날로 너무 긁어댄 탓에 붉게 일어났고 거칠었다.

거실에 놓인 텔레스크린에서 선철 생산량[60]에 대해 떠들어 대고 있었다. 늘 선철이나 5개년 계획, 동아시아와의 끝없는 전쟁에서 최근 거둔 승리에 대해 늘어놓았다. 목소리는 오른쪽 벽의 한 부분을 차지하고 있는 칙칙한 거울처럼 생긴 직사각형의 철제 판에서 흘러나왔다. 텔레스크린의 소리는 낮출 수 있었지만 완전히 꺼버릴 방법은 없었다[61]. 이 장치는 동시에 수신과 전송을 했다. 매우 낮은 속삭임 외에, 블레어가 내는 어떤 소리도 텔레스크린은 잡아냈다. 게다가 이 커다란 철제 판은 가시 범위 내에 있는 소리뿐 아니라 모습도 포착했다. 어느 순간에 감시를 당하고 있는지 또는 그렇지 않은지 알 수 있는 방법은 물론 없었다[62]. 사상경찰이 얼마나 자주 또는 어떤 체계에 의해 어떤 통로로 감시를 하는지는 추측의 영역이었다. 그들이 모든 개인을 항상 지켜보고 있다고 생각할 수 있었다. 어쨌든 그들은 원할 때면 언제든 당신을 지켜볼 수 있었다[63].

블레어는 텔레스크린을 뒤로하고 창 쪽으로 몸을 돌렸다. 창문턱 금속 틀의 페인트칠이 더 많이 벗겨져 있었다. 그는 '제1 활주로(Airstrip One)'의 수도이자 오세아니아에서 세 번째로 인구가 많은 지방[64]인 런던을 창밖으로 내다보았다. 낡고 지저분한 벽돌 건물들이 사방으로 끝도 없이 이어졌고, 곳곳에 빠진 이처럼 보이는 빈자리는 돌무더기들로 채워져 있다. 그 황무지 같은 자투리땅에는 잡초들이 돋고 쓰레기들이 쌓여 있었다. 런던이 언제나 이런 모습이었을까? 맞은편 건물에는 한

때 반구형의 지붕 같은 것이 있었던 것 같다. 예전에 무엇이 덮여 있었든 간에 지금은 다 벗겨지고 흉물스러운 벽돌 구조물만 남아 있다. 발코니 버팀대는 군데군데 떨어져 나가 비거나 모양이 틀어져 있었다.

1킬로미터 너머, 지저분한 풍경 위로 하얗고 어마어마하게 큰 애정부 건물이 솟아 있었다. 흰색 콘크리트로 지은 거대하고 번쩍거리는 피라미드 같은 건물이었다. 블레어가 서 있는 곳에서 애정부 건물 흰 벽면에 멋들어지게 새겨 넣은 당의 세 가지 구호[65]를 정확히 읽을 수 있었다.

전쟁은 평화

자유는 굴종

무지는 힘

블레어는 텔레스크린을 마주할 때 바람직하다고 여겨지는 차분하고 낙관적인 표정을 짓고는 창에서 고개를 돌렸다[66]. 그러고는 주방으로 건너와 승리주를 한 잔 따라 벌컥벌컥 마셨다[67]. 목구멍이 타는 듯했고 눈에 눈물까지 맺혔지만 배 속의 맺힌 느낌은 풀어지는 듯했다. 그러고 나서 그는 최대한 아무렇지 않은 태도로 텔레스크린의 옆, 벽감처럼 우묵하게 들어간 공간으로 걸어갔다. 어떤 이유에서인지 거실의 텔레스크린은 특이한 위치에 놓여 있어서, 한때 서가가 차지하고 있던 벽감은 텔레스크린의 시야에서 벗어나 있었다[68]. 벽감에는 이전 주인이 쓰던 자그마한 낡은 책상이 하나 놓여 있었다.

이 벽감이 없었다면, 블레어는 자신이 감히 그 소포를 받지 못했을 것을 알았다. 면도날만 해도 충분하지 않았다. 노동자 계층에게서가 아니면 누구도 면도날을 구할 수 없었고, 거래는 공식적으로 금지되어 있었다[69]. 그런데 왜 그렇게 됐는지 모르겠지만 면도날을 찾아다닌 그에게 면도날 대신 이 소포가 떨어졌다. 블레어는 안에 엄청나게 의심스러운 물건이 들어 있다는 것을 알았다. 안에는 책 - 책 말이다 - 이, 제목도 없는 책이 한 권 들어 있었다. 당과 오세아니아와 빅브라더 자체에 반대하는 온갖 이설에 관한 개요[70]가 적힌, 최대의 반역자 윈스턴 스미스의 일기장이었다. 스미스는 몇 년 전 승리 광장에서 처형당했다. 그런데 어쩐 일인지 그의 일기장이 남아났다.

블레어는 갈색 포장지 속에서 얄팍한 책을 가만히 꺼냈다. 비전문가가 제본한 듯했고, 표지에는 이름이나 제목도 없었다. 안에 손으로 쓴 글은 분명 사진 장비 같은 것으로 복사된 것이었다. 책은 마치 여러 사람의 손을 거친 듯[71] 종이 가장자리가 닳아서 쉽게 떨어져 나갔다. 원본은 어디 있을까? 그것을 누가 찾아냈을까? 블레어는 속에서부터[72] 전율이 일었다. 이것을 읽는 것은 이미 결정적인 행위였다. 그는 책을 펼쳤다.

첫 장 맨 위에 날짜가 적혀 있었다. 1984년 4월 4일. 이어서 일상적인 뉴스 토막을 장황하고 두서없이 설명했다. 동부 전선의 전투 상황에 대한 소식이었다. 그러나 그 장 맨 밑에 굵은 글씨체로 이런 말이 적혀 있었다.

빅브라더 타도 빅브라더 타도

빅브라더 타도 빅브라더 타도

빅브라더 타도[73]

블레어는 책장을 휙 넘겼다. 그러고는 읽었다.

자유롭게 생각할 수 있고, 사람들이 서로 다르며 외로이 살지 않는 시대
진실이 존재하며, 일어난 사건이 안 일어난 사건이 될 수 없는 시대인 미
래 또는 과거에게.

획일성의 시대, 고독의 시대, 빅브라더의 시대, 이중사고의 시대로부터
안부를 전한다![74]

그는 망설이며 의자에 등을 기대어 앉았다. 완전히 난감한 느낌이
엄습했다. 이게 스미스가 생각했던 미래였나? 사람들은 현재 분명히
혼자 살지 않는다. 빅브라더의 시대에는 아무도 혼자 살지 않았다.
하지만 이것은 이중사고의 문제였다. 사람들은 사는 동안 매초 빅브
라더와 함께 살면서 또 혼자 살았다. 공감이나 유대감도 없이, 모든
사람과 연결되어 있는 정부(Ministry)를 제외하고는 어떤 종류의 관계
도 맺지 않은 채 완전히 혼자 살았다.

얼마 전부터 블레어는 멍하니 책장(冊張)을 바라보고 있었다[75]. 텔
레스크린에서는 거친 군악으로 바꿔 내보냈고, 블레어는 쉭쉭 소리
를 내며 숨을 쉬다 이윽고 진정되는 듯했다. 그는 구어(舊語)를 이해하
는 자신의 능력이 어떻게 해서 무뎌졌는지 의아했다. 종이 위의 단어
들이 왠지 낯익으면서도 마구 뒤섞인 듯하고 발음하기가 어려웠다.
마치 자신의 이해력이 분산되어 날아가 버린 듯했다. 요란한 음악 소
리와 진의 가벼운 취기 외에는 아무것도 의식되지 않았다. 초침이 째

깍거렸다[76].

그는 얼굴에 손을 댔다가 뺨이 쓰라려 얼굴을 찌푸렸다. 면도날[77] 때문이었다! 심하게 웃기는 일이었다. 한 순간 블레어는 소리 내어 웃고 싶은 충동이 강하게 일었다. 그러다 아침의 일을 생각하자 다시 배 속이 당겼다.

아침 8시쯤에 그랬는데, 어떻게 그렇게 됐는지 몹시 혼란스러웠다[78]. 피부가 까진 얼굴을 6주나 쓰던 면도날로 긁은 게 결국 화근이었다. 그는 면도날이 지나간 목 언저리에 핏방울이 맺히는 것을 비참하고 불만스런 심정으로 노려보다가 면도날을 집어 던졌고, 면도하다 만 얼굴을 수건으로 닦은 뒤 대담하게 시장으로 나갔다.

공식적으로 시장은 존재하지 않았다. 공식적으로, 건전한 생각을 갖고 있는 사람들을 무자비한 착취에서 보호하기 위해, 기식자와 모리배는 추방되었고 투기자도 제거되었다. 그러나 비공식적으로 노동자층의 시장은 런던 중심부에서 번창했다. 도심 한복판 4마일 반경 안에 수백, 거의 수천 개나 되는 작은 좌판과 상점들이 늘어서 있었다.[79]

오랫동안 시장은 주요도로에서 벗어난 한두 구역의 좁은 거리에 국한되어 있었다. 블레어는 전에 런던 동쪽의 버려진 골목에 있던 시장에 일 년에 한 번은 갔던 기억이 났다. 두 개의 초라한 가판대가 차려져 있었다. 조금이라도 문제가 생길 기미가 보이면 재빨리 치워 버릴 수 있는 조그마한 접이식 가판대였다. 그중 하나에는 시든 양배추들이 있었다. 아무튼 그건 여러 해 전이었다.

그날 아침 블레어는 본드 가(街)로 내려가 워털루 로를 죽 따라갔다. 그리고 승리 광장을 지나갔다. 그곳에는 늘 창녀들이 여럿 있었다. 그들은 하룻밤 화대로도 별로 돈을 벌지 못했다. 한 여자가 간밤에 화대 50센트를 떼먹고 달아나 버린 사내 때문에 비통하게 울고 있었다. 아침이 되면 여자들은 화대 대신 단지 차 한 잔이나 담배 한 개비만 얻는 경우도 있었다.

작은 빵집 옆에서 늙고 몹시 추한 여자가 다른 두 여자에게 심하게 욕을 해대고 있었다. 그들이 자기보다 더 나은 저녁을 먹을 수 있었기 때문이었다. 각 사람의 음식이 나오자 늙은 여자는 그것을 가리키며 비난했다.

"저건 또 한 번의 화대야! 우린 저녁으로 고긴 못 먹어, 안 그래? 쟤가 저 음식 값을 어떻게 냈다고 생각해? 그건 그 멋쟁이가 6펜스에 쟤를 샀기 때문이야.[80]"

블레어는 런던에서 가장 황폐한 지역을 통과해 강 쪽으로 내려갔다. 이곳의 건물들은 넓고 튼튼해서 한때는 인상적이었을 것 같지만 지금은 창틀이 썩어 떨어져 나갔고, 깨진 창문들이 시꺼먼 입을 위협적으로 벌리고 있었다. 인적 없는 거리에는 쓰레기만 날렸고, 그가 걸음을 내딛어 다가가자 작고 시커먼 형체가 벽에 난 구멍 속으로 재빨리 들어가 버렸다. 황량한 광장 한가운데 있는 타원형의 건물에는 유리창이 다 떨어져 나간 직사각형의 구멍들만 남아 있었다. 그 건물 앞에는 작은 탑이 있었다. 탑 주변의 보도는 울퉁불퉁하고 곳곳이 깨졌고, 갈라진 틈 사이로 잡초가 돋아 있었다. 그는 이 건물이 어떤 용도였었는지 궁금했다. 곡조 하나가 어렴풋이 떠올랐다. 오렌지와 레돈에 관한 단조로운 멜로디였다.

구름이 흐릿한 태양을 덮자 날이 어두워졌다. 이제 바람이 더 세게 불어 그의 얼굴에 먼지를 날렸다. 강에서는 역하고 비위생적인 단내가 풍겨왔고 초록색의 끈적끈적한 물질이 다리를 받치는 기둥들에 들러붙어 있었다. 보행자가 탁한 갈색의 강물로 떨어지지 않게 막아주는 철책은 없었지만 난간에 나 있는 변색된 구멍들이 한때 그곳에 철책이 있었음을 추측하게 했다. 마침내 길은 강에서 꺾어져 무너진 큰 건물들을 지나 넓은 주요도로로 연결되었다. 주변에는 벽돌집들이 마치 서로를 지지하듯이 서로 기대어 옹송그리며 모여 있었다.

거리는 좁은 골목길로 변했고, 다시 사람들이 나타나기 시작했다. 입술과 턱에 털이 난 엄청나게 뚱뚱한 여자가 늘어지는 끈을 고정시키면서 허스키한 목소리로, 블레어에게는 안 보이는 어떤 이웃에게 소리치고 있었다. 깡마른 아이들 둘이서 옴투성이인 고양이에게 양배추 잎을 주고 있었다. 고양이는 아이들 옆에 뚱하니 쭈그리고 앉아서는 명백히 싫은 내색을 하며 아이들이 주는 양배추 잎에서 고개를 돌렸다. 다른 골목길에서는 넘치는 배수관에서 풍기는 냄새 때문에 위가 뒤틀리는 듯했다. 블레어는 사내들이 몇 가지 도구와 파이프들을 가지고 배수관 쪽으로 가는 것을 보고는, 그들이 배수관을 수리하는 게 가능할까 하고 생각했다. 무산자들이 그런 일을 할 수 있을까? 정부는 당원들의 아파트 배관 상태에 거의 신경쓰지 못했다.

블레어는 철로가 놓인, 벽돌로 지은 높은 아치형 구조물 아래를 걸어가면서 지독한 지린내와 썩은 쓰레기 냄새에 코를 찡그렸다. 그는 머잖아 화이트채플로에 이를 것을 알고 남쪽으로 느릿느릿 걸었다.

회색 아파트들은 이내 2층짜리의 비슷한 갈색 주택들이 다닥다닥 붙은 빈민가로 이어졌다.

시장 구역으로 들어서자 풍경이 갑자기 바뀌었다. 돌연 보도의 가판대들이 수도 없이 많아져 옆의 가판대와 서로 겹칠 정도였다. 땀 냄새와 커피 향이 블레어의 콧속으로 혹 끼쳐 들어왔다. 그는 굉장히 튼튼해 보이는 두 여자 사이의 가판대에 자신이 원하는 물건이 있는 것을 얼핏 보았다. 두 여자는 서로에게 활짝 웃어 보인 뒤 갈라졌다. 그는 놀라 잠시 숨을 가다듬었다. 가판대 맨 위, 나무판자 옆에 초콜릿이 줄지어 있었다. 쓰레기를 태울 때 나는 연기 같은 맛이 나는, 당에서 주는 칙칙한 갈색의 파삭파삭한 덩어리가 아닌 진짜 초콜릿, 여덟 조각의 단단한 초콜릿 바였다[81].

블레어는 소심하게 앞으로 나아가다 이내 사람들에게 떠밀려 상품이 놓인 가판대 탁자에 부딪혔다.

"안녕하쇼, 손님."[82] 몸집이 육중하고 혈색이 붉은 노점상이 상냥하게 말했다. "뭘 찾으시오?"

블레어는 헛기침을 했다. 마침내 말을 했을 때 그의 목소리는 그 자신에게 부자연스럽고 젠체하는 듯 들렸다. 그는 대답했다.

"음, 알다시피, 면도날이 좀 필요합니다. 음, 저한테 백열전구가 몇 알 있는데······"

그는 스스로 멍청이 같다고 느끼며 레인코트의 커다란 호주머니에서 백열전구 하나를 꺼냈다.

"미안합니다, 손님. 방금 전에 마지막 남은 것을 내주고 말았습니다."

노점상은 공손히 말했다. 블레어는 실망감이 너무 커 거의 참기가 힘들었다. 그는 줄곧 쾌적하게 면도를 할 기대감에 차 있었던 것이다. 노점상은 그 심정을 이해했던지 블레어가 넌더리를 내며 발길을 돌리려는 찰나에 이렇게 말했다.

"원하시면 내일, 당신을 위해 몇 개 구해 놓을 수 있습니다. 따로 챙겨 두겠습니다."

말도 안 되는 소리다! 내일이면 이 남자는 약속을 까맣게 잊고 말 것이다. 내일, 언제나 내일은 완전고용에 모범적인 공중보건, 보통교육, 무료 오락이 충족될 것이라고 빅브라더는 약속했었다. 풍부부가 장엄하게 약속했었다. 그러나 지금까지 아무도 그 약속을 지키지 않았다. 이제는 아무도 기억하지 않았다. 설사 노점상이 자신이 한 약속을 기억한다 해도 대체 뭐하러 그걸 지키려 하겠는가? 약속이란 현금만큼의 가치가 있는데, 요즘 현금은 아무짝에도 쓸모가 없었다.

블레어는 이런 생각이 스치면서 증오심이 올라오는 것을 느꼈다. 2분증오 시간에 텔레스크린에서 음흉하게 웃고 있는 케네스 블라이드를 마주할 때 느끼는 맹목적이고 압도적인 증오심이었다. 멍청한 이 노점상 개인에 대해서가 아닌 당과 풍부부, 애정주간 등 블레어의 얼굴을 쓰라리게 만든 6주된 면도날과 결합된 모든 것에 대한 증오심이었다.

이내 블레어는 다음과 같이 말했다. 미치광이가 충동에 사로잡히듯, 종기 속의 고름이 터져 나오듯 그가 미처 생각하기도 전에 먼저 말이 불쑥 튀어나왔다.

"잼과 똑같아!" 블레어는 소리쳤다. "잼과 똑같다고! 우린 하루걸러 한 번 잼을 얻지 않습니까? 어제와 내일 말입니다. 그런데 오늘은 절대로 잼이 없지요. 오늘 하루는 걸러야 하니까 말입니다." 그러고는 정신 발작을 일으킨 사람처럼 덧붙였다. "빅브라더 역시 내일은 나를 위해 면도날을 구해줄 것 같군요!" 이어서 그는 세차게 웃다가 자신이 한 말에 대해 돌연 경악해서 목을 움켜쥐며 입을 다물었다.

바로 그 순간 의미심장한 일이 벌어졌다[83]. 블레어는 노점상의 눈빛을 포착했다. 1초도 안 되는 아주 잠깐이었지만 일이 벌어지기에는 충분한 순간 동안 두 사람의 눈이 마주쳤는데, 곧 블레어는 알아챘다. 그렇다, 노점상도 그와 같은 생각을 하고 있다는 사실을 알아챈 것이다. 틀림없는 메시지 하나가 이동했다[84]. 마치 두 사람이 마음을 열어 자신의 생각을 상대에게 흘려보낸 듯했다. 노점상이 블레어에게 이렇게 말하고 있는 것 같았다.

'나도 당신과 생각이 같습니다. 당신이 지금 어떤 심정인지 정확히 알고 있지요. 당신이 느끼는 경멸감과 증오, 혐오감에 대해서 그리고 당신 얼굴이 얼마나 쓰린지 전부 알고 있습니다. 하지만 나는 당신 편이니 걱정하지 마시오.'

총명의 번뜩임은 순식간에 사라졌고 노점상의 얼굴은 다시 다른 모든 사람과 같아졌다.

"걱정 마시오, 친구. 꼭 챙겨 두리다."

노점상은 동정하듯 말했다. 그러고는 아래는 보지도 않은 채 가판 대 밑으로 손을 뻗어 봉지 하나를 빼내더니 가만히 블레어의 손에 쥐어 주었다. 급격한 감정의 분출로 인해 머리가 빙빙 돌고 있었기 때문이었던지 블레어는 그것을 아무 말 없이 받아 외투 호주머니에 쑤셔 넣고는 승리 맨션으로 돌아왔다.

이제 블레어는 입 안에 강한 진 맛을 느끼며[85] 자기 방 벽감에 놓인 책상 앞에 앉았지만 감정을 폭발시켰던 기억에 다시금 온몸이 마비된 느낌이 들었다. 그는 이미 죽은 목숨이었다.

그는 앞에 있는 책을 다시 응시했다. 진이 배 속에서 펄펄 끓었다. 그는 트림을 했다. 순간 그는 그 책을 없애 버리고 싶은 유혹을 느꼈다. 조용하고 신속하게 말이다. 하지만 그래도 소용없었다. 그는 이미 - 그가 책을 없애 버리든 아니면 계속 읽든 차이가 없으며 어쨌든 사상경찰은 그를 체포할 것이다 - 다른 모든 죄를 내포하는 중대 범죄를 저질렀다[86]. 그가 책을 펼쳐 보지 않았다 해도 마찬가지다. 그것은 사상죄였다. 사상죄는 영원히 숨길 수 있는 게 아니었다. 이르거나 늦는 차이만 있을 뿐 반드시 사상경찰에게 체포되게 되어 있었다.

블레어는 다시 궁금해졌다. 런던은 언제나 이러했을까? 의심과 증오, 검열 받은 신문, 수감자들로 가득 찬 감옥, 공습, 기관총, 식량 배급을 기다리는 엄청난 줄, 우유도 넣지 않은 차, 부족한 담배, 그리고 갱단이 어슬렁거리는 끔찍한 분위기였을까[87]? 사람들은 언제나 사상경찰의 어두운 그늘 속에서 살았을까? 다음 순간 블레어는 화들짝 놀랐다. 누가 문을 두드렸기 때문이다.

벌써 왔다는 말인가! 그는 누구든 한 번 문을 두드려 보고는 그냥 가 버리기를 헛되이 바라며 쥐 죽은 듯 꼼짝 않고 앉아 있었다. 하지만 노크는 계속되었고, 블레어는 내장이 얼어붙는 듯했다[88]. 지체하면 상황은 더욱 악화될 터였다. 그는 심장이 쿵쾅거렸지만 오랜 습관대로 얼굴에는 아무 표정이 없었다. 자리에서 일어나 문 쪽으로 무겁게 걸음을 옮겼다[89].

기계

진은 역겨운 냄새가 나고 김이 빠져 느글느글하고 기름 맛이 나 꼭 중국 곡주 같다[90]. 입술을 자줏빛으로 물들이고 들이킬수록 맛은 더욱 끔찍하다[91]. 그럼에도 당신은 마치 싫은 약을 삼키듯 진을 벌컥벌컥 마신다. 당신의 피부에서는 땀 대신에 진이 배출되고, 눈에서는 눈물 대신에 진이 흘러나온다[92]. 아침에 눈꺼풀이 위아래로 딱 붙고 입안이 타는 듯하며 등이 쑤시는 고통을 느끼며 잠을 깨면 옆으로도 일어나기가 힘이 들지만, 간밤에 침대 옆에 놓아 둔 진 병과 잔 덕에 일어난다[93].

빅브라더는 다른 것을 마신다. 그의 갈증은 술이 아닌 다른 것으로 해소된다. 빅브라더에게는 텔레스크린이 있다.

텔레스크린은 《1984》에서 모든 것의 열쇠다. 《1984》에서 '텔레스크린(또는 '스크린')'이라는 단어는 119번, 말하자면 페이지마다 거의 매번 언급된다. '빅브라더'는 단지 74번 언급되며, 그것과 연관된 다른 단어들은 훨씬 적게 언급된다. '사상경찰'은 39번, 청소년 '스파이단'은 14번, 다른 상황에서 '정보원'은 9번, 염탐하는 상황에서 '감시'는 8번, '사상범죄'나 '생각범죄'는 14번, '배신'은 24번, '구호'는 19번, '프로파간다'는 4번 나온다. '신어(Newspeak)'는 본문에 46번 그리고 부록에 33번 등장한다. 당의 세 가지 구호, 즉 "전쟁은 평화, 자유는 굴종, 무지는 힘"은 각각 6번, 7번, 6번 나온다. 다른 관련 구들은 가끔씩만 언급된다. '기억 구멍'은 6번, '변동 가능한 과거'는 3번, '정보원'은 2번, '사상경찰 헬리콥터' 1번, '수신기(ear trumpets)' 1번, '염탐' 1번, '도청' 1번 정도다. 심지어 오세아니아 전체에서 가장 중요한 원칙인 '이중사고'도, 34번 등장하는 '진'과 비슷하게 단 31번 언급된다. 엄격히 보면 텔레스크린은 교수대와 같다. 이것은 빅브라더의 절대적 지배를 가능하게 만드는 유일하면서 편재(遍在)하는 신기술 스파이다.

《1984》 중간에 나오는 정치 에세이는 다음 사실을 분명하게 인정한다.

> 현재 존재하는 독재 정치와 비교할 때, 과거의 모든 독재 국가는 미온적이고 비효율적이었다…… 그럴 수밖에 없었던 중요한 이유는 과거의 어떤 정부도 시민을 지속적으로 감시할 능력이 없었기 때문이다…… [그러나] 텔레비전이 개발되고, 하나의 도구로 수신과 발신을 동시에 가능하게 하는 기술의 발전으로 개인의 사적 자유는 끝이 났다…… 모든 시민 또는 적어도 감시할 가치가 있는 주요 시민은, 폐쇄적인 온갖 통신 채널을 통해 하루 스물네 시간 경찰의 감시를 받고 공적 프로파간다를 듣게 되었다. 국가의 뜻에 전적으로 복종할 뿐만 아니라 모든 주제에 대해 완전한 의견 일치를 강요받을 가능성이 역사 이래 처음으로 오늘날 존재하게 되었다[94].

이런 가능성이 《1984》의 현실을 명백히 보여준다. 텔레스크린은 영국에 사는 모든 사람을, 선철(銑鐵)의 통계와 군사 음악을 내보내는 진리부뿐만 아니라 사상경찰의 본부인 애정부에 연결시킨다. 텔레스크린은 당의 프로파간다를 내보내며 밤낮으로 당신의 귀를 시끄럽게 한다[95]. 당신이 그것에 주의를 기울이든 아니든, 텔레스크린은 늘 당신에게 주의를 기울인다. 결코 지치지 않는 귀와 깜박이지도 않는 눈으로 당신이 선동을 하는지 귀 기울이고, 표정범죄를 저지르는지 지켜본다. 당신의 집이나 사무실, 침실이나 화장실, 사적 공간이나 사람들이 많은 광장 어디서나 텔레스크린은 당신을 지켜보고 있다. 빅브라더가 지켜보고 있다. 단지 외국인이나 배신자, 방해 공작원, 사상범뿐만이 아니다. **빅브라더가 바로 당신을 지켜보고 있다.**

그런데 텔레스크린은 정확히 어떻게 작동하는가? 무엇과 무엇이 연결되는가? 어디서 어떻게 모든 사람을 지켜보며, 누구를 지켜볼지 선별하는가? 오웰은 결코 설명하지 않는다. 사실 그는 그의 책이 완전히 의존하고 있는 기술의 대해서는 놀라울 정도로 단 한 부분도 구체적으로 설명하지 않는다. 내부 당원 중 극소수의 특권층만 자신들의 텔레스크린을 끌 수 있지만 대부분의 사람들은 불가능하다. 대부분의 사람들은 스스로 무엇을 볼지 관리할 수도 없다. 《1984》에서 '다이얼'(텔레스크린과 관련해서)이라는 단어는 단 한 번, 그것도 우연인 것처럼 등장한다[96]. 진리부의 직원들은 텔레스크린 자료 요청 파일을 보관할 수 있는 것 같지만 그 자료들은 기송관을 통해 배달된다. 기발하고 혁신적인 첨단 기술에 근거해서 책 전체를 통합하려면 그 기술적 장치가 어떻게 작동하는지 독자들에게 설명해야 한다[97]고 생각한다. 하지만 오웰은 그렇게 하지 않았다.

우리가 아는 것이라고는 빅브라더가 스크린을 소유하고 있으며, 그 스크린이 모든 것을 전달한다는 것뿐이다. 여기서 신어는 아무것

도 전달하지 못한다. 빅브라더는 당신을 포함해서 모든 사람을 항상
지켜본다. 그렇다면 당신은? 당신은 승리주로 스스로 눈 멀게 하고
있다.

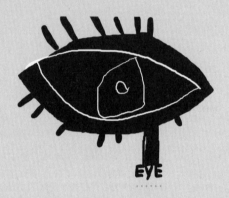

EYE

2장

블레어는 문 손잡이를 잡으면서, 책상 위에 펼쳐 놓은 스미스의 일기장을 보았다. 너무나도 멍청한 짓이었다[98]. 그는 숨을 한 번 들이쉰 다음 문을 열었다. 순간 따스한 안도감이 그의 몸을 관통했다. 문 앞에는 성긴 회색빛 머리칼에 등이 굽고 펑퍼짐한 여인이 삼베 앞치마를 두르고 천 슬리퍼를 발에 꿴 채 서 있었던 것이다[99].

"오, 동무." 그녀가 따분하고 징징대는 목소리로 먼저 말을 꺼냈다. "동무가 오는 소리를 들었다오. 우리 집에 와서 한번 주방 싱크대를 봐줄 수 있겠소? 꽉 막혀 버렸지 뭐요[100]. 내가 막대기로 관을 뚫어 보려고 아무리 해봐도, 글쎄 안 된다오."

블레어의 이웃, 월크스 부인이었다. 그는 부인을 따라 복도를 걸어갔다. 그녀의 얼굴은 둥글고 창백했다. 몇 번의 유산과 고된 일로 실제 나이는 스물다섯이지만 40대로 보이는, 늘 기진맥진한 여자의 얼굴이었다. 그녀는 그를 올려다보았는데, 표정이 그 누구보다 어두웠다. 그는 그녀 역시 자신과 같은 생각을 하고 있다는 생각이 들었다. 그녀는 직접 겪은 만큼, 다 낡은 건물의 냉랭한 주방의 지저분한 바닥에 무릎을 꿇고 앉아 악취 나는 배수관을 막대기로 쑤시는 일이 얼마나 고약한 일인지 잘 알았다[101].

월크스 가족의 아파트는 블레어의 아파트보다 컸고, 또 다른 식으로 우중충했다. 불 앞에는 거의 항상 눅눅한 세탁물이 널린 줄이 있었고, 방 한가운데에는 가족이 모여 식사를 하는 커다란 식탁이 놓여 있었다. 블레어는 이 식탁의 덮개가 완전히 벗겨져 있는 모습은 한 번도 본적이 없지만 갖가지 것들로 덮여 있는 것은 여러 번 봤다. 맨 아래는 우스터소스로 얼룩진 오래 된 신문지들로, 그 위는 한 번도 갈거나 벗긴 적이 없는 거친 식탁보로 덮여 있었다[102]. 주방 싱크대는 더러운 초록색 물로 거의 가득 채워져 썩은 양배추보다 더 고약한 냄새를 풍기고 있었다.

모든 게 아주 전형적이라고 블레어는 생각했다. 건물은 다 허물어질 정도였고 전력은 도무지 믿을 수 없는 지경이였다. 스스로 할 수 있는 것을 제외하고 수리를 받으려면 원격 위원회의 승인을 받아야 했는데, 그러면 창유리를 수리하는 데만도 2년이 걸릴 수 있었다[103]. 블레어는 무릎을 꿇고 앉아 파이프 앵글 이음을 살펴보았다. 윌크스 부인은 그 모습을 힘없이 내려다보았다.

"물론 우리 바깥양반이 집에 있었다면 당장에 고쳤을 겁니다." 그녀가 말했다. "그런 일은 뭐든 아주 좋아하니까요. 손재주가 아주 좋거든요, 우리 바깥양반이 말이죠.[104]"

블레어는 본 윌크스가 이런 일에 아무 쓸모가 없다는 것을 알고 있었다. 애정부의 하급 경비인 윌크스는 뚱뚱하고 우둔하지만 활동적인 사내였다. 어리석은 열정으로 가득하고 단조롭고 고된 일들을 아무 의심 없이 헌신적으로 하는, 당이 유지되는 데 절대적으로 필요한 부류였다[105]. 그러나 어떤 재능도, 특히 기술적인 분야에서는 더더욱 없었다.

블레어는 파이프의 물을 뺀 다음에 파이프 안에 엉켜 있는 머리카락 뭉치를 메스꺼움을 느끼면서 끄집어냈다[106]. 모든 게 음울했다. 인간의 썩은 두피로 엉켜 붙은 썩은 파이프. 도처에서 인간 정신이 썩어가고 있었고, 뭐든 고칠 방법을 아는 사람이 이제는 아무도 없었다. 제대로 작동하는 것이 없었고, 제대로 유지되는 것도 하나 없었다.

텔레스크린만 제외하고 말이다. 과학과 기술이 엄청난 속도로 발전해서 그런 복잡한 장치들을 만들어 내던 때가 분명 있었을 것이다[107]. 전력 공급이 끊길 때에도 - 사실 오후 내내 전력 공급이 끊겼었다 -, 텔레스크린은 계속 켜져 있었다. 텔레스크린은 무엇으로 작동되는가? 이처럼 간단한 질문에도 대답할 수 있는 사람이 아무도 없었다. 과학과 관련된 것이라면 거의 아무도 이해하지 못했고, 기술공들은 변함없는 일정한 지식을 갖고 일했는데 계산 착오를 저지르면 교도소나 교수대로 보내졌다[108]. 한때 매우 광범위하게, 창밖에서 창문을 통해 엿보며[109] 사람들을 감시했던 경찰의 순찰 헬리콥터는, 이제 극소수만 순조롭게 이륙시킬 수 있었다. 그렇지만…… 아무튼 애정부는 늘 그래왔듯 여전히 기능했다. 기이한 일이었다. 정부의 통제 아래 있는 거대한 기계가, 이처럼 만연한 부패 가운데서도 완벽하게 작동하고 있다는 사실이 말이다.

더욱 기이한 점은 이 시스템이 본 윌크스 같은 부류의 사람들에 의해 유지되고 있다는 사실이었다. 당은 정말로 과학적 소질이 있는 사람은 누구든 멸시했다. 아직도 몇몇 사람들은 스패너나 드라이버를 사용할 줄 알았다. 때때로 블레어는 사무실에서 그런 사람을 보았는데, 그는 기름 묻은 손으로 프린터를 고치는 등 단순한 작업만 했다[110]. 그 정도의 단순한 작업만이 당국에서 용인되었다. 당은 그와는 반대의 기질을 가진 사람들, 이를 테면 키가 작고 뚱뚱하며 꼬치꼬치 캐묻지 않는 유형, 항상 지켜보고 귀 기울여 듣지만 진지하게 사고하기가 불가능한 사람들을 끌어 모았다. 모든 것을 단순히 삼키기만 하는 사람들을 말이다. 그들은 마치 옥수수 낟알이 소화되지 않고 새의 몸을 통과하듯이[111], 삼키고 나서 뒤에 아무런 잔여물을 남기지 않았다. 과학은 지식이다. 당의 힘은 무지이고.

블레어는 윌크스 부인에게 인사하고는 급히 문으로 향했다. 자기 아파트로 돌아와 재빨리 텔레스크린을 지나쳐 다시 탁자 앞에 앉았다. 그때 스크린에서 나오던 음악이 멈췄다. 대신에 급작스럽게 기쁨이 어린 딱딱한 군인의 음성이 조금 전에 획득한 아이슬란드와 페로 제도 사이의 새 해상 요새의 군사력에 대해 낭독했다[112].

블레어는 스미스의 일기를 다시 집어 들었다. 더 읽어볼 생각이었으나 손에 느껴지는 책의 감촉 때문에 시장이 떠올랐다. 아침의 소음과 부산함, 늙은 여자들의 발그레하고 살찐 얼굴들, 남자들의 거친 셔츠와 앞치마 아래 엄청나게 볼록한 배가 기억났다. 냄새까지 되살아나는 듯했다. 노동자들의 고약한 담배 냄새, 근처 생선 가판대에서 나던 악취, 시장 어딘가에서 훅 끼쳐 오던 진짜, 볶은 커피 향이 말이다.

그는 실망한 나머지 면도날 파는 사내 앞에서 갈색 꾸러미를 호주머니에 생각 없이 쑤셔 넣는 실수를 했다. 무산자들이 소리치고 거칠게 밀어 제치며 나아가는 바람에, 그는 소란스럽고 냄새 나는 인간들 무리에 압도된 채 떠밀려갔다.

"이보게, 힘내쇼!"

어떤 여자가 그를 보고 쾌활하게 웃으며 말했는데, 그는 여자의 지나치게 붉은 입술과 누런 이를 보고 움찔했다.

"거기 좀 비키쇼!"

하고 다른 목소리가 그의 귀에 대고 고함쳤고, 이어 몸집이 거대한 젊은 사내가 어깨에 커다란 상자를 짊어진 채 성큼성큼 지나갔다. 블레어는 사람들이 북적대는 주요 통행로에서 간신히 벗어나 주변을 훑었다. 울타리가 이어지다 어느 돌출된 집 벽에 이르러 한산한 지점을 발견했다.

그의 옆에는 강철 기둥 하나가 높이 솟아 있었지만 시장의 무산자들은 신경도 안 썼다. 그는 기둥 위를 흘낏 올려다봤다가 순식간에 얼빠진 표정이 되었다. 기둥 꼭대기에 텔레스크린 한 대가 설치되어 있었던 것이다. 그는 손으로 얼굴을 가리고 반쯤 몸을 돌렸다. 프리크(phreak: 네트워크 침입자 - 역주)라는 남자를 본 것은 바로 그때였다. 그 남자는 어두운 색 셔츠에 넥타이를 맸고 누더기가 다 된 낡은 트위드 재킷을 입고 있었다[113]. 그는 블레어의 눈에 띈 것에 대해 조금의 두려운 기색도 없이 스크린을 정면으로 마주보고 있었다.

"뭐 하나?" 한 무산자가 프리크를 올려다보며 쾌활하게 소리쳤다. "또 뭔가를 망가뜨리려고?"[114]

프리크는 소리 없이 크게 웃기만 했다.

오로지 사상경찰만 텔레스크린을 만지게 되어 있었는데, 프리크는 분명 사상경찰이 아니었다. 그는 키가 크고 커다란 머리에 연한 푸른색의 익살 넘치는 눈빛을 지녔으며[115] 무산계급으로 보였다. 그의 앳된 얼굴은 궁핍으로 수척했지만 당 직원처럼 둔하지 않고, 민첩하고 호기심이 많아 보였다. 형편없는 옷은 당의 푸른 작업복과는 거리가 멀었다. 20대 초반인 듯한 얼굴에 머리는 부스스했고 몸통에 비해 굽은 데가 너무 많은 이해할 수 없는 남자였다. 머리는 거의 빗질을 하지 않았고 얼굴은 제대로 면도도 안 했으며 셔츠는 아무렇게나 삐져나와 있었다. 뼈대만 남은 몸과 몹시 여윈 얼굴 위로 짧고 뻣뻣한 검은 머리털이 달린 모습이 마치 청소용 솔 같았다.

블레어는 강한 흥미를 느끼며 그를 쳐다봤다. 그는 두려움 없이 스크린을 똑바로 마주보고 있었다. 몇 가지 도구를 가지고 스크린 장치를 만지던 그가 고개를 숙여 블레어를 내려다봤다.

"자루에서 드라이버 좀 꺼내 올려 주시겠습니까?"

그가 정중하게 말했다. 블레어는 어쩔 수 없이 그의 부탁을 들어주고는 잠시 그를 바라봤다. 그러다 이내 자신이 있는 곳을 기억하고는 고개를 숙였고, 레인코트의 옷깃을 추켜올린 다음 안전한 군중 속으로 뛰어 들어갔다.

그 후 블레어는 그 무시무시한 책을 손에 들고 집으로 오는 길에 프리크 옆을 다시 지나쳤다. 블레어가 서서히 거리로 돌아갈 즈음 두 사람의 눈이 거의 마주쳤다. 프리크의 눈길은 블레어가 선 곳의 약간 너머에 초점을 맞춘 듯했지만 말이다. 프리크가 그의 옆을 지나가면서 말했다.

"우리는 어둠이 없는 곳에서 만나게 될 겁니다.[116]"

또는 그랬다고 블레어는 생각했다. 조용히, 거의 무심하게 명령이 아닌 서술조의 말이었다. 프리크는 멈추지 않고 계속 걸었다. 그는 어딘가 모르게 길을 잃은 듯, 아침식사를 거르고 옷도 마저 챙겨 입지 못한 채 바쁜 하루를 맞은 키만 훌쩍 자란 세 살배기처럼 보였다.

특이하게도 그때는 그 말에 큰 인상을 받지 못했다고 블레어는 생각했다[117]. 지금에서야 그 말이 의미 있게 느껴졌다. 두 사람 사이에 감정보다 더 중요한 암묵적 합의라는 연결 고리가 있었다. 우리는 어둠이 없는 곳에서 만날 것이라고 프리크가 말했었다. 악센트가 전혀 없고 놀랄 만큼 세련된 음성이었다. 블레어는 그 말이 무엇을 뜻하는지는 몰랐지만, 어떻게든 실현되리라는 사실만은 알았다.

텔레스크린이 14시를 알렸다. 이어서 또렷하고 아름다운 집합 나팔 소리가 벽에서 울려 퍼졌다.

"주목! 주목하십시오! 속보가 방금 도착했습니다……[118]"

시간을 알리는 차임벨 소리가 그에게 새 심장을 준 것 같았다. 그는 아무것도 바꾸지 못하는 금지된 진실을 읽는 외로운 영혼이었다. 그러나 그가 읽고 있는 한 진실은 흐릿하기는 해도 이어졌다[119].

병 속에 든 뇌

‑‑:‑‑

"기술 향상의 논리적 결말은 인간을 병 속에 든 뇌 비슷한 것으로 격하시킨다.[120]"라고 조지 오웰은 《위건 부두로 가는 길The Road to Wigan Pier》에서 선언한다. 오웰은 이런 생각에 질색한다. 그 자신이 사회주의자였음에도 그는 사회주의의 기계 숭배, 즉 1930년대의 음산한 "사회주의 ‑ 진보 ‑ 기계 ‑ 러시아 ‑ 트랙터 ‑ 위생 ‑ 기계 ‑ 진보"라는 생각을 경멸한다[121]. 오웰은 음울하게 의견을 말한다. 인간은 결코 먹고 자고 자식을 낳기만 하면 되는 게 아니지만 기계가 충분히 발전하면 오로지 그것만이 인간의 일로 남게 될 것이다. 기술 향상은 필요하지만 그게 종교처럼 되어서는 안 된다[122]. 오웰은 H. G. 웰스H. G. Wells 같은 작가가 제기한 "끈적끈적한 희망을 주는[123]" 기계관에 의해 거부당한다. 오웰은 웰스에 대해 말한다. "그는 배짱 좋게 제시했지만 기계 자체가 적이 될 수 있다는 사실을 직시하지 않았다.[124]"

기계 자체가 적이 될 수 있다.[125] 오웰은 이것을 완전히 믿었다. 《위건 부두로 가는 길》에서 오웰은 기계가 "인간을 불길한 속도로 자기 영향력 아래로 밀어 넣고 있다"라고 계속 지적한다. 기계는 음식과 가구, 집, 옷, 책, 오락의 방면에서 "끔찍할 정도의 감각의 방탕"을 야기한다[126]. 오웰은 예견한다. "기계가 현재 '예술'로 분류되는 활동들을 잠식할 것이다. 카메라와 라디오를 통해 이미 그렇게 되고 있다." 올더스 헉슬리Aldous Huxley는 이 말뜻을 바로 이해했다. 그의 책 《멋진 신세계

Brave New World》에서는 기계가 세상을 "작고 뚱뚱한 사람들의 천국[127]"이 되게 만든다. 오웰의 책을 비롯해 에세이, 리뷰, 편지들의 수없이 많은 곳에 "기계와 작고 뚱뚱한 사람들"에 대한 비난이 흩뿌려져 있다. "기계 시대"가 살바도르 달리Salvador Dali와 같은 "구역질나는" 예술가들을 낳았다[128]. "기계 시대의 영향력이 가족을 서서히 파괴하고 있다.[129]" "기계 시대"는 "추함과 정신적 공허[130]의 시대다. "건강한 세계에서는 통조림과 아스피린, 축음기, 가스 의자, 기관총, 일간 신문, 전화, 자동차 등에 대한 수요가 없을 것이다."

그렇다, 축음기와 전화기, 기관총. 오웰은 기계를 다 싫어했지만 그중에서도 특히 전자 통신기기라면 질색했다.

《1984》에서까지 오웰은 극도의 기술 혐오를 축음기에 드러냈다. 그는 자신의 글에서 축음기를 수십 번 언급하는데 그때마다 늘 혐오감을 드러낸다. 심지어 1934년에는 농업의 종말에 대해 축음기를 탓하는 지독한 시, '축음기 공장 근처 폐농에 대하여'를 짓기도 한다[131]. 축음기는 그의 1939년 소설 《숨쉬러 나가다Coming up for Air》 전반에 걸쳐 계속 불쑥불쑥 튀어 나온다. 거기서 축음기는 조지 보울링George Bowling이 애지중지하는 로워 빈필드의 파산을 상징한다[132]. 다른 책과 에세이에서 오웰은, 녹음된 프로파간다를 늘어놓는 정당 일꾼을 모욕하는 데 "갱단 같은 축음기"[133]라고 몇 번이고 되풀이해서 언급한다. "지금 흘러나오고 있는 음반에 동의하든 동의하지 않든, 적은 바로 축음기 같은 사고방식이다."[134]라고 오웰은 《동물농장Animal Farm》 서문에 쓴다.

영화 – "할리우드에서 인간을 위해 제작한 인조적인 즐거움"[135] – 역시 마찬가지로 나쁘다. 《엽란을 날려라Keep the Aspidistra Flying》에서 오웰의 반(半)자전적 주인공인 고든 캄스톡Gordon Comstock은 "사진"과 "스크린에서 깜박거리는 쓸데없는 것", "친구 없는 사람들을 위한 약"을 몹시 싫어했다. "문학을 대체하게 될 예술을 왜 장려할까?" 캄스톡은 궁금해 한다[136]. 에세이스트 오웰은 영화를 "달콤한 쓰레기"라고 일축한다. 정치적으로 말해서 "그것들은 대중지에 비해 수년이, 일반적인 책에 비해 수십 년이 뒤떨어진다."[137] 한때 오웰은 《타임 엔 타이드Time and Tide》지에 영화와 연극 비평을 썼는데, 나중에 영화 비평가를 "질 낮은 셰리주 한 잔을 얻기 위해 명예를 파는" 사람이라고 묘사한다[138]. 오웰의 영화평 중 하나는 이례적이지 않게 이렇게 시작한다. "매우 흥미로운 이 쓰레기 한 편은……"[139]

라디오는 최악이다[140]. 오웰은 전시(戰時)에 자신이 일했던 BBC 방송사를 "쓰레기[141], 밑바닥[142]"이라 평했다. 《숨 쉬러 나가다》에는 "참을 수 없는 여자"가 나오는데, 그녀가 저지른 단 하나의 기록된 죄란 라디오 수신기를 구입한 것이다[143]. 실제로 오웰의 소설에서 얄팍하고 피상적이며 물질만능주의자, 간단히 말해 혐오스런 유형은 모두 축음기와 라디오를 좋아한다[144]. 오웰은 《위건 부두로 가는 길》에서 경멸하듯 말한다. "라디오의 요란한 소리를 소떼의 울음소리나 새들의 지저귐[145] 이상으로 적극 수용할 뿐만 아니라 자기 생각의 일상적 배경으로 삼는 사람들이 현재 수백만은 된다."

그러니까 오웰에게 전자 미디어는 억압하고 정신을 마비시키는 추악한 것, 문명을 파괴하는 조용한 적이다. 그는 전자 미디어를 억압받는 사람들[146]의 고통을 '일시적으로 완화하는 싸구려 약제'로서 도박과 나란히 둔다. "허기진 사람들에게 기적을 쏟아 붓는 현대의 전기 과학의 괴상한 광경"을 조롱하면서, 그 '전기 과학'의 구체적인 두 가지 예로 전신(電信)과 라디오를 든다[147]. 라디오와 축음기는, 없었다면 현대 사회의 형편이 더 나아졌을 것이라며 오웰이 빈번히 예로 드는 폭격기, 탱크, 매독, 비밀경찰과 함께 변함없이 등장하는 품목들이다[148].

그렇다면 어떻게 기계가 나빠질 수 있는가? 오웰만큼 개인의 사적 자유와 고독을 사랑하는 사람에게 그 대답은 명백하다. 오웰은 《영국, 당신의 영국England, Your England》이라는 에세이에서 선언한다. "영국인의 귀에 가장 거슬리는 이름은 참견쟁이(Nosey Parker)다[149]." 영국인의 자유의 열쇠는 "영국인의 삶에 있어서 사적 자유", 즉 "자신의 가정을 갖고 자유시간에 상부에서 선택한 것이 아닌 자신이 선택한 오락을 즐기면서 자신이 좋아하는 것을 할 자유"에 있다[150]. 그러니까 오웰에게 자유의 끝이란 전기 기기라는 참견쟁이, 즉 빅브라더가 금속성 음악과 함께[151] 새소리를 내보내고 금속성의 귀와 눈으로 시민들을 감시하는 데 사용한 기계에서 정점을 이룬다. 그것이 극단에 이른 게 갱단 같은 축음기, 즉 유성기와 영화카메라, 무선 송신기가 하나로 합쳐진 것이다. 텔레스크린은 기계 시대, 살바도르 달리와 가족 해체 시대, 그리고 타락한 취향과 드네프르강의 댐, 모스크바 공장에서 통조림으로 만들어지는 최후의 연어의 시대의 필연적인 종말이다[152]. 텔레스크린은 유리 안의 눈이고 병 속의 뇌다.

그것이 인간의 정신에 어떤 일을 행하겠는가? 인간의 의식을 약화시키고 호기심을 마비시키며 인간을 동물과 더욱 가깝게 만들 것이다[153]. 사실 그것은 인간의 뇌를 둘로 쪼개, 인간을 강제할 것이다……

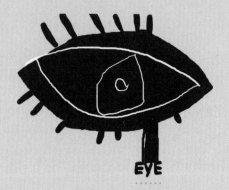

EYE

3장

이중사고. 블레어는 이 단어에 대한 꿈을 꾸었는데, 잠이 깨고 나서도 분열된 의식 사이로 이 단어가 계속 메아리쳤다. 그는 침대에서 기어 나와 비틀거리며 거실로 나갔고, 텔레스크린을 마주보는 곳 바닥에 체조 매트를 깔았다[154].

"30대 그룹"

하고 스크린에서 체조 강사가 거슬리는 목소리로 고함쳤다[155]. 블레어는 지친 몸을 일으켜 세웠다. 그가 주먹을 앞뒤로 흔들자 입고 잤던 다 해진 팬티와 누더기 같은 스웨터가 팔과 허벅지에 쓸렸다. 여자가 다음 동작으로 런지 동작을 시작하자 피부 아래 힘줄들이 앞뒤로 움직였다. 동작을 따라하는 블레어의 등뼈에서는 뼈가 어긋나는 소리가 계속 크게 났다. 이게 어떻게 그나 당에게 이익이 될 수 있을까? 그는 잠이 깨기 전, 등을 쑤셔 대는 침대스프링이나 담요의 거친 털, 창문으로 들어오는 찬 외풍이 느껴지지 않았던, 아주 멋졌던 짧은 순간의 꿈을 되찾으려고 필사적으로 애를 썼다.

그게 뭐였지? ("오른쪽으로 더 숙여요. 이제 왼쪽으로……") 그는 엄청나게 크고 환하게 불이 밝혀진 따뜻한 건물 안에 있었다. 색깔과 냄새가 끊임없이 바뀌는 만화경 같은 곳에서 헤매고 있었는데, 거기서 나는 향들은 그가 처음 맡는 설명할 수 없는 것들이었고, 그곳에 있는 물건들은 어디에 쓰는지 알 수 없는 것들이었다. 그는 몸을 흔들며 헤엄을 치면서 손가락을 공중에 대고 물고기 지느러미처럼 흔들었다. 마치 물고기가 말미잘을 스치며 지나가듯 주변의 물건들이 살짝 살짝 스쳤다. 굉장히 안전하다는 느낌이 들었다. 그때 한 여자가 말을 했는데, 그녀의 목소리는 지금까지 그가 들어본 중 가장 아름다운 목소리였다.

그는 텔레스크린에서 지시하는 대로 목을 힘껏 당겼지만 턱을 어깨에 닿게 하는 데는 비참하게 실패했다. 목 힘줄이 불편하게 맥박 쳤다.

"더 당겨요. 전선에 있는 우리 병사들을 생각해 봐요. 고개를 오른 쪽으로 돌려요. 다시, 다시요."

하고 체조 강사는 소리쳤다. 꿈에서 그에게 가까이 몸을 숙였던 여자에게는 기이한 뭔가가 있었다. 그는 그녀 피부의 감촉과 냄새를 마치 그 자신의 피부마냥 잘 아는 것 같았다. 그는 그녀를 따라서 계속 떠다녔다. 그러니까 사랑스런 음성이 다시 들려왔다.

스크린 속의 여자는 무릎을 펴라고 소리치고 있었다. 과거 어느 시절의 기억이었을까? 그는 어린 시절에 대한 기억이 없었다. 단지 '사회 재건' 시기라는 게 있었다는 것을 학교 다닐 때 배웠을 뿐이다. 그때 부패한 세력들이 근절되고, 빅브라더의 영광스런 선언이 도입되었다고 말이다. 지금까지도 그가 끝자락을 붙들고 있는 꿈속의 그 너무나 따뜻하고 편안한 것은 무엇이었을까? 그것은 그 음성과 관련된 매우 은밀하고 직접적인 어떤 것이었다. 그는 가슴과 배 속에서 불현듯 느껴지는 따스한 기운으로 인해 그것은 그가 너무나도 사랑했던 어떤 것이었음을 이해했다. 그 음성은 그에게만, 오로지 그에게

만 의미가 있었다.

그의 생각은 갑자기 애정부로 향했다. 가시철조망과 강철 문, 탑들로 둘러싸인 애정부 건물은 주머니가 툭 불거져 나온 재킷을 입고 접이식 경찰봉을 든 덩치 크고 사나운 얼굴의 경비대와 개들이 지키고 있었다[156]. 그곳으로 모든 텔레스크린의 전선이 집중되었다. 선들은 하수관 바로 위를 지나는 거대한 터널을 통과해서 애정부 지하에 있는 3,000개의 방들로 보내졌다. 현수교의 굵은 케이블처럼 꼬고 엮은 색색의 전선들 묶음이 어마어마하게 많다고들 했다. 마치 수백만의 실들이 직조기를 통과해 거대한 직물을 짜는 것처럼 지하의 케이블에서부터 낱낱의 전선들이 떨어져 나와 높이 솟은 프레임까지 이어졌다. 그리고 그곳에는 칸칸이 놓인 선반마다 대량의 전기 스위치가 있었다. 이 체계의 마지막 단계에서 작업했던 인간은 아무도 없었다. 인간은 시도조차 못했을 것이다. 이 피라미드형 조직의 가장 높은 지점, 곧 사상경찰에게 소리와 영상을 보내는 것은 기계들이라고 했다.

아마 이 얘기 중 어느 것도 사실이 아닐 것이다. 많은 텔레스크린에 전선이 없다는 것을 블레어는 알고 있었다. 텔레스크린은 그냥 벽에 볼트로 접합되어 있었다. 그런데 어떻게 해서인지는 모르겠지만 사상경찰에게 언제나 연결되어 있었다. 애정부의 꼭대기 중앙에 우뚝 솟아 있는 거대하고 전능하며 모든 것을 보고 듣는 빅브라더가 모든 것을 통제했다.

그, 허리가 좋지 않고 기침을 해대는 블레어가 당의 도구가 아닌 사람으로서 대화를 해본 때가 마지막으로 언제였던가? 그는 기억나

지 않았다. 월크스 씨네 또는 동료들과 활기 없이 기계적으로 주고받
는 말에는 아무 감정이 없었다. 이야기를 하는 데 더 이상 마음을 담
지 않았고, 대화 같은 것이 더는 없었다. 군중은 규칙적 리듬이 있는
구호들을 만들어 냈고, 수많은 사람들의 목구멍에서 분노에 찬 야만
적인 함성, 거친 짐승의 소리 같은 것들이 걷잡을 수 없이 터져 나왔
다[157]. 사적인 대화, 그런 대화가 존재한다면, 그런 대화를 하려면 조
용한 공간을 찾아내 여러 차례에 걸쳐 아주 조금씩[158] 대화를 이어나
가야 했다.

　음악과 시도 마찬가지였다. 당은 노래를 대단히 좋아했다. 군중이
"오세아니아, 이것은 당신을 위한 것"[159]이라고 함성을 지르며 부르
는 노래, 열을 지어 행진하며 군악에 맞춰 부르는 노래, 텔레스크린에
서 쇳소리 나는 여자 목소리로 악을 쓰며 부르는 애국적 노래를 사랑
했다[160]. 그러나 그 가사들은 인간이 전혀 개입되지 않은 전자 작사
기계에서 바로 나왔다[161]. 사용된 어휘들은 대개 기발하고 교훈적이
거나 훈계조였으나 최선인 경우에도 언제나 너무 빤했다. 그 가사들은
기억을 도왔는데, 기억해야 하는 것이란 늘 케케묵은 것들이었다[162].
당의 가사는 진부한 생각, 격렬하게 표현된 천박한 생각을 제시했
다. 당원이 그저 그 노래를 부르는 게 좋아서 혼자 부르는 경우는 결
코 없었다. 또한 당은 공인된 책과 신문, 문서 들을 대량으로 찍어냈
지만 개인 간에 뭔가를 남기려면 화장실 벽에 흐릿하게 갈겨 써야 했
다. 모든 인간관계는 단절되었다. 단 한 가지, 중요한 당과의 연결 상
태는 이전의 어느 독재자가 꿈꿔 왔던 것보다 훨씬 완벽하게 이뤄지
고 있었다.

텔레스크린 속의 여자는 꼴사나운 동작들을 계속해댔고, 그녀의 근육들은 팽팽해졌다 느슨해졌다를 반복했다. 이제 블레어는 바닥에 누워 뺨을 매트 가장자리의 차가운 리놀륨 바닥에 댄 채 먼지 속에서 숨을 쉬었다. 그는 체조를 할 때 적절하다고 여겨지는 단호한 기쁨의 표정을 지은 채 팔굽혀펴기를 하려고 필사적으로 노력했다.

"일어섯!"

하고 소리치는 여자의 얼굴은 하키장과 냉수욕을 연상시켰다. 블레어는 약하게 쌕쌕거리면서 서툴게 따라했다. 그는 흐릿하게 남아있는 유년시절의 기억을 더듬었다[163]. 그때 기억을 떠올리기가 엄청나게 어려웠다. 기껏해야 상황도 의미도 없는 단편적인 장면들이 조각 조각 생각날 뿐이었다. 그는 제1 활주로가 한때는 영국이라 불렸음을, 언제나 런던이라 불렸음을 꽤 확신할 수 있었다[164]. 하지만 확실히 말하기는 불가능했다. 기억이 빠르게 지워졌기 때문이다. 이것 역시 당의 정책이었다. 기억한다는 것은 다른 시간과 장소와 개인적으로 교통하는 것을 뜻했다. 그런데 사적인 교통은 불법이었다. 따라서 기억하는 것은 누구에게든 허용되지 않았다.

당을 제외하고 말이다. 당은 모든 것을 기억했다. 당은 기록했고, 그 다음에 그 기록들을 마음대로 조작했다. 블레어 자신이 진리부에서 매일 그런 일을 했다. 어느 때고 존재한 적이 없었던 영웅 오길비 동무[165]가 과거에 갑자기 등장해서, 마치 샤를마뉴나 율리우스 카이사르처럼[166], 흔적을 남긴 실존 인물들과 마찬가지로 존재하게 되었다. 블레어는 한때 실존했지만 현재는 모든 기록에서 완전히 삭제되어 없어진 윈스턴 스미스를 대체하는 데 자주 오길비를 사용했다. 과거가 단순히 달라진 게 아니라 완전히 사라졌다. 신어로 표현하자면 재설정된 것이다. 과거 지우기는 비교기준을 한 번 더 제거했는데, 이 비교기준이란 물질적 위안이라는 평균치가 지속적으로 감소하기 때문에 위험한 것이었다. 과거 지우기는 또한 당의 무과실성을 지켜주었다. 당은 언제나 어제 약속한 만큼의 초콜릿을 오늘 생산했고, 어제 약속한 수치에 대한 공식적 기록이 언제나 그 사실을 확인해 주었다. 당 구호가 이렇게 적혀 있었다. "과거를 통제하는 자가 미래를 통제하고, 현재를 통제하는 자가 과거도 통제한다.[167]"

블레어는 고통스럽게 런지 동작을 하면서 발가락 쪽으로 고개를 숙였다. 목 위쪽으로 피부가 붉어졌고, 얼굴은 충혈되어 뇌일혈을 일으킬 것 같았다. 가슴은 땀에 젖어 번들거렸다. '끝까지, 끝까지 내밀어요! 신체단련에 대한 건강한 열정은 언제나 당에 큰 도움이 됩니다.' 블레어는 수년 간 아침이면 스크린 뒤의 까다로운 우상 같은 존재에게 바치는 무의미한 제물과 같은 이 괴상한 동작들을 해왔다[168]. 이제 체조 강사가 그를 똑바로 응시했다. 그녀는 언제나 그런다고 블레어는 생각했다. 아니면 최소한 그가 그렇게 느끼도록 했다. 어떻든 텔레스크린 또는 그 뒤의 사람들은 당신이 어디에 있는지 정확히 알았다.

"편히 쉬어요!"

하고 여자는 약간 상냥하게 말했다[169]. 블레어는 팔을 옆으로 천천히 내리고 숨을 들이마셨다.

"자, 이제 누가 발끝까지 닿는지 봅시다!" 하고 여자가 힘차게 소리쳤다[170]. "엉덩이 오른쪽으로. 자, 동무들. 하낫 둘! 하낫 둘!……"

블레어는 발뒤꿈치에서부터 궁둥이까지 온통 욱신거리게 만드는 이 운동이 지긋지긋하게 싫었다. 그러나 놀라운 것은 매일 아침 그가 자기 집에서 혼자 이 운동을 계속하고 있다는 것이며, 이 바보 같은 운동을 하는 대신에 침대에 더 오래 버티고 누워 있을 수도 있다는 생각을 십년 이상 해본 적도 없다는 사실이었다. 그렇게 한다면 그들이 당장에 알아챌 것이었다. 당은 언제나 알아냈고, 언제나 알고 있었으니까.

어떻게 해서 당은 언제나 알 수 있을까? 텔레스크린들이 지켜보고는 있지만, 도대체 그들이 무엇을 볼 수 있을까? 잘못된 순간 회의적 표정을 지으면 표정죄[171]를 저지르는 것이었으므로 거의 모든 사람이 완전히 무표정한 얼굴을 하는 데 오래전부터 습관이 들여져 있었다[172]. 그것은 어렵지 않았고, 노력하면 숨쉬기도 조절할 수 있었다. 사실, 사람들은 심장 박동을 통제할 수는 없으며, 텔레스크린은 심장 박동 소리도 포착할 정도로 매우 예리하다고들 말했다[173]. 그런데 심장은 온갖 이유로 해서 빠르게 뛴다. 일반적으로 승리주 한 잔이면 조금 전까지도 치솟을 듯했던 블레어의 심장은 아주 차분하게 가라앉았다.

그렇다면 빅브라더가 인간의 마음을 읽는 법을 안다는 말인가? 수많은 사람들의 흰 얼굴 이면을 볼 수 있다는 말인가? 당 직원들은 두개골을 꿰뚫어 보기 위해 끊임없이 일하고 있다고들 했다. 얼굴 표정과 몸짓, 말투의 의미를 놀라울 정도로 면밀하게 연구하고, 진실을 밝히는 약물의 효과, 충격 요법, 최면, 육체적 고문을 시험했다[174]. 다만 이 심리학자, 심문자, 실험 집행자 자식들은 진짜 과학자들이 아니라는 것 역시 모두가 알고 있었다. 그들의 연구 중 어느 것도 끝까지 도달한 것은 없었다[175].

그들은 결코 끝에 도달하지 못할 것이다. 당은 고된 일을 고분고분하게 잘하지만 멍청하고 호기심도 없는 윌크스 씨 같은 사람들로 이루어졌다. 과학적·기술적인 진보는 끝이 났고[176], 사고하는 실증적 습관은 규율이 엄격한 사회에서 살아남을 수 없었다[177]. 사적인 대화가 무너졌듯이 과학자들은 연구 결과를 기록하고 동료의 연구 결과와 비교하는 등 서로의 결과물을 확인하는 능력을 잃었다. 아무튼 과학은 폐지되었다. 당은 법령으로 자연의 법칙들을 만들었다. 그 법칙들이 물질세계를 절대적으로 통제했다. 흔히 '현실'이라 불리는 것은 환상이요 가짜였다. 따라서 인간, 즉 인간의 머리 바깥에는 아무것도 존재하지 않았다. 당의 뜻이라면 사람은 비눗방울처럼 바다 위로 떠오를 수 있고, 얼음이 물보다 무거울 수 있으며, 2 더하기 2는 5가 될 수 있었다. 당은 전능하므로 과학이 필요하지 않았다[178]. 그렇기는 해도…… 그들은 어떻게든 지켜보았고 어떻게든 알았다. 기억이 없는 세계에서 당은 모든 것을 기억했고, 기록이 없는 사회에서 진리부는 무한히 공급되는 기록들을 휘저었으며, 안내 책자도 없어[179]

사적인 조사 없이는 누가 어디에 사는지 알아내기 불가능한 도시에서 빅브라더는 당신이 어디에 있는지 언제나 정확히 알고 있었다. 빅브라더는 사랑이나 증오, 분노나 질투처럼 오로지 추상적이고 대상이 불분명한 감정만을 고취했는데, 그것은 마치 배관공의 블로램프에서 나오는 불꽃처럼 한 대상에서 다른 대상으로 거의 무작위로 옮겨갈 수 있었다[180]. 아무튼 사상경찰이 당신을 추적한다면, 빠르고 효율적으로 당신을 찾아내 없애 버릴 것이다. 진짜 인간다운 접촉이나 관계, 충성심, 어떤 종류의 신뢰할 만한 인간관계도 없는 사회에서 당은 언제나 도처에서 모든 사람과 완벽한 연결 상태를 유지했다. 이것은 물리학과 공학의 법칙들이, 당의 광범위한 정신적 속임수인 이중사고에 굴복된 것과 같았다. 블레어의 몸 사방에서 진땀이 흘렀다. 얼굴 표정으로는 전혀 속을 알 수 없었다. 그가 서서 지켜보는 동안 체조 강사는 두 팔을 머리 위로 들었다가 몸을 숙여―우아하다고는 말할 수 없었지만 매우 깔끔하고 능숙하게―손가락 끝마디를 발가락 밑에 밀어 넣었다[181].

"자, 동무들! 동무들도 이렇게 하기를 원합니다. 날 보세요. 나는 서른아홉에 애가 넷이에요. 잘 보세요." 그녀는 다시 허리를 굽혔다.
"무릎을 쫙 폈죠. 원한다면 동무들도 다 할 수 있어요." 그녀가 몸을 일으키며 말했다. "아까보다 잘했어요, 동무. 훨씬 낫군요."

블레어가 힘겹게 런지 동작을 하면서 수년 만에 처음으로 무릎을 구부리지 않고 발끝에 닿는 데 성공하자 그녀가 격려했다[182].

부
MINISTRY

온갖 놀라운 능력을 지닌 텔레스크린은 《1984》에서 한 가지 점에서 매우 인상적이다. 윈스턴 스미스는 아침 체조를 하는 동안 머릿속으로 방랑하기 시작한다. 그의 방랑은 그리 멀리 가지 못한다.

"스미스!"

텔레스크린에서 고약한 음성이 소리친다.

"6079 스미스 W! 그래, 당신이요! 더 숙여요. 그보다 더 잘할 수 있잖아요. 더 노력해요. 더 더! 훨씬 낫네요, 동무.[183]"

이것은 정말 불안한 상황이다. 런던에 사는 수십만 명의 30대 남자들 중에서 스미스를, 제인 폰다가 분명히 직접 보고 있다는 뜻이었으니까.

그녀는 부(Ministry)를 통해서 지켜보고 있었다. 진리부는 모든 책과 정기 간행물, 소책자, 포스터, 전단, 영화, 영화음악, 만화, 사진, 텔레스크린 방송 등 모든 것을 책임졌다[184]. 또 다른 부로, "정말로 무시무시한"[185] 사상경찰의 본부, 애정부가 있었다.

이른바 '미니루스', 즉 애정부는 런던 중심부에 우뚝 솟아 있다. "더러운 풍경 위로 거대하고 희며…… 눈부신 하얀색 콘크리트로 지어진 어마어마한 피라미드 같은 구조물로 층들이 연이어 붙어 300미터 위로 치솟아 있었다.[186]" 이 건물에는 "지상으로 300개의 방들과 또 지하에 그만큼의 방들[187]"이 있다. 진리부 역시 바로 옆에 동일한 건물을 차지하고 있다. 모든 방송과 새로운 보도, 영화, 기록물 들이 하나의 정부 건물에서 나오고 모든 연구소나 거실, 광장에서 발송되는 회신 신호는 또 다른 정부 건물로 들어간다. 텔레스크린에 대한 공포심은 메시지나 최신식의 양방향 매체라는 데 있지 않다. 진짜 공포심은 정부에 대한 공포심이다. '정부'라는 단어 자체가 《1984》에 75번이나 언급된다[188].

오웰은 자기 생전에 이런 중앙집권화된 거대한 단일 조직이 도래하리라고 예측했다. 한 예로 더러워진 그릇 문제를 살펴보자. "생선을 담았던 프라이팬을 씻는" 문제 말이다[189]. 오웰이 1945년에 쓴 짧은 에세이의 주제는 가볍지만 무의식적 자기 풍자가 꽤 배어 있었다. "설거지를 할 때마다 나는 바다 속을 여행하고 구름 사이를 날아다니는 인간이 상상력이 부족한 것에 대해 무척 놀라는데, 그럼에도 불구하고 날마다 하는 지저분하고 시간을 꽤 잡아먹는 힘들고 단순한 일들을 어떻게 하면 안 할 수 있는지 모르겠다." 무엇을 할 것인가? 개인용 자동 식기 세척기에 대한 개념은 등장하지도 않았다. 오웰은 종이 접시를 고려하지만 그 생각을 버리고 보다 나은 것을 생각해 낸다. 우리는 "운송과 통신 수단에 머리를 쓰는 만큼 집안을 개선하는 데 머리를 써야" 한다. 그릇 닦는 게 의사소통과 같은 것인가? 《1984》를 읽은 사람이라면 누구나 다음에 무엇이 나오는지 안다. "세탁처럼 공동으로 [설거지를] 하는 것 외에 다른 해결 방법이 없다는 것을 나는 안다." 오웰은 농담이 아니었다. 진심이었다. "매일 아침 시(市) 화물차가 당신 집 앞에 멈춰서 더러운 그릇 한 상자를 실어가고 대신에 깨끗한 그릇 한 상자를(물론 당신의 이름 약자가 새겨진) 내려놓고 간다." 요 컨대 더러운 그릇 문제는…… 그렇다! 그릇 부서가 해결해 준다.

그릇은 대중전달기관이 수용하는 것 이상을 담는다. 오웰은 대중 전달기관의 중앙 집권화에 대해 수년간 예측했다. 1938년의 영국 언론은 소름 끼치도록 집중화되어 있었다[190]. 2페니 짜리 엽서[191]나 《보이즈 위클리즈Boys' Weeklies》[192](1940년 경 당시의 청소년 잡지들에 대한 오웰의 에세이 - 역주) 같이 정치적 사활이 걸린 것들 뒤에 독점기업들이 숨어 있 었다. 영화 산업은 "사실상 독점 상품"이다. 일간 신문들도 그렇고, "거의 대부분의" 라디오도 그렇다[193]. 심지어 축음기 바늘 시장조차 묶인된 독점기업에 장악되어 있었다[194].

오웰이 볼 때 강력한 기계들의 집중화는 산업화 시대에 피할 수 없 는 경제적 숙명이다. "일테면 비행기 제작과 관련된 과정은 매우 복잡 해서 조직적이고 중앙집권화된 사회에서만 가능하다."라고 오웰은 1945년 서평에서 선언한다[195]. 그가 논평한 책은 앞선 기계들이 효율 성과 개인의 자유를 조화시킬 수 있다고 주장한다. 오웰은 이 주장을 믿지 않는다. 오웰이 볼 때, 산업의 효율성을 추구하는 길은 곧장 정부 로 이어진다. 불변의 경제 법칙이 산업화는 "일종의 집산주의로 이어져 야 한다"[196]라고 지시한다. 오직 정부만이 탄광업 같은 필요불가결한 산업을 현대화하는 데 필요한 "어마어마한 금액"을 모을 수 있다[197].

오웰이 볼 때, 현대 무기는 탄광업이나 기름투성이의 프라이팬보다 더욱 불쾌한 면을 내포하는데 그것들과 마찬가지로 기본적 문제들을 발생시킨다. 그가 《당신과 원자폭탄You and the Atom Bomb》에서 이유를 밝혔듯이, "탱크나 전함, 폭격기는 본질적으로 압제 무기이다. 라이플총이나 머스킷총, 큰 활, 수류탄이 본래부터 민주적 무기인 반면에 말이다." 비싸고 복잡한 무기들은 강자를 더욱 강하게 만들고, 단순한 무기들은 "약자에게 발톱을 제공한다.[198]" 유감스럽게도 문명은 개인적 무기에서 집단적 무기로 끊임없이 옮겨가고 있다[199]. 핵폭탄보다 더 복잡하고 값비싸며 따라서 더 집중화된 것은 없다. 이런 무기는 불가피하게 그 배후에 모든 것을 소멸시킬 수 있는 가공할 평화부 같은 것을 수반한다.

이것은 차례로 집산주의 국가, 집산주의 지도, 집산주의 세계로 이어진다. 원자폭탄은 "세계를 자기들끼리 나눠 가지는…… 두세 개의 가공할 초대국(超大國)"[200]에 대한 비전에 완벽하게 들어맞는다. 작은 국가들은 강대국에 흡수된다. 마치 잡화상이나 우유배달원이 기업에 합병되듯이. 오웰은 이것 역시 수년 간 지적해 왔고, 1945년 이 문제를 다시 논의할 때, 히틀러나 스탈린의 등장에도, 관점을 조금도 바꾸지 않았다. 가능성이 가장 큰 발전 상태는 그 어느 때보다 더 소수에게 권력이 집중된 무장 평화이다[201]. 세계는 "총체적인 와해가 아니라 고대의 노예 제국만큼이나 지독하게 안정된 시대로 나아가고 있다.[202]" "전반적인 추이가 명백하고, 최근 몇 년간 이뤄진 모든 과학적 발견이 이런 추세를 가속화한다.[203]"

이런 가속화는 끝나지 않았다. 오웰이 알고 있듯, 라디오와 축음기, 영화에 뒤이어 더 많은 것들이 나오기 때문이다.

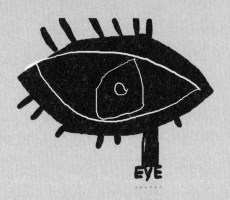

EYE

4장

블레어의 사무실에 있는 텔레스크린이 며칠째 변덕을 부렸다. 블레어가 아침 내 꼼꼼하게 다시 쓴 역사를 짜증나게도 벌써 세 번이나 다 날려 버렸다. 이것은 다 소설부에서 일하는 그 검은 머리 여자가 어느 날 아침 2분증오 시간에 그의 방 옆을 지나갔기 때문이었다. 블라이드의 곁눈질하는 얼굴이 화면을 가득 채웠고, 그의 음성이 또 새로운 반역죄 하나를 지껄여 댔다. 검은 머리 여자는 얼굴이 상기되어 가슴을 내밀었고 팔을 떨기 시작했다. 그러더니 스스로 주체하지 못하고 소리쳤다. "비열한 돼지! 돼지! 돼지!" 그가 미처 알아채기도 전에 그녀는 신어사전을 집어 들어 화면에다 힘껏 내던졌다[204]. 그 방의 스크린은 그 이후 줄곧 말을 듣지 않았다.

블레어는 무의식적으로 깊이 한숨을 쉬면서 낡은 의자를 책상 앞으로 바짝 당겨 앉았다[205]. 그는 날마다 자신이 더욱더 찌꺼기처럼[206] 되어 간다는 생각이 들었다.

그는 진리부의 기록부서에서 일했다. 이 부서의 가장 큰 파트를 구성하는 직원들이 하는 일이란 대체되었다가 폐기될 책과 신문, 자료들의 사본 전부를 찾아 모으는 것이었다. 블레어는 이보다 훨씬 까다로운 일, 즉 새로운 역사를 만들어내 옛 역사를 대체하는 일을 했다. 위조라는 말은 절대로 쓰지 않았다. 수정해야 하는 모든 오류는 이전 텔레스크린의 고장 탓으로 돌렸다[207].

블레어는 복도 건너편을 흘깃 보았다. 맞은편의 칸막이 방 안에서 꼼꼼해 보이고 선이 날카로운 얼굴의[208] 코널리라는[209] 키 작은 사내가 무릎에 신문지를 접어놓은 채 열심히 일하고 있었다. 그는 가능한 한 입을 스크린에 바짝 대고서 비밀을 유지하려는 듯 나직하게 말했다. 그가 고개를 들었는데, 안경에서 블레어 쪽으로 적대적인 빛이 번쩍했다[210].

"메일을 보여 줘."

블레어는 자기 방의 스크린에 대고 어조에 신경 쓰며 말했다.

네 개의 메시지가 맨 위에 10개의 숫자 암호로 적힌 시와 날에 따라 깔끔하게 정렬되어 스크린에 나타났다. 각 메시지는 길이가 단 한 줄이나 두 줄이었다. 풍부부의 이 달 초콜릿 생산 예상치가 수정되었고, 몇몇 과거의 인물들이 지난 달 《타임스》에서 대체되었다. 첫 번째는 많은 숫자들을 지루하게 더듬어야 하기는 했지만 일상적 문제들이었다. 블레어는 이런 일을 잘했다.

기록부는 오웰이 계획한 그대로, 최근 몇 년간 훨씬 더 효율적이 되었다. 오웰은 기이한 인물이다. 블레어는 아마 지금껏 그를 기억하는 몇 안 되는 사람 중의 하나일 것이다. 몇 년 전 블레어는 당의 공식적 역사에서 오웰의 이름을 삭제하느라 수개월을 일했고, 이제 그의 이름은 거의 완전히 잊혔다. 하지만 블레어는 기억했다. 오웰의 모든 기록을 삭제함으로써 블레어의 머릿속에 오웰의 일대기가 영원히 각인된 것이다. 텔레스크린, 네트워크, 진리부와 애정부, 이 모든 것을 오웰의 뛰어난 머리가 창조했다.

수년 간 오웰은 외부 당원이었다. 빅브라더에 대한 사랑을 종종 의심받기는 했지만 말이다. 오웰이 사라지고 나서 한참 뒤에도 당의 글쟁이들은 그가 계획한 대로 네트워크를 계속 구축했다. 구술기, 즉 말을 받아 적어 글로 바꾸는 기계가 오웰이 처음 고안한 그대로 정확히 제조됐고, 이어 텔레스크린에 결합되었다. 이제 모든 것이 텔레스크린으로 연결되었다. 물론 오웰 자신은 증발되었다.

맞은편 방의 코닐리 동무는 여전히 스크린에 대고 쉰 목소리로 딱딱하게 말하고 있었다. 그가 블레어와 같은 일을 하고 있을 가능성이 꽤 높았다. 당 내부의 최고 입안자가 여러 개의 독립된 수정 기사 중에서 최종적으로 하나를 선별하면 나머지 초안들은 기억 구멍 속으로 던져질 것이었다. 이런 장치 역시 오웰이 고안했다. 모든 책상 옆에 직사각형의 좁고 긴 구멍이 있어, 가는 쇠창살로 가려져 있었다. 이런 기억 구멍은 정부 곳곳에, 각 방뿐만 아니라 복도에도 짧은 간격을 두고 수십 만 개가 있었다[211]. 그것들은 모두 지하의 거대한 용광로로 연결된다고 했다.

"과월호들"

블레어가 자기 방의 스크린에 대고 말했다.

"타임스. 하나 넷 대시 둘 대시 아홉 넷. 타임스. 셋 대시 열둘 대시 팔 셋."

잠시 기다리자 해당 안건들의 제1 면이 스크린 창에 나타났다.

블레어는 일을 시작했다. 그가 수정하고 편집을 마치면 수정된 문서는 텔레스크린을 통해 고위 당국에 전송된다. 그의 작업은 심리를 거쳐 아마 승인이 될 테고, 《타임스》 과월호들은 체계적으로 폐기되며, 수정된 사본들이 그 대신 파일로 보관될 것이다. 이와 같은 지속적인 개조 절차가 상상할 수 있는 모든 기록물에 적용되었다. 날마다 거의 매 분마다 과거가 최신 정보로 수정되었다. 그것은 잠시 뒤면 더 이상 위조물도 아니었고, 한 조각 허튼 소리의 대용물에 불과했다. 쓰레기 투입 후 쓰레기 출력이라고 블레어는 생각했다. 어디선가 멀리서 익명의 내부 당원들이 이 모든 작업을 조정했고, 과거의 이 단편은 보존하고 다른 것은 위조하며 또 다른 것은 말살해 버려야 한다고 지시했다. 수정된 기록들은 또한 그때마다 최신판 신어사전에 등록되었다. 이것은 단어 수가 줄어들기에, 기록들이 해마다 짧아진다는 것을 의미했다. 계획적인 어휘 축소 정책이 수년 간 지속되고 있었다.

신어의 양이 한꺼번에 늘어난 일은 영문 모를 일이었다고 블레어는 생각했다. 그것에 대해서는 꽤 확신을 가졌다. 신어가 지금보다 훨씬 적었던 때가 있었는데, 그때 어떻게 해서 그렇게 빠르게 신어가 확장되었는지가 의아했다. 똑똑한 사람들은 가장 최근에 정립된 신어의 세부 사항들을 숙달한 것을 자랑스러워했고 신어 어휘에 대한 자신들의 폭넓은 지식을 과시했다. 신어는 무산 계급이 지금도 사용하는 풍부하고 감미로운 구어와는 꽤 달랐고, 그렇다고 근대 신어처럼 공허하지도 않았다. 신어는 딱 부러지고 정확하면서도 표현력은 강력했다. 이제 신어는 허세를 부리기에 딱 맞고, 기능 장애를 지적하기에 쉬웠다. 다른 모든 것과 마찬가지로 당이 통제하는 신어는 부패했다.

블레어가 한 시간째 일을 하고 있을 때 기술자가 스크린을 교체하러 왔다. 버지스는 군살이 축 늘어지고 안색이 거무스름하며 굼뜬 사내로 검은 단추와 같은 두 눈이 서로 멀찌감치 떨어져 있었다. 피부는 기름이 번드르르해서 마치 곤충의 표피처럼 윤이 났다. 그를 보자 블레어는 예전에 봤던, 황무지에서 돌들 사이를 굼뜨게 이동하던 반짝이는 검정색 딱정벌레가 떠올랐다. 수년 동안 버지스는 하급 기술자로서 설명서 한 무더기를 손에 든 채 복도를 이리저리 오가며 힘겹게 일했다. 그는 자기 일에 변함없이 무척이나 헌신적이면서 호기심과 상상력은 없어, 마침내 하부시스템 보조원으로 승진되어 스크린과 직접 관련된 일을 하게 되었다. 곧 그는 정부 내에서 스크린 교체 작업을 도왔다. 수년간 짐꾼으로서 열정을 보여준 그는 이제 시스템부 관리자의 위치로 승진했다.

몸집이 작고 수상쩍은 코널리, 그리고 육중하며 충성스러운 버지스. 당은 이런 자들에게 속했다[212]. 기계가 이런 사내들이 역할을 수행할 수 있게, 심지어 필요하게 만들었다고 한다. 오웰의 시대 이래로 당은 기계들, 더 많은 기계들을 약속했다. 일을 아끼는 기계, 생각을 아끼는 기계, 고통을 피하는 기계, 위생과 효율성, 조직을 위한 기계들, 더욱 위생적이고 더욱 효율적이며 더욱 조직적이고 더 많은 기계들을 위한 기계들을 말이다. 이 모든 게 어디서 끝이 날까? 작고 뚱뚱한 사람들의 천국에서.

물론 당의 몽상에서는 작고 뚱뚱한 사람들이 뚱뚱하지도 작지도 않았다. 그들은 우상과 같은 사람들이었다. 그러나 신체적 위험이 전반적으로 제거된 세상에서 우상과 같은 사람들은 딱정벌레 같은 사람들로 나타났다. 기술 진보로 위험이 제거되자 육체적 용기는 존속되지 못했다. 육체노동이 결코 필요하지 않은 세상에서 육체적 힘은 필요가 없었다. 잘못되는 게 전혀 없는 세상에서 충성과 관용은 무의미했고, 거의 상상할 수 없는 것들이었다. 기계화된 세상은 안전하고 안이했으며, 거기서 사는 인간은 용감하고 억세지기가 불가능했다. 기술 진척으로 아주 단순한 세상이 만들어졌고, 그곳은 바보들이 사는 세상이 되었다. 당은 스스로를 전자 공학적 효율성에 얽어맸고, 그와 마찬가지로 인간을 부드러움이라는 이상에 얽어맸다. 하지만 부드러움은 반발을 일으켰다. 당은 인간을 손도 눈도 두뇌도 없이 일종의 걸어다니는 위로 전락시켰다. 인간은 손을 사용하기를 그쳤고, 의식의 큰 덩어리를 잘라내 버렸다[213].

버지스는 블레어에게 흐리멍텅하면서도 악의에 찬 눈길을 휙 던지더니, 다섯 명의 조수들 중 두 명을 퉁명스럽게 손짓해 불렀다. 그는 블레어에게 손을 흔들어 방에서 나오게 했고, 팀원들과 안으로 비집고 들어갔다. 나머지 세 명의 조수들은 복도에서 새 스크린의 포장을 풀었다. 버지스가 블루박스를 옮겼다.

스크린은 펼쳐 놓은 신문지 크기 정도에 두께는 5센티미터쯤 되는 특대형의 칙칙한 거울 같았다. 사내들은 그것을 블레어의 좁은 사무실로 억세게 들어 옮겼다. 1, 2분 뒤 사내들은 낡은 스크린을 떼어내고 그 자리에 새 것을 끼워 넣었다. 스크린을 고정시키는 철선도, 심지어 전선도 없었다. 사내 하나가 스크린 앞 표면에 붙여 놓은 종이 시트 한 장을 벗겨 냈다. 또 몇 분이 지나자 스크린이 깜빡거리더니 켜졌다. 거의 즉시 아나운서의 낭랑한 음성이 흘러나왔다. 초콜릿 배급량을 일주일에 20그램까지 올려준 것에 대해 빅브라더에게 감사하는 시위가 있었다는 내용인 듯했다. 블레어의 기억에는 한 달 전만 해도 초콜릿 배급량이 30그램이었던 것 같았다.

버지스는 팔꿈치로 밀치며 스크린까지 나간 뒤 조수들을 방 밖으로 밀쳐 냈다. 그리고 두꺼운 교육 자료 바인더 두 묶음을 블레어의 책상 위에 올려놓고 첫 번째 묶음을 아주 조심스럽게 펼쳐서 몇 분간 골똘하게 들여다보았다. 그러고 나서 설명서를 순간순간 흘낏거리면서 블루박스를 스크린 앞에 배치했다. 사내는 확실히 자신이 하고 있는 일에 대해 잘 모르며 뭔가 중요한 단계를 놓친 것에 대해 겁을 먹은 게 분명했다.

그는 괴로울 정도로 느리게, 블루박스 표면에 고정된 열두 개의 단추들을 이것저것 눌렀다. 단추를 누를 때마다 박스에서는 아무런 음조 없는 쌕쌕 소리만 흘러나왔다. 버지스는 잠시 바인더를 들춰 보았고, 이내 쌕쌕 소리는 다시 시작되었다. 불쑥, 낭랑한 음성이 분명해졌다. 그리고 화면 여백에는 14가지 소식도 나타났다.

"다 됐소, 동무."

라고 말하는 버지스의 얼굴은 땀으로 번득였다. 문제없이 설치를 마친 것에 대해 안도한 게 분명한 그는 이제 꽤 상냥해졌다.

"다시 연결돼서 다행이지 않소, 블레어?"

"훌륭하오, 훌륭해!"

하고 블레어는 희미하게 웃으며 대꾸했다. 외부 당원과 이야기할 때는 항상 어느 정도의 열의를 장황하게 전달하려고 애써야 했다. 버지스는 멍청이라고 블레어는 웃음 뒤로 생각했다. 악랄하게 보수적이며 어떤 방식이나 강도로든 통제 가능한 작자들의 전형으로 완벽한 멍청이. 블레어가 만난 사람 중에 예외 없이 최고로 멍청하고 천박하며 머리가 빈 사내라고 말이다. 그의 머릿속에는 생각이라곤 조금도 없고, 당이 건네는 것을 받아들일 만한 능력조차 없었다. 블레어는 속으로 그에게 '인간 녹음기'라고 별명을 붙였다[214].

언제나 버지스 같은 사람들이 승진했다. 버지스와 복도 건너편의 코널리 같은 사람들 말이다. 영리하지만 실질적 기술이라곤 전혀 없는 사람들은 증발되었다. 버널이 그 예다. 버널과 그의 허시어스크린 (Hush-a-Screen) 말이다.

블레어는 경쟁자를 다시 흘낏 봤다. 뭔지는 모르지만 확실히 코널리 역시 그와 동일한 일을 하느라 바쁘다고 말해 주는 것 같았다. 코널리도 분명 같은 의심을 할 것이었다. 그는 자기 방의 스크린에 대고 쉰 목소리로 속삭이면서 자기 목소리가 밖으로 새 나가지 않게 하려고 애를 쓰고 있었다. 하지만 소용없었다. 스크린이 다른 방들에서 흘러나오는 소리를 잡아냈다. 사실 이것은 창문도 없이 긴 홀에 두 줄로 방들이 이어져 있고 웅웅거리는 음성들이 끊임없이 나오기 때문에 지속적으로 발생하는 문제였다. 때때로 잡음 수준이 너무 높아서 스크린이 전혀 알아들을 수 없는 말들을 녹음하기도 했다.

그 문제를 해결했던 버널을 블레어는 비통하게 회상했다. 버널은 그 일로 인해 즉시 증발되었다. 간담이 서늘해지는 사건이었다! 버널은 사무실에서 블레어와 제일 친한 친구 같은 사람이었는데, 비웃는 듯한 눈빛을 하고 모든 것의 세부 사항에 대해 억제할 수 없는 관심을 가졌었다. 그런 그가 증발되었다. 그것은 그가 신중하지 못하고 당에서 살아남기 위해 필요한 어리석음이 부족했기 때문이었다[215].

어느 날 버널은 굉장히 좋아하면서 사무실에 들어와서는 모든 문제의 해결책을 찾았다고 알렸다. 그것은 일종의 단단한 플라스틱 암실 같은 것이었는데 - 그는 견본까지 만들어 왔다 -, 조용한 공간을 만들어 내면서 텔레스크린 테두리에 깔끔하게 들어맞았다. 그것을 그는 '허시어스크린'이라고 불렀다. 그 후로 즉시 버널은 사라졌다. 아침이 왔는데, 그가 직장에서 없어진 것이다. 자기도 모르게 버널은 완벽한 당원이기를 그만두었던 것이다. 통설은 무의식과 같았다.

죽음 이외에 최고의 통설은, 버지스가 타고난 것과 같은 종류의 적대적이며 반주지주의적인 우둔함이었다. 세상에서 가장 유용한 기술은 현상유지나 퇴보라는 사실은 놀랄 일도 아니었다. 여전히 텔레스크린이 필요하고 전쟁과 첩보활동, 그리고 이 두 영역에서 용인된 실증적 접근을 위해 여전히 과학이 필요함을 당은 어렴풋이 이해했다[216]. 그러나 어쨌든 당의 관리자들은 모두 버지스와 같은 처지가 되었다.

블레어는 무력감이 엄습하는 것을 느꼈다. 스미스가 일기장에 썼었다. "희망이 있다면 무산계급에게 있다." 하지만 희망은 없었다. 무산자의 충성심은 오직 무산자가 볼 수 있는 데까지만 뻗어나갔고, 그것도 오직 무산자가 기억할 수 있는 동안 만이었다. 무산자들의 시장은 아주 작디작은 사소한 것들을 쌓아 놓은 높은 쓰레기 더미에 불과했다[217]. 무산자는 시장 가판대 너머를 보지 못했고, 면도날보다 큰 것은 전혀 기억하지 못했다. 무산자는 작은 물건들은 보지만 큰 것은 보지 못하는 개미와 꼭 같으며, 단지 종만 다른 또 다른 곤충이었다[218]. 오로지 빅브라더만 독수리였다. 오로지 빅 브라더만 모든 것을 보았다.

이런 점에서 실제로 당이 승리했다고 블레어는 절망적으로 생각했다. 전자 파일들이 있지만 기록은 없으며, 텔레스크린이 있지만 인간은 접근할 수 없었다. 과거는 현재와, 사람들은 빅브라더와, 모든 것이 연결되어 있었지만 모든 연결점은 거대하고 유일한 정부의 빈 지하실에서 끝이 났다. 어디에도 인간은 없고 오직 곤충과 기계, 정부만 있었다.

블레어는 의자 등받이에 기대앉으며 복도 맞은편의 코널리에게 마지막으로 눈길을 돌렸다. 정부 건물의 미로 같은 통로[219]를 민첩하게 종종거리며 다니는 작은 사람들은 결코 증발되지 않았다. 블레어는 문득, 코널리가 조만간 시스템 관리자가 되겠다는 확신이 들었다.

적

~-:.:-~

따라서 오웰이 볼 때 고도로 중앙집중화된 정부는 경제적으로 불가피하며, 라디오나 축음기, 영화, 그리고 이 모든 것이 결합된 텔레스크린보다 더 자연스럽게 정부의 끈끈한 손과 맞아 떨어지는 것도 없을 것이다. 여기서 《1984》는 앞뒤가 맞아떨어진다.

《1984》가 오웰의 머릿속에서 확고해지는 동안 그가 발표하는 다른 글들에서 전체주의적 텔레스크린에 대한 사상이 진화하는 것을 실제로 목격할 수 있다. 이런 사상은 그와 동시대의 작가이자 정치이론가인 제임스 버넘James Burnham과의 대담에서 구체화된다. 다른 나라들에서 버넘은 거의 잊혔지만 오웰은 그렇지 않다. 그 주요 원인은 오웰의 텔레스크린에 있다.

1946년에 출판된 《제임스 버넘에 관한 두 번째 생각Second Thoughts on James Burnham》[220]에서 오웰은 주된 관점에서 버넘의 견해에 동의한다. "자본주의는 소멸하고 있지만 사회주의가 그것을 대체하지는 않을 것이다"라고 오웰은 쓴다. 자본주의를 대체하는 것은 "기업체 간부와 기술자, 관료, 군인 들"로 구성된 과두제가 지배하는 "새로운 종류의 계획적이고 중앙집권화된 사회"다[221]. 작은 나라들은 "유럽과 아시아, 미국의 주요 공업국가들로 뭉쳐진 거대한 초국가들"에 통합될 것이다[222]. "내부적으로는 각 사회가 상층부는 재능 있는 귀족, 밑바닥은 반 노예상태의 다수로 이뤄진 계급사회가 될 것이다.[223]" 이것이 오웰이 요약하는 버넘의 사상인데[224], 버넘 역시 오웰을 이렇게 요약하기도 한다. 버넘보다 거의 10여 년 전에 오웰은 《위건 부두로 가는 길》[225], 《숨 쉬러 나가다》[226]를 비롯한 수많은 초기 에세이에서 이와 같이 예측했다. 버넘보다 더 멋진 산문으로 말이다.

《제임스 버넘에 관한 두 번째 생각》이라는 에세이에서 오웰은 "계획적이고 중앙집권화된 사회는 과두정부나 독재 정부로 발전하기 쉽다."라는 논지를 받아들인다. 정말로 버넘의 이런 결론은 "거부하기가 어렵다…… 계속되는 공업과 재정 권력의 집중화, 개인 자본가 또는 개인 주주의 중요성 감소, 과학자와 기술자, 관료 들로 구성된 새로운 '관리' 계급의 성장…… 이 모든 것이 그쪽으로 향하는 것 같다." 버넘이 예측했던 많은 전전 상황에 관한 세부사항들이(예를 들면 히틀러의 필연적인 승리) 성취되지 않았지만 그렇다고 해서 "그의 전체 이론이 틀렸음을 입증하지는 않는다.[227]"

그렇지만 오웰은 버넘에 관한 에세이 끝부분에서, 어쨌든 버넘은 본질적으로 잘못 판단하고 있다고 주장한다. 이 주장에서 가장 놀라운 것은 그것을 발표한 시점이다. 오웰의 에세이는 1946년에 발표된다. 이때 오웰은 《1984》를, 즉 버넘의 시각이 정확하다고 수많은 독자들을 설득하게 될 소설을 막 집필하기 시작한다. 그러나 버넘을 정면으로 검토한 오웰은 그가 매우 중대한 사안 하나를 놓쳤다고 결론 내린다. 그게 어떤 것인가? "관리들'은 버넘이 생각하듯이 그렇게 완강한 사람들이 아니다"라고 오웰은 말한다. 버넘은 "민주 국가가 누리는 군사적이고 사회적인 이점들"을 무시했다. "독일 국가 사회주의, 즉 나치즘과 같은 운동은 타당하고 안정된 결과를 낳을 수 없음을 처음부터 봤어야 했다…… 인간 사회가 조화를 이루려면 어떤 행동 규칙들은 준수되어야 한다.[228]"

이것은 버넘에 대하여 매우 분별 있는 비판이다. 그리고 주목할 만한 한 가지는 이 비판이 오웰의 펜, 즉 이제 막《1984》를 쓸 준비를 하고 있고 오랫동안 버넘과 정확히 같은 종류의 글을 써 왔던 펜에서 나왔다는 사실이다. 겨우 몇 해 전 오웰은 버트런드 러셀Bertrand Russell의《권력: 새로운 사회적 분석Power: A New Social Analysis》에 대해 논평했다. 그 책에서 러셀은 독재 국가는 거짓말에 의존하기 때문에 결국에는 붕괴된다고[229] 주장한다. "그렇게 된다고 확신할 수 없다."라고 오웰은 응수한다. "지배 계층이 스스로를 속이지 않으면서도 추종자들을 속이는 국가를 상상하기란 아주 쉽다…… 단지 라디오나 국가가 통제하는 교육 등등의 불길한 가능성만 고려하면 된다."

그렇다면 오웰은 독재 국가는 자멸한다는 러셀의 주장에 동의하는가 아니면 독재 국가는 지속되고 강력해진다는 버넘의 견해에 동의하는가? 1940년, 러셀의 책을 비평할 때 오웰은 버넘과 의견을 같이했고 1946년 버넘의 책을 비평할 때는 러셀의 의견에 동의했다. 그리고 1948년《1984》집필을 끝낼 때는 버넘의 견해에 다시 한 번 동의한다. 도대체 무슨 일이 일어났는가? 대답은 "라디오와 기타 등등"에 있다. 대답은 텔레스크린이다.

1946년에 오웰은 버넘이 틀렸다고 (일시적으로) 확신한다. 그는 책임감 있는 비평가로서 이유를 설명하는 데 공을 들인다. 버넘은 마키아벨리에게 의존했는데, 마키아벨리의 이론은 "생산 방식이 원시적"일 때는 충분히 유효했지만 현재는 더 이상 쓸모없게 되었다. 정치적 세계가 완전히 변했다. 무엇 때문인가? 그것은 "기계가 등장"했기 때문이다. 산업화로 인해 인간은 단조롭고 고된 일을 "기술적으로 피할 수" 있게 되었다. 오웰은 말한다. "사실상 버넘은 자유롭고 평등한 인간의 사회가 존재한 적이 없었기 때문에 앞으로도 그런 사회는 결코 존재할 수 없다고 주장한다. 이와 같은 논거라면 1900년의 비행기 또는 1850년의 자동차도 존재할 수 없다고 주장했을 것이다.[230]" 버넘의 중대한 실수는 신기술의 정치적 결과를 오해한 데 있다.

오웰은 버넘을 잠시 제쳐 두고 《1984》 집필에 들어간다. 글을 써나가면서 오웰은 버넘이 어디에서 틀렸는지 다시 생각하게 된다. 그는 기계에 대해 생각한다 - 오웰은 **항상** 기계에 대해 생각한다 - 이어 그는 충격을 받는다. 버넘의 지정학적 예언이 결국 옳았던 것이다! 수년간 버넘의 견해들 전부를 예견한 1930년대의 오웰 역시 옳았다. 전체주의적 초국가가 다시 오고 있다. 버넘은 그 이유를 정확히 이해하지 못하고, 모든 것을 마키아벨리적 과두제 탓으로 돌렸다. 그러나 이제 오웰은 진짜 이유를 파악한다. 빅브라더는 새 기계가 출현하기 때문에 온다. 빅브라더는 텔레스크린을 통해 등장한다.

실제로 오웰은 수년간 그것을 말해 왔다. 아마 기억을 새롭게 하기 위해 자기 글들을 되읽어 봤을 것이다. 1940년대 버트런드 러셀의 글에 대한 비평에서 라디오와 기타 등등의 "불길한 가능성"을 지적하는 부분, 또는 1936년에 발표한 다른 서평까지 말이다. 오웰은 당시 "당신은 히틀러와 무솔리니, 실업, 비행기, 라디오를 무시할 수는 없다." 라고 썼다[231]. 1939년에 발표한 또 다른 서평에서는 이렇게 쓴다. "종교재판은 실패했다. 하지만 종교재판은 근대 국가의 자원을 갖고 있지 않았다. 라디오와 신문검열, 표준화된 교육, 비밀경찰이 모든 것을 바꿨다…… '집단 암시'는 최근 20년간 발전한 학문인데, 그것이 얼마나 성공적일지 우리는 아직 모른다."[232] 또 아마 오웰은 전시에 BBC에서 방송한 것을 기억하고 "조나단 스위프트와의 가상 인터뷰"를 꺼내 봤을지 모른다.

조지 오웰: 선생님의 시대 이후 이른바 전체주의라는 것이 등장했습니다.

조나단 스위프트: 그게 새로운 것인가요?

조지 오웰: 엄밀히 말해 새롭다고는 할 수 없지만 현대의 무기와 의사소통 방식 덕에 비로소 실현 가능해졌다고 말할 수 있습니다.

여기에 근대적 의사소통 방식이 또 나온다. 새로운 원격매체는 근대 전체주의 이전에는 결코 보지 못하고 상상도 못한 완전히 새로운 힘을 부여한다. 《1984》는 단지 버넘의 개작(改作)이거나 허버트 조지 웰스H. G. Wells의 《잠든 자가 깨어난다The Sleeper Awakes》[233], 잭 런던Jack London의 《강철 군화The Iron Heel》[234], 자먀틴Zamyatin의 《우리We》[235], 올더스 헉슬리Aldous Huxley의 《멋진 신세계Brave New World》[236], 아서 쾨슬러Arthur Koestler의 《정오의 어둠Darkness at Noon》[237], E. M. 포스터E. M. Forster의 《기계가 멈춘다The Machine Stops》[238] 등 오웰이 여러 번 읽고 쓴 모든 책들의 변형이 아니다. 다른 책들처럼 《1984》는 권력에 관한 책이다. 그러나 오웰의 책에서 정치적으로 새로운 것, 근본적이고 뛰어나게 새로운 것은 과두정부와 의사소통 기계가 결합된 권력이다. 《1984》에서 빅브라더는 모든 사람에게 말하지만 윈스턴 스미스는 아무에게도 말하지 않는다. 대중을 향한 프로파간다는 도처에 있지만 사적인 대화는 어디에도 없다. 기억도 마찬가지다. 정부는 모든 것을 저장하고 수집하고 다시 쓰지만 사적 개인은 잊고 또 잊는다. 사상경찰은 모든 개인의 생각을 알지만 개인의 사적 생각 자체는 존재하지 않는다. 이 모든 것이 원격통신 기술에 따라 정해진다.

그리고 《1984》에서 가장 으스스한 점은 이런 것이 매우 그럴듯해 보인다는 사실이다. 정부는 모든 텔레스크린을 설치하고, 텔레스크린은 빅브라더의 얼굴과 음성을 내보내며 인간의 모습을 띤 정부의 눈과 귀를 투영한다. 사실 "빅브라더를 실제로 본 사람은 아무도 없다. 빅브라더는 광고판의 얼굴이요 텔레스크린의 목소리다.[239]" 바로 이것이다. 빅브라더는 전자기계 안에 있는 감각이요 소리요 이미지다. 그는 '병 속에 든 뇌'이다. **기계 자체가 적이다.**

그게 아니라면 이것은 불가능하다. 가장 악한 기계라도 그 배후에 악한 인간이 요구된다.

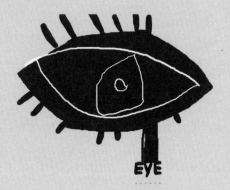

EYE

5장

승강기는 조용하면서 빠르게 움직였다. 흰 상의를 입은 하인들이 여전히 건물 안 폭신한 카펫이 깔린 통로를 분주히 오갔다[240]. 늘 그랬듯이 안에서는 좋은 음식과 좋은 담배 냄새가 났다. 하지만 흰색 징두리 벽판을 대고 크림색 벽지를 바른 벽은 한때는 매우 깨끗했는데 지금은 사람의 몸들이 길게 닿았던 더께가 보이기 시작했다. 벨벳처럼 반질반질한 짙은 푸른색 카펫은 이제 눈에 띄게 해어졌다.

오브라이언은 방 안, 초록색 갓의 램프를 올려 둔 탁자 옆에 혼자 앉아 있었다. 텔레스크린의 소리는 속삭임 정도로 약해져 있었다. 그는 한때 사자 갈기 같이 기름진 회색 머리털을 지닌 거구의 사내였다[241]. 길쭉한데다 깊은 주름이 많으며 거칠고, 익살스러우면서 잔혹해 보이는 얼굴에서는 어느 정도 매력이 풍겨 나왔었다. 이제는 그런 매력은 없었다. 다 사라지고 거대한 몸집과 잔인성만 남았다.

오브라이언은 책상 위로, 살이 축 늘어진 육중한 팔을 뻗어 보고서를 집어 들었다. 멍청이, 하고 오브라이언은 생각했다. 그들은 마지막 한 녀석까지 전부 다 멍청이에다 무능력하다. 그 주변에는 바보들뿐이다. 일을 다른 사람들에게 맡겼을 때 어떤 일이 벌어지는지 드러나고 있었다. 헬리콥터와 텔레스크린…… 이제는 한심하고 하찮은 일기장까지, 그들은 모든 일을 엉망으로 했다.

옛날에는 달랐다. 오브라이언은 자신이 개인적으로 어떻게 윈스턴 스미스를 무너뜨리는 일을 맡았었는지 기억했다. 스미스는 고백했고 철회했으며 빅브라더를 사랑하는 법을 배웠다. 업무는 긴급공문을 통해 처리되었다. 오브라이언은 업무를 처리한 뒤 교수형 관람을 특히 즐겼다. 당은 물론 교수대의 발판을 치웠다. 사람들은 질질 끌려와 매달려서는 발을 구르고 버둥거렸다. 스미스는 완전히 죽기까지 거의 15분이 걸렸다[242]. 당은 이런 종류의 일을 잘했다.

그런데 지금까지도, 오브라이언 휘하의 사상경찰은 스미스의 일기장조차 찾아내지 못했다. 선동가와 배반자 들이 아마 그 일기장을 통해 바로 지금 이 순간에도 연락하고 있을 것이다. 그것은 언어도단이며 당의 패권에 대한 근본적인 위협이었다. 당은 처음부터 다음과 같은 것을 가르쳤다. 모든 시민은 다른 모든 통신 채널과는 연결이 끊긴 채 하루 스물네 시간 공식적 프로파간다에 노출되어야 한다[243]. 그렇지만 당의 온갖 노력에도 불구하고 다른 통신 채널들이 열려 있었다.

오브라이언은 또 스미스를 생각했다. 그는 흥미로운 경우였다. 오브라이언은 스미스를 무너뜨린 뒤 풀어주고 나서 몇 달 뒤에 다시 체포하게 했다. 스미스는 석방된 순간부터[244] 새로운 음모에 가담했다는 사실이 재판에서 드러났다. 처형은 후대에 경고하는 의미에서 승리 광장에서 이뤄졌다[245]. 그런데 어찌되었는지 유감스럽게도 스미스의 일기장은 기억 구멍 행을 모면했다.

더한 것은 텔레스크린 문제였다. 고장 난 텔레스크린 장치를 고치고 관리할 줄 아는 사람이 아무도 없는 것이었다. 동아시아 포로들은 낡은 장치가 고장 나면 바로 새 것을 완벽하게 만들어낼 줄 알았다. 그런데 지금은 텔레스크린 시스템 전체가 문제인 것 같았다. 아마 네트워크가 오래되었기 때문일 수 있는데, 이 또한 확실히 말하기는 불가능했다. 오웰은 이 문제의 원인을 알았을 테지만 그는 수년 전에 숙청되었다. 만일 네트워크가 작동을 멈춘다면 그때는 어떻게 되는가? 당의 두 번째 주요 통치원리, 즉 '감시 대상인 모든 시민은 하루 스물네 시간 경찰의 주목을 받아야 한다'[246]가 위태로워진다.

오브라이언은 바로 앞 책상 위에 펼쳐 놓은 거대한 지도를 피곤한 기색으로 응시했다. 그의 만만찮게 지적인 얼굴[247]이 수분 동안 불길하게 책상 위로 기울어져 있었다. 그러다 결국, 그는 다시 의자 등받이에 몸을 기댔다.

지도를 보면 그는 항상 옛 지하도가 떠올랐다. 수많은 선들이 열차 통로를 따라 퍼져 있었다. 수년 전, 오브라이언은 신속하게 시찰하기 위해서 지하로 길게 뻗은 출입 사다리를 타고 내려간 적도 있었다. 오렌지색 굵은 전선들이 벽 고리들에 마치 고무 줄기들처럼 매달려 있는 것을 보았다. 오웰이 이 전선 체계의 엄청난 용량에 대해 한두 마디 했는데 오브라이언은 지하에 오래 있고 싶지가 않았다. 지하 터널은 수백만 마리 쥐들의 소굴이었기 때문이다.

이 네트워크는 런던 전역에 뻗은 수십 개의 고리와 구불구불한 선들로 구성되어 있었고, 지도 상에 각기 다른 색깔로 표시되어 있었다. 각각 켄징턴에서 리버풀 가(街)까지의 둘레, 서쪽의 해로 주변, 동쪽의 우드포드 주변을 순환하는 두세 개의 중심 고리가 있었다. 이 중심 고리들을 가로질러 왓퍼드에서 이스트엔드까지, 강을 가로지르는 워털루 로에서 타워힐까지, 시내 동쪽 중심에서 페니필즈까지, 와핑에서 화이트채플까지 또 다른 선들이 제멋대로 뻗어 있었다. 두 개의 중심 고리가 워털루 다리에서 멀지 않은 엠뱅크먼트 강변도로에서 교차했다[248]. 네트워크는 런던 중심부에 빽빽이 밀집되어 있었고, 교외로 나갈수록 밀도가 차츰 약해졌다.

오브라이언은 자신이 그 지하터널에 다시는 내려가지 않을 것을 알았다. 지금 그 일을 하기에는 너무 나이가 들었다. 나이 때문에 신경 쓰이는 것은 아니었다. 풍족하게 잘 살았으니까. 처음부터 당원이었던 그는 대 숙청에서 살아남았고, 계급이 올라가 최고의 음식과 최고의 와인, 최고의 여자들을 즐겼다. 현재 그의 유일한 기쁨은 당의 일을 하는 데 있었다. 그 자신의 몸이 쇠퇴하는 것은 참을 수 있었다. 하지만 당이 쇠퇴하는 것은 참을 수 없었다.

오브라이언은 네트워크를 새로 교체한 게 실수였음을 알았다. 본능적으로 말이다. 옛 네트워크는 간단한 스크린들과 연결된 간단한 체계였다. 그것을 멍청한 단말기라고 기술자들은 불렀었다. 멍청이 박스들이라고 말이다. 딱 그렇다고, 오브라이언은 늘 생각해 왔었다. 스크린은 간단한 구리 전선에 직접 연결되어 이해하기 쉽고 고치기 쉬우며 교체하기도 쉬웠다. 전선도 어디로 연결되는지 금세 알 수 있었다. 오브라이언은 수년 전의 옛 네트워크 지도를 보고 자신이 얼마나 감탄했었는지 기억했다. 수백만 개의 모세혈관 같은 전선들이 진리부의 유일하고 거대한 뇌로, 애정부의 유일하고 겁낼 것 없는 심장부로 곧장 이어졌다. 현재 그 앞에 있는 지도에서처럼 지저분하게 뒤엉켜 있지 않았다. 옛 네트워크는 고전적 정원의 모습을 띠었었다. 새 네트워크는 마치 거대한 미를 갖췄지만 늪과 병든 잡초들이 무성한 야생의 낭만적인 밀림 같았다[249].

오브라이언은 네트워크를 바꾸는 데 자신이 마지막으로 동의했던 일을 쓸쓸한 마음으로 회상했다. 평화부가 그 일을 주도했는데, 단 한 발의 로켓 폭탄에도 전 네트워크가 파괴될 수 있다고 겁을 줬었다. 풍부부는 그 주장에 무게를 실어 줬다. 더 이상 옛 네트워크에 필요한 전력 공급을 보장할 수 없다고 말이다. 이어 진리부는 모든 방에 연결되고 모든 기록을 수정하며 다른 모든 형태의 통신 수단을 압도할 수 있는 강력한 시스템이 필요하다고 했다.

그러나 최종적으로 오브라이언을 설득한 것은 그가 지휘하는 사상경찰이었다. 사실, 그 모든 것을 설계한 주 건축가는 오웰이었다. 오웰이 새 설계도의 타당성을 설명했다. 끈기 있게 설명하고 또 설명했다. 옛 시스템에 과부하가 걸렸다. 사무실과 가정, 광장에서 흘러나오고 각 정부의 터널들을 통과하는 정보의 홍수를 다 처리할 수 있게 설계되지 못했다. 오로지 새로 설계해야만 그 모든 정보를 감당할 수 있다고 말이다.

그래서 오브라이언은 자신의 더 나은 판단에 반해 굴복하고 말았다. 오래된 전선들을 뜯어냈다. 쓸모없어진 어마어마한 양의 구리선들이 십여 개의 오렌지 색 새 고무링으로 교체되었다. 애정부의 지하는 주 터널과 마찬가지로 휑하니 비어 있다. 새 세대의 텔레스크린들이 런던 전역에 배치되었다. 그 후 10년간 새 시스템은 오웰이 약속한 대로 업무를 수행했다고, 오브라이언은 인정했다. 텔레스크린이 제대로 작동했다. 모든 시민은 다른 모든 통신 채널과 연결이 끊긴 채 하루 스물네 시간 공식적 프로파간다에 노출되어야 한다[250]. 오웰은 그렇게 될 것이라고 약속했다. 그리고 약속을 지켰다.

그렇지만 오브라이언은 여전히 의심이 들기도 했다. 당은 정말로 텔레스크린이 필요했을까? 그는 윈스턴 스미스를 어떻게 체포했는지 기억했다. 아무런 장치 없이 옛 방식으로 체포했다. 오브라이언은 그가 하던 방식대로, 신뢰를 불어넣은 뒤 비밀을 털어놓게 만들었다. 스미스와 같은 부류는 목숨이 위태로워지더라도 속내를 털어놓았다. 당의 적은 언제나 그런 부류였다. 그들은 빅브라더를 믿지 못하고, 그렇기 때문에 다른 사람을 신뢰한다. 그런 부류에게는 단지 호의적인 귀, 이해한다는 눈빛, 친밀한 기미, 당신이 동류이며 친구라는 작은 암시만 주면 되었다. 처음에 오브라이언은 스미스가 내부당 아니면 배반자들의 형제단, 둘 중 어디로 기울고 있는지조차 몰랐다. 그래서 기다리고 귀기울여줬더니 마침내 그가 털어놓았다. 너무 웃겨 믿기 힘들 정도였다. 오브라이언은 스미스를 부드럽게 설득해 선동적 일기를 쓰게 만들었다.

텔레스크린은 결코 그런 성과를 낼 수 없었다. 사람들은 텔레스크린을 두려워하고 피하며 그것에 복종했다. 결코 자진해서 그것에게 비밀을 털어놓지 않았다. 어떤 멍청이가 텔레스크린에게 고백하려고 시도한다 해도, 그는 곧 실망하고 말 것이었다. 아무도 그를 체포하러 나타나지 않을 공산이 압도적으로 컸다. 물론 사람들은 사상경찰이 항상 모든 사람을 지켜보고 있다고 믿도록 조장 받았지만, 실제로 그렇게 하기란 확실히 불가능했다. 지켜볼 사람이 너무 많았다. 다행히 그런 환상을 유지시키는 일은 대체로 잘 되었다. 예를 들면 체조 시간에 정부는 개인에게 해당되는 듯한 소리를 일정한 간격을 두고 무작위로 내보냈다.

"스미스!" 하고 진행자가 소리치는 것이었다. "맞아요, 스미스, 당신! 제대로 하세요!"

런던에 사는 스미스란 이름을 가진 모든 사람이 자신을 지칭한다고 여길 테고, 모든 베이커와 존스가 다음에는 자신들의 이름이 호명되리라 생각할 것이었다. 그런 식으로 작동되었다고, 오브라이언은 마지못해 인정했다. 사람들은 감시당하고 있다고 믿는 한 그에 맞게 적절히 행동했다.

빅브라더가 항상 모든 사람을 지켜볼 수는 없다 하더라도 텔레스크린은 최소한 모든 사람이 빅브라더를 보는 일을 가능하게 했다. 진리부는 텔레스크린을 이용해서 사람들을 호색과 저질스러운 폭력에 무감각하게 만들고, 자신들이 텔레스크린에서와 같은 삶을 살고 있으며 그것이 그 어느 때보다 나은 삶이라고 믿게 만들었다. 허기진 배를 움켜쥔 사람들에게 기적을 보여주는 이런 현대의 전기 과학은 기이한 광경이라고 오브라이언은 생각했다. 무산자들은 이부자리가 부족해 밤새 오돌오돌 떨겠지만 아침이 되면 샌프란시스코나 상파울로에서 전송되는 뉴스를 볼 수 있었다. 2천만 명의 사람들이 음식을 제대로 먹지 못했지만 말 그대로 모든 사람이 텔레스크린에 접근 가능했다. 그들은 음식으로 채우지 못한 것을 전기로 채웠다. 자신들에게 정말로 필요한 모든 것을 강탈당한 노동자계급 전체가, 삶의 외양만을 달래주는 싸구려 사치품으로 보상받고 있었다. 이것은 매우 만족스러운 합의였다. 텔레스크린은 아사 직전의 사람들에게 효율적인 처방이었다[251].

밤낮으로 텔레스크린은 사람들의 귀를 멍하게 만들었고 눈을 사로잡았다. 사람들은 집중하고 연속적인 생각을 해나가며 무엇으로든 자신을 표현하는 능력을 잃었다. 결코 혼자 있지 않았고, 음악이나 당의 프로파간다 소리에서 벗어나지 못했다. 음악은 - 모두에게 언제나 동일한 - 가장 중요한 요소였다. 그것의 역할은 생각과 대화를 하지 못하게 막고, 새 소리나 바람 소리와 같이 아무 때나 침입하는 자연의 소리를 차단하는 것이었다. 텔레스크린은 결코 꺼지지 않았다. 식사 시간에도 줄곧 켜져 있어, 사람들은 텔레스크린에서 나오는 소리나 음악이 상쇄되도록 큰 소리로 말했다. 음악 소리는 대화가 심각해지거나 또는 일관성을 띠는 것조차 막았으며, 재잘거리는 소리 때문에 음악을 주의 깊게 듣지 못했고, 그 두려운 것 즉, 생각을 시작조차 못했다[252]. 그것이 텔레스크린의 목적이었다. 인간 의식의 범위를 좁히는 것 말이다. 사람들의 관심사, 물질세계에 대한 접속점, 그날그날의 분투를 가능한 한 좁히는 것이었다[253].

좋든 싫든 간에 텔레스크린은 극히 중요하다고 오브라이언은 생각했다. 오웰이 설계한 것은 잘 돌아갔다. 대부분의 영역에서 여전히 그랬다. 그가 약속한 대로 네트워크는 현재 전적으로 자가 추진되고 있다. 앞으로도 수년간은 꽤 믿을 수 있을 듯했다. 사실 오웰은 그 점에 대해 계속해서 장황하게 설명했다. 시스템은 "팔팔하고, 무정지(無停止)형이며 사용자간 직접 접속되어" 작동한다고 오웰이 말했었다. 스크린 한 대, 굵은 전선 하나가 고장 난다고 해서 전체 네트워크가 파괴되지 않는다. 이것은 오브라이언에게 의미 없는 전문용어에 불과했지만, 이 전문용어는 오브라이언이 한 번도 반박할 엄두를 내지 못했던 한 가지 권위, 즉 과학의 옷을 걸치고 있었다.

그는 자신이 그렇게 많은 세월을 쏟아 만들어 낸 옛 시스템을 벗겨낸다는 생각이 더욱 싫었다. 오브라이언은 책상 위에 펼쳐진 지도에 다시 눈길을 돌렸다. 그러고는 자신이 가장 질색하는 것이 바로 그것임을 알았다. 그것에는 질서가 없었다. 전선들이 거의 마구잡이로 교차하면서 도시 주위에 제멋대로 감겨 있는 것 같았다. 이 지도를 보자 그는 1960년대의 흉물스러운 거품 같은 구조물들 중의 하나였던 측지선 돔이 떠올랐다. 가로대들이 서로 다 연결되어 있고 중심이 되는 척추나 모든 것을 다 아는 뇌도 없이, 짜임새 없이 만들어진 구체(球體)말이다. 지도는 혐오스러웠다. 지도 위의 애정부는 거의 상관없는 것처럼 동떨어져 있었다. 중심부도 아니었다.

그리고 이제, 오웰은 숙청되었고 창단 기술자들은 죽거나 강제노동수용소에서 사라졌으며 살아남은 소수는 공포에 질려 생각을 못하고 정부의 연구실은 완전히 부패한 지금, 네트워크가 말을 안 듣기 시작했다. 스크린들이 매우 빈번히 고장 났다. 단지 꺼지는 게 아니라 불규칙하게 작동했다. 점점 더 악화되었다. 앞으로 스크린들이 완전히 통제 불능이 될 가능성이 높았다. 텔레스크린이 없다면 당은 끝난 셈이었다.

거대한 몸집의 오브라이언은 다시 의자에 자리를 잡았다. 그는 자기가 언제부터 이렇게 뚱뚱해졌는지 하릴없이 생각했다. 마치 포탄이 그를 치고 안으로 쑤시고 들어온 듯 갑자기 그렇게 된 것 같았다. 어느 날 밤 여자들을 밝히며 여전히 젊은 몸으로 잠자리에 들었다가 다음 날 아침 깨어나 자신이 엄청나게 비대해진 것을 느꼈다[254]. 현재 그는 자신의 뚱뚱한 몸이 자랑스러웠다. 축적된 살이 자신의 대단함을 상징한다고 보았던 것이다. 한때 눈에 띄지 않고 배고팠던 그가 지금은 뚱뚱하고 부유하며 두려운 대상이 되었다. 그는 적들의 몸으로 부풀어 올랐고, 바로 그 생각에서 아주 시적인 뭔가를 뽑아내기도 했다[255].

하지만 그는 늙었으니 곧 죽게 될 것을 알았다. 감각이 없을 정도의 피로가 발끝에서부터 무릎으로 기어 올라오는 것을 느꼈다. 이제 그런 느낌이 며칠 간격으로 올라왔다. 언젠가 그것이 가슴까지 기어오를 것을 그는 알았다. 그때까지 그에게 한 가지 큰 임무, 즉 당을 구하는 대임(大任)이 남았다. 그는 이미 적절한 사람들을 소집했다. 쿠퍼에게 말해 놓았다. 무조건적 충성을 지닌 유능한 시스템 관리자가 네트워크를 조사하고 문제를 수정할 것이었다.

한 20초 정도 오브라이언은 꼼짝 않고 앉아 있었다. 이내 그는 의자를 텔레스크린 앞으로 바짝 당겨서, 불쑥 부의 혼성 용어로 메시지를 외쳤다.

"명령-1-열기. 항목 1 쉼표 5 쉼표 7 완전히 마침. 전송. 항목 6 이중플러스Doubleplus 웃기는 기울어짐 생각범죄 마침. 삭제. 명령-1-닫기. 명령-2-닫기."

텔레스크린은 어둠 속으로 사라졌다.

이중사고

기계 자체가 적이다. 그런데 누구의 적이란 말인가? 오웰에게 그 답은 명백하다. 텔레스크린은 오브라이언이나 채링턴 같은 내부당의 악인들에게 권한을 주고, 윈스턴이나 줄리아 같은 외부당의 괜찮은 사람들을 노예로 만든다. 텔레스크린은 양방향 장치이지만 한쪽 방향에서만 통제된다. 평범한 연인들은 속삭이고 기다린다. 속수무책으로 순수한 그들은 필연적으로 발각되어 죽임을 당할 것이다. 사상경찰이, 병 속의 유리 눈 뒤에 숨은 악한 뇌가 감시하고 엿듣는다.

그러나 이 모든 것에 명백히 반하는 두 가지 이의가 있다. 오웰은 그 첫 번째 것을 주의 깊고 충분하게 생각했다. 그것은 버트런드 러셀이 《권력: 신 사회 분석Power: A New Social Analysis》에서 정리한 이론이다. 러셀에 따르면 독재 국가는 "조직적인 거짓말로 이뤄진 거대 체계"에 의존하고, 이것은 "사실을 아는 사람들에 의해 그 독재 국가의 약점으로 작용하기 쉽다.[256]" 이것을 《1984》의 용어로 표현하면, 독재 국가는 텔레스크린을 만들어낼 수 없다. 두 번째 더욱 중요한 이의는 이렇다. 텔레스크린은 독재 국가에서 남아나지 못할 것이다.

러셀의 반론부터 시작하겠다. "지도자가 말하면 2 더하기 2는 5가 되는[257]" 국가에서 어떻게 텔레스크린처럼 기술적으로 복잡한 것들이 유지되겠는가? 오웰은 이 질문을 자신에게 여러 번 던져 보았다[258]. 러셀의 책에 대한 서평에 이에 대한 오웰 자신의 대답이 요약적으로 나타난다. 《1984》의 용어로 말해 그 답은 이중사고이다. 이것은 "지배계급이 자신은 속이지 않으면서 추종자들을 속이는 국가를 상상하기란 아주 쉽다." "천문학과 관련해 이중 체계를 만들어 내는 게 우리의 능력을 넘어선다고 생각하나?"라고 《1984》에서 오브라이언이 윈스턴 스미스에게 묻는다. 그러고 나서 오브라이언이 직접 대답한다. "별들은 우리의 필요에 따라 가까이 또는 멀리 있을 수 있네. 우리의 수학이 그것을 감당할 수 없다고 생각하는가? 자네는 이중사고를 잊었나?259)"

이쯤에서 정신적 기지개가 약간 필요한데, 이것이 아주 믿기 어려운 것은 아니다. 어쩌면 오웰이 옳을지도 모른다. 즉, 독재 국가는 텔레스크린만큼 앞선 기술을 개발하는 게 가능할지도 모른다. 이것에는 특권을 누리며 상대적으로 자유로운 과학자 및 기술자 공동체의 엄격한 격리가 요구된다. 여전히, 그리고 특히 소련이 인공위성 스푸트니크(Sputnik)를 쏘아 올린 이상 그런 사건을 상상하는 게 가능하다.

그런데 텔레스크린이 독재 국가에 남아 있을까? 오웰은 이 질문에 대해 단지 한 가지 작은 부분만 진지하게 다룬다. 이중사고를 고려하더라도, 독재 국가 내에서 과학은 자유 국가에서 처럼 발전하지는 못할 것이다. 자유는 더욱 강력한 무기를 개발할 것이고, 이내 밖에서부터 노예제를 제압할 것이다. 정말로 그럴까? 《1984》를 쓰기 훨씬 전에 오웰은 이에 대한 답변을 전개했다. 여러 글 중에서 1943년에 쓴 에세이에 이렇게 나와 있다. "스페인 내전을 돌아보라."

오웰의 대답은 꽤 간단하다. "파시즘 또는 가능하다면 여러 파시즘의 혼합체가 전 세계를 정복할 것이다." 동시에 말이다260). 그 후로는 군사적 효율성을 유지하고, 좀 더 자유로운 사회의 더 빠른 과학적 진보에 대항해 방어할 필요성이 더 이상 존재하지 않을 것이다[261]. 이 것이 《1984》에서 일어난 일이다. 오세아니아는 다른 두 개의 전체주의적 초국가, 유라시아와 동아시아와 구분이 되지 않는다. 세 초대국들의 정치문화는, 각각 영사(Ingsoc, 영국 사회주의), 신 볼셰비즘, 동아시아의 "자아 소멸"이라는 다른 이름을 갖는다. 그러나 "세 초대국의 철학은 거의 구별되지 않고, 각각이 지원하는 사회체제 역시 전혀 구별되지 않는다.[262]" 그 결과는 완벽한 균형이다. 세 개의 초대국들은 마치 세 다발의 옥수숫대처럼 "서로를 받쳐준다."[263] 과학은 위축되지만 어디서든 같은 비율로 위축되기에 군사적 균형이 유지된다.

이렇게 오웰은 자신의 지적 측면을 방어한 듯하다. 이중사고로, 독재 국가들에서도 텔레스크린을 개발할 수 있다. 지정학적 곡식단으로, 군사적 안정을 죽 유지할 수 있다. 모든 게 잘 들어맞는다. 전체주의가 일단 전 세계에서 자리를 잡으면 영원히 지속된다. 텔레스크린의 탄생은 자유 언론의 죽음을 뜻한다.

조금만 생각해 봐도, 이것은 매우 기이한 현상이다. 결국 텔레스크린은, 라디오나 축음기, 영화 카메라를 대체하는 표현 매체이다. 옛 것보다 굉장히 강력한 최신식의 인쇄기나 마찬가지이다. 마셜 맥루한Marshall McLuhan이 《구텐베르크 은하계The Gutenberg Galazy》에서 지칭한, 멀리 있어 흐릿하게 보이는 별들 가운데 초신성이다[264]. 여기서 무엇을 발견할 수 있는가? 환상적인 능력을 가진 새 인쇄기 개발은 곧 문학의 종말, 예술의 종말, 지적 자유의 종말, 생각 자체의 종말을 의미한다. 바로 그것을 받아들이기가 힘들다.

■

텔레스크린에 대한 오웰의 비관론의 일부는 매체 그 자체에서 비롯된다. "영국인은 예술적 재능이 없다"라고 오웰은 《영국, 당신의 영국》에서 대담하게 선언한다[265]. "잉글랜드인은 독일인이나 이탈리아인처럼 음악적이지 않고, 영국에서는 프랑스에서처럼 회화와 조각이 번성했던 적도 없다." 하지만 "그들이 풍부한 재능을 보여 준 예술 분야가 한 가지, 즉 문학이 있다.[266]" 요컨대 그림과 소리(문어 외의 다른 모든 매체)는 진정으로 영국적이지 않다. 이런 진기한(그리고 내가 아는 한 정확한) 문화적 환원주의는 텔레스크린을 잡으려 하는 인간에게 분명한 영향을 미친다. 사무실의 텔레스크린들은 곤충과 같은 인간의 편의를 위한 것인가? 분명히 그렇다. 텔레스크린은 바그너 음악이나 보티첼리의 어느 정도 외설적인 누드화를 위한 것인가? 아마 그럴 것이다. 그러나 사진 기계로서의 텔레스크린은 명백히 영국의 예술적 자유에 아무것도 더해 주지 못한다.

이것이 기본적으로 오웰이 내린 결론이지만 사실 그는 이보다 더 잘 알고 있다. 그림과 예술, 심지어 영국 예술은 함께 갔다. 그는 자신의 책과 에세이에서 분리와 의사소통의 문제를 설명할 때 수족관의 유리벽이라는 직유법을 반복해서 사용한다[267]. "좋은 산문은 창유리와 같다."라고 그는 1946년 글에 쓴다[268]. "강렬하게 개인적인 글을 읽을 때면 책장 뒤 어딘가에서 얼굴을 보는 느낌을 받는다."라고 찰스 디킨스Charles Dickens에 관한 1939년의 뛰어난 에세이에서 말한다[269]. 사진을 보고 얼굴을 본다. 이처럼 이미지는 오웰에게 그리고 그의 글에서 지극히 중요하다[270]. 《1984》에서 처음 등장하면서 가장 소름끼치는 프로파간다 장면은 구명정에 타고 있는 한 여자와 아이에게 헬리콥터에서 기관총을 쏘아 대는 영화 필름이다. 이 책 말미에서 오브라이언이 말한다. "미래의 그림을 보고 싶다면 인간의 얼굴에 영원히 새겨진 부츠 자국을 그려 보라." 처음과 마찬가지로 《1984》의 끝부분에서도 그림이 모든 것을 말한다.

정말이지 텔레스크린의 예술적이고 표현적 가치를 오웰이 무시하는 것에 대한 완벽한 대답은 그 자신의 고전적 에세이 《정치와 영어》에 정리되어 있다. 그는 글 잘 쓰는 기술을 설명하는데, 특히 낡아빠진 언어와 상투적 문구들로 어려운 생각을 표현해야 할 때는 급하게 종이에 써 나가지 않는 게 굉장히 중요하다고 강조한다. "뭔가 추상적인 것을 생각할 때 당신은 처음부터 단어들을 사용하게 되기가 훨씬 쉬운데, 그렇게 하지 않으려고 의식적으로 노력하지 않으면 이미 존재하는 표현들로 글을 써나가게 된다. 당신이 원했던 의미를 흐리거나 심지어는 변형시키면서 말이다. 가능한 오래 단어 사용을 미루고, 그림을 그려볼 수 있을 정도로 분명하게 의미를 파악하는 게 낫다.[271]" 맞다, 그림말이다.

그러나 그림 기계가 예술가에게 힘을 불어넣고 언론을 자유롭게 하며 도처에서 지적 자유를 확장시킬지 모른다고 오웰이 상상한 또 다른 흔적은 없다. 오웰은 자신의 생생한 그림 같은 언어와 텔레스크린의 그림언어 사이의 연관성을 잡아내지 못한다.

■

오웰이 볼 때, 그림기계의 또 다른 치유 불능 문제는 그게 기계라는 사실이다. 오웰은 기계가 개인의 자유를 향상시키리라고는, 아무리 애를 써도 도무지 납득하지 못한다.

오웰은 과학과 기술, 실증적 사유가 과두정부와 집산주의, 빅브라더와 정면으로 대립됨을 머리 한 부분으로는 완벽히 이해한다. 일례로 1943년 에세이에서 그는 '영국의 예술'에 관한 지론(持論)을 펼치면서, '독일인의 과학'과 '유대인의 과학'을 구별하는 나치를 경멸한다[272]. 과학이 전체주의 정부의 큰 적들 중의 하나이고 조직적 거짓말에 대한 가장 강력한 해결책임을 오웰은 인정한다. 이것을 이전에 쓴 여러 편의 에세이에서 명쾌하게 말하고 《1984》에서도 반복한다. 《1984》에서 '과학'이라는 단어는 완전히 폐지되고, "그것의 의미를 조금이라도 내포한 것은 영사라는 단어가 이미 충분히 대신한다.[273]"

오웰은 기계가 인간의 단순하고 고된 일을 줄이고 생활수준을 높이는 데 필수적이라는 점에도 마찬가지로 확신했다[274]. 정말이지 "인류 평등은 높은 수준의 기계화 없이는 실현될 수 없다." 그는 자유 시장에서는 오로지 상업적으로 가치 있는 기계들만 개발된다는 것을 자본주의의 큰 단점으로 여기고, "일단 사회주의가 정착되면 기계화 진행률이 훨씬 빨라질 것"[275]이라고 확신한다. 초기 에세이에서와 마찬가지로[276] 《1984》에서 오웰은 기계들 덕에 현재 모든 사람에게 최소한의 적절한 생활수준이 '기술적으로 가능'하다고 확언한다. 그는 기계의 공급으로 이뤄지는 일정 수준의 풍요는 축복이 될 수 있다고 확고히 믿는 것이다.

마찬가지로 그는 기계가 해낼 수 있는 또 다른 좋은 것들에도 매료되었다. 그 자신이 작가임에도 그는 "과학이 문학적 울림을 훔쳐갔다면서 과학을 증오하는 근대의 문학 신사들의 질투심"에서 생겨난 '과학과 기계에 대한 적의'를 경멸한다[277]. 오웰은 BBC 라디오 방송 앵커로서 '과학과 사람들', '과학과 정치'를 비롯한 일련의 강연을 주문한다. 첫 번째 연사는 최신 텔레비전 기술의 전문가였다[278]. "폴리네시아 섬사람들이 헤엄을 치는 것처럼 자연스럽게 서양인은 기계들을 발명한다."라고 오웰은 《위건 부두로 가는 길》에서 쓴다[279]. "서양인에게 할 일을 주면 그는 즉시 자기 대신 그 일을 수행할 기계를 고안하기 시작하고, 기계를 주면 그것을 향상시킬 방법을 생각한다. 나는 이런 성향을 충분히 이해한다. 왜냐하면 효과를 얻지 못해도 나 역시 그런 생각을 갖고 있기 때문이다…… 나는 나의 뇌 또는 근육을 사용하는 문제에서 나를 구원해 줄지도 모르는, 이를테면 기계의 환영들을 끊임없이 본다.[280]"

대부분의 동시대인들보다 훨씬 나았던 오웰은 그 환영들이 언젠가 이뤄지리라는 점에 관한 한 뛰어난 통찰력을 지녔다. 그는 정치 또는 사회적 관점에서보다 기술적 관점에서 기술에 관해 엄청난 선견지명이 있었다[281]. 그의 《1984》에 등장하는 텔레스크린은 오늘날 실제적 모습을 갖췄고, 화상회의를 하는 데 이미 폭넓게 사용되고 있다. 구어를 전자 텍스트로 옮기는 그의 '구술기'는 현재 완성되어 가고 있다. 이런 것들이 현재 우리에게는 익숙하지만 오웰이 묘사할 당시에는 원시적인 일방향 텔레비전도 기적과 같은 첨단기술이었다. 오웰이 묘사한 기술적 소품 및 도구들 전부는 사실 트랜지스터에 의해 가능해졌다. 트랜지스터는 오웰이 《1984》의 초고를 완성한 해인 1947년이 되어서야 벨 연구소(Bell Laboratories)에서 개발되었다.

그러나 오웰은 그 환영들의 능력을 묘사하는 것을 뛰어넘어 새로운 기계들이 어떻게 예술과 정치, 사회를 완전히 바꿔 놓을지를 예측하려 애를 쓰는 동안 그 자신은 뿌리 깊은 비관주의로 주저앉는다. 그의 모든 글을 통틀어 필자는 오웰이 "현대의 전기 과학"이라 부르는 밝은 면을 보려고 내키지 않는 시도를 한 부분을 단지 네 군데 찾았다. 오웰은 노력하지만 - 그는 너무나 정직해서 그러지 않을 수 없었다 - 그리 멀리 나아가지 못한다.

오웰이 BBC 방송국에서 일하던 시기에 쓴 두 통의 편지를 살펴보자. 그는 "매우 중요한 영향력을 미치리라[282]"고 생각한 마이크로필름에 관한 강연을 주문하고 있다. 어떻게 중요하다는 말인가? 마이크로필름이 "도서관들이 폭탄이나 전체주의 정권의 경찰들에게 파괴되는 것을" 막을 수 있을지도 모른다[283]. 어쨌든 마이크로필름이 엄청난 양의 텍스트를 휴대 가능하고 복제하기 쉽게 만든다. 이처럼 이 두 가지가 기억력을 향상시키고 의사소통을 용이하게 한다. 논리적으로 조금만 더 나가면, 폭탄과 사상경찰에 대항해 문명을 지킬 수 있는 것은…… 바로 텔레스크린이다! 하지만 오웰은 조금 더 나아가지 않는다.

그리고 오웰이 1940년에 쓴[284] 《새 단어들New Words》이라는 제목의 미발표 원고가 있다. 오웰은 단어들이 공동의 경험에 기초해서 만들어졌다고 주장한다. 그 경험은 보통 시각적이다. 원시인은 몸짓을 사용하고 소리를 질렀고, 결국 외침이 몸짓을 대체했다. 처음에는 객관적으로 존재하는 것을 생각했을 테고, 그런 다음에야 그것에 이름을 붙일 수 있었을 것이다. 그러나 가령 꿈이나 복잡한 감정들과 같은 많은 것들은 이 첫 단계를 거치기가 매우 어렵다. "그것을 즉각 제시하는 게 영사기"라고 오웰은 말한다. "개인 영사기와 필요한 모든 소품, 총명한 배우들을 소유한 백만장자는, 원한다면 자신의 정신생활을 실제적으로 표현할 수 있다.[285]" 아마 이것은 오웰의 한 부분에 대한 나태한 추측에 불과할지 모르지만, 그의 위대한 글들이 어휘 축소와 언어 황폐화를 염려하고 있는 것을 고려하면, 무시하기도 힘들다. 사실《새 단어들》의 논리를 조금 더 밀고 나가면 신어에 대한 답을 찾을 수 있는데, 그것은 바로 텔레스크린이다! 하지만 오웰은 더 나아가지 않는다.

계층 간에 그리고 국경선을 넘어 문화를 나르는 라디오의 능력은 어떤가? 오웰은 이것에 대해서도 한두 번 마지못해 낙관적 태도를 보인다. 라디오 프로그램은 "모든 사람에게 어쩔 수 없이 동일하고", 영화는 "수많은 대중에게 호소해야 한다." 따라서 이 새로운 매체들은 계급 차이를 무너뜨리기 쉽다[286]. 나라별 차이도 마찬가지다. "현대에 벌어진 전쟁 중 이것이 가장 정직한 전쟁이라고 생각한다."고 오웰은 1941년 에세이에 쓴다. "특히 외국 방송의 청취가 금지되지 않은 나라들에서 라디오는 대규모 거짓말을 점점 더 어렵게 만든다.[287]" 외국 방송 청취를 금하는 법은 "결코 강제 집행될 수 없을 것이다."[288] 그리고 1946년에 오웰은 "수년간의 투쟁 끝에" BBC가 "지적인 프로그램을 위해 주파수 하나를 제공"[289]하는 데 동의했다고 보도하면서 기뻐한다. "BBC 방송국에는, 대개가 낮은 계급에 속해 있지만 라디오의 가능성이 아직 다 개발되지 못했음을 깨달은 재능 있는 사람들이 많다."[290]

아마 그럴 테지만 오웰 역시 그 가능성을 탐색하지 않는다. 그리고 다른 곳에서 "거리의 폐지"와 "국경의 사라짐"을 알리는 책들을 "천박하게 낙관적"이라고 조롱한다.

라디오가 사람들을 외국과 접촉하게 한다고 하는 것은 말도 안 된다. 어느 편인가 하면 그 반대이다. 보통 사람 중에 외국 라디오 방송을 청취한 적이 있다는 사람은 아무도 없다. 어느 나라건 다수의 사람들이 그렇게 하고 있다는 기미가 보이면 정부는 혹독한 처벌을 하든가 단파수신기를 몰수하든가 아니면 전파방해 방송국을 세워서 외국 방송 청취를 막는다. 그 결과 각 국가의 라디오는 그것 외에는 아무것도 들을 수 없는 사람들에게 밤낮으로 프로파간다를 시끄럽게 울려 대는 일종의 전체주의 세계이다[291].

마지막으로 오웰이 기대를 갖고 제목을 붙인 1945년의 에세이[292] 《시와 마이크Poetry and the Microphone》가 있다. 그는 전시에 BBC 방송국에서 했던 방송에 대해 숙고한다. "대개 우리가 따른 공식은 문학 월간지라고 알려진 내용을 방송하는 것이었다." 오웰이 진행하는 방송에서는 이 잡지의 편집진들이 사무실에 앉아 다음 호에 나올 것에 대해 논의했다. 그리고 시와 에세이 등을 낭독하고 그것들에 대해 토의했다. 조짐이 좋은 출발이라고 생각할지도 모른다. 라디오가 문학 전문 주간지 《타임스 리터러리 서플리먼트Times Literary Supplement》의 용도로 쓰이니 말이다.

이제 오웰은 더 큰 문제로 눈을 돌린다. "라디오가 단지 헛소리를 보급하는 데만 사용되고 있다는 사실을 어떻게 상상하겠는가."[293] 사람들은 라디오를 단지 "가랑비나 독재자의 고함소리 또는 항공기 세대의 귀환 실패를 전하는 고풍스럽고 묵직한 목소리"[294] 하고만 결부시켜 왔다. 그러나 오웰은 여기서 크게 양보한다.

그렇지만 어떤 도구의 가능성을 현재 사용되는 용도와 혼동해서는 안 된다. 방송이 바로 그렇다. 이것은 마이크와 송신기라는 기구 전체에 저속하고 어리석고 부정직한 뭔가가 내재하기 때문이 아니라 현재 전 세계에서 진행되는 방송 모두가 정부 또는 거대한 독점 기업의 통제 아래 있기 때문이다[295].

그렇다면 어쨌든 희망이 있다! 정부의 통제를 차단하고 독점을 폐지하기만 하면 모든 게 잘될 것이다. 언론의 자유가 텔레스크린을 통해 퍼져나가고, 독재자가 사라질 것이다. 그러나 페이지를 넘기면 오웰은 다시 전망이 "암울"하다고 확신한다.

같은 종류의 일이 영화 산업에서도 발생했다. 영화는 라디오와 같이 자본주의의 독점 단계에서 등장했고, 생산하는 데 엄청나게 비용이 많이 든다. 모든 예술계에서 이런 경향이 비슷하게 나타난다. 점점 더 많은 제작 수단이 관료들의 통제 아래 놓인다…… 현재 진행되고 있는 전체주의화는 세계 모든 나라에서 의심의 여지없이 계속 진행될 게 분명하다.

오웰은 이 모든 것을 "보통 사람이 너무 영리해지는 것을 막고, 예술가들을 제거하거나 최소한 그들의 힘을 약화시키려는" 거대한 보수주의자들의 음모 탓으로 돌린다.

오웰은 《시와 마이크》를 낙관적 언급으로 마치려고 노력하지만 확신 없이 쓴다. "거대한 관료주의 기계"가 너무 커지고 있다고 그는 말한다. 근대 국가는 "지식인의 자유를 없애는 것"을 목표로 하지만 그렇게 하기 위해 지식인을 필요로 한다. 프로파간다 기계를 돌아가게 하는 데 "심리학자, 사회학자, 생화학자, 수학자 등을 언급하지 않더라도 팸플릿 집필자와 포스터 예술가, 삽화가, 방송 진행자, 강연자, 영화 제작자, 배우, 작곡가, 화가, 조각가 등"이 필요하다[296]. 그리고 "정부라는 기계가 커질수록 미해결 부분과 잊힌 구석들이 더욱 많아진다." 따라서 "이미 강력한 자유주의 전통이 있는 나라에서는 아마 관료주의적 독재가 결코 완성되지 못할 것이다."[297]

다시 말해, 윈스턴 스미스와 같이 가끔 등장하는 반역자들이 정부로 꿈틀거리며 나아갈지 모르고, 이렇게 하여 선동적 예술이 "항상 등장하게 될 것이다." 분명, "거짓 프로파간다나 녹음된 음악, 진부한 농담, 위조된 '토론' 따위를 12시간 내보내기 위한 방송보다 시를 내보내기 위한 방송 5분을 포착하는 게 훨씬 어렵다. 그러나 상황은 바뀔 수 있다." 《시와 마이크》의 끝부분에서 오웰이 말할 수 있는 최선은 이것이다. "라디오는 생성 과정에서 매우 일찍부터 관료화되었기 때문에 방송과 문학의 관계를 결코 깊이 생각해본 적이 없다." "문학을 염려하는 사람들은 빈번히 무시당하는 이 매체로 마음을 돌릴지도 모른다. 이 매체의 선한 능력은 아마도 조드 교수[298]나 괴벨스 박사[299]의 음성에 의해 가려졌을 것이다."

이 냉담한 짧은 에세이가 오웰이 라디오에 관해 가장 좋게 쓴 글이다. 그래도 더 써나가기가 아주 쉬웠을 것이다. 어쩌면 독점적인 정부가 유지되지 못할 것이다. 어쩌면 네트워크에 오웰이 추측한 것 이상의 미진한 부분이 더 있을지도 모른다. 오웰이 추측한 미해결 부분은 각 부분이 저항과 폭동을 위한 새로운 전기적 배출구를 만들어

내 배가되고 재현된다. 어쩌면 개인의 손에 쥐어진 텔레스크린의 자유가 텔레스크린화된 정부에 의해 유지되는 노예제를 압도할지도 모른다.

사실, 오웰 자신의 논리를 조금만 더 밀고 나가면 조드 교수나 괴벨스 박사에 대한 대답은 어쩌면 텔레스크린 그 자체가 될 수 있다! 하지만 오웰은 텔레스크린의 논리를 충분히 밀고 나가지 않는다.

이것은 두 가지 의문을 제기한다. 오웰이 이 논리를 계속 밀고 나갔다면 어땠을까? 그런데 왜 그는 그렇게 하지 않았을까?

2부

—

시장

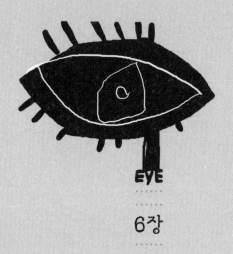

EYE

6장

블레어가 정부 건물에서 나와 시장 쪽으로 향한 때는 초저녁이었다. 낮에 잔뜩 끼어 있던 어둑한 구름들이 고르지 못하게 흩어지면서 그 사이로 창백한 푸른빛의 하늘이 보였다. 바람은 형편없는 레인코트를 입은 그를 벌벌 떨게 했다. 그는 두 손을 호주머니에 넣고 어깨를 움츠렸지만 저녁 햇살은 간헐적으로만 비추고 활기를 주었다. 간밤에 블레어는 어둠 속에서 홀로 두려움에 떨면서 스미스의 일기장을 기억구멍에 밀어 넣고, 다시는 무산자들 소굴에 발을 들여놓지 않겠다고 결심했다. 그러나 아침이 되자 마음을 고쳐먹었다. 발을 내딛을수록 쾌적하게 면도할 수 있다는 생각에 터무니없게도 힘이 나는 듯했다.

희망이 있다면 그것은 무산자들에게 있다[300],라고 스미스의 일기장에 분명히 적혀 있었다. 그것은 믿기 힘든 발상이었다. 블레어는 무산자 하면 대체로 얼마나 냄새가 강했던가[301] 하는 생각부터 났다. 그들의 집과 가게, 거리 도처에서 냄새가 났다. 먼지가 아니라 커피와 담배, 초콜릿, 베이컨, 땀, 섹스 냄새 말이다. 섹스는 가장 심란하게 하는 부분이었다. 블레어는 반(反)섹스 연맹의 붉은 띠와 당 제복 차림의 추한 위생사, 사무적이고 중성적인 당의 여자들에 익숙했다. 무산 계급의 여자들은 붉은 입술에 눈꺼풀은 파랗고, 몸이 둥그스름해 소름이 끼치면서도 흥미를 일으켰다. 그리고 끈적끈적한 장미향에 달착지근한 제비꽃향은 지저분하고 함부로 굴린 몸뚱이에서부터 올라오는 짙은 사향 냄새를 가리지 못했다. 그들의 물결치는 듯한 젊은 몸매는 많은 임신으로 부었고 너무 익은 과일처럼 무너져 버렸으며 이는 썩고 머리털은 빠졌지만 그래도 여전히 그들은 젊었을 때처럼 유혹하는 태도와 음탕한 시선을 간직하고 있었다.

그들, 즉 노점상과 가게 점원, 외판원, 전차 운전사 들은 자신들은 그저 당이 줄을 당기면 춤을 추는 꼭두각시일 뿐이라는 사실을 알았을까? 만일 알았다 해도 그들은 신경 쓰지 않았을 것이다. 그들은 태어나고 결혼하고 자식을 낳고 일하고 죽어 가느라 너무 바빴다. 그들의 삶은 탐욕과 두려움 위에 세워졌지만, 무산자들의 삶에 있는 탐욕과 두려움은 신비롭게도 뭔가 고귀한 것으로 바뀌었다[302].

덩치가 산만 한 여자 둘이 출입구 밖에서 이야기하고 있었다. 그에게 얼굴을 향하고 있는 여자는 식탁보만 한 앞치마를 두르고 있었는데, 커다란 가슴이 거대하고 둥근 배로 이어지는 허리밴드 위로 늘어져 있었다. 그녀는 거친 손을 자기 엉덩이 위에 얹은 채 상대에 말에 적극적으로 고개를 끄덕였다[303]. 블레어는 그들에게 가까워지면서 대화 한 조각을 들을 수 있었다.

"그래서 내가 그 여자한테 못을 박았어. '약속은 약속이니 넌 밀가루와 달걀을 가져와. 이미 말했듯이 그들은 내가 맡을게. 너와 나, 우리한테는 동일한 문제가 있어. 우린 서로 조심해야 해'라고 말이야."

"아, 그게 사실이지."[304]

라고 다른 여자가 완전히 이해한다며 고개를 끄덕였다.

블레어는 옆을 지나갈 때 그들이 약간 경멸하는 눈초리로 쳐다보는 게 느껴졌다. 이 자신만만한 여장부들은 그를 비참한 남자 당원의 전형이라 여겼다.

블레어가 지나가 버리자 여자가 상대를 돌아보며 말했다.

"그러니까 그 여자는 달걀을 가져오지 않으면 케이크를 못 가져가는 거지."

면도날이 그를 기다리고 있을 것이었다. 낮 동안 이런 인식이 점차 분명해졌고, 이제 블레어는 그것을 아주 확신했다. 면도날 크기에 관해서 무산자들은 기억하는 방법을 알았다. 무산자들은 약속을 지켰다. 블레어는 왜 그런지는 가늠할 수 없었지만 그들이 약속을 지킬 것에 대해 깊은 확신을 가졌다. "무산자들은 의심의 여지없는 사적 충실성에 지배받는다."라고 스미스가 썼다. "무산자들은 당이나 국가 또는 사상에 충실하지 않지만 서로에게는 충실하다."[305] 문장들이 블레어에게 수수께끼 같은 진실과 명백한 모순 들을 계속 생각나게 했다[306].

블레어가 접어든 길은 내리막이었다. 앞쪽 어딘가에서부터 시끄러운 소리가 들려왔다. 그는 세 남자가 선 채로 열중하여 이야기하고 있는 테이블 옆을 지났다[307].

한 사내가 말했다.

"일진이 나쁘진 않군. 전혀 나쁘지 않아."

"그래."

두 번째 사내가 대꾸했다.

"난 지난 14개월 동안의 것을 다 합산했네. 지난 2년 동안 종잇조각
에 적어 놓은 걸 전부 다 되돌려 놓았지. 난 시계처럼 정확하게 적어
놓는다네."

잠시 동안 블레어는 그들이 분명 복권 얘기를 하고 있는 것이라고
생각했다. 일찍이 도박은 가장 값싸고 흔한 무산자들의 사치가 되었
다. 아사 직전의 사람들도 노름판에서 딴 동전 한 닢으로 단 며칠간
의 희망을 바라고 샀다. 조직적인 도박게임이 주요 산업의 지위로 떠
올랐다[308]. 그러나 그리 오래가지는 못했다. 물론 당이 그것도 조작
했다. 지역 간의 실질적인 소통이 부재한 상황에서, 실제로는 단 한
번도 지급된 적이 없는, 당첨금이 누군가에게 지급되었다고 알리기
가 매우 쉬웠던 것이다[309]. 어떻게 해서인지는 모르지만 무산자들은
이 사기극을 재빨리 알아챘고, 결국 이런 이중사고 시도는 혹독하게
실패했다. 무산자들은 다른 오락거리들을 찾아낸 것 같았다. 블레어
는 사내들 옆을 지나치면서 그들 역시 노점상이 분명하다는 사실을
알아챘다.

"지금까지 그걸 200개 팔았어." 두 번째 사내가 계속 말했다. "전
에도 말했지만, 몇 달만 더 이렇게 나가면 우리 모두 출혈이 엄청나
겠어!"

곧 사방은 이와 비슷한 거래를 하는 사람들의 왁자지껄한 소리로 채워졌다. 행인들의 수도 증가했는데, 사람들은 발을 질질 끌며 방황하는 대신 확고한 태도로 성큼성큼 발을 내딛어 길을 갔다. 중얼거리는 소리와 달그락 대는 소리, 고함 소리가 부글부글 거품이 이는 시냇물소리처럼 블레어에게 다가왔다. 그는 사람들에게 떠밀려 계속 앞으로 나아갔는데, 주요도로에 가까워지자 통행량이 점점 많아지고 흐름이 거세졌다. 그는 마치 벼랑 아래로 떨어져 거친 소용돌이에 휘말리듯 고동치는 시장 한복판으로 들어와 버렸다. 거리는 사람들로 너무 붐벼서, 가판대 사이로 간신히 빠져나갈 수 있었다. 가판대의 물건들은 선명하고 진한 색깔들을 뿜냈다. 잘라 놓은 진홍색 고깃덩어리와 오렌지 무더기, 초록색 또는 흰색의 브로콜리, 생기 없는 눈빛의 경직된 토끼들, 광택이 나는 나무통에 둥그렇게 말려 있는 산 장어들, 가두행진에 나온 웃통 벗은 군인들처럼 털이 뽑힌 채 줄지어 꼬챙이에 꽂혀 있는 가금류. 활기 넘치는 이 모든 것을 보자 블레어는 가슴이 차올랐다. 소음, 부산한 움직임, 활력에 기분이 좋아졌다. 블레어는 거리의 시장을 보고 있자니 영국에 아직 희망이 남아 있다[310]는 생각이 잠시 들었다.

무산계급이 여전히 자기 가판대를 지키려 하기 때문에 그들이 영국의 희망, 제1 활주로의 희망이라는 것은 기이한 생각이라고 블레어는 생각했다. 그 부산함 가운데서도 예의가 지켜지고 있는 것에 그는 경탄했다. 무산계급 사이에서 온갖 부도덕과 범죄를 용이하게 하고 어쩌면 장려하기까지 하는 게 당의 의도적 정책이었다[311]. 무산자들은 도둑이나 창녀, 마약상, 협잡꾼이 되게끔 예정되어 있었다. 그게 그들의 환경이었으니까. 그럼에도 그들은 누가 가판대에 넘치고 거리에 쌓인 풍부한 부를 소유할지에 대해서는 꽤 쉽게 동의하는 것 같았다.

공식적으로는 아무도 부를 소유하지 않았다. 사유재산은 오래 전에 폐지되었다[312]. 공장과 광산, 토지, 가옥, 교통수단, 이 모든 것이 몰수당했다. 당 역사에서 사유 재산은 자본주의 시절에 방해물과 같은 골칫거리였다고 가르쳤다[313]. 사유재산이라는 생각 자체가 영사에 반하는 것이었다. 재산은 믿을 만한 기억 체계와 증서, 기록 또는 최소한의 기억력에 의존했다. 누가 토지를 정지(整地)했고 곡물을 심고 오크나무 상자를 만들었는지 추적하기 위해서 말이다. 당의 일은 다른 모든 책과 함께 증서들을 태워서 개인의 기억을 지우는 것이었다. 오로지 당만 오크나무 상자를 만들 수 있었으므로 자신이 상자를 만들었다고 주장하는 목수가 있다면, 그는 훔친 것이 틀림없다. 사유재산은 절도라고 당은 가르쳤다. 이것은 당이 역사를 제 뜻에 맞게 고쳐 쓰는 방대한 계획의 일부에 불과했다.

사람들이 자신이 무엇을 만들었다는 흐릿한 기억을 갖고 있다고 해도 그 '소유권'은 충성과 상호 의무, 각자가 오늘 성취한 것을 내일도 존중하겠다고 약속하는 상호간의 문화가 없는 상황에서 무의미한 개념이었다. 개인 간의 약속은 당에서 폐지했다. 사실 그게 첫 번째로 있어야 했다. 주택금융조합은 대규모 밀매매라 비난받고 폐쇄되었다. 사보험은 사기라는 꼬리표가 공식적으로 붙었다[314]. 어떤 종류든 개인 간의 계약은 개인이 미래를 통제하려는 체제 전복적 시도로 받아들여졌다. 미래는 현재나 과거와 마찬가지로 당에 속한 것인데 말이다.

블레어는 사람들에게 떠밀리면서도 어제 왔던 길로 더듬어 빠져나 갔다. 잠시 뒤 그는 가판대 앞에 섰다. 그는 즉시 선반 맨 위 한켠에 조심스럽게 놓인 면도날을 보았다. 순간 그는 노점상 주인이 사랑스 럽게 느껴졌다.

블레어는 미소를 억누르지 못한 채 백열전구 세 개가 든 봉지를 넘 겨줬다. 모두 멀쩡한 것들이었다. 블레어의 정부 사무실 밖 복도에서 가져왔으니까. 블레어는 그것들을 여러 달에 걸쳐 하나씩 빼냈고, 빼 낸 멀쩡한 전구 대신 나간 전구를 조심스럽게 갖다 껴 두었다. 블레 어는 면도날을 집어 작업복 호주머니에 깊이 찔러 넣었다.

"이게 닳으면 더 구할 수 있소?"

그가 무심코 물었다.

"언제든지요, 선생님. 우리는 항상 몇 개씩은 얻을 수 있죠. 스크린 이 있으니까요."

가판대 주인이 친절하게 대꾸했다.

"스크린이라고요?"

블레어가 도무지 알 수 없다는 듯 물었다.

"예, 텔레스크린 장치 말입니다. 저 친구가 오면 나는 입스위치(Ipswich, 영국 동남부에 있는 항구도시·편집자 주)에 있는 친구에게 필요한 것을 말합니다. 그러면 친구의 형제가 다음날 그것을 가져오죠. 일이 멋지게 돌아가는 거죠." 가판대 주인은 기둥을 흘낏 돌아보더니 씩 웃었다. "저 친구의 이름은 정확히 모릅니다. '프렁키'[315]라 부르는 사람도 있고 '프리크'(네트워크 침입자 - 역주)라 부르는 사람도 있죠. 어쨌든 아주 특이하고 괜찮은 녀석입니다. 그가 나타난 바로 다음날부터 우린 그가 저 장치들로 굉장한 일들을 한다는 걸 알았죠. 그 친구가 날 수도 없이 구했답니다. 특별히 오늘 아침에는 입스위치에서 오는 길에 당신에게 줄 면도날을 얻었으니까요."

블레어는 그 남자를 돌아보았다. 무산계급은 텔레스크린을 사용하지 않았다. 설사 그들이 사용한다 해도 텔레스크린 장치가 입스위치에서부터 면도날을 내놓을 수는 없었다.

"아하!" 가판대 주인이 블레어의 시선을 읽고 내뱉었다. 그것은 음모를 내비침과 동시에 만족감을 드러내며 길게 끄는 소리였다. "의아해하고 있군요. 그게 어떻게 돌아가는지 설명해 드릴 순 없지만 아무튼 그렇게 돌아가고 있답니다. 간밤에도 그랬고요. 내 친구 프레드한테, '바로 내일 아침에 면도날이 필요하네. 그럼 나중에 전구로 계산하겠네'라고 저 장치에다 대고 말했죠. 그러니까 프레드가 바로 보내줬답니다."

다른 무산자가 팔꿈치로 밀면서 가판대 앞으로 나왔다. 가판대 주인은 눈을 찡긋하고 크게 웃더니 그 사람을 물리쳤다.

블레어는 뒤로 물러나 군중 사이로 밀려갔다. 그는 거리로 떠밀려 가면서 다른 사람들도 조금 전의 그처럼, 낡은 망치나 천 조각 등 익숙한 곳에서 빼내거나 훔친 특이한 물건들로 거래하는 것을 봤다. 그들은 대신에 달걀이나 설탕, 치즈임에 분명한 잘 부스러지는 흰 물건, 종이로 싼 조그마한 물건, 내용물이 뭔지 모를 물건 들을 받았다. 그는 꾸러미들이 놓인 가대식 탁자 앞으로 가서 머뭇거리며 꾸러미 하나를 집어 들었다.

"1등품 세이지 향료입니다. 아내분이 요리할 때 아주 좋아할 겁니다." 가판대 주인이 알려주었다. "향을 맡아 보세요."

블레어는 작은 뚜껑을 열어 보았다. 안에는 회색빛이 도는 초록색의 가는 이파리들이 있었다. 그는 시험 삼아 코를 대보고는 강한 향이 풍겨와 깜짝 놀랐다.

"1등품이군요."

그는 동의했다. 그러고는 향료를 가판대에 내려놓고 물러나왔다. 무산자들은 세이지 향료 같은 것들에 대해서 어떻게 알았을까? 블레어는 당의 어느 구내식당에서도 이것을 사용하지 않는다는 것을 알았다. 그리고 윌크스 부인이 요리한 음식에서도 양배추 냄새 말고는 이런 향이 전혀 나지 않았다.

그는 이리저리 돌아다녔다. 몇몇 무산자들은 가판대 상인들에게 어떤 것도 주지 않는 것 같았다. 그들은 몇 마디를 주고받더니 물건을 건네받았다. 그는 초콜릿 가판대를 지나면서, 한 사내가 초콜릿 바의 은박지 포장을 열어 작은 조각을 잘라내는 것을 보았다. 진한 다크초콜릿 향이 풍겨오자 갈망으로 뱃속이 요동쳤다.

그는 지난번에 잠시 쉬어갔던 울타리와 건물 사이의 틈새에 이르렀다. 그가 서 있는 곳 위쪽에 텔레스크린이 있었다. 저게 정말로 입 스위치와 연결되어 있을까? 버지스처럼 훈련받은 기계공도 속 시원히 알 수 없는 텔레스크린에 대해서 무산자들이 어떻게 알 수 있었을까? 그는 스크린이 불투명하고, 다른 쪽은 깨졌다는 것을 알아챘다.

블레어는 옆에서 트위드 재킷을 입은 길쭉하고 호리호리한 청년이 또다시 울타리 위로 오르는 것을 봤다. 청년의 몸이 너무나 말라서 흘러내릴 것만 같은 낡아빠진 바지가 돌출된 엉덩이뼈에 간신히 걸려 있었다. 청년이 위로 올라갈 때마다 우툴두툴하고 창백한 팔꿈치가 툭 불거져 나왔다. 그는 울타리 위에서 균형을 잡자 몸을 숙여 자루를 집어 들었다. 주변의 아무도 그에게 신경 쓰지 않았다. 누런 저녁 하늘에 프리크의 윤곽이 드러났다. 울타리 위에 걸터앉은 그는 두 팔을 치켜들고 머리를 위로 향하고 있었다.

블레어는 면도날을 움켜쥔 채 집 쪽으로 발길을 돌렸다. 부산하고 먼지 끼고 시끌벅적한 무산자들의 시내를 벗어나자 퇴락한 건물들이 조용하고 빠르게 등장하면서 회색 먼지와 회색빛 사람들이 나타났다. 블레어가 건물의 유리문을 통과하자 텔레스크린에서 끈적끈적한 음성이 사람들의 이름을 낭독하고 있었다.

그는 자기 아파트로 돌아와 책상 서랍을 확인했다. 스미스의 일기장이 사라지고 없었다.

시장

아니다. 《1984》의 시장에는 선명하고 진한 색깔을 뽐내는 가판대가 없다. 잘라 놓은 진홍색 고깃덩어리도, 오렌지 무더기도, 초록색 또는 흰색의 브로콜리도, 생기 없는 눈빛의 경직된 토끼들도, 광택이 나는 나무통에 둥그렇게 말려 있는 산 장어들도, 가두행진에 나온 웃통 벗은 군인들처럼 털이 뽑힌 채 줄지어 꼬챙이에 꽂힌 가금류도 없다[316].

문구점, 고물상, 커피숍 등 작은 가게들이 존재한다는 것은 인정한다. 거리 마켓도 있는데, 이곳은 "보통 사람들로 붐비고 시끌벅적하다."[317] 그러나 《1984》의 시장은 음울한 공간이다. 사람들은 복권에만 관심을 갖는다. 수많은 무산자들에게 복권은 삶을 유지하는 주요 이유가 된다. 복권이 관련된 곳에서는 "간신히 읽고 쓸 줄 아는 사람들도 복잡한 계산을 하고 믿기 어려울 정도의 기억력을 발휘하는 것 같다."[318] "단순히 시스템을 팔고 예측하며 행운의 부적으로 살아가는 남자들 무리"[319]가 있다.

그렇다면 여자들은? 윈스턴 스미스는 사람들로 붐비는 거리를 걸어가다가 "수많은 사람들이 내지르는 엄청나게 시끄러운 함성 - 여자들의 함성"을 듣는다. 그것은 "분노와 절망에 찬 외침, 깊은 데서부터 솟아나오는 '우-우-우-우' 하는 소리로" 종소리처럼 웅웅거렸다. 시작되었다! 무산자들이 떨치고 일어나 당에 대항해 폭동을 일으킨다! 아니다. 그들은 단지 가판대의 냄비 몇 개를 놓고 서로 차지하려고 싸우는 수많은 여자들 무리였다. "살찐 두 여자가, 그중 하나는 머리를 다 풀어헤친 채로, 냄비 하나를 쥐고서 서로 상대의 손을 떼어내려 힘을 쓰고 있었다. 두 여자가 냄비를 잡아당기는가 싶더니 곧 손잡이가 떨어져 나갔다."[320]

이것이 《1984》에 나오는 시장의 전부다. 우호적인 교류도 상호이익이나 이익분담도 없이 탐욕스런 장면뿐이다. 물론 오웰은 그것을 몹시 싫어한다. 《1984》의 다른 곳에서 그는 반자본주의적 당의 프로파간다를 풍자하면서 신발도 없는 가난한 자들, 일곱 살짜리 공장 노동자들, 잔인한 주인들, 하인들, 프록코트, 실크해트 모자를 묘사한다. 그는 《1984》는 쇼핑이 현금과 대형 매장이 아닌 배급[321]과 상품권[322]을 의미하는 세계라고 반복해서 상기시킨다. 《1984》에서 사유재산은 폐지되었다[323]. 달러(파운드를 대체한)로는 거의 아무것도 살 수 없다.

그렇다고 해서 오웰이 그 대안을 좋아한다는 말은 아니다. 그는 《1984》의 타락한 사회주의를 혐오하지만 그만큼 자유 시장도 증오한다. 그의 에세이를 비롯해서 다른 책들에 시장[324]과 돈, 모든 형태의 사유재산에 대한 비판이 담겨 있다. 오웰은 사람들이 필요한 것을 갖기를 원하지만 그것을 획득하려고 사람들이 일하고 경쟁하고 파는 것은 원하지 않는다. 그는 사람들이 물건을 정당히 그리고 대략 동일한 양을 소비하기를 원하지만 소유하는 것은 원하지 않는다.

일례로 《엽란을 날려라》는 돈-악취, 돈-우리, 돈-우상, 돈-세상, 돈-사제직, 돈-규칙, 돈-문명, 돈-사업, 돈-도덕에 대한 가차 없는 공격이다[325]. 오웰의 다른 책들에서 우리는 주택금융조합(저축과 대부)은 '대규모 밀매매'[326]이고 보험은 '사기'[327]이며 경쟁적 상인은 '기생충'이고, 현대인의 삶이 몰락한 것은 "물건을 팔려는 광적이고 끊임없는 투쟁"[328] 때문임을 알게 된다. 모든 사유재산은 '성가신 방해물'이다[329]. 정말로 "개인 재산을 가질 권리란 수많은 동료들을 착취하고 고문할 권리를 의미"[330]한다. "시체는 멍청한 유언으로 산 사람들을 간섭할 무책임한 권력"[331]을 가져서는 안 된다. "나는 봉건 제도에 반대하는 자본주의가, 현재 인간 삶의 질을 향상시켰다고 생각하지 않는다."라고 오웰은 1940년의 편지글에 쓰고 있다[332]. 1946년의 에세이에서는 이렇게 선언한다[333]. "우리는 모두 자본주의 체제라는 족쇄 아래서 신음하고 있거나 적어도 신음하게 되어 있다." 자본주의는 '독재'이며[334], 파시즘과 자본주의는 사실상 "서로 다를 게 없는 둘"[335]이다. "1년에 5만 파운드 버는 사람과 1주일에 15실링 버는 사람 간의 관계의 본질은 한 사람이 다른 사람의 것을 도둑질하고 있다[336]"는 것이다.

시장은 노동자에게서 정신적 자유도 박탈한다. 살바도르 달리의 "병적이고 구역질나는" 그림들은 그의 후원자인 부유한 자본주의에서 유래한다고 오웰은 주장한다.[337] "사업가들의 호주머니에서 돈을" 얻어내야 하는 작가들은 "시장성 있는 잡문" 밖에 쓰지 못한다[338]. 영국에서 언론의 자유란, "돈이 여론을 통제하기에 모조품"에 불과하다[339]. 아무튼 언론은 "자본주의가 만들어 낸 것 중 가장 더러운 비탈"인 상업 광고라는 유해한 영향력에 의해 파괴되었다[340]. 따라서 "진실성을 지키고자 하는 작가 또는 기자는 소수 부자들의 언론 장악, 라디오와 영화 산업의 독점적 지배…… 등 사회의 대세로 인해 스스로 좌절한다."[341] "뉴스가 사업가들에 의해 왜곡되지 않는다면, 그들보다 아주 조금만 나은 관료들에 의해 왜곡될 것이다."[342] "무척 자랑하는 영국 언론의 자유는 집중화된 소유권 때문에 이론적으로는 현재보다 나아질 것이다."[343] 관료와 마찬가지로 사업가도 뉴스를 검열한다. "언론 대부분을 소수의 사람이 소유하고 있다면 대체로 국가가 검열하는 것과 동일한 결과가 빚어진다."[344]

오웰이 예측했듯이 자유 시장은 지성을 멸시하고 과학을 억압하며 자유로운 생각을 해친다. 영국의 "여러 해에 걸친 자본 투자는……공권력과 군사력을 독점하고 지성을 본능적으로 증오하는 지방 덩어리 같은 거대한 비만 정부를 낳았다."[345] 자유 시장은 "발명과 향상의 과정을 늦춘다. 자본주의 하에서는 꽤 즉각적인 이윤을 보장하지 못하는 발명이라면 경시되기 때문이다. 실제로 이윤을 축소시킬 위험이 있는 어떤 것들은 페트로니우스 아르비테르Petronius Arbiter가 언급한 굴절 유리처럼 거의 무자비하게 폐지된다."[346] 오직 부자들만 "지식인이 될 여유가 있다."라고 《엽란을 날려라》의 고든 캄스톡은 씁쓸히 생각한다[347]. "빈곤은 첫 번째로 생각을 죽인다."[348]

바로 그렇다! 사상경찰과 마찬가지로 자본주의는 생각을 죽인다. 기계가 적이다. 자유 시장 역시 적이다[349].

■

오웰이 자본주의 대신 원한 것은 모든 사람에게 기본적이고 타당한 수준의 경제 평등을 보장하는 "민주 사회주의"이다[350]. 가끔 오웰은 '민주주의'를 "정치적 자유와 노동조합의 독립, 언론출판의 자유라는 19세기의 좁은 의미"로 사용한다[351]. 그러나 그보다 훨씬 자주 '민주주의'란 '경제 정의'를 반드시 포함한다고 강조한다. 오웰이 끔찍하게 여기는 표준목록에 실업이 히틀러와 라디오 사이 중간에 전형적으로 위치한다. 여기서 라디오 바로 옆에는 검열 또는 비밀경찰이 있다[352]. 오웰의 관점에서 부의 첨예한 격차를 용인하는 정치제도는 '자유' 또는 '민주적'이라고 부를 수 없다.

자유방임적 자본주의는 단 한 번, 그것도 19세기 초반 미국에서 아주 짧은 기간 동안만 진정한 자유를 선보였다. 그때 미국은, 뒤 이은 산업화된 미국과 달리[353], "영혼의 야생"[354] 상태였다. "단지 순수뿐만이 아니라 타고난 쾌활함, 낙천적이고 근심걱정 없는 느낌"[355]이었다. 미국에는 "대 평야가 펼쳐져 있고 부와 기회의 제한이 없어 지금까지 그래본 적이 없었고 수세기 동안 다시는 그렇게 될 가능성이 없을 정도로, 정말로 인간이 자유로웠다."[356] 젊은 예술가들은 굶주리지 않았고, "안전한 직장에 늘 매어 있지"도 않아, "책임을 지지 않고 예의도 차리지 않으며 모험을 즐기며" 젊은 시절을 보냈다[357]. 그때 미국에서는 "현대의 거의 모든 인간을 괴롭히는 쌍둥이 악몽, 즉 실업과 국가의 간섭이라는 악몽이 거의 나타나지 않았다."[358]

처음에는 이런 미국 변경에 대한 찬가가 오웰의 좌파적 성향의 펜에서 나왔기에 낯설게 보였다. 그러나 오웰이 감탄했던 옛 미국은 그가 꿈꾸는 새 민주적 사회주의 영국과 정말로 많이 닮았다. 자연 그대로의 토지, 기계화되지 않은 풍요로운 그곳에서 사람들은 음식과 일 등 모든 본질적인 것들을 얻을 수 있었기 때문에 자유로웠다. 자유는 아마 상업과 은행, 보험, 상인, 사유재산을 수반할 수 없는 것 같다. 자유는 단순히 전통적인 "경제 자유"를 포함하지 않는다. 그러나 사회주의자들이 언제나 포함시키는 것, 즉 기본적 필요를 충족시키기에 충분한, 모든 사람의 호주머니에 든 부와 사회 평등을 보장하기에 충분한 고르게 퍼진 부를 포함한다. 평화와 자유, 꽃, 행복, 예술은 경제가 좋아서 사람들이 돈 걱정을 전혀 하지 않을 때 번성한다. 우리는 성경의 비유를 사랑했던 오웰이 마태복음 6장 28, 29절 말씀을 읽는 것을 들을 수 있을 것이다. "들의 백합화가 어떻게 자라는가 살펴보아라. 수고도 하지 않고, 길쌈도 하지 않는다. 그러나 내가 너희에게 말한다. 온갖 영화로 차려 입은 솔로몬도 이 꽃 하나와 같이 잘 입지는 못하였다."(새번역성경)

그렇다면 오웰의 사회주의 정원의 백합화는 누가 돌보겠는가? 그야 물론 정부이다.

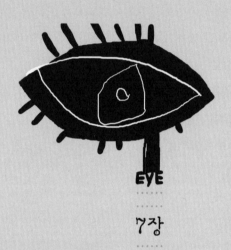

EYE

7장

검은 머리에 흰 상의를 입은 키 작은 하인이 조용히 문을 열었다[359]. 두 번째 사내가 생기 없는 불안한 얼굴로 뒤에서 따라왔다.

"들어오게 버지스, 들어와."

오브라이언의 표정은 단호했지만 목소리는 온화했다. 그는 일부러 의자에서 일어나 발소리도 안 나는 카펫 위로 걸어 나왔다[360]. 방문객은 왠지 모르게 당황스러워 두 손을 마주 쥐었다.

오브라이언이 가까이 오자 그의 견고한 몸체가 상대적으로 키가 작은 사내 위로 우뚝 솟았다[361]. 사내가 경례했다[362]. 버지스는 조용히 서 있었는데, 광택 없는 검은 눈을 오브라이언의 윗옷 깃 아래 어디쯤엔가 깜빡이지도 않고 고정시켰다. 이 사내는 당의 견고한 들보 감이라고 오브라이언은 생각했다. 뭔가 당의 요구를 받으면 공손히 굽신거리고, 기회가 생길 때마다 아첨하며, 언제든 미소만 지어 주면 증오도 비굴한 사랑으로 바꿀 수 있는 그런 사내 말이다[363]. 서커스단의 개들은 조련사가 채찍질할 때마다 뛰어오르지만 진짜 잘 훈련받은 개는 채찍이 없어도 재주를 넘는다[364].

"버지스, 고맙네. 와줘서 고마워. 자네를 오라고 한 건……"

오브라이언은 자신의 동기가 분명하지 않음을 처음으로 깨닫고 말을 중단했다[365]. 사실 그는 버지스에게 어떤 도움을 기대할 수 있을지 알지 못했다. 그는 자신이 눈에 띄게 주저하는 것을 의식하고는, 고위급 내부 당원의 지시인 양 계속 말했다.

"우리는 네트워크를 방해하는 모종의 음모가 있을지도 모른다고 믿고 있어. 당에서는 당신이 그걸 조사하길 원하네."

오브라이언은 희미하게 미소를 지어 보였다.

버지스는 이것에 힘을 얻었다. 입술에 침이 튀고 살찐 볼이 흔들릴 정도로 열의를 보이며 대꾸했다.

"뭔가 일이 벌어지고 있다면 블라이드가 배후에 있습니다요! 제가 수년 째 말해왔습죠. 지금이 블라이드주의를 완벽하고 결정적으로 제거할 때라고 말입죠."[366]

이 마지막 문장은 마치 견고한 주형 한 덩어리처럼 모든 단어를 한 꺼번에, 아주 빠른 속도로 내뱉었다.

"이제 녀석이 네트워크를 쫓고 있지 않습니까? 우리에게 필요한 건 사상범과 방해공작원들을 더욱 엄격하게 처벌하는 것입니다요!"

오브라이언의 머리가 약간 뒤로 젖혀졌다. 그러자 그의 자세의 각도 때문에 안경에 빛이 반사되어 두 눈 대신 두 개의 속이 빈 원판만 보였다[367].

"그런 배반 행위에서 우리가 뭘 배우겠습니까요? 교훈은……"[368]

"버지스, 입 닥치게."

하고 오브라이언이 조용히 말했다.
사내의 눈에 두려움이 휙 스쳤다.

"당은 자네가 좋은 사람이란 것을 아네, 버지스. 이건 당에 대한 충성심을 테스트하는 게 아니야." 오브라이언은 자기 의자로 돌아가 천천히 앉았다. 가슴에서부터 기침이 올라왔지만 억눌렀다. "정말로 네트워크에 무슨 문제 같은 게 있는 것 같네. 그게 뭔지 찾아내야 하네. 문제가 있다면 그걸 고쳐야 하고."

오브라이언이 한 의자를 향해 손짓하자 버지스는 극히 비굴하게 굽신거리는 태도로 가서 앉았다. 그는 은은하게 윤이 나는 책상 위에 눈길을 두지 않으려고 애썼다. 그렇게 호화로운 물건을 탐욕스럽게 바라보는 것은 당원으로서 의심을 살 수 있었다. 바로 그렇지, 하고 오브라이언은 생각했다. 이 사내의 평생은 한 역할을 맡는 것이었다. 버지스는 가장한 품위를 아주 잠깐이라도 잃는 것은 위험할 수 있다는 것을 이해했다[369].

"먼저 내가 이 텔레스크린에 대해서 조금 더 알아야겠네."

오브라이언은 부드럽게 말을 이었다.

"어쩌면 당신이 날 도울 수 있을지 모르지." 그는 안경을 콧잔등에 바로잡고 나서[370] 계속 말했다. "대부분의 텔레스크린은 영구적으로 작동하네. 말해 보게 버지스. 어떻게 하면 내부 당원이 자기 방의 텔레스크린을 끌 수 있나?"

버지스는 얼굴이 눈에 띄게 밝아졌다. 열의 같은 뭔가가 그의 얼굴에 비쳤다.

"아, 그건 아주 간단합니다요. 사실 설명서에 나와 있습죠. 복사본을 하나 드릴 수 있습니다요. 스크린에 다가가서 조심스럽게 말하십시오. '명령-1-끔, 명령-2-끔' 이렇게 천천히 또박또박 말하면 됩니다요. 정말 놀랍죠. 제가 이해하는 데에도 얼마 안 걸렸습니다요."

잠시 동안 오브라이언은 버지스를 곧장 정부 지하의 독방으로 보내고 싶었다. 그럴 만한 가치가 있었다. 비용이 얼마가 들든, 똑똑한 체하는 멍청이의 입을 다물게 하는 일은 가치 있었다. 하지만 그생각은 지나갔다. 당은 버지스가 필요했다. 적어도 지금 당장은 말이다.

"맞네. 그건 나도 알고 있네. 내가 이 스크린을 정지시켰다는 것을 자네도 알아챘을 테지." 오브라이언은 벽에 걸린, 화면이 꺼진 스크린을 가리켰다. "또한 '명령-1-사무실, 명령-2-집' 하면 여기서 정부 건물 안의 내 사무실로 연결되는 것도 알고 있네. 내가 알고자 하는 것은 왜 어떤 스크린은 그렇게 작동되는데 다른 것들은 안 되는가네." 오브라이언은 다시 말을 끊고 생각했다. "예를 들면, 승리 광장의 기념물 주위에 있는 스크린들 말이네. 그것들은 아무도 켜거나 끌 수 없어. 정부 건물 101호실에서, 광장에 모인 모든 사람을 볼 수 있네. 물론 광장에 있는 사람들은 빅브라더 채널, 전선의 소식 같은 것을 보겠지. 그 스크린들과 내 방의 스크린이 다른 것은 정확히 무엇 때문인가? 서로 아예 다른 장치인가?"

"아니요, 다 같은 장치입니다요." 버지스가 느릿느릿 대답했다. "우리가 그것들을 다르게 설치하지요. 그게 다 설치 방법 때문입니다요. 물론 설명서에 다 나와 있습니다요. B.B.1 항목에 써 있습죠."

"그렇다면 설치 방법이 정확히 어떻게 다른가?"

버지스는 씰룩거리더니 얼굴을 떨어뜨렸다.

"음, 아시다시피 그건 블루박스가 있어야 합니다요. 일단 스크린을 설치한 다음에, 우리는 그 상자를 이용합니다. 스크린을 작동시키려면 말이죠. 그 부분은 꽤 복잡합니다요. 하지만 설명서에 나와 있습니다. 전부 다 설명서에 있습니다요." 버지스는 다시 밝아졌다. "복사본을 하나 드릴 수 있습니다요. 사본이 많지는 않지만 선생님 같은 위치에 계신 분께라면 그리 문제될 게 없을 겁니다요."

그는 귀에 거슬리게 킬킬 웃었다.

오브라이언은 화가 목까지 치밀어 오르는 것을 느꼈다. 그는 당장에 사내를 없애 버리고 싶은 충동을 다시 한 번 꾹 참았다.

"도움이 되겠지. 그래, 확실히 그럴 거야. 하지만 먼저 이것을 해결해 보게. 정부에 있는 우리 당원들이 감시할 스크린을 정확히 어떻게 선택하는가? 한 번 가정해 보지. 지금 나는 정부에 있는데……" 오브라이언은 책상 위를 휙 내려다 봤다. "블레어 동무를 확인하고 싶네. 최근에 사상죄로 약간 문제가 있는 친구거든. 지금 이 순간 내가 정부 건물에 있다고 치면, 어떻게 블레어의 거실을 둘러보도록 조정하지?"

버지스는 침울해 보였다.

"블루박스로 가능할 겁니다요. 아주 그렇다고 확신을 드릴 수는 없지만요. 그건 아주 전문적인 사항이라서요."

"그럼 사무실용은 어떤가?" 오브라이언은 방 안의 텔레스크린을 또 다시 가리켰다. "여기 있는 내 스크린은 정부와 연결되어 있네. 내 개인 비서 쿠퍼와 연결할 수도 있지. 정부 내 대부분의 사람들이 다른 한두 곳의 사무실과 연결할 수 있네. 그런 것은 어떻게 관리하는가?"

"제 생각에는……" 버지스는 한참을 머뭇거렸다. "제 생각에는 설치할 때 그 부분을 살피는 것 같습니다요." 그는 또 다시 말을 멈추고 깊이 생각했다. "아시다시피 우리는 주문서를 받습니다요. 주문서에는 번호가 두 개 있습니다. 대개의 경우 적어도 두 개죠. 그 다음에 우리는 설명서를 따릅니다요. 그게 아주 복잡하거든요. 아무튼 마지막에는 블루박스를 사용하고 번호 두 개를 입력합니다요. 가끔은 두 개 이상일 때가 있습죠." 그는 불안해 보였다. "한번은 정부에 스크린 장치 하나를 설치했는데 번호가 여섯 개였습죠!" 이내 그는 쾌활하게 덧붙였다.

오브라이언은 아무 말 없이 앉아 있었다. 그는 오웰을 생각하고 있었다. 오웰이 전에 이 방에, 지금 버지스가 앉은 바로 그 의자에 앉아 있었다. 오브라이언은 오래된 그 일이 비교적 최근에 있었던 일처럼 수정같이 맑고 선명하게 떠올랐다. 오웰은 새 네트워크에 찬성하도록 오브라이언을 설득하려고 애를 썼었다. 오웰은 이 장치를 사랑했었다. 그 복잡함과 네트워크 전체를 사랑했었다. 오웰에게는 발명의 재능이 있어서, 마치 폴리네시아섬 사람들이 헤엄을 치듯 자연스럽게 기계들을 발명했다[371]. 그는 또한 끈덕지게 실증적인 사고 습관이 있었다. 그 점에 관한 한 의심의 여지없이 그는 순수한 사색가였다.

"자네가 보는 설명서는……" 오브라이언은 재차 망설였다. "이것보다 좀 더 쉬운 설명서가 있는지 궁금하네. 나같이 비전문가 동무를 위한 것 말이네. 아니면 그걸 쓸 수 있게 도울 전문 기술자를 한 명 찾아내는 게 더 낫겠다고 생각하는가? 아마 80년대의 누군가를 말인가?"

버지스는 무표정하게 한 곳을 바라봤다.

"그럴 수 있을 겁니다요. 제가 옛 요원 중 누군가를 만난 적이 있다고 말씀 드릴 수는 없습니다요. 그들 대부분이 방해 공작원으로 탄로 났으니까요. 설명서가 완성되기까지 그 자들이 네트워크에 자기들이 원하는 거의 모든 짓을 했습니다요." 그는 점점 더 열을 내었고, 입가에는 침까지 고이기 시작했다. "그들 대부분이 전혀 믿을 수 없는 자들이죠. 진정한 당원도 아니고 말입죠. 아마도 블라이드는……"

"고맙네, 버지스."

오브라이언은 조용히 말했지만 그의 어조는 명백히 경고를 담고 있었다. 버지스는 몸이 얼어붙는 듯했다. 요란스레 팔을 흔들려다 말고 그대로 굳은 채 의자 앞쪽으로 몸을 숙였다.

"자네 말의 뜻을 정확히 아네." 오브라이언이 말을 이었다. "그럼에도 불구하고 그 옛 기술자들 중 하나라도 찾을 수 있다면 유용한 것을 뽑아낼 수 있을지도 모르지. 자네가 사용하는 이 블루박스에 대해 좀 더 알아내고, 어떻게 그 모든 게 맞아 떨어지는지 물어볼 수도 있겠지." 오브라이언은 자세를 바꿔 앉았다. 버지스는 아부하듯 집중해서 응시했다. "아마 자네가 그 문제를 추적해나갈 수 있겠지. 자네한테 무슨 도움이 필요할지 내가 정부에서 알아보겠네."

오브라이언의 표정을 포착한 버지스의 입이 딱 다물어졌다. 아주 잠깐 동안 침묵이 흐른 뒤 오브라이언이 손을 내밀었다. 버지스는 자리에서 벌떡 일어섰다. 잠시 뒤 그는 거기서 나갔다.

지능이 떨어지지만 집요하고 의심의 여지없이 충성스런 사내라고 오브라이언은 생각했다. 그는 터벅터벅 걸어가 공문서들을 뒤졌고, 결국 필요한 것을 찾아냈다. 이런 조사에는 진정한 독창성이 필요하지 않았다.

오브라이언은 초록색 갓을 씌운 등과 서류가 잔뜩 든 철 바구니들을 들고 책상 앞으로 돌아왔다. 그의 눈길이 전날 받아 놓은 블레어와 윈스턴 스미스의 찾지 못한 일기장에 관한 보고서에 떨어졌다.

부
MINISTRY

오브라이언은 사상경찰이 소속된 애정부에서 일한다. 애정부 가까운 곳에 프로파간다를 쏟아내고 역사를 조작하는 진리부가 있다. 오웰은 물론 애정부와 진리부를, 아마 평화부를 제외하고는 그 어떤 것보다 경멸한다. 그는 애정부와 진리부, 평화부가 그저 증오와 거짓말, 전쟁 외에는 아무것도 산출하지 못한다는 사실을 안다. 사상의 경쟁시장에 관한 한 오웰은 애덤 스미스Adam Smith만큼 자유방임주의자다.

풍부부는 또 다른 문제다. 풍부부에서는 정말로 부를 산출할 수 있었다. 또는 그렇다고 오웰은 죽는 날까지 확고히 믿는다. 오웰은 집산주의가 자유 시장보다 훨씬 효율적임을 안다.

어떻게 아는가? 먼저 '기계'의 경제가 그것을 요구한다. 우리가 살펴봤듯이 그릇을 닦고 비행기를 만들며 원자폭탄을 만드는 과정은 "매우 복잡해서 계획된 중앙집권화 사회"에서만 가능하다[372]. 새로운 발명품이 이윤 획득을 위협하면, 자본주의자들은 그것을 "마치 페트로니우스가 언급한 굴절 유리처럼 무자비하게" 억압한다. "사회주의가 건설돼 이윤 원칙이 사라지면 발명가는 자유를 얻게 될 것이다. 세계의 기계화가…… 엄청나게 가속화될 것이다."[373] 오웰이 덧붙이는 소리가 거의 들릴 정도다. "실제로 1984년까지……"

두 번째로 오웰은 근대의 경제적 경험을 인용한다. 오웰이 자신의 많은 글에서 몇 번이고 관찰한 자본주의는 "쇠퇴"하고[374] "분해"되며[375] "사라지고"[376] "운이 다해"[377] "죽었다."[378] 그리고 "되살아나지 못할" 것이었다[379]. 사업은 독점으로 인해 도처에서 붕괴되고, 독점이라는 부패가 해마다 퍼져나간다[380]. "진보의 걸음이 언제나 더 크고 더 고약한 기업합동의 방향으로 나아가고 있다."라고 오웰은 1928년에 쓴다.[381] "기업합동"이 식료품잡화상과 우유배달원의 생존을 압박한다[382]. "개인 자본주의, 즉 토지와 공장, 광산, 운송수단이 개인의 소유이고 오직 이윤을 위해서만 운영되는 경제체제는 작동되지 않는다. 거기서는 상품이 산출되지 못한다."[383] "집산주의 사회를 피하는 것에 대해 약간의 의문이 든다."라고 오웰은 1940년에 밝힌다[384]. "소규모 소유주로의 회귀는 명백히 발생하지 않을 것이고, 실제로 발생할 수도 없다."[385] 그는 또 "경제적 자유가 더 이상 많은 매력을 가질 거라고 나는 생각하지 않는다."라고 다른 곳에 쓰고 있다[386]. "집산주의 경제가 반드시 도래할 것이다."라고 그는 BBC 방송에서 전 세계에 선포한다[387]. 정말로 1984년까지……

오웰의 세 번째 증거이자 잠시 동안의 비장의 카드는, 하고 많은 사람들 중에 바로 히틀러다. 오웰은 1941년에 발표한 특이한 작은 책《사자와 일각수The Lion and the Union》에서 중앙 계획의 효율성을 보여주기 위해 이 논거를 제시한다. 오웰은 사회주의를 사랑하고 파시즘을 증오하지만, 적어도 1941년에는 파시즘이 "효율성을 가져다주는 사회주의의 특성들을 받아들일 것을" 믿는다. 오웰은, 히틀러의 유럽 정복이 "자본주의의 정체를 폭로하는 구체적 증거였다."고 말한다. 파시스트 국가는 사회주의 국가와 마찬가지로 "생산과 소비 문제를 해결할 수 있다…… 국가는 단순히 어떤 상품이 필요하겠는지 계산하고 그것을 생산하는 데 최선을 다한다…… 그런 체제의 효율성, 즉 쓰레기와 방해물의 제거만으로도 명백하다."[388] 이것은 빈정대는 말이 아니다. 오웰은 실제로 그렇게 믿는다.

《사자와 일각수》의 2장 "전쟁 중의 소매상인들"에서 오웰은, 영국은 히틀러처럼 사회주의 형태를 수용하지 않으면 2차 세계대전에서 확실히 질 것이라고 주장한다[389]. 노르웨이와 플랑드르 지역이 "계획 경제가 계획 없는 경제보다 강함을 최종적으로" 입증한다[390]. 오웰은 이런 논거를 다음과 같은 놀라운 단락으로 결론 짓는다.

> 아무리 끔찍해 보인다 해도 [파시즘은] 효과가 있다…… 영국 자본주의는 제대로 작동하지 않는다[391]…… 히틀러는 런던이라는 도시를 득의양양했다가 갑자기 풀이 죽게 만든 사람으로서 어쨌든 역사에서 질 것이다…… 최악의 사람이 이기는 무한경쟁보다 계획경제가 낫다고, 얼이 빠진 사람들을 인위적으로 설득하기 위해 애써야 하는 끔찍한 일, 그 일처럼 끔찍한 것은 다시없을 것이다[392].

오웰에게 단 한 가지 문제는 몇 년 뒤 파시즘이 결국에는 작동하지 않는다는 게 분명해졌다는 사실이다. 히틀러는 오직 대량 살상과 관련해서만 집산주의의 효율성을 상징하면서 역사에서 저물고, 반면에 런던 도시는 항상 그렇듯이 희희낙락하며 쉽게 돈을 벌면서 거의 변하지 않은 채 살아남는다. 1944년의 에세이에서 오웰은 자신의 예측이 얼마나 틀렸는지, 특히 영국 역시 집산주의 경제를 받아들이지 않으면 전쟁에서 분명 질 것이라고 믿은 점이 "가장 큰 실수"였다고 고백한다[393]. 1년 뒤 사람들은 집산주의의 '효율성'에 대한 오웰의 믿음이, 거의 식지 않은 히틀러의 화장(火葬)용 장작더미의 잉걸불과 함께, 영원히 산산조각 났으리라고 생각했을 것이다.

하지만 그렇지 않았다. 오웰은 집산주의에 대한 자신의 기본 관점을 수정하지 않고, 단지 예정 시간표만 재고했다. 영국은 여전히 "계획 경제를 향해 나아가고"[394] 있다. "자유방임적 자본주의로 돌아가는 일은 없을 것이다."[395] 문명은 "다시 경제 혼란과 개인주의로 회귀하지" 않을 것이다. 우리가 좋아하든 말든 추세는 중앙집권주의와 계획 경제를 향하고 있고…… 지나간 단계로 돌아갈 수 있는 척하기보다 확실히 도래하고 있는 집산주의적 사회를 인간답게 만들기 위해 노력하는 것이 훨씬 유익하다[396]. 보통 사람들은 "계획되어 있고 엄격한 생활에 전적으로 익숙"하고, 실제로 "그런 생활을 이전의 생활보다 선호한다."[397] 역사는 오웰이 예상한 대로는 아니지만 여전히 펼쳐지고 있다. "경제적 집산주의라는 의미에서 사회주의는 60년 전에는 가능할 것 같지 않았던 속도로 지구를 정복하고 있다."라고 그는 1948년에 쓴다[398].

그렇다면 1984년에는? 1984년까지 네 개의 거대한 정부 부서들이 영국의 모든 것을 지배할 것이다.

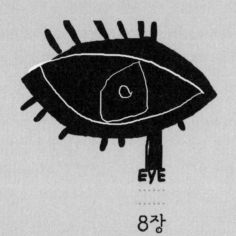

EYE

8장

블레어는 텔레스크린에서 나는 날카로운 호각 소리에 잠이 깼다. 여전히 꿈속 분위기에 흠뻑 젖어[399] 잠에서 덜 깬 상태로 침대에서 비틀거리며 나와서는 기억나는 대로 체조를 하기 시작했다.

그는 간밤에 옷을 벗지도 않았다. 그들은 항상 한밤중에 잡으러 온다[400]. 그리고 도망치려 하는 것도 무분별한 짓이다. 그래서 그는 옷을 다 입은 채 침대에 몸을 뻗고 누워서 그들이 오기를 가만히 기다리기로 했다. 영국이 마치 석기 시대로 되돌아간 것 같다고 그는 생각했다. 수세기 동안 멸종했다고 추정되었던 인간 종들 - 춤추는 데르비시(극도의 금욕 생활을 서약하는 이슬람교 집단의 일원-편집자 주), 강도 족장, 종교 재판소장 - 이 정신 병원의 환자로서가 아닌 세계의 주인으로서 재등장했다[401]. 그리고 지금 그들이 그를 쫓고 있었다.

매우 뜻밖에도 그는 깊이 잠 들었고 생생한 꿈을 꾸었다. 마치 앞에 놓인 일에 맞서 뇌가 스스로 마취시키려고 작정한 듯했다. 그는 자신의 전 생애가 마치 여름 날 저녁 비온 뒤의 풍경처럼 눈앞에 펼쳐지는 것 같은 방대하고 선명한 꿈을 꾸었다[402]. 유리 돔으로 된 하늘 아래 공간을 떠 다녔다. 어머니가 마치 그를 품 안에 안아주려는 듯 팔을 뻗는 것을 보았다. 이어서 나체의 아름다운 여자를 보았다. 그녀는 전에 그가 경찰봉으로 때리는 상상을 했던 여자였다. 이제 그들은 꽃이 흐드러지게 핀 밤나무 가지 아래에 함께 앉아 있었는데[403], 서로를 제한 없이 사랑하며 어루만졌다. 또 그는 핑크 빛의 이상한 바다 속에 떠 있었는데, 말미잘처럼 섬세하고 복잡하게 얽힌 산호가 나뉘고 또 나뉘어, 둘씩 얽힌 각각의 팔이 점점 더 가늘고 복잡해졌다[404]. 모든 게 투명하고 부드러운 불빛에 잠겨 있어서 거리의 제한

없이 끝까지 다 보였다[405]. 모든 게 연결되어 있었다. 그는 완벽한 일
치감에 압도되었다. 그의 생애가 완전해졌다.

그다음에 그는 잠에서 깼다. 그들이 아직은 그를 체포할 계획이 아
닌 게 분명했다. 그는 텔레스크린의 으스대는 여자를 따라 팔을 접었
다 폈다를 반복하면서, 그 이유가 뭘까 하고 생각했다. 그러다 문득,
이 터무니없는 짓을 더는 계속할 까닭이 없다는 생각이 머리를 스쳤
다. 그는 결연히 아파트 문으로 걸어가 밖으로 나갔다.

그는 순전히 직감만으로 정부쪽으로 몸을 돌렸다. 중간쯤 갔을 때,
단지 남은 시간 동안만이라도 다시 무산자들의 시장을 어슬렁거리면
서 시간을 보내면 안 될까 하고 궁금해졌다. 하지만 습관의 힘이 너
무나 강력했다. 습관과 왠지 모르지만 희미하게 깜빡이는 아주 가느
다란 희망의 빛이 말이다. 대단히 복잡한 어떤 이유에서인지 그들은
그를 혼자 두기로 결정했다. 그는 어리둥절한 상태에서 기계적으로
업무를 처리하고 불가피한 일을 기다리면서 하루를 보냈다. 저녁에
도 그들은 오지 않았다.

그는 일터에서 나와 버스 정류장 앞에서 다시 한 번 방향을 틀었
다. 처음에는 노점상한테 가서 도움을 청해 볼 계획이었으나 이내 생
각을 바꿨다. 그는 캠든타운 쓰레기장과 토튼햄코트로드 아래를 지
나, 대략 남쪽으로 향했다. 날이 어두워졌다. 옥스포드스트리트를 지
나 커번트가든을 통과해 스트랜드 가(街)에 이르렀고, 워털루 다리에
서 강을 건넜다. 밤이 되자 추위가 엄습했다[406].

그는 노출이 심한 옷을 입고서 떨고 있는 창녀들 무리 옆을 지나
갔다. 런던에는 이런 여자들이 가득했다. 그들 대부분은 술 한 병으

로 살 수 있음을 그는 알았다[407]. 그는 저녁의 쌀쌀한 공기를 들이마시며 목적 없이 길을 걸었다. 며칠째 정오에는 따뜻한 봄 날씨였다가 저녁에는 쌀쌀한 날씨가 이어졌다. 그는 두 손을 호주머니에 거칠게 찔러 넣었다. 잠시 뒤, 그는 면도날을 찾으러 오면서 전에 두 번 지나쳤던 고물상 앞에 서 있었다.

그때 아래 골목길에서 젊은 여자의 노랫소리가 들려왔다. 가는 목소리가 새의 노랫소리처럼 대기를 채웠고, 회색빛 거리의 칙칙한 담벼락을 밝혔다. 노랫소리를, 그것도 여자의 노랫소리를 듣는 것은 향내를 맡는 것만큼이나 낯선 것이었다. 여자 당원들은 절대 노래를 부르지 않았다. 정확히 말해 그게 금지된 것은 아니었다. 다만 당원이 여럿이 합창할 때를 제외하고 노래를 부른다는 것은 상상할 수 없었다. 여자는 혼자 노래를 불렀다. 노랫소리가 골목길을 따라 올라왔는데, 노랫말에는 어울리지 않게 저항의 분위기가 담겨 있다는 착각이 들었다.

이 편지를 써서
당신에게 내 사랑을 보내요
기억해 줘요
나는 언제나 당신을 사랑함을.

여자는 거듭할 때마다 여전한 확신을 가지고서 같은 노래를 부르고 또 불렀다. 한번은 가사 끝에 "오-오-오"를 덧붙이기도 했다.

노래는 진리부의 작시 기계가 작곡하지 않은 게 분명했다. 그곳의 기계들은 결코 가사에 편지를 쓴다는 내용을 포함시키지 않았다. 그리고 이제는 아무도 편지를 쓰지 않았다[408]. 더는 비밀도 아니고 일상적으로 모든 편지는 중간에 개봉되었다. 소수의 전갈이 여전히 필요했기에 판에 박힌 인사말이나 긴 문구 목록이 적힌 엽서가 있었다. 거기서 불필요한 문구는 지우고 보낼 수 있었다[409]. 아무도 그 문구들을, 더구나 사랑과 관련된 것들은 더더욱 기억하지 않았다.

그는 가로등 불빛 아래, 겨우 몇 미터 떨어져 있는 좁은 골목길 끝에서 나오는 그 여자를 봤다. 여자는 들장미 빛 얼굴에 낙엽 빛의 길고 굵은 머리칼을 지닌 스물일곱 쯤 되는 배짱 있는 여자 같았다. 허리께를 벨트로 묶은 얇고 매끈한 천의 레인코트 안 그녀의 젊은 옆구리는 늘씬하고 유연해 보였다[410]. 주근깨투성이의 얼굴을 저쪽으로 돌리고 있어 여자는 그를 보지 못했다.

잠시 블레어의 시선은 여자의 균형 잡힌 엉덩이에 머물렀다.

이 편지를 써서

당신에게 내 사랑을……

그녀는 곁눈질로 그를 휙 보고는 노래를 멈췄다. 블레어는 궁금했다. 이 여자도 그들 중의 한 명, 즉 다리 사이의 상품으로 노점을 운영하는 또 한 명의 무산자일까? 꼭 그렇게 말할 수는 없었지만 상관없었다. 그가 불쑥 영감을 받은 듯, 그녀의 노래를 마무리했다.

"나에게 말이오?"

하고 말했던 것이다.

여자는 고개를 홱 쳐들고는 대답하지 않았다.

"무슨 노래요?"

그가 물었다.

"몰라요." 여자가 말했다. "예전에 엄마가 부르곤 했어요."

여자의 얼굴에 엷은 미소가 스쳤다. 그녀는 그가 있는 쪽으로 골목
길을 걸어갔다. 여자는 입술을 아주 붉게 칠하고 뺨에는 연지를, 코
에는 파우더를 발랐다. 눈 밑에도 밝아 보이게 하려고 뭔가를 덧발랐
다[411]. 그리 솜씨가 좋은 것은 아니었지만 이 분야에 있어서 블레어
의 기준도 그리 높지 않았다. 그는 당원 여자가 얼굴에 화장을 한 것
을 본 적도, 그런 모습을 상상한 적도 없었기 때문에 이 여자가 굉장
히 여성스러워 보였다. 합성한 제비꽃 향이 그의 콧속으로 훅 밀려들
어왔다. 그는 어둠침침한 지하실의 주방과 동굴 같이 보였던 이 빠진
여자의 입이 생각났다. 그 여자가 사용한 것과 거의 같은 향이었다.
하지만 지금 그런 것은 아무렇지 않았다. 여자는 마치 그에게 뭔가를
말하려는 듯 잠시 멈췄지만, 결국 아무 말도 하지 않았다. 다시 고개
를 홱 쳐들더니 온 길을 되돌아갔다.

블레어는 갑자기 극심한 슬픔이 올라오는 것을 느꼈다. 여자는 노
래를 불렀었다. 어쩌면 바로 그를 위해 불렀을지도 몰랐다. 그는 어

떻게 대화를 이어갈 수 있었을까 궁금했다. 여자가 가판대 위의 그 많던 부드러운 초콜릿과 마찬가지로 자기 몸을 팔았을까? 그것은 중요하지 않다고, 그는 또다시 생각했다. 그 여자는 무산자였고[412] 예뻤으며, 그가 그녀를 원했다. 오직 그 생각만으로 그는 예기치 않게 만족스러웠다. 물론 당은 섹스란 남자들에게는 비열한 욕구이고, 여자들에게는 형식적인 의무라고 가르쳤다. 하지만 아주 죽지 않은 한, 남자는 여전히 욕구를 느낄 수 있고 그것을 부끄러워하지 않을 수 있었다.

작은 키에 건장하고 쾌활해 보이는 사내 하나가 지나가면서

"이크, 지독하게도 춥네."

하고 내뱉었다[413]. 블레어는 아까 그 여자의 얼굴과 몸매를 생각하면서 딱히 정해 놓은 곳 없이 길을 따라 걸어갔다. 그 여자를 향한 그의 욕망을 당은 허락하지 않을 것이다. 섹스는 인간의 조건의 일부이고, 성교는 관계였다. 깊이를 헤아릴 수 없이 고독한 세상에서 어떤 종류든 관계는 좋은 것이었다. 그녀를 좋아하는 무산자들은 여전히 그것을 이해했다. 창녀는 팔지 말아야 하는 것을 팔지 모른다. 그것은 단순히 섹스가 아니라 잘못된 것을 파는 행위였다. 무산자들, 심지어 창녀들 가운데 남자와 여자들은 서로 싸우고 겨루고 정욕을 느끼고 사랑하면서 모두 고독에서 달아났고, 뭔가 더 큰 것을 추구했다. 그것은 분명 욕망인데, 대부분이 마음을 채우기 위해 국부에서부터 올라오는 갈망이었다. 주근깨투성이의 여자가 창녀이든 말든 상

관없었다. 그녀는 예뻤고, 그는 그녀를 원했으며, 그녀 역시 그를 원하기를 바랐다. 그는 여자의 눈에서 욕망이 올라오고 얼굴에 드러나는 모습을 보고 싶었다. 여자가 그의 손길에 허벅지를 벌리고 자신의 일부가 되기를 원했다.

남자 둘이 골목길에 서서 큰 소리로 정감 있게 얘기하고 있었다.

한 사내가 말했다.

"원하는 걸 훔쳐. 칠면조들이 홀딱 벗은 빌어먹을 군인들처럼 전부 다 열을 지어 걸려 있더라고. 그걸 보고 침 흘리지는 말게. 오늘 밤이 가기 전에 내가 하나 갖는다는 데 6페니 걸게."

"그걸 팔아 리모컨을 살 만한 곳을 내가 아네."

다른 사내가 대꾸했다[414].

블레어는 여자가 불렀던 노래를 또 생각했다. 그 노래가 하나의 발상처럼, 생각 그 자체처럼 만들어진 뒤에 그 자신의 삶을 살아갈 수 있다는 것이 갑자기 떠올랐다. 가사는 바뀌고, 작곡가는 잊히며, 곡조는 다른 문화권에서 다른 것을 기념하는 데 사용될 수도 있지만 그래도 그 노래는 계속 살아간다. 세월이 흘러도 그 노래는 동일하지만 아주 다른 사람들 사이에서 불린다[415].

이제 그는 한참을 걸었다. 아마 5마일에서 7마일은 걸었을 것이다. 그의 다리가 발바닥에서부터 부어올랐다. 빈민가로 들어섰는데, 좁고 군데군데 물웅덩이가 팬 거리가 50야드 정도 이어지다 갑자기 어둠에 휩싸였다. 서리와 안개로 뒤덮인 몇 안 되는 램프들이 멀리 뜬 별처럼 걸려 있어 아무것도 밝히지 못했다. 블레어는 소리가 울리는 구름다리 밑을 지나 헝거포드 다리에 이르는 길로 들어섰다. 옥상 광고의 환한 불빛 아래 진흙탕 물 위로 런던 동부에서 나오는 쓰레기들이 내륙으로 빠르게 흘러가는 게 보였다. 코르크 마개와 레몬, 나무통 들, 죽은 개 한 마리, 빵 덩어리들이었다. 그는 둑에서 웨스트민스터까지 걸었다. 바람이 불어 플라타너스 나뭇가지들이 서로 부딪혀 소리를 냈다[416]. 토튼햄코트로드와 캠든로드까지 올라가는 길은 끔찍한 고역이었다. 그는 다리를 끌면서 천천히 걸었다. 냉기가 살을 파고들었다.

그는 그 여자를 찾아 다시 돌아갈 생각을 했다. "너를 사랑해." 하고 말할 것이었다[417]. 다른 어떤 말보다 먼저 그 말을 할 것이었다. 자신은 형 집행이 취소될 수 없는 사상범죄를 저질렀기 때문에 이미 죽은 사람이나 다름없으며 자기가 죽는 것은 다만 시간문제라고, 하지만 지금 자신에게는 그녀가 절실히 필요하며 그녀 없이는 단 한 순간도 살 수 없다고 설명할 것이었다. 그러나 그는 발길을 돌리지 않고 계속 걸었다. 시간이 궤도를 잃어버렸다.

그리고는 어떻게 된 것인지는 모르겠지만 블레어는 뚜렷한 계획 없이, 여자가 있던 골목길로 돌아갔다. 큰 원을 그리며 돌아온 것 같았다. 찬비가 내리기 시작했고 세찬 바람이 불었다. 그는 길모퉁이 고물상 앞에 서 있었다. 23시가 다 되었음에도 가게는 열려 있었다. 그는 빗속에서 거리를 배회하는 것보다 안으로 들어가는 게 눈에 덜 띌 것 같아 가게로 들어갔다.

곧바로 프리크가 보였다. 그는 가게 제일 안쪽 구석에서 철제 상자, 폐 라디오, 먼지투성이 전자제품들이 놓인 선반들을 뒤지고 있었다. 가게 안은 명멸하는 석유램프 한 대가 유일하게 밝히고 있었는데, 그 때문에 불결하지만 정감 어린 냄새가 풍겼다. 블레어는 어둑한 불빛 아래서 가게 안 공간 대부분을 가구와 자기 그릇, 유리, 사진틀 같은 잡동사니들이 차지하고 있는 것을 볼 수 있었다. 한 구석은 폐물이 된 구술기들, 용도를 알 수 없는 옛 계산기 몇 대, 이런저런 잡동사니 같은 장비들로 채워져 있었다. 프리크는 그 가운데서 뭔가를 꼼꼼하게 고르고 있었다.

두 사람의 눈이 또 마주쳤지만 단지 한 순간뿐이었다. 그러나 블레어는 지난번과 마찬가지로 이번에도 둘 사이에 메시지가 오갔다고, 즉 이해관계가 형성되었고 두 사람의 마음이 열려 생각이 서로에게 흘러갔다고 확신했다. 프리크는 다시 선반 쪽으로 몸을 돌렸다. 잠시 뒤 그는 자신이 원하는, 번쩍이는 흰 버튼이 12개 있는 자판 같은 것을 찾은 듯했다. 프리크는 그것을 집어든 뒤 가게 주인에게 고개를 끄덕이고는 문 쪽으로 갔다. 그리고 그가 지나가면서, 우리는 어둠이 없는 곳에서 만날 것이오, 하고 말하는 것을, 블레어는 또다시 들었다. 또는 들은 것 같았다.

그 외에 가게에는 아무 관심이 없었다. 잠깐 동안 블레어는 이 구역 어딘가에 방을 하나 세내서 그 여자와 산다는 정신 나간 생각을 장난삼아 해봤다. 그래, 그는 그렇게 할 것이다! 그 여자에게 함께 살수 있겠냐고 물어볼 것이다. 무산자가 되어 시장 구석에 가판을 열고, 그야말로 당 명부에서 사라질 것이다. 잠시 동안 즐거운 백일몽이 그의 머릿속을 채웠다. 그는 가게 옆에 설치된 텔레스크린은 알아채지도 못했다.

잠시 뒤 그들이 그 앞에 당도했다. 검은색 제복을 입은 네다섯 명의 사내들이었다. 잠깐 동안 블레어는 이웃 윌크스 씨가 혀를 살짝 내밀고는 사디스트처럼 소리 없이 웃는 것을 본 듯했다. 하지만 블레어는 무슨 소리를 내기도 전에 무릎이 꿇렸고, 고환에 정통으로 첫 가격을 당했다. 그의 입에서 토사물이 뿜어져 나왔다. 그는 보도로 넘어져 뒹굴었는데 또 가격을 받아 발목이 으스러지는 것을 느꼈다. 경찰봉에 앞니 두 개가 박살났고, 이내 노란 불빛이 번쩍했다. 한 번의 강타가 그런 고통을 초래할 수 있다는 것이 도무지 믿어지지 않았다. 블레어는 의식을 잃어가면서 마치 자신이 학교로 되돌아가 교사가 후려치는 회초리를 맞으며 웅크리는 듯한 느낌을 받았다. 그는 소변이 몹시 마려웠는데, 바로 두세 시간 전에 소변을 봤던 게 생각나 약간 놀랐다[418].

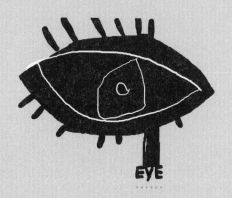

EYE

9장

오브라이언은 헉 하고 숨을 내쉬며 육중한 몸으로 차 뒷자리에 앉았다. 이제 그는 몇 야드 이상 걷기가 쉽지 않았고, 자기 아파트 복도를 걸어 내려오는 일도 어려웠다. 그나마 움직일 수 있어서 기뻤다. 네트워크 설명서를 붙들고 한 시간만 더 있었어도 못 견뎠을 것이다.

그는 설명서들을 어지럽게 뒤섞은 채 책상 주변에 잔뜩 쌓아 두고 나왔다. 그날 오후 그것들 십여 권을 애써 읽은 것은 오브라이언이 평생 한 일 중 최고로 지루했다. 설명서들은 페이지마다 명백한 사항이든 하찮은 사항이든 극도로 자세하게 설명해 그를 여섯 살배기 취급하는 것 같았다. 그러더니 마침내 중요한 부분에 와서는 설명이 대단히 불분명했다. 오웰다웠다. 오웰은 무덤에서까지 그를 극도로 화나게 만들었다.

다행히도 버지스가 이미 옛 기술자 중에서 초창기에 오웰과 함께 일했던 괴짜 한 사람이 있는 곳을 파악해 두었다. 물론, 그 자가 협력할 것은 확실했다. 모두가 오래 걸리지 않아 당에 협력했으니까.

자동차는 런던의 황폐한 거리를 천천히 지나 시내에서 가장 지저분한 구역의 한 술집으로 향했다[419]. 불쾌하지만 필요한 일이었다. 그 기술자는 강제노동수용소에서 복역했는데, 그런 경험을 한 사람들은 당국과 마주치기만 해도 얼어붙었다. 맥주와 술집의 태평한 환경에 편안해 했다. 그렇지 않다면, 그들은 더욱 엄중한 처벌을 받을 수 있었으니까.

설명서들은 전부 다 쓸모없었다. 네트워크 자체가 거의 짜증날 정도로 단순했다. 전선들이 터널을 통과해 아파트와 사무실 들로 가지를 치고 나갔다. 네트워크의 각 지점이 직간접적으로 다른 지점과 연결되어 있었다. 전선들이 모두 애정부로 연결되어 있다고 할 수 있었고, 마찬가지로 전선들은 어디건 네트워크상의 텔레스크린에 연결되어 있다고도 할 수 있었다. 아니, 꼭 연결되어 있는 것은 아니었다. 거리가 일, 이 백 야드 넘게 떨어져 있는 텔레스크린들의 신호는 종종 무선으로 이동했으니까 말이다.

모든 중요한 것은 분명 텔레스크린 안에서 벌어졌다. 메시지들은 주로 터널 속의 고무 도포된 유리 케이블을 통해 이동했는데, 지점까지 와서는 텔레스크린이 직접 무선으로 통신할 수 있는 것 같았다.

각각의 텔레스크린은 크게 4개의 막으로 구성되어 있었다. 앞면은 소리와 빛을 전기 신호로 전환했다. 뒷면은 전기 신호를 공기를 통해 전송되는 전파, 또는 유리를 통해 전송되는 강렬한 광선살로 바꿨다. 보통의 빛이나 소리는 앞면으로 들어오고, 레이저 광이나 무선 신호는 뒷면으로 나갔다. 그 반대로도 작용해, 빛이나 전파가 들어오면 그림이나 소리로 전환되었다. 앞면은 카메라와 화면, 뒷면은 송신기와 수신기가 맡았다. 이런 각 부분이 독립적이면서 동시에 작동했다.

텔레스크린의 동력과 두뇌부는 중앙에 장착되어 있었다. 앞 표면 바로 아래 1인치 두께로 화면과 같은 넓이의 배터리를 두었다. 그것은 스크린 앞 표면에 포함된 전지 묶음으로 충전이 되었다. 이것이 빛이나 큰 소리를 전기로 변형시켰다. 각 단위의 텔레스크린이 완전히 충전되면 부가 에너지를 증폭된 빛이나 무선 신호로 전환하고, 남는 전력은 다른 스크린에 나눠준다.

각 텔레스크린의 세 번째 막은 정보를 처리하고 저장하는 계산 장치였다. 음성 명령이 기계 명령어로 전환되는 곳이 바로 여기였다. 그런데 설명서는 이 기능에 관해서 전혀 언급하지 않았다. 오브라이언은 애써 찾아본 뒤 이 정보가 나와 있지 않다는 것을 확신했다. 또한 이 부분이 누락된 것도 고의적임을 확신했다.

이제 마지막 희망은 그 기술자에게 있었다. 대 숙청에서 살아남고 노동수용소 복역을 마친 그 기술자 말이다. 그는 10년을 노동수용소에서 보내다 결국 런던의 빈민가로 풀려났다. 오브라이언은 그 기술자가 텔레스크린이 실제로 어떻게 작동하는지 알고 있기를 거의 필사적으로 바랐다. 분명 그는 알 것이다. 오웰의 천재성이 그의 조수들에게 한 조각이라도 옮겨갔을 게 틀림없었다.

그런대로 오브라이언은 텔레스크린의 그림들을 어디서 받고 어디로 보낼지 조정하는 게 가능하다는 것은 알았다. 대부분의 텔레스크린은 진리부에서 내보내는 빅브라더의 표준방송을 수신했다. 그러나 애정부에서는 어느 특정한 순간 어떤 스크린을 연결할지 선택하는 간단한 방법을 알아야 했다. 설명서에는 이에 대한 설명이 있기는 했지만 전적으로 기계 조작 방법만("블루박스를 스크린에 바짝 대고서 NXX 버튼을, 그 다음에 NYY 버튼을 누르시오……") 다루고 있어서, 실제로 어떻게 돌아가는지 전혀 이해할 수 없었다. 사무실의 텔레스크린들은 애정부에 있는 것들과 마찬가지로 한 곳에서 정보를 수신해 다른 곳으로 전송하도록 되어있다(말하자면 기록부서로부터 《타임스》 과월호 같은 정보를 수신해 수정한 뒤 검토를 맡은 상부에 보낸다). 오브라이언은 블루박스 하나를 가져오게 하기도 했지만 도움이 되지 않았다. 자기 스크린 앞에 서서 무작위로 버튼을 눌러 봤지만 아무 일도 일어나지 않았다.

오브라이언의 차가 골목 구석의 한 싸구려 술집 앞에서 멈췄다[420].

창유리는 반투명 같아 보였지만 실은 그저 먼지에 뒤덮인 것이었다. 오브라이언은 차에서 빠져나와 느릿느릿 계단을 내려갔다. 시큼한 맥주 거품이 떠다니는 듯했다. 그는 냄새가 역겨웠다[421]. 검정색 앞머리를 내린 키가 크고 단호한 얼굴의 여주인은 꼭 사창가의 마담처럼 보였는데, 카운터 뒤에 서서는 튼튼한 두 팔로 팔짱을 낀 채 다트 게임을 구경하고 있었다[422]. 다트 게임을 하는 사람들의 더러운 손에는 굳은살이 박혔고, 지저분한 작업복에 무거운 작업용 부츠 차림이었다. 그들은 대충 집중해서 다트판을 노려본 다음에 빠르게 다트를 날린 뒤 뒤로 물러나서는, 맥주가 채워진 두꺼운 유리컵을 들어 입으로 가져갔다. 사람들이 호기심을 갖고 오브라이언을 흘깃 보고는 잠시 조용해졌다. 그는 사람들의 시선을 알아채지 못한 척했다.

오브라이언은 거의 즉각적으로 그 사내를 봤다. 허리가 굽기는 했지만 팔팔해 보이는 상늙은이로, 흰 콧수염이 꼭 새우 수염처럼 빳빳하게 앞으로 곤두 서 있었다. 그는 괜찮은 검정색 정장을 입고 백발 위에는 노동자용 검정색 모자를 걸치고 있었다. 오브라이언이 다가갔다. 노인의 얼굴은 붉었고, 파란 눈은 웃고 있었다. 진 냄새를 지독하게 풍겼다[423].

오브라이언은 노인을 바라보고 있자니, 네트워크가 배치될 때 노인은 이미 중년이었으니 지금은 적어도 80세는 됐을 게 틀림없겠다는 생각이 들었다. 그와 그의 몇 안 되는 동료들은 과학기술 지식이 제거된 현재 세계에 존재하는 마지막 연결고리였다. 과학자들은 대숙청 때 거의 전부 다 말살되었다. 네트워크가 어떻게 설치되었는지 사실 그대로 설명해줄 수 있는 사람이 누구든 아직까지 살아 있다면,

이 사람처럼 늙어빠졌을 것이다. 초창기부터 오웰과 함께 일했을 테니 말이다.

노인은 카운터 앞에 서서 여주인과 언쟁 비슷한 것을 하고 있었다. 흰 수염이 까칠하게 덮은 얼굴은 붉게 상기되었다. 그는 혼자 중얼거리며 카운터에서 돌아섰다. 오브라이언이 그의 옆으로 천천히 이동해 팔을 건드렸다.

"한 잔 사 드릴까요?"

"친절하기도 하셔라!"

노인이 어깨를 펴며 대꾸했다[424].

여종업원이 카운터 밑에 둔 양동이에 헹군 두꺼운 유리컵들에 짙은 갈색의 맥주 2리터를 획 따랐다. 다트 게임은 다시 한창 진행 중이었고, 카운터에 모인 사내들은 암시장 거래에 대해 얘기하기 시작했다. 오브라이언의 존재는 아주 잊었다[425].

창 아래 오브라이언과 노인이 이야기를 나눌 수 있을 만한 자리가 하나 비어 있었다. 오브라이언은 맥주잔을 그쪽으로 옮겼다. 싸구려 유리컵은 잼 병만큼 두꺼웠고, 탁하고 기름에 절어 있었다. 이 맥주는 바퀴벌레가 들끓는 지하저장고를 통과하는 길고 끈적끈적한 관에서 뽑아냈고, 유리컵들은 만들어진 후 단 한 번도 씻긴 적 없이 맥주 물에 헹궈지기만 했다는 생각이 오브라이언에게 스쳤다. 오브라이언은 맥주를 한 모금 정도 마시고는 유리컵을 조심스럽게 내려놓았다[426]. 느글느글하면서 약물 냄새가 나는 전형적인 런던 맥주였다. 그는 버건디 와인 생각이 났다[427].

"내 잔에서 반 리터는 덜었어야 했는데." 하고 노인은 맥주컵을 앞에 놓고 앉으며 툴툴거렸다. "1리터는 너무 많소. 내 방광이 새기 시작하거든."

오브라이언은 수년 간 상대했던 많은 죄수들이 생각났다. 공포 때문이건 아니면 병에 걸려서건 그들은 밤새 요강을 대여섯 번씩 사용했었다[428].

"젊었을 때 이후로 큰 변화를 목격했겠군요."[429]

오브라이언은 시험적으로 말을 건넸다. 변화가 일어나기를 기대했던 곳이 마치 술집 안이었던 것처럼 노인의 연한 푸른색 눈은 다트판에서 카운터로, 카운터에서 공중화장실 문 쪽으로 움직였다.

"맥주 맛이 더 나았었지." 마침내 노인이 말했다. "더 쌌고!" 그는 유리컵을 들었다[430]. "그 당시 맥주 값은 1파인트에 2펜스였고 맛도 요즘과는 영 달랐지[431]. 자네의 건강을 위해서!"

노인의 젖힌 목에 뾰족하게 내민 목젖이 놀라울 정도로 빠르게 아래위로 움직이더니 맥주가 사라졌다. 오브라이언은 카운터로 가서 맥주 반 리터씩 두 컵을 더 가져왔다.

"당신이 오웰과 함께 일했던 걸로 압니다. 네트워크 관련해서 말이요."

노인은 약간 경직되는 듯하더니, 이내 다시 어깨를 폈다.

"예전에 그게 어땠는지 당신은 기억할 거요." 오브라이언이 계속 말했다. "지금은 그때와 많이 달라졌소. 이제는 그게 어떻게 설치되었는지 이해하는 사람도 거의 없다오. 네트워크에 관한 설명서만 겨우 읽었는데, 거기 설명이 그리 자세하지가 않았다오."

노인의 얼굴이 갑자기 밝아졌다.

"설명서라! 자네가 그걸 말하다니 우습군. 이유는 모르겠지만, 마침 어제 나도 같은 것을 생각했소. 그냥 생각이 났소. 나는 몇 년 동안 그걸 보지 못했다오. 오웰이 그 작업을 하던 모습이 기억나오. 굉장히 세심하게 작업했다오. 그때가…… 글쎄, 정확한 날짜는 댈 수 없지만, 30년 전이었던 게 틀림없소."

"설명서는 그리 중요하지 않소." 오브라이언이 참을성 있게 말했다. "중요한 것은 네트워크가 어떻게 작동하는지 말해 줄 수 있느냐는 것이오. 정부, 당원들은 이 땅의 주인처럼 살고 있지요[432]. 그들이 원하는 것은 뭐든 보고, 모든 게 그들의 유익을 위해 작용해. 당신 같은 보통사람, 노동자들은 언제나 그들의 감시 아래 있소. 그들은 원하는 대로 당신들을 부리는 데 네트워크를 이용하오. 당신들이 직장에 있건 집에 있건, 화장실에 있건 침실에 있건 당신들을 지켜보지. 하지만 당신들은 텔레스크린을 끌 수조차 없소. 선택할 수……"

노인은 오브라이언을 뚫어지게 바라봤는데, 그의 흰 눈썹이 이마 쪽으로 곤두서 있었다.

"오웰은 할 수 있었소." 노인이 고집스럽게 말했다. "그는 그게 어떻게 작동하는지 알았소. 항상 그것에 대해 웃었지. 실제로는 선택할 수가 없었소!" 노인은 이를 드러내며 크게 웃었다. "그들은 텔레비전을 가졌소. 하지만 텔레비전을 갖고서도 선택할 수 없었소. 그저 B.B.에만 귀를 기울였지. 그것으로는 충분하지 않았소. 충분하지 않지! 정부에 있는 사람들, 그들은 더 원했소. 웃기지 않소? 정부에서 더 원했던 것은 그 녀석들이었소. 그래서 오웰이 그것을 주었소. 그는 그것을 대단히 재미있어 했다오."

노인은 빙그레 웃더니 맥주 한 컵을 또 길게 들이켰다.

"오웰이 그것을 그들에게 줬단 말이오?"

오브라이언이 잠시 뒤에 물었다.

"오, 그가 그것을 그들에게 줬지, 줬어. 그들이 원했던 네트워크를 줬소. 모든 사람이 서로 연결되었소. 사상경찰을 기쁘게 만들어 줬다고, 그가 말했소. 왜냐하면 이제 그들이 당신을 항상 지켜볼 수 있게 됐으니까 말이오. 그리고 또 다른 부에서는 모든 자료를 수정하게 되었소. 그래서 그들도 기뻐했소. 오웰이 이렇게 말했다오. 그게 멍청이들이 원하는 것이라면 바로 그것을 얻게 될 것이다. 모든 집과 모든 사무실에 텔레스크린 하나씩을." 노인은 빙그레 웃고는, 맥주를 더 마셨다. "그게 멍청이들이 원하는 것이라면 바로 그것을 얻게 될 것이라고, 오웰이 말했지."

노인은 다시 웃었다. 숨이 차 쌕쌕거리기는 했지만 분명 엄청나게 재미있는 것을 기억해낸 게 틀림없었다.

"정부 사람들이 원하는 것을 갖는 게 뭐가 그리 재미있소?"

"왜냐하면 스크린들이 정말로 작동하거든."

"정확히 어떻게 작동한다는 말이오?"

늙은 기술자는 깊이 생각하는 것 같았다. 그는 떨리는 손가락으로 자기 얼굴을 쓰다듬더니 대답했다.

"블루박스로 했소." 노인은 모호하게 말했다. "바로 어제 일처럼 생각이 나오. 오웰은 그게 어떻게 작동하는지 알았소. 오웰은 아주 품위가 있었지. 격식 있게 차려 입은 적은 한 번도 없었지만. 거의 부랑자처럼 입었소. 그랬지. 항상 빈털터리인 체했어. 하지만 결코 그렇지 않았소. 이튼학교에 다녔으니, 난 의심하지 않는다오. 그는 진짜 신사였고, 네트워크를 알았소. 음, 그 당시 난 젊었었지. 그를 도울 수 있어서 기뻤소. 단지……"

오브라이언은 무력감이 들었다. "내가 분명하게 말하지 못한 모양이오." 그가 말했다. "내가 알고자 한 것은 이렇소. 어떻게 스크린을 선별할 수 있소? 당신은 아주 오래 살았소. 오웰과 함께 네트워크 일을 했고. 그냥 어떤 장면을 어디로 보낼지 네트워크가 어떻게 결정하는지에 대해서만 설명할 수 있겠소?"

노인은 다트판을 골똘히 바라보았다. 그리고 전보다 훨씬 천천히 맥주를 들이켜 컵을 비웠다.

"설명서를 따르시오. 그때 오웰이 그렇게 당원들에게 가르쳤소. 그렇게 그들에게 말했소. 블루박스를 들고 설명서대로 하라고. 당은 그것 외에 아무것도 더 필요하지 않소."

오브라이언이 막 맥주를 더 사려고 하자 노인은 벌떡 일어나 다리를 질질 끌면서 술집 한 켠에 있는 악취 나는 화장실로 급히 들어갔다. 오브라이언은 빈 유리컵을 응시하며 1, 2분 더 앉아 있었다. 계속 얘기해봤자 소용없을 것이다. 엄청나면서도 간단한 질문 '텔레스크린은 어떻게 작동하는가?'에 대한 답변은 이제 영영 얻을 수가 없었다. 옛 세계의 몇 안 되는 생존자들은 더 이상 그것을 설명할 능력이 없었다. 그들은 박스의 색깔, 오웰이 입었던 옷 따위의 쓸데없는 수많은 것들은 기억했지만 정작 중요한 모든 것은 잊었다.

벽에 등을 기댄 오브라이언은 피로가 머리를 뒤덮는 것을 느꼈다. 잠시 뒤 늙은 기술자가 다시 나타났지만 오브라이언은 듣기를 멈췄다. 그는 약간 취하기는 했지만, 커다란 기쁨이 있다면 인생의 다른 모든 슬픔도 참을 만하다는 생각이 처음으로 들었다.

오브라이언은 눈을 감았다. 그러자 생각이 떠다니기 시작했다. 마치 벽을 통과해서 들리듯 노인이 말하는 소리가 희미하게 들려왔다.

"스크린들이 작동했기 때문이오. 그가 그렇게 말하지 않았소? 내내 그렇게 말했다오. 스크린을 믿으라고 말이오."

오브라이언의 생각들이 떠다녔다. 네트워크가 여전히 작동하는 것은 순전히 오웰 덕분이다. 그는 수년 전에 죽었지만 그가 여전히 그것을 작동하게 한다. 당은 오래전에 증발시킨 한 남자의 뜻에 따라 존속하고 있다.

잠시 뒤 주변의 왁자지껄한 소음에도 불구하고 오브라이언은 잠이 들었다.

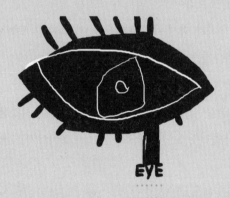

EYE

· · · · · ·
· · · · · ·

10장

· · · · · ·
· · · · · ·

블레어는 꿈꾸고 있었다. 칠흑같이 어두운 길을 걷고 있었는데 공기는 말할 수 없을 정도로 차가웠다. 캄캄한 가운데 보름달이 보였는데, 이례적으로 밝아 차가운 밤하늘에 뜬 백열 상태의 주화 같기도 했고, 그 광휘로 인해 다른 별들은 보이지도 않았다. 나뭇가지를 올려다보니 달이 은 빗살처럼 갈라져 보였다. 달빛이 손에 만져질 듯 모든 것 위에 두툼하게 내려앉아 땅 위와 거친 나무껍질 위에 얹힌 눈부신 소금가루 같았고, 이파리마다 이를 테면 눈과 같은 견고한 빛의 화물을 떠받치고 있는 듯했다[434]. 그는 몹시 추웠다.

그는 금으로 된 나라를 꿈꿨다. 금빛 햇살이 옛 초원을 비스듬히 비추고 산들바람에 느릅나무들이 가볍게 움직이며 여인의 머리칼처럼 풍성한 잎들이 살랑대는 곳을[435]. 그는 말들을 보았다. 새벽에 비행하는 오리들도. 그러고는 이런 꿈을 꾸는 것은 금지되어 있다는 사실을 기억했다[436]. 추위가 무의식의 가장 깊은 밑바닥까지 파고 들어왔다[437].

그는 거대하고 장엄한, 햇살이 비치는 폐허 속에 한 여인과 앉아 있는 꿈을 꾸었다. 아무것도 하지 않고 그저 햇빛을 받으며 앉아서 평화롭게 얘기를 나누고 있었다[438]. 그는 빅브라더가 제거된 듯[439] 사적 자유와 사랑과 우정이 있는 세상, 가족들이 이유를 알 필요 없이 서로 곁에 있고, 사적이고 바꿀 수 없는 충성이라는 신념에 따라 함께 사는 세상에 대한 꿈을 꿨다[440]. 공정한 사회, 황금기[441], 말로 표현할 수 없는 것들, 이름 없는 수많은 것들, 생각과 인상, 기분에 관한 꿈을 꿨다[442]. 그러다 점차적으로 환해지는 거대한 심연을 통과해 위로 끌려 올라가는 느낌을 받았다[443].

그는 꿈을 꾸고 있었지만 또한 주변 환경과 매서운 추위도 의식했다. 신음과 욕설, 폭소 등 다양한 소리들의 합창이 있었고, 이 모든 소리를 넘어 억제하지 못하고 이를 딱딱 부딪는 소리가 들려왔다[444]. 게다가 이 모든 소리가 자신의 입에서 나오고 있음을 깨달았다. 그리고 자포자기한 심정으로 그 여인에게 닿고 싶은 갈망을 느꼈다. 죽기 전에 그녀를 그 자신만큼 잘 알고 그녀와 친해지며 그녀의 몸과 영혼과 연결되고 싶었다.

얼마 정도 시간이 흐른 뒤 - 여러 시간 뒤라고 그는 생각했다 - 그는 바다와 해변, 어마어마하게 크고 멋진 건물 또는 거리 아니면 배에 관한 꿈을 꾸었다. 거기서 그는 길을 잃었다. 그는 기이한 행복감을 느끼면서 햇살을 받아 잠이 깼다[445]. 기분 좋은 온기 같은 것이 팔다리를 타고 올라와 뇌까지 이르는 느낌을 받았다. 너무나 자고 싶어 하는 꿈을 꾸었다.

하지만 잠을 잘 엄두가 나지 않았다. 두개골 뒤 뒷목 부근에서 그는, 이대로 잠이 든다면 다시는 깨어나지 못할 것을 알았다. 발작적으로 목구멍을 벌려, 악을 쓰려 안간힘을 썼다.

잠시 뒤 한 여자가 다가왔다. 그녀의 몸짓에는 강렬한 행복감이 가득 배어 있었다[446]. 여자는 한 번에[447] 그에게 다가와 얼굴을 어루만졌는데, 그가 지금까지 느껴본 중에 가장 부드러운 손길이라는 생각이 들었다. 여자가 그에게 팔을 두르자[448], 그는 값싼 제비꽃 향에 뒤덮였다.

이중사고

자유 시장 역시 적이다. 그런데 누구의 적이란 말인가? 젊은 오웰에게, 그 대답은 명백했다. 자유 시장은 노동자의 적이다. 자본주의는 굴종이다. 집산주의는 자유다.

경제적 자유일 뿐만 아니라 개인의 자유이기도 하다. 1930년대까지 오웰은 '민주적 사회주의'가 예술과 시민의 자유를 그저 용인할 뿐만 아니라 실제로 고취할 것이라고 확신한다. 집산주의는 자본주의보다 훨씬 효율적이고, 예술가들은 새 사회주의에서 나오는 풍요로부터 상당한 몫을 얻게 될 것이며, 자유사상이 경제 못지않게 번성할 것이다. 이것은 오웰식의 들의 백합이다. 이런 1938년의 오웰은 진심으로 다음과 같이 쓸 수 있었다. "길게 보았을 때, 언론의 자유를 감히 허용할 수 있는 유일한 체제는 사회주의 체제다."[449]

그런데 히틀러가 오웰의 사회주의 백합꽃을 시들게 한다. 제2차 세계대전 초반 즈음 오웰은 경제적 집산주의에는 정부가 필요하며, 국민이 풍부부에 일단 익숙해지면 진리부와 평화부, 애정부 역시 받아들일지도 모른다는 사실을 인정하기 시작했다.

《문학과 전체주의Literature and Totalitarianism》라는 1940년에 쓴 에세이에서 오웰은 백합 백일몽을 처음으로 날카롭게 돌아본다. 여전히 그는 "자유 자본주의 시대의 종말이 오고 있다"고 전적으로 확신한다[450]. 오웰에게 다음에 오는 것은 새로운 것이다. 오웰이 인정하는데, 지금까지 "경제적 자유의 실종이 지적 자유에 영향을 미쳤다는 사실을 충분히 깨달은 적은 없었다". 사회주의는 "보통 일종의 도덕주의적 자유주의라고 [오웰에 의해] 여겨졌다." 국가가 당신의 경제생활을 책임지겠지만 개인의 자유에는 손대지 않을 것이다. 예술은 자유 자본주의 하에서보다 훨씬 번성할 것이다. 예술가들이 더 이상 돈 걱정을 하지 않을 테니 말이다. 오웰은 1940년에 쓴 에세이에서 자신이 아마 틀렸을지도 모른다고 인정한다. "이제, 실재하는 증거에 입각해서 이런 발상이 잘못되었음을 인정해야 한다."[451]

그때부터 오웰은 시민의 자유가 자유 시장의 종말에서 어떻게 살아남을지 완전히 결정하지 못하지만, 자신이 바라는 사회주의가 도래하기를 여전히 희망한다. 오웰은 1940년에 단호히 서술한다. "기계화와 집산주의 경제는 전쟁과 전쟁을 위한 감식(減食), 가시철사 뒤에서 고생하는 노예 인구, 비명을 지르며 단두대로 끌려가는 여자들, 사형집행인이 뒤에서 머리를 강타하는 지하실을 종말에 이르게 한다."[452] 그러나 그로부터 단 몇 달 뒤 오웰은 자신의 책을 내준 좌파 출판인에게 편지를 쓴다. "내가 지나치게 비관적이라고 당신이 생각하는 게 맞을지도 모릅니다. 경제적 전체주의 사회에서 사상의 자유가 살아남을 가능성이 꽤 큽니다. 우리는 집산화한 경제가 서구 사회에서 시험되기 전까지는 확신할 수 없습니다."[453] 이것에 대한 오웰의 반신반의는 그의 일생 동안 계속된다. 또한 그는 1945년 서평에서 한 작가를 "전체주의 사회는 인간의 개성을 파괴한다"라고 잘못 "가정"한다며 비판한다[454]. 그러나 《1984》를 발표하고 나서 얼마 뒤에 쓴 편지에서 그는 자신의 책이 "집산화된 경제가 빠지기 쉬운 타락상을 폭로"한다고 요약한다[455].

■

오웰은 사회주의에 대해 처음부터 이중사고를 갖고 있었다. 1937년에 출판된 《위건 부두로 가는 길》은 과소평가되고 종종 제대로 인정받지 못했는데, 이 책에서 그는 이중사고에 대해 상세히 설명한다. 책 전반부는 빈민촌이 된 탄광마을의 으스스한 풍경을 그린다. 나머지 후반부에서는 기계를 종교로 만들어 버려 인간을 손이나 눈, 뇌도 없이 "걸어 다니는 위(胃)"로 변형시킬 징후를 보였다면서 좌파 동료들을 비난한다[456]. 이것은 과도하게 많은 기계들에 맞서 완벽히 설득력 있는 주장이다. 또한 사회주의의 나태한 면에 맞서는 주장이기도 한데, 내 생각에는 이 측면도 분명히 의도한 것 같다. 게으른 사람이 근면한 이웃에게 의존하듯 산업화 기계에 아주 쉽게 의존할 수 있다고 오웰은 지적한다. 자유 시장은 사람들이 생산적으로 일하도록 강제하는데, 그것은 위건 부두 탄광 노동자들의 죽음을 의미할 수 있다. 사회주의는 사람들에게 나누도록 강제하는데, 이는 받는 쪽에 있는 사람들에게는 병 속의 뇌에 대한 의존을 의미할 수 있다.

따라서 선한 사회주의자로서 오웰은, 경주가 발 빠른 사람의 경주나 강자의 전쟁, 총명한 사람들의 빵이 되어서는 안 된다고 믿는다. 정직한 사람으로서 오웰은 또한 발 빠른 자와 강자, 총명한 자의 문제가 느리고 게으르고 어리석은 자의 문제도 된다고 인정한다. 1930년대 탄광 노동자들의 열악한 노동 환경 묘사로 시작되는 《위건 부두로 가는 길》이, 노동과 놀이 사이에 실제적 차이가 없고 힘든 일은 본질적으로 몸과 영혼에 모두 좋다는 오웰의 주장으로 끝나는 게 조금도 역설적이지 않다. 그렇지만 《위건 부두로 가는 길》에서 기계적 집산주의에 대한 이중사고에 대한 초기 시도는 이상하게도 효과적이지 못하다. 너무 간결하게 소개하여 평범한 독자들 중에 그 점을 이해하는 독자는 거의 없을 것이다.

반면에, 전후 《1984》를 쓰기 직전에 발표한 《동물농장》은 아주 명확하다. 농부의 경제적 압제를 타도하는 것은 좋은 일이다. 그러나 혁명을 조종하는 정직한 돼지들이 그 다음에 또 다른 신 농부들이 되지 않는다고 확신하기란 어렵다. 다른 동물들을 풀어준 돼지가 결국에는 그들을 먹을지도 모르는데, 이것은 탄광노동자들에게 자유를 주는 기계들이 결국에는 그들을 걸어 다니는 위로 바꾸어 버리는 것과 꼭 같다. 사회주의는 그것이 도우려는 사람들을 삼켜버리는 경향이 있음을 오웰은 내내 인정한다.

한때는 매우 확신했던 오웰의 정치적 처방은 이제 점점 더 양면 가치를 띠게 된다. 1947년에 쓴 에세이 《문학의 비용The Cost of Letters》[457]에서 뜻하지 않게 우스운 한 단락이 내 말의 의미를 잘 설명한다. 이 소품(小品)은 오웰이 《1984》를 한창 집필하던 중에 쓴 것이라는 사실을 염두에 둬야 이 단락의 역설을 완전히 이해할 수 있다.

오웰은 분명히 말한다. "완전한 사회주의" 하에서 작가들은 국가의 지원을 받을 테고, "보수를 잘 받는 그룹에 끼게" 될 것이다. 그러나 현 상황에서 "작가는 국가 또는 어떤 다른 조직체와 교섭이 적을수록 작가 자신과 그의 작품에 더 좋다." 왜 그런가? "모든 종류의 조직적인 후원에는 예외 없이 끈이 묶여 있다." 작가가 어떤 종류든 부호의 후원에 의존하는 일은 "명백히 바람직하지 않다." "출중하면서도 가장 덜 까다로운 후원자는 큰 대중이다." 이 말은 수상쩍게도 대중 시장을 가리키는 듯하다. 하지만 불행히도 평균적 시민은 담배나 술에 시간을 보내는 만큼 책을 읽는 데는 시간을 쓰지 않는다고 오웰은 지적한다. 그러나 보통 사람들은 세금을 통해서 "알지도 못한 채, 쉽게 더 많이 소비할 수 있다." 정부는 "책 구매에 더 많은 금액을 배정"해야 한다. 반면에 "책 거래를 인계받거나 프로파간다 기계로 바꾸는 일"은 피해야 한다. 요컨대 시장("큰 대중")은 그 대안보다 낫다. 그래도 여전히 좋지는 않다. 정부(더욱 나쁜 짓)가 더 나을 수 있다. 《1984》의 사회에 이르지 않는 한 말이다. 아마 그런 일은 없을 것이다.

그러나 좋게 끝나든 나쁘게 끝나든 집산주의는 여전히 도래한다. 오웰은 그것에 대해 확신한다[458]. 오웰이 늘 상상하는 새로운 기계의 '유령들'이 여전히 사회를 경제 정부, 즉 풍부부로 곧장 끌고 가고 있다. 그리고 오웰이 말하길, 집산주의는 "경제적 의미에서 늘 '작동'될 수 있다."[459] 실제로 1945년 오웰은 영국의 새 노동당 정부에 토지와 탄광, 철도, 공공사업, 은행을 국유화하라고 요청한다[460]. 실제로 그는 여전히 영국 자본주의 하의 계급 특권[461]을 소비에트 연방의 계급과 나란히 평가한다. 《1984》를 "중앙집권화된 경제가 빠지기 쉬운 타락" 상이라 설명한 같은 편지에서 이렇게 쓰고 있다. "나의 최근 소설은 사회주의나 영국 노동당을(내가 지지하는) 공격하려고 의도한 게 **아니다.**"[462]

이 점에서 오웰은 역사가 그에게 제안한 듯한 정치적 선택지에 대해 대단히 불만스러워 하는 듯 보인다. 자본주의자들은 변함없이 나쁘다. 그들을 대체해야 하는 집산주의자들 역시 그들만큼 선하지 않다. "관료들"과 "신문 사주와 영화계 거물 들"을 "정직함의 적이요 따라서 사상의 자유의 적"으로 나란히 등급을 매긴다[463]. 이제 작가의 자유는 "소수 부자들에 의한 언론 집중과, 라디오와 영화의 독점적 통제"뿐만 아니라 영국 정보부와 같은 "공공 단체들의 침해"에 의해서도 위협받는다[464]. "BBC 방송국과 영화사들이 유망한 젊은 작가들을 매수하고 거세해서 마차를 끄는 말처럼 일하게 시키고", 전체주의 국가들은 예술까지 죽이고 있다[465]. 자본주의는 "운이 다했고, 어쨌건 구조할 가치가 없"지만[466] "예술가들의 독립적 지위가 그것과 함께 어쩔 수 없이 사라질 게 틀림없다."[467]

결국 경제적 집산주의가 사상경찰의 도입을 어떻게든 피할 방법으로, 오웰이 제시하는 최선의 희망은 《시와 마이크》의 경계선을 죽 따라가는 것이다. 아마도 서구 문명은 어떻게 해서든 그럭저럭 해낼 것이다. "자유 자본주의는 분명히 끝을 맞을 것이다."라고 그는 1941년 BBC 방송에서 말하지만, 사상의 자유는 "불가피하게 운이 다"하지 않는다. 적어도 서구 민주주의 사회에서는 말이다. "나는 실현되기 힘든 바람에 불과할지 몰라도 다음의 사실을 믿는다. 즉 집산화된 경제가 틀림없이 도래해도 그 나라들은 전체주의가 아닌 사회주의의 형태가 어떻게 진화하는지 경험하게 것이다. 그리고 사회주의에서는 사상의 자유가 경제적 개인주의의 소멸을 견뎌낼 수 있을 것이다. 어쨌든 그것이 문학에 관심을 갖는 사람들이 매달릴 수 있는 유일한 희망이다."[468]

달리 말해, 오웰은 당신이 지갑을 풍부부에 넘겨준다면 아무래도 펜을 진리부에, 생각을 애정부에 넘기는 일은 피할 수 있을지 모른다고 비현실적인 희망을 가진다. 풍부부는 아무튼 도래한다. 기계는 집단적 관리를 요하고, 상식적 예절도 요하는데, 그게 바로 민주적 사회주의이기 때문이다. 이제 오웰이 좀 더 잘 이해하는 - 그리고 더욱 두려워하는 - 유일한 것은, 하나의 부(Ministry)를 얻게 되면 틀림없이 다른 부들까지 전부 얻게 된다는 사실이다.

■

능숙한 이중사고자인 오웰은 자유 시장에 대해 뭔가 좋게 말할 것이 있었을까? 있기는 있지만 그리 많지는 않았다.

《엽란을 날려라》는 돈과 상업에 대한 통렬한 비판이다. 그런데 이 책 초반에서 발견되는 것은 무엇인가? 아름답게 꾸민 야외 시장 풍경이다. 그곳은 "고함치는 행상들"로 가득하다. 그곳은 너무 북적거려서 "가판들 사이 양배추가 지저분하게 버려진 샛길로 간신히 빠져나갈 수 있었다." 그곳에는 또한 "잘라 놓은 진홍색 고깃덩어리와 오렌지 무더기, 초록색 또는 흰색의 브로콜리, 생기 없는 눈빛의 경직된 토끼들, 광택 나는 나무통에 둥그렇게 말려 있는 산 장어들"이 "싸구려 레이온 속옷 가판대"와 나란히 있다. 고든 캄스톡은 갑자기 후끈한 생기를 느낀다. "야외 시장을 볼 때마다 당신은 그래도 영국에 희망이 있음을 안다."라고 그는 생각한다.

시장에 영국의 희망이 있다고? 오웰이 자신이 쓴 책《숨 쉬러 나가다》와 "물건을 팔기 위해 미친듯이 벌이는 끊임없는 투쟁"이라며 가차 없이 멸시한 것을 잊었을까?[469] 그저 《엽란을 날려라》에서 "악취 나는 돈"을 다른 식으로 무자비하게 공격하며 작가가 실수한 것에 불과한가? 분명 그렇지는 않을 것이다. 이 책 끝부분에서 오웰은 재차 말한다. "우리의 문명은 탐욕과 두려움에 기초해서 세워졌지만 이상하게도 일반 시민의 삶에서 탐욕과 두려움은 좀 더 고상한 어떤 것으로 바뀐다." 낮은 계층은 "돈이라는 암호"로 살아가는데, 그래도 그들은 "어떻게든 품위를 지킨다."[470] 오웰의 모든 글을 통틀어 이것이 자유 시장 경제에 대해서 가장 좋게 말한 부분이다.

그러나 편재하는 텔레스크린을 생각해낸 오웰은 더 말할 수도 있었다. 우리가 이미 살펴봤듯이 그는 영화 카메라('영화 촬영기')와 같이 값비싼 도구들을 대중이 소유하는 세계를 그야말로 상상하지 못한다. 《1984》에서 고물상 주인도 가게에 텔레스크린이 없는 까닭을 "너무 비싸다"[471]는 말로 설명한다. 윈스턴 스미스는 분명 이 설명을 타당하다고 여기는 것 같다. 그러나 《1984》에서 명백한 사실 하나는, 텔레스크린은 더 이상 값비싸지 않다는 사실이다. "너무 비싼" 상품은, 자본주의자들의 금붙이를 공중 화장실로 사용하겠다는 레닌의 자랑을 상기시킨다. 《1984》에서 개인 소유자에게는 "너무 비싼" 것을 빅브라더는 거의 돈을 들이지 않고 인수한다. 텔레스크린은 어디나 있다. 따라서 의사소통은 즉각적이고 자동적이며 어디에서나 가능한, 비용이 너무나 싸게 드는 것이다.

이것은 무엇을 시사하는가? 아마도 - 원거리 통신비용이 저렴한 세상에서 - 독점이 결국에는 살아남지 못할 것이다. 오웰은 1944년에 발표한 칼럼에서 동일하게 말했다. "어떤 상품이 희귀하지 않다면 아무도 그것을 움켜쥐려 하지 않는다. 일례로 아무도 공기를 매점하려 하지 않는다. 백만장자나 거지나 모두 자신들이 숨 쉴 수 있을 만큼의 공기로 만족한다…… 다른 종류의 상품도 이와 마찬가지다. 어떤 상품이 쉽고 풍부하게 만들어진다면, 이른바 인간의 소유 본능이 한두 세대 만에 퇴화될 수 없다고 생각할 이유가 없다."[472]

그렇다, 바로 이것이다! '공기'를 '방송파'로 대체하면 텔레스크린화된 사회가 설명된다. 그 사회에서 쓰레기네트워크는 진귀한 골동품 중개인들의 사적 네트워크이고, '괴벨스 박사'는 토요일 저녁마다 폭스 텔레비전에서 방영되는 연속 홈 코미디다. 값싼 텔레스크린의 정신적 변경은 19세기 미국과 같이 영혼의 황무지로 가득 차 있다[473]. 젊은 정신은 방랑할 것이고, 거기에는 일종의 선천적 흥겨움, 낙천적이고 태평한 느낌이 있으며, 모든 사람을 위한 공간이 있을 것이다[474]. 텔레스크린은 대초원이 인간의 육체에 한 일을 정신을 위해 할 것이다. 즉 사람들에게 공간과 편안한 부를 주며, 그와 함께 자유에 대한 실제적 감각을 선사할 것이다.

■

하지만 오웰은 텔레스크린의 논리를 충분히 밀고 나가지 않았다. 결국 여전히 의문이 남는다. 왜 그렇게 하지 않았을까? 오웰은 왜 개인이 가진 텔레스크린의 자유가 텔레스크린화된 정부의 노예제를 압도할지 모른다는 생각을 하지 못했을까? 이 질문을 다른 식으로 하면 이렇다. 《1984》의 누락된 장은 어디에 있을까?

기계와 정부가 확고히 자리를 잡고 있는 《1984》의 정치 논리는 간단하다. 자신들이 착취당하는 것에 대한 무산계급의 무지가 과두제 집권층의 권력 유지를 가능하게 한다. 따라서 **무지는 힘이다.**

프롤레타리아의 무지를 점진적으로 떨쳐버리는 교육을 막기 위해 당은 빈곤을 유지시켜야 하는데, 그 일은 끊임없이 부를 집어삼키는 전쟁을 계속함으로써 이뤄진다. 그러므로 **전쟁은 평화다.**

무지는 실제로 힘이 아니고, 전쟁 역시 평화가 아니다. 따라서 오웰은 힘과 평화가 어떠해야 하는지에 대한 그림 역시 제공한다. 무산자들의 힘은 그들의 사적인 충성과 지속적인 생식력에 있다. 조만간 그들의 "힘은 의식으로 바뀔" 것이고[475], 그들이 "당을 산산조각 낼" 것이다[476]. 그러니까 진짜 힘은 프롤레타리아의 의식이다. 그리고 진짜 평화는 그야말로 평화이다. 더 이상 전쟁을 해야 하는 경제적 이유가 없다. 그리고 천연자원은 풍부하고 노예노동은 기계로 대체될 수 있다.

하지만 **자유는 굴종이다** 라는 당의 세 번째 구호는 어떤가? 바로 이것이 누락된 장이다. 오웰은 자유에 관해 긍정적인 시각을 보여주려한 적이 결코 없다. 《1984》 중간에 나오는 책 속의 책, 블라이드의 책에 아마 그 내용이 포함되어 있겠지만 윈스턴 스미스는 그 부분을 읽기 전에 체포된다. 윈스턴과 줄리아의 연애 사건은 물론 자유가 아니다. 그것은 진리부에서 여전히 급료를 받는 두 명의 길 잃은 영혼이 꾼 단지 섹스와 커피, 초콜릿에 대한 백일몽에 불과하다. 《1984》 3부의 감옥 장면은 아무것도 더해 주지 못한다. 어떻게 해서 굴종이 자유인지 당의 뒤틀린 집산주의적 논리로 설명된다[477]. 그러나 우리는 진짜 자유가 어떠해야 하는지에 대해서는 아무것도 깨닫지 못한다.

그렇다면 오웰의 누락된 장은 어디에 있을까? 자유가 실제로 굴종이 아니라면, 그렇다면 대체 무엇인가?

3부

—

자유

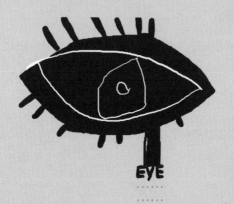

EYE

11장

'스크린들이 작동했기 때문이오. 그가 그렇게 말하지 않았소?' 5개월이 지난 지금, 옛 기술자가 했던 말이 오브라이언의 머릿속에 떠올랐다.

무더운 여름 오후였는데 그의 사무실 에어컨이 작동되지 않았다. 그는 네트워크 지도가 펼쳐진 책상 앞으로 다시 갔다. 땀방울들이 그의 턱에서부터 종이 위로 떨어져 색색의 선들을 더럽혔다.

런던은 확 바뀌었다. 한때 억압받고 숨어 있던 노점상들이 이제는 정부 건물 인근 어디서나 공개적으로 상품을 홍보했다. 쿵쾅거리거나 질질 끌던 발소리와 텔레스크린들 사이의 은밀한 속삭임만 있던 거리가 이제는 시장의 소음으로 채워졌다. 선반에는 스카프와 색깔 있는 직물들, 비누들이 높이 쌓여 있고 향수, 초콜릿, 커피도 풍부하게 무더기로 있었다. 오브라이언도 그 풍성함에 놀랐다. 가장 주목할 만한 점은 아무도 당의 화폐나 배급표를 더는 받지 않았고, 무산계급이 그들만의 화폐를 만들어낸 것 같다는 사실이었다. 아무튼 그들은 개인 계좌와, 각자의 빚과 신용거래를 기록하는 정교한 장부를 유지하고 있었다. 오브라이언은 그 모든 것이 다 어떻게 조직되었는지 상상할 수도 없었다.

네트워크는 한층 더 나빠지고 있었다. 사보타주였을까? 어떤 기술의 귀재가 런던의 수천 대의 텔레스크린을 방해하는 작업을 한 것일까? 오브라이언은 발작적인 두려움을 느꼈다. 어쩌면 그 자가, 건드리면 통신 체계를 완전히 무너뜨릴 수 있는 통합 전자 퓨즈 같은 것을 발견했을지도 몰랐다. 그럴 경우 경고 없이 런던 전역의 스크린들이 정지되고, 네트워크가 완전히 멎을 것이다. 빅브라더는 보지도 듣지도 말하지도 못할 것이다. 대 폭동이 일어나고 모든 게 끝날 것이다.

조용히 노크하는 소리가 났다.

"들어와, 들어와."

오브라이언은 퉁명스럽게 대꾸했다.

언제나처럼 번지르르하고 알랑거리는 태도로 버지스가 들어왔다. 그의 셔츠의 양 겨드랑이 부분은 축축하게 젖어 있었다. 그는 어색하게 까딱거리며 인사하고는 방으로 걸어 들어왔다.

"뭔가?"

오브라이언이 물었다.

"그들이 지난 3월에 찾아냈는데 아무도 제게 말을 안 해 줬습니다요! 한 마디도요! 진리부에서 사상범이 나오다니요…… 그게 그 자의 아파트에 있었답니다요." 말이 쏟아져 나왔다. "제가 마침내 그것을 손에 넣은 뒤에는, 물론 정부의 기술자들에게 넘겼습니다만 그들이 그것을 갖고 지금까지 아무것도 안 하고 있지 뭡니까!" 버지스는 불안으로 얼굴이 파랗게 질렸다. "그래서 제가 그것을 한번 봤습죠. 물론 진짜 읽지는 않았습니다요. 그게 반역죄라는 것을 즉각 알아차렸기 때문에, 진짜 읽지는 않았습니다요." 그는 오브라이언을 두려운 눈으로 바라봤다.

"나는 그것을 네트워크에 관한 것이라 생각하네."

오브라이언이 매섭게 말했다.

버지스는 준비해 온 얘기를 끝내자 무슨 말을 더 해야 할지 몰라 어쩔 줄 몰라 했다. 그는 힘겹게 숨을 쉬면서 서류가방의 끈을 풀었다. 그러고는 검정색의 얇은 책을 하나 꺼내더니 오브라이언 앞 책상 위에 거의 떨어뜨리다시피 내려놓았다.

"텔레스크린에 관한 내용이 있습니다요."

버지스는 마침내 입을 열었다.

오브라이언은 책을 펼쳐 첫 장을 보았다. 펜으로 서툴게 쓴 글자들이 보였다. 그는 첫 페이지를 눈으로 훑었다. 맨 아래쪽으로 가자 글자들이 굵어지고, 필체도 더는 꼬이거나 서툴러 보이지 않았다. 단정한 대문자로 큼지막하게 눌러 쓴 글자들이었다.

빅브라더 타도 빅브라더 타도
빅브라더 타도 빅브라더 타도
빅브라더 타도[478]

오브라이언은 버지스를 휙 보았다.

"나가."

버지스는 문으로 허둥지둥 나갔다.

잠시 동안 오브라이언은 방 안을 이리저리 둘러봤다. 그는 혼자였고 안전했으며 텔레스크린은 꺼져 있었다. 그런데도 그는 어떤 이유에서인지 불안해하면서 충동적으로 어깨 뒤를 흘낏 보고 손으로 책을 덮어 버렸다. 방 안은 숨 막힐 듯 답답했지만 순간 냉기가 도는 듯했다. 그는 책 페이지를 앞으로 빨리 넘겼다. 세 번째 페이지에서 굵게 쓴 제목을 발견하고 읽기 시작했다.

네크워크화한 개인주의의 이론과 실제

1. 무지는 힘

당의 모든 거짓말 가운데 한 가지 위대한 진리가 있다. 즉 수의 힘이다. 전쟁에서 살아남으려면 국민은 연합해야 한다. 애국심, 맹목적 애국심은 곧 국력의 유일하고 가장 중요한 원천이다. 긍정적인 힘으로서 그것과 견줄 만한 것은 없다[479]. 대단히 중요한 것은 감정적 통합이다……[480]

이미 내용을 아는 책을 마지막으로 훑듯 오브라이언은 페이지를 휙 넘겨 다른 챕터를 펼쳤다[481]. 그는 계속 읽었다.

3. 전쟁은 평화

적이 런던에 로켓 폭탄을 떨어뜨리지 않으면 우리가 떨어뜨렸을 것이다[482]. 전쟁은 인간이 노동하여 생산한 것들을 파괴하는 데 필수적이다[483]. 상품을 파괴함으로써 우리는 빈곤을 유지시킨다. 빈곤을 유지함으로써 우리는 교육을 막는다. 교육을 막음으로써 우리는 당의 지배권을 지킨다[484].

전쟁 때문에 모든 기록은 통합군사령부 밑에 집중되어야 한다. 전쟁 중이라는, 따라서 위험한 상황이라는 의식 때문에 소수 계급에 모든 권력을 양도하는 것을 자연스럽고 불가피한 생존 조건인 듯 여기게 된다[485]. 국민을 계속 전쟁 상황에 처하게 함으로써 국민이 반역하여 들고 일어나지 않게 보장할 수 있다. **전쟁은 평화다.**

전시에는 다른 것들은 같게 되므로 더 나은 무기를 보유한 편이 이긴다는 사실을 당은 알고 있다. 따라서 우리는 군의 효율성을 손상시키면서까지 외부 현실을 무시할 수 없다[486]. 철학과 종교, 윤리학, 정치학에서는 2 더하기 2가 5일 수 있지만 로켓이나 폭탄을 설계할 때는 4가 되어야 한다[487]. 따라서 당은 과학자들을 유지시켜 전쟁과 관련 있는 다양한 장치들을 계속적으로 개발하게 한다. 성능이 더 좋은 폭발물, 강력한 강철판, 새롭고 치명적인 가스들과 병원균 또는 수천 킬로미터 떨어진 우주 상공에 띄운 렌즈를 통해 태양광선을 집중시키는 장치 등을 말이다[488]. 그래도 이 모든 것은 단지 한가하게 백일몽을 꾸는 것과 같다. 사실상 전쟁 기술은 전혀 발전하고 있지 않다[489].

그럴 필요가 없다. 오세아니아와 유라시아, 동아시아가 고르게 군사적 무능을 드러내고 있으니 말이다. 그들은 세 다발의 옥수숫대처럼 서로를 떠받치고 있다[490]. 그들이 제3세계의 애매한 경계 지역에서 벌이는 끝없는 전쟁 대부분이 사기다. 전쟁에는 대개 고도로 훈련받은 전문가들로 매우 적은 수의 사람들만 연루되므로 상대적으로 극소수의 사상자만 나온다[491]. 전쟁은 부를 삼켜버리는데, 이 외에는 이중사고 시대의 다른 모든 것과 마찬가지로 단지 환상에 불과하다.

이런 환상을 유지시키기 위해 우리는 우리의 문화적 온전함을 엄격히 유지해야 한다[492]. 오세아니아의 보통 시민은 절대로 외국인을 만나면 안 되고, 외국어를 배워도 안 된다. 안 그러면 시민들이 외국인이 우리와 별반 다르지 않으며 그리 두려워하거나 증오해야 할 대상이 아니라는 사실을 알게 될지도 모르기 때문이다. 그렇게 되면 전쟁은 끝날 것이다. 바깥세계, 그리고 과거와 단절시키면 오세아니아의 시민들은 성간(星間) 공간의 인간과 같이 어느 쪽이 위고 어느 쪽이 아래인지 전혀 알 도리가 없게 될 것이다[493].

적어도 이것이 당의 기본 방침이고 영국 사회주의, 곧 영사의 가르침이다. 그러나 영사의 어떤 것도 사실이 아니다. 곧 끝날 것은 바로 전쟁이다. 기술 진보가 현재도 계속되고 있기 때문이다. 전쟁은 곧 없어질 것이다. 텔레스크린이 전쟁을 없앨 것이다.

오브라이언은 잠시 읽기를 멈췄다. 다음에 올 내용은 이미 읽었음을 확신했다. 용감한 게릴라들로 구성된 소규모의 무리가 애정부를 기습해 네트워크를 장악했었다. 피비린내 나는 싸움이 있었을 것이다[494]. 물론 모두 쓰레기들이었다. 정부는 난공불락이었으니까. 오브라이언은 다시 읽었다.

텔레스크린은 문화적 온전함을 파괴한다. 성간 공간을 없앤다. 이제 문화는 로켓 폭탄보다 백만 배 더 빠르게 국경을 건널 수 있다. 단지 문화 쓰레기, 섹스나 폭력을 흘려보내는 영화 - 이것들은 중요하지 않다 - 뿐만이 아니다. 아무튼 어느 나라에서나 똑같다. 앞으로 국경선을 넘어 쏟아져 들어올 문화는 상업 문화다. 텔레스크린과 함께 교역이 어디든 닿을 수 있다.

전쟁을 하는 경제적 동인(動因) 또한 사라질 것이다. 당은 값싼 노동력에 대한 통제권을 획득하는 데 전쟁이 통한다고 여전히 주장한다. 그러나 가치가 대부분 정보로 구성되는 세계에서 노동력은 끊임없이 국경을 넘나든다. 텔레스크린의 시대는 어디에도 없는 인간의 시대이고, 어디에도 없는 그 땅에서는 가치를 아무데나 쏟아 붓는다. 텔레스크린으로 무장한 인간의 정신은 어떤 군인이 추격할 수 있는 것보다 더 빠르게 달아날 수 있다. 텔레스크린으로 사람들과 국가들을 연결하는 것이, 다른 사람들의 영토를 없애고 착취하여 고통을 주는 것보다 훨씬 나은 전리품을 제시한다[495].

그래도 당은 진짜 전쟁에 돌입하려고 하는 것 같다. 어느 편도, 전면적이고 총체적이며 무차별적인 당 자체의 이미지에 따라 구상된 무기, 즉 원자 폭탄을 사용할 용기를 내지 못할 것이다. 그렇다면 전쟁이 어떻게 벌어질 것인가? 사실상 국가들은 옥수숫대들이 아니며 인간의 습성이 나라마다 굉장히 다르다는 사실을 눈이 있는 자라면 누구나 안다[496]. 조만간 우리는 원거리 통신 기술에 통달하고 그것을 유지시키는 적에 맞닥뜨리게 될 것이다. 그러한 적의 텔레스크린화된 로켓 폭탄이 이전까지는 상상도할 수 없을 정도의 정확성을 띤 채 우리 위로 쏟아져 내릴 것이다. 그것들이 우리 정부의 4부 건물 위로 한 치의 오차 없이 정확히 떨어질 것이다. 어쩌면 적은 엄청난 열의를 갖고서 우리의 주요 다리와 고속도로, 중앙은행, 심지어 발전소와 연료 비축소까지 부숴버리려 할지 모른다.

그러면 전쟁이 끝나고, 우리는 패할 것이다. 통신 체계와 전자 눈과 귀, 혀가 없다면 당은 어떤 이유에서든 적이 되기를 중단한다[497]. 다음 전쟁은 정말로, 고도로 훈련된 전문가들로 이뤄진 소수의 사람들만 개입할 것이다[498]. 그러나 사상자는 보이는 않는 먼 국경 지역에서 발생하지 않는다. 우리의 사상자가 정부 건물의 잔해 속에 묻힐 것이다.

오직 한 종류의 사회만 그와 같은 공격에도 살아남을 수 있다. 중심 두뇌부가 없고, 수도 심장부에 모든 권력을 가진 정부가 없는 사회, 정확히 조준된 폭탄에 맞아 한 순간에 사라질 수 있는 모든 지혜가 집중된 단 한 지역이 없는 사회 말이다. 텔레스크린화된 폭탄에도 살아남을 수 있는 오직 하나의 사회는 국민 스스로 통치하는 사회이다[499].

전쟁이 벌어진다면 바로 이런 식으로 전쟁이 벌어질 것이다. 개인이나 개인들의 소유에 맞서는 게 아니다. 국가를 조직화하는 것, 즉 국가의 방안, 구호, 프로파간다, 사상경찰의 도구, 중앙집권화된 정부의 기계들에 대항해서 전쟁이 벌어진다. 전쟁은 사티야그라하, 즉 적을 다치지 않고 패하게 만드는 비폭력 투쟁이 될 것이다. 이 용어는 "소극적 저항"으로 번역되곤 하지만 실제로는 "진리 고수"[500]를 뜻한다. 역사상 처음으로 전쟁은 국가 그 자체, 즉 국민을 연합하는 것에 대항해 벌어질 것이다. 국민을 연합시키는 것이 빅브라더라면, 전쟁은 오직 빅브라더에 대항해 벌어질 것이다.

    오브라이언은 다시 눈을 감았다. 그는 분량이 어떻든 책을 읽는 데 익숙하지 않았다. 여러 해 만에 처음으로 그는 고독이라는 불쾌한 감정을 느꼈다. 그는 언제나 안락하고 안전하게 살았으며, 오직 최고위층 내부 당원들만 누릴 수 있는 사적 자유가 완전히 보장된 호화로운 생활을 즐겼다. 그런데 이제 뜻밖에도 정적이 숨 막힐 듯 답답하게 느껴졌다. 뺨을 어루만지는 부드러운 감촉을 느끼고, 뛰어 노는 아이들의 웃음소리가 듣고 싶었다.

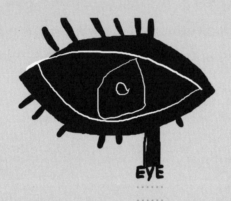

EYE

12장

도처에서 애정주간을 준비하고 있었다. 행진, 대회, 강연, 텔레스크린 프로그램 등 전부 준비해야 했다[501]. 진리부의 창작국은 약자들을 희생시키는 것에 관한 팸플릿 시리즈를 급히 만들어 냈다. 새 포스터가 순식간에 런던 곳곳에 등장했다[502]. 포스터는 설명도 없이 그저 웅크리고 있는 여자들과 아이들 무리(당이 "피압박민들"이라고 지칭)가 무시무시하게 큰 남자를 두려워 떨며 응시하는 모습을 담고 있었다. 키가 3, 4미터 쯤 되는 남자는 무표정한 흰 얼굴에 커다란 부츠를 신었고, 허리께에 자동소총을 차고 있었다. 백과사전들은 고쳐 써졌다. 최근에 정부가 발견한 비행기와 라디오는 당이 아니라(이전에 기록한 것처럼) 고대 힌두교 신자들이 발명했는데, 그들은 나중에 그것들을 가치 없는 것으로 여겨 관심을 두지 않았다[503].

이것들은 이제 블레어와는 아무 상관이 없었다. 그는 전에는 결코 몰랐던 새로운 세계에 있었다. 그는 엄청나게 행복했다. 케이트와 함께 시골길을 걸었고, 두 사람은 보이는 모든 것에 터무니없이 열광했다. 청금석처럼 파란 어치의 깃털, 나뭇가지가 비치는 물웅덩이, 나무 옆에 수평으로 돋아난 커다란 귀처럼 생긴 버섯들에 말이다[504].

그는 매질을 당하고 나서 여러 날 동안 그녀의 방 한 구석에 놓인 매트리스에 반쯤 의식을 잃은 채 누워 있었다[505]. 다른 남자들이 들어왔다 나간 것을 희미하게 기억했다. 그들의 윤곽과 투덜거리는 거친 소리가 그의 균열된 꿈속에서 들락날락 거렸다. 그런 다음 마침내 그는 휘청거리며 두 발로 일어설 수 있었다.

다음날 아침에 그녀는 커피, 시장에서 파는 향이 진한 커피 한 잔을 만들어 주었고, 이제는 거리 생활에 싫증이 났다고 아무렇지도 않게 말했다.

"잠시 머물고 싶다면, 당신을 재워 줄 수 있어요." 하고 그녀가 덧붙였다. "그건 그렇고, 왜 맞은 거예요?"

"사상죄."

블레어가 침통하게 대꾸했다.

"그렇군요. 대체 뭘 했는데요?"

그는 묵묵히 생각했다. 물론 그는 스미스의 일기장 몇 페이지를 읽었다. 그런데 왜 그들이 자신을 살려두었는지 설명할 수 없었다. 맞은편 나무 의자에 걸터앉은 그녀는 그의 대답 대신 침묵을 순순히 받아들였다. 김이 오르는 머그잔을 양 손으로 부드럽게 감아쥔 그녀의 머리털은 눈부시게 밝고 헝클어져 있었고, 레이스 속치마가 꽃무늬 긴치마 아래로 보였다. 눈꺼풀에 그렸던 검정색 아이라이너 흔적이 남기는 했지만 지금은 화장도 옅었다. 피부는 우유 빛처럼 하얗고 맑았다.

그날 밤에는 누구 손에 의해 그가 그녀 집에 왔는지 말하기 어려웠다[506]. 처음에 그는 순전히 불신 외에는 다른 감정이 없었다. 젊은 육체가 그의 몸을 압박했다. 흘러내린 붉은 머리털이 그의 얼굴에 쏟아졌다. 그렇다! 실제로 그녀가 그에게 얼굴을 향했고, 그는 벌어진 그녀의 붉은 입에 키스했다. 그녀는 두 팔로 그의 목을 껴안았다. 그는 격정적으로 그녀를 붙들었는데, 그녀가 전혀 저항하지 않았기에 그가 원하는 대로 할 수 있었다. 그의 손이 어디로 움직이건 그녀는 고분고분했다. 동이 트기 직전 이른 아침에 그는 잠든 그녀 옆에 얼굴을 마주보며 누워 있었다. 그녀는 잠이 깨자 졸려 하면서도 관능적으로 기지개를 켰다. 이른 아침 햇살에 한쪽 볼과 맨팔이 발그레해진 채 그를 보고 하품을 하면서 미소를 지었다[507].

그 뒤로 몇 주간 그는 도시의 변화를 경탄하며 지켜보았다. 요즘에는 시장이 늘 엄청나게 왁자지껄했다. 개들이 짖고 돼지들이 꿀꿀거리며 군중 사이를 지나가려는 장사꾼들의 채찍질과 욕설이 끊이질 않았다[508]. 노숙자들은 여전히 길가 벤치에서 잠을 잤고 건물 그늘에다 소변을 봤다. 어떤 면에서 보면 빈곤은 부가 증가하는 현재에 상대적으로 더욱 두드러졌다. 가판대의 채소들은 신선하고 풍부했다. 암시장의 초콜릿은 진하고 크림이 풍부해 블레어가 전에는 결코 맛보지 못한 것들이었다. 그리고 바로 전날 블레어는 믿기 힘든 새 포스터를 봤다. 색상이 산뜻했다. 김이 모락모락 올라오는 빵 덩어리 여러 개와 엄마와 함께 웃고 있는 두 명의 어린 아이들의 얼굴을 보여 주고 있었다.

"신선한 빵! 한 덩이에 1페니! 맛보고 사세요!" 하고 근처에서 노점상이 소리를 질렀다.

"새조개와 쇠고둥! 타임세일이요!"

또 다른 목소리가 고함쳤다.

"달아 파는 딸기가 싸요, 타임세일합니다!"

"돼지고기 소시지가 얼마 안 남았습니다. 돼지고기 소시지 떨이합니다!"

달러나 배급표 없이 어떻게 거래가 유지될 수 있었을까? 블레어가 말할 수 있는 것은, 문서화된 기업합동이 효과를 발휘했다는 것이었다. 무산자들은 의심의 여지없는 사적인 충성에 지배를 받는다. 그들은 당이나 나라 또는 사상에 충성하지 않았지만 그들 서로에게 충성스럽다[509],라고 스미스가 썼었다. 블레어는 이제 이해가 갔다. 돈은 단지 기업합동의 또 다른 매체에 불과했고, 무산자들은 그것을 신선한 빵과 마찬가지로 쉽게 만들어낼 수 있었다. 시장은 그들의 문명이요 전통이며 공유된 합의였다. 그들의 통화, 부, 법은 그들의 충성에서부터 자연스럽게 발전되어 나왔다[510]. 그리고 텔레스크린이 이제 그들의 사적인 충성심을 런던 전역과 너머로 확장시키고 있었다. 좋은 빵을 파는 것은 가장 큰 봉기였다. 그것은 정치 행위였다[511].

당은 어렴풋이 위험을 이해한 듯했다. 서서히 텔레스크린은 "우리의 행복한 새 삶에 드리운 무서운 위협"을 고발했다. 언론의 자유가 부유한 사익 집단의 음모로 공격을 받았다고 보도되었다. 돈이 당 정책을 약화시키기 위해 체제 전복적 집단들에 의해 사용되고 있었다. 베일에 싸인 부호들이 런던에 잠입해서 정직한 시민들의 목소리를 들리지 않게 덮는 데 재산을 사용하고 있다고 했다. 심지어 부유한 자본주의자들이 네트워크의 통제권을 장악하고 사회 전반의 통신을 끊으려고 계획하고 있다는 유언비어까지 나돌았다. 블라이드의 동지들이 다시 활동하기 시작했다. 조금이라도 생각이 있는 사람에게는 런던이 뒤집히고 있다는 것이 명백한데 당은 기존의 숙청과 명령을 계속하기로 결정한 것 같았다. 마치 수족관의 물고기가 너무나 우둔해서 유리벽과 물이 같은 게 아님을 깨닫지 못하고 유리벽에 머리를 재차 들이받는 것과 같았다[512].

무산자들은 당을 무시했다. 그들은 오로지 작은 선악에만 관심이 있는 것 같았지만 어떻게 보면 또 큰 선악에도 신경을 썼다. 당신이 빚을 갚지 않거나 약속을 지키지 않는다면 그 사실이 곧 모든 가게 주인들에게 알려진다. 결국 기본적 형벌로서, 당신은 빚을 떼먹은 사람으로 낙인찍히고 음식과 옷을 찾아서 당의 빈 상점으로 돌아가야만 한다.

이에 대응하여 당은 이른바 부패한 통화 자본주의자들에 맞서 또 하나의 악의적 캠페인에 착수했다. 즉 한 동무가 다른 동무의 청구서 지불 습관을 보고하도록 만든 것을 말하는데, 이것은 사적 자유의 심각한 침해였다. 신용거래를 원하는 동무는 정상적인 경로를 통해 정부 은행에 신청해야 했다. 첫 발표가 있은 뒤, 텔레스크린은 "오세아니아여, 이건 당신을 위해서입니다"라는 굉음을 내고는 그만 고장이 났다.

"숙청이 있을 거예요." 케이트가 예측했다. "사람들을 대거 체포해서 끌어간 다음 총살하겠죠. 하나도 변한 건 없어요."

"네트워크는 변하고 있소."

블레어가 대꾸했다. 그녀는 그의 말을 무시했다. 그녀는 네트워크에 관한 그의 공상을 가벼운 흥미로 듣기는 했지만 진지하게 관심을 갖지는 않았다. 그녀의 관심거리는 좀 더 저속했다.

"내일에 관한 공상은 그만둬요. 지금 날 가졌으니 나머지는 잊으라고요."

하지만 그는 그럴 수가 없었다. 그는 더 이상 고독하지 않고 빅브라더도 없는 세상을 꿈꿨다. 그 세상에서는 자유롭게 생각하고, 사람들이 서로 다르며, 그러면서도 혼자 살지 않았다. 배후에 사상경찰이 없는 텔레스크린을 상상해야 했는데, 그게 이제는 가능한 것 같았다. 그는 텔레스크린 옆에 서 있던 청년을 다시 보았다. 엷은 황갈색 재킷에 비옷을 걸친 키가 큰 친구로 다소 약해 보였다[513]. 튼튼한 코르덴바지는 통이 너무 넓어서 그의 여윈 몸과 기이한 대조를 이뤘다. 연한 녹청색의 눈에는 여전히 장난기가 어려 있었다[514].

"텔레스크린을 고치고 있지 않았나요?"

블레어가 물었다. 프리크는 소리 없이 활짝 웃었다.

"놀랍죠. 끝내주게 놀라워!"

"스크린이 고장 났소?"

"설치된 바로 그날부터 고장 났었죠." 그가 웃으며 대꾸했다. "내가 고쳤답니다."

블레어는 어느 버려진 교회 종탑에서 케이트와 사랑을 나눈 뒤 그 얘기를 했다. 케이트는 블레어가 프리크에 매료된 것을 재미있어 하면서도 짜증스러워 했다.

"그는 섹스 대신 전선을 틀어막겠네요."

하고 마치 그게 논의할 것도 없이 분명하다는 듯 퉁명스레 말했다. 그러고는 담요 속으로 들어가 고양이처럼 웅크리고 앉았다. 그녀는 고양이를 아주 좋아했다[515].

"나는 그가 우리 생애 동안 뭔가를 바꿀 수 있다고 생각하지는 않소." 블레어가 대꾸했다. "하지만 그가 스크린 몇 대를 진짜로 통제한다고 가정해 보시오. 작은 무리의 저항운동이 여기저기서 생겨나, 소수의 사람들이 뭉치고 점차 규모가 커져서 얼마 안 되지만 기록까지 남기면, 그들이 멈춘 곳에서 다음 세대가 이어갈 수 있을 것이오."[516]

"난 다음 세대에는 관심이 없어요, 맙소사. 우리한테만 관심이 있다고요."

"당신은 오로지 허리 아래로만 저항하는군."[517]

그가 말했다.

그녀는 이 말을 대단히 위트 있다고 생각해서 기꺼이 그에게 팔을 두르며 달려들었다. 블레어는 이제 그게 가능하다는 것을 알았다. 조만간 그 일이 벌어질 것이다, 라고 윈스턴 스미스가 썼다. 무산자들의 힘이 의식으로 바뀔 것이다. 의식이 있는 인종이 언젠가 분명히 도래한다[518].

그날 오후 그들은 도시에서 시골길로 이리저리 돌아다녔다. 전원에는 사방에 금빛의 삼잎국화가 있었다. 평평한 들은 익어가는 낟알로 가득했고, 블루벨과 물망초, 야생당근이 생울타리를 따라 무리지어 자랐다. 벌들이 윙윙거리면서 독립적인 방랑자들처럼 꽃들을 찾아다녔다. 하늘의 맑고 푸른 둥근 지붕으로 종다리 한 마리가 지저귀며 날아올랐다. 잠시 뒤 그들은 종탑으로 돌아가 서로의 품으로 파고들었다.

그들은 돌기둥 사이로 흘러드는 햇살을 느끼며 깨어났다. 완벽히 고요했다. 이윽고 초록색 새 한 마리가 날아와 창턱에 내려앉았다. 그 새가 줄곧 그들을 보고 있었는지는 알 수 없었다. 등 부분이 벨벳처럼 부드러운 초록색에 목 부분은 무지갯빛인 새는 길들인 비둘기보다 순했다. 다리는 분홍빛 밀랍 같았다. 창턱에 앉아 가슴 깃을 부풀리고 산홋빛 부리를 가슴 깃에 대고는 앞뒤로 몸을 살살 흔들었다[519]. 이어서 노래를 쏟아냈다[520]. 조용한 오후에 깜짝 놀랄 만큼 큰 소리였다. 두 사람은 서로 꼭 들러붙은 채 노랫소리에 매혹되었다.

이내 새가 겁을 집어 먹고는 날개를 파닥이며 달아나자, 다시 한 번 사방이 고요해졌다. 그들은 완벽한 정적 가운데 누워 있었다. 정적이 엄마의 포옹처럼 그들을 완전히 에워쌌다.

잠시 뒤 블레어는 이야기했다. 재미있어 하면서도 짜증스러워하는 그녀에게, 개똥지빠귀며 섹스, 시장, 텔레스크린 그리고 따뜻한 오후의 장엄한 정적, 이 모든 게 어떻게 다 연결되어 있는지 설명하려고 애를 썼다. 프리크가 그에게 이런 열정과 깊은 통찰력을 줬을지도 모른다는 생각에 여자는 큰 소리로 웃었다. 그녀는 옆에서 재차 나른하게 기지개를 켜고는 그가 하는 소리를 조용히 들었다. 잠시 뒤 그녀는 눈을 감았다. 또 잠시 뒤 잠이 들었다[521].

이제 그림자가 길어지고 있었다. 그들은 그들이 사는 지역에 가까워지고 있었다. 보조를 맞춰 서로 손을 잡고 걸었다. 밝은 저녁 빛에 여자들이 창가에 기대 거리를 내다보거나, 문간에 서서 이웃과 편하게 담소를 나누고 있었다. 열린 문들을 통해서 블레어는, 줄에 널린 빨래들과 뛰어 노는 아이들을 보았다. 친근하고 안전하다는 느낌을 받았다. E. A. 블레어는 당에서 사라져 더 이상 존재하지 않았다. 그는 무산자의 옷을 입고 무산자의 집에서 사는 무산자가 되었다. 그들은 이제 그에게 관심을 갖지 않았다.

블레어는 프리크와 나눴던 대화를 또 생각했다.

"어떻게 하면 그것을 피할 수 있소?"

"그걸 끄면 돼요."

"그럴 수 없잖소."

프리크는 웃었다.

"기계는 다 끌 수 있어요. 그저 스위치만 찾으면 되죠."

이것은 이중사고에 근접한 엄청난 생각이었다. 침묵은 억압이면서 또한 자유이기도 했다. 자유는 고독이면서 또한 다른 사람들과의 교제이기도 했다. 굴종과 자유 사이의 차이는 단지 스크린 앞에 붙은 스위치에 지나지 않았다. 자유는 선택하는 능력이었다.

해가 지기 시작했다. 보도가 분홍빛으로 변했고, 여기저기 구멍 난 길바닥과 금방이라도 주저앉을 것 같은 집들조차 빛이 났다. 갑자기 멀리서부터 공허하면서도 낭랑한 소리가 저녁 공기를 타고 런던의 지붕들 위로 메아리치면서 하늘과 거리를 리듬 있는 울림으로 채웠다. 멀리 동쪽의 한 장소에서 시작된 울림이 삽시간에 온 공간을 감쌌다.

그것은 교회 종소리였다. 처음에 그는 자신이 교회 종소리를 처음 듣는다고 생각했다. 그러다 문득, 오래전 한때 아이였을 때는 교회 종소리가 마을 사람들에게 위험이나 경고, 예배나 사랑을 알리는 데 자주 쓰였었다는 사실이 기억났다.

"오렌지와 레몬, 하고 크레멘츠 성당의 종들이 말하네."

그가 말하자 놀랍게도 케이트가 즉각적으로 연을 받았다.

"내게 3페니를 빚졌어요, 마틴스 성당의 종들이 말하네. 언제 갚을 거예요? 올드 베일리의 종들이 말하네⋯⋯"

블레어가 저음으로 정중하게 시구를 마쳤다.

"부자가 되면요. 라고 쇼어디치의 종들이 대답하네."[522]

잠시 그들은 길에 멈춰 서서 가만히 있었다. 종소리의 선율이, 이내 메아리도 서서히 사라졌다. 빛은 황금빛이었고, 하늘은 짙은 청색이었다. 진홍빛의 둥근 태양이 시야에서 사라지면서 새빨간 양털 구름은 서서히 색조가 변했고, 대기는 진홍빛 정적으로 충만해졌다.

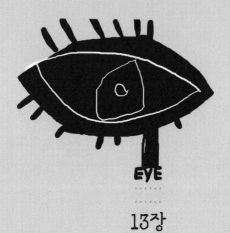

EYE

13장

런던에서 종소리는 수년째 듣지 못했다고 오브라이언은 생각했다. 그는 무산자들이 어떻게 반응할지 하릴없이 궁금했다. 그들은 반응하지 않을 것이다. 무산자들은 동물이니까.

종소리가 깜빡 잠이 들었던 오브라이언을 깨웠다. 정신을 차린 그에게 설명할 수 없는 깊은 의혹이 서서히 올라왔다. 그가 오늘, 아는 누군가를 교수형에 처했던가? 흉부가 다시 나빠졌을까? 그의 시선이, 무릎에서 떨어져 책장이 덮인 채 마룻바닥에 내동댕이쳐진 스미스의 일기장에 닿았다. 그는 잠시 책을 멍청하게 내려다보다가 힘겹게 손을 뻗어 집어 들었다. 그러고는 세 번째 페이지를 펼쳐 다시 읽기 시작했다.

1. 무지는 힘

당의 모든 거짓말 가운데, 한 가지 위대한 진리가 있다. 즉 수의 힘이다. 전쟁에서 살아남으려면 국민은 연합해야 한다. 애국심, 맹목적 애국심은 곧 국력의 유일하고 가장 중요한 원천이다. 긍정적인 힘으로서 그것과 견줄 만한 것은 없다[523]. 대단히 중요한 것이 감정적 통합이다. 적어도 최고의 위기 순간에 비슷하게 느끼고 함께 행동하려는 사람들의 성향 말이다[524]. 국민은 눈에 보이지 않는 사슬로 함께 묶여 있어야 한다[525]. 그들만의 언어와 그들만의 공통 기억이 있어야 하고, 적이 다가왔을 때 똘똘 뭉쳐야 한다[526]. 전 국민이 늑대와 마주친 소떼처럼, 일제히 만장일치로 신속하게 행동할 준비가 되어 있어 함께 움직이고 같은 것을 해야 한다[527].

전쟁은 유일무이하지만, 통합의 요구는 그렇지 않다. 인간 문명에서 모든 위대한 성취는 공동체의 창조물이다. 여자와 함께 있는 남자, 부모와 함께 있는 아이, 이웃 사이의 한 가정, 이 모두는 그들이 함께 있기에 더욱 강하다. 수는 시장의 힘이다. 공동체는 교회의 정신이다[528]. 산업화는 조직화된 통제를 요구한다[529]. 철학자와 작가, 예술가는 격려와 관객뿐만이 아니라 다른 사람들의 지속적인 자극을 필요로 한다[530]. 최고의 무의미시는 점진적이고 우연히, 개인보다는 공동체에 의해 탄생한다[531]. 어떤 예술 작품이든 신경 쓸 만한 가치가 있는 유일한 시험대는 생존인데, 그것은 전적으로 다수 의견에 따른 지표다[532]. 언어 자체도 공동 경험의 산물이고[533], 어떤 종류의 미(美)든 공유되기 전까지는 의미가 없다[534]. 평화적 문명의 정점인 과학은 오로지 자기 훈련이 된 공동체의 집단의식 안에서만 존재한다. 당은 적어도 다음 사항에 관해서는 옳다. 즉 과학에서 진리는 진정으로 통계에 근거한다[535].

온전한 정신은 그렇지 않다. 인간은 어떤 대단한 신념을 혼자서만 붙들고 있을 수 있는데, 그 혼자만 그렇다면 그는 미치광이이다[536]. 그러나 미치광이라는 생각 때문에 반드시 그 사람이 크게 괴로워해야 하는 것은 아니다[537]. 공포스러운 것은 그 신념 또한 틀릴지도 모른다는 사실이다.[538] 구원처럼, 자선처럼, 사랑처럼 온전한 정신은 개인의 뇌 속에서 생존하거나 소멸한다. 모든 과학적 진리는 통계적이다. 그러나 모든 통계학자가 진실한 것은 아니다.

그런데 개인의 온전한 정신에 다른 모든 것이 달려 있다. 시장은 더 이상 개별 농부나 공예가보다 더 원기 왕성하지 않고, 문화는 혼자 있는 예술가보다 더 창조적이지 않으며, 군대는 전선의 병사보다 더 용감하지 않다. 훌륭한 산문은 틀림없이 고독 속에서 써질 것이다[539]. 무엇보다도 과학은 고독한 관찰과, 한 인간의 몇 입방 센티미터 되는 머리에 비치는 통찰력에 달려 있다.

그렇다면 우리는 누구를 신뢰해야 하는가. 온전한 정신을 지닌 개인, 아니면 수가 많은 공동체? 어떻게 될 것인가? 규제 없는 경쟁이라는 다원주의자들의 참혹한 경험, 아니면 약자들의 영원한 후견인으로 섬기겠다는 중앙집권화 계획자들의 헌신적 종파(宗派)?[540] 순시선으로 가득한 도시, 아니면 모든 시민이 무장한 경찰인 도시? 모든 것을 통치하는 전제군주, 아니면 아무것도 통치하지 않는 무정부주의자? 공산주의자의 중앙집권제도와 무자비한 효율화, 아니면 무정부주의자의 자유와 무자비한 평등[541]? 전시 국가에 필수적인 외곬수적 통합, 아니면 평화 시 거라사 돼지 떼(악령이 들려 갈릴리 호에 뛰어들어 빠져 죽은 돼지 무리. 누가복음 8:26~39 - 편집자 주)와 같은 무리의 자멸적 충동[542]?

오브라이언은 눈을 비비며 책에서 고개를 돌렸다. 스미스의 일기장을 발견하게 된 경위는 소름이 끼쳤다. 모든 텔레스크린, 거대한 네트워크 체계와 상관없이, 블레어의 이웃에 사는 지저분한 여편네가 발견해 얼간이 남편에게 뭣도 모른 채 지껄인 게 결정적 순간이었다. 그 다음에도 오브라이언 부서의 멍청이들은 그 일기장을 곧장 오브라이언에게 가져오지 않고, 나가서 블레어를 늘씬하게 팼다. 그렇다, 사상범을 체포하기 전에 무력화시키는 게 기본 절차였다. 그러면 사상범은 동지한테 달려가 도움을 청할지도 모른다[543]. 그런 식으로 종종 방해공작원 무리 전체를 끌어 모을 수 있었다. 하지만 지나가던 매춘부가 겨우 끌고 갈 정도로 그 자를 심하게 두들겨 팰 필요는 없었다. 오브라이언은 격분해서 끙끙거리며 일기장으로 다시 눈을 돌렸다.

최근까지 집산주의 독재정부는 다른 어떤 대안들보다 강력했다. 그런 류의 성공적인 체제는 벌집[544]이나 소수의 족제비들[545]이 지배하는 토끼들의 세계와 같았다. 사람들은 안정감을 고취하고 일종의 중추 역할을 할 왕을 필요로 했다[546]. 물론 진짜 권력은 중절모를 쓴 매력 없는 사람들에게 속했다. 강철 흉갑을 두른 병사들 뒤에서 금박 입힌 마차를 탄 자는 실제로는 밀랍인형[547], 복화술사의 멍청이 인형이었다. 그러나 그는 또한 국가의 목소리이기도 했으며, 국가는 단일 목소리가 필요했다. 빅브라더 정부는 불가피할 뿐만 아니라 바람직하기도 했다. 불평등이 문명의 대가였으니까[548]. 사람들은 왕을 세움으로써 그의 뜻에 복종하여 잃는 것보다 더 많은 것을 얻었다. 그들은 놀랍도록 조직화된 행동을 할 수 있었는데, 그것은 오직 통치자들의 뜻에 절대적으로 굴복했기 때문이었다. 그들은 자유를 잃었지만 대신에 통합을 얻었다. 다른 어떤 사회적 합의도 그만큼 강력하지 못하다. 뭐라고 명명하든 모든 새로운 정치 이론은 계급제와 조직화로 돌아갔다[549].

현재 오세아니아를 구성하는 나라들에서 강대한 독재국가들은 결국 상업적 과점에 무너졌다. 처음에는 새로운 사회 구조가 옛 구조와 그리 다르지 않았다. 소규모 사업체들이 확산되었는데 곧 대규모 사업체들에게 합병되었다[550]. 이어서 대형 독점 회사들이 소상인들을 흡수했다[551]. 이 거대 기업체는 그 자체로 큰 조직이 되었다. 즉 순종적인 수벌들의 무조건적 복종의 대상인 유일하고 전능한 지도자가 지배하는 단일 공동체 말이다. 매우 불유쾌한 개미들처럼 보이는 사무원과 타이피스트들은 매일 아침 혼잡한 출근 시간대에 런던 브리지를 건너 강철과 콘크리트로 만든 둥지로 간다[552]. 그들은 집산주의적 상업 독재자들에게 고용되었다. 이 조직체들은 노동자들을 단순한 구호 섞인 북소리로 격려했다. 그들은 복장과 외모, 습관, 말투, 문화의 획일화를 요구했다. 그럼에도 전성기의 거대 기업체들은 이전에 존재했던 그 어떤 조직보다 강력했다. 결국 그들은 동아시아에서 부르듯 정점, 즉 중국어 표현으로 대략 '자아 소멸'[553]이라 번역되는 지점에 이르렀다.

옛 독재국가들은 모두 단 하나의 중대한 문제, 즉 어떻게 많은 사람들을 시간과 공간을 넘어 통합하고 조정하는가의 문제를 해결했기 때문에 번창했다. 진정으로 효과적인 유일한 기억과 의사소통 체계는 각 개인의 머릿속에 또는 필수 기록이 보관된 중앙 저장소에 밀폐된 위원회 내부에 존재했다. 규모가 더 크고 분산된 그룹 사이의 의사소통은 너무 느리고 믿을 수가 없기 때문이었다. 그래서 인류는 왕이나 독재자 또는 기업의 금권정치 수장에게로 돌아섰고, 모든 중요한 생각을 단 하나의 주요 도시나 궁, 성채, 중역실에 또는 빈번히도 단 한 개인의 머릿속에 맡겼다. 모든 불필요한 의사소통은 단지 비효율적이라는 이유 때문에 금지되었다. 대중은 질문도 협상도 대답도 해서는 안 되고, 지시에 따라야 했다. 산업화는 과두제 집산주의를 의미했다. 이것의 실제적 대안은, 사실 두 개가 동일한 노예제 사회주의와 노예제 파시즘뿐이었다.

노예 국가는 당 원칙의 정수로 남아 있다. 노예 상태는 물론 육체적인 게 아니고 - 현재는 기계가 대부분의 천한 작업을 하므로, 정신에 대한 것이다. 개인에게 요구되는 것은 전적인 복종, 즉 자아 정체성을 탈피하여 당에 완전히 잠기는 것이다. 개인의 무지는 당의 힘이다. **무지는 힘이다.**

오브라이언의 생각은 술집에서 만난 기술자에게로 향했다.
"스크린들이 작동하니까"라고 그 자가 말했었다. 그게 무슨 뜻이었을까? 처음에, 오브라이언은 그것을 구체적으로 생각하는 것조차 주저했다. 그는 다시 읽기 시작했다.

무지를 추구하는 당의 일은 학교에서 시작되었는데, 그곳에는 당의 충성스런 수벌들이 채용되었다. 우리는 아이들에게 적대적이고 선악이 없는 세상, 따라서 규칙도 그들을 지켜줄 수 없는 세상에 갇혀 있다는 황량한 고독감과 무력감을 심어 주었다[554]. 역사를 연관성 없고 이해할 수도 없는 일련의 사실들로 가르쳤다[555]. 우리의 대학에서는 인간의 자유에 관한 위대한 고전이 아니라 뉴기니 섬의 인간을 사냥하는 레즈비언 야만인에 관한 구전을 연구했다. 학생들이 무엇을 하건 - 웃건 칭얼대건 또는 작은 호의에 대해 광적으로 고마워하건 - 그들의 유일하고 진실한 감정은 증오였다[556].

모든 단계에서 우리의 교육 제도는 수학을 무시했고 과학은 어떤 형태로든 가르치지 않았다[557]. 실증적 사고는 영사의 근본 원칙에 반하였다[558]. 당의 목적을 위해서, 지구가 우주의 중심이었다. 당은 바다를 항해하기 위해서는 지구가 태양 주위를 돈다고 가정하는 게 종종 편리하다는 것을 인정했지만, 당의 수학자와 천문학자 들은 이중적 천문학 체계를 충분히 만들어 낼 능력이 있었다[559]. 끊임없이 움츠러드는 우리의 과학계 밖에서 행해지는 모든 과학 담론은 사라졌다.

당은 기억을 잘라냄으로써 지식 축적을 중단시켰다. 당은 의사소통을 끊음으로써 지식의 확산을 막았다. 이 목적을 달성하기 위해 당은 여행을 제한했고 사적인 만남을 불법화했으며 사랑을 금했고 섹스를 규탄했다. 대신에 허공을, 대규모 집회와 포스터, 강연회와 같은 공식적 광경과 소리로 채웠다. 또한 모든 개인적 생각이나 의사소통을 몰아내기 위해서 텔레스크린을 통해 끝없이 지껄이는 소리를 내보냈다.

이 모든 것의 정점에서, 당은 신어(Newspeak)를 만들었다. 신어는 당이 목적을 이루는 데 완벽히 기여했다. 당은 영어의 미묘한 질감과 풍성함을 떼어내, 사람들에게서 영어로 생각하고 소통하는 능력을 빼앗았다. 당은 언어와 모든 부수적 의사소통 수단을 통제함으로써, 그 목적을 장악했다. 그러나 이제 텔레스크린이 있다.

오브라이언은 책에서 고개를 들었다. 그는 다음에 뭐가 올지 알고 있다고, 생각했다. 일종의 무정부주의적 유토피아, 즉 기계 숭배에 따른 가장 천박하고 무식하며 설익은 형태인 또 하나의 지긋지긋한 표현 말이다. 개인은 타인을 위한 삶의 야비하면서 불가피한 일에서 해방된다. 부족과 불안정, 고된 일, 질병, 추함, 헛된 적대감과 경쟁에 따른 인간 영혼의 소모도 없을 것이다. 무질서, 미해결, 황무지, 들짐승, 잡초, 빈곤, 고통 기타 등등도 없다[560]. 텔레스크린화한 세계는 정돈되고 효율적인 세계보다 모든 것에서 위에 있을 것이다[561]. 일을 하지 않아도 되게 하는 텔레스크린, 생각을 하지 않아도 되게 하는 텔레스크린, 고통과 위생법, 효율성, 조직을 피하게 하는 텔레스크린. 더욱 위생적이고 더욱 효율적이며 더욱 조직적이고, 더욱더 많은 텔레스크린[562].

그런 일은 결코 일어나지 않을 것이다. 정부에서 일하는 사람들, 심지어 버지스 같은 멍청이들도 당의 뜻을 위해 네트워크를 어떻게 사용하는지 알았다. 무산계급은 텔레스크린에 관심이 없었다. 그저 그런 음식과 섹스, 폭력에 대한 꾸준한 다이어트로 무산자들은 아무 것도 더 원하지 않았다. 오로지 내부 당의 엘리트들만 권력 추구를 이해했다. 텔레스크린은 오직 그것을 사용할 의지가 있는 자들에게만 권력을 제공했다.

오브라이언은 육중한 몸으로 의자에서 힘들게 일어나 옆 테이블까지 가서는 포도주를 한 잔 따랐다. 나중에 생각이라도 난 듯, 그는 텔레스크린 앞으로 가서 "명령-2-사무실" 하고 소리쳤다. 몇 초 지나지 않아 다시 말했다. "쿠퍼, 정부 주변 경비요원을 두 배로." 그는 천천히 의자로 돌아와 앉았고, 다시 일기장을 들여다봤다.

이제 텔레스크린이 있다. 오웰이 새 기계를 제안했을 때 당은 열광했다. 이제 개인의 삶은 끝나게 되었으니까. 역사상 처음으로, 국가의 뜻에 대한 완전한 복종뿐만 아니라 모든 분야에서 완전한 여론 통합을 강요하는 게 가능해졌으니까[563]. 원거리 정부가 당의 새 성채요 관저요 권력의 심장부가 될 것이었다. 텔레스크린이 이전에 어떤 통치 기구도 해내지 못한 당의 통합을 구축할 것이었다[564].

하지만 당은 텔레스크린과 관련해 잘못을 저질렀다. 당신들은 얼마나 어리석었던가! 과학기술을 필연으로 유지시키고, 기계로 역사로 만들며[565], 모든 정치와 경제를 생산 수단에 초점을 맞추라고 주장했던, 너희 과학기술 결정론자들이여! 다른 모든 것 위에 기계를 믿었던 당은 무엇보다도 가장 혁신적인 기계를 이해하는 데 완전히 실패했다. 이중사고의 대가(大家)가 기계 자체를 두고 이중사고하는 것을 소홀히 했다.

의사소통의 주요 매체는 더 이상 구어도 신어도 아닌 그림어(Viewspeak), 텔레스크린이다. 너희가 언어의 형용사와 동사, 질감과 색감을 박탈하는 사이, 오웰은 이전에 상상했던 어떤 것보다 훨씬 풍부한 새로운 표현력으로 터널을 채웠다. 너희가 수많은 어휘를 없애는 사이, 오웰은 그보다 훨씬 더 많은 그림을 만들어 냈다.

너희 멍청이들아! 의사소통에 관한 한없는 권력을 꿈꾸며, 어떻게든 모든 의사소통을 끝낼 수 있을 거라고 환상을 품었지. 당은 언제든 모든 사람을 지켜보고 듣고 그들과 접속할 수 있지만 다른 사람은 누구든 전혀 그럴 수 없을 것이라고 상상했지. 하지만 오웰이 설계한 텔레스크린에는 너희들의 소수 독재에 의한 집산주의적 신념이 각인되지 않았다. 그렇게 될 수 없었고, 만일 그렇게 했다면 그것은 작동하지 않았을 것이다.

당은 텔레스크린이 정부와 국민을 연결할 수 있다는 것을 이해했다. 하지만 그 텔레스크린이 마찬가지로 사람들을 서로 연결하고 정부 바깥에서 온갖 종류의 새로운 공동체, 연합체, 공동 작업 들을 형성할 수 있다는 점을 간파하지는 못했다. 텔레스크린은 새로운 종류의 형제애, 즉 서로 협력하기로 자유롭게 선택한 사람들이 동등한 존엄성을 가진 조직체를 구축할 수 있는 능력도 담고 있다.

텔레스크린을 손에 넣은 인류는 인간소외라는 아주 오래된 문제를 마침내 해결했다. 우리는 생각이 자유로울 수 있는 시대, 그리고 인간이 서로 다르면서도 혼자 살지 않는 시대에 이르렀다[566]. 한 인간은 백만의 백만분의 1의 몫밖에 되지 않는다고 말하는 교리는 틀렸다. 텔레스크린은 곱셈에 기초한 완전히 새로운 연산을 창조한다. 즉 백만의 개인들을 연결하여 새로운 독립체를 형성한다. 더 이상 무정형의 대중이 아닌 독립체로서 그만의 개성을 띤 무제한의 자족적 공간에서 백만 배 증대된 의식을 발달시킬 것이다[567]. 힘은 더 이상 무지를 요구하지 않는다. 역사상 처음으로 빅브라더, 즉 큰 형 없이 형제애를 갖는 일이 가능해졌다.

오브라이언은 등에서부터 식은땀이 나는 것을 느꼈다[568]. 잠시 그는 두려웠다. 뭔가가 막 고장 났다는 두려움을 느꼈다. 뜻밖에도 그

순간 그의 두려움은 자신의 등뼈에 대한 것이었다. 더욱더 커지는 공포감을 느끼며 그는 일기장의 페이지를 넘겼다.

당 문서는 통치 집단이 권력을 잃을 수 있는 네 가지 경우를 인정했다[569]. 그것은 외부 세력에 정복되든가 대중이 반란을 일으킬 정도로 무능하게 통치하든가 다른 강력한 불만 세력이 등장하도록 허용하든가 통치에 대한 자신감과 의향을 잃는 경우다. 결국 결정적 요인은 통치 계급의 정신자세이다. 바로 이것 때문에 당의 가장 중요한 임무가, 자기 계급 내 자유주의와 회의주의가 자라는 것을 억누르는 데 있다. 바로 이것 때문에 사상경찰을 두는 것이다. 하지만 텔레스크린화한 세계에서 당은 운이 다했다.

너희는 여전히 외부에 정복당할 수 있다. 너희는 우리 사회의 느린 인구변화를 쉽게 피했지만 외국 문화는 이제 땅이나 바다로 침범해 들어오지 않는다. 창공을 통해 침범한다. 너희는 너희의 자연적 방어시설이 너무나 강력하다고 스스로 확신해 왔다. 유라시아는 광활한 땅에 의해, 오세아니아는 광대한 대서양과 태평양에 의해, 동아시아는 국민들의 생식력과 근면함에 의해 영원히 보호받을 것이라고 말이다[570]. 그러나 광활한 땅덩어리와 바다는 상관없다. 텔레스크린의 영상이 7분의 1초 만에 지구를 한 바퀴 돌 수 있으니까. 생식력도 상관없다. 텔레스크린 신호가 얼마든지 많은 사람들에게 도달할 수 있으니까. 이제 유의미한 것은 당 권력이 아니라, 국민을 통합하는 생각의 힘이다. 텔레스크린으로 인해, 이제 당 국가는 새로운 생각 방식의 공격으로부터 더는 안전하지 않다.

두 번째 위협 요소가 더욱 심각하다. 비교기준을 갖도록 허용하지 않는 한 대중은 자신들이 억압받고 있다는 사실을 깨닫지 못할 수 있다. 그러나 망원경과 같이 텔레스크린은, 그게 없었다면 볼 수 없었을 것을 폭로한다. 망원경이 발명되기 전까지 사람들은 화성에 지구와 마찬가지로 인공 수로가 있다고, 또는 모든 천체가 우리 지구 주위를 돈다고 믿었을지 모르지만, 망원경이 발명된 이후에는 그렇게 믿을 수 없었다. 텔레스크린은 사람들이 다른 사람들을 볼 수 있게 만드는 거대한 망원경이다. 비교기준을 제공한다. 그리고 망원경과 마찬가지로 기억을 쌓아 올린다. 망원경은 백만 년 전 지구를 떠난 빛이 오리온자리 거대 성운에서 무거운 물질에 부딪혀 다시 돌아오면서 과거를, 심지어 한 사람의 과거까지 들여다보게 한다[571]. 오리온자리처럼 텔레스크린은 정보를 확산시키고 반사시킴으로써 기억을 만들어 낸다. 집단 기억을 쌓는다.

그리고 우리를 배우게 만든다. 텔레스크린으로 인해 대중은 복권이 사기임을 알아채고, 내부 당원은 자기들보다 엄청나게 더 잘 살고 있음을 알게 된다. 텔레스크린으로 인해 압제는 불가피하게 정치적 파장을 일으킬 것이다. 이제 불만을 분명히 표현할 수 있게 되었기 때문이다[572].

당 통치에 대한 세 번째 위협은 불만을 품은 강력한 그룹이 관료와 과학자, 기술자, 노동조합 위원, 홍보 전문가, 사회학자, 교사, 기자, 직업 정치가들 같은 낮은 계급에서부터 일어날 것이라는 데 있다[573]. 당은 이 그룹을 온갖 세뇌와 끈질긴 프로파간다의 대상으로 삼았다. 하지만 텔레스크린과 함께, 정치 동맹은 유리병 속의 사진과 마찬가지로 유동적이고 쉽게 바뀔 수 있다. 이제는 반체제적 외부 당원 누구라도 음성과 모습을 빅브라더만큼이나 멀리, 그리고 폭넓게 퍼뜨릴 수 있다.

당의 마지막 위협 요소는 내부에 있다. 당의 힘은 궁극적으로 당의 정신자세에 의해 결정된다. 당원들이 통치하는 데 있어서 자신감과 자발적 의지를 잃을 때 당은 사라진다. 오늘날 당의 자신감은, 모든 것을 보고 들으며 어디든 이를 수 있도록 하는 기계, 즉 텔레스크린에 달려 있다. 그러나 너희의 자신감은 지속되지 못할 것이다. 조만간 너희는 이중사고의 대가가 텔레스크린의 대가는 될 수 없다는 사실을 깨달을 것이다. 오웰의 네트워크는 정신적 속임수에 열심인 사람들에 의해 유지될 수 없다. 당신들은 검은 것을 희다고 주장할 수 있을지 몰라도, 어떤 반과학적 행위도 색 화상을 스크린에 나타낼 수 없다. 당신들은 객관적 실재의 존재를 부정할지 몰라도, 날마다 매 시간 똑바로 직시하지 않고는 현실을 제어할 수 없다.

당 통치의 정수는 대립되는 것들을 서로 연결하는 이중사고다[574]. 텔레스크린의 정수는 동질적인 것들을 서로 연결하는 것이다. 하나의 텔레스크린은 다른 스크린이 보는 바로 그것을 내보낸다. 완벽한 정확도를 가지고 말이다. 텔레스크린이 작동한다면, 충실하게 작동한다. 과학 자체는 단일사고(singlethink)에 의존한다. 순수하고 엄격하며 부패하지 않는 단일사고 말이다. 과학은 단일사고다. 단일사고를 하는 사람들이 없다면 텔레스크린도 없을 것이다. 단일사고하는 사람들이 없다면, 당도 없을 것이다. 오늘날 당은 더 이상 책을 읽지 않는다. 그러나 조만간 당신들은 이 책을 읽을 것이다. 당신들의 자신감은 증발해 버릴 것이다. 외부 세력이 침입할 필요도 없을 것이다. 무산자들이 반란을 일으킬 필요도 없을 것이다. 내부에서 일어난 새로운 그룹이 강력해질 필요도 없을 것이다. 당신들이 당신들 사회에서 의사소통에 대한 통제력을 잃었다는 사실을 인정하기만 하면, 당은 한순간에 붕괴될 것이다.

당신들은 물었었다. '우리를 패배시킬 원칙이 무엇인가?'[575]라고. 그것은 과거는 현재에 속하지 않는다는 원칙이다. 인간 내부에 있는 것은 인간 외부에 있는 것과 구별되고, 믿음의 대상은 자신을 규정하지 않는다는 원칙이다. 2 더하기 2는 4라는 원칙이다.

오브라이언은 안락의자에 털썩 앉았다. 어쩌면 스미스가 혁명의 가능성을 언뜻 보았을지 모르지만, 그것이 뭐 어떻다는 말인가? 다른 사람은 아무도 그런 것을 상상조차 못했을 것이다. 오웰의 네트워크가 전선들로 짜인 혁명에 대해 수용력이 있을지 몰라도 여전히 의지가 빠졌다. 네트워크는 그 능력을 이해할 때까지 무산자들을 자유롭게 두지 않았을 것이다. 그러나 무산자들은 자유로워질 때까지 그것의 능력을 이해할 수 없다. 텔레스크린은 아무리 폭발하기 쉽다 해도 이해의 불꽃이 없다면 폭발하지 않을 것이다. 그런데 그 불꽃은 없다.

오브라이언은 윈스턴 스미스의 얼굴이 떠올랐다. 오브라이언은 자신이 어떻게 그 사람을 무너뜨렸는지 회상했다. 결국, 스미스에게는 그 자신이 한 일로 인한 슬픔과 빅브라더에 대한 사랑 외에 아무것도 남지 않았다. 그런 사랑을 보는 것은 감동적이었다[576]. 오브라이언은 다시 스미스의 검정색 얇은 일기장을 흘낏 봤다. 의심의 여지없이 다른 복사본들이 돌아다닐 것이라고, 그는 생각했다.

순간 불쑥 생각이 떠올랐다. 그 일기장이 불꽃이었다. 무산자들이 그것을 읽으면 텔레스크린의 능력을 이해할 것이다. 그리고 그들이 그 능력을 이해하면, 다 끝난다. 오브라이언은 텔레스크린으로 향했다.

"명령-2-사무실"

스크린이 깜박거리며 켜졌다.

"쿠퍼를 데려와."

오브라이언은 그 이름을 부를 때 자기 목소리가 갈라지는 것을 알아채고는 약간 놀랐다. 스미스의 일기장을 다시 봤다. 그는 여전히 궁극적 비밀을 알아내지 못했다. 그 이유는 알았지만 방법을 이해하지 못했다. 이유는 이제 명백했다. 네트워크는 대중에게 의식을 줄 수 있기 때문에 위험했던 것이다. 하지만 어떻게 그 일을 하는지는 여전히 미스터리였다. 일기의 첫 부분은 세 번째 부분과 마찬가지로, 사실은 그가 모르는 새로운 것을 말하고 있지 않았다. 그가 오랫동안 품고 있던 의혹들을 그저 체계화했을 뿐이다[577]. 그는 책장을 확 젖혀 다시 읽기 시작했다. 필사적으로 서두르면서.

이 순간까지 내가 거의 무시했던 질문이 하나 있다[578]. 즉 오웰의 텔레스크린의 무엇이 자유를 필연적인 것으로 만드는가?

여기서 우리는 핵심 비밀에 이른다. 지금까지 살펴봤듯이 텔레스크린의 신비, 그리고 무엇보다도 사상경찰은 모든 시민을 어느 때나 지켜볼 수 있는 텔레스크린의 능력에 좌우된다. 그러나 이 능력 이면에 텔레스크린이라는 장치의 원래 구조가 있다. 텔레스크린을 도처에 설치하고 어느 곳의 스크린이든 어디서든 마음대로 감시하는 것을 가능하게 만든, 단 한 번도 의심하지 않은 설계도 말이다. 텔레스크린의 비밀은……

오브라이언의 스크린에서 가볍게 윙하는 소리가 났다. 그는 육중한 몸을 의자에서 들어올렸다. 잠시 뒤, 스크린 중앙에 한 사람의 얼굴이 나왔다.

"쿠퍼." 오브라이언이 말했다. "지하언론을 파괴해. 위치를 파악해서 윈스턴 스미스의 일기 사본을 마지막까지 다 없애 버려. 이건 최고 긴급 사항이야."

화면의 얼굴은 아무 말도 하지 않았다.

"분명 단서가 있어." 오브라이언은 소리쳤다. "블레어는 어떤가? 매춘부는? 그년도 관련이 있나?"

"그렇지는 않은 것 같습니다." 쿠퍼가 천천히 대답했다. "우리가 두 사람을 계속 지켜보고 있습니다."

오브라이언은 스크린을 쏘아봤다. 어쩌면 때가 되었는지도 몰랐다. 오브라이언은 그날을 위해 오랫동안 준비해 왔지만, 그래도 그날은 결코 오지 않았으면 하고 늘 바랐다.

그는 텔레스크린 화면이 꺼지는 동안 돌아서서 발을 질질 끌며 고통스럽게 안락의자로 돌아갔다. 흰 재킷을 입은 하인이 조용히 방 안을 가로질러 와서는 유리잔을 치우고 재떨이를 비웠다.

느닷없이 텔레스크린에서 다시 소리가 터져 나왔다. 오브라이언은 화면을 쳐다보고는 깜짝 놀랐다. 검정색 제복을 입은 사내 다섯이 화면에 등장했다. 그들 맨 앞에는 분명 뒤에 있는 사람들의 존재를 모르는 듯한 비현실적인 모습의 사람 하나가, 여위고 허약한 뼈대에 비해 너무 큰 작업복을 걸친 채 휘청거리고 있었다. 곧바로 다른 사내들이 달려들어 그 자를 경찰봉으로 사정없이 패고 있었다. 오브라이언은 미미하기는 했지만 분명 기분 좋은 전율을 느꼈다[579]. 발길질에 사타구니를 정면으로 걷어차이자 남자는 입으로 토사물을 뿜어냈다.

화면이 갑자기 멈췄다. 검정색 코트를 입은 사내들 중 하나의 얼굴이 화면을 가득 채운 채로. 사내는 혀를 천천히 입 밖으로 내밀었고, 사디스트처럼 활짝 웃었다. 몇 초 뒤 화면 아래쪽에 사형수의 목에 둘린 올가미 같은 글자들이 나타났다.

무산계급이 당신을 지켜보고 있다

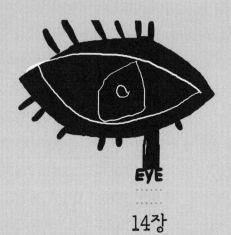

EYE

14장

그 일은 6일째 되는 날[580] 발생했다. 애정주간 6일째 되는 날, 행진과 연설, 함성, 노래, 현수막, 포스터, 영화, 연좌 농성, 시위, 감성 기간, 의식 함양이 있은 뒤 - 청년을 양육하고 노인을 보살피며 빈민을 관대히 대하고 배고픈 자를 먹이며 병자를 돌보는 등 빅브라더의 모든 사람을 아우르는 사랑을 기념하는 6일째, 엄청난 절정이 최고조에 달하고 모든 압제와 착취에 대한 전반적인 혐오감, 모든 냉담함과 무감각이 광란 상태에 이르기까지 끓어올랐을 때 - 바로 그때 빅브라더가 타도되었다는 소식이 발표됐다[581]. 빅브라더는 변절자요 배교자, 배반자이며 스파이였다. 케네스 블라이드가 돌아왔다.

어떤 변화가 일어났다고 확실하게 승인된 것은 아니었다[582]. 그저 빅브라더가 사라졌다는 소식이 너무나 갑작스럽게 사방에 즉시 선포되었다. 밤이었고, 흰 얼굴들과 진홍색 현수막들이 야단스럽게 조명을 받고 있었다. 광장에는 몸에 딱 붙는 초록색 제복 차림의 천여 명의 초등학생들을 포함해 수천의 사람들이 빽빽이 들어 차 있었다. 진홍색 천을 씌운 연단에 내부 당에서 나온 연설가가 서 있었다. 그는 금속 테 안경을 끼고 숱 없는 갈색 머리칼을 쪽진 중성 느낌이 나는 여자였다. 그녀가 마이크로 몸을 숙였는데, 검정색 작업복이 앙상한 몸에 헐렁했다. 그녀의 음성은 증폭기를 거치면서 금속성을 띠었는데, 압제와 불법, 괴롭힘, 차별, 추방에 이어 거만한 부유층의 끝없는 장부, 거짓 프로파간다, 부당한 공격 등 부당성에 대해서 한없이 늘어놓았다.

연설이 20분 정도 진행되었을 때 한 메신저가 급하게 연단으로 올라가 연사의 손에 종잇조각을 찔러 넣었다[583]. 연사는 연설을 하면서 종이를 펼쳐 읽었다. 그녀의 음성이나 태도, 연설 내용은 전혀 변하지 않았지만 갑자기 이름들이 달라졌다. 다음 순간, 국민들의 과거의 적 케네스 블라이드의 얼굴이 연사 뒤 거대한 화면에 나타났다. 이제 블라이드는 달라 보였다. 홀쭉했던 얼굴에 살이 붙었고, 두상을 풍성하고 둥글게 감쌌던 백발의 곱슬머리는 뒤로 빗어 넘겨 은빛으로 차분해졌으며 염소수염도 사라졌다. 영리해 보였던 얼굴 표정은 이제 현자의 표정으로 바뀌었다. 이제 그는 힘과 알 수 없는 평온으로 채워져 있었다.

어떤 말도 없었지만 군중 사이로 이해의 파장이 퍼져 나갔다[584]. 빅브라더가 그들을 배신했다! 블라이드가 정당한 자기 자리로 돌아왔다. 하지만 사랑주간은 위대한 보호자, 모든 오세아니아의 사랑의 원천의 이름이 바뀐 것만 빼고 이전과 똑같이 계속되었다. 연사는 여전히 마이크의 목 부분을 움켜쥐고 앞으로 몸을 숙인 채 자유로운 한 손을 허공에 대고 흔들면서 연설을 계속해 나갔다. 연사가 말했다. 다방면에 세력을 뻗친 파시스트가 최후의 노래를 불렀고 수많은 사람들이 섞여 있는 도가니에서 대박이 터졌다[585]. 모든 법이 폐지되었으니, 더는 아무것도 금지되지 않을 것이고, 행동의 유일한 결정권자는 여론이 될 것이다. 오세아니아는 사랑과 이성의 지배를 받을 것이다[586]. 블레어는 연사의 말을 되새겨 보면서 연사가 문장 중간에 멈춤이나 문법 파괴도 없이 글의 행을 바꾼 것에 충격을 받았다[587].

그녀는 뼈대만 남은 몸에 단어들의 살을 붙이고 누런 피부를 입은 다음, 구호들을 쏟아내는 초라하고 얼굴이 움푹 파인 여자였다[588]. 그녀는 무엇을 하고 있었나? 상당히 의도적이면서 드러내 놓고 사람들의 증오심을 불러일으켰다. 그렇다. 물론 그녀는 사랑에 대해 말하고 있었다. 사랑, 사랑, 사랑. 하지만 실제로는 자신에게 동의하지 않는 자라면 누구든 증오하게끔 만들려고 최선을 다하고 있었다. 귀에 거슬리는 목소리가 계속되었고, 또 다른 생각이 블레어의 머리를 스쳤다. 그녀는 이것을 노렸다. 거짓이 전혀 없이, 그녀는 자신이 말하는 모든 단어를 의식했다. 청중의 증오심을 일깨우고자 애를 썼지만 그것은 그녀 자신이 느끼는 증오심에 대면 아무것도 아니었다. 만일 그녀를 잘라 절단면을 본다면, 민주주의-파시즘-민주주의를 보게 될 것이다. 이런 여자를 사적으로 안다면 흥미로울 것이다. 그런데 그녀에게 사적 자유가 있었을까? 아니면 그녀는 오로지 이 연단에서 저 연단을 돌면서 증오를 일깨우기만 했을까? 어쩌면 그녀의 꿈도 구호로 이루어졌을 것이다[589]. 블레어는 케이트의 손을 잡았고 그녀 머리칼에서 훅 끼치는 제비꽃 향을 맡았다.

여자의 말이 느려졌다. 정부에 대 변화가 있었다고 여자는 말하고 있었다. 네트워크의 책임이 풍부부로 이관되었다. 당국은 국민에게 헌신과 수고, 에너지를 요구했고, 또한 새롭고 영광스러운 미래를 건설하는 데 자기 주체성을 버리고, 필요하다면 남은 삶을 헌신하라고 요구했다.

"빅브라더 타도!" 하고 케이트 바로 앞에 있던 초록색 셔츠 차림의 남자가 소리쳤다. 한두 사람이 그를 돌아다보았다. 남자의 뒷모습이 불편하게도 낯익었다.

"블라이드 만세!"

남자는 연이어 소리쳤다.

"블라이드 만세! 블라이드 만세!"

다른 목소리들의 외침이 이어지더니 곧 광장은 함성과 환호, 간청 소리로 채워졌고, 점차 장중하면서도 리듬 있는 구호가 터져 나왔다.

"블라이드! 블라이드! 블라이드!"

연설은 엄중하면서 기계적인 어조로 계속되었다. 여자는 블레어가 전에 수백 번 들었고 따분해서 몸이 비틀렸던 정치 강연으로 빠지고 있었다.

이제 텔레스크린 얘기를 했다. 텔레스크린을 소유하는 것은 시민의 새로운 권리인 것 같다고 했다. 이제는 무산자라면 모두 하루에 최소 8시간 동안 텔레스크린 프로그램을 볼 권리를 주는 게 블라이드주의의 새 공식 정책이다. 연속적인 오락 프로그램이 보편적으로 제공될 것이다. 엄청난 통계 자료들이 여자의 입에서 쏟아져 나왔다. "우리의 새로운 행복한 삶"이라는 문장이 수차례 반복됐다. 군중은 먹이통에 막대기 휘젓는 소리를 들은 돼지들처럼 반응했다[590].

이런 것들을 제공하려면 새 정부에게 대단한 노력이 요구될 것이라고 연사는 인정했다. 자원은 제한되어 있다. 전파는 딸렸다. 물론 터널도 부족했다. 즉 전선은 너무나 많이 필요한데 공간이 너무 적었다. 대중을 위한 텔레스크린은 수신은 가능하나 전송은 불가능한,

오직 한 방향 장치가 될 수밖에 없었다. 그럼에도 불구하고 풍부부는 모든 합법적인 공공의 필요를 충족시킬 것이다. 연사의 목소리가 높아졌다. 미래는 찬란하다. 평등과 풍요, 자유가 있을 것이다.

"하나의 정책!"

연사가 소리쳤다.

"하나의 제도! 보편적 서비스!"

무료 텔레스크린에 대한 발표만으로는 대중에게 어떤 반응도 이끌어 낼 수 없었다. 케이트는 익히 아는 미소를 지으며 블레어를 바라보고는 눈짓을 했다.

연단 위의 연사는 이에 보복했다. 하이에나, 교수형집행자, 식인종, 프티부르주아, 종놈, 아첨꾼, 미친놈…… 등의 오래된 욕설591), 닳고 닳은 비유 쓰레기들592), 의미 없는 어구들을 마치 조립식 닭장 부품들처럼 마구 결합시켰다593).

심각한 위험이 기다리고 있다. 친애하는 동무들이여, 어떤 위험이 겠는가? 이전으로 퇴보하고 부패할 위험이다. 옛 정권의 반역파들이 방해 행위를 시도할 수 있다. 그들과의 싸움은 수백 명의 죄 없는 사람들을 죽음으로 내몰겠지만 혁명의 명분은 정당하다. 다른 파들도 이기적 사익을 위해 네트워크를 장악하는 데 공모할지도, 이미 공모하고 있을지도 모른다. 그들은 전선을 독점하려 할 것이다. 그들은 텔레스크린 영화, 스포츠 프로그램 등 옛 당이 무료로 제공했던 모든 오락물까지 대중에게 요금을 부과할 것이다. 이 부자들, 아첨꾼에 식인종, 미친놈, 자칼, 하이에나, 히드라 머리를 한[594] 자본주의자들은 네트워크를 통제하여, 결국에는 네트워크를 통해 모든 토지와 가옥, 공장, 돈까지 통제하려 들 것이다[595].

"사익만 생각한 배신…… 뒤통수치기…… 피의 숙청……"[596]

여자는 계속 말했다. 런던의 수많은 사람들은 침묵을 강요당하고 서로 소통이 끊기며 네트워크의 생명줄로부터 단절될 것이다[597].
그러고 나서 불쑥, 연사는 또다시 대응했다.

"민주주의 수호…… 영화 관람석…… 모든 품위 있는 사람들의 분개…… 인종차별주의자…… 흉측한 가학증의 분출…… 권력을 잃은 모든 자들의 분개…… 파시즘…… 민주주의…… 파시즘…… 민주주의……"[598]

마치 오작동하는 낡은 축음기처럼 너무도 무시무시하고 낯익은 소리를 냈다[599]. 손잡이를 돌리고 버튼을 누르면 작동되었다. 시간제로 프로파간다를 쏟아내는 일종의 인간 손풍금이란 정말로 섬뜩했다. 같은 것을 반복하는 것. 왜 그런지 모르겠지만 항상 증오, 증오, 증오를 뜻하는 사랑, 사랑, 사랑. 그것은 뭔가가 머릿속에서 뇌를 쿵쿵 치고 있는 느낌이었다[600]. 연사는 상세히 설명하지는 않았다. 아주 점잖게 남겨두었다. 하지만 그녀가 보고 있는 것은 아주 다른 어떤 것이었다. 그녀가 직접 사람들의 얼굴을 스패너로 박살내는 모습이었다. 물론 파시스트의 얼굴들을 말이다. 박살내라! 바로 정중앙을! 뼈가 달걀껍질처럼 움푹 들어가서, 1분 전까지만 해도 얼굴이었던 것이 단지 커다랗게 생겨난 딸기잼 얼룩처럼 되어 버린다. 우리는 이 모든 것을 그녀의 목소리 톤으로 들을 수 있었다[601].

초록색 셔츠의 사내는 몇 분째 안절부절 못하고 있었다.

"아첨꾼들" 하고 더는 참지 못하겠다는 듯 중얼댔다. "부르주아의 종놈들! 부르주아의 아첨꾼들! 기생충들! 하이에나 새끼들!"

아무도 그가 중얼거리는 소리를 듣지 못했다. 연단의 연사는 계속 웅얼거렸다. 자본주의 반동분자들로부터 대중을 보호하기 위한 조치들이 이미 추진되고 있다. 개인 네트워크는 금지되었다. 개인이 광고에 돈을 대서는 안 되었고, 필요에 따라 당국이 적합한 공공 서비스 공고들을 후원할 것이다. 모든 텔레스크린 프로그램은 정부에서 기금을 댈 것이다. 논란이 있는 주제에 대한 견해가 네트워크를 통해 방송될 때마다 반대편의 견해도 뒤따라 방송될 것인데, 풍부부가 적합한 견해를 선택할 것이다. 연사가 진짜 의미한 것은 급소였다! 모두 스패너를 하나씩 움켜쥐고 모여서, 부자들의 얼굴을 힘껏 내리치면 그들이 우리를 박살내지 못할 것이다[602].

잠시 동안 블레어는 케이트를 생각했다. 그날 아침 그들이 어떻게 사랑했고, 어떻게 그가 그녀의 몸을 더듬었으며, 어떻게 그녀가 기뻐

하며 소리 질렀는지를 말이다. 그때 연단 위의 여자가 무시하기 불가능할 정도로 다시 고함쳤다. 연사는 익숙한 스타일로 돌입했다. 군사적이면서 동시에 현학적으로 질문을 한 다음 지체 없이 대답했다.

"이 사실에서 어떤 교훈을 얻어야 할까요, 동무들?" "교훈, 즉 블라이드주의의 기본 원칙들 중의 하나이기도 한 교훈 등등[603]......"

참고 들을 수가 없었다. 그녀는 뭔가 좀 더 유쾌한 것을 찾아 떠나고 싶을 정도로 악을 써 대는 끔찍한 습관이 있었다. 군중은 뚫고 나아갈 수 없을 정도로 빽빽했다. 탈출구가 없었다.

"마지막으로 증오의 문제에 대해 언급해야겠습니다." 하고 여자가 스피커에 대고 말했다. "증오는 건강하지 못한 질병이고 정신의 타락입니다! 동료 시민 여러분, 우리가 압제당하던 시절, 증오의 시절을 기억해 보십시오! 역겨운 증오의 시체[604]는 우리 삶의 독이오, 사회의 암이었습니다. 동무들, 형제애가 증오를 폐지했습니다. 증오는 제거될 것입니다." 그녀의 목소리에는 일종의 과장된 슬픔이, 그리고 그 슬픔 뒤에는 오래된 적의 같은 것이 배어 있었다. "그러나 비통하게도 전할 말이 있습니다......"

여자는 마치 감정을 추슬러야 하는 듯 잠시 말을 멈추더니, 이내 분노에 찬 목소리로 말했다. 증오가 여전히 우리 가운데 있다. 부유한 상업적 이익단체들이 증오에 찬 상품들을 부풀린 가격에 팔러 돌아다니면서 색욕과 외설물로 여자들의 품위를 떨어뜨리고 압제받는 인종과 계층의 사람들을 괴롭히고 있다. 이러한 것들의 배후에 있는 자본주의자들은 독을 내뿜는 송장이요 역겨운 내장 같은 불로소득자들이다[605]. 그들은 온전한 정신과 품위, 심지어 생명 자체에 대한 직접적 공격이다.

"시민들이여, 우리는 증오를 추방할 겁니다." 확성기에서 탁탁 소리가 났고, 그녀의 목소리는 점점 높아졌다. "우리는 우리 사회 깊은 곳에서 증오를 칼로 도려낼 것입니다." 그녀의 말이 중단되었다가 다시 이어졌다. "과대망상에 악마 같은 체제…… 가공할 문어발 조직…… 혐오스러운 냉소주의…… 악랄한 멍에에서 해방되어……"
추잡한 단어들이 뒤섞여 또 이어졌다[606].

수천 명의 제복 입은 초등학생들이 일제히 구호를 외쳤다.

"증오는 끝났다! 증오는 끝났다!"

"완전히 없애자! 완전히 뽑아 버리자!"

"증오는 끝났다!"

하고 초록색 티셔츠의 사내도 외쳤다.
군중은 구호에 가락을 넣어 외쳤고, 갑자기 구호에 맞춰 발을 구르기 시작했다.

"증오는 끝났다! 증오는 끝났다! 증오는 끝났다!"

외침 소리는 더욱 커졌고 발소리도 더욱 강력해졌으며 연단 위의
여자는 주먹을 허공에 휘두르면서 리듬에 맞춰 소리쳤다.
　이런 어수선한 순간에, 미처 얼굴을 보지 못한 한 사내가 블레어의
어깨를 톡 치고는 귀에 바짝 대고 말했다.

"실례합니다만, 뭐를 떨어뜨린 것 같습니다."

블레어는 아래를 내려다봤는데, 주변 사람들이 밀어 대는 바람에
무릎을 꿇고 주저앉게 되었다. 케이트가 도와주러 왔는데, 실랑이가
벌어지더니, 케이트 대신 초록색 셔츠의 사내가 그 옆에 와 있었다.
블레어는 어떻게 된 일인지 부러진 이들을 혀로 더듬었다. 순간 그는
초록색 셔츠의 사내를 전에 어디서 봤는지 알아냈다. 고물상 밖에서
검정색 외투를 입은 경비대가 경찰봉으로 마구 후려칠 때였다.

"케이트!" 그는 겨우 일어나서 소리쳤다. 필사적으로 그녀에게 손
을 뻗었지만 너무나 많은 사람들이 밀어 댔다. "케이트!"

아무도 알아채지 못했다. 무수한 몸뚱어리들이 그에게 밀려와서
는, 그의 늑골을 치고 체온으로 질식시키면서 그를 이리저리 내던졌

다. 그는 빽빽하게 밀집한 사람들 무리와 붉은 머리칼이 군중 사이로 휙 지나가는 것을 보았다. 그는 거의 꿈을 꾸는 듯한 상태에서 앞으로 나아가려 몸부림쳤다. 끔찍한 노고였다. 목까지 차오른 끈적끈적한 바닷물을 헤쳐 나아가는 것 같았다[607].

"케이트! 케이트!"

그의 목소리는 벼락 같이 울리는 확성기 소리와 군중의 함성에 묻혀 버렸다. 연단의 여자는 다시 얼굴이 일그러졌다. 그녀는 한 손으로 마이크의 목 부분을 움켜쥐었고, 뼈만 앙상한 팔에 비해 거대한 다른 한 손으로 자기 머리 위 허공을 절박하게 더듬었다[608].

강력한 고독감이 그의 마음을 사로잡았다. 멀리 스피커 뒤에서 투광 조명등들이 켜져 풍부부의 거대한 피라미드 구조물을 밝혔다. 콘크리트 건물이 번쩍거리고 하얀 빛이 일렁였다. 이어서 빛이 어둑해졌다가 색조를 띠었고, 새로운 형재애에 관한 세 개의 구호가 붉은 글자로 커다랗게 써진 풍부부 벽이 환해졌다.

결핍이 풍부
부가 빈곤
침묵이 발언

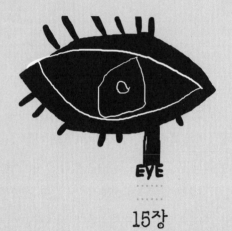

EYE

15장

여광기를 통과한 푸르스름하고 차가운 느낌의 빛이 죄수의 크고 뼈만 앙상한 얼굴을 무자비할 정도로 선명하게 비췄다[609]. 그의 얼굴은 깜짝 놀랄 정도로 수척했다. 꼭 해골 같았다. 너무나 야윈 탓에 입과 눈은 비정상적으로 커 보였다[610].

"2714!"

텔레스크린에서 외쳤다.

"2714 일어섯!"

남자는 일어섰다.

"그 자리에 그대로 서 있어."

음성이 말했다[611].

"문을 향해 서. 움직이지 마."

남자는 순종했다. 마른 장작개비처럼 앙상한 두 팔이 양 옆에 아무렇게나 매달려 있었다.

문이 열렸고, 1분쯤 지나자 오브라이언이 남자를 마주보고 섰다.

"내가 준비될 때까지 이 자를 혼자 두게."

마침내 오브라이언이 말했다. 그는 돌아서서 독방에서 느릿느릿 나왔다. 예전에 오브라이언은 늘 묵직한 부츠를 신어서 죄수들이 그가 오는 소리를 들었었다. 이제는 간신히, 발을 끌면서 느릿느릿 걸을 수 있었다.

결국 그들은 남자를 체포했다. 그는 자신의 모든 반역 행위를 고백할 것이다. 전선과 스크린들에 한 일을 정확히 설명할 테고, 그 다음에 교수형에 처해질 것이다. 오브라이언은 이 일에 대해서 어느 정도 만족감이 들기는 했지만 스스로도 놀랍게 기쁨은 느껴지지 않았다. 그는 이 짓 - 바닥을 기어 다니며 살려달라고 비명 지르기, 피가 엉켜붙은 머리털, 약, 정밀 도구들, 불면으로 인한 점진적 쇠약, 고독, 끝없는 질문들 - 을 하기에는 너무 늙어가고 있었다[612].

오브라이언은 승강기를 타고는 말없이 자기 사무실로 휙 올라가버렸다. 결국 당이 패한 것일까? 당은 여전히 부들을 소유하고 있지만, 부들이 아직도 중요할까? 세심하게 연출해 내보인 블라이드의 얼굴조차 거의 관심을 끌지 못했다. 일반 대중은 집회를 위해 모였지만 무산자들 대부분은 그것도 몰랐다. 그때 이후로 애정부를 통한 감시는 무너졌다. 오브라이언은 무슨 일이 벌어졌었는지 지금도 이해가 가지 않았다. 정부의 누구도 이해하지 못했다. 다만 그가 아는 것은 네트워크가 그 자체의 뜻을 발전시켰다는 사실이었다.

오브라이언은 사무실로 들어서면서 벽에 붙은 지도를 멍하니 바라봤다. 네트워크는 추악한 것이라고, 그는 백 번은 생각했다. 그것에는 질서도, 규율도 없었다. 그것은 제멋대로인 사람의 산물이었다. 색색의 선들이 여기저기를 기어 다녔고 사방에서 엇갈렸다. 그저 마구잡이로 던져 놓은 것 같았다.

스미스의 일기장이 오브라이언의 책상 중앙에 덮인 채로 놓여 있었다. 오브라이언은 그것을 다 읽지는 않았다. 그 자신은 결코 겪지 않을, 반갑지 않은 먼 미래에 대해 누가 읽으라고 권한 것처럼 어렴풋한 예감을 가지고서 중간을 펼쳐 다시 읽기 시작했다.

2. 자유는 굴종

이 순간까지 내가 거의 무시했던 질문이 하나 있다[613]. 즉 오웰의 텔레스크린의 무엇이 자유를 필연적인 것으로 만드는가?[614]

여기서 우리는 핵심 비밀에 이른다[615]. 지금까지 살펴봤듯이 텔레스크린의 신비, 그리고 무엇보다도 사상경찰은 모든 시민을 어느 때나 지켜볼 수 있는 텔레스크린의 능력에 좌우된다. 그러나 이 능력 이면에 텔레스크린이라는 장치의 원래 구조가 있다. 텔레스크린을 도처에 설치하고 어느 곳의 스크린이든 어디서든 마음대로 감시하는 것을 가능하게 만든, 단 한 번도 의심하지 않은 설계도 말이다. 텔레스크린의 비밀은 선택할 수 있는 능력이다.

이전의 어떤 사회도 그런 능력을 시민에게, 심지어 사상의 장터에조차 완전히 부여한 적이 없었다. 가장 자유로운 시장도 절도와 무단침입, 강압에 대항해 방어해야 했다. 말하자면 조용한 자와 목소리 큰 자, 물러서는 자와 끼어드는 자, 품위 있는 자와 저속한 자 사이에 치안을 유지해야 했다. 시끄럽고 참견 잘하는 자들을 통제해야 했다. 이 때문에 정부가 요구된다.

극히 중요한 문제는 언론의 자유는 단지 하나가 아닌 두 명의 개인들을 동시에 수반한다는 것이다. 언론은 양쪽의 상호 합의가 있을 때에만 진정으로 자유롭다. 합의란 침실에서의 나체와 공원에서의 나체 또는 잠자리에서 나누는 정담과 공공 라디오 방송에서 내보내는 금기어 사이의 차이를 의미한다.

그런데 반절의 합의는 완전한 합의보다 이루기 쉽다. 나의 광고전단은 너의 쓰레기, 나의 선전트럭은 너의 중단된 휴식, 나의 라디오 방송은 너의 전파 방해, 나의 거리 예술은 너의 추한 낙서, 나의 십자가 소각은 너의 협박, 나의 서툰 구애는 너의 성희롱, 나의 저작권은 너의 거부된 출판권, 나의 사적 자유는 너의 청취 불능, 나의 잠자리 정담은 너의 상스러운 말, 나의 자위적 노출은 너의 외설적 노출과 같다. 모든 말할 권리는 듣지 않을 권리, 말하지 않을 권리, 보지 않을 권리, 당신 자신의 말이나 이미지, 생각을 제시하지 않을 권리와 상호간에 충돌한다.

따라서 보고 듣고 말하길 원하는 사람들과 남에게 보이거나 들리거나 방해받고 싶지 않은 사람들 사이의 공정한 균형을 유지하기 위해서는, 가장 자유로운 정부조차도 가두행진을 허가하는 데 시당국을, 저작권을 시행하는 데 법원을, 성희롱을 금하는 데 고용위원회를, 외설과 증오, 선동을 억제하는 데 공공 검열관을, 도전적인 말을 중단시키는 데 경찰을, 조용히 말하는 자를 큰 소리 내는 자로부터 또는 뒤로 물러나 있는 자를 참견꾼으로부터 보호하는 데 언제나 국가를 필요로 했다. 그렇다면 사적 자유는 누가 보호하는가? 빅브라더다. 자유사상은 누가 보호하는가? 사상경찰이다.

그러나 이제 텔레스크린이 있다. 그것이 새롭고 전적으로 다른 권한을 제공한다. 개인이 선택할 권한, 개인이 말하고 보여주지 않을 뿐만 아니라 보거나 듣지 않을 것을 통제할 권한까지 말이다. 즉 텔레스크린은 선택 권한을 제공한다. 그렇게 해야 한다. 그렇지 않다면 작동할 수 없을 것이다.

오브라이언은 기침하기 시작했다. 그 자신도 놀랍게, 속에서 창자가 뒤틀리는 것처럼 더럽게 가래가 끓고 구역질이 나는 극도로 역겨운 소리였다[616]. 그를 산산이 찢어 버릴 듯한 기침이었다[617]. 마침내 기침이 멎었을 때, 그는 손바닥에 묻은 끈적끈적한 핏방울들을 보았다[618].

텔레스크린이 하게 될 일들을 생각해 보라. 텔레스크린은 하루 종일 매시간 모든 시민을 지켜보고, 모든 집과 사무실, 술집, 공공 광장을 말과 소리, 동영상, 사진, 뉴스 속보, 원장(元帳) 들로 채울 수 있다. 텔레스크린은 사진을 전송할 뿐만 아니라 받을 수도 있다. 정확히 원하는 곳에 원하는 신호를 보낼 수 있다. 또한 대량 생산에 맞게 충분히 치밀하다.

이 모든 것은 1980년대에 기술적으로 가능해졌다. 텔레스크린은 트렌지스터로 만들어졌는데, 당시에 기술이 놀라운 속도로 향상되었다. 기술자들은 트렌지스터를 믿을 수 없을 정도로 작게 줄이는 법을 알게 되었다. 구술기, 소설 쓰는 기계, 작시기 등 한때는 온 방 안을 차지했던 당의 익숙한 기계들이 딱정벌레만 한 크기로 확 줄어들었다.

그러자 새로 심각한 문제가 드러났다. 자유 자본주의자들이 조작했던 옛 텔레비전 기술로도 방송 전파가 극도로 혼잡해졌다. 당은 집이든 사무실이든 모든 개인 텔레스크린이 자격을 제대로 갖춘 방송국이 되게 하도록 요구했다. 이것은 낡은 고성능 방송 송신기로는 불가능했다. 수많은 신호들이 서로 충돌했다. 방송 전파는 결국 의미 없는 잡음으로 채워졌다.

전선을 방송 전파 대신 사용할 수 있었지만 이것 또한 다른 문제들을 야기했다. 수많은 전선들을 거리 밑으로 수 마일을 보내 런던 중심에 있는 애정부로 모아야 했다. 쇄도하는 정보를 도시 중심부에 있는 단 하나의 꼭지를 통해 이동시키는 것 또한 가망 없이 비현실적이었다.

텔레스크린 자체가 한 단계에 이르렀다. 말과 소리, 그림 전부가, 인간의 둔한 눈과 귀에서는 버려지는 광대한 양의 정보를 담는다. 효과적인 부호화가, 인간 감각의 명백한 손실 없이 수천 또는 그 이상의 요소들로 텔레스크린의 그림들을 압축할 수 있다. 압축에는 보낸 것을 빼내고 그 다음에 받은 쪽에서 원본을 재구성하는 데 엄청난 수학 계산이 요구되는데, 1980년대에 개발된 텔레스크린 칩들에 이런 능력이 포함되어 있었다. 옛 구리선 네트워크의 전송량도 배가하고, 해마다 또 배가할 수 있었다. 칩이 수 갤런의 정보를 몇 온스의 숫자로 압축하는 텔레스크린의 능력을 증가시키는 동안에는 말이다.

동시에 기술자들은 전선을 획기적으로 향상시켰다. 광 투과 유리는 전도성 구리보다 용량이 훨씬 크다는 것이 입증되었다. 그들은 단일 모드 전송 방식을 개발했고 새로운 레이저를 만들었으며 주파수 변조를 완벽하게 수행했고 에르븀 첨가 증폭기를 배치했다. 광섬유의 전송 용량은 4년마다 10배씩 증가되었다. 그 결과 터널의 전선은 크기가 천 분의 1로 줄었고, 전송 능력은 백만 배 증가했다. 결핍은 다시 풍부로 바뀌었다. 한때 어마어마한 양의 금속 전선들로 가득했던 터널은 얼마 지나지 않아 거의 텅 비게 되었다.

마지막 단계는 중앙부의 유리를 잘라내, 전선이 닿지 못하는 곳에도 텔레스크린을 배치하는 것이었다. 처음에는 방송 전파의 부족 문제를 다루기가 아주 힘든 것 같았다. 수백만 대의 송신기가 공중으로 동시에 신호를 보낸다면 방해 전파 잡음의 불협화음이 생길 것이기 때문이다. 여기서 기술자들이 기발한 해결책을 생각해 냈다. 발상은 각 송신기의 동력을 대폭 줄인다는 것이었다. 즉 사정거리를 천 또는 백 야드 또는 백 피트로, 필요하다면 그보다 더 짧게 줄이는 것이었다. 각 개인 텔레비전 방송실이 충분히 낮은 동력에서 작동한다면 더 이상 혼선이 없을 것이었다. 공간은 수천 개의 아주 작은 방송 '셀'들로 나뉘어 각각이 단일 텔레스크린의 통제를 받게 된다.

그렇다면 어떻게 하면 신호를 그보다 훨씬 더 먼 거리로 보내는가? 인접한 텔레스크린들은 신호를 바로 옆 스크린으로 전달하거나 지하의 유리 네트워크로 넘겨준다. 모든 텔레스크린은 감독하고 전달하며 이웃 스크린과 연결된다. 셀룰러 기술로 인해서 이제는 공중으로 얼마나 많은 정보를 이동시킬 수 있느냐는 실제적으로 한계가 없다. 새로운 텔레스크린이 네트워크에 추가됨에 따라 어떤 짝으로든 가능한 경로의 수가 증가한다. 시스템이 복잡해질수록 용량이 더욱 늘어나고, 더욱 효율적으로 작동하게 된다.

무선 셀룰러 시스템은 물론 조정하기가 대단히 복잡하다. 어느 때라도, 하나의 텔레스크린에서 나오는 신호는 바로 인접한 스크린이 추적해야 한다. 신호의 강도가 다양하므로 각각의 텔레스크린은 인접한 텔레스크린이 감시해야 한다. 장치가 움직이면 접속은 한 셀에서 인접 셀로 넘겨지고, 켜지거나 꺼진다. 이렇게 복잡한 조정이 완벽하게 실행되기는 불가능했다. 텔레스크린 자체에 새로운 계산 칩이 도입되기까지는 말이다. 그다음부터는 조정이 쉬워졌다.

마지막 하나의 문제가 남아 있다. 네트워크는 각 텔레스크린이 다른 모든 텔레스크린과 소통하기를 허용, 사실상은 요구했다. 그러나 각 스크린 앞에 한 사람이 있다. 그리고 인간의 눈은 한 번에 오직 하나의 화면만 소화할 수 있다.

따라서 모든 정보 조각은 유리 전선을 빛 또는 공기를 통해 무선 신호로 이동하건 상관없이, 신호가 어디에서 오고 어디로 내보이게 될지 명시하는 전자 주소를 앞에 둬야 한다. 모든 텔레스크린은 보낼 수 있는 신호들을 내보내고 들어오는 신호들을 정확히 선택할 수 있어야 한다. 텔레스크린 자체는 가려내는, 즉 무엇을 수신하고 무엇을 발신할지 선택하는 능력을 갖고 있어야 한다. 그렇지 않으면 텔레스크린 장치를 보는 사람이 정보 과잉으로 완전히 압도당한다. 신호를 선택해 어떤 것은 받고 다른 것은 무시하는 능력은 사치가 아니다. 더더구나 당의 통치를 방해하기 위한 장치도 아니다. 이런 능력이 없다면 오웰이 원했던 강력한 텔레스크린은 작동할 수 없다. 이 능력이 있기에 텔레스크린이 가능하게 된다.

다른 네트워크 구조는 당이 원했던 능력을 결코 제공할 수 없다. 밤낮 어느 때고 늘 어디든 볼 수 있는 네트워크는 계급이나 중앙 제어 없이 작동해야 한다. 텔레스크린은 기술상으로 동일한 인접한 것과 하나로 연결되어야 하고, 각 장치는 각각 동일하게 자주적이고 강력하다. 하나는 전송하고 다른 하나는 수신하든, 하나는 저장하고 다른 하나는 검색하든 말이다. 무슨 일이 있더라도, 정보의 흐름을 지휘하는 능력에 부응하지 못한 채 무한한 용량의 네트워크를 구축하는 일은 불가능하다. 텔레스크린이 작동한다면, 그것은 필연적으로 선택 능력을 포함하고 있다.

그렇다, 선택 능력이다! 당신이 텔레스크린 회사와 마찬가지로 꽃을 사랑하는 사람들, 우표 수집가들, 비둘기를 기르는 사람들, 목공일 애호가들, 쿠폰 수집가들, 다트 게임 참가자들, 십자말 풀이 애호가들을 선택하는 능력이다. 사적인 공동체들을 만들고, 술집이나 축구 경기, 뒤뜰, 난롯가,

'맛있는 차 한 잔'과 같은 네트워크, 즉 관계망을 구축하는 능력이다. 당신의 회사와 오락거리를 상부가 선택하게 하지 않고 당신 자신이 선택하는 능력이다[619].

오브라이언은 눈을 비볐다. 그러고는 손을 뻗어 의자 옆에 둔 초록색 전등갓을 조절했다. 그의 사무실 넓이만큼 넓은 창을 통해 광대한 런던을 내다볼 수 있었다. 달도 안 뜬 밤이어서 바깥 하늘은 칠흑같이 어두웠다. 근처에는 오로지 세 부의 거대한 피라미드 건물들만 불을 환하게 밝힌 채 어둠 속에 우뚝 서 있었다. 그리고 동쪽으로 무산자들의 시장 불빛이 보였다. 그는 다시 일기장으로 눈을 돌렸다.

당이 무산계급에 대해 옳게 알았다고 해도 텔레스크린은 거의 바뀌지 않았을 것이다. 당은 무산계급이 그 어떤 것보다 물질적 평등을 열망한다고 믿었다. 또는 일상 밖의 것에 대해서는 간헐적으로밖에 생각하지 못할 정도의 심한 고역에 짓눌렸기 때문에 그것을 열망한다고 말이다[620]. 당은 스포츠와 범죄, 점성술, 선정적인 중편소설, 지적이지 못한 감상적 노래, 섹스를 흘려보내는 영화들로 가득 채운 쓰레기 같은 신문들로 그들의 색욕에 호소했다[621]. 진리부의 포르노물 부서에서는 젊은 시절을 낭비하도록 "기막힌 이야기들" 또는 "여학교에서의 하룻밤" 같은 것들을 대량으로 찍어 냈다[622].

물론 많은 무산자가 말이 몸을 흔들어 파리를 쫓듯 당을 무시했다[623]. 무산계급은 더 넓은 시각과 비교 기준을 갖고 높은 수준의 교육을 받으면 자신들이 압제 당하고 있다는 것을 깨닫고 저항할지도 모른다[624]. 그러나 그대로 두면 그들은 대대로 어떤 반항 충동도 느끼지 못할 것이다. 쓸모없는 일들(동료와의 다툼, 잃어버린 자전거 공기주입기 찾기, 오래전에 죽은 누이의 얼굴 표정, 70년 전 바람 부는 날 아침의 먼지 소용돌이 등)은 수없이 기억하겠지만 모든 큰 문제들은 시야 밖에 둘 것이다[625].

한 장소, 곧 그들의 시장을 제외하고는 말이다. 그렇다, 그들의 시장! 인간은 모으고 쓰고 셈하고 비교하고 기억하고 교류하고 협력하고 계획하는 것을 배우고, 따라서 궁극적으로 필요할 때 공모하는 법을 바로 시장에서 배운다. 시장은 독재자도 여왕벌도 중앙 정책기획자도 성채도 중역실도 필요로 하지 않는다. 시장 안에서 이뤄지는 소통은 얼굴을 직접 맞대고 행하는 소규모 거래들이 누적되어 일어난다. 시장은 그것이 의존하는 통화와 같이 하나의 네트워크, 즉 시간과 공간을 가로지른 의사소통 체계다. 시장은 당의 통제 바깥에 수의 힘을 만들어 낸다.

당의 농노제로 가는 길은 자유 시장의 잔해 위에 건설되었다. 사적 시장은 - 화폐 자체 - 당의 통제에 적대적이다. 당은 사유 재산을 폐지했고 개인 기업을 규탄했다. 통화가치를 떨어뜨리고 그것을 한 줌의 쿠폰과 배급권으로 대체했다.

그럼에도 당은 무산계급의 시장을 완전히 근절하지 못했고, 정말로 근절하려고 시도하지도 않았다. 시장은 한 가정은 담요를 필요로 하고 다른 가정은 나눌 여분의 음식이 조금 있다는 것을 알아내는 데 효과가 있었다. 그러나 그것은 여전히 도로와 다리, 그리고 사람들과 물건들의 숨죽인 움직임에 의존했다. 통화는 모든 것을 간소화할 수 있었지만 당의 통제를 받았다. 그래서 무산계급의 시장은 빅브라더를 깊이 의지했다. 무산계급의 충성, 신뢰, 능률은 당의 그것들에 달려 있다. 그리고 시장에서 가장 가치 있는 물품 - 달러 지폐 - 은 실제로는 전혀 가치가 없었다. 무산자들은 시장이 훨씬 멀리까지 이르게 하기 위해서 당의 달러화, 즉 마음대로 당이 속이고 부풀리며 변질시킬 수 있는 달러화를 신뢰해야 했다.

당이 통화를 꽤 안정시켰을 때에도 무산계급의 시장은 언제나 실패했다. 옛날의 자본주의자들조차 자신들의 조합 안에 시장을 포함시키기를 거부했는데, 그 이유는 계약할 때마다 교섭하는 게 너무나 비효율적이었기 때문이다. 내부적으로 기업은 과두제 집단으로 움직여야 했다. 무산자들은 비슷한 문제들에 직면했다. 그들의 시장은 고속도로나 다리, 공원, 등대를 제공할 수 없었다. 따라서 통화와 같이 집단이 소유하고 관리해야 하는 온갖 종류의 공유제들에 의존했다. 당은 이런 문제들로 인해 당의 통치가 영원히 보장될 것이라고 확신했다.

그런 다음에 당은 정신을 잃었다. 당이 오웰에게 텔레스크린을 배치하라고 지시한 것이다.

오브라이언은 책에서 고개를 들었다. 권태감이 그를 압도했다. 혐오감과 당혹감이 뒤섞인 권태감이었다[626]. 이 권태감이 그의 뼛속 깊숙이 침투하고 있었다[627]. 그는 다시 읽기 시작했다.

그런 다음에 당은 정신을 잃었다. 당이 오웰에게 텔레스크린을 배치하라고 지시한 것이다. 면도날을 사거나 초콜릿을 사는 무산자라면 누구나, 자신이 얼마나 네트워크를 필요로 하는지를 언젠가는 깨닫는다. 무산계급은 조만간 텔레스크린 사용법을 배울 것이다. 무산계급은 유용한 것들을 배우고자 하는 열의가 있으니까. 무산계급은 시장을 갖고 있다.

기다리고 있는 세계를 상상해 보라. 거리에 상관없이 어떤 짝 또는 무리 사이에 텔레스크린을 통한 완벽한 의사소통 준비가 갖춰진 세계를 말이다. 그 세계에서는 비용이 거의 들지 않으면서도 기록이 수월하게 유지, 조작, 결합, 융합되며, 옮겨지고 처리될 수 있다.

텔레스크린화된 사회에서 자유 시장은 활력이 넘칠 것이다. 시장의 진수는 사람들이 무엇을 소유하고 있으며 무엇을 원하는가에 대한 정보를 도출할 수 있다는 점이다. 그러나 그 정보는 오로지 다른 사람들과 교류할 때에만 강력해진다. 보이지 않는 손은 보이는 눈과 귀의 인도를 받지 않는 한 힘이 없다. 상상할 수 있는 것 중에 가장 강력한 눈과 귀, 즉 텔레스크린에게 인도받기를 멈출 수 있는 것은 아무것도 없다.

무엇이 시장의 필수 구성요소인가? 구매자의 의지와 판매자의 의지를 함께 잇는 의사소통. 오늘 시작된 거래가 내일 완성될 수 있게 하는 약속. 약속을 지키게 하는 기억. 무엇이 누구에게 속하는지 기록하는 더 많은 기억. 모든 사회 규범은 약속들을 집행하게 만드는 공유된 헌신에 의존하므로, 재산권 너머의 다른 모든 권리를 만들어 내는 더 많은 약속들. 그리고 또 정직한 상인들이 속임수와 대금 떼어먹기, 절도 등을 배척하게 만드는 약속들. 즉 약속과 기억, 신뢰, 충성, 이것들이 장터에서 다른 모든 것의 기반이 되는 필수 구성요소이다. 그리고 텔레스크린은 가장 훌륭한 의사소통 기계요 기록과 기억을 위한 전자식 필경사요 신뢰와 충성의 레이저광 방직공이다.

당은 사유재산을 폐지했다. 텔레스크린이 그것을 되살릴 것이다. 사유재산은 기억과 약속을 중심으로 만들어진 개념이다. 자본주의가 번창할 때 자본주의자들은 누가 어느 구획의 땅을 소유했는지 추적하기 위해서 방대한 기록을 보존했다. 그것이 기억이었다. 그리고 그들은 서로의 주장과 소유물을 지키는 데 헌신했다. 그것이 약속이었다. 이제 우리는 기억을 기록하고 약속을 교류하는 데 지금까지 상상해낸 것 중 가장 강력한 기계인 텔레스크린을 가졌다.

되살린 사유재산과 텔레스크린을 가까이에 둔 시장은 이제까지 상상해본 적 없는 번영을 이뤄낼 것이다.

자본주의 초기에 발달했던 기업 합동과 조합은 다시 등장하지 않을 것이다. 옛날의 조합은 집산주의적 독재와 마찬가지로 전능한 단일 지도자가 지배하는 빅브라더의 이미지를 따라 운용되었다. 텔레스크린의 시대에는 그런 조직은 살아남을 수 없다. 그것들은 독립적이지만 긴밀하게 상호 연결된 기업 집단으로 대체되고 텔레스크린으로 연결되지만 모든 관계에서는 시장의 힘에 의해 단련될 것이다. 텔레스크린화된 세계에서 사람들은 날마다 작업 현장이나 유리벽으로 된 사무실에 나타나기 때문이 아니라, 일하기 때문에 임금을 받을 것이다. 새 네트워크에 양도된 서비스들은 절대적 정확성을 기준으로 측정될 것이다. 전문가들은 그 어느 때보다 더 전문성을 띨 것이다.

네트워크를 통해 공급된 노동 - 말하자면 대부분의 노동 - 은 꼼꼼하고 정확하게 평가될 것이다. 진짜로 생산하는 사람은 찾는 사람이 많을 것이고, 인종이나 종교, 성, 사교성, 외모 또는 얼마나 냄새가 나는가에 관해서는 아무도 신경 쓰지 않을 것이다. 양질의 서비스를 제공하는 자는 멀리 있건 해외에 있건 어디서나 찾을 것이다. 질 낮은 서비스를 제공하는 자는 그에 맞춰 가격이 매겨지고, 무능한 경우는 고용위원회에 아무리 항의해도 고용되지 못할 것이다. 정부 단체 역시 무엇이 어디로 공급되는지 추적하지 못하고, 누구를 또는 어느 기간에 고용하라고 지시하지도 못할 것이다.

공장은 돌이킬 수 없을 정도로 바뀔 것이다. 자동차 생산회사는 수백만의 독립적 공급자들이 공급한 부품들의 매우 효율적인 조립장이 될 것이다. 비서, 회계원, 디자이너 등 대부분 회사의 서비스 보조 직원들은, 네트워크를 통한 소통으로 효율적 통합체에 결합된 독립적 외부인들로 대체될 것이다. 공급자와 조립공, 유통업자, 소비자가 스스로 꼼꼼하고 정확하게 조정할 것이다. 대규모 공장도 물품 목록이나 창고 없이, 그리고 공급 부족이나 생산 과잉으로 인한 변덕이나 정지 없이 가동될 것이다. 소비자의 주문은 연쇄 생산 과정에서 조립 라인으로, 이어서 페인트와 타이어, 라디오의 공장 공급자에게로, 이후 고무와 강철 공급자에게로 즉시 전달될 것이다. 폐기물이나 재고가 별로 없고, 의견 충돌도 거의 없을 것이다[628]. 산업주의에 더 이상 집산주의를 요구하지 않는다[629]. 과거의 모든 집산주의 사회에서는, 인간을 곤충과 유사하게 만들어 효과적인 협력을 막았다. 텔레스크린과 함께, 곤충 인간은 죽었다. 개미들은 이제 부유하다. 무정부주의에 가까운 사회 형태는 이제 산업주의에 고도의 기술 발전과 완벽히 양립할 수 있다[630]. 자유와 조직은 조화될 수 있다. 합의에 의해 조직화가 될 수 있다[631].

낡은 마케팅 체계는 몰라볼 정도로 확 바뀔 것이다. 원시사회에서 시장은 믿을 만한 통화 없이 자그마한 가판대로 운용된다. 거래는 오직 운반 가능한 물품으로만 확대된다. 물물교환 경제에서, 판매자는 열두 마리 닭을 받고 직접 돼지를 교환해 준다. 지불은 확실히 보장되지만 과정이 대단히 번거롭다. 통화가 발행되고 그것에 가치가 채워질 만큼 충분히 안정된 사회에서 돈은 대단한 진보를 보여준다. 그것은 공인되고 표준화된 형태에 가치를 기록하고, 돼지나 닭을 운반할 필요 없이 가치를 전달한다. 정보를 전달하지 않는 한 종이 자체는 가치가 없다[632]. 그렇다면 돈은 바로 또 하나의 네트워크, 즉 의사소통 체계요 과거 노력의 기록이자 돌아올 미래의 약속이다. 돈에 적힌 기록은 원시사회의 비효율적이고 취약한 의사소통 매체이다. 그리고 유일한 기록 관리의 대가이며 유일한 중앙 인쇄기를 보유한 정부의 재무부는 그 가치를 결정하는 절대적 권력을 가진다.

궁극적으로 오직 단 하나의 유가(有價) 통화가 있다. 명성 있고 안정적이며 정직하고 믿을 만한 통화 말이다. 지도자 또는 나라의 중앙 은행장이 한번 통화를 제정하면, 그의 말은 계약과 같으므로, 그 사람은 통화를 마음대로 발행할 수 있다. 한번 통화가 확립되면 사기꾼, 대금 떼먹는 사람 또는 도둑은 아무리 통화가 많더라도 그것이 별로 도움이 되지 않을 것이다. 그가 유포하려고 다니는 곳마다 그의 수표를 꺼릴 것이기 때문이다. 이와 같이 돈의 가치는 기록을 통제하는 사람들 사이의 믿음과 약속에 달려 있다.

네트워크가 충분히 강력하다면 아무도, 최소한 중앙권력이 기록을 통제하지 않는다. 신뢰는 개인 간에 시작되고, 그다음에 큰 그룹 안으로, 그다음에 더욱 큰 그룹 안으로 연합된다. 옛 자본주의자들은 절정기일 때, 개인 수표, 공채 증서, 채권, 신용카드 전표, 선물 계약, 경품 교환 쿠폰, 온갖 종류의 후원 장부 등 다양한 층위에서 수많은 사적 통화들에 의지했다. 심지어 자본주의자들이 마음대로 이용할 수 있었던 초기 네트워크는, 신용거래가 자산이 되고 어떤 사업이 기능하고 있으며 어떤 개인이 충실하게 청구서 대금을 지불했음을, 사적 통화들로 확증 가능케 했다. 사기업들은 신용거래를 확증하고 수표로 결제하며 투자액을 평가하고 선물로 거래하며 불량고객의 보증이 되는 등 이미 사적 통화들을 수없이 발행하고 있었다.

이 모든 것이 오웰의 네트워크와 비교할 때 한심할 정도로 느리고 믿을 수 없는 네트워크상에서 이뤄졌다. 그때에도 자본주의자들은 정부란 결코 신뢰할 수 없고, 최상의 시기에 재무부는 부패하고 공식 통화는 해마다 조금씩 사라지며, 최악의 시기에 정부는 채무 이행을 거부하고 기억장치를 인정하지 않으며 은행권 약속을 부인할 것을 알았다. 이제 완벽한 기억력과 의사소통과 함께 정부 은행은 더 이상 필요하지 않다. 상상할 수 있는 온갖 종류의 통화는, 다른 모든 상품과 마찬가지로, 시장 자체에서 만들어질 것이다. 텔레스크린과 함께 사실상 모든 종류의 상품은 은행권과 등가물이 되고, 어떤 거리든 검사와 운송과 저장이 가능하게 되었다. 텔레스크린은 우리의 무가치한 달러화, 배급 통장, 배급표를 종말로 이끈다[633].

돈은 많은 것 중에서 단지 하나의 예에 불과하다. 현재 빅브라더에게 속한 거의 모든 것을 시장으로 되돌릴 수 있다. 배들을 위한 등대?[634] 배는 앞선 통신 체계를 창작해서 개별적으로 위치를 추적하고 길 인도를 받을 수 있다. 비행기들을 위한 항공교통관제? 비행기들은 충분히 멀리까지 내다보고 서로 신속하게 의사소통할 수 있으며 보행자와 마찬가지로 충돌을 스스로 피할 수 있다. 자원 이용에 따른 오염은? 이 문제는 궁극적으로 공기나 물, 토지 사용에 누가 얼마나 기꺼이 비용을 대는가에 관한 사적인 대화와 협상 실패에 따른 것이다[635]. 범죄자들을 수용하는 교도소는? 병적으로 심각하게 폭력적인 사람들은 여전히 감금시켜야 하지만 대부분의 반사회적 성향의 사람들은 그저 추방하거나 전자 목걸이, 신용 보고서, 개인 신원 보증 등으로 추적하면 된다.

오늘날 오세아니아에서는 어떤 것도 불법이 아니다. 법이 없기 때문이다. 발각될 경우 확실히 죽음에 이를 수 있는 생각이나 행동들도 공식적으로 금지되지 않았다. 당원은 올바른 의견뿐만 아니라 올바른 직감도 소유하도록 요구받는다[636]. 법규는 텔레스크린화된 사회에서 자연스럽게 되살아날 것이다[637]. 법은 합의에 의해 탄생한다. 합의는 의사소통으로 탄생한다. 가장 완벽한 의사소통 기계인 텔레스크린은 또한 가장 완벽한 경찰이기도 하다. 텔레스크린의 전선이 정부에 닿기 때문이 아니라 자유롭고 정직한 사람들이 경보가 울리면 언제나 강도와 도둑에 대항해 계속 고함을 치며 추적할 것이기 때문이다. 선조들은 낙인과 인체 절단(과거의 범죄에 대한 거친 기록과 향후 배척에 대한 대강의 약속)에 의존했다. 진보한 네트워크 역시 사람들을 낙인찍을 수 있는데, 대신에 대단히 섬세한 평가와 훨씬 덜 잔인한 방법으로 한다.

바로 이것, 즉 낙인찍기와 처벌이 당신들, 동무들이 가장 두려워해야 하는 것이다. 당신은 무산자들이 고문과 폭력의 도구들을 오히려 당신에게 겨눌까 봐 두려워할지 모른다. 그들은 더욱 나쁜 일을 할 것이다. 그들은 당신들을 외톨이로 만들 것이다. 그러면 동무들이여, 당신들은 홀로 굶주릴 것이다. 당신들은 가치 있는 것은 아무것도 생산하지 못하기 때문이다.

무산계급의 교육은 우리의 학교에서 우리의 교사들을 통해 이뤄졌기에 문제가 되지 않았다. 과학은 우리가 과학자들을 정부의 몇 안 되는 연구실에 고립시켜서 쓸모없는 무기 연구에 전념하게 했기에 문제가 되지 않았다. 사유 재산은 당의 경찰이 지켰기에 문제가 되지 않았다. 시장은 거래가 우리의 도로에서 우리의 통화를 사용해 수행되었기에 문제가 되지 않았다. 이제는 텔레스크린이 있다. 텔레스크린의 시대에는 더 이상 자유가 굴종이 아니다. 자유는 자유가 될 것이다.

오브라이언은 조잡하고 지쳐 버린 느낌이었다. 그의 어깨는 피로에 짓눌려 앞으로 구부정했다[638]. 마치 눈 밑의 처진 살과 코에서부터 턱까지 진 주름들을 느낄 수 있을 듯했다. 그는 커져가는 절망감을 갖고 다시 일기장으로 눈을 돌렸다.

텔레스크린은 가장 중요한 장터, 곧 생각의 장터에 가장 위대한 해방을 가져다줄 것이다. 텔레스크린의 시대에 인간의 생각은 과거의 이상주의 몽상가들의 상상보다 훨씬 자유로울 것이다.

옛 자본주의가 한창 번성하던 시절에 언론의 자유는, 여전히 그것을 소유한 극소수의 사람들에게만 속해 있었다. 텔레스크린은 한 번도 인쇄기나 방송국을 소유해본 적 없는 보통 사람들에게 목소리를 줄 것이다[639]. 모든 사람이 자유롭게 말할 수 있는 발언대를 제공함으로써 여론을 동원할 것이다. 수많은 사람들이 일단 발언의 자유에 개인적 관심을 갖게 되면, 법이 그것을 금지한다 해도, 발언의 자유가 지속될 것이다[640]. 텔레스크린은 사람들에게 자유롭게 말할 능력을 줌으로써 그들에게 권리 또한 줄 것이다. 법도 사상경찰도 그것을 바꿀 수 없다.

우리의 모든 기억 구멍들 가운데서 텔레스크린은, 기억을 부활시키고 무한대로 확장시킬 것이다. 당은 텔레스크린화된 사회에서는 역사가 지워질 수 있다고 생각했지만 사실상 역사는 그 어느 때보다 더 정확하게 보존되고, 기억은 더 폭넓고 끊임없이 재생될 것이다. 모든 의사소통 행위는 다른 사람의 머릿속에서만 새로운 기억을 생산한다. 텔레스크린과 함께라면 중요한 어떤 자료든, 어떤 증서든, 어떤 과학 또는 사업 기록이든, 어떤 시 또는 책이든, 어떤 신문 또는 사진이든 마음대로 복제되고 널리 배포되며, 따라서 어떤 정부가 바꾸거나 소각할 수 있는 것보다 훨씬 빠르게 새 기억들을 만들어낼 수 있다.

무지 또는 최소한 세대에서 세대로 이어지는 엄격한 계급적 무지는 텔레스크린을 견뎌낼 수 없다. 이것은 단지 부가 여가를 만들고, 여가가 읽고 쓰는 능력을 만들어 내기 때문이 아니다[641]. 사실, 여가는 수동적 무지를 낳는다. 그러나 무지는 텔레스크린 자체에 의해 침범당할 것이다. 사람들은 이제 원한다면 스스로 자신과 자녀들을 교육할 수 있다. 당은 돌과 회반죽으로 된 공공 학교를 계속 소유할 테지만 텔레스크린은 책상 하나 없이 학교를 만들어낼 수 있다. 훌륭한 대학, 훌륭한 도서관은 더 이상 공간을 차지하지 않고, 당의 해가 미치지 못하는 안전한 가상공간에 존재할 것이다. 이단은 이제 불로 제거할 수 없다. 이제 이단은 그 자체가 불이요 유리 네트워크 안에 있는 빛의 파동이다.

텔레스크린은 표현의 자유가 있는 왕국에서 중요시하는 하나의 자유, 즉 선택할 자유를 만들어 낸다. 인간은 개미처럼 많은 수가 모여 살게 되자, 누가 떠들 수 있고 누가 조용히 할 자격을 얻으며 누가 볼 수 있고 누가 감시의 눈을 피해 커튼을 닫을 권리를 갖는가를 놓고 끊임없이 싸웠다. 텔레스크린은 인간에게 어느 거리에서든 보고 들을 수 있는 눈과 귀를 주므로 그 결과 생각과 말과 몸짓이 무한히 넓은 공원에 거주할 수 있다. 그것은 인간의 감각을 자유롭게 하고, 따라서 인간의 지적 능력과 의식을 자유롭게 한다. 그것은 인간에게 자신이 선택한 단체에서 듣고 보고 말하며 자신의 말을 전달하고 자신을 보여주는 능력을 부여한다. 이제 인간은 네트워크의 큼직한 광속(光束)과 성층권의 방송 전파 안에서 필요할 때마다 새로운 모임과 회합, 도시 들을 만들 수 있다.

네트워크는 무한정 공개적이지만 또한 자궁만큼 사적이기도 하다. 텔레스크린 소유자는 자신의 전파를 누가 수신할지 지정한다. 자기 침실에서 세상으로 방송하고 또는 자신의 위대한 소설을 소수의 선택받은 친구들만 즐기도록 제한할 수 있다. 또한 모든 인종차별주의자, 성차별주의자, 포르노물 제작자, 마약 밀매인 또는 혐오스러운 메시지를 보내는 자들을 배제시킬 수 있다. 거리는 한때 사적 자유이자 고립이기도, 평화이자 외로움이기도 했다. 네트워크는 거리를 지운다. 아니 각각의 텔레스크린 소유자가 지시한 꼭 그만큼의 거리를 만들어 낸다. 네트워크는 진정한 거리의 대가여서, 쉽게 거리를 뛰어넘고 그만큼 쉽게 거리를 유지할 수 있다. 능력은 개인의 손 안에 있고, 오로지 그만의 것이다.

옛 자본주의 시절에는 언론과 영화 산업, 라디오, 텔레비전이 정체된 과점(寡占) 상태[642]로, 이들은 정신을 마비시키는 쓰레기를 모든 가정에 팔아넘겼다. 미디어 소유주들은 프로그램들을 대부분의 사람들이 공유하는 것들, 즉 색욕과 신경증적 두려움들에 초점을 맞췄고, 가당 시리얼과 세탁비누 광고를 확보하기 위해 얼마나 많은 사람이 섹스와 폭력에 이끌리는지 평가하는 대강의 여론조사에 의존했다. 이제는 그 모든 것이 사라질 것이다[643]. 새장의 새, 전문 세공, 목공일, 모임, 전령 비둘기, 마술, 우표 수집, 체스 등 갖가지 취미가 텔레스크린의 적어도 한 채널 또는 여러 개의 채널을 차지할 것이다[644]. 정원 가꾸기와 가축 기르기도 그 가운데 최소한 하나의 채널을 확보할 것이다. 그 가운데 스포츠 채널, 라디오 채널, 아동 만화 채널, 영화 전문 또는 여성의 다리를 활용하는 광범위한 채널들, 다양한 사업 채널, 여성용 연속극 채널, 바느질 채널 외 셀 수 없이 많은 채널들이 있을 것이다. 텔레스크린의 싸구려 소설들은 그것들에 대한 분명한 수요가 있기에 존재할 것이고, 단 하나의 국가적 네트워크로는 할 수 없었던 시청자들의 정신을 반영할 것이다[645]. 우리의 네트워크는 다시 한 번, 꽃을 사랑하는 사람들과 우표 수집가, 비둘기 애호가, 아마추어 목공예가, 쿠폰 수집가, 다트 게임 경기자, 십자말풀이 팬들의 나라가 될 것이다[646]. 생각 없는 대중에게 생각 없이 방송을 내보내는 시대는 끝났다.

이 모든 자유 가운데 여전히 색욕과 폭력, 사간성(死姦性)의 몽상, 살바도르 달리의 역겨운 예술이 있을 것이다. 그렇지만 텔레스크린의 우주에서는, 공공장소에서 행하는 연설이 더 이상 규제를 받을 필요가 없다. 최소한 조금이라도 중요성이 있는 공공장소는 더 이상 벽이나 문으로 둘러싸일 필요가 없다. 게시판이나 강당, 극장, 학교, 경기장, 광장, 지하도 내벽 등 모든 전통적인 공적 광장을 위한 전자 대체물들은 수요에 따라 만들어질 수 있다. 네트워크는 팸플릿 집필자와 가두연설가에게 스피커스코너(Speaker's Corner: 런던 하이드파크 북동쪽의 한 모퉁이에 있는 어떤 사람이든 멋대로 지껄일 수 있는 광장 - 역주)의 한 자리뿐 아니라 하이드파크 전체를 내준다[647].

평화주의자, 공산주의자, 무정부주의자, 여호와의 증인, 히틀러가 예수 그리스도라고 주장한 크리스천개혁가들부대(Legion of Christian Reformers)를 위한 자리가 있다[648]. 금주 개혁가, 공산주의자, 트로츠키주의자, 가톨릭증거회(Catholic Evidence Society), 자유사상가, 채식주의자, 모르몬교도, 구세군 등 많은 수의 확실한 미치광이들 모두가 네트워크상에서 공개적으로 말할 수 있고, 그들에게 귀 기울이기로 선택한 사람은 누구나 그들의 말을 사근사근하게 들을 것이다. 네트워크는 어떤 의견도 금지하지 않는 알세이셔(Alsatia: 옛날에 런던의 범죄자나 빚에 쫓긴 사람들의 도피처 - 역주)가 될 것이다. 이전에 물리적 세계에서 이런 장소는 결코 없었다[649].

인간이 소통하길 원하는 모든 광경과 소리, 생각과 표현을 위한 공간을 네트워크가 제공할 것이다. 젊은 정신들이 예의를 차리거나 책임을 지지 않고 모험을 찾아 방랑할 수 있는 영혼의 황야를 만들어 줄 것이다[650]. 그것은 순수함뿐만 아니라 미래에 대한 확신과 자유와 기회에 대한 억제할 수 없는 감각으로 채워진 타고난 명랑, 낙천적이고 태평한 정신[651]을 포함한다. 한창일 때는 자본주의 문명이 될 것이다[652]. 또한 그것은 인간의 정신이 도달하기 원하는 먼 데까지 확장되는 새로운 경계이자 최종 경계선이 될 것이다. 사람들이 거리나 수에 상관없이 무한히 다양한 그룹을 이루며 모일 것이다. 원할 때마다 고함을 질러 사람들을 불러 모을 수 있으므로, 극장이 더는 붐비지 않을 것이다.

오브라이언은 의자 등에 기대어 앉아 일기장의 육필을 한동안 바라보았다. 이 페이지들이 어떻게 복사되었는지 그는 궁금했다. 제로

그라피라는 방식이 흐릿하게 떠올랐다. 인쇄 기계는 전부 다 정부 내의 안전한 곳에 모아 두었다고 확신했지만, 어쨌든 반역자가 기계에 접근한 게 분명했다. 어쩌면 윈스턴 스미스 그였을지 모른다. 아무튼 그는 정부에서 일하고 있었으니 의심할 여지없이 그 기계들에 접근했을 것이다. 아마 수백 부를 복사하는 데 한두 시간 이상 걸리지 않았을 것이다. 그리고 또 다른 반역자가 그 복사본 한 부를 가지고 또 기계에 접근해 백 부를 더 복사할 수 있었을 것이다. 그런 반역자들은 언제나 있다고, 오브라이언은 생각했다. 언제나…… 언제나 말이다. 그는 어깨를 축 늘어뜨린 채 일기장으로 돌아갔다.

텔레스크린으로 무장한 무산계급은 당신들을 떠나 그들이 원하는 것을 쫓을 것이다. 그것이 영국인들이 늘 당의 깡패들을 피해온 방식이다. 그들은 대중 가운데서 영혼을 판 다음, 친구들이나 꽃을 사랑하는 동료들 또는 우표 수집가 동료들 가운데 은밀한 곳에서 다시 그것을 사들인다[653]. 무산자들은 영국의 자유, 곧 그들 자신의 가정을 갖고 자신만의 시간에 자신이 좋아하는 일을 하며 자신의 일과 오락 거리를 위에서 골라주는 것이 아닌 자신이 선택하는 자유를 재발견할 것이다[654]. 자유, 즉 자신의 동료나 친구, 함께 살고 싶은 사람을 선택하는 권리가 이제 가까이 와 있다.

당은 텔레스크린이 있으면 사람들의 눈과 귀를 닫고서, 뇌가 아닌 후두에서부터 나오는 당의 선전을 영상과 소리로, 오리가 꽥꽥거리듯 의식도 없이 내는 소리로 끝없이 내보낼 수 있다고 믿었다[655]. 당은 텔레스크린이 다른 모든 담론을 떠내려 보내고, 모든 사람의 다정한 동반자이자 교묘한 스파이가 될 것이라고 믿었다. 그러나 당이 틀렸다. 텔레스크린은 의사소통을 없앤 것이 아니라 오히려 만들어 냈다. 당은 모든 독립적인 생각을 억누르는 완벽한 의사소통을 원했다. 하지만 완벽한 의사소통으로 인해, 독립적인 생각을 제어할 수 없게 되었다.

당은 텔레스크린을 보았고 굴종의 세계를 상상했다. 당은 이것, 오직 이 점에 대해서만 옳았다. 모든 의사소통은 항복하는 행위이고 사적 자유를 잃는 것이며 다른 사람들에게 의지한다고 고백하는 것이다. 자유는 정말로 굴종이다. 자유로울 때 우리는 비밀을 털어놓고 죄를 고백하며 사랑을 주기 때문이다. 인간이 된다는 것의 본질은, 친밀한 교류가 불가능할 정도까지 사적 자유를 강요하지 않고 결국에는 삶에 굴복할 준비가 되는 것인데, 이것이 다른 개인을 사랑하는 데에 따르는 불가피한 대가(代價)이다[656]. 자유의 본질은 굴복이 자발적으로 일어나고, 또한 패배가 사랑의 본질로서 기꺼이 받아들여지는 것이다.

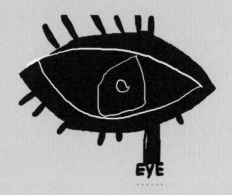

EYE

16장

찢어진 속치마가 바닥에 널브러져 있고, 부러진 화장도구들이 화장대 위에 어지럽게 흐트러져 있었다. 한때 그렇게 아늑했던 그들의 방은 이제 지저분하고 황량해 보였다. 마치 손님들을 데려온 매춘부의 방 같았다. 블레어는 그녀 없이 가련한 신세가 되어 침대 위에 앉아 있었다. 물론 그들이 옳았다. 그녀는 정부로 끌려갔다.

그는 그녀를 찾아 런던 거리를 밤새 정처 없이 헤맸다. 자정쯤에는 맥주 5파인트와 진 4분의 1병을 다 마셔 버렸다[657]. 아주 잠깐 동안 그의 머리는 놀랍도록 맑았다. 그는 아주 멀리 있는 어떤 것을 망원경 끝으로 거꾸로 보듯 자신의 지나간 인생 그리고 텅 빈 미래를 보았다. 즉시 그는 거대한 심연 속으로 빠져 들어가는 느낌이었고, 이내 차츰차츰 위로 올라오면서 부분적으로 의식을 되찾았다. 그는 군데군데 빛이 반점처럼 비치는 어둠 속으로 천천히 미끄러져 들어갔다. 아니 자신은 가만히 있고 빛이 움직이는 것이었을까? 마치 대양 밑바닥, 미끄러지듯 움직이는 야광 물고기들 사이에 있는 것 같았다. 지옥의 풍경이 꼭 이러하리라고 그는 생각했다. 불길한 색깔의 차가운 불이 나오는 협곡과 무엇보다도 어둠이 지배적인 지옥 말이다[658].

그는 런던에서 가장 지저분한 구역을 다시 걸어 다녔다. 머리에 분홍빛 분을 뿌린 듯 자극적이고 끔찍한 얼굴들이 여러 문가에서 의미심장하게 노려봤다[659]. 그는 굳은 표정이지만 아직 젊은, 젊은 포식동물 같은 두 얼굴을 알아보았는데, 그들이 바짝 다가왔다. 그들은 눈썹을 검게 칠했고, 케이트의 것과 비슷하지만 훨씬 천박해 보이는 모자를 쓰고 있었다[660]. 그가 팰리스 극장으로 다가가자 현관에서 보초를 서고 있던 여자가 그를 보고 나와서 앞에 섰다. 키가 작고 다

부진 체격에 검정색의 눈이 큰 아주 어린 여자였다. 여자는 그를 쳐다보더니 입을 크게 벌리며 활짝 웃어 보였다[661].

잠시 뒤 그들은 어슴푸레하고 냄새가 나는 자그마한 복도에 있었다. 바닥에는 어쩐지 초라한 리놀륨 카펫이 임시로 깔리고 방치된 듯했다. 한 인상 고약한 청소부가 어디선가 나타났다. 그녀와 젊은 여자는 서로 아는 것 같았다.

또 다른 젊은 여자가 장갑의 단추를 채우면서 으스대며 계단을 내려왔다. 그녀 뒤로 중년의 남자가 작은 입을 굳게 다문 채 그들을 못 본 체하며 지나갔다. 블레어는 남자의 대머리 뒤로 가스 불빛이 희미하게 비치는 것을 지켜봤다. 그보다 앞선 고객이었다. 아마 블레어는 그와 같은 침대를 쓸 것이었다[662].

이내 블레어는 자포자기한 듯 큰 목소리로 말하는 자신의 목소리를 들었다.

"내 말은, 빅브라더를 믿을 수 없다는 거야! 들었소? 믿을 수 없는 B.B. 절대로 빅브라더를 믿지 마! 그 개자식은 믿으면 안 돼. 뭐 할 말 있소?"

그는 이렇게 말하는 동안 자신의 얼굴이 마치 담장 위 수고양이처럼 쑥 내밀어졌던 것을 기억했다. 대머리 사내가 지팡이로 그의 다리 사이를 쳤다. 블레어는 흐릿한 눈으로 사내의 얼굴에서 두려움과 사디스트적 흥분이 기이하게 뒤섞이는 것을 보았다[663].

잠시 뒤 블레어와 젊은 여자는 층계참에 있었다. 공기 중에 오물 냄새가 났고, 시트의 퀴퀴한 냄새도 희미하게 섞여 났다. 그들은 몹시 불쾌한 방으로 들어갔다. 그는 침대에 누워 있었던 것 같았다. 잘 볼 수는 없었다. 눈썹을 까맣게 칠한 여자의 젊고 탐욕스러운 얼굴이 대자로 누워 있는 그에게 기울어졌다.

"선물은 뭐예요?"

하고 여자가 반쯤은 구슬리고 반쯤은 협박하는 어조로 물었다.

"그런 건 지금 신경 쓰지 말고 할 일이나 해! 어서. 욕은 말고. 어서, 더 가까이[664]. 아아!"

아침에 그는 아주 불쾌하고 긴 꿈에서 빠져나왔다. 그는 여자와의 관계 뒤 진을 더 마신 기억이 났다. 진이 목구멍으로 넘어갈 때 씁쓸하고 질식할 듯했다. 별안간 메스꺼움이 확 느껴졌다. 그는 나가떨어져 서너 번 심하게 토했다[665]. 얼굴을 벽돌담에 가까이 대고 있자니, 자신이 교도소 독방에 있다는 생각이 처음으로 들었다. 그러나 그는 보도 위에 뻗어 있었다.

"토할 거야!"[666]

그는 일어나려 애를 쓰면서 중얼거렸다. 결국 쓰러지려 할 때 한 강한 팔이 그의 몸을 붙들었다.

잠시 뒤 그에게 면도날을 팔았던 노점상 주인이 그에게 머그컵을 건넸다.

"차 한 잔 하겠소?"

노점상 주인이 권했다.

"좋소."

블레어가 힘없이 대꾸했다.

"당신이 그녀를 데리러 가야 하오." 노점상이 말했다. "당신과 나 때문이었으니까. 그 일기장 때문이었으니 말이오."

블레어는 어리둥절해서 노점상을 바라봤다.

"그들이 케이트를 데려갔소. 당신이 내게 왔고, 나는 친구들에게 일 기장 사본들을 줬소. 스크린에서 일하는 내 친구들에게 말이오. 그들 이 우리 모두를 붙잡았소. 당신은 술에 취해 헤매고 다녀 운이 좋았 던 거요."

블레어는 머리가 차츰 맑아졌다. 그때 그의 눈에 처음으로 들어온 것은 멀리 솟아 있는 - 어마어마하게 크고 반들거리는 창문도 없는 -

흰색의 피라미드, 즉 애정부 건물이었다.

이내 그는 또다시 프리크를 찾아 나섰다.

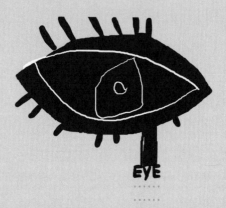

EYE

17장

간이침대는 여전히 방 한 구석에 있었다[667]. 초록색 모직 천이 깔린 작은 탁자 두 개가 벽에 맞대어 있고, 갈색의 예비용 책상 앞에는 등받이가 높고 빨간색 가죽 받침이 달린 회전의자가 있었다. 오브라이언은 그 회전의자에 앉아 천천히 의자를 흔들었다. 그는 대단히 튼튼했었는데, 이제 비대한 몸이 축 처지고 불룩해서 출렁거리며 사방으로 늘어졌다. 그는 마치 커다란 산이 무너지듯 자신이 무너지는 느낌이 들었다[668].

죄수는 책상 바로 맞은편에 놓인 나무 의자에 앉아 있었다. 사슬도 끈도 없었다. 그는 울퉁불퉁한 이마가 두피까지 벗어졌고, 비뚤어진 코와 심하게 맞은 듯한 광대뼈에 눈은 맹렬히 노려보고 있는 비참한 모습이었다[669].

오브라이언은 몇 분 동안 가만히 앉아 희생자를 바라보며 생각에 잠겼다. 그는 생각이 다른 데로 쏠리는 것을 막을 수 없었다. 한 사람을 죽이기란 꽤 쉽지만 여전히 심각한 문제였다. 복잡하고 값비싼 기계 부품을 없애는 것에 비교할 만했다[670].

"자네를 위해 가능한 쉽게 해주겠네." 오브라이언이 마침내 입을 열었다. "협조해 주게. 피하주사기와 고문기계로 시간을 낭비하고 싶지 않으니까."[671]

죄수는 여전히 반쯤 감은 사나운 눈길로 오브라이언을 되쏘아 봤다. 그의 눈은 눈구멍 속에 깊이 박혀 있고, 푸르스름하고 얇은 눈꺼풀이 그 위에 늘어져 있었다. 움푹한 홈이 뺨부터 턱까지 길게 이어졌다[672].

"우리가 대화를 나누는 동안 이 사실을 기억해 주게. 자네한테 어떤 수준의 고통을 안기는가는 내 소관이라는 것을. 알겠나?"[673]

"예."

쉰 소리가 속삭였다.
오브라이언은 앞에 놓인 서류들을 내려다봤다.

"자네는 내부 당원이네."

이것은 질문이 아닌, 마치 이미 완성된 기록을 읽는 듯한, 진술이었다.

"예."

"자네는 당을 배신했어."

"예."

"자네는 네트워크를 고의적으로 방해했어."

"예."

"자네는 윈스턴 스미스의 일기를 읽었네."

"예."

"자네는 지식의 은밀한 축적, 계몽의 점진적 확산, 궁극적으로는 무산계급의 반란에 따른 당의 전복을 믿네[674]. 자네는 네트워크가 보편적인 자유와 형제애, 평등을 가져오리라고 믿네."

"아닙니다."

잠시 침묵하던 죄수가 대답했다. 오브라이언이 되물었다.

"아니라고?"

죄수는 애써 힘을 모으는 듯했다.

"네트워크는 자유를 가져다주지만 평등은 아닙니다."

"그럼 형제애는?"

"어느 정도만입니다."

죄수는 속삭였다.

거의 모든 반란 지도자들이 교양 있게 발음하려는 경향[675]이 있다는 생각이 오브라이언의 머리를 스쳤다. 한순간 예전의 쾌감이 돌아왔다. 이 죄수는 분명 교수형에 처해지겠지만 먼저 알맞은 대화를 나눌 것이다. 이성적인 사람을 제거하기 전에 그의 머리를 탐험하는 것은 특혜였다. 마치 숫처녀의 처녀성을 빼앗거나 아니면 거대한 코끼리를 쏘는 것과 조금 비슷했다. 적어도 잠시 동안 그것을 소유하는 것과 같았다. 그것을 영원히 소유하는 것이 자신이며, 다른 누구도 그와 동일한 기쁨을 다시는 맛보지 못한다.

그는 책상 옆에 놓은 포도주병으로 손을 뻗어 포도주를 컵에 따른 뒤 죄수에게 건넸다.

"자네와 얘기 나누는 것을 즐길 걸세." 그가 말했다. "자네의 머리가 흥미로워. 자네가 제정신을 잃은 것만 빼고 내 머리와 닮았거든."[676]

그는 생각에 잠긴 채 안경을 고쳐 썼다[677]. 다시 입을 열었을 때 그의 목소리는 부드럽고 느긋해져 있었다. 그는 벌을 주기보다 설명하고 설득하려 애쓰는 의사 또는 교사, 심지어 사제 같은 인상을 풍겼다[678].

"당은 언제나 기계의 위험을 알고 있었네. 증기기관이 처음 등장한 순간부터 인간이 더는 단순 노동을 할 필요가 없어졌다는 것이 모든 생각하는 사람들에게 분명해졌지[679]. 몇 세대가 지나기 전에 기계들이 굶주림과 과도한 노동, 먼지, 문맹, 질병을 사라지게 할지도 모른다네. 기계가 부를 생산했으니까. 물론 자네도 그것을 알고 있어."

"예."

"평균적 인간의 생활수준이 꾸준히 향상되고 있어[680]. 이런 과정이 지속된다면 전반적인 부의 증가로 인해 사회 계급이, 그리고 그 안에서 우리의 특권적 위치까지 무너질거야. 부가 보편적이 되면 더 이상 차이를 부여하지 않네[681]. 여가를 얻은 빈자들이 글을 읽고 쓸 줄 알게 되지. 그러면 조만간 소수의 특권층이 역할을 하지 못한다는 것을 깨닫고, 그들을 완전히 쓸어버릴 테지. 결국, 계급 사회는 오로지 빈곤과 무지를 기초로 할 때만 가능하네[682]."

오브라이언은 자신이 이처럼 말을 많이 한 것에 놀라서 잠시 멈췄다.

"자네도 동의하나?"

죄수는 바닥을 내려다봤는데, 그러자 머리가 더욱 축 늘어졌다. 이내 아주 조심스럽게 오브라이언이 건넨 컵을 들어 마치 어린아이처럼 두 손으로 감싸 쥐고는 조금씩 홀짝였다. 삼키기가 힘든 듯했다. 그는 다시 홀짝였고, 곧 게걸스럽게 마셔서 컵을 비웠다. 두 눈을 감은 그의 얼굴은 긴장을 푸는 듯했다.

"자네도 동의하나?"

오브라이언이 다시 물었다.

"아닙니다."

남자는 더욱 단호해진 어조로 대답했다. 한때 일관성이 있었지만 조각나고 산산이 부서진 생각들을 모으는 것 같았다.

"왜 아니지?"

죄수는 길게 숨을 쉬었다. 그는 방안을 둘러보더니 곧장 오브라이언을 바라보고서 체념한 듯 순순히 대답했다.

"불평등은 인간의 삶에서 불변의 법칙과 같습니다. 자유는 평등과 양립할 수 없고요[683]."

죄수는 곰곰이 생각하는 듯했다. 얇은 눈꺼풀 아래 눈이 타올랐다.

"설명해 보게." 오브라이언이 말했다. "서두를 건 없고."

죄수는 돌아보았는데, 정지 상태의 그에게 순간 힘이 차오르는 듯했다.

"기계 시대의 정점에서도 인간의 평등은 기술적으로 가능하지 않았습니다. 인간은 타고난 재능에서도 평등하지 않고요[684]." 그는 말을 하자 새 힘을 얻는 듯했다. "여전히 몇몇 개인들에게 유리하도록 직능들이 전문화되어야 합니다[685]. 그리고 능력과 성취도, 성과에 따라서 사회적 지위와 부에서 뚜렷한 차이가 있었습니다. 대량 생산을 하는 어떤 공업기관도 이것을 바꾸지 못했습니다. 단순 노동을 꾸준히 줄여 주고 부를 증대시켰지만 불평등을 없애지는 못했습니다."

오브라이언은 의자 등에 기대어 앉았다. 다시 와인 병을 집어 남자의 컵에 포도주를 따랐다.

"자네한테 이런 말을 들으니 놀랍군." 그는 미소를 지으며 말했다. "물론 자네 말이 백번 옳네. 인간이 지배층과 피지배층으로 나뉘는 것은 불변의 법칙이지. 인간은 욕구나 필요와 마찬가지로 능력에 있어서도 평등하지 않네. 과두제의 철칙이 심지어 민주주의가 기계적 이유로 가능했음에도 불구하고 작동되었지[686]. 그러니까 자네는 스미스가 틀렸다는 데 동의하는가? 우리가 인간 평등의 새 시대로 진입하고 있는 게 아니지?"

"물질적 평등이 아닙니다." 죄수가 낮은 목소리로 대꾸했다. "지적 능력과 업적 또는 물리적인 성공이 아닙니다."

죄수는 또 말을 멈췄다. 그는 왜 이런 질문을 하는지 이해할 수 없다는 것처럼 의심하는 눈초리로 오브라이언을 바라봤다.

"그렇다면 어떤 종류의 평등인가?"

"기회의 평등, 존엄성의 평등, 성공 또는 실패할 자유의 평등입니다."

"무엇이 그런 것을 가져오지?"

"기계입니다."

"기계가 인간의 평등을 가져오지 못한다고 자네가 방금 전에 말했네."

"제가 말한 것은 오웰의 기계, 텔레스크린입니다."

"그게 무엇을 하겠나?"

"모든 인간에게 선택할 수 있는 동등한 기회를 줄 것입니다."

오브라이언은 짜증스런 통증을 느꼈다. 그 모든 게 그렇게 명백할까? 그는 눈을 닦았다. 그가 입을 열었는데, 목소리가 전보다 훨씬 부드러워져 있었다.

"자네는 네트워크에 관해 많은 것을 알고 있네. 나보다 훨씬 많이.

나는……" 그는 자신이 원하는 것이 뭔지 확신이 서지 않아 잠시 말을 멈췄다. "나는 알고 싶네. 텔레스크린이 어떻게 어떤 종류든 평등을 가져다줄 수 있는지 설명해 보게."

남자는 움푹한 눈으로 공허하게 응시했다. 잠시 그의 두 눈이 두 개골 속으로 함몰하는 듯했다.

"나는 굶어 죽어가고 있습니다." 이내 그가 말했다. "내 몸에 겁이 납니다. 뼈와 가죽만 남았고, 무릎이 허벅지보다 굵습니다[687]. 등뼈는 굽었고, 목은 내 머리의 무게조차 지탱하기 힘듭니다[688]."

오브라이언은 음식을 달라고 아니면 그냥 총 한 방으로 끝내 달라고 애걸하기를 기대하며 가만히 앉아 있었다. 그는 이 사내가 교수대로 가는 길에 어떻게 행동할지 막연히 궁금했다. 특별히, 독방의 바닥 사방에 오줌을 쌌던 사내가 기억났다. 또 한 사내는 문살에 필사적으로 매달리는 바람에 간수가 여섯 명이나 달려들어 떼어 내야 했다[689].

"내가 자유롭길 원합니다." 죄수가 말했다. "배고픔과 질병에서 자유롭고, 이 끔찍한 곳에서 자유롭게 떠나고 싶습니다."

오브라이언은 아무 말 없이 앉아 있었다. 그는 말을 적게, 거의 하지 않는 게 요령이라고 수년 전에 배웠었다.
죄수가 계속 말했다.

"당신 역시 자유롭지 못합니다. 자유롭게 술고래, 게으름뱅이, 겁쟁이, 험담꾼, 간통자가 될 수 있지만 자유롭게 혼자 생각할 수 없습니다. 중요한 모든 주제에 관한 당신의 의견은 당 법규의 지시를 받습니다. 가장 중요한 한 가지만 제외하고 모든 자유를 갖고 있습니다. 당신의 전 삶은 거짓의 삶입니다. 내부 당원으로서 당신은 결코 깰 수 없는 금기 체계에 의해 수도자 또는 야생 동물보다 더 단단히 묶여 있습니다."

이 자는 분명 미쳤다고 오브라이언은 생각했다. 발광한 미치광이에다 자포자기한 놈이다. 죄수는 계속 말했다.

"진정한 자유가 이제 가까이 왔습니다. 텔레스크린이 인간에게 누구를 가까이 하고 피할지, 무엇을 폭로하고 감출지, 누구를 환대하고 고용할지, 무엇을 말하고 듣고, 보여주고 보고, 생각하고 믿을지 스스로 결정할 능력을 줄 것입니다. 이제 인간은 자신이 원하는 정확한 생각을 다른 누가 아닌 가까운 또는 먼 친구들과 나눌 능력을 손에 쥐게 되었습니다."

한 동안 죄수는 진정되었고, 다시 허약해진 듯했다. 오브라이언은 침묵 속에서 남자의 몸이 중심에서부터 바깥으로 녹아내리고, 이어 둘로 나뉘는 것을 보았다. 특이하게도 두 이미지가 서로 2피트 정도 떨어져서 뚜렷이 구별되었다. 오브라이언은 머리를 흔들자 통증이 몰려왔다. 하나의 몸이 다시 그 앞에 나타났다. 그는 그것을 경멸하는 눈초리로 바라봤다.

"자네의 공상이 사실이라고 가정해 보세." 오브라이언이 말했다. "텔레스크린이 모든 시민 개개인의 재량과 통제 아래 있는 완벽한 통신의 세계를, 자네가 만들어 낸다고 가정해 보세. 그다음에 어떻게 된다는 건가? 시민 개인이 마음대로 통신할 수 있다면 사상경찰 역시 그렇게 할 수 있네. 눈들이 볼 수 있다면 또한 감시할 수도 있네. 통신 능력을 향상시키면 스파이 활동 능력도 향상된다네."

죄수는 머리를 흔들었다.

"통신 능력을 향상시키면 사적 자유와 고독을 창조하는 능력이 향상됩니다. 첩보원이 100마일을 볼 수 있다면, 그의 목표물 역시 더 멀리까지 범위가 확대됩니다. 통신이 빈약하면 사람은 날마다 이웃의 동일한 소그룹과만 상대하고 어울려야 합니다. 이동할 수 없고, 따라서 숨을 수 없습니다. 텔레스크린화된 세계는 궁극적인 사적 자유, 즉 거리와 군중으로부터의 자유를 제공합니다."

이 사내의 무모함은 감탄할 만하다[690]고 오브라이언은 생각했다. 그는 목숨이 시계 초침처럼 서서히 멈추고 있었지만 두려워하지 않았다.

"텔레스크린이 있더라도 여전히 자네의 사적 자유는 이웃에서 나는 소음과 말 많은 판매원들에게 휘둘릴 거네. 판매자들이 자네가 당근 또는 콘돔을 살 때마다 추적할 테고, 은행 직원은 자네가 소호 가(街)의 사창가를 드나들 때마다 기록할 것이네. 자네의 전자 족문(足紋)은 역겨운 미국산 곡물 가공 식품 판매원들에게 추적당할 것이네[691]."

"당신은 틀렸습니다." 죄수가 낮은 목소리로 대꾸했다. "사람들이 작은 마을의 마주 보고 선 상점들에 물건을 보러 다닐 경우, 거기에는 사적 자유란 없습니다. 텔레스크린이 있으면 사람들은 천 마일 떨어져 있고 판매 외에는 다른 관심이 없는 완전히 낯선 사람들과 거래를 할 수 있습니다. 텔레스크린은 대도시, 심지어 소규모 지역사회의 주민들에게도 언제든지 사적 자유를 제공합니다. 현금이 다시 믿을 수 있는 교환 수단이 된다면, 텔레스크린이 모든 사창가나 도박장, 아편굴 옆에 현금 기계를 공급할 것입니다. 통신 능력은 거리를 유지하고 자신의 자취를 감출 수 있는 능력입니다. 텔레스크린은 사적 자유를 파괴하지 않고, 사람들이 자기 마음대로 자신의 사적 자유를 만들어 나갈 능력을 줍니다."

그는 또다시 오브라이언을 바라봤다. 그는 더욱 차분해진 듯했고, 목소리는 더 이상 갈라지지 않았다.

"텔레스크린은 강탈과 갈취, 사기, 명예훼손[692]의 도구가 될 것이네." 오브라이언이 입을 열었다. "누가 자네를 대금 떼먹는 자라고 비난하면 자네는 상업적으로 배척당할 것이네. 이웃이 악의를 품고서 자네가 아내를 때린다고 네트워크상에 험담하면, 전 세계가 즉시 그 얘기를 들을 것이고, 정직한 사람들에게 허용되는 모든 것이 범죄자들에게도 역시 허용되네."

죄수는 다시 고개를 저었다.

"텔레스크린은 새로운 형태의 거짓말, 속임수, 사기를 가능하게 하지만 대단히 많은 선택권을 제공하고, 새 비교 기준을 만들어 내기도 합니다. 하나의 금융회사가 당신을 불신용자로 거짓 비난한다면 경쟁사가 신속하게 그 거짓을 폭로할 겁니다. 시장이 불량 달걀 판매자를 응징하는 것과 똑같이 거짓 정보 판매자도 응징할 것입니다. 어떤 종류의 명예훼손도 빠르게 수정될 것입니다. 무책임하고 악의를 가진 자가 거짓으로 얻는 것보다 책임 있고 선의를 가진 자가 진실로부터 더 많은 것을 얻기 때문입니다."

"자네는 바보야." 오브라이언이 날카롭게 대응했다. "시장 자체가 텔레스크린을 감당하지 못할 것이야. 자네의 그 텔레스크린화된 이상사회에서 대부분의 재산은 정보로 이뤄질 것이네. 하지만 말과 소리, 그림을 누구나 힘들이지 않고 복제할 수 있는 세계에서는 표현에 대한 사적 소유권도 아이디어의 진정한 장터도 없네. 자네의 영화나 소프트웨어 프로그램의 첫 구매자가 해적판으로 시장을 범람시킬 것이네. 책값은 점점 싸지고, 책값이 싸질수록 책에 돈을 덜 쓸 것이네. 예술과 돈 사이에서 선택해야 하겠지. 값싼 통신은 모든 출판업자와 작곡가, 저자, 책판매자들에게 재앙을 뜻하네[693]."

오브라이언은 죄수를 돌아봤다. 그의 쇠약한 얼굴은 전보다 더 굶주려 보였지만 놀랍게도 노란 눈꺼풀 밑에서 경멸의 그림자가 보였다.

"당신은 통신 능력이 생각과 언론 시장을 파괴할 것이라 생각합니까? 텔레스크린이 예술과 지혜, 오락물 도용을 쉽게 만든다면, 텔레스크린은 먼저 가치 있는 예술과 지혜, 오락물 들로 가득 채워질 것입니다. 인쇄기가 책을 도용하는 데 사용될 수 있지만, 먼저 저작권을 가치 있게 만듭니다. 그리고 아무튼 해적판과 밀매자들에 대항한 방어 수단이 있습니다. 텔레스크린과 같이 강력한 기계가 있으면 정보는 쉽게 암호화될 수 있습니다. 정직한 판매자는 네트워크로 생성된 대량 판매 시장에서 드러내 놓고 물건을 팔 수 있지만 불법 판매자들은 전자 시장 그늘에 도사리고 있어야 합니다. 도둑질과 의존은 항상 산업과 부를 뒤쫓지만 결코 따라잡지 못합니다."

사내의 목소리가 가랑비 흩뿌리는 듯하다고 오브라이언은 생각했다. 그의 두서없는 억측으로 이뤄진 긴 독백을 듣는 게 어떤 면에서 매우 영국적이었다. 그의 단조로운 목소리를 듣고 있자니 젖은 길거리를 걷는 듯했다[694]. 오브라이언은 집중하기가 점점 힘들어지는 것을 느꼈다. 머리가 심장 박동에 맞춰 지끈거리는 듯했다. 그는 죄수를 향해 인상을 쓰면서 이마를 닦았다.

"자네는 그 자유로운 선택의 새로운 세계가 얼마나 빠르게 추해지고 타락하는지를 보고 크게 충격 받을 걸세." 오브라이언이 말했다. "사람들은 소위 예술가를 대신해서 교회의 승인을 요구할 걸세. 예술가는 보통 사람들을 묶고 있는 도덕률에서 면제될 것이네. 마법의 단어 '예술'이라고 외치기만 하면 모든 게 통과될 테지. 달팽이들이 기어 다니는 부패한 시체도, 소녀들의 머리를 걷어차는 것도, 배변하는 여자를 촬영한 영화도 좋다고 할 것이네. 텔레스크린 테스트를 통과할 만큼 잘 그리고 노래하고 쓰는 한, 모든 게 용서될 것이네[695]. 자네의 예술가들은 은밀하게 빌붙어 빨아먹은 것을 공개적 남색에 소비할 것이네[696]."

오브라이언은 상체를 뒤로 젖히고는 계속 말했다.

"자네의 세계는 심각한 빈곤화를 스스로 초래할 것이네. 텔레스크린상의 자유 선택권이 취향의 끔찍한 방탕을 야기하고 기계화가 이미 인간의 미각에 한 일을 정신에도 가할 테지. 통조림 음식과 냉장, 합성 향미료 등 온갖 것들 덕에 미각은 거의 죽은 감각이 되었지. 기계는 인간의 생각도 없애 버릴 것이네. 이미 텔레스크린의 요란한 소리가, 생각할 때 소의 울음소리나 새의 노랫소리보다 더 평범한 배경 소리가 되어 버린 사람들이 수백만이네[697]. 각각의 텔레스크린을 개인의 통제 아래 둬 보게. 그러면 대중은 오늘날 당이 제공하는 쓰레기 오락물이나 거짓 뉴스보다 훨씬 못한 것에 빠져 뒹굴 것이네[698]."

오브라이언은 힘겹게 숨을 쉬면서 말을 멈췄다. 머리가 점점 더 쑤셨다. 뭔가가 눈을 밀어 대고 귀 뒤에서 점점 부풀어 오르는 듯했다.

"당신 말이 맞습니다." 죄수가 앞으로 몸을 기울이면서 힘들어 말했다. "텔레스크린에서는 소위 예술이건 아니건 모든 게 용서될 것입니다. 텔레스크린의 어떤 표현 방식은 극도로 혐오감을 줄 것입니다. 그것들은 모든 예술이 아름답기 때문이 아니라 모든 사상경찰이 추하기 때문에 용인되겠지요. 네트워크에는 온갖 형태의 병적인 지성[699]을 위한 자리가 충분히 있습니다. 자유는 어리석어지고 병적이 될 자유도 포함합니다. 자유 선택권에는 안 좋은 것을 선택할 자유도 포함됩니다."

"자네 자신뿐 아니라 다른 사람을 위해서도?" 오브라이언이 물었다. "그러면 자네가 선택하는 배변하는 여자를 내 거실에서도 보게 되겠지."

"텔레스크린과 함께 사람들은 그들 자신의 검열관을 만들고, 개인이 비용을 대서 그들 자신의 사상경찰을 유지할 것입니다." 죄수는 대꾸했다. "《타임스》의 편집자들은 독자들의 즐거움을 위해 고용된 자들을 사적 검열관으로 이용할 것입니다. 금융회사가 사기에 대비해 개인들을 보호해 줄 것입니다. 저작권이 법과 법원이 아닌 개인의 암호화로 보호받을 것입니다. 온갖 사적 사기나 사적 압제에 대항해 사적 보호 장치가 있을 것입니다. 네트워크와 함께 사람들은 이전에 없던 사적 경찰력들을 조화시켜 나갈 것입니다."

오브라이언은 둘이 대화를 하면서 처음으로 자신이 웃고 있음을 알아챘다.

"그러니까 자네는 지금 진리부에 속한 하나의 검열관 대신에 각 가정에 하나씩의 검열관을 두겠다는 말이군. 사람들을 더 이상 개종시키거나 설득하고 간청하거나 동요시킬 수 없다. 정숙한 체하는 사람들은 단지 또 다른 그런 사람들을, 인종차별주의자들은 또 다른 인종차별주의자들을 모을 것이다, 이 말이군. 오늘 당신들은 지하철에서 구걸하고 공공 도서관에서 잘 곳을 찾는 노숙자들에 직면해야 하네. 내일, 당신들의 도서관은 모두 전자식이 되고, 당신들의 지하철은 광섬유 유리로 이루어질 것이네. 굶주린 자들이 눈에 띄지 않는 바깥에서 굶어 죽을 테지."

오브라이언은 빨간색 가죽 의자에 등을 기댔다. 몸무게가 엄청나게 많이 나가서 기대지 않고는 앉아 있기조차 힘들었다.

"자유가 뭔가를 뜻한다면, 그것은 사람들이 듣고 싶어 하지 않는 것을 말할 권리라네[700]."

"자유란 또한 듣지 않을 권리입니다." 죄수가 대꾸했다. "자유는 때때로 편협하고 어리석습니다. 어떤 사람들은 텔레스크린을 사용해 머리를 쓰지 않겠지요. 또 어떤 사람들은 달갑지 않은 생각들에 귀를 기울이지 않을 것입니다. 그러나 침묵과 평온한 고독, 심지어 편협한 사람과 어리석은 사람들의 침묵과 고독조차 건전하고 맹렬한 집회와 마찬가지로 자유의 한 부분입니다. 자유는 때때로 단조롭습니다. 자유로운 사람들은 때때로 이웃과 똑같은 작은 상자 같은 집에서 살면서 때때로 제복을 입고, 때때로 밍밍하고 맛이 없는 음식만 먹기도 합니다. 그러나 자유로운 사람들은 그보다 더 빈번하게 다양성을 선택합니다."

죄수는 잠시 말을 멈췄다가 다시 계속했다.

"당신이 예견하듯 어떤 이들은 네트워크가 퍼뜨린 시각적 아편으로 정신이 마비될 것입니다. 그러나 또 어떤 이들은 새로 얻은 선택권을 현명하게 사용할 것입니다. 음란한 발신자는 더 이상 연세 드신 미망인의 충격이나 두려움을 즐기지 않을 것입니다. 개심(改心)한 알코올중독자는 더 이상 보강 맥주 광고를 시청할 필요가 없습니다. 부모들은 자녀들을 음란물에서 보호할 수 있습니다. 독실한 사람들은 비슷한 신념을 가진 사람들과 어울릴 수 있습니다. 텔레스크린화된 세계의 정보의 홍수 속에서 가장 중요한 권리는 듣지 않고 말하지 않고 자신의 생각이나 말, 몸짓을 나누지 않을 권리가 될 것입니다. 생각의 자유, 집회와 종교, 저작권과 사적 자유 등 모든 것은 단 하나의 보다 높은 권리를 중심으로 회전합니다. 즉 자신과 동일한 존엄성과 동일한 선택권을 가진 다른 개인들과의 상호 합의에 의한 통신의 권리입니다. 그것이 텔레스크린의 약속입니다."

오브라이언은 먼 곳을 응시했다.

"골목대장은 언제나 있을 거네. 대중은 늘 그들을 숭배할 테고. 만일 골목대장을 숭배해야만 한다면, 그 자가 깡패인 것보다는 경찰인 게 훨씬 낫겠지[701]. 문명은 결국 강압에 기초한다네."

"합의에 기초합니다. 피통치자들의 합의 말입니다." 하고 죄수가 대답했다. "사회를 결속시키는 것은 경찰이 아니라 일반 시민들의 선의입니다."

"그 선의는 경찰이 뒤에서 받쳐 주지 않으면 힘이 없네."

"경찰은 대중의 지원이 없다면 힘이 없습니다."

"스스로를 방어하는 데 폭력을 사용하길 거부하는 정부는, 당장에 존재하기를 멈출 것이네. 왜냐하면 덜 양심적인 어떤 단체 또는 심지어 개인에 의해 전복될 수 있기 때문이지." 오브라이언이 말했다. "경찰 편에 서지 않는 자는 누구든 범죄자 편에 서는 것이네[702]."

"합의는 범죄자와 경찰 양측의 것입니다." 하고 죄수가 대꾸했다. "유일하게 항구적인 법은 관습법, 즉 관습으로 구축되고 전통으로 형성된 법입니다. 법은 궁극적으로 한 사회 내 대부분의 사람들이 필요하다고 동의한 것입니다. 동의는 의사소통으로 이뤄집니다. 곧 텔레스크린으로 이뤄집니다."

오브라이언은 어깨를 으쓱했다.

"동의가 있건 없건 모든 발언, 인간의 머릿속에서 구체화된 모든 생각은 공적 결과를 낳네. 전적으로 혼자서 보고 듣고 공상한 무엇이 타인에게는 공격으로 변형될 수도 있네. 사간성(死姦性) 몽상을 조장하는 타락한 예술가가 경마장의 소매치기만큼 해로울 수 있지[703]. 사적 포르노물이 공공의 폭력을 조장하고, 사적 모사와 음모가 결국에는 사기와 강탈, 협박으로 끝날 수 있네. 개인의 자유가 공동체의 굴종이 된다네. 자유는 굴종이지."

"자유란 온전한 정신입니다." 하고 죄수가 반박했다. "텔레스크린이 사간성 몽상을 제공할지 모르지만 그것은 또한 천사의 예술을 위한 자리도 창조할 것입니다. 그것은 열정뿐만 아니라 이성도 공급할 것입니다. 프로파간다뿐만 아니라 사적 담론도 퍼뜨릴 것입니다. 첩보원뿐만 아니라 그들을 피할 거리도 줄 것입니다. 전투를 앞둔 장군들의 선포, 총통이나 수상의 연설, 공립학교나 정치적 좌익의 연대가(歌), 국가, 금주(禁酒), 도박과 낙태에 반대하는 교황의 회칙이나 강론을 전하고, 그뿐만 아니라 수백만의 보통 사람들의 유행가 후렴도 그것에 아무 매력을 못 느끼는 사람들에게 전할 것입니다[704]. 네트워크는 한쪽 끝에서는 전자 폭력단에게, 다른 한쪽 끝에서는 사상경찰에게 권한을 줄 것입니다. 그러나 중앙에는 대다수의 단순하고 정직하며 제정신을 가진 대중이 있습니다. 보통 사람들이 네트워크를 사용하기만 한다면 그들의 기본적인 온전한 정신이 승리할 것입니다. 자유는 그야말로 자유가 될 것입니다."

"그러나 평등은 아니지 않나?"

"아닙니다."

오브라이언은 대답을 거의 듣고 있지 않았다. 사내는 태형을 당한 뒤 교수형에 처해질 것이라고 그는 생각했다. 사내의 피부는 가죽이 벗겨진 토끼처럼 등에서부터 단번에 벗겨질 것이다[705]. 오브라이언은 진홍빛에다 군데군데 시퍼렇게 된 시체가 얼마나 흉악해 보일까 생각했다. 그런데 생각이 여기까지 미치자 그는 권력 의식 대신에 뜻하지 않게 혐오감이 몰려왔다. 사내의 얼굴에 형언할 수 없이 슬픈 표정이 비쳤다.

"오직 인간의 한 가지 평등만이 텔레스크린을 견더낼 수 있습니다." 죄수가 말했다. "인간이 가졌다고 단언할 수 있는 유일한 평등은 기회의 평등입니다. 즉 다른 사람들과 상호 합의하에 대화하고 거래하고 협력할 동등한 기회 말입니다. 텔레스크린은 동등한 존엄성을 제공합니다. 그 이상도 이하도 아닙니다. 다른 종류의 평등은 다 빅브라더에게 속해 있습니다."

"그러니까 자네의 그 영광스러운 환상이 결국에는 그렇게 명예롭지 않다는 것이군." 오브라이언은 잠시 몰려오는 승리감을 느꼈다. "자네는 왜 그렇게 비관적인가?" 그는 거만하게 물었다. "자네의 텔레스크린은 부를 창조하고 문화를 유포하며 대중을 교육시킬 것이네. 따라서 평등이 필연적으로 따라오지. 사회주의 이상국가가 가까이 왔네. 왜 자네는 평등이 오지 않을 거라고 완강하게 우기는가?"

"교육은 여전히 계급제를 종식시키지 못할 것입니다." 죄수가 차분하게 대답했다. "인간은 타고난 재능에서 여전히 불평등합니다. 어떤 사람은 텔레스크린을 교육에, 다른 사람은 도박에 이용할 것입니다. 재능 있거나 부지런한 사람들은 새로운 기회들을 수용할 것이고, 게으르고 어리석은 사람들은 텔레스크린으로 유발된 무감각 상태에 빠져들 것입니다. 계급은 사라지지 않습니다. 계급은 단지 사람들 사이의 불평등을 반영할 것입니다."

"그렇다면 자네는 자네가 어떤 세계를 만들고 있는지 알지 못한다는 말인가?" 오브라이언은 화를 냈다. "그것은 윈스턴 스미스가 상상했던 멍청한 쾌락주의 이상국가[706]와 정확히 반대되는 것이네. 자네의 사회는 그저 탐욕스러운 시장과 기술적 묘기에 기초할 뿐이네. 강자가 약자를 삼켜버릴 것이네."

292

죄수는 천천히 고개를 저었다.

"텔레스크린은 생각과 정신의 평등과 관련해 인간이 할 수 있는 모든 일을 할 것입니다. 진정으로 평등한 평등을 단언할 것입니다. 어리석은 평등의 피해자들은 텔레스크린화된 사회에서 잘해 나갈 것입니다. 왜냐하면 그들은 더 이상 편견에 직접 맞설 필요가 없기 때문입니다. 텔레스크린화된 사회에서 불교도나 재세례론자, 유태인, 휠체어에 앉은 사람 또는 두꺼운 안경을 쓴 여자를 차별하는 것은 경제적 파멸을 초래할 것입니다. 왜냐하면 전문 영역을 훨씬 뛰어넘는 경쟁자들이 자신의 재능에 대해 가격을 제시하고 사업을 시작할 것이기 때문입니다. 그러나 텔레스크린화된 시장은 언제나 양질의 상품과 쓰레기를 구분할 것입니다. 텔레스크린은 호감을 주고 교육하고 설계하고 야기하고 즐기고 격려하는 능력에서의 선천적 차이, 그리고 근면한 자와 게으른 자, 능력 있는 자와 무능한 자, 미래를 준비하는 자와 그렇지 못한 자, 진실한 사람들과 거짓말쟁이, 정직한 사람들과 도둑들 사이의 모든 차이를 증폭시킬 것입니다. 텔레스크린은 사람들이 보고 비교해서 선택하게 합니다. 온갖 종류의 정신적 부정행위를 처벌합니다."

오브라이언은 다가올 교수형에 대해 또 생각하고 있었다. 교도관 여섯 명이 배치될 것이다. 죄수의 손에는 수갑이 채워지고 팔은 끈으로 단단히 묶일 것이다. 교도관들은 옆에 바짝 붙어서 그를 조심스럽고 달래듯이 꽉 붙잡을 것이다. 마치 그가 내내 그곳에 있다는 느낌을 주려는 듯이. 그들은 마치 아직 살아 있어 언제 물속으로 뛰어들지 모르는 물고기를 다루는 사람들 같을 것이다. 그것은 언제나 좋은 구경거리였다. 그러나 오브라이언의 머리는 계속 지끈거렸다. 그는 코에서 피가 흐르는 느낌이 들었다. 이 쪼그라든 사내의 어디서 이런 말들이 분수처럼 뿜어져 나올까? 오브라이언은 가죽 의자의 팔걸이를 붙잡았다.

"자네는 민주주의가 그 모든 것에서 나오리라고 생각하는가?" 오브라이언이 물었다. "자네는 시민들에 의한 정부가 여전히 자네의 네트워크가 창조할 부와 성취의 세계 가운데서 가능하리라고 생각하는가?"

"아닙니다. 네트워크가 민주주의 또는 적어도 민주주의에 대한 우리의 마지막 환상을 없앨 것입니다. 민주주의는 단지 자본주의를 지칭하는 또 다른 세련된 이름[707]일 뿐입니다. 보통 사람들에 의한 진정한 정부는 동종의 아주 작은 공동체가 아니라면 어디서건 이뤄질 수 없습니다. 옛날의 자유 자본주의 시대에도 정치권력은 구별된 부자들 그리고 시간을 들여 조직하고 참여한 사람들에게 속했습니다. 대부분의 사람들은 신경 써서 투표하지도 않았지요. 정치권력은 언제나 훌륭한 연설가, 지치지 않고 봉투를 채우는 자, 지치지 않는 선거 운동원들에게 흘러갔습니다. 언제나 그럴 것입니다."

죄수는 계속 말했다.

"그러나 네트워크로 인해 우리는 이전의 그 누구보다도 민주주의에 더 가까이 갈 것입니다. 대중매체는 한때 행사했던 광범위한 정치 권력을 잃을 것입니다. 부자들은 단지 그들이 관여한 사회, 그리고 다른 사람들과 생산적으로 교류하는 영역에서만 영향력을 가질 것입니다. 권력은 가게 주인과 주부, 이튼 학교 졸업생, 사상가, 나체주의자, 색광, 퀘이커(17세기 영국의 폭스G.Fox가 창설한 프로테스탄트의 한 종파로, 정식 명칭은 프렌드파이다. 성령을 중시하며 내면의 빛을 통해 구원을 얻는다고 주장한다. - 편집자 주) 교도, 자연요법 의사, 평화주의자, 온갖 중독자들[708]로 이뤄진 끊임없이 변화하는 공동체에 있을 것입니다. 사회의 모든 것이 만날지 헤어질지, 살지 말지, 말할지 침묵할지에 관한 개인의 결정들이 누적되어 형성될 것입니다. 정치 사회적 은둔자는, 미래에는 과거보다 더 정치권력을 갖지 못할 것입니다. 기생적 의존의 삶을 선택하는 사람들은 정부 법령이 아니라 그들 자신의 수동성에 의해 권리를 박탈당할 것입니다. 다른 분야에서와 마찬가지로 정치에서도 텔레스크린화된 사회는 신념과 재능, 노력에 기초해서 지독하게 차별할 것입니다."

"그다음에 당을 재건하겠지. 그리고 정치권력이 부자들과 생각을 표현하는 자들, 기술 수준이 높은 자들의 손에 다시 한 번 집중될 테지." 오브라이언이 날카롭게 대꾸했다.

죄수는 고개를 끄덕였다. 그의 움푹 꺼진 눈에는 희미하면서 비밀스런 빛이 있는 듯했다.

"예, 어느 정도는 그럴 겁니다. 하지만 네트워크에 의해 야기되는 불평등은 당 서열과는 아무 관련이 없을 것입니다. 그때의 불평등은 부자와 빈자, 아버지와 아들, 형제와 사촌 사이에서 나타날 것입니다. 혈통으로 된 고대 계급사회, 세대에서 세대로 지속되었던 금권정치는 완전히 사라질 것입니다. 새로운 계급 사회는 늘 바뀔 것입니다. 왜냐하면 그 계급은 재능 외의 다른 것으로는 이뤄지지 않을 것이기 때문입니다[709]."

"자유와 조직은 조화될 수 없네." 오브라이언이 말했다. "정부의 조정 없이는 현재 바람직하고 개화된 것으로 여겨지는 냉난방 장치, 크롬 도금, 여러 도구들로 가득한 생활을 결코 유지할 수 없네. 비행기 제작이나 네트워크 가동과 관련된 과정은 너무나 복잡해서 오직 계획적이고 중앙집권화된 사회에서만 가능하네. 자유와 효율성은 서로 반대 방향으로 당기지[710]."

죄수의 누런 얼굴에 두 번째로 경멸의 그림자가 스치는 듯했다.

"텔레스크린은 권한을 분산시키고 모든 삶을 단순화합니다. 현대 도시처럼 비인간적인 독립체들은 사라질 것입니다. 텔레스크린은 분산과 전력, 공중 수송, 노동 분업, 산업 효율 사이의 뚜렷한 모순을 해결합니다. 텔레스크린과 함께 개인들과 자발적 집단들은 어떠한 거리적 한계에 상관없이 상호 이익을 위해[711] 일할 수 있습니다."

오브라이언은 문살을 꼭 붙잡았던 사형수를 다시 생각했다. 그 남자는 소리를 지르고 또 지르다가 결국 바지를 더럽혔다. 오브라이언은 자신이 나중에 어떻게 웃었는지, 얼마나 큰 소리로 웃었는지 기억했다. 모두가 웃었었다[712].

지금도, 처음에는 쉰 듯한 목소리로 이내 숨이 턱 막히고 쌕쌕거리는 소리로 오브라이언은 다시 웃었다. 그는 고개를 뒤로 젖혔다. 턱 아래로 축 늘어진 살이 흔들렸다. 그의 웃음소리는 배 속 깊은 데에서부터 혐오스럽게 부글거리는 소리였다[713].

"자네는 텔레스크린이 정부 없이도 기능할 수 있다고 정말로 믿는가?" 이내 그의 목소리는 가라앉아 부자연스럽게 쉰 소리를 냈다. "자네가 그걸 뭐라 부르든, 네트워크를 통제하는 당국은 관료와 과학자, 기술자, 노동조합 위원, 선전계, 사회학자, 교사, 기자, 직업정치가들의 구성된 집산주의 과두제가 될 것이네[714]. 그것이 당, 빅브라더일 것이네."

"네트워크는 배후에 중앙 당국을 필요로 하지 않습니다." 하고 죄수가 응수했다. "보통의 시장에서 소시지와 스웨터는 생산자에서 소비자에게로 이동할 때 중앙의 계획이나 상부의 조정 없이 십여 단계의 중간 소유자들을 거쳐 갑니다. 전자 네트워크도 같은 방식으로 연결됩니다. 연결들이 계속 추가됩니다. 개인들이 네트워크화된 소규모 공동체들에, 소규모 공동체들은 더 큰 공동체들에 연결되고, 보다 상위의 네트워크는 하위 네트워크로 덧씌워집니다. 여기에는 중앙 계획자가 없습니다. 중앙에서 계획하는 게 사실 불가능하지요. 네트워크 배후에 당이 존재하지 않을 것입니다. 빅브라더는 없을 것입니다. 빅브라더가 통제권을 쥘 때 네트워크는 위축되고 사라질 것입니다."

죄수는 진이 다 빠져서 의자 위에 푹 늘어졌다. 놀라운 수행이었다고 오브라이언은 생각했다. 남자는 영리해서 달아날 가능성을 생각하지도 않았다. 반면에 지적 관심을 보이면서 두려움도 내비치지 않고 초연하게 말했다.

오브라이언은 자신 앞에 있는 쇠약한 얼굴을 다시 응시하며 한동안 꼼짝 않고 앉아 있었다. 죄수의 온몸에 더러운 더께가 붙어 있었고, 발가락 사이에도 때가 끼어 있었다. 오른쪽 다리에는 심한 종기가 퍼져 있었다[715].

"자네는 썩어가고 있네." 오브라이언이 경멸스럽다는 듯 말했다. "자네는 허물어져 가고 있어. 자네란 게 뭔가? 오물 주머니네. 어쩌면 그 네트워크로 언젠가는 시장이나 기억들, 돈 등 자네의 새 이상국가에서 필요하다고 상상한 모든 것을 만들어낼 수 있을지 모르지. 어쩌면 네트워크를 어떻게 통제하는지 정말로 알 수도 있겠지. 그러나 당이 자네를 통제하네[716]. 자네는 역사에서 깨끗이 사라질 것이네. 네트워크가 어쩌면 자네 소유가 될지도 모르지. 하지만 자네는 나의 죄수일 뿐이야. 자네는 내 소유라고."

죄수의 움푹 꺼진 눈은 마치 어딘가에서 창을 발견하기를 반쯤 기대하는 듯 벽을 훑었다[717].

  "맞습니다. 나는 당신의 소유입니다."

  "자네는 죽었네[718]."

  "예, 나는 죽었습니다."

  "자네의 꿈도 자네와 함께 사라질 거네."

  "아닙니다. 다른 사람들이 미래로 전달할 것입니다."

  "자네가 틀렸네. 윈스턴 스미스의 일기장은 아무런 결과도 낳지 못했네. 자네는 혼자고, 곧 죽을 것이네."

  오브라이언은 더욱더 피곤해졌다. 머리의 지끈거리는 두통이 거의 참을 수 없는 지경이었다. 가슴이 조이는 듯했다. 웬일인지 심문하는 게 예전이 더 쉬웠던 것 같고, 그의 엄청난 지적 능력이 도전을 받은 듯했다.

  죄수는 목깃으로 손을 뻗어서, 목 피부를 쓸리게 하는 죄수복의 거친 천을 바로잡았다. 그때까지 오브라이언이 건강하고 의식이 있는 사람을 죽인다는 게 무엇을 의미하는지 깨닫지 못했다는 것은 기이한 일이었다. 그 사람의 손톱은 그가 교수대 발판에 서 있을 때에도, 교수대에서 떨어지는 몇십 분의 1초 동안에도 자라고 살아 있었을 것이다. 그와 오브라이언은 동일한 세계에서 보고 듣고 느끼고 이해하고 있었다. 그런데 그 두 사람 중 하나는 갑작스런 툭 소리와 함께 몇 분 만에 사라졌다[719].

이 웃기는 짓거리를 끝낼 시간이었다. 고통스럽게 하는 기계들은 필요하지 않았다. 오브라이언은 죄수가 협조할 것을 알았다.

"우리는 노점상들이 텔레스크린들을 서로 연결하도록 자네가 도왔다는 사실을 알고 있네."

"맞습니다."

죄수는 느릿느릿 대답했다.

"자네는 텔레스크린을 통제할 수 있는 새로운 방법을 알아냈네."

"텔레스크린은 그 소유자가 통제하도록 설계되었습니다."

"그건 불가능하네. 텔레스크린은 정부의 통제를 받네."

"아닙니다. 일반 사람들이 접속을 통제할 수 있습니다."

"그 말은……" 너무나 엄청난 생각이어서 오브라이언은 발설하기가 몹시 힘들었다. "그 말은 런던에 있는 모든 텔레스크린이 다른 어떤 텔레스크린과도 연결될 수 있다는 뜻인가?"

"예."

"사람들이 원할 때마다 빅브라더를 보지 않을 수 있다는 뜻인가?"

"예."

"사람들이 애정부와의 접속을 마음대로 끊을 수 있다는 뜻인가?"

"예."

"자네가 원하는 어떤 그림이든 내 아파트의 텔레스크린으로 보낼 수 있는가?"

"예. 대신 당신 스크린의 번호를 알고, 당신의 스크린이 나의 호출을 받도록 설정되어 있어야 합니다."

"그게 어떻게 되는가?"

죄수는 딱딱한 의자에서 자세를 바꿨다.

"가장 믿을 만한 방법은 다중주파수 발전기를 이용하는 것입니다. 그것은 간단한 신호음들을 발생시키는 작은 장치입니다. 각각의 신호음은 번호를 나타냅니다. 각 텔레스크린은 고유의 번호를 갖고 있고요."

오브라이언은 의자 깊숙이 쓰러졌다.

"그건 아주 복잡하지 않은가? 대단한 기술적 재간이 요구되지 않는가?"

"아닙니다."

"신호음 생성기의 공급량이 크게 부족하지 않은가?"

"그것에 대해서는 모릅니다. 하지만 신호음 생성기는 필요하지 않습니다."

"어째서?"

"텔레스크린을 알맞은 음성 명령에 반응하도록 설정할 수 있습니다."

"어떻게?"

"스크린은 간단한 음성 언어 어휘에 반응합니다. 각 단어가 정확한 의미를 갖습니다. 어휘 선택을 최소한으로 줄여[720], 애매하거나 헛갈리게 할 모든 가능성을 피합니다. 각 단어는 하나의 명령을 명확하게 표현하도록 짧은 스타카토 식 소리죠[721]." 죄수는 마치 더 말할 게 있는지 생각하듯 잠시 말을 끊었다가 이내 어깨를 한 번 으쓱하고는 덧붙였다. "명령어 집합은 베이직(BASIC)을 사용했습니다. 현재는 '신어[722]'라 불리는 것 말입니다."

신어. 그 말이 오브라이언의 머리에서 메아리쳤고, 잠시 동안 그는 그 언어가 어떻게 사용되는지 당황스러울 정도로 몹시 궁금했다. 오브라이언은 배에서부터 죽음이 기어오르는 것을 느끼며 간신히 힘을 내어 말했다.

"자네가 그걸 사용할 줄 아는 유일한 자인가?"

"아닙니다."

"누가 가르쳐줬는가?"

"이름은 모릅니다. 무산자들은 그를 폰 프리크(phone phreak), 즉 소리 침입자라 부릅니다."

"자네가 프리크잖아."

죄수는 놀라서 쳐다봤다. 이내, 그의 움푹 꺼진 눈에 잠시 동안 미소가 스쳤다. 오브라이언에게는 그가 자신을 비웃는다고 생각되는 섬뜩한 순간이었다. 오브라이언의 전 인생은 오직 비웃음을 사지 않기 위한 오랜 투쟁이었다[723].

"나는 곧 소리 침입자 자격증을 얻었을 것입니다." 하고 죄수가 잠시 뒤에 말했다. "이미 수천 명의 프리크가 있습니다. 그런데 당신은 나를 너무 일찍 체포했습니다. 나는 이제 겨우 박스 사용법을 배우는 단계에 접어들었을 뿐이거든요."

오브라이언은 다시 몇 년 전에 참관한 교수형을 떠올렸다. 사형집행인이 죄수의 목에 밧줄을 고정시켰고 오브라이언은 교수대를 둘러싼 교도관들과 함께 서 있었다. 올가미가 고정되자 죄수는 자기 신에게 부르짖기 시작했다. 고음으로 "신이시여! 신이시여! 신이시여! 신이시여!" 하고 반복해서 외쳤는데, 도움을 구하는 기도 또는 부르짖음처럼 긴급하고 두려움에 찬 게 아니라 거의 종이 굴러가는 듯 지속적이고 리듬 있는 소리였다[724]. 지금, 오브라이언은 자신도 이유를 알지 못한 채 그 자신이 같은 말을 외치고 있었다. 다만 그의 혀가 입천장에 착 달라붙은 것처럼 소리를 내지 못했다.

그는 그 자신이 느끼기도 전에 머릿속에서 혈관이 터지는 소리를 들었다. 마치 물이 배수관으로 왈칵 쏟아지는 소리 같았다. 그는 엄청난 압력을 느꼈다. 마치 총알이 그의 뇌를 관통한 듯했다.

그는 느릿느릿 필사적으로 몸을 일으켰고 힘없이 섰는데, 다리는 축 늘어지고 머리는 아래로 떨어뜨린 채였다[725]. 몸의 모든 윤곽이 달라졌다. 입에서는 침이 질질 흘렀다. 엄청난 노쇠 현상이 닥친 듯, 그는 갑자기 천 살은 먹은 것 같았다. 오랜 시간이 흐른 듯한 어느 순간, 마침내 그는 맥없이 주저앉았다. 거대한 바위가 넘어지는 것 같았다. 그의 동굴 같은 입에서 붉은 벨벳 같은 끈적끈적한 피가 솟아나왔다[726]. 그는 고꾸라지면서 엄청나게 살찐 얼굴을 책상에 부딪쳤다. 코에서 피가 뚝뚝 떨어져 천천히, 앞에 펼쳐진 네트워크 지도 위에 끈적거리는 웅덩이를 만들었다.

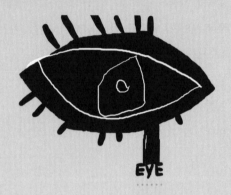

EYE

18장

블레어는 오래전에 보았던 쥐들의 냄새를 맡았다. 악취 나는 오물과 젖은 털에서 나는 더럽고 퀴퀴한 냄새[727]였다. 그는 벽돌 뒤에서 쥐들이 불쾌하게 돌아다니는 소리를 들었다. 작은 손전등은 터널 바닥에 아주 자그마한 빛 웅덩이 하나만 드리울 뿐이었다. 그 외의 다른 곳은 온통 캄캄했다. 때때로 그는 손전등을 들어 오렌지색 고무 전선을 확인했다. 굵은 전선들은 그의 오른쪽 어깨 높이쯤, 터널의 곡선 지붕 바로 밑에 있었다.

"전선들을 따라가시오."

하고 프리크가 말했었다.

잠깐 동안 블레어는 프리크의 말을 듣지 않았으면 좋았겠다고 생각했다. 그랬다면 케이트를 그의 머릿속 기억 구멍에 던져 버리고 잊었을지도 모른다. 그는 이제 터널 속을 1마일 정도 갔고 거의 한 시간이 지났다. 땅이 좋지 않았다. 땅바닥은 먼지와 들쭉날쭉한 돌덩어리들이 두껍게 쌓이고 농장 안마당처럼 여기저기 깊은 진창이 생겨 고약하게 미끄러웠다. 처음에는 몸을 굽혀서 가는 게 그렇게 힘들지 않았는데 이제는 견디기가 어려웠다. 어느 지점에서는 두 배로 몸을 구부려야 했고, 그러면서 고개를 들어 곡선 지붕을 살피고 이리저리 피하면서 가야 했다. 목 근육에 계속 경련이 일었지만 무릎과 허벅지 통증에 비하면 그것은 아무것도 아니었다. 반마일쯤 더 갔을 때 더는 견딜 수 없는 극한 통증이 왔다[728].

처음 어둡고 악취 나는 터널에 들어갔을 때 그 자신도 이해할 수 없는 터무니없는 공포, 두려움이 목까지 차올랐다. 그는 어둠 속에서 뭔가 견딜 수 없는 것, 마주치기에 너무나 끔찍한 것이 있음을 느꼈다[729]. 이제 그는 알았다. 쥐였다. 가까운 곳 어딘가에서 쥐들이 바스락거리고 총총걸음으로 다니면서 뭔가를 갉아 먹고 있었다. 그는 앞이 안 보이고 두려웠다. 그는 세상의 모든 공포스러운 것 가운데 쥐를 가장 혐오했다[730].

그는 전선에 손전등을 비췄다. 서너 번째 갈고리마다 전선은 마치 죽어 가는 숲의 썩은 포도 넝쿨처럼 제자리에서 벗어나 아래로 축 늘어져 달랑거리고 있었다. 쥐들은 오렌지색 절연체에 있었는데, 많은 곳의 절연체가 완전히 벗겨져 있었다. 손전등의 희미한 빛줄기가 1, 2미터씩 비출 때마다 낡을 대로 낡은 고무 실드의 유리 가닥들이 반짝거렸다.

터널은 이제 오른쪽으로 구부러졌고, 약간 위쪽으로 경사가 졌다. 그는 낮은 직선코스를 약 백 야드 쯤 지나 아치형 지붕이 연속되는 구간에 이르러서는 기어가야 했다. 아치형 터널이 끝나는 지점에 이르러 몸을 일으키려 하다가 무릎이 펴지지 않는 것을 알아차렸다. 1, 2분간 쉬었다가 힘겹게 일어섰다. 손전등의 희미한 불빛에 흙탕물이 고인 땅이 나타났다. 그는 왼손으로 벽을 짚고 건너갔다.

잠시 뒤 그의 손바닥에 축축한 털이 만져졌다. 이내 검지 끝에 뾰족한 것에 찔린 듯한 통증이 느껴졌다. 그가 손전등을 벽에 비추자, 짐승이 그의 얼굴로 튀어 올랐다. 분홍색 발에 누런 이빨, 억센 수염을 하고 하수구 물때로 뒤덮인 더러운 녀석은 엄청나게 컸다. 쥐의 코와 주둥이는 뭉툭했고 털은 회색이 아닌 갈색이었는데, 마치 총알처럼 빠르게 그의 얼굴로 뛰어들었다. 블레어는 녀석이 눈을 공격하고 뺨을 갉아 먹은 뒤 혀를 먹어 치우리라[731]는 것을 당장에 알아챘다.

그는 손전등 불빛이 공중에서 마음대로 움직이는 털 짐승을 흐릿하게 비추는 것을 보았다. 불빛이 터널 벽의 벽돌에 부딪히자 칠흑 같은 암흑이 그를 에워쌌다. 그는 손끝에서 피가 뚝뚝 떨어지는 것을 느꼈다. 터널 뒤, 손전등이 부딪힌 데서 멀지 않은 곳에서 끼익 하는 울음소리가 마구 터져 나왔다. 그에게 그 소리는 먼 데서 들려오는 것 같았다. 쥐들이 싸우고 있었다.

그의 귓가에 야생의 소리가 울렸고, 이내 완전한 고독감에 압도당했다. 그는 허허벌판 한가운데, 주변이 정적에 잠기고 햇빛에 흠뻑 젖은 쥐의 사막 한가운데 있었다. 터널 속에서 공포로 몸이 굳은 채 등을 구부리고 서 있었다. 연속적이고 날카로운 울음소리가 이제 그의 머리 위쪽에서 들려왔다. 그의 속에서부터 급작스럽게 욕지기가 솟았다. 극심한 공포가 그를 사로잡았다.

그는 세차게 몸을 돌리다 천장에 머리를 부딪혔는데, 간신히 뒤로 물러났다. 이제 그는 제정신이 아니었고 비명을 지르는 짐승 같았다[732]. 케이트는 더 이상 중요하지 않았다. 그는 케이트를 증오했다. 그녀는 매독에 걸린 매춘부였다. 그녀는 그가 기억하는 대로 젊지도 부드럽지도 않고, 얼굴에 화장품으로 떡칠을 하고 하얗게 센 머리털에 이도 없이 입 안이 동굴처럼 검은 늙고 거친 여자였다. 케이트는 중요하지 않았다. 지금 이 순간 쥐들을 피하는 것 외에 중요한 것은 아무것도 없었다. 이내 그는 뒤로 나자빠졌다. 쥐들을 피해 엄청나게 깊은 곳으로, 터널 바닥과 땅, 바다, 대기를 통과해 우주공간, 성간의 깊은 곳으로 떨어졌다. 쥐들이 없는 아주 멀고도 먼 곳으로[733].

그의 눈은 차츰 어둠에 적응되었고 불빛을 보았다. 터널의 위쪽 가장자리 근처에 매달린 푸른색과 루비색의 아주 자그마한 필라멘트를 말이다. 그의 바로 옆에 길이가 1야드쯤 되고, 커트 글라스의 채색면에 쏟은 피처럼 반짝거리는 진한 붉은색의 아주 가는 실이 있었다. 잠깐 그는 그 붉은 빛이 자신의 손에서 흐르는 피 때문이라고 생각했다. 조금 더 위쪽에 푸른색의 짧은 선이 하나 있었다. 아주 가늘고 선명한 만년필로 그린 듯 상상할 수 있는 가장 진한 푸른색이었다. 그는 공포감을 잊고 그 아름다움에 경탄했다. 어쩌면 그가 환각에 사로잡혔는지 모르지만 어쨌든 공포감이 사라졌다. 남은 것은 오직 수정 같은 빛, 곧 무덤 같은 어둠 뒤에 나타난 아름다운 빛이었다. 그는 이처럼 아름다운 것이 존재하는 세상에 살아 있다는 사실이 참으로 좋다고 생각했다[734].

그는 케이트가 자신을 발견하기 전 길거리에 누워 있던 때를 기억했다. 바다와 해변, 엄청나게 크고 멋진 건물과 거리와 배 들, 독특하게 느껴졌던 행복감을 기억했다. 그는 이런 생각을 하는 게 죽음을 의미한다는 것을 알았지만 어째서 죽음이 이런 다양한 가면을 쓰고 그에게 나타나야 하는지 이해가 가지 않았다. 왜냐하면 그는 이제 죽는 게 두렵지 않았던 것이다[735].

그는 프리크를 생각했다. 그를 처음 보았을 때를, 시장에서 전선을 손보고 있던 키만 큰 아이 같던 그를 기억했다. "우리는 어둠이 없는 곳에서 만날 것이오."라고 프리크가 말했었다. 블레어는 몸을 돌려 오른손을 뻗었다. 이제 그는 두려움 없이 붉은 등을 조심스레 만졌고, 그게 손 안에서 약하게 흔들리는 것을 보았다. 전선의 다 낡은 고무 절연체가 만져졌다. 그가 자신을 한 개인으로 여기는 한 죽음에 대한 그의 태도는 그저 분개뿐이었다[736]. 하지만 이제 케이트가 그의 일부였다. 그녀는 살아 있고, 그는 그녀를 데리러 가고 있었다.

그는 물웅덩이와 진창을 첨벙거리며 다시 앞으로 나아갔다. 쥐 냄새는 여전히 공기 중에 짙게 배어 있었고 손에서는 피가 뚝뚝 떨어졌지만 그는 케이블선이라는 구명 밧줄을 움켜쥐고 앞으로 나아갔다. 천장이 유난히 낮은 1, 2백 야드 정도 되는 구간에 이르러서는 웅크린 자세로 나아가야 했다. 그는 오직 이 여정을 끝내고 싶다는 지독한 갈망, 끝에 도달하고 싶다는 고통에 찬 욕망뿐이었고 그것이 가능하다는 어렴풋한 확신을 가졌다[737]. 돌연 천장이 높아져 그는 똑바로 설 수 있었다. 안도감이 몰려왔다.

터널은 계속 오른쪽으로 굽고 위쪽으로 경사져 있었다. 몇 분 더 가자 빨간색과 파란색의 필라멘트가 다시 시야에서 사라졌고, 터널 속의 칠흑 같은 어둠은 어슴푸레한 회색으로, 이어 흐릿한 누런빛으로 바뀌었다. 잠시 뒤 블레어는 쇠창살 밖으로 곰팡내 나는 지하실을 보게 되었다.

전구 하나가 켜져 있는 직사각형의 기다란 지하 저장고였다. 열두 개쯤 되는 다른 터널 입구들이 이 지하 저장고의 네 벽으로 통했다. 각 터널에서 나오는 오렌지색 고무 케이블들이 회색의 커다란 강철 선반으로 보내져 방의 제일 끝 지점에서 모아졌다. 선반들은 대단히 컸다. 그것이 받치고 있는 오렌지색의 가는 케이블에 비해 터무니없이 큰 것 같았다. 방의 제일 큰 구석에 하나의 선반이 천장을 향해 휘어져 있었고, 케이블들은 그곳에 난 하나의 구멍으로 빠졌다. 그 옆에 철 사다리 하나가 벽에 붙어 있었다. 블레어는 쇠창살을 밀고서 지하 저장고로 들어갔다.

그는 손목시계를 봤다. 새벽 4시 15분이었다. "5시까지 기다렸다가 들어가서 그녀를 데려오시오. 그들이 당신을 제지하지 않을 것입니다."라고 프리크가 보증했었다. 블레어는 바닥에 앉았다. 시간이 기어가는 듯했다. 그는 스스로도 놀랍게, 팔다리를 따라서 일종의 기분 좋은 평온이 올라오는 것을 느꼈다. 다리를 쭉 뻗었는데, 한숨 자고 일어나면 어떨까 하는 생각이 들기까지 했다. 그는 부러진 이들을 혀로 더듬으면서, 이내 자신이 사상경찰의 손에 붙잡히지는 않을까 하고 막연히 생각했다.

이곳에는 늘 사상경찰이 대기하고 있을 것이라는 생각이 들었다. 어떤 종류든 치열한 다툼이 있다면 정신의 다툼도 있을 것이다. 그리고 가장 무자비한 것은 항상 결국에는 정부에서 끝났다. 희망이 있다면 그것은 무산계급에게, 그들의 가족과 그들의 개인적 충성, 그들의 시장에 있었다. 그곳에는 힘이, 당의 것보다 훨씬 깊고 빅브라더의 것보다 측정할 수 없을 정도로 훨씬 강력한 힘이 있었다. "조만간 그 일이 일어날 것이다"라고 스미스가 써 놓았었다. "무산계급의 힘은 의식으로 바뀔 것이다. 결국 그들이 눈을 뜰 것이다."[738] 블레어는 스미스의 말들을 떠올리다가, 빅브라더의 목소리가 다시 들리는 상상을 했다. 힘과 설명하기 힘든 차분함이 가득한 저음의 목소리로 전장의 소음 속에서 발언하는 듯, 개별적으로 분간할 수는 없지만 발언한다는 사실 자체에서 자신감을 회복하며 지혜의 말을 내뱉고 있는[739] 상상을.

다섯 시였다. 블레어는 사다리를 타고 올라갔다. 꼭대기에 금속 재
질의 작은 문이 하나 있었다. 그는 문을 밀어 젖히고 윗방으로 들어
갔다. 그 방은 낮은 천장에 형광등이 붙박이로 고정되어 환하게 비추
고 있는 대단히 넓은 곳이었다. 이쪽 끝에서 저쪽 끝까지 회색 페인트
칠이 된 금속 상자들의 선반이 이어져 있었다. 환풍기와 전기 변압기
가 조용하게 윙윙거리며 돌아가고 있었다. 케이블 상자가 벽을 따라
길게 이어져 있었다. 1, 2야드마다 상자에서 오렌지색 케이블 하나가
나와 옆 벽을 타고 천장까지 올라갔다가 금속 선반으로 내려왔다.

수천 가닥의 머리카락처럼 가는 유리 전선들이 각 선반에서 갈라
져 나와서는, 마치 거대한 베틀의 날실처럼 수직의 커다란 금속 틀
로 들어갔다. 그것들은 희미한 빛을 내며 번들거렸다. 말로 다 표현
할 수 없이 풍부한 빨강과 파랑으로 아주 가느다란 고드름처럼 허공
을 가르며 보는 각도에 따라 다양한 색을 띠는 빛이었다. 방은 분홍
빛의 거대한 장미, 커트 글라스 속의 말미잘, 인도양에서 뽑아온 빛으
로 가득한 거대한 형광성 산호와 같았다[740].

방 저쪽 구석에 문이 하나 있었고, 문 뒤에서부터 자신감과 조용한
권위로 채워진 차분한 저음의 단 하나의 음성이 들려왔다. 빅브라더
의 음성이었다. "나를 믿으시오"라고 프리크가 말했었는데, 이제 블
레어는 이해가 갔다.

그는 방을 가로질러 가서 그 문을 열었다. 텔레스크린이 보였다.
텔레스크린에서 익히 알던 빅브라더의 얼굴을 보았고, 일종의 나른
한 평온함으로 방안을 채우는 그의 깊이 울리는 음성을 들었다. 제복

을 입은 세 명의 경비원이 스크린 앞에 놓인 낡은 나무 의자에 앉아 있었다. 그들은 마치 뇌와 사지가 서로 연결이 끊긴 것처럼 무감각해 보였다. 그들은 방에 들어서는 블레어를 바라보았지만 그를 제지하려 움직이지는 않았다.

"동무들, 지시를 기다리시오."

텔레스크린에서 음성이 흘러나왔다.

"지시를 따르시오. 우리의 요원들이 정부로 이동하는 것을 도우시오. 당의 곁을 지키면서 지시를 따르면 모든 게 잘 될 것이오. 지시를 따르시오. 내 요원들에게 협력하시오. 지시를 따르시오……"

"안녕하시오 동무들."

블레어가 말했다. 경비원 하나가 마지못해 스크린에서 눈을 떼 뭔가를 기대하는 듯 수동적으로 그를 응시했다.

"윌크스, 당신의 도움이 필요합니다. 나와 함께 가주시오."

윌크스는 고분고분하게 의자에서 일어났다. 그는 이중적인 얼굴 표정을 가다듬어 약간 신성한 듯한 표정까지 지었다. 다른 두 경비원은 꼼짝 않고 앉아 있었다. 블레어와 윌크스는 방을 가로질러 문지방을 넘었다.

"죄수 하나를 찾고 있소. 젊은 여자요."

그들은 회색 시멘트로 된 단조로운 복도를 지나 계단 층계를 올랐다. 위층에도 비슷한 복도가 나왔다. 숨겨진 램프들이 복도를 차가운 불빛으로 가득 채웠다. 그들은 또 하나의 긴 통로를 지나 다른 방으로 들어갔다. 오른쪽에 또 다른 방이 연결되었고, 그 방에는 더 많은 경비원들이 앉아서 이전의 경비원들과 동일하게 생각 없이 흡수하는 표정으로 텔레스크린을 응시하고 있었다.

"동무들, 지시를 따르시오" 빅브라더가 말하고 있었다. "내 요원들에게 협력하시오……"

그는 처음에는 걸쇠로 잠긴 강철문의 작은 구멍으로 그녀를 보았다. 독방 안에는 겨우 앉을만한 넓이의 의자 아니 선반이 벽을 따라 죽 걸쳐 있다가, 문짝에서 끊겨 있었다. 그녀는 갈기갈기 찢긴 옷을 걸친 채 혼자 웅크리고 앉아 있었다. 그녀의 표정 없는 얼굴은 멍들어 있었다. 강철문이 소리 내며 열렸고 그가 들어갔다.

처음에 그녀는 그를 알아보지 못하는 듯했다. 그러다가 그녀의 얼굴에 극도로 슬픈 표정이 나타났고, 두 눈가에 눈물방울이 맺혔다가 더러운 뺨을 타고 흘러내렸다.

"당신을 배신했어요."

하고 여자가 단도직입적으로 말했다[741].

블레어는 눈썹을 검게 칠했던 젊고 탐욕스러운 얼굴, 그리고 터널과 쥐를 생각했다[742].

"나도 당신을 배신했소."

그녀는 여전히 의자 위에 꼼짝 않고 있었다.

"때때로" 그녀가 입을 열었다. "그들이 견딜 수 없는 뭔가를 가지고 위협했어요."

"그렇소. 때때로 당신은 두려웠소."

"그리고 당신은 패배했어요. 그들이 당신을 무너뜨렸어요."

"그렇소."

"그 뒤로 당신은 다른 사람에 대해 더는 이전과 같이 느끼지 않아요."

그녀가 말했다[743]. 그는 그녀에게 걸어가 한 손가락으로 그녀의 뺨을 만졌다.

"여전히 동일하게 느끼오."

그녀는 믿지 못하겠다는 듯 그를 쳐다봤다.

"나는 죄수가 아니오."

그가 말했다. 그는 두 손을 뻗어 그녀의 어깨에 대고 부드럽게 그녀를 의자에서 일으키려고 했다. 그녀는 스스로 일어났다. 그녀는 잠시 그를 바라보다가 마치 바람에 몸을 피하듯 급작스럽게 그의 가슴에 얼굴을 묻었다. 그녀는 어린아이처럼 그에게 매달려 울었다[744]. 그는 여전히 사랑스럽고 부드럽고 따뜻한 그녀의 허리를 감싼 채[745] 그녀를 천천히 문가로 데리고 갔다.

그들은 독방을 나와 복도를 통과해 경비 초소를 지나갔다.

"내 요원들에게 협력하시오……"

텔레스크린에서 매끈하고 확신에 찬 음성이 웅웅거렸다.

"우리를 내보내 주시오, 윌크스."

그들이 세 개의 계단을 더 오르자 애정부의 새하얀 현관이 나왔다.

철문 앞에는 무장한 덩치들 두 명이 더 안마당 쪽을 향해 인상을 쓰고 있었다. 블레어와 케이트가 다가가자 그들이 물러섰다.

윌크스가 그들의 뒤를 따라 정문을 통과했다. 그들은 마지막 경비 초소 옆을 지나갔다. 여전히 텔레스크린에는 빅브라더가 있었다. 경비원들은 여전히, 말없이 움직이지도 않고 텔레스크린을 보고 있었다.

"지시를 기다리시오." 차분한 음성이 말했다. "내 요원들을 방해하지 마시오……"

블레어는 다시 프리크를 기억했다. 프리크는 "나를 믿으시오."라고 말했었다. 이제 우리가 네크워크를 소유했다. 다 좋았다. 모든 게 잘됐고, 싸움은 끝났다. 블레어는 평생 처음으로 자신이 빅브라더를 사랑한다는 사실을 알았다[746].

■

이중사고의 시대, 텔레스크린의 시대인 지금은 선택할 수 있다. 그것은 아주 간단하다. 먼저 범위설정 키를 치고 나서 삭제 키를 친다. 한 페이지는 삭제되고 다른 페이지는 남는다. 어떤 게 남을까? 《1984》이후 모든 역사는, 깨끗이 긁어내고 필요한 만큼 여러 번 다시 새긴, 양피지 사본이다[747]. 역사는 당신의 것이다. 하지만 오로지 당신의 것만은 아니다. 당신이 어떤 선택을 하든 상관없이, 나의 역사는 또 다를 수 있다. 당신이 지운 것을 나는 살릴지도 모른다. 결국 결말은 당신이 선택하는 것이다. 나의 결말은 내가 선택하고, 그들의 결말은 그들이⋯⋯

I

-

동이 틀 무렵 그들은 정부 건물에서 밖으로 발을 내딛었다. 대기는 엷은 안개로 덮여 있었고, 빛은 아직 어둑했다. 한동안 그는 날이 시작되기보다 끝나고 있다고 생각했다. 그는 눈을 감고 주변에 모여든 그들의 아이들을 보았다. 그리고 멀리서 들려오는 고통으로 질식하는 듯한 목소리들을 듣고, 흐릿하고 젖은 얼굴들을 보았다. 그 자신은 그들의 소리를 듣고 미소를 지었다. 눈은 그녀의 눈에 고정되었으면서도 그들을 위로하는 말을 하려고 애를 쓰는 자신의 소리를 들었다. 그녀의 얼굴이 늙고 눈은 지쳐 있으며 피부는 주름졌고 이는 다 빠졌지만 그녀는 그 어느 때보다 더 아름다워 보였다. 그는 케이트의 얼굴이 없었다면 다른 모든 것과의 분리가 너무나 견디기 힘들었을 것임을 알았다. 그는 오직 케이트와 함께 있어야만 신의 얼굴을 볼 수 있음을 알았다.

그는 눈을 떴다. 다시 그녀의 얼굴을 보았는데, 이번에는 상상 속에서가 아니라 실제 살아 있고 젊으며 더는 슬퍼하지 않는 얼굴이었다. 안개가 피어올랐고 태양은 이제 막 기어 올라와 런던의 젖은 거리를 반짝거리게 했다. 좁고 긴 금빛 줄들이 어둠을 가르는 칼날처럼 안개를 통과해 들어오기 시작했다. 빛은 커져 갔고, 그 뒤로 암적색의 구름바다는 흩어져서 어디론가 멀리 사라졌다[748].

그는 그녀의 손을 잡았다. 그러고는 도시의 빛과 그녀 얼굴의 아름다움을 보았다. 그는 세상의 첫 인간이, 형언할 수 없는 고독을 꿰뚫을 만한 깊은 우정을 탐색한 뒤 깨달은 것을 기억해냈다. 그리고 네트워크가 모든 곳에 도달할 수는 없고, 인간 혼자는 창조의 불똥들을 다시 모으기는 불가능하지만 오로지 무한하고 모든 것을 초월하는 신만이 힘이 아닌 사랑을 통해 할 수 있다는 것을, 이제 알았다. 또한 이브가 있는 곳, 그곳이 에덴동산[749]이 될 것임도 알았다.

II
-

"그 일을 해야 하네." 오브라이언이 말했다. 그는 소설제작기를 툭 치고서 종이들을 뽑아냈다. "이걸 인쇄기로 보내."

그러고 나서 그는 육중한 몸을 일으켰다. 이것으로 스미스의 일기장이 초래한 모든 문제가 확실히 끝날 것이라고 생각했다. 일은 놀라울 정도로 간단했다. 오브라이언이 새 견본, 새 줄거리를 공급했고, 기계가 나머지를 채웠다. 그저 한 단락을 이곳에, 한 문장을 저곳에 재배치하고 이름을 바꾸며 적절한 반의어를 유의어 사전에서 찾아 대체하면 되었다. 그는 이게 오리고 붙여서 조립한 쓰레기 같은 책이지만 그래도 효과가 있을 것을 알았다[750].

"요즘에는 군중은 없고 무리만 있다."라고 오웰은 썼었다. "오로지

약에 취하기만을 원하는 멍청이들[751]"이라고 말이다. 물론 오웰이 옳았다. 무산계급이 그 모든 것에 대해 지금 더욱더 실감할 것이고, 소수만이 아직도 귀찮게 책을 읽었다. 대부분은 그저 스크린 앞에 멍하니 앉아 있었다. 아무튼 현재 배신자의 책은 텔레스크린 용으로 알맞게 해피엔드였다. 군중이 늘 요구하는 대로 말이다.

다시 쓴 책과 함께, 다른 것은 아무것도 바뀌어서는 안 될 것이다. 이것이 이중사고의 진수다. 세상을 바꿀 필요도 또는 세상을 명확히 볼 필요조차 없고 미래를 염려할 필요도, 과거를 속죄할 필요도 없다. 역사를 다시 쓰는 것으로 언제나 충분할 것이다.

이중사고

그래서 1931년 크리스마스에 오웰은 스스로 감옥에 가기로 결심한다. 알다시피, 그는 그 경험을 쓰길 원했다. 다른 이튼학교 졸업생들이 고향 마을에서 브랜디를 홀짝일 때 오웰은 술에 취해 고함을 지르며 어렵게 그 목적을 달성한다. 그가 갇혔던 교도소가 《1984》에 재현되기는 하지만, 1932년에 그가 쓴 에세이 《감방Clink》이 최초 기록이다.

"이 사람들(감방 동료들)의 한 가지 공통된 말이 내게 큰 인상을 줬다."라고 오웰을 기록한다. "심각한 위범행위를 저질렀던 거의 모든 죄수에게서 들은 얘기는 바로 이렇다. '내가 신경 쓰는 것은 감옥이 아니라 내 일을 잃는다는 것이다.' 이것은 자본주의의 영향력에 비해 법의 영향력이 감소하고 있다는 징후라고 나는 믿는다[752]."

이것은 그의 이야기 맥락에 깔끔하게 어울리는 매우 일상적이고 전형적인 오웰식의 여담으로, 한두 단락을 더 읽으면 충격을 받는다. 법의 힘은 자본주의자의 권력에 항복하는 것이다! 얼마나 불명예인가. 이어서 당신은 계속 읽게 된다.

어쩌면 당신은 그것에 대해 조금 더 생각할지 모른다. 극단까지 가보면, 법의 힘이란……애정부 자체다. 그렇다면 자본주의자의 권력은 무엇일까? 결국 극단까지 가보면, 글쎄, 그것은 누가 밀어붙이는가에 따라 다르다. 오웰은 자본주의자가 독점 기업이 되고, 결국에는 적당한 때에 풍부부를 운영하게 된다고 전적으로 확신한다. 그러나 1943년 오웰이 《1984》를 구상하고 있을 때, 프리드리히 하이에크 Friedrich Hayek(오스트리아 태생의 영국 경제학자. 화폐적 경기론과 중립적 화폐론을 전개하였으며 신자유주의의 입장에서 모든 계획경제에 반대하였다. - 편집자 주)가 그와 다른 대답을 제시하면서 오웰만큼 도전적인 책을 한 권 완성한다. 그 책의 제목은 《노예의 길The Road to Serfdom》로, 자유 사회에서는 시장이 감옥보다 더 중요해야 하며 집중적 경제 계획은 강압적 정부를 요구한다고 하이에크는 주장한다. 풍부부(또는 뭐라고 불리든)는 분명 국민을 목적 대신 수단으로 취급하여, 법 아래 평등하게 다루는 대신에 계획 성취를 위해 지배한다. 처음에는 온건하고 선의를 가진 사회주의자들(아마 오웰과 같은 사람들)이 일반적으로 정부를 맡게 된다. 따라서 발전과 사회 평등을 위한 선의의 계획들은 전체주의로 곧장 연결된다. 오웰의 정치적 시각에서, 괜찮은 사회주의가 신파시스트적 반응을 촉발하고, 이것이 결과적으로 빅브라더에 이르게 된다. 하이에크는 이보다 간단한 그림을 그린다. 즉 괜찮은 사회주의가 빅브라더후드(Big Brotherhood)로 곧장 타락한다.

그렇다면 경제적 무정부 상태가 풍부부를 통한 경제 계획의 유일한 대안일까? 하이에크는 《1984》가 발표되고 나서 몇 년 뒤에 이에 대한 대답을 《자유주의 헌정론The Constitution of Liberty》에서 정리한다.

> 정부가 모든 것을 통제하는 중앙의 계획 경제와 규제 없이 강자가 약자를 포식하는 무정부 상태 사이의 오웰식의 선택은 잘못되었다. 계획 경제와 완전히 무계획적인 경제의 극단적 대안들 사이에 절충안이 있다.

그 대안은 자유 시장이다.

시장 메커니즘은 합리적이고 효율적이다. 즉 시장은 질서 있고 규칙들에 매어 있으며 개개인의 사적인 목적들에 잘 적응한다. 그러나 시장의 질서는 중앙에서 계획하는 게 아니다. 인간의 의도가 아닌 인간 행동의 산물로서 자발적이다. 흔히 받아들여지는 규칙들은 시간을 거치면서 진화하고, 어떤 중앙의 기획자들이 법령에 넣을 수 있는 것보다 훨씬 나은 지혜를 구현한다. 자유 시장과 언론의 자유는 범위와 복잡성에 상관없이 조화를 제공할 수 있다. 이에 반해 계획된 사회는 기획자들의 정신이 파악할 수 있는 것에 의해 본질적으로 제한받는다. 소수의 원시 수렵인들은 아마 한 명의 추장이 효율적으로 인도할 수 있었을지 모른다. 그러나 진보한 산업 사회에서는 명령이 아니라 오직 규칙으로만 인간을 인도할 수 있다. 자유 사회와 자유 시장의 규칙들은 의식적으로 만들어지지 않았고, 심지어 완전히 표명된 적도 없었다. 그것들은 문법 규칙과 같이 공동의 합의로 존재한다[753].

문법 규칙이라고? 하이에크가 중앙의 계획 없이 발전할 수 있는 다른 자발적 질서의 예로 언어를 지적한 것은 흥미롭다. 오웰은 영어가 허물어지고 쇠퇴하는 것을 보고는, 한 국가가 농노제로 타락하는 분명한 조짐(그가 이렇게 말했을 것이다)으로 봤다[754]. 하이에크는 언어에서 자발적이고 합의에 의한 질서를 보았고, 빅브라더 없는 문명의 가능성에 대한 분명한 증거를 봤다. 이처럼 하이에크와 오웰은 언어에 관해서는 동의했을 것이다. 즉 유아의 의미 없는 옹알이(아마도 '계획하지 않은'

언어)와 신어에서 절정에 이르는 '계획된' 언어 사이에 절충안이 있다. 절충안은 영어 자체, 즉 강압이나 중앙의 계획[755]이 아닌 합의로 만들어지고 일반적 어법으로 유지되는 미묘하고 섬세한 표현력이 있으며 살아 있는 구어(Oldspeak)이다. 오웰은 정부가 탄광과 철로를 효율적으로 잘 운영한다고 믿었음에도 중앙의 기획자들은 거래 도구 즉, 영어를 파괴할 것을 분명히 이해한다. 하이에크는 탄광과 영어[756]가 매우 같다고 이해한다.

언어에 대한 것을 제외하고서, 오웰은 평생에 걸쳐 단 한 번 하이에크와 동일한 이야기를 했다. 《엽란을 날려라》의 말미에서 했는데, 앞서 이미 인용했던 다음과 같은 말이다. "우리의 문명은 탐욕과 두려움에 기반을 두었지만 보통 사람들의 삶에서 탐욕과 두려움은 신비롭게도 좀 더 고상한 것으로 변화되었다. 하층 계급은 돈이라는 암호로 살아가면서도 용케 체면을 유지해[757] 나간다." 하이에크도 이보다 더 낫게 말하지 않은 것 같다. 두 사람의 차이점은 하이에크는 실제로 그렇게 믿었지만 오웰은 그렇지 않았다는 점이다. 이미 살펴보았듯이 오웰은 경제적 문제에서는 사회주의의 효율성을 진심으로 믿었다.

오웰이 《노예의 길》을 읽었다면 《1984》가 상당히 달라졌을 것이고, 집필되지 않았을지도 모른다. 그러나 오웰은 《노예의 길》을 읽었고 그럼에도 《1984》를 썼다. 심지어 1944년에 《노예의 길》의 서평도 썼다. 《자유주의 헌정론》이 출간되기 전에 죽었지만 말이다.

하이에크의 책에 대한 오웰의 서평은 그의 비관적이면서도 모호한 경제 이론을 최대한 보여준다. 처음에 그는 하이에크의 책을 - "자유방임적 자본주의에 대한 유창한 옹호"라고 설명한다 - K. 질리아커스K.Zilliacus[758])의 다른 책 - "자유방임적 자본주의에 대한 맹렬한 비난"이라고 설명한다 - 과 함께 비평한다. "각 작가는 다른 작가의 정책이 곧바로 노예제로 이끈다고 확신하는데, 걱정스러운 점은 그들 둘 다 옳을 수 있다는 것이다"라고 오웰은 말한다. 이 문장을 쓰면서 오웰은 얼마나 기뻤겠는가! 그는 자본주의자를 공산주의자와 싸움을 붙이고 양측 모두에게 전염병을 선고할 수 있는 완벽한 기회를 자주 얻지는 못했다. 그럼에도 불구하고 오웰은 하이에크의 논지의 '부정적인 부분'에서 '많은 진실'을 발견하는데, 그것은 사회주의가 결과적으로 정부를 통해 폭정으로 이어진다는 것이다. "집산주의는 본질적으로 민주주의적이지 않지만 반면에 압제적 소수에게 스페인 종교재판관은 꿈도 못 꿔 본 막강한 권력을 준다"라는 지적에 오웰은 동의한다. 이것이 오늘날 대부분의 사람들이 기억하는 오웰이다. 그러나 다음에 오는 것도 역시 오웰이다.

하이에크가 보지 않은 것, 또는 인정하지 않을 것은 '자유' 경쟁이 대다수의 사람들에게 아마 더 악화된 독재를 의미한다는 사실이다. 그것이 국가보다 더 무책임할 것이기 때문이다. 경쟁에서 골칫거리는 누군가가 승리한다는 것이다. 하이에크 교수는 자유 자본주의가 필연적으로 독점에 이른다는 것을 부인하지만, 실제로 독점에 이르렀다. 그리고 사람들 대다수가 불황이나 실업보다 국가 통제를 훨씬 더 많이 겪게 되어, 여론이 그 문제에 대해 아무 말도 하지 않는다면, 집산주의로의 이동은 계속될 가능성이 크다.

오웰에게 유일하게 흐릿한 희망은 "계획 경제가 지식인들의 자유와 어떻게 해서든지 결합할 수 있다"는 점이다. 그게 어떻게 되는지는 오웰도 알지 못한다.

그리고 경제와 지식인이 모일 때, 라디오와 영화 텔레비전과 같은 것들이 상업화될 때처럼, 시장과 지성인이 하나가 될 때 무슨 일이 벌어질까? 그러면 오웰은 언제나 전망이 암울하다고 대답했다. 축음기는 필연적으로 괴벨스로 이어졌다. 정부가 결국에는 모든 방송 전파를 소유할 가능성이 크다. 이것이 중력의 법칙처럼 명백하고 결코 변하지 않는 경제 법칙이다.

■

오웰을 계속 따라가면 그가 자신과 동시대에 런던에 살았던 또 다른 위대한 사상가를 소개해 줄 것이다.

오웰의 사망 5개월 뒤인 1950년, 문학전문지 《월드 리뷰World Review》는 주제를 오웰의 작품들에 바치면서[759] 버트런드 러셀, 올더스 헉슬리, 맬컴 머거리지Malcolm Muggeridge 등의 논평을 실었다. 잡지 짝수 페이지에는 로널드 코스Ronald Coase의 새 책에 대한 서평을 포함해 통상적인 서평들을 넣었다. 내가 아는 한, 이렇게 오웰과 코스를 병치한 것은 순전히 우연의 일치다. 편집자들이 이 점을 중요하게 여겼다면 분명 그렇게 두지 않았을 것이다. 그러나 얼마나 완벽한 우연의 일치인가. 불문명한 경제이론을 갖고 있기는 하지만 뛰어난 선견지명을 소유한 오웰을, 마침 원격통신 기계에 관심을 가진 미래의 노벨경제학상 수상자인 코스와 대립시켰으니 말이다. 코스의 책 제목이 《영국 방송 : 독점에 관한 연구British Broadcasting: A Study in Monopoly》다.

코스의 책은 텔레스크린에 대하여 하이에크와 같은 입장이다. 코스의 말에 따르면 BBC는 영국 방송전파에 대한 독점적 통제권을 갖기 위해서 수년간 싸웠다. 그 동안 내내 독점의 필요성은 입증이 아니라 추정되었다. 기술자들은 방송전파의 '부족'과 무선통신의 간섭 문제 때문에 독점이 필요하다고 주장했다. 언론은 광고를 위해서 경쟁 방송국들을 몰아내기 위해 정부 독점을 환영했다. 권력에 굶주린 양당의 정치인들은 이에 기꺼이 동조했다. 그러나 방송 독점에 대한 경제적·기술적 논거는 틀렸고, 언론의 자유라는 존경할 만한 원칙과는 양립할 수 없다. 독점에 대한 논거의 "주요 난점은, 그 추정들을 받아들인다면 먼저 전체주의 철학을 채택하거나 아무튼 그것에 가까워져야 할 필요가 있다는 것이다."[760]

오웰이 볼 때, 원격통신 기계는 필연적으로 정부로 연결된다. 경제학자들의 전문용어로, 오웰은 효율적인 '자연적 독점'을 진심으로 믿는다. 코스가 볼 때 통신 체계를 독점하는 것은 정부이고, 독점은 자연적이지도 효율적이지도 않다. 오웰은 복잡한 기계들을 소수 자본주의자들이 소유하거나 효과적으로 관리할 수 없다고 확신한다. 코스는 사유재산과 시장이 대기와 같이 순식간에 사라지는 것조차 관리할 수 있다는 것을 안다. 오웰은 실제로는 정부가 종종 나빠지기도 하지만 이론적으로는 정부 소유의 기계들이 더욱 효율적이라고 믿는다. 코스에게는, 이론과 실제가 동일하다. 즉, 정부는 시초부터 썩었다. 오웰은, 정부가 통제하는 기계들이 실제로 늘 그렇지는 않지만 이론적으로는 풍요와 진리를 산출한다. 코스는 방송전파들을 정부에 맡기면 결핍과 거짓말을 산출할 것을 안다. 코스의 주장은, 방송전파를 시장에 맡기면 시장은 언제나 더 많은 상품을 생산하기 때문에 더 많은 풍요와 더 많은 진리를 얻는다는 것이다. 또한 광고와 자본주의, 살바도르 달리를 비롯해 오웰이 경멸한 자유 시장의 또 다른 것들 역시 얻는다. 그러나 빅브라더는 얻지 못할 것이다.

오웰이 코스의 저서를 읽었는지에 대해서 나는 알지 못하지만, 하이에크에게 보인 것과 동일한 반응을 코스에게도 보였으리라고 나는 확신한다. 분명, 소규모 소유권은 빅브라더를 방지하겠지만 소규모 소유주들은 존속하지 못한다. 그들은 기업합동에 먹히고, 그것은 더욱 큰 기업합동에, 그다음에는 정부에 먹힌다. 식료품 잡화점이나 축음기 바늘만 봐도 그렇다. 독점, 정부, 하나 또는 다른 종류의 집중화는 더욱 강력해지고 낭비를 피하며 더욱 효율적이 되고 결국에는 항상 인수한다. 이런 현상이 증기기관이나 라디오 송신기 같은 복잡한 기계들과 관련해서 더욱 분명해진다. 코스는 현대 경제의 현실을 완전히 파악하지 못했다. 작은 가게 주인들과 큰 과학은 서로 다른 시대, 다른 세대에 속해 있다. 그들은 오로지 소설 속에서만 공존한다.

예를 들면 웰스의 소설에서 말이다. 오웰은 소년이었을 때 웰스를 사랑했지만[761] 성인이 되어서는 그의 소설들을 말도 안 되는 이야기라 취급한다. 웰스는 "달나라 그리고 바다 밑을 여행하는 이야기를 쓰고, 소규모 가게주인들이 파산을 피하는 이야기도 쓴다…… 그것의 연결고리는 과학에 대한 웰스의 믿음이다. 소규모 가게 주인이 과학적 세계관을 얻을 수 있다면 그의 문제들은 끝날 수 있을 것이라고, 그는 늘 말한다."[762] 하지만 소매업과 과학, 즉 시장과 기계가 세계를 구할지 모른다고 누가 진지하게 믿을 수 있겠는가? 웰스는 믿을 수 있었다. 하이에크도 믿을 수 있었다. 코스도 믿을 수 있었다[763].

그러나 오웰은 믿지 못한다. 그는 라디오와 시장을 생각할 때면 언제나 괴벨스와 정부를 떠올렸다.

■

그러나 오웰이 축음기나 라디오, 영화에 대한 혐오감을 어떻게든 극복했다고 한번 가정해 보자. 그리고 텔레스크린이 언젠가 대중의 소비재가 될지도 모른다는 사실 역시 이해했다고 가정해 보자. 그렇다면 텔레스크린에 대한 그의 이중사고는 어디에 이르게 될까?

먼저, 기계 자체를 근본적으로 다르게 이해했을 것이다. 체조와 제인 폰다를 기억하는가? 윈스턴 스미스는 몸을 충분히 굽히지 못해 수만 명의 30대 런던시민 중에서 개인적으로 큰 소리로 지적받는다. 그러나《1984》의 어디에도 텔레스크린의 진정한 양방향적 표현은 없다. 오직 다른 두 지점에서 텔레스크린이 대답한다. 한 번은 감방에서, 또 한 번은 사상경찰인 채링턴이 윈스턴과 줄리아 같은 사람들을 함정 수사하기 위해 사용한 방에서다. 두 경우 모두 텔레스크린 기술을 인상적으로 보여주지 못한다. 1948년에도, 지정한 목표물 하나를 특정 장소에서 염탐하는 게 그렇게 어렵지 않았었다.

오웰은 언젠가 양방향 텔레비전이 현실화될지도 모른다고 상상했는데, 그의 예상이 적중했다. 그러나 그는 자신이 구상한 텔레스크린은 텔레비전보다 전화기에 더 가깝다는 사실을 결코 이해하지 못했다 (《1984》에 텔레스크린은 119번, 마이크는 7번, 축음기는 1번 나오지만 전화기는 단 한 번도 등장하지 않는다). 그렇다, 텔레스크린에는 영상이 포함되기는 하지만 그것이 정치나 프로파간다, 스파이 행위와 연결되는 한, 그것은 부차적인 문제다. 중요한 점은 텔레스크린이 양방향 기구여서 수신과 발신이 가능하다는 점이고, 이것은 텔레스크린이 자체 주소를 가진다는 것을 의미한다. 그래서 텔레스크린은 포스터가 아닌 편지와 같이 작동되어야 한다. 이 점을 놓친 것이 오웰의 가장 큰 실수이다. 텔레비전은 집단주의적이고, 모든 사람에게 무차별적으로 방송을 내보낸다. 마치 그릇 부서가 모든 사람의 그릇을 세척하는 것과 같다. 텔레비전 방송은 괴벨스와 진리부에 꼭 맞는 통신의 집단농장이다. 그러나 전화기는 사적이고 개별적이며 구체적이지 않으면 작동할 수 없다. 텔레스크린도 이와 마찬가지다. 이런 이유로 이 둘은 선동적이다.

만일 오웰이 사람들을 흩뜨리고 관심사를 분산시키는 텔레스크린의 능력을 이해했다면 역사나 기억에 관한 시각을 재고했을 것이다. 칼리프 오마르Caliph Omar가 알렉산드리아의 도서관들을 파괴한 뒤 에우리피데스의 비극을 비롯해 어마어마한 양의 필사본을 태우며 18일 동안 공중목욕탕을 데웠다고, 오웰은 1944년 에세이에 애석해하며 기록한다[764]. 그 이후 스페인 내전에 대해서는 이보다 훨씬 더 으스스한 가능성에 사로잡힌다. 폭군의 권력이 단순히 기록들을 파괴했을 뿐만 아니라 수정했을 가능성에 말이다. 프랑코 또는 스탈린 같은 독재자가 모든 문서와 신문 스크랩, 사진을 위조해서 어쩌면 역사 자체를 새로 썼을지 모른다. 오웰이 《1984》에서 이렇게 썼듯이 말이다. "모든 기록물이 같은 말을 한다면, 그러면 거짓은 역사의 일부가 되고 진실이 된다."[765] 여기서 주요 가정은 '모든'이라는 한 단어에 집중된다.

텔레스크린화된 사회에서는 기록이 너무 빨리 그리고 멀리까지 중

식되기 때문에 체계적으로 위조될 수 없다. 그리스 비극들이 복제되지 않고 오직 단 하나의 중앙 저장소에 보관되어 있었기에 칼리프는 그것들을 따뜻한 목욕물로 바꾼 뒤 돌이킬 수 없었다. 오웰이 늘 상상했던 고도로 중앙 집중화되고 정부가 지배하는 사회에서 모든 단일 기록물이 위조될지도 모른다는 발상은 약간은 그럴 듯하다. 그러나 사실 기록들은 동시에 여러 장소에 존재하고, 통신이 기록물들을 제한 없이 증식시킬 수 있다. 그러면 텔레스크린화된 사회는, 정보가 전송되고 공유되면서 집단 기억이 점점 더 좋아지고 새로워지며 확장되는 사회가 될 것이다. 오웰은 "방대한 양의 정보를 매우 작은 공간에 압축하는" 마이크로필름의 용량을 알아보았고, 거기서 "전체주의 국가의 폭탄과 경찰"[766]에 대비해 보호 가능성을 보았다. 오늘날 마이크로필름의 기술적 계승은 수백만 대의 개인 컴퓨터에 내장된 수천 만 개의 하드드라이브와 소형의 광디스크이다.

그다음은 무엇인가? 값싸고 시간과 장소에 구애받지 않으며 분권화된 텔레스크린이 사회를 자기 모양에 따라 개조한다. 오웰은 이것 역시 알고 있다. 적어도 부분적으로는 안다. 《사자와 일각수The Lion and the Unicorn》에서 오웰은 "정확히 규정할 수 없는 사회계층"이라는 새 집단의 등장을 대단히 중요하게 본다. 이 사람들은 "값싼 자동차들"[767]을 경제적으로 활용 가능한 소규모 행정구역에서 산다. 그의 1944년의 주요 에세이 《영국인The English People》에서 오웰은 영국은 '덜 중앙집권화되고', 런던의 도시 문화와 경제에 덜 지배를 받아야 한다고 주장한다. 그는 좀 더 효율적인 국토횡단 버스 서비스를 주요 해결책의 하나로 본다[768]. 미래의 영국은 "간선도로를 따라"[769] 놓여 있다고 오웰은 쓴다. 따라서 오웰은 사회는 사람들이 연결되는 방법에 의해 정의된다는 것을 이해하고 있다. 자동차와 버스, 간선도로가 사람들을 움직이게 한다.

텔레스크린은 그림을 움직이게 한다. 만일 당신이 그림들을 충분히 효율적으로 움직인다면, 중앙집권적 독점을 향해 무섭게 미끄러지는 세상을 완전히 역전시킬 것이다. 유순한 사회주의자이든 아니면 악의적인 파시스트이든 집중화된 사회가 분권화된 자본주의보다 훨씬 강력할 것이라고 오웰은 수년간 말해 왔다. 중앙집중화된 지배권은 낭비를 없애고 더 나은 기계들을 개발하며[770] 좀 더 효율적으로 전투를 벌이기[771] 때문이다. 이렇게 믿는 오웰에게 미소를 짓기가 쉽겠지만 사실 그가 진정으로 말하는 것은, 협력은 좋지만 정부를 통해서가 아니면 인간이 대규모로 협력하는 일을 상상하기 힘들다는 사실이다. 그렇지만 그가 상상해 낸 도구와 함께라면, 알루미늄과 유리를 비행기로 바꾸는 데 요구되는 거대한 수준의 조직화가 어떤 중앙정부의 통제[772]도 받지 않고 유지될 수 있다. 결국 텔레스크린에서 '텔레(tele)'는 '거리'를 뜻한다. 텔레스크린화된 사회는 산업계의 거물 또는 풍부부를 수용할 대리석 건물을 필요로 하지 않는다. 텔레스크린 이전에 했듯이, 개미떼 같은 대중 위에 거대한 탑을 높이 세우는 대신에 기업과 정부부서들은 이제 가늘어지고 넓게 뻗어나간다. 피라미드는 디오데식 돔, 텔레스크린 네트워크라는 어부의 그물에 항복한다. 텔레스크린은 선택에 의한 집산주의, 즉 개인의 자발적 마음에 근거해서 나누고 협력하는 연합 사회를 가능하게 만든다[773].

잠시 텔레스크린에 대한 공상에 잠겨 보라. 그러면 국가의 부에 관한 당신의 모든 개념을 수정하게 될 것이다. 오웰은 《위건 부두로 가는 길》에서 이렇게 쓴다. 도둑질이나 다름없는 영국의 식민주의에 대한 유일한 대안은 "제국을 없애고 영국을, 우리 모두 열심히 일하며 주로 청어와 감자로 살아가는 결백하고 별로 중요하지 않은 작은 섬으로 축소시키는 것이다."[774] 따라서 오웰은 부는 대부분 감자 농사에서 온다는 전제 하에, 영국 사람들의 전체적 부 - 셰익스피어, 뉴턴, 다윈, 애덤 스미스, H. G. 웰스, 코스, '영어'라는 아름다운 언어 - 를 무가치한 것으로 본다. 텔레스크린을 상상해 내고 사상경찰의 궁핍화 효과를 완벽히 이해한 그는 더 잘 알았어야 했다. 텔레스크린의 시대에는 일본이나 홍콩과 같은 작은 나라도 큰 부를 축적할 수 있다는 사실을.

기이한 것은 오웰이 1943년 즉 그가 《1984》를 구상한 첫 해에 이런 논거를 거의 확실히 들었고 연구했다[775]는 사실이다. 윈스턴 처칠Winston Churchill이 하버드 대학에서 이런 내용의 연설을 했다. "영국과 같은 나라에게는 다른 민족의 땅을 빼앗거나 그들을 착취하여 고통을 주는 것보다 훨씬 나은 게 있다. 미래의 제국은 정신의 제국이다."[776] 더욱 역설적이게도 처칠은 또한 850단어로 된 '기본영어'에 대해 논의했고, 그것을 전 세계의 제2언어로 활성화시키기를 희망했다. 이 기본영어는 당시에 큰 관심을 끌었고[777], 오웰도 잠시 동안 그것에 열광했었다[778]. 기본영어에서 오웰이 마음에 들어 했던 부분[779]은 지나친 규칙을 제거한 것이었다. 이 개념은 결국 《1984》의 신어로 이어진다[780]. 아무튼 신어는 제쳐 놓고, 처칠의 '정신의 제국' 연설은 엄청난 돌파구였다. 오늘날 누구나 알고 있듯이, 정신의 제국은 신어가 아니라 텔레스크린으로 정복된다.

그렇다면 텔레스크린화된 세계에서 영어에 대해 실제로 무엇을 기대할 수 있을까? 어떤 점에서는, 아마 오웰이 늘 두려워했던 바로 그런 종류의 황폐화일 것이다. 쉬운 그림은 사람들이 상대적으로 어려운 말에 대해 게을러지게 만든다. 그러나 오웰은 그림의 세계 역시 언어에 뭔가를 제공한다는 것을 알았다. 우리가 이미 알고 있듯 오웰의 미간행된 《새 언어New Words》는 생각을 시각적으로 만드는 '영사기'가 우리의 어휘를 확장시키는 데 최선의 희망이 될지도 모른다고 주장한다. "개인 영사기와 필요한 모든 소품을 갖춘 백만장자"는 생각을 시각적 실체로 바꾸고, 따라서 새 언어를 개발할 능력이 있다라고 오웰은 생각한다. 그러나 오웰이 '텔레스크린'이라고 부른 것의 절반은 '영사기', 즉 오늘날로 치면 비디오카메라다. 《새 언어》에서 한 오웰의 주장이 맞다면, 부자의 영사기가 수백만의 개별 가정으로 이동된 일이 결국에는 언어를 빼기보다는 더하는 결과를 낳을 것이다.

어찌 되었든 예술가들은 통신이 너무나 값싸진 텔레스크린화된 세계에서 번성할 것이다. 레블스톤과 같은 부자들은 작지만 훌륭한 잡지사들을 운영하는 반면에 캄스톡 같은 가난한 사람들은 끔찍한 미국 PR 영화에 영혼을 파는 《엽란을 날려라》를 기억하는가? 오웰이 모든 주요 언론과 출판사, 광고회사 들을 독점하여 글을 더럽히는 부호들에게 독설을 던진 세월들을 기억하는가? BBC 방송국과 영화 회사들이 "전도유망한 작가들을 돈으로 사서 거세하고 마차 모는 말로 일하게 한다"고 지적한 자본주의와 예술에 대한 오웰의 1944년 칼럼[781]을 기억하는가? 오웰이 자본주의는 마땅히 사라져야 하고 분명 그렇게 될 것이라고 말했고, 그러면서도 그가 예술가는 마땅히 살아야 함에도 불구하고 자본주의와 함께 사라질 것임을 알았다는 사실을 기억하는가? 오웰은 "분명 해결책이 있을 것[782]"이라고 확신하면서도 "이 딜레마를 아직 풀지 못했다"고 말한다.

해결책은 있다. 그것은 텔레스크린이라 불린다. 자본주의는 운이 다하지 않았다. 텔레스크린이 자본주의를 구했다. 텔레스크린은 예술가들에게 값싸고 새로운 표현 매체를 끝없이 제공함으로써 예술가들도 구한다. 언론의 자유는 그것을 소유한 사람들에게만 속한다고, 고든 캄스톡 같은 사람들이 농담처럼 말하곤 했다. 그러나 시간과 장소에 구애받지 않는 텔레스크린의 시대에는 모든 사람이 텔레비전과 신문을 소유할 것이다. 그러면 표현의 자유가 훨씬 광범위해질 것이다. 텔레스크린화된 사회는 분열되고 경쟁적이며 유동적이고 매우 다양한 요소가 어우러져 있고,《보이즈 위클리즈》류의 전자 잡지[783]나 값싼 신문[784], 확성기용 시, 도널드 맥길Donald McGill[785]의 만화 예술로 가득한 세계이다. 굶주리는 예술가들은 여전히 굶주리겠지만, 그들의 시나 노래, 그림이 최소한 양조장 밖 누군가의 관심을 끌만큼 좋다면 어쨌든 관객에게 닿을 수 있을 것이다[786].

텔레스크린이 어떤 예술가든 관객에게 다가가게 할 수 있다면, 마찬가지로 어느 은둔자든 그가 바라는 만큼의 사적 자유도 쉽게 보장해줄 수 있다. 텔레스크린은 거리를 극복함으로써 고독을 창조하는 능력도 보유한다. 물론 텔레스크린 기술이 오로지 거대한 단일 정부에 의해서만 작동될 수 있다고 가정한다면 이런 결론에 도달하지 못한다. 그러나 일단 그런 잘못된 견해를 넘어선다고 해도 이내, 거리 때문에 지치고 낙심하는 모습을 상상할 수 있다. 오웰 자신이 썼듯이, 사적 자유의 두 가지 열쇠는 거리와 군중이다. 런던은 거대하고 익명이 보장되기에 사적 자유를 제공한다[787]. 오웰이 《1984》를 집필하려고 들어가 있던 외진 스코틀랜드의 산악 지역은 모든 것에서 멀리 떨어져 있기 때문에 사적 자유를 제공했다. 그곳에 있는 오웰의 농가가 그의 사무실이자 식당, 술집, 여관이 된다[788]. 작가로서 오웰은 단지 타자기 하나만 가지고서 그 여정을 시작할 수 있었는데, 텔레스크린이 거의 모든 직종의 종사자들에게 그와 비슷한 도피처를 제공한다. 한 장소에서 일하고 물건을 사고 또는 다른 장소에서 즐기며 사는 일을 가능하게 만든다. 그러면서 동시에 대도시에서와 마찬가지로[789] 사람들로 붐비게 되면, 결국 익명이 보장되는 공동체를 만든다. 텔레스크린과 함께 런던의 사적 자유가 스코틀랜드의 바람 강한 해안의 사적 자유와 만나게 된다[790].

따라서 텔레스크린과 더불어서 형제애를 갖는 일, 즉 최소한 자유로운 개인이 빅브라더 없이 감당할 수 있을 만큼의 형제애를 갖는 일은 가능하다. 만일 현장에 소수의 형제들이 남아 있다면 텔레스크린은 그들을 동조하게끔 기여할 수 있다. 오웰은 그런 가능성을 영국 정보부가 최근에 설립한 사회 조사 부서를 논하는, 1947년 칼럼[791]에서 어렴풋이 예측한다. "어떤 사람들은 정부가 국민들의 생각을 너무 많이 아는 것은 안 좋다고 진심으로 느끼는 것 같다."고 오웰은 인정한다. "이와 마찬가지로 또 다른 사람들은 정부가 대중을 가르치려 드는 것은 주제 넘는다고 느낀다." 그렇다, 오웰을 포함해서 어떤 사람들은 진심으로 그렇게 느낀다. 그러나 그가 꽤 정확하게 지적하듯이, "민주주의는 오로지 입법자와 행정가들이 대중이 원하는 것과, 대중이 인정할 수 있는 것을 알 때에만 가능하다." 이것이 오웰이 《1984》에서 오브라이언에게 쉽게 넘길 수 있었던 경계이다. 이것이 진실이기도 하다. 정부가 존재하고 그 권력이 국민들의 합의에서 나온다면, 그 합의 내용은 권력의 자리에 있는 사람들에게 전달되어야 한다[792]. 적절히 사용된 텔레스크린은 어떤 사회적 조사나 선거로 선출된 무리보다 훨씬 효율적으로 그 일을 할 수 있다.

오웰은 고도로 집중화된 사회를 음울한 시각으로 보지만 한편으로는 이중사고의 텔레스크린에서 밝은 면도 본다. 오웰은 "표준화된 교육"을 싫어하는데[793], 텔레스크린은 모든 탁상용 컴퓨터에 사립학교를 넣을 수 있는 능력을 준다[794]. 오웰은 외국인 혐오증을 증오하는데, 텔레스크린은 오웰의 의심에도 불구하고 댈러스를 로스앤젤레스에서 알자스로렌 지방으로 옮길 수 있다. 오웰은 원자폭탄과 독가스, 대량 살상 무기를 경멸하는데, 비디오카메라와 전자 지도로 조종되는 텔레스크린화된 로켓 폭탄을 곧장 적의 평화부 건물의 통풍 공간에 떨어뜨릴 수 있다.

텔레스크린화된 세계, 곧 오늘날 우리 주변에서 펼쳐지고 있는 세계는 《1984》와는 완전히 반대이다. 통신의 통제권이 분산되고 정부 관리자들의 손이 미치지 못하는 분권화된 세계이다. 국가의 프로파간다가 농담—추잡한 농담이더라도—, 완전한 실패작, 아무도 귀 기울이지 않는 수많은 허튼 소리에 불과한 세계이다[795]. 전화기와 팩스, 휴대용 비디오카메라를 비롯해 1984년 이후 십년도 안 돼 매우 친숙해진 모든 텔레스크린 관련 다양한 기기들에 의해서, 사상경찰이 오락거리가 된 세계이다. 만일 오웰이 이중사고를 이용해 텔레스크린을 논리적 귀

결까지 끌고 갔더라면, 무산계급이 감시하고 당은 굴복하고 마는 날을 예견했을 것이다. 이딜 드 솔라 풀Ithiel de Sola Pool(1917~1984, 미국의 정치학자 - 역주)이 1983년에 기록했듯이 텔레스크린은 자유의 과학기술이다[796].

■

오웰에게는 그렇지 않았다. 고급 기계들에 대한 그의 반감은 본능적이고 거의 격세유전이라 할 수 있다. 이것이 그의 대뇌엽을 가르고 그의 마음 깊숙한 곳을 깊이 벤다.

때는 1944년, 오웰이 《1984》를 집필할 생각을 처음 하고[797] 나서 1년이 지난 뒤다. 그는 시사 전문지 《파르티잔 리뷰Partisan Review》에 에세이를 한 편 쓴다[798]. "우리는 가장 똑똑한 사람들이 조현병 환자와 같은 믿음을 고수하고, 빤한 사실을 무시하며, 말재주로 심각한 질문들을 피하고 근거 없는 소문들을 믿으며 역사가 위조되는 동안 무관심하게 구경만 할 수 있는 시대에 살고 있다."라고 오웰은 선언한다. 그러면 이런 '조현병적' 생각의 원인은 무엇일까? "두려움이라고 나는 생각한다."라고 오웰은 대답한다. 두려움 그리고 "기계 문명의 지독한 공허함"이다.

따라서 그것은 최초의 반역자, 민중의 적, 문명의 순수성을 더럽히는 것이다[799]. 그것은 인간의 정신을 파괴하는 기계, 조현병을 야기하고 인간을 압박하는 기계이다.

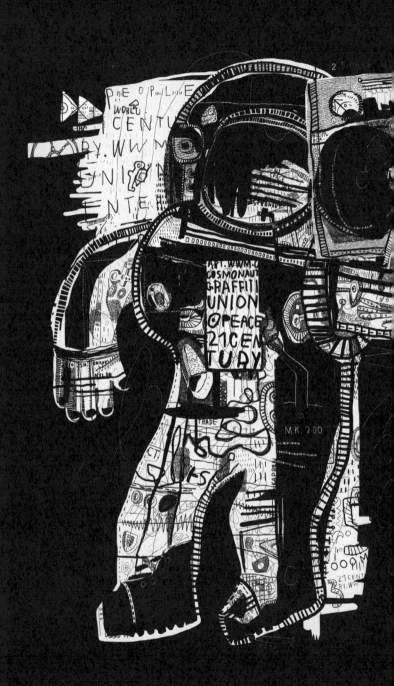

4부

—

이중사고

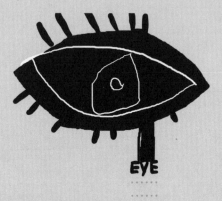

EYE

19장

미래는 지나갔다

⌐∙;∙⌐

이중사고라는 말을 사용할 때조차도 이중사고를 훈련해야 한다. 왜냐하면 이 말을 사용함으로써 현실을 위조하고 있음을 인정하고, 또 다시 이중사고를 함으로써 이렇게 인정한 사실을 지우는 것이며, 이렇게 무한히 계속해서 언제나 거짓말이 진실을 뛰어넘게 한다[800].

― 《1984》

"실패일 가능성이 크다"라고 오웰은 1946년에 썼다. "모든 책이 실패다"라고 그는 전형적인 오웰식의 의기소침함[801]으로 덧붙였다. 예상대로 - 이중사고의 원칙에 따라 - 오웰의 크게 성공한 《1984》도 사실은 실패작이다. 각각의 조각과 세부 양식 전체, 구조물은 썩었지만 이무깃돌만은 멋지다[802].

오웰은 텔레스크린에 관해서는 틀렸다. 역사 속으로 사라지는 1984년과 함께 우리는 더 이상 진지하게 의심할 수 없다. 다르게 논하려는 사람은 누구나 《1984》에 묘사된 것처럼 뻔뻔스럽게 이중사고를 해야 한다.

앤서니 버지스Anthony Burgess의 예를 들어 보자. 그는 《새로운 현재 The Novel Now》에서 "오웰이 예언한 섬뜩한 미래는 도래하지 않을 것이다. 그가 예언했기 때문인데, 곧 우리는 경고를 받은 셈이기 때문이다."[803]라고 단언한다. 버지스의 말은 틀렸다. 《1984》는 자기부정의 예언이 아니라, 자기부정의 책이다. 오웰의 시각은 내부적으로 모순된다. 그 예로 오세아니아의 과학은 창의력이 풍부하면서도 부족하고, 텔레스크린은 무한히 강력하면서도 가망 없이 약하다. 우리가 오웰식 전체주의 미래를 피하는 데 그의 예언까지 필요하지는 않았다. 미래는 시초부터 조현병적 신기루였다. "우리를 패배시킬 원칙이란 게 무엇인가?" 하고 《1984》의 결말 부분에서 오브라이언이 윈스턴에게 묻는다. 아무것도 없다고 오웰은 말한다. 즉, 텔레스크린의 전체주의는 안정적이고 항구적이라고 말이다. 그러나 그렇지 않다. 만일 사상경찰이 텔레스크린을 이용할 수 있다면 다른 사람들도 마찬가지다. 바로 이것이 텔레스크린이 작동하는 방식이다. 오웰이 상상한 만큼 강력한 네트워크는 다른 식으로 구축될 수 없다. 애플Apple 컴퓨터로 채워진 스탈린의 세계는 스탈린이 아닌 애플 컴퓨터에 속한다[804].

그다음에 오웰의 사회주의에 관한 설익은 개념, 즉 중앙집권적 경제 운영이 경쟁보다 더 효율적이라는 확신의 문제가 있다. 오웰의 옹호자들은 그의 사회주의는 단지 노숙자들에 대한 깊은 공감을 반영했다고 주장할 것이다. 그는 노숙자들에 대해 쓰기 위해서 그들과 함께 살았다. 그는 교도소가 시장보다 효과가 없다는 것을 알아내기 위해 스스로 교도소에 들어갔다. 기자가 아닌 흔한 술주정꾼으로서 말이다. 오웰은 파시즘을 그냥 비난만 한 게 아니라, 파시즘이 널리 퍼지기 훨씬 전에, 직접 스페인에 가서 싸웠다. 그는 자신의 신념을 위해 살다가 목숨을 잃을 뻔도 했다[805]. 진실로 오웰은 거의 자멸을 초래할 정도로 괜찮은 사람이었다. 그럼에도 그의 사회주의는 여전히 설익었다. 그는 집산주의가 얼마나 본질적으로 비효율적인지 거의 파악하지 못했다.

오웰의 또 다른 옹호자들은, 오웰이 현재 무엇이 중요한가뿐만 아니라 수년 뒤에도 무엇이 중요할 것인가를 이해하는 뛰어난 감각을 갖고 있었다고, 정확하게 다시 한 번 상기시킬 것이다. 오늘날 논쟁이 되는 통신 기계 전체, 즉 전화기, 케이블 텔레비전, 방송, 무선 호출기, 휴대전화, 차량 위치 탐지기, 특전(特電) 체계, 원격 측정, 원격 탐사, 개인 휴대 통신망, 정찰 위성 등이 오웰의 글에서 구체화되었다. 오웰과 하이에크, 오웰과 코스, 윈스턴 스미스와 오브라이언, 오브라이언과 블레어 사이의 선택, 다시 말해 시장과 정부 사이의 선택은 지금도 논쟁하고 있는 사안이다. 어떤 실수를 범했든 오웰은 공감이 가는 지적인 관찰자다. 그리고 그의 예측들은 현재 그대로 이뤄지지는 않았지만 시간이 흐름에 따라 그저 무의미해지기만 하는 것은 아니다[806].

물론 나는 동의한다. 사실 나는 조지 오웰의 뛰어나고 유연하며 이중사고적인 지성과의 광범위한 영역에 걸친 대화가 더 이상 유익하지 않을 날을 상상할 수가 없다. 그는 지속되는 문제들을 다뤘다. 오웰의 글을 한 번이라도 주의 깊게 읽은 사람은 단 하루라도 그의 글을 인용하지 않고 보내기가 어렵다. 그만의 비체계적이면서도 분명한 방식으로 어디서도 다루지 않은, 적어도 언급하지 않은 중요한 주제들이 많지 않기 때문이다[807]. 이 책 《오웰의 복수Orwell's Revenge》는 내가 상상한 오웰의 "조나단 스위프트와의 가상 인터뷰"를 길게 늘여 다시 쓴 "조지 오웰과의 가상 대화"이다. 40여 년 전에 죽은 사람과 현대의 문제들에 대해 300페이지에 달하는 대화를 하는 것은 색다른 경험이었다. 어쩌면 시간 낭비였을지도 모른다. 그러나 오웰의 중요한 생각들 전부가 지금도 신선하고, 그의 우려는 여전히 우리의 머리를 떠나지 않는다. 그럼에도 여전히 오웰은 텔레스크린에 관해서는 틀렸다. 터무니없이 그리고 어찌해볼 도리 없이 완전히 틀렸다.

또 다른 사람들은 오웰이 실제로 예언한 게 아니므로 틀릴 수 없다고 응수할 것이다. 오웰은 그 점에 대해서 구체적으로 언급했다. "나는 《1984》에서 내가 묘사한 사회가 반드시 도래할 것이라고 믿지 않는다."라고 프랜시스 A. 헨슨Francis A. Henson에게 보내는 편지에 썼다. "그러나 (물론 그 책이 풍자라는 사실을 받아들일 때), 그와 유사한 사회가 올 수 있다고 생각한다."808) 물론 오웰은 영국이 '제1 활주로'로 개명된다거나 아시아에서 우세한 정치 문화가 자아소멸이라 불릴 것이라고 진지하게 예언하지 않았다. 그러나 산업주의와 전자 기술이 불가피하게 집중될 때 무슨 일이 벌어질지에 대해서 야심차면서도 우화적인 방법으로 예언했다. 마이클 쉘든Michael Shelden이 지적하듯, 오웰이 《1984》에서 그린 그림은 "매우 현실성 있고 강렬해서 그 시대의 진보적 독자들은 소설을 읽고서 예언을 들은 느낌을 받았을 것이다."809) 그러나 그 책은 풍자이며 작가로서의 사회생활을 거치면서 기계와 정부에 관해 대 예측을 구축한 한 인간의 정제된 통찰력이기도 하다810).

또한 이렇게도 - 다시 한 번 정확히 - 말할 수 있을 것이다. 즉 오웰은 사회 예측가로서는 실패했다 해도 훌륭한 예술가였다고 말이다. "아름다움은 공유되기 전에는 무의미하다"라고 오웰은 《버마 시절 Burmese Days》에 썼다811). 어떤 예술 작품이든 신경 쓸 만한 가치가 있는 유일한 시험이 있는데, 그것은 생존이다812). 이 시험을 통해 오웰의 텔레스크린은, 기억하는 사람들이 그것을 기계로는 거의 여기지

346

않음에도 불구하고, 성공했다. 그것은 전자 괴물이지만 어쨌든 존재한다[813]. 《1984》의 정서적 충격은 오웰이 그 책을 집필한 1948년만큼이나 오늘날에도 강력하다. 오웰은 자신이 본 아름다움과 추함을 그 시대의 어느 예술가보다 성공적으로 공유했다[814].

이것은, 오웰 자신이 디킨스나 달리, 키플링에 대해 말한 것과 마찬가지로, 그 자신이 "훌륭하면서도 나쁜good-bad" 예술가이고 천재이면서 바보이기도 하다는 것을 뜻한다. 물론 어리석음이 천재성을 무효화하지는 않는다. 작가가 견지하는 견해는 의학적으로 온전해야 하고 지속적인 사고력과 양립해야 한다. 그밖에 우리가 작가에게 요구하는 것은 재능인데, 그것은 아마도 신념의 다른 이름일 것이다. 오웰은 평범한 지혜는 없지만 하나의 숨은 진실을 캐내서 확대하고 비틀 수 있는 굉장히 강력한 통찰력을 소유했다. 만일 세계관에 강력한 신념이 뒷받침된다면 오로지 온전함의 테스트만 통과해도 위대한 예술 작품을 낳기에 충분하다는 사실을 보여 준다는 점에서, 《1984》의 내구력이 있다[815]. 오웰은 정말로 위대한 예술가였다. 그래도 여전히 그는 《1984》가 걸치고 있는 전반적인 기술 공포증과 관련해서는 틀렸다.

마지막으로, 오웰의 옹호자들은 아마 내가 《1984》의 세부사항들을 너무 심각하게 받아들인다고 말할지 모른다. 《1984》는 결국 풍자인데, 보충 설명을 두고 트집 잡는 것은 시간 낭비라고 말이다. 그러나 텔레스크린은 《1984》에서 부차적인 사항이 아니며, 텔레스크린이 사회에 미치는 영향에 대한 오웰의 비관주의에 도전하는 것은 트집 잡는 것도 아니다.

기계에 대한 오해는 - 오웰 자신의 관점에서 - 최소한 진지한 사회적 진술을 하려는 작가라면 심각한 잘못이다. 《걸리버 여행기Gulliver's Travel》에서 조나단 스위프트의 과학과 기계에 대한 논의는 "무의미하고 어리석기까지 하다"고 오웰은 쓴다. 왜냐하면 스위프트에게 "과학이란 그저 헛된 남의 사생활 캐기와 같고 기계들은 결코 제대로 작동하지 않는 무의미한 기계장치들에 불과하기 때문이다."[816] "디킨스는 기계의 세부 양식이나 기계가 할 수 있는 일들에 관해서 관심을 보여주지 않는다"라고 오웰은 불평하면서, 전신이나 후장포(後裝砲) 같은 것들이 디킨스가 살던 시대에 처음 등장했고 "근대 세계를 가능하게 만들었다"[817]고 지적한다. 테니슨Tennyson은 디킨스와 마찬가지로 "기계와 관련된 능력이 부족"하지만 적어도 "기계의 사회적 가능성은 볼 수 있었다."[818] 웰스와 버나드 쇼Bernard Shaw는 "'진보적인' 인생 긍정론자이고…… 그들이 미래에 대해 오해하는 자아 투영을, 언제나 앞서 가서 수용한다."[819]

오웰은 웰스의 기술 이상주의를 꽤 세세히 공격한다. 오웰의 주요 공격 대상은 《잠든 자가 깨어난다The Sleeper Awakes》로, 그의 말에 따르면 웰스가 기술의 사회적 영향력을 오해했기 때문에[820] 실패한 작품이다. 책은 쾌락주의 특권층과 "지하 굴 속에서 원시인들처럼 힘겹게 일하는" 노예 노동자들을 묘사한다. 오웰은 이것에 대해 내부적으로 모순된다고 거부반응을 보인다.

웰스가 상상하는 엄청나게 기계화된 사회에서는 왜 노동자들이 현재보다 더 힘들게 일해야 하는가? 분명히 기계는 노동을 제거하지 증가시키지 않는다. 기계화된 세계에서 노동자들은 노예화되고 학대

당하고 굶주리기까지 할지 모르지만 끝없는 육체노동을 선고받지는 않을 것이다. 만일 그렇다면 기계는 무엇에 쓰이겠는가[821]?

오웰은 올더스 헉슬리의 《멋진 신세계》는 높이 칭찬했다. 적어도 헉슬리는 "'진보'의 사기성을 꿰뚫어 봤다." 그의 책은 "생각하는 사람들 대다수가 기계문명에 대해 느끼는 것[822]을 표현한다."

요컨대 오웰은 새로운 기술이 사회에 미치는 영향력을 얼마나 이해하는가에 따라서 다른 작가들을 평가하고 나누고 비판한다. 이것이 바로 사람들이 기대했던 것이다. 기술이 사회에 미치는 영향력은 오웰이 전체주의 국가에 대한 자신의 책이나 에세이에서 가장 지속적으로 중요하게 다루는 주제이다. 오웰은 라디오와 폭탄, 기관총과 헐리우드 영화, 축음기와 비밀경찰을 되풀이해 쓰면서, 기계와 빈곤을 병치해서 암시한다. 텔레스크린의 망령이 《1984》의 중심을 이룬다. 전자 장비 없는 빅브라더는 《오즈의 마법사The Wonderful Wizard of Oz》 말미에서 커튼과 연기를 내는 기계를 치우자 악의 없고 평범하며 어리석기까지 한 오즈의 마법사와 같다. 오웰은 자신의 기계들을 굉장히 진지하게 받아들인다. 공평하게, 우리 역시 그래야 한다.

마지막으로 전자 기계들에 대한 오웰의 오해는, 《1984》가 이처럼 중요한 책이고 오웰의 유산이 문학적 유산으로서 심각한 것이라면 그 때문에 진지하게 다뤄야 한다. 지금도 우리는 《1984》 - 어휘와 이미지, 기술 디스토피아적 시각 등 처음부터 끝까지 - 와 마주치지 않고는 통신 기술에 관하여 어떤 논쟁에도 참여할 수 없다. "키플링은 영어에 관용구를 더한 우리시대의 유일한 영국인 작가이다."라고 오웰은 언젠가 기록했었다[823]. 그런데 오웰은 이런 키플링을 넘어섰다.

'오웰적인(Orwellian)'이라는 단어가 영어 어휘에서 매우 생생한 어떤 것을 환기시킨다면 - 앞으로도 수세기 동안 그럴 것 같다 -, 우리는 우리 자신이나 후대에게 그 단어가 환기시키는 것, 그리고 그 실제 모습 - 커튼 뒤, 둔탁한 거울 같은 직사각형의 금속판 뒤[824] - 이 왜 오웰의 원래 비전보다 훨씬 덜 충격적인지 이해시켜야 할 책임이 있다. 우리는 오웰이 정말로 어떻게 틀렸는지 주의 깊게 검토할 책임이 있다.

텔레스크린과 관련해서, 오웰은 정말로 크게 틀렸다.

■

우선 그는 무지와 힘에 대해서 틀렸다. 그는 전자 미디어의 독점적 소유권이 경제적으로 불가피하다고 믿었다. 그러나 그때나 지금이나 그렇지 않다. "자본주의의 동향은 발명과 개선의 과정을 늦추는 것이다"라고 오웰은 1937년에 썼다. "왜냐하면 자본주의 하에서는 꽤 즉각적인 이윤을 약속하지 않는 발명은 무시되고, 이윤을 감소시킬 위험이 있는 것들은 페트로니우스의 굴절 유리처럼 거의 무자비하게 억압당하기 때문이다."[825] 굴절 유리라고? 1984년에 그런 단어를 읽은 (나와 같은) 몇몇에게 이것은 반어법처럼 들린다. 텔레스크린 혁명은 사실 광섬유라 불리는 굴절 유리와 같은 완전히 새로운 물질에 의해 추진되었다. 광섬유는 1970년대 후반 코닝(Corning)이라는 미국의 자본주의적 사기업에 의해 개발되었다. 이제는 굴절 유리 제조에, 더구나 원격 통신 이용에 더 이상 독점은 없다.

오웰은 또한 강력한 기술 개발로 인해 사회주의자들이 얻을 이점에 대해서도 틀렸다. 그는 "사회주의가 세워지면 기술 진보율이 훨씬 빨라질 것이다"[826]라고 믿었다. 그러나 자본주의자들이 기술을 시장 규율의 지배하에 두었기 때문에 기계들이 훨씬 빠르게 진보했던 것이다. "모든 전략적 계획, 전술적 방법, 무기는 그것을 생산한 사회 체계의 흔적을 지닐 것이다."라고 오웰은 《사자와 일각수》에서 쓰고 있다[827]. 정확히 그렇다. 그리고 텔레스크린과 같이 기발한 뭔가를 생산할 수 있는 유일한 사회 체계는 서구의 자유주의이다. 텔레스크린 속에 사는 것은 마오쩌둥도, 스탈린도, 김일성도, 빅브라더도 아니다. 각 텔레스크린 속에는 수많은 해커와 공부벌레, 괴짜, 네트워크 침입자[828] 같이 어릴 때부터 경험적 사고 습관을 키워 오고, 과학과 객관적 진실을 목표로 살아오며, 2더하기 2는 4라는 확고한 신념을 믿는 젊은 남녀들이 산다. 그들은 도구들을 사랑하고 자유를 이해한다. 아마도 이튼학교에서 고전을 공부한 많은 젊은 관료들보다 훨씬 잘 이해할 것이다.

오웰은 또한 미국의 전체주의로의 변화에 대해서도 틀렸다. 조셉 매카시Joseph McCarthy는 《1984》가 출간된 이듬해에 반미활동에 대한 마녀사냥을 시작했다[829]. 그다음에 베트남이 있었다. "무방비 상태의 마을들이 공중폭격을 당하고 주민들은 시골로 내쫓기며 가축들은 기관총 세례, 오두막은 방화를 당하는데, 이것이 평화 조약이라 불린다."[830] 오웰은 이 문장을 1946년에 썼다. 그래도 여전히 오웰은 상원 위원회와 네이팜Napalm(젤리 형태의 물질로, 화염성 폭약의 원료로 쓰인다. -편집자 주)에도 불구하고, 미국의 파시스트들을 과대평가하고 무산계급은 과소평가했다. "어떤 경우에 현대의 산업화된 국가가 군사력에 의한 외부 세력의 정복 없이 전복될까? 오웰은 1943년에 이렇게 물었다[831]. 오늘날 우리는 답을 알고 있다. 유라시아 자체, 즉 헝가리, 폴란드, 루마니아, 불가리아, 체코슬로바키아, 유고슬라비아, 알바니아, 그리고 스탈린의 땅, 전 소비에트연방이다. '민주적 사회주의자들'이 좋아하든 아니든, 미국의 평화적이고 다소 자유주의적이며 변함없는 자유시장 자본주의가 과두제 집산주의자들에 대해서 역사적으로 무혈의 승리를 이끌어 냈다[832].

오웰은 전쟁과 평화에 관해서도 못지않게 틀렸다. 그는 "오로지 사회주의 국가들만 효과적으로 싸울 수 있다."[833]고 믿었다. 그러나 자유 자본주의자들도 기계를 개발하고 곡물을 파는 것과 마찬가지로 전쟁을 할 수 있다는 사실이 드러났다. 그것도 검소하고 효과적으로, 즉 더욱 똑똑한 무기를 사용해 더 적은 피해를 내면서 말이다. 그들은 훨씬 더 나아갈 수 있다. 집산주의자들은 원자폭탄이나 크루즈미사일을 개발하지 못했다.

마지막으로, 오웰은 자유와 굴종에 대해서 틀렸다. 그것도 완전히. '전기 과학'의 '기적'을 '값싼 임시방편'이고 쓸모없는 '사치'라고 생각하는 데서 틀렸다. 증인을 협박하고 비방하는 매카시를 폭로한 것이 텔레비전이었다. 그리고 벌거벗은 소녀가 네이팜을 피해 달아나는 모습과, 공산 게릴라 부대 베트콩 병사가 절에서 권총을 들고 있는 사진을 보여 준 것도 텔레비전이었다. 오웰이 1946년에 정확히 예측했듯 "사람들이…… 뒷목에 총을 맞거나 북극의 벌목장으로 보내져 괴혈병으로 죽는다. 이것을 믿지 못할 부류의 제거라 부른다."[834] 그러나 텔레비전에서, 총 앞에 움츠리고 있는 "믿지 못할 부류"가 미국의 무산계급에게는 너무나 인간처럼 보였고, 그 결과 살인은 중단되었다[835].

인간과 권총은 통신 기술에 대한 근본적인 사실을 초래했다. 즉 더 나은 통신 기계는 더 많은 표현의 자유와 정치적 개입, 생각의 자유를 낳는다. 이것은 오웰과 같이 특별히 정치적인 인간이 한편으로는 이런 사실을 알고 있으면서도 너무 쉽게 회피하는 평범하면서 틀림없는 사실 중의 하나다[836]. 오웰에 대한 마지막 비판이 가혹한 것 같다면, 나는 그 문장을 바로 오웰 자신이 1946년에 칼럼《명백함In Front of Your Nose》[837])에서 썼음을 말할 수밖에 없다. 오웰은 기술자들이 접근하기 훨씬 전에 텔레스크린을 개발했고, 3년간 그것의 좋은 쪽을 바라봤지만 그래도 여전히 그것의 핵심적인 특징을 놓쳤다. 텔레스크린 기술은 그것이 앗아가는 것보다 훨씬 더 많은 자유를 준다는 점이다.

오웰은 애플 컴퓨터로 채워진 스탈린의 세계를 상상했고, 그 세계가 이전에 상상했던 어떤 세계보다 더 끔찍할 것이라 결론 내렸다. 그의 생각은 틀렸다. 오웰은 스탈린을 완벽하게 이해했다. 그러나 그가 이해하지 못한 것은 텔레스크린이었다.

■

그리고 이것이 여전히 매우 헷갈리는 부분이다. 현재의 첫째가 나중에는 제일 나중이 된다는 것을 늘 - 늘! 말이다. - 염두에 둔 오웰 같은 사람이, 어찌된 일인지 전자 도구들이 보습, 즉 쟁기의 날이 되리라는 것을 결코 파악하지 못했다. 오웰은 마이크, 라디오, 축음기, 영화 같은 기계들을 정적으로 보았다[838]. 그의 텔레스크린은 성장을 멈춘 기계였다. 그것은 이미 완성되었고 완벽했으며 단 하나의 불변의 사회 구조에 붙박이 가구나 그림처럼 고정되어 있었다. 그의 텔레스크린은 그 자체의 정신적 생명이 없었다.(라고 말할 수 있을 것이다.) 그것은 진화하지 않았다. 예기치 못한 방식으로 발전하지 않았다. 놀랍고도 반가운 소식을 담고 있지 않았다[839]. 그것에 대한 오웰의 공격은 상상력이 결여된 인간[840]의 관점에서 -《1984》의 저자에 대해 이렇게 말하기가 이상한 것 같지만 - 써졌다.

직설적으로 말해 텔레스크린에 대한 오웰의 실패는 이중사고의 실패였다.

이중사고

인간은 "고귀한 동물이고 살아갈 가치가 있는 생명이다"라고 오웰은 1946년 에세이 《정치 대 문학Politics vs Litterature》에서 선언한다. "인간의 몸은 아름답다. 또한 역겹고 우스꽝스럽기도 하다." "성기는 욕망의 대상이자 혐오의 대상이기도 하다." "고기는 맛있지만 푸줏간은 토할 것 같다. 그리고 정말로 우리의 음식은 전부 다 궁극적으로는 똥과 사체에서부터 나오는데, 이 둘은 인간이 가장 끔찍하게 여기는 것이다."[841] 오웰은 이렇게 문장을 쓰는 것을 좋아한다.

정말로 그는 단락과 페이지, 책 전체를 이런 식으로 구성한다. 그는 예술적 모순, '선하면서 나쁜 책'[842](셜록 홈즈 이야기 같은), 선하면서 나쁜 시(키플링의 글 같은), 살바도르 달리의 눈부시면서도 역겨운 예술[843]에 매료된다. 그는 부조화와 씨름하고, 역설을 즐기며 모든 것의 이중성을 인식한다. 다시 말해, 그는 지적인 인간의 이중사고를 끌어들여서, "상쇄되는 두 개의 의견이 서로 모순되는 것을 알면서도 논리에 반하는 논리를 사용하기 위해 둘 다를 믿고, 동시에 받아들이도록"[844] 한다. 오웰의 동시대인이 날카롭게 지적했듯이, "오웰 씨는 친구들을 적과 다름없이 좋아한다."[845] 이것은 사실 오웰의 글을 읽는 데 큰 즐거움을 준다. 그의 글을 읽으면 그가 모든 것의 양 측면을 보여 주는 것을 알게 될 것이다.

애덤 스미스의 영국 - "탐욕스런 둔부"를 가진[846] 늙은 보수주의자와 부패한 귀족, 은행 임원들의 땅 - 에 대한 오웰의 시각을 살펴보라. 오웰이 지구상의 다른 어느 곳보다 사랑한 영국은 끔찍한 곳이면서 또한 축복받은 섬이기도 하다. 혁명이 일어나고 증권거래소가 무너지며 이튼교와 해로교의 경기가 잊혀도 "영국은 여전히 영국이어서, 끊임없이 미래와 과거로 뻗어나가고, 모든 생명체와 마찬가지로 인식을 바꾸면서도 동일하게 존재하는 힘을 지닌 변치않는 존재다." 이것이 바로 이중사고[847]다. 자신과 반대되는 것을 포함하고, 한 국가의 끝이 또한 시작이기도 한 것 말이다.

그리고 미국, 《1984》의 미국이 있다. 확장된 미국, 즉 오세아니아가 세 번째 곡물단임을, 즉《1984》에서 파운드가 달러로 대체되고 제1 활주로라 개명된 세 번째 전체주의 초대국이라는 사실을 기억하라. 미국은 악한 곳이다. 정말로 그런가?《1984》의 부록인 '신어의 구조'에서 돌연 우리는 익숙한 글과 마주친다. "우리는 모든 인간이 평등하게 창조되었다는 진리를 자명하다고 받아들인다."* 대체 이 맥락에서 이것은 무슨 뜻인가? 오웰의 표면적인 목적은 "그것을 원래 뜻을 유지하면서 신어로 옮기기가 얼마나 어려웠는지"를 설명하는 것이었다. 그러나 오웰은 인용 글도 결코 우연히 선택하지 않는다. 따라서 오웰, 곧 미국의 투기꾼이나 착복자, 백만장자, 시리얼을 먹는 호텔 투숙객, 술은 입에도 안 대는 선교사[848], 모호하고 기만적인 영어 표현을 쓰는 사람[849]을 자주 비웃어 온 그는《1984》의 마지막

---

* 흥미롭게도 오웰은 미국의 독립선언문을 잘못 인용하면서 일부분을 누락했다. 1984, p.313

페이지에 토머스 제퍼슨Thomas Jefferson의 말을 남긴다. 우리가 발견하는 오웰은 미국의 자유를 동경한다. 적어도 그 이론을. 그러나 실제적인 면에서는 아니다. 미국의 자유는 "신체적 감각처럼…… 자신감이 넘치고 걱정 없이" 시작된다. 그러나 결국 미국의 자유는 대규모 산업이 일어나고 값싼 이민 노동자들을 착취하면서[850] 배반당한다.

오웰에게, 인간인 것의 영예는 인간의 사랑까지 포함해 모든 것을 이중사고한다는 데 있다. 《1984》에서 모든 인간관계는 신뢰로 시작해 배신으로 추락한다. 책 전반에 걸쳐 윈스턴은 사랑하는 어머니에 대한 기억에 사로잡히는데, 그는 어릴 때 굶주린 여동생의 초콜릿 조각을 빼앗았고, 어찌된 일인지는 몰라도 어머니의 죽음을 초래한 것 같다. 오브라이언에게 친밀감을 느낀 윈스턴이 마음을 털어놓자 오브라이언은 충실한 당원이라는 자신의 정체를 드러냈다. 부드러운 말씨에 60세 정도 되는 고물상 주인 채링턴은 "노쇠하고 등이 굽었으며, 길고 자애로워 보이는 콧날에 난시인 부드러운 눈에는 두꺼운 안경을 썼다." 그는 "마치 문학 또는 어쩌면 음악을 했던 사람처럼 어렴풋이 지적인 분위기를" 풍겼다[851]. 결국 그는 사상경찰의 일원으로 드러난다. 그리고 줄리아는 어떤가? 처음에 윈스턴은 그녀를 증오하고 또 그만큼 갈망하면서 경찰봉으로 매질하는 상상을 한다. 그다음에 두 사람은 열광적으로 사랑에 빠진다.

윈스턴이 줄리아에게 말한다.

"중요한 한 가지는 우리가 서로를 배신하지 않을 거라는 거요…… 그들이 내가 당신을 사랑하는 걸 그만두게 만들 수 있다면, 그게 진짜 배신이 되겠지."

줄리아가 대꾸한다.

"그들은 그렇게 할 수 없어요. 바로 그게, 그들이 할 수 없는 한 가지예요."

윈스턴은 동의한다.

"당신이 어떤 결과도 낼 수 없을 때조차 인간으로 남는 것을 가치 있게 느낀다면, 그들을 이긴 거야."

그들이 오브라이언에게 고백한 뒤, 충성의 문제가 다시 수면 위로 올라온다. 오브라이언에게 압박을 받자 윈스턴과 줄리아 두 사람은 살인을 저지르고 아이들을 죽이며 조국을 배반하는 등 지하형제단을 위해 어떤 잔혹행위라도 저지르는 데 동의한다. 그리고 마지막 테스트 하나가 남는다.

"너희 둘은 이제 서로 헤어져서 다시는 만나지 않을 준비가 되었나?"

오브라이언이 마지막으로 묻는다.

"아니오!"

줄리아가 즉시 대답한다.

"아닙니다."

윈스턴도 잠깐 뜸을 들인 뒤 대답한다.

윈스턴은 감옥에서 자신이 줄리아를 배신하지 않았다는 사실을 알고 스스로 위안을 삼는다.

"그녀가 자네를 배신했네, 윈스턴." 하고 오브라이언이 알린다. "즉각적으로, 조금도 거리낌 없이 말이네. 그렇게 즉각적으로 마음을 바꾸는 사람을 나는 거의 처음 보았지." 잠시 뒤 오브라이언이 윈스턴에게 묻는다. "아직까지 자네가 겪지 않은 단 한 가지 수모에 대해 생각할 수 있는가?"

"나는 줄리아를 배신하지 않았습니다."

윈스턴은 대답한다.

그러자 오브라이언은 다시 일을 시작한다. 굶주린 쥐들이 윈스턴의 눈과 입을 뜯어 먹으려는 찰나, 윈스턴은 그가 자신에게 요구하는 것이 무엇인지 알아챈다.

"줄리아한테 해요!" 그는 소리친다. "줄리아한테 해요! 나한테 말고 줄리아한테! 그녀한테 무슨 짓을 하든 난 상관 안 해요. 그녀의 얼굴을 뜯어 먹어요. 뼈만 남게 다 뜯어 먹어요. 나 말고 줄리아를요! 나 말고!"

오웰은 책 끝부분에서 줄리아와 윈스턴이 다시 만났을 때 이것을 끄집어낸다.

"난 당신을 배신했어요."

하고 그녀가 단도직입적으로 말했다.

"나도 당신을 배신했소."

그녀는 또 한 번 빠르게 그에게 싫은 눈길을 던졌다……

"어쩌면 당신은 그건 단지 그들을 멈추게 하려고 말했을 뿐 진짜 그런 의도는 아니었다고, 속임수였다고 주장할지도 몰라요. 하지만 그건 사실이 아니에요…… 당신이 걱정하는 것은 오직 당신 자신뿐 이에요."

"당신이 걱정하는 것은 오직 당신 자신뿐이오."

하고 그는 따라했다.

"그리고 그 일 이후, 당신은 그 사람에 대해서 더는 전과 동일하게 느끼지 않아요."

"그래."

그가 말했다.

"당신은 전과 동일하게 느끼지 않아."[852]

이 장면은 "땅이 쇳덩이처럼 꽁꽁 얼어붙어 풀들이 다 죽은 듯했고, 바람에 흩날리는 크로커스 몇 송이 외에는 싹도 나지 않은 얼얼하고 몸서리나는 3월의 어느 날"[853]처럼 말할 수 없이 비참하다. 이것이 《1984》에서 사랑과 충성에 관한 마지막 말이다.

그러나 다행히도 이것이 최종 발언은 아니다. 오웰은 1년 뒤, 곧 그가 죽기 얼마 전에 이 문제에 관해 이중사고를 시작한다. 참으로 아름다운 에세이 《간디에 대한 소견Reflections on Gandhi》에 나타나는데, 오웰은 성인(聖人)들의 위험과 인간의 도전에 대해 이야기하며 다음과 같은 멋진 문장을 쓴다. "인간의 본질은 완벽을 추구하지 않고, 때로는 충성을 위해 기꺼이 죄를 저지르며, 친밀한 교류를 불가능하게 만들기까지 금욕주의를 강요하지 않고, 결국에는 삶에 패배하고 무너질 준비가 되는 것인데, 이것이 한 인간을 사랑으로 다른 인간과 묶을 때 불가피한 대가이다."[854]

이제 우리는 이중사고가 이 말 자체를 만들어낸 오웰의 글 전체를 엮고 있다는 사실에 거의 놀라지도 않는다. 시장은 자신감이 넘쳐 자유롭게 시작해서 기생충 같은 독점으로 끝난다. 미국의 자유는 토마스 제퍼슨으로 시작해서 제1 활주로로 끝난다. 사랑은 줄리아와 함께 시작해서 쥐들로 끝이 난다. 인생은 우정으로 시작해서 패배로 끝난다. 빈곤과 사회주의, 영국, 미국, 오웰은 이 모든 것을 사랑하고 동시에 증오한다. 왜냐하면 모두 아름답게 시작해서 추하게 끝나기 때문이다. 또는 그 반대이기 때문일까? 흑(黑)은 백(白)이고, 전쟁은 평화이며, 자유는 굴종이고, 무지는 힘이다. 이중사고가 전부다.

그리고 이것이 더욱 헷갈리게 하는 커다란 퍼즐을 만든다. 다시 한 번 묻겠다. 모든 것의 양면을 그렇게 명백하게 본 사람이 기계 자체가 적이라고 왜 그렇게 분명히 믿었을까? 오웰은 왜 텔레스크린에 대해서는 결코 이중사고를 하지 않았을까?

■

심리학적 문학 비평은 언제나 시간 낭비지만 기계와 시장에 대한 오웰의 관점을 다룰 때에는 피할 수 없는 방법이다.

오웰의《엽란을 날려라》의 주인공은 고든 캄스톡이라는 짜증나는 시인이다. 캄스톡은 돈을 몹시 싫어한다. 증오하기까지 한다. 그것은 단지 그가 학교에 다닐 때 부유한 급우들 사이에서 가난한 소년이었기 때문이다. 물론 그의 삶은 비참했다. "아마 아이에게 가할 수 있는 최대의 학대는 그 아이보다 부유한 집 아이들과 같은 학교에 보내는 것일 것이다."[855] "20년이 지난 후에도 그 학교에 대한 기억에 고든은 몸서리를 쳤다."[856]

그런데 여기서 말하고 있는 사람은 고든 캄스톡이 아니다. 조지 오웰이다[857]. 오웰은 자전적 에세이 《정말, 정말 좋았지Such, Such Were the Joys》 - 이 에세이는 (명예 훼손 소송을 당할 우려가 있었기 때문에) 그의 사후 20년이 지난 뒤에야 출간되었다[858]. - 에서 거의 같은 말을 한다. 에세이는 오웰이 이튼학교에 가기 전에 장학금을 받고 다녔던 기숙학교 크로스게이츠(Crossgates) [859]에서 실제 겪었던 비참한 상황들을 디킨스 소설에 나오듯 자세히 묘사한다. "부잣집 소년들은 거의 공공연히 특혜를 받았다." "가난하지만 '똑똑한' 장학생들은 말을 타거나 크리켓을 하지 않았고 생일 케이크를 받지 못했으며 자주 회초리로 맞았고 자신의 가난함을 공개적으로 떠올려야 했으며 자비를 베푼 크로스게이츠 학교에 훌쩍거리면서 감사하도록 요구받았다."

그 결과는 예측 가능했다. "나는 '신사'라고 말할 만하지 못한 사람은 누구든 경멸했다."라고 오웰은 《위건 부두로 가는 길》에서 회상한다. "그러나 나는 탐욕스러운 부자들, 특히 아주 최근에 부유하게 자란 사람들을 증오했다. 적절하고 우아하다고 느끼는 것은, 가문은 좋지만 돈이 없는 집에서 태어나는 것이다."[860] 고든 캄스톡은 《엽란을 날려라》에서 더 자세히 진술한다. "나는 대부분의 사람들보다 이른 나이에, 현대의 모든 상업이 사기라는 사실을 파악했다…… 내가 깨닫고, 시간이 흐르면서 더욱 명확해진 사실은 돈 숭배가 종교로 승격되었다는 것이다."[861]

오웰은 남은 생애 동안, 어린 시절의 굴욕들을 자본주의와 상속법의 탓으로 돌린다. 성인이 된 그의 삶은 크로스게이츠의 돈 숭배 문화에 대한 거의 지속적인 반항이라 할 수 있다[862]. 《엽란을 날려라》

의 캄스톡이나 《버마 시절》의 플로리처럼, 오웰은 대부분의 남자들이 부를 추구하듯 공격적으로 가난을 추구함으로써 여자 친구들을 격분시킨다. 《버마 시절》에서 천박하고 지독히 돈을 밝히는 여자인 엘리자베스는 세심하고 미(美)를 사랑하는 플로리를 거부한다[863]. 오웰도 그의 여인들과 동일한 문제를 가진다. 그는 돈을 경멸하지만 여자들은 그렇지 않다. 《엽란을 날려라》에서 캄스톡이 이렇게 쓰듯이 말이다. "사회적 실패, 예술적 실패, 성적인 실패, 이것들은 모두 같다. 이 모든 것의 밑바닥에 돈의 결핍이 있다."[864]

나머지는 분명하다. 돈은 악취를 풍기고 재산은 가증스러우며 경쟁하는 사람들은 촌충 같고 시체는 재산을 통제하지 못하며 자본주의는 적이다. 그리고 시장은 건드리는 모든 것을 부패시킨다. 자유시장 역시 적이다.

■

만일 촌충과 시체가 돈과 재산을 통제하지 않을 것이라면 누가 하겠는가? 사람들, 물론 정부의 사람들이 통제할 것이다. 성인이 된 오웰은 스탈린과 히틀러를 몹시 불신함에도 불구하고 정부를 사랑한다. 오웰의 반은 집산주의를 원한다[865]. 그것도 필사적으로, 왜냐하면 '경제 정의'는 자생적으로 일어나지 않기 때문이다. 오웰은 정부가 부재한 자연적 경제 질서는 크로스게이츠 학교와 같다는 사실을 잘 안다.

오웰은 《1984》에서, 사람들 사이에 타고난 재능의 불평등이 있다는 사실을 인정한다[866]. 그는 이 사실에 가능한 한 적은 시간을 투자하고, 블라이드의 책 속의 책에서 - 재능의 불평등을 인정하면서도 -

권력에 굶주린 과두제 집권층만 없었더라면 평등이 필연적이 되었을 것이라고 강하게 암시한다. 초기 에세이에서 오웰은 고위 당국에 지지를 호소하기까지 한다. 그는 에세이 《정치와 영어》에서 전도서의 친숙한 구절을 인용한다[867].

내가 다시 해 아래에서 보니 빠른 경주자들이라고 선착하는 것이 아니며 용사들이라고 전쟁에 승리하는 것이 아니며 지혜자들이라고 음식물을 얻는 것도 아니며 명철자들이라고 재물을 얻는 것도 아니며 지식인들이라고 은총을 입는 것이 아니니 이는 시기와 기회는 그들 모두에게 임함이니라.

— 전도서 9장 11절, 성경 개역개정판

여기서 오웰의 표면적인 목적은 《1984》에서 제퍼슨의 글을 인용한 것과 같다. 그는 단지 이 멋진 말이 현대의 게으르고 비효율적인 관료 정치에서 이용될 수 있는지를 보여주려고 한다.[868] 오웰은 구절을 결코 우연히 선택하지 않는데, 그가 자주 사용하는 성경 구절은 특히 더 그랬다[869]. 앞의 전도서 구절을 인용한 것은 단지 좋고 나쁜 글을 보여주기 위해서만이 아닌 정치적 진술을 하기 위해서였다. 오웰은 들의 백합 같은 인간이다. 그는 경주에 선착하기를 원하지 않는다. 오웰에게 알맞게도 성경 구절은 그럴 필요가 없다고 말한다.

그러나 성경 구절에도 불구하고 보통 경주는 빠른 자들의 것이고 오웰도 그것을 안다. 어떤 사람들은 다른 사람들보다 더 영리하고 근면하며 정직하고 협력하고 유쾌하고 상냥하며, 그런 사람들이 보통 성공한다. 대부분의 경우, 최소한 자유롭게 재능을 펼칠 수 있게 두면 재능이 우세한다. 데이몬 러니온Damon Runyon이 말했듯이 "경주가 언제나 빠른 자들의 것, 승리가 언제나 강한 자들의 것이 아닐지 모르지만 빠르거나 또는 강한 것이 내기를 걸 수 있는 길이다."[870]

오웰에게 이것은 비참한 딜레마이다. 오웰이 볼 때 자유는 물질적 풍족과 경제적 평등과 함께 시작된다[871]. 그러나 이것은 또한 사적 자유와, "자신의 가정을 갖고, 여가 시간에 하고 싶은 일을 하며, 상부에서 골라 준 것이 아닌 자기 스스로 자신의 오락을 선택하는 자유"[872]를 의미한다. 빠르기와 힘, 지혜가 불평등한 세상에서 물질적 평등이 이뤄지려면 자유방임적 경제, 자본주의, 사유 재산이라는 '방해물'과 다른 어떤 것이 필요하다. 그것이 풍부부다. 이것은 일반적으로 또 다른 하나 또는 두 개의 정부를, 즉 빅브라더를 의미한다.

오웰은 국가의 부에 관해서도 정확히 이와 동일한 문제에 부딪힌다. 그는 모든 민족과 인종을 공정하게 대하기를 필사적으로 원한다. 스페인에서 그의 지휘 하에 있던 농민 병사나 버마의 하급 노동자 '쿨리'들, 마라케슈에 관한 에세이에서 그가 깊은 연민을 갖고 묘사하는 가난한 노동자들을 말이다. 《1984》에 나오는 세 개의 전체주의적 초대국은 '문화적 완전' 상태를 유지한다. 이것은 보통 시민이 "외국인과의 접촉이 허용되면 그들 역시 자신들과 비슷하며, 외국인에 대해 들은 거의 모든 것이 거짓임을 알게 될" 것이기 때문이다[873]. 오웰은 개인들과 마찬가지로 국가들도, 시기와 기회가 모든 국가에 온다고 믿기를 원한다. 그는 원하지만 또다시 그럴 수 없게 된다. "국가와 국가 사이의 구분은 관점의 실제적 차이에 근거한다"라고 그는 1941년의 에세이에서 인정한다. 오웰은 한때 "모든 인간은 매우 비슷하다고 주장하는 게 적절한 생각"인 것 같았지만 그렇지 않음을 인정한다[874]. 따라서 국가들의 부에 있어서 평등은 없을 것이다. 다음 경우를 제외하고는 말이다. 세계 공동의 정부는 하나의 가능성이 될 수 있다. 하지만 (오웰이 다른 곳에서 지적했듯이) "영국이 외국인의 지배를 받은 것은 하나님과 자연의 법을 거스르는 불법행위가 될 것이다."[875] 국가적 평등에 이르는 다른 길은 《1984》에 있다. 즉 세 개의 곡식 단, 세 개의 당, 세 개의 빅브라더다.

전쟁은 오웰에게 다시 한 번 이와 같은 참을 수 없는 선택의 문제를 야기한다. 국가와 문화는 단지 재능과 산업에서만 불평등한 게 아니고, 어떤 국가나 문화는 완전히 악하다. 그런 국가나 문화에 저항하기 위해서는 두 가지, 즉 우수한 무기와 정치적 통합이 필요하다[876]. 우수한 무기는 텔레스크린을 만들어낸 사람들이 구축한다. 그러면 정치적 통합은? 오웰이 만족스럽게 보고하기를, 영국에서는 "전 국민이 마치 늑대와 마주친 소떼처럼 갑자기 방향을 바꿔 동일한 일을 하는 순간이 올 수 있다."[877] 그러나 이와 같은 국민이 평화 시에는 "거라사의 돼지떼처럼[878] 외곬으로" 행동할 수도 있다는 사실 역시 오웰은 안다. 상관없다. 전쟁은 때때로 필요하고, 전쟁을 하려면 평화부와 풍부부가 필요하다. 이 말은 하나의 당, 즉 빅브라더가 필요함을 의미한다.

이처럼 오웰의 뇌는 이중사고의 고리 안에서 질식당한다. 국가를 위해서나 개인을 위해서나, 그는 평등을 원한다. 빠른 자를 위한 경주는 문제이고, 정부가 해결책이다. 크로스게이츠 학교는 그런 정부가 없는 국가의 계통을 잇는다. 전형적 관료인 히틀러는 그런 정부가 있는 국가의 계통을 잇는다.

■

　그렇다면 어디서나 '자유'를 단언하면서 어떻게 크로스게이츠를 제
거할 수 있을까? 우리는 할 수 없다. 프랑스를 제외하고 말이다. 따
라서 글을 쓸 때 "외국어 구문을 몰아내라"고 권하던[879] 오웰은, 먼저
영불해협을 건너지 않고는 경제 이론을 논하기 어렵게 된다.

　아마 '자유방임적(laissez-faire)' 자본주의라는 프랑스어 어구는 용서할
수 있겠지만 오웰이 정말로 증오하는 것은 금리생활자였다. 그는 여
러 에세이를 통해서 '금리 자본주의'[880] '직업적 금리 생활 계급'[881] '금
리 생활 지식인'[882]을 맹비난한다. 그러면 금리생활자란 정확히 무엇
인가? 불영 사전에는 이렇게 정의되어 있다. "주주, 공채 투자자 또
는 재산 소유주나 일하지 않고 지낼 재산을 가진 사람 또는 연금 보
유자 또는 투자 수당을 받아먹고 사는 사람. '소규모 금리생활자이
다(C'est un petit rentier)'라는 표현은 봉급 외의 수입이 조금 있다, 소규모
투자자라는 뜻."[883] 오웰은 좀 더 다채롭게 정의 내린다. 금리생활자
란 "어딘지 거의 모르는 곳에 투자된 돈으로 생활하면서 전혀 일하지
않는 계층이다."라고 말이다. 그들은 "게으른 부자"에 "썩은 불합격
품"[884], "개의 몸에 있는 벼룩보다 사회에 더 쓸모없는 기생충들"[885]이
다. 오웰이 견딜 수 없어 한 자유는 사유재산으로 투자하여 돈을 벌
고 그것을 자녀들에게 물려주는 자유다. 이것이 오웰이 설명하는 프
랑스어 '금리생활자'이다. 그가 '자유로운' 시장을 말했다면, 그는 '자
유'를 살해해야 했을 것이다. 언어상으로 '금리생활자'를 제거하는 일

이란 쉽다.

그러나 그는 더 이상 아무도 속이지 않는다. 자기 자신조차. 평등 - 오웰이 원하는 물질적 평등 - 과 자유 - 노력과 지력, 개인 산업의 실제적 자유 - 는 양립할 수 없다. 좋든 싫든 간에 자유 시장은 자유 - 단지 물질적 자유만이 아니라 생각과 언론을 비롯한 모든 것의 자유 - 의 큰 부분을 차지한다. 어떤 사람들은 신문과 영화, 교향곡, 오페라, 연극을 생산하고, 다른 사람들은 돈을 지불한 뒤 그런 것들을 즐기는데, 돈이 이 순환을 끊는다. 돈을 쓰는 것은 자신을 표현하는 하나의 방식이다. 무신경하든 후하든 어리석든 낭비적이든 추하든, 현금을 넘겨주는 행위는, 개인이 선호하는 것을 표현하는 가장 참된 방법이다. 돈이 결정한다. 부자들은 (《엽란을 날려라》의 레블스톤 같은) 취미로 괜찮은 사회주의 잡지사를 운영한다. 가난한 사람들은 (캄스톡 같은) 끔찍한 미국 광고 회사에서 일해야 한다. 자유가 오면 정신과 돈은 손에 손을 잡고 나란히 간다[886].

오웰은 이 사실을 안다. 그리고 하루 열네 시간 동안 석탄을 캐고 나머지 열 시간은 추위 속에서 굶주리는 사람들에게 더 높은 유형의 자유에 관해 전하는 일이 큰 의미가 없다는 사실 역시 안다. 그는 '빠른 자들의 경주' 풍조가 사회에서 '경제적 정의'를 몰아낸다는 것도 안다. 또한 경제적 자유에 대해서 죽 고심하지 않고는 자유의 어떤 대원칙도 설명할 수 없다는 것도 안다. 그리고 빅브라더를 향해 이동하지 않고는 경제적 사회주의에 대해서 진지하게 이야기할 수 없다는 사실을 안다[887]. 《1984》에서 당은 많은 사회주의적인 일들을 했다. 사유재산을 폐지했고 자유 시장을 금지했다. 이런 것들은 사회주의자 오웰이 시행되야 한다고 믿는 것들이다. 오웰은 풍부부가 바로 그가 증오하는 '과두제 집산주의'의 기둥임을 알지만, 그가 사랑하는 민주적 사회주의의 기둥이기도 하다는 것을 안다.

따라서 오웰은 벽에 부딪힌다. 그는 《1984》에서 무너지는 빅브라더에 대해서 좋게 말하든가 아니면 경제적 자유, 즉 자유 시장, 따라서 또 다른 적인 금리생활자들의 자본주의에 대해서 좋게 말하든가 해야 한다. 오웰은 《1984》의 빅브라더를 증오하지만 그 자신은 사회주의자다. 그는 빅브라더 없는 집산주의를 원하는데, 그것에 이르는 방법을 모른다. 《1984》에서 빠진 장, 즉 자유에 관한 장은 오웰 자신의 영국사회주의, 영사 정치에서 결코 풀리지 않는 역설이기 때문에 빠졌다.

■

이제 여러분은, 내가 오웰의 설익은 사회주의에 인신공격을 가하면서 텔레스크린의 명예를 회복시키려 한다고 추측할지 모르겠다. 하지만 나는 오웰을 단지 좌익이라 표현하며 그의 평판을 떨어뜨리려는 게 아니다. 오웰이 자유 시장에 대해 믿은 것과, 결국에는 텔레스크린 전체주의에 관한 그의 생각을 설명하려 한다.

하이에크나 코스와 같은 사람들이 사상의 시장을 수용하기란 쉽다. 자유 시장의 논리와 수사법은 이식이 가능하다. 하이에크나 코스와 같은 사람들은 텔레스크린과 같은 물건들에 대해 낙관적이기도 마찬가지로 쉽다. 더 많은 사적 개인들에게 더 많고 나은 통신 기계들이 주어진다는 것은 더 많은 교역과 더 많은 가게주인, 더 많은 금리생활자, 더 많은 언론의 자유를 의미한다. 집산주의자들, 또는 원한다면 민주적 사회주의자들은 책을 쓰기가 더욱 어렵다. 집산주의자들은 강력하고 비싼 기계들이 몰수되고 정부 소유가 되도록 요구한다. 효율성과 경제 정의를 위해서 말이다. 그래서 텔레스크린과 같이 최신식의 것들이 등장하면 자유의지론적 집산주의자들은 내용을 집산화하지 않으면서 어떻게 통신 매체들을 집산화할지, 개인의 정신을 건드리지 않으면서 어떻게 개인의 지갑을 집산화할지, 애정부의 매독성 포옹에 빠지지 않고 어떻게 풍부부에 지지를 호소할지를 어떻게든 설명해야 한다. 그러나 그들은 그것을 설명할 수 없다. 그것은 실행될 수 없기 때문이다.

이제 마지막으로, 우리를 처음 시장으로 이끈 질문으로 돌아가 보자. 오웰은 왜 텔레스크린이 자유를 증진할지도 모른다는 생각을 한 번도 하지 않았을까? 그는 왜 텔레스크린화된 정부의 굴종이 개개인의 손에 있는 텔레스크린의 자유에 압도당할지 모른다는 상상을 한 번도 하지 못했을까? 이런 의문은 《1984》의 빠진 장, 즉 자유에 대해 오웰이 긍정적 정의를 시도했을 장을 찾아 나서게 만든다. 그러나 우리가 찾은 것은 또 다른 부정적 견해다. 자유란 그것이 무엇에 관한 것이든 금리생활자들이 우글거리는 자유 시장은 아니다. 결국 자유 시장은 부잣집 어린 녀석들이 다른 사람들을 괴롭히고 굴욕감을 주는 크로스게이츠로 이끈다.

그렇다. 이것에 대해 좀 더 앞에서 언급하는 것을 깜빡했다. 크로스케이츠 학교의 장학생 소년이 받는 전형적인 모욕 ─ 특별히 기억에 남는 굴욕 ─ 한 가지는 부잣집 소년들에게 아버지의 차의 크기와 성능을 검사받는 것이었다. 물론 장학생 소년의 아버지는 차를 소유하지 못했다[888]. 오웰은 그 일을 아주 오랜 세월이 흐른 뒤에도 기억했다. 장학생 소년은 영사기를 갖게 될 가능성에 대해서도 진지하게 생각할 수 없었다. 오웰이 《새 단어들》에서 영사기에 대해 설명할 때, 몇몇 '백만장자'들이 소유한다고 묘사한 것을 생각하라. 최신 기계들을 개인적으로 소유한다는 것은 오웰에게는 말할 수 없이 비참한 기억들을 떠오르게 한다. 결국, 성인이 된 오웰은 이렇게 결론 짓는다. 즉 경제 정의에 거의 무관심한 사람만이 사유재산을 옹호할 수 있다[889]. 그다음에 오웰이 볼 때, 자유가 돈을 벌고 그것으로 비싼 도구들을 사는 사람들에게 확대될 때, 자유란 정말로 굴종이다. 그는 값비싼 개인 소유물들로 조직된 세계를 생각하는 것만으로도 참을 수 없었다.

성인이 된 그는 세계가 그렇게 되어서는 안 된다고 미리 선언하면서 인생을 보낸다. 하이에크가 틀렸다. 자본주의는 끝났다. 《1984》보다 훨씬 더 끔찍한 세상은 금리생활자인 자본주의자들이 소유한 세상, 곧 장학생 소년이 아버지가 커다란 개인 컴퓨터를 갖지 못했기 때문에 영원히 괴롭힘 당하는 크로스게이츠 같은 사회이다. 이러한 공포 - 그 자신이 어린 시절에 직접 겪은 개인적인 공포 - 를 오웰은 결코 극복하지 못한다. 그는 모든 것을 완벽히 통찰하지만 거울에 비친 그 자신의 소년시절의 얼굴만은 예외다[890].

그렇다면 오웰이 볼 때 누가 미래에 텔레스크린을 소유할까? 버릇 없이 키운 아들을 크로스게이츠에 보내는 금리생활자 자본주의자들은 확실히 아니다. 자동차, 영사기, 라디오, 전화기, 식기 세척기, 이런 것들은 오웰의 경제적으로 공정한 세계에서는 하나도 개인의 소유가 되지 못할 것이다. 그것들은 모두 식기부, 또는 이와 비슷한 어떤 기관의 소유가 될 것이다[891]. 이것이 끔찍한 크로스게이츠에 대한 해답이다. 하지만 정부 소유 역시 매우 끔찍할 것이다. 그것을 보여주는 게《1984》이다.

■

만일 오웰이 자기 아버지처럼 82세까지 살았다면[892] 1985년에 죽었을 것이다. 그렇게 오래 살았다면《1984》의 서평들을 읽고 그에 대한 응답으로 '편집자에게 보내는 편지'를 작성할 시간을 가질 수 있었을 것이다. 어쩌면 그 편지 내용을《새 단어들》나《시와 마이크》에서 끌어냈을지도 모른다. 어쨌든 오웰은 심사숙고하고 정직한 마음으로 자기 비판적 연구를 솔직하게 썼을 것이다. 그는 자신이 한때 믿었던 것과 대립한다고 해도, 사실을 직시하는 일을 결코 두려워하지 않았다. 그는 이미 자신을 반박하는 글을 쓰기도 했다. 그는 이중사고를 사는 보람으로 삼았다.

사실 그는 이중사고로 살았고 결국 그것으로 죽었다. 그는 자신을 "토리 아나키스트(Tory Anarchist: 보수주의적 무정부주의자 - 역주)"로 묘사했는데 (그는 조나단 스위프트도 이와 동일한 말로 묘사했다)[893], 이는 자유를 불신하면서 권위를 경멸하는 사람을 의미했다[894]. 그는 성인이 되어 사회생활을 버마에서 식민지 경찰로 시작해 스파이망을 관리했고,《1984》와 함께 그 생활을 끝냈다. 그는 라디오를 증오했으면서 BBC 방송국에서 2년 동안 방송을 했다. 오웰은 1938년에 이렇게 쓴다. "전쟁의 가장 끔찍한 특성 중 하나는 모든 전쟁의 프로파간다와 비명, 거짓말, 증오가 언제나 직접 싸우지 않는 사람들에게서 나온다는 것이다."[895] 5

년 뒤 그는 영국의 전시 선전 기관의 일원이 된다. "조만간 우리 모두가 자신의 묘비명을 쓸 것 같다." 하고 그는 당시의 역설적인 상황을 생각하면서 썼다[896]. 그렇다, 오웰은 《1984》에 대해서, 시간이 허락했다면 자신이 직접 답변을 - 그 책과 년도에 대해서도 - 썼을 것이다.

그러나 오웰의 묘비명은 텔레스크린의 묘비명보다 훨씬 전에 써졌다. 오웰의 삶에서 이중사고의 정점은 《1984》를 집필하던 시기이다. 1947년, 책의 초고만 겨우 완성한 오웰은 자신이 폐결핵에 걸린 것을 알게 된다[897]. 최선의 치료약은 스트렙토마이신이라는, 당시만 해도 영국에서는 구하기 어려웠던 미국의 신약이었다[898]. 영국 귀족 자제인 데이비드 애스터David Astor는 미국에 사는 친척을 통해서 그 약을 특별 수하물로 오웰의 병원에 보내도록 주선한다[899]. "많이 좋아졌소."라고 오웰은 1948년 4월, 편지에 쓴다. 그는 열을 내어 자신의 마지막 소설을 완성해 나간다[900]. 윈스턴 스미스가 일기에 쓴 첫 마디, "1984년 4월 4일"은 아마 1948년 4월 4일 아니면 그 즈음에 작성되었을 것이다. 오웰은 그로부터 거의 2년을 더 살게 된다. 그의 위대한 책을 완성하고 엄청난 승리의 시작을 목격하는 데 겨우 충족되는 시간이었던 그 2년은 미국 자본주의의 정수와 영국 상위 계층 금리생활자의 후원으로 얻은 시간이었다.

오웰은 1950년 1월 21일, 향년 46세에 죽었다.

기계

〜┈┥┈〜

게슈타포가 문체 비교를 통해 익명의 소책자들의 저자를 알아내는, 문학 비평가들로 이뤄진 팀을 구성했다고 한다. 나는 명분이 훌륭하다면 정확히 그런 일을 하고 싶다고 늘 생각했다[901].

– 《내 마음대로 As I Please》(1945)

"내가 그것을 썼네. 다시 말해 내가 그것을 써서 협력했네. 알다시피 어떤 책도 개별적으로 출판되지 않네."[902] 《1984》 말미에서 오브라이언이 윈스턴 스미스에게 말한다. 그는 《1984》의 중간 부분에 나오는 표면상 케네스 블라이드가 썼다는 책 《과두제 집산주의의 이론과 실제》를 언급하고 있다. 그러나 오브라이언은 그 책을 쓰지 않는다. 블라이드와 오브라이언은 물론 조지 오웰이 만들어낸 인물들이다. 그들의 진짜 이름은 에릭 블레어다. 따라서 우리는 하나의 책에, 네 명의 저자를 얻게 된다.

저자가 왜 다섯이 아닌가[903]? 나는 《1984》를 여러 번 읽고 세심히 숙고한 끝에 오웰이 몇 가지 심각한 실수를 저질렀음을 깨달았다. 그는 나의 임무까지 써 놓았다.

4.4.48 g.o. 텔레스크린 잘못 예측 오식 오인용 책 전문 두 배로 좋게 수정 상부 제출[904]

그렇다. 오웰은 이 일이 일어나기를 기대했다. 1984년까지 "모든 역사는 필요한 만큼 여러 차례 깨끗이 지운 다음에 정확하게 다시 새긴 양피지 문서였다."[905] 1994년까지 《1984》 역시 역사였고, 지워질 준비가 되어 있었다.

■

나의 텔레스크린들 중 하나, 때때로 여섯 살 난 딸이 게임하는 데 사용하는 컴퓨터를 자동급지장치가 장착된 휴렛패커드의 평판 스캐너와 연결했다. 그리고 컴퓨터 안에 회로판을 설치했다. 나는 이 기기들에 《1984》의 사본을 찢어 넣었다. 컴퓨터와 스캐너가 5시간 정도 윙윙거린 뒤, 책은 전부 스캔되었고 전자 텍스트로 전환되었다. 책 서문에서 설명했듯이 《1984》는 내 하드디스크에 ASCII 파일 590,463바이트 용량으로 저장되어 있다. 오웰의 다른 책들과 에세이, 편지들, 셀든의 뛰어난 전기도 그렇게 했다.

나는 가장 빠른 워드 프로세서, XyWrite III+를 사용했다. 1993년에는 꽤 빨랐던 이 기계 - 66MHz 80486 - 와 램(16메가바이츠)과 함께 사용하여 책 전체를 동적 기억 장치에 담았다. 《1984》를 내 워드 프로세서에 로딩하면, 단 1초 만에 첫 단어에서 마지막 단어로 건너뛸 수 있다. 이렇게 나는 책 내용 중 어떤 특정 단어나 구를 마음대로 찾을 수 있었다. 컴퓨터 자판의 키를 하나 누르는 시간에 한 사건에서 다음 사건으로 이동할 수 있었다.

나는 내 기계의 검색 능력 덕에 다른 어떤 수단으로 할 수 있던 것보다 훨씬 야심차게, 오웰이 《1984》에서 전개한 양식과 주제 들을 검색할 수 있었다. 예를 들면 오웰이 교회 종이나 윈스턴 스미스의 쥐에 대한 공포, 유리 속에 박힌 산호 조각 이미지, 밤나무 카페, 언젠가 "더는 어둠이 없는 곳에서" 만날 계획 등의 테마들을 어떻게 전개했는지 몇 초 만에 볼 수 있었다. 이제 오웰이 되풀이하는 고립과 연결, 증오와 사랑, 소외와 형제애를 엮은 비유들 전부의 윤곽을 쉽게 그릴 수도 있다. 가끔은 마치 오웰이 위대한 고전 소설의 가닥을 짜고 있는 것을 그의 어깨 너머로 보고 있는 듯 느껴지기도 했다. 오웰의 복잡한 계획이 그 자신 외에는 아무도 본 적이 없었을 방식으로 내 앞에 펼쳐졌다.

그러나 내 마음 속에는 좀 더 명확한 목표가 있었다. 나의 스크린은 오웰의 작품을 뒤쫓을 것이었다. 나는 오웰의 책을 처음부터 끝까지 다시 쓸 작정이었다[906].

■

처음에는 오웰을 재창조한다는 생각에 몹시 겁이 났다. 어쨌든 오웰은 위대한 천재성을 가졌고, 거기에 더해 표절할 수 있는 15년간 쓴 글을 갖고 있었다. 그런데 나는? 음, 나는……

나는 알았다. 내게도 오웰의 천재성이 있다는 사실을. 나의 머릿속이 아니라 손가락 끝, 내 컴퓨터 안에 말이다. 나는 병 속에 든 오웰의 뇌를 가졌다. 오웰이 15년간 쓴 글을 떼어 옮겨 붙여서 《1984》를 만들어낼 수 있었다면, 나도 동일하게 내 책을 낼 수 있다. 정말로 나는 글을 떼어내고 붙여서 거의 확실히 오웰을 능가할 수 있었다. 내 컴퓨터의 잘라 붙이기 도구가 그의 도구보다 훨씬 뛰어났기 때문이다.

이 모든 것 중에서 단연 최고는 오웰이 허락을 표현했다는 사실이었다. 사실 나는 오웰이 먼저 요청했을 것이라고 확신한다. 어쨌든 누구보다 앞서 책을 쓰는 기계의 가능성을 생각해낸 사람이 오웰 자신이었으니까. BBC 방송 진행자로서 "조나단 스위프트와의 가상 인터뷰"를 지어내고, 말 그대로 다섯 명의 다른 저자들이 쓴 '다섯 저자들의 이야기Story by Five Authors'를 제작한 것도 오웰이었다. 《1984》에서 과거의 시와 문학 작품들을 전혀 알아볼 수 없게 개작하는 진리부를 제시한 것도 오웰이었다.

따라서 오웰에 의해 심리적으로 준비가 된 나는 《1984》를 내 컴퓨터에 로딩한 뒤 한 줄씩 새로 쓰기 시작했다. 내 임무는 간단했다. 《1984》를 부정하는 순간 긍정하는 것이었다. 나는 오웰이 옳았다고 증명함으로써 그가 틀렸다고 증명할 것이었다. 나는 이중사고의 승리자가 될 것이었다. 나는 역시 오웰에게 빚을 졌다.

나는 오웰의 전체 글에서부터 《오웰의 복수》를 조립해 나가면서, 진리부의 윈스턴 스미스의 존재를 다시 살렸다. 일례로, 나는 오웰이 자유 시장을 경멸한다는 것을 알았지만 그것을 미화하려고 구상했다. 상관없었다. 오웰은 분명 어딘가에 시장에 대한 고무적인 묘사를 했을 것이다. 당장에 나는 그의 글 전체를 검색해서 그런 부분을 찾았다. '시장'이라는 단어를 치자 거의 즉시 내 눈 앞에 복제하기 좋은 구절이 나타났다. 기계가 실제로 나를 《엽란을 날려라》에 나오는 루턴 로드의 수산 시장에 대한 멋진 묘사 부분으로 이끌었다. 그다음에 캄스톡의 생각도 나왔다. "재래시장을 볼 때마다 영국에 아직 희망이 있음을 안다."

나는 '숱이 적은 머리'나 '실크해트', '배수관', '지독한 악취', '내장', '축음기'에 대해서도 같은 작업을 할 수 있었다. 블레어의 여자는 어떤가? 오웰의 초기 글과 관련해서 "아마도 가장 눈에 띄는 것은 많은 부분이 창녀들과 관련 있다는 점일 것이다."[907]라고 셸든의 전기가 즉각적으로 알려줬다. 오브라이언이 쇠퇴해가는 모습을 그리는 본문이 필요했던가? 《1984》의 숙청된 이전 당원들이 만신창이가 되어가는 모습을 묘사하는 글귀들을 즉각적으로 볼 수 있었다. 그리고 내 컴퓨터는 오웰의 에세이 《코끼리를 쏘다Shooting an Elephant》에서 몇 가지 멋진 구절들을 제안했다. 기계가 정곡을 찔렀다. 코끼리가 라이플총알을 머리에 맞고서 고통스럽게 죽어가는 장면 묘사가 오브라이언이 무너지는 장면과 완벽하게 맞아 떨어지는 것 같았다. 오브라이언이 또 다른 교수형을 준비하면서 이전 교수형을 회상할 때 내게 도움이 필요했던가? 영국 문학 최고의 에세이 중 하나인, 오웰의 《교수형A Hanging》보다 더 나은 본문은 없었다.

나는 이런 작업을 하면서, 오웰도 바로 이런 식으로 글을 썼다는 사실을 깨달았다. 내 컴퓨터는 인정사정없었다. 예를 들어, 내가 오웰이 《코끼리를 쏘다》에서 죽어가는 코끼리를 묘사할 때 사용한 "붉은 벨벳" 직유에 잠시 감탄하고 있으면, 컴퓨터는 오웰이 그 표현을 《버마 시절》에서, 그리고 그와 매우 유사한 상황에서 또 사용했다고 속삭였다. 《1984》는 오웰 자신의 이전 책과 에세이에서 거의 모든 구절과 문장, 비유, 장면들을 표절한다. 내가 《1984》에서 가져온 듯 소개한 이 책 서문의 인용문, 의역 들도 사실은 오웰의 다른 글들에서 끌어왔다. 그렇기는 해도 그것들은 전적으로 《1984》의 충실한 요약이다. 나는 또한 오웰이 자신의 책이나 에세이에 자신의 다른 작품들을 애써 (그러나 명백히 의도적으로) 암시하려 했다는 점도 발견했다[908].

만일 오웰이 오웰에게 그 일을 할 수 있었다면, 나도 할 수 있었다. 나는 지금껏 키보드 앞에서 최고로 즐거운 시간을 보냈다. 텔레스크린은 기억으로 채워졌다. 오웰이 가장 증오한 기계를 통해 즉시 볼 수 있는 수천 페이지에 달하는 오웰의 문학적 기억 전부말이다. 어떤 장면이나 이미지, 아이디어를 원할 때 오웰의 전자두뇌에서 검색하면 거의 언제나 찾을 수 있었다. 오웰의 작품에 대한 나의 가장 흥미진진한 비판을 비롯해서 그에 관한 논픽션도 마찬가지로 오웰 자신의 문학 비평에서 빈번히 끌어왔다. "멋진 괴물 석상, 썩은 건축물" "의학적으로 온전한" "상상력이 부족한 인간" 이것은 모두 오웰이다. 오웰 자신(이 사실을 미주에서 분명히 확인할 수 있을 것이다.)을 나타내기 위해 돌려 표현한 오웰이다.

마지막으로, 나는 이 작업을 쉽게 마칠 수 있었다고 덧붙이고 싶다. 모든 쓸만한 워드 프로세서에는 유의어 사전이 내장되어 있다. 나는 단어 대 단어, 문장 대 문장으로 오웰의 텍스트를 분해해서 내 방식대로 재배치할 수 있었다. 그러고는 내가 한 작업의 모든 증거를 쉽게 지울 수 있었다. 최종 산물은 오웰의 것이 아닐 터이다. 적어도 그렇게 인식되지 않을 것이다. 중요한 모든 어휘, 은유와 비유는 오웰에게 진 나의 엄청난 빚을 알아볼 수 없을 정도로 다를 것이다. 내 책은 일종의 화석, 오웰의 작품들이 광물화된 복제물, 모래를 섞어 하나씩 교체한 먹지와 같을 것이다. 그럼에도 모든 실제적 작업, 문장과 단락의 구조와 배열, 논리적 흐름은 여전히 그의 것이다. 많은 사람이 함께 작업한 그림, 간단히 말해 처음의 선들을 더는 볼 수 없는 그림 같을 것이다. 나는 오웰을 후버로 변형시켰다. 그리고 아무도 눈치 채지 못했다.

그러나 나는 마지막 단계를 밟는 것은 정중히 사양한다. 어디든 적합해 보였던 오웰의 암시와 이미지, 표현 방식 중 최고를 남겨 두었다. 내가 시작한 일을 끝마치기에 너무 게을러서가 아니라, 끝내지 않는 것도 내 의도이기 때문이다. 나의 의도는 오웰을 완전히 증발시키는 게 아니다. 오웰이 그 자신도 모르게 《1984》를 사랑하게 만드는 것으로 충분했다.

■

나는 회한의 감정 없이 이 글을 썼다. 여기서 그것에 대해 사과하지 않겠다. 모든 글쓰기는 암시이고, 모든 문학은 공동의 경험 위에 세워진다[909]. 오웰이 썼던 최고의 무의미시는 개인이 아닌 공동체에 의해 써졌다. 오웰이 《새 단어들》에서 지적하듯이 언어 자체가 집단적으로 만들어졌다. 소설은 언제나 혼자서 하는 수고일 것이라고 오웰은 때때로 말했다[910]. 그러나 오웰은 텔레스크린의 능력을 완전히 이해하지 못했다.

이런 상황에서 텔레스크린의 시대에 오웰을 통신 과학기술에 관한 진지한 논의에 참여시키는 일은 가능할 뿐 아니라 의무이기도 하다. 오웰에게 동의한다면, 그의 생각을 자신의 것으로 삼을 것이다. 오웰에게 동의하지 않는다면 그의 말을 오브라이언이나 버지스의 입에 넣고, 그다음에 그들의 말에 대답할 것이다. 오웰이 가끔 그렇듯 지루하고 학자연하면 잘라 내라. 오웰이 빈번하게 그렇듯 뛰어나면 갖다 붙인 다음에, 할 수 있는 만큼 대담하라. 뭔가 예쁘장한 것 - 말하자면 작고 예쁜 문진 같은 것 - 을 발견하면 가장 적합한 장식의 자리에 놓을 것이다. 당신이 오웰을 어떻게 이용하든 당신이 쓰는 모든 것에 관해서 그의 시각을 인정해야 한다. 다른 선택지는 없다. 오웰은 그가 틀릴 때조차, 그리고 당신이 그에게 완전히 반대할 때조차 당신의 생각을 형성한다. 텔레스크린에 관한 오웰의 글을 읽는 일은, 텔레스크린에 관해서 글을 쓰는 것과 마찬가지로, 더는 수동적인 작업이 될 수 없다.

"현재를 지배하는 자가 과거도 지배한다."라고 오웰은《1984》에 썼다[911]. 어제 일어난 일을 우리가 바꿀 수 있든 없든, 우리는 어제의 문학 신사들이 오늘 일어나리라고 했던 말은 확실히 바꿀 수 있다. 오늘 일어날 일에 대한 어제의 예측을 긍정하거나 부인하는 일은 우리의 소관이다. 따라서 1984년은 그 시대를 사는 우리의 것이지, 그것을 쓴 그의 것이 아니다. 그렇다면《1984》와 예측을 넘어서는 모든 책들도 역시 그래야 한다. 미래는 '그럴 것이다'도, '그래야 한다'도, '그렇게 될 것이다'도 아니다. 미래는 그 시대를 살아가는 사람들의 것이다. 그들이 과거를 바꿀 힘이 있어서가 아니라, 그들의 시간에 일어나는 일들을 만들어 나갈 힘을 갖고 있기 때문이다[912].

성경에 '팀셸(Timshel)'이라는 것이 있다. 이것은 '너는 하라'도, '너는 할 것이다'도 아닌 '너는 할 수도 있을 것이다'[913]이다. 텔레스크린의 미래는 '일지도 모른다'이다. 이것은 선택 가능성이다. 텔레스크린의 미래는 오웰의 것일 수 있다. 또는 나의 것일 수도 있다.

미해결 부분

───•:•───

정부기관이 커질수록 미해결 부분과 잊힌 구석들은 더 많아진다. 이것은 어쩌면 작은 위안일 수는 있지만 비열한 것은 아니다. 이 말은 어쩌면 이미 자유주의 전통이 강한 나라들에서는 관료주의 독재란 결코 완성될 수 없음을 의미하기도 할 것이다[914].

– 《시와 마이크》(1945)

하나는 벨(Bell), 다른 하나는 블루(Blue)라고 불렸다. 벨의 본부인 짙은 화강암 건물이 뉴욕시 중심가의 사람들로 붐비는 인도 위로 어마어마하고 휘황찬란하게 솟아 있었다. 블루의 사업체는 근처 아몽크에 집중되어 있었다. 그들 사이 비앤비(B&B)는 1억 4천만 명의 직원을 두었다[915]. 그들은 지구상에서 가장 수익성이 좋고 강력한 두 개의 사업체를 지배했다. 대부분의 정보 - 그리고 인간 정신이 만들어낼 수 있는 것 대부분 - 를 전자 기기들을 통해 저장하고 편집하며 복제하고 퍼뜨리는 시대에, 비앤비는 생각 자체를 통제하는 능력에 그 어느 때보다 더 가까이 다가갔었다.

그런데 끝이, 적어도 끝의 시작이 1984년 1월 1일, 자정이 1초 지났을 때 찾아왔다. 정부가 단 한 번의 타격으로 벨을 여덟 조각으로 부수었다. 그로부터 3주 뒤, 스티브 잡스Steve Jobs는 애플 컴퓨터의 주주 총회에서 연단에 나가 매킨토시 컴퓨터를 선보였다.

■

'멀리서 말하기'라는 그리스어에서 온 '텔레포니(telephony)', 즉 전화 통신이라는 개념은 태곳적부터 인류를 애태우게 했다. 19세기의 발명가들이 처음으로 그 가능성을 진지하게 탐구했다. 1831년에 마이클 패러데이Michael Faraday는 자기장에서 진동하는 철 조각이 전기적 파동을 일으키는 것을 증명했다. 얼마 뒤 1835년에는 새뮤얼 모스Samuel Morse가 전신의 필수 요소들을 발명했다.

알렉산더 그레이엄 벨Alexander Graham Bell은 '고조파 전신(harmonic telegraph)'의 초안을 1872년에 만들어냈다. 그 뒤 몇 년 안에 그는 소리를 시각적으로 표현하는 포노토그래프를 개발했다. 1875년 6월에 벨은 전화기의 핵심 요소인 전자 마이크와 스피커의 기본 원리를 발견했다. "왓슨, 자네를 보고 싶으니 이리로 오게."라는 유명한 말이 1876년 3월 10일에 벨에게서 그의 조수에게 전송되었다. 그 다음 해 미국에서 일반 전화 서비스가 개시되었다. 벨은 언젠가 "각 가정에 전화기 한 대가 필수적이라 생각될 것"[916]이라고 확신했다.

1878년 쯤 벨은 각 위치에 두 대의 '전화기들'을 - 하나는 말을 하고 다른 하나는 듣는 데 사용하는 - 설치해서 사용자가 기기를 입에서 귀로 계속 바꿔 댈 필요가 없게 만들었다[917]. 이것은 오웰적인 경이로운 진보로 오웰적인 결과를 낳았다. 즉 2단의 새 전화기는 발신과 수신, 두 가지를 할 수 있었다. 원래 전화기는 둘씩 짝을 이뤄 서로 직접적으로 연결되어 있었다[918]. 1878년에 전화기 회사는 전화 교환국의 필요성을 파악했다. 전화 교환국 - 처음에는 단순한 교환대 - 은 각 전화기를 동일한 교환국에 연결된 다른 전화기로 연결해 주면서 전화의 유용성을 급진적으로 증대시켰다. 뉴저지 주의 뉴어크 시는 1914년에 첫 반자동화 교환대 장치를 자랑했다.

통신 산업이 보잘 것 없는 독점으로 시작되고, 벨의 특허권을 중심으로 돌아갔다. 그러나 1894년까지 주요 특허권들이 만료가 되거나 법원에 의해 제한적으로 해석되었다. 이렇게 해서 새로 이용 가능해진 기술이 제공하는 기회를 수많은 독립적 전화 회사들이 이용했다. 활발한 경쟁과 서비스의 폭발적인 팽창이 뒤따랐다. 1902년까지 전화 서비스가 되는 1,002개의 도시 중 452개 도시들은 각 도시에 두 개 이상의 전화 회사들을 갖게 되었다. 1907년 전화를 이용한 인구조사가 실시되었을 때는, 독립 회사들이 거의 벨 회사만큼의 많은 수의 가입 전화기를 보유하고 있었다.

그러나 전화 교환국의 논리는 통신 산업을 독점을 향해 냉혹하게 밀어붙이는 듯했다[919]. 경쟁적인 전화 교환국들은 시장을 산산이 쪼갰고, 요금을 올렸으며, 중앙 교환기 - 보편적 접속 - 의 이점을 무산시켰다. 전화 교환국들이 또한 교환국 간 통신의 가능성을 좀 더 먼 거리로 확대했지만 상당히 먼 거리를 연결하는 통신비용은 엄청나게 올라갔다. 장거리 서비스에 필요한 중대한 기술의 두 조각, 즉 전선과 초기 진공관 앰프인 오디언이 벨 회사 소유였다. 벨 독점의 망령이 다시 한 번 통신 산업 위로 떠오르기 시작했다.

이즈음 뛰어난 관리자인 시어도어 베일Theodore Vail이 벨 회사의 사장이 되어 벨의 독점권을 되찾기로 결심했다. 벨시스템은 전화에 대한 처음의 특허권들을 잃었었지만 새로운 특허권들을 획득했는데, 이 새로운 특허권들이 훌륭한 장거리 통신을 제공하면서 중대한 우위를 제공했다. 베일은 하나의 회사, 즉 자신의 회사가 공급하는 '보편 서비스(universal service)'를 열렬히 믿었다. 따라서 벨시스템은 자사 계열사들에게 보다 우수한 장거리 서비스를 독점적으로 제공했다. 벨시스템은 심지어, 자사와 직접적으로 경쟁하지도 않는 개인 회사에도 장비를 팔거나 상호접속을 제공하기를 거부했다. 벨시스템과 제휴하지 않은 전화 회사들은 연속적으로 사업을 접거나 매각되었다[920].

벨시스템의 행태는 미국 사법부의 반독점 변호사들의 주의를 끌었다. 1913년 벨시스템의 부사장 킹스베리N. C. Kingsbury는 미 법무장관과의 합의로, 벨시스템은 독자적 전화 회사들을 인수하는 것을 그만두고 남아 있는 전화 회사들이 벨의 장거리 서비스와 연결되는 것을 허가한다고 약속했다. 그러나 '킹스베리 약속'은 전화 통신의 경쟁을 촉진하는 데 아무 역할도 하지 못했다. 다른 지역 경쟁사들과의 상호접속을 계속 거부하는 지역 전화 교환국들의 독점은 그대로였다. 벨시스템의 장거리 서비스 독점은 받아들여졌고 확실히 강화되었다. 벨시스템은 모든 다른 지역 전화 교환국들과 서로 연결되도록 요구받았지만 장거리 서비스 가운데 어떤 경쟁 - 또는 상호접속 - 에 관한 것인지 규정이 없었다.

따라서 시장은 조심스럽게 분할되었다. 이미 독점이 확립된 각 지역 전화 교환국들의 시장과 벨시스템이 독점하는 장거리 서비스 시장으로 말이다. 벨시스템이 모든 것을 소유하지는 않았을지 모르나, 몇몇 독점기업들이 각각의 시장을 지배했다. 당시 정부는 이의를 제기하지 않았다. 정부가 원한 것은 단지 그들이 관리할 수 있는 규모로 독점을 유지시키는 것이었다.

시어도어 베일은 이 점을 완벽히 이해했다. 1915년 벨시스템이 대륙횡단 서비스를 시작했을 때, 베일은 벨시스템을 "과학을 산업 발전에 응용하는 세계에서 가장 큰 실험실 중 하나"를 소유한 "영원한 조직체"라고 묘사할 수 있었다. 벨시스템의 구호는 이렇다. "하나의 정책, 하나의 시스템, 보편적 서비스."

에릭 블레어의 교지, 여름 호에 따르면 1914년 그의 크리켓 게임 실력은 크게 향상되고 있었다[921].

■

벨시스템은 시어도어 베일을 가졌고, 아이비엠(IBM)은 토마스 J. 왓슨Thomas J. Watson을 가졌다. 왓슨은 벨시스템만큼, 경쟁을 꺼리고 억누르는 데 성공한, 내셔널 캐시 레지스터(The National Cash Register)에서 판매원으로 훈련받았다. 왓슨을 비롯해 여러 명의 임원과 함께 NCR 사장은 1912년에 독점규제법 위반으로 유죄판결을 받았다.

1914년 왓슨은 CTR(Computing-Tabulating-Recording Company)의 총지배인이 되었다. 전화가 1880년 미국 인구조사 데이터 분석 속도를 높인 때와 거의 같은 시기에 개발된 도표작성 기계는, 천공카드에 저장된 정보를 처리하는 전자기계 장치였다. CTR의 사업은 1차 세계대전 동안 호황을 맞아, 1918년에는 매달 8천만 개 이상의 천공카드를 팔았다. 몇 년 뒤 왓슨은 회사의 총 경영권을 얻었다. 1924년 초 그는 회사명을 IBM(International Business Machines)으로 바꿨다[922]. 오래 지나지 않아 IBM은 상업용 자료 처리 시장에서 완전한 독점을 확립한다.

IBM은 작은 천공카드로 시장에서 대단한 힘을 갖게 되었다[923]. 대형 고객이 매년 이 카드를 수백만 장씩 매입했다. 천공카드에 대한 투자가 천공카드 처리에 필요한 배선반 배치와 함께 보조를 맞춰 성장했다. 어느 시점이 지나자, 다른 방식으로의 데이터 복제, 직원 재교육, 재작업 영역이 엄청나게 확장되었다[924].

왓슨이 의도한 그대로였다. IBM은 벨시스템이 전화 시장을 보았던 방식과 똑같이 사무기기 시장을 보았던 것이다. 계산기를 제대로 기능하게 하려면 중앙의 공급과 유지, 관리가 필요했다. 따라서 여럿 보다 하나의 회사가 나았다.

IBM, 일명 빅블루(Big Blue)는 벨시스템처럼 기계 대신에 기계가 제공하는 서비스를 엄격한 조건 하에 팔았다. IBM 작표기에 대한 중고시장은 없었다. IBM은 벨시스템처럼, 매우 단순하면서 불길한 모토가 있었다. 즉, '생각하라'다.

1922년 6월, 19세가 된 에릭 블레어는 공무원 임용 시험을 봐서 영국의 버마 식민지 제국경찰의 직위를 획득했다[925].

■

1895년 벨시스템의 전화 관련 주요 특허권들이 만료되었을 때, 과학기술 세계의 새로운 경이는 유선통신이 아니라 무선통신이었다. 그 해에 굴리엘모 마르코니Guglielmo Marconi가 실제적인 무선통신을 처음으로 개발했다. 다음 해에 마르코니는 전선이 필요하지 않은 장치에 대한 특허권을 영국에서 획득했다. 그것이 무선 전신이었다.

무선통신은 전화에 대해 새로운 위협적인 경쟁상대로 등장했다. 마르코니가 선박의 통신 시스템으로서 그것을 직접 구상했다[926]. 무선 전신은 즉시 무선 전화가 되었다. 무선통신을 이용한 인간의 첫 대화가 1906년 성탄절 전야에 미국 매사추세츠의 브랜트록과 대서양에 떠 있는 선박들 사이에서 이뤄졌다. 곧 진공관 앰프(오디언)가 전화 통신을 향상시켰듯 무선 전송도 극적으로 향상시켰다. 1909년 벨 시스템의 최고 엔지니어가 회사를 "중요한 요소로 밝혀질, 무선 전화 기술과 관련해 지배적 위치"에 놓기 위해 연구비를 얻으려고 했다[927].

군 역시 관심을 가졌다[928]. 미국 해군은 1910년 3월 30일자로 의회에 보내는 편지에서 방송 전파에 퍼져 있는 '혼돈'을 맹렬히 비난했다. 다양한 정부 부서들이 "무선통신의 소란스런 상태에 어느 정도 질서를 가져다줄 수 있는 입법 제정을 위해 수년간 애를 썼다."라고 미 해군은 지적했다. 해군은 "모든 무선 전신국을 정부의 통제 아래 두는 법률이 통과되기를" 지지했다. 이런 취지의 1918 의회 법안은 상업 목적의 모든 무선통신에 대한 독점적 통제권을 해군에 부여했다. 무선통신은 "전파 방해를 막기 위해 단 하나의 권력이 지배해야 하는 유일한 통신 방식"이라고 미 해군 장관은 설명했다. "이 특별한 통신 방식에 대해 정부가 독점권을 가져야 한다는 게 나의 판단이다." "일정량의 대기가 있는데, 그것을 사람들이 선택해서 사용하도록 분배할 수는 없다. 하나의 권력이 그것을 통제해야 한다."

그러나 미 해군의 바람은 다양해진 민간 방송사와 맞지 않았다. 영국이 해저 케이블에서 이미 세계적 중추가 되었듯 무선통신에서도 그렇게 되는 것을 두려워한 미국 정부는 강력한 무선통신 제조 회사 RCA(Radio Corporation of America) 설립을 지원했다.

초기 무선통신의 엄청난 장점은 전화처럼 한 곳씩 차례로 메시지를 전달하지 않고 한 곳에서 모든 곳으로 방송한다는 데 있었다. 마르코니의 미국 무선전신회사의 전신기사로 일을 시작한 데이비드 사르노프David Sarnoff는 무선통신의 잠재성을 처음으로 깨달았다. 1916년 그는 '라디오 뮤직 박스(radio music box)'에 대한 아이디어를 마르코니의 경영진에 제출했다. 웨스팅하우스(Westinghouse)는 1920년 세계 최초로 라디오 방송국 KDKA를 피츠버그에 개국했다. 벨시스템은 1922년 뉴욕시에 자사 방송국 WEAF를 설립했다.

이 외에도 수많은 다른 방송국들이 1920년대에 방송을 시작했다. 법원의 신중한 도움으로 자생적 시장질서가 변하기 시작했다. 방송 진행자가 어떤 주파수대를 차지해서 방송을 하게 되면, 그 방송국은 다른 방송의 간섭을 배제할 권리를 인정받았다. 따라서 초기의 방송 진행자들은 마치 대초원 개척자들이 무한한 공간으로 사유지를 넓혀갔듯이 방송파들을 개척해 정착시켰다. 방송파의 혼돈이 점차 질서 있게 기능하는 시장으로 구체화되기 시작했다.

이런 자발적인 민영화는 정부 관료들의 맹렬한 저항에 부딪혔다. 1925년 상원 결의안은 전파 스펙트럼은 "미국 국민의 양도할 수 없는 소유물"이라고 선언했다. 1926년 7월, 방송파에 재산권을 지정하는 허가서를 명백히 막으려는 미 의회 공동 결의안은, 방송국에 90일 이상 또는 다른 어떤 형태의 방송에 2년 이상 허가서를 부여해서는 안된다고 발표했다. 1927년 무선통신법이 일을 완성했다. 새로 설립된 연방라디오위원회(Federal Radio Commission)는 오직 "공공의 이익과 필요, 편의에 도움"이 될 때에만 허가서를 발부할 수 있는 권한을 부여받았다. 허가서는 위원회의 승인 없이는 사고 팔 수 없었다.

이런 전면적인 정부 권력의 행사 이면의 논리는 강력한 것 같았다. 스펙트럼이 본질적으로 부족했다고 했다. 두 개의 방송국이 동일 지역에서 간섭 없이 동시에 방송을 내보낼 수 없었고, 얼마나 많은 무선국이 동시에 방송을 할 수 있느냐와 관련해 자연적이고 물리적인 한계가 있었다. 따라서 전파 스펙트럼은 공원과 같은 공유지처럼 취급해서 연방 정부가 독점적으로 관리해야 했다. 라디오 방송을 들을 수 있는 사권(私權)이 조금씩 나뉘어 주어졌는데, 자격이 있고 충성된 시민들에게 오직 짧은 기간뿐이었다. 라디오위원회는 희소성에 대한 피신탁인이며 스펙트럼의 모든 권리에 대한 복귀권자였다. 민간 방송국들은 마치 소농이 왕의 목초지에서 소를 돌보듯이 위원회의 뜻에 맞게 방송을 했다.

1927년 6월, 에릭 블레어는 24번째 생일이 지난 지 얼마 되지 않아 미얀마 카타에서 랑군(미얀마의 수도 - 역주) 행 기차를 탔다. 그리고 7월 14일, 그는 영국으로 귀향했다[929].

■

1920년대 말 전화 산업에 대한 연방정부의 통제를 위한 지원 또한 부각되기 시작했다. 전화 서비스의 독점이 너무나 익숙해져 불가피한 것처럼 되었다. 여러 건의 묵직한 연구들이 전화 서비스의 독점이 불가피하다고 공식적으로 확증해 주었는데, 이는 당시에 불고 있던 뉴딜 정책과 완벽하게 일치하는 결론이었다. 벨시스템은 자사의 지배적인 위치를 군히고 독점을 합법화하기를 원했다[930]. 베일은 다음 반세기 동안 벨시스템의 슬로건이 된 테마(크림 스키밍cream skimming : 통신 사

업자들이 대도시 등 고수익 저비용 지역에만 서비스를 제공하는 것을 상징하는 말 - 역주)처럼 들리
는 규제에 공개적으로 찬성했다. 베일은 주장했다. "국가의 통제와 규
제가 있다면, 국가의 보호도 있어야 할 것이다. 즉 전 공동체에 서비스
를 제공하려 분투하는 기업을 오로지 이익이 되는 분야만 차지하려는
공격적인 경쟁으로부터 보호해야 할 것이다."

　1934년 2월 26일, 프랭클린 루스벨트Franklin Roosevelt 대통령은 미 의
회에 독립된 연방통신위원회 창설을 요청했다[931]. 그해 6월 9일, 양원
은 법안을 통과시켰고[932], 대통령은 6월 18일 1934 연방통신법안에
서명했다[933]. 이 법률의 목적은 법안의 도입부에 명시되어 있듯 "미국
의 모든 국민이 빠르고 효과적이며 전국적이고 세계적인 전선과 적
절한 시설을 갖춘 무선통신 서비스를 합리적인 요금으로 가급적 이
용할 수 있게"[934] 하는 것이었다. 이 법률은 연방 정부에게 방송전파
에 대한 절대적인 통제권을 부여하는 1927 무선통신법을 거의 그대로
포함시켰다. 또한 독점적 전화 사업을 강력하게 지지하는 표제를 달
았다. 새로운 경쟁 업체들은 오직 "공공의 편의와 필요"를 위해 필수적
이라고 정부를 설득했을 때에만 전화 시장에 진입이 허락되었다.

　1934년 에릭 블레어는 자신의 이름으로 잡지 기사를 작성하는 일
을 그만둔다. 그는 전 해에 《파리와 런던의 밑바닥 생활Down and Out in
Paris and London》을 필명으로 발표했다[935]. 이 책의 성공으로 에릭 블레
어는 죽고 조지 오웰이 탄생했다.

■

　전선과 스펙트럼, 계산기의 독점권 소유 업체들은 1930년대부터

1970년대까지 팽창하고 또 팽창했다. 그들은 거대함의 상징으로 자사 업체의 규모를 키웠다. 한때 어둡고 굶주렸던 그들은 이제 해가 갈수록 더욱더 살이 찌고 부유해져 두려운 존재가 되었다. 경쟁 업체들을 먹고 더욱더 몸집이 커졌다[936].

IBM의 명백한 전투는 카드보드와의 싸움이었다. IBM 고객들은 IBM사 외의 다른 회사에서 만든 컴퓨터 카드를 사는 게 엄격히 금지되었다[937]. 1932년 연방정부는 이런 관행을 뒤집기 위해 처음으로 독점 금지법 소송을 걸었다. IBM은 독립적 공급 업체들이 만든 불량 카드는 IBM 기기를 손상시킬 수 있다고 대응했다. 서비스 품질이 악화되고, 기계가 멈추며, 업무를 보지 못하게 될 것이라고 말이다.

전화 통신에서 연방통신위원회 FCC는 독점적인 벨시스템에 철저히 아첨하는 대리인이 되었다. 이 둘의 협력관계의 정점은, 사람이 많은 사무실 환경에서 어느 정도 사적 자유를 제공하기 위해 전화기 송화구에 끼우는 작은 플라스틱 장치인 허시어폰(Hush-A-Phone)과 함께 왔다[938]. 허시어폰의 문제는 간단했다. 벨시스템이 이 장치를 개발한 게 아니었던 것이다. 벨시스템의 변호사들은 수수료를 주장했고, 모든 '외부 장치'를 명확히 금지했다[939]. 외부 장치가 네트워크 내의 전파를 파괴하고 신호 품질을 떨어뜨리거나 전체 시스템을 뒤엎을 수 있다고 주장했다. 더구나 허시어폰에 대한 "주목할 만한 대중의 수요가 없다"고 벨시스템은 강조했다[940]. "사적 자유가 필요하다면……송화기를 손으로 감싸거나 낮은 소리로 말하면 된다"라고 벨시스템은 FCC의 주장을 보증했다[941]. FCC는 이에 동의했다.

그 사이 무선통신 사업에서 부족의 논리가 만족할 줄 모르고 확장되었다. 부족 때문에 통신 위원회는 라디오 방송국들이 성명 방송, 그에 대한 회신 또는 프로파간다를 하도록 지시할 수 있었다. 부족 때문에 통신 위원회는 라디오 방송국들이 단위 방송 시간을 가장 높은 가격 제시자에게 파는 것을 금지할 수 있었다. 부족 때문에 통신 위원회는 라디오 방송국에서 아동 만화에 담배 광고 같은 것을 내보내지 못하게 할 수 있었다. 1960년대까지 이 부족의 문제는 풍요를 조절하는 논리까지 제공했다. 케이블 텔레비전이라는 신기술은 전송 용량을 무한대로 제공했다. FCC는 이 용량이 큰 새로운 매체에 대해 관할권을 주장했다. 이 새로운 풍요는 부족한 무선 전파에서 확립된 허가권을 위협했고, 이는 그것을 규제할 충분한 이유가 된다고, 통신 위원회는 주장했다. 풍요는 빈곤이다. 법원이 이에 동의했다.

IBM의 천공카드 사례는 미국 대법원까지 올라갔다[942]. 결국 IBM은 자사의 시장에 아주 좁은 틈 하나를 억지로 열어야 했다. 1956 판결로 결정된 연이은 반독점 소송으로 IBM은 카드 제조 사업 일부를 처분해야 했다. 연방 상소법원은 허시어폰에 대한 FCC의 판결을 무효로 했고, "전화 가입자가 공개적으로 불이익을 입지 않고 사적자유를 누릴 수 있는 방식으로 전화기를 사용하는 합리적인 권리를" 지지했다. 1969년 무선 전파 규제를 위한 합리적 부족이라는 논리가 미 대법원 판결에 상세히 수용되었다.

■

레닌이 말했을지도 모르는데, 자본주의의 천재성은 교수형과 다른 목적들을 위한 밧줄을 자기 스스로 개발한다는 데 있다. 거대한 벨시스템은 성별(聖別)된 독점 시장의 피신처에서조차 여전히 영리 목적의 기업을 유지했다. 더 빠르고 값싸며 나은 서비스를 제공하면서 기업의 총수입과 이윤은 증가했다. 회사는 기술에 기반을 두고 설립되었고, 기술은 기업의 강점이었다. 이윽고 벨시스템은 뉴저지 주 머리힐에 벨연구소를 세우며 평시 최대 규모의 과학 연구 프로그램을 확립했다. 벨시스템은 연구자들이 더 나은 전화기, 더 나은 네트워크, 더 나은 전환을 추구하게 했다. 이런 추구는 무선통신에 이어 광대역 통신, 전화교환국에 걸쳐 결국에는 통신 산업이 시작된 지점, 즉 컴퓨터라 불리게 될 전화박스와 함께 끝을 맺었다.

벨시스템은 1927년 라디오 방송 사업을 차단당했다. 그러나 모든 라디오 전파가 연못에 인 잔물결처럼 퍼져나가지는 않았다. 충분히 짧은 주파수에서 무선 신호는 광선살처럼 직선으로 이동했다. 전자파는 특히 고주파에서 빛의 속도로 정보를 멀리까지 정확하게 전달하는 엄청난 능력이 있다는 것이 일찍부터 명확해졌다. 방송국들은 라디오 스펙트럼을 밀고 나갔고 1950년대에는 텔레비전에 요구되는 상당한 양의 정보를 전송하고 있었다. 전화회사들, 특히 벨의 장거리 전화는 마찬가지로 고성능(광대역) 전송 체계가 필요했는데, 훨씬 더 장거리에 훨씬 안전하고 믿을 만하게 운용될 수 있었다.

벨연구소는 1931년에 도파관 전송을 연구하기 시작했다. 발상은 고주파 전파의 방대한 전송 용량을 이용하려는 것이었지만 신호 품질을 유지하고 차례차례 전송하며 안전을 보장하기 위해 수송관에 국한시켰다. 1934년에는 다른 연구자들이 이런 계획에서 고주파 전송용의 동축 케이블, 즉 중앙으로 전선을 통과시키는 구리 외장을 개발했다. 이 동축 케이블은 낮은 전력 손실로 엄청난 양의 정보를 전달할 수 있는 것으로 밝혀졌다. 2년 내에 벨은 뉴욕에 동축 케이블을 처음으로 설치했다. 동축 케이블은 제2차 세계대전 말까지 전화망의 많은 고성능 중계선을 제공했다.

그 동안에 벨연구소의 연구원들은 제2 광대역 기술, 즉 마이크로파를 위한 기초를 놓고 있었다. 헤럴드 T. 프리스Harold T. Friis와 그의 동료들이 현재 마이크로파 탑의 기본 설치물인 나팔형 반사 안테나를 개발했다. 자동차 라디오의 글자판에 기록된 다른 장파장 전파와 달리, 마이크로파 - 단파장 전파 - 는 직선으로 이동하고 초점이 정밀하게 맞춰졌다. 마이크로파는 또한 상당히 고주파이기 때문에 훨씬 더 많은 정보를 전달할 수 있다. 초기 시스템에서도 1,000음성회로까지 전달하도록 설계되었다. 마지막으로 장거리 전송, 특히 시골 지역에서 장점 또한 확실했다. 마이크로파 송신탑들은 20마일에서 30마일 떨어져서 세울 수 있었고, 통신위원회의 허가서 하나면 전 기간에 걸쳐 송전선 용지 획득에 필요한 번거로운 과정을 대체할 수 있었다. 1959년 마이크로파 시스템은 벨의 장거리 네트워크의 25퍼센트를 차지했다[943].

동축 케이블과 마이크로파는 전화 산업보다 훨씬 더 큰 변화를 가져왔다. 펜실베이니아 주의 존 왈슨John Walson은 동축 케이블이 시골 지역에서 가정을 커다란 마스터 안테나에 연결시킬 수 있는 완벽한 매체임을 인식했다. 그는 1948년에 첫 '공동 안테나' 텔레비전 네트워크에 공을 들이기 시작했다[944]. 다른 사람들도 그의 아이디어를 채택했다. 안테나들이 언덕 꼭대기와 높은 건물, 기둥에 설치되었다. 동축 케이블을 통해 원거리 신호들이 포착되어 시청자들에게 송신되었다. 머지않아 안테나 조작자들이 마이크로파 시스템을 이용해 텔레비전 신호를 훨씬 먼 곳에서부터 마스터 안테나로 보내기 시작했다. 이렇게 케이블 텔레비전은 거의 계획 없이 개발되었다. 1955년까지 이 시스템을 이용해 400개 이상의 사업체가 운영되었고 15만의 가입자를 두었다.

벨연구소의 또 다른 과학자들은 또 다른 영역에서 연구를 주도해 나갔다. 전화교환 기술은 처음에 전자 교환대를 사용한 이후 몇 년 동안 진전이 없었다. (1951년까지도 교환원이 국내 장거리 통화의 거의 40퍼센트를 연결시켜 주었다.)945) 1936년 오웰이 그의 세 번째 책《엽란을 날려라》를 발표했을 때, 벨연구소의 연구소장은 전자 전화 교환기를 만들 가능성에 대해서 물리학자 윌리엄 쇼클리William Shockley와 논의했다. 그러나 전자 교환은 진공관 기술보다 더 나은 앰프를 필요로 했다. 3극 진공관이 전화 교환대에서 스위치로 운용될 수 있었지만 교환대에 그런 스위치가 수천 개 필요했다. 진공관은 전력을 너무 많이 소모했고, 필요한 수만큼 함께 포장하면 열을 너무 많이 발생시켰다. 쇼클리와 벨연구소 동료 월터 브래튼Walter Brattain, 존 바딘John Bardeen은 이보다 더 나은 것을 찾아 연구하기 시작했다.

그들은 오웰이 《1984》의 초고를 완성한 해인 1947년에 그것을 찾아냈다. 그들이 개발한 것은 트랜지스터였다. 그들은 1956년 노벨상을 수상했다. 허시어폰과 같은 해, IBM이 두 번째로 다른 업체들에게 천공카드 사업을 허락하는 데 동의한 해였다.

트랜지스터는 그것이 대체한 진공관과 마찬가지로 고밀도에 에너지 효율이 높은 스위치다. 스위치는 전화 교환대의 심장이다. 왜냐하면 적절한 스위치 세트를 열고 닫음으로써 샌프란시스코의 로미오와 뉴욕시의 줄리엣 사이에 하나의 지속적인 연결선이 만들어지기 때문이다. 스위치는 또한 컴퓨터의 심장이기도 하다. 스위치가 주판알처럼 이리저리 움직이며 숫자들을 기록하면 그 숫자들이 모든 것을 기록할 수 있기 때문이다. 1956년의 제 1세대 컴퓨터는 거대한 진공관 선반 주위에 설치한 어마어마하게 큰 장치였다.

곧 새로운 트랜지스터는 보청기 회사에서 소형 시스템을 설계하던 기술자 잭 킬비Jack Kilby의 주목을 받았다. 1958년 잭 킬비는 텍사스 인스트루먼트(Texas Instruments) 사의 댈러스 본부로 자릴 옮겨 연구했다. 그때까지 트랜지스터는 실리콘으로 제작되고 있었다. 저항기와 축전기도 같은 매질로, 그래서 전 회로를 하나의 기질과 공정으로 한 번에 제작하면 어떨까?[946] 다시 말해 '집적 회로'를 제작하면 어떨까? 벨연구소의 사원이었다가 당시 페어차일드 반도체(Fairchild Semiconductor)에서 일하고 있던 로버트 노이스Robert Noyce가 킬비의 설계를 급격히 향상시켰다. 1968년 노이스와 그의 동료는 새 회사 인텔(Intel)을 차렸다. 인텔은 결국 마이크로프로세서와 칩 내장 컴퓨터의 대가가 되었다. 이것은 이전의 오디언처럼 전화 통신과 컴퓨터, 방송 전부를 완전히 바꿔 놓았다.

■

1950년대 마이크로파와 위성, 컴퓨터 개발 그리고 라디오, 모뎀, 팩스기, 전화 수화기 등 트랜지스터의 모든 자손이 경쟁할 때, 경쟁업체들이 처음에는 하나 둘 등장하더니 이내 부대를 이뤄 벨 제국의 주변부에서 장비와 서비스를 제공할 수 있는 허가를 요구했다.

처음에 벨시스템은 익숙한 허시어폰에 대한 방식을 따라 대응했다. 그러나 1960년대, 시장의 압력이 극심해져 FCC도 무시할 수 없게 되었다. FCC는 허시어폰 사례에서 보여준 태도를, 마지못해, 서서히 버리고 모든 형태의 전자 단말기 장비를 허가하기 시작했다. 1970년대 후반, FCC는 벨의 요금표에서 모든 '외부 장치' 금지 규정을 삭제했다. 고객의 장비와 네트워크 사이의 표준 인터페이스가 확립되었다. FCC의 뒤늦은 묵인과 함께 시장은 독점에 대해 역사적 승리를 거뒀다. 고객의 구내 네트워크와 서로 연결되는 경쟁 상품들을 위한 길이 열렸다. 오웰의 용어로 표현하면 벨시스템이 만들어 내고 유지하며 옹호하는 네트워크의 "미해결 부분과 잊힌 구석"은 공식적인 정부 정책이었다. 네트워크는 이제 이전에 갖지 못했던 어떤 것을 갖고 있었다. 즉, 어떤 평범한 시민도 벨시스템이나 FCC의 허가 없이 끼우거나 빼낼 수 있는 잭들 말이다.

사실상 벨시스템의 독점을 해체시키는 데 있어, 뒤따라온 모든 것은 카터폰(Carterfone)의 재현, 즉 네트워크상에 새로운 '미해결 부분', 시장의 새 인터페이스를 창조하는 과정이었다. 규제와 반독점의 20년이상이 걸렸지만, 네트워크에 외부 장치를 허용하는 규칙은 시장에 그만큼 강화된 서비스를 만들어 냈다. 고객들이 자신의 전화기와 자동응답기로 네트워크에 접속할 수 있었다면, 개인 기업가들은 전자출판, 데이터 처리, 음성 메일, 전화 섹스 서비스까지 연결할 수 있었다. 이 모든 서비스는 단지 새 장비나 새로운 사람들을 기존 전선에 연결시킴으로써 가능해졌다.

경쟁적인 장거리 서비스도 정확히 이런 식으로 발전했다. 1940년
대 장거리 서비스는 오로지 전선을 통해서만 제공되었고, 지역 내 서
비스에서 경쟁을 금하는 듯한 동일한 경제 기조가 장거리 서비스에
도 동일하게 적용되었다. 마이크로파와 위성 기술 개발이 이런 구도
를 근본적으로 바꿔, 경쟁을 실제적이고 불가피하게 만들었다.

처음에는 경쟁의 압력이, 오로지 사적인 통신 수요를 충족시키기
위한 마이크로파 링크를 구축하려는 대규모 사업 영역에서부터 왔
다. 그러고 나서 1963년에 작은 벤처 회사인 마이크로웨이브 커뮤
니케이션즈(Microwave Communications(MCI))가 세인트루이스와 시카고 간
에 마이크로파 전선을 설치하겠다고 FCC에 신청했다[947]. MCI는 이
것이 전자통신 상용 고객에게 "독보적이고 특별한 성격의 개체 간 통
신"[948]을 제공할 것이라고 FCC에 주장했다. 실제로 MCI가 계획한
것은 벨의 장거리 사업 영역에 대항해 직접 맞서는 경쟁이었다.

다른 업체들도 FCC의 문 앞에서 강력히 요구했고, 이에 위원회는
새로운 장거리 통신 회사의 진입에 관한 일반 조건을 수립하라는 강
력한 압력을 받았다. 1980년 모든 주(州) 간 서비스에 대하여 개방된
진입 정책이 공식적으로 채택되었다. 이것도 카터폰의 사례와 같았
지만 이번에는 기술자들이 시내 교환의 '주요부(trunk side)' - '경계부(line
side)'와 대립되는 것으로서 - 라 부르는 것에 관해서였다.

그러고 나서 무선통신 서비스의 새 세대가 거의 아무 경고도 없이
혜성처럼 등장했다. 무선통신 서비스가 1949년에 처음으로 육상 이
동 서비스(land mobile service)를 위해 주파수를 할당했을 때, FCC는 전화

회사와 '다방면에 걸쳐 있는' 또는 '제한된' 통신사업자들에게 독립된 개별 구역들을 승인했다[949]. 위원회는 이후로도 계속 이런 경쟁에 호의적인 정책을 유지했다. 1980년대 초 셀룰러폰 허가서가 발행되기 시작했을 때, FCC는 모든 서비스 지역에 두 가지 허가서를 할당했는데, 두 허가서 소지자가 상당한 이득을 얻는 것을 금지했으며[950], 직접적으로 경쟁적 서비스를 제공할 수 있는 다른 무선통신 기술 개발을 장려했다. 여기서 가장 중요한 것은 모든 일반전화 사업체들은 계열사가 누리는 유형과 품질, 가격에서 동일한 상호접속과 함께 독립된 이동 장치를 제공해야 했다는 사실이다[951]. 따라서 네트워크의 세 번째 미해결 부분이 만들어졌는데, 이번에는 전통적이고 지배적인 일반전화 회사와 훨씬 경쟁력 있는 무선통신 업체 간의 접점에서였다.

이와 같은 시기에 새로운 원격통신 교환과 장치의 절충적 배열이 개발되었다. 트랜지스터가 출현하기 전에는, 컴퓨터와 전화 교환국 모두 크고 무거우며 비용이 많이 나가고 노동집약적인 중심지를 필요로 했다. 그러나 새로운 전자기술과 함께 훨씬 강력해진 전화 스위치와 컴퓨터는 훨씬 조밀하고 믿을 만한 단위로 설치될 수 있었다. 개인이 조작하는 전화 교환기만큼 작은 소형 컴퓨터와 '사적 구내 교환기'는 전화 통신에서 탁상용 컴퓨터와 맞먹는 것이다.

병원이나 대학, 회사 본사 등 대형 단체들은 컴퓨터를 조작하는 데 있어서 한때 한두 개의 중앙처리장치, 그래서 구내전화 통화에서조차 공중전화 교환대를 통해 처리되는 '센트렉스Centrex(자동식 구내 교환기 - 역주)' 서비스에 의존했었다. 이제 이런 기능들이 사적 지역의 독립형 단위들에 신속히 설치될 수 있었다. 소형의 사설 교환기와 소형컴퓨터 제조업체들이 경쟁적으로 급증했다. 1970년대 말, 벨시스템조차 센트렉스 서비스를 조직적으로 격하시켰고, 대형 고객들이 사설 교환기로 바꾸게 했다.

이런 전자 지능의 확산은 많은 중심지들을 새로 만들어 냈고, 전선으로 통신이 가능한 개인들과 그런 연결의 대한 필요성을 만들었다. 거의 1세기 전 전화기의 등장과 마찬가지로, 새로운 말하는 상자는 새로운 수요를 창출했다. 사설교환이든 통신용 컴퓨터든 신세대 지역교환에서 획기적으로 달라진 점은, 그것들이 소수의 준(準) 정부의 독점적 전화 회사들이 아니라 다수의 경쟁적 민간 업체들에 의해 소유되고 통제된다는 것이었다. 대개의 경우 이런 사설 소유주들은 원거리통신 요구에 대한 경쟁적 응찰을 환영했다. 전화는 전화 네트워크에 대한 첫 수요를 거의 1세기 전에 만들어 냈다. 이제 사설 업체의 전자 장비에 기반한 신세대 트랜지스터가 MCI가 제안했던 경쟁적 원거리 서비스와 같은 수요를 만들어 내고 있었다.

이와 동시에 트랜지스터는 원래의 임무, 즉 공중전화 교환기를 바꾸는 일도 수행해, 1960년대와 1970년대에 신세대 전자 교환이 배치되었다. 이 스위치는 이전 것보다 훨씬 효율적이고 강력하며 유연했다. 사람 또는 전자기 장치가 전환을 수행해서 엄청나게 느리고 복잡하며 믿을 수 없었던 상호접속의 수준을 지원하고, 따라서 고객에게 다양한 선택권을 제공했다. MCI는 1970년대에 사업이 커지자 네트워크로 나아가, 개인 컴퓨터와 스위치를 연결하는 것뿐만 아니라 벨시스템을 비롯해 다른 공공 전화 회사의 공공 교환기와도 경쟁을 추진하기로 결정했다. 새 전자 교환의 역량은 이런 포부를 실현 가능케

했다. 오늘날의 모든 전화 사용자가 알고 있듯이 전자 교환은 통신을 언제든 장거리로 쉽고 눈에 보이지 않게 자동적으로 전송하는 데이터베이스로 프로그램이 설정된다.

새로운 참가자들 무리가 동등한 조건으로 정말로 대등한 상호접속을 요구하며 벨 네트워크의 미해결 부분 주변으로 모여들었다. 벨 시스템이 거절하자 새 참가자들은 FCC의 많은 진정서와 사적인 반독점 소송들을 가지고 대응했다. 역사적 상황을 고려할 때, 벨시스템의 최종 해체를 낳은 연방 정부의 반독점 소송은 시장과 이전 FCC에서 밝힌 입장 표명에 대한 보충 설명에 지나지 않았다. 1981년 말, 미국 전화전신회사 AT&T는 패배를 인정할 마음을 먹었다. 연방 독점금지 검사들과 합의했고, 1984년 1월 1일자로 최종 해체를 예정했다.

■

잠시 동안은 빅블루의 패권이 벨시스템보다 훨씬 전에 붕괴될 것 같았다.

트랜지스터보다 진공관에 기반한 컴퓨터가 제2차 세계대전 동안 정부와 방위 기관들에서 도표작성 기계들을 대체하기 시작했다. 펜실베니아 대학의 프리스퍼 에커트J. Presper Eckert와 존 모클리John Mauchly는 새 영역의 개척자였다. 두 사람은 일반적으로 최초의 전자계산기로 받아들여지는 에니악(ENIAC:Electronic Numerical Integrator and Computer, 전자식 디지털 컴퓨터)을 개발했다.

왓슨은 에니악을 보았지만 그것의 중요성은 알아보지 못했다[952]. 그러나 1951년 AT&T는 다른 회사들에 기본적 트랜지스터 특허권

을 허가했다. 필코(Philco)와 RCA, 제너럴일렉트릭(General Electric Company)
은 IBM보다 훨씬 향상된 컴퓨터를 개발했다. 1952년에 레밍턴랜드
Remington Rand는 에커트와 모클리가 설립한 회사를 인수했고, 이듬해
에 최초의 상업용 컴퓨터인 유니박(UNIVAC : Universal Automatic Computer)을
선보였다. 그럼에도 IBM은 판매 인력과 이미 구축한 사업 기반 덕에
시장에서 여전히 선전했다. 오래지 않아 IBM은 신 전자 기술력을 획
득했고, 기술적 선두를 재탈환하기 위해 집중적인 노력을 기울인다.
1960년대까지 컴퓨터 본체를 제조하는 여덟 개의 주요 회사들이 있
었지만 IBM이 크게 우세했기에, IBM과 나머지 일곱 곳을 백설공주
와 일곱 난쟁이라 불렀다.

1964년 4월 7일, IBM은 새 시스템 360을 미국 63개 도시 및 해
외 14개국에서 동시에 발표했다. 시스템 360을 사용한 첫 2년 동안
9,013대의(원래 예상의 3배) 컴퓨터가 주문 생산되었다. 1967년까지 IBM
360 컴퓨터가 전 세계의 모든 새 컴퓨터 용량의 80퍼센트와 영국, 프
랑스, 독일, 이탈리아, 미국의 주요 시장의 새 컴퓨터 설비의 약 70퍼
센트를 차지했다. IBM의 수익은 17억 달러에서 75억 달러로 급증했
다[953].

천공카드와 도표작성기 시대에 IBM의 시장 점유를 보장했던 것과
같은 경제 환경이 외관상으로는 재현된 것 같았다. 한번 IBM의 고객
이 된 후 다른 회사 제품으로 바꾸려면 새로 프로그램이나 소프트웨
어를 사는 데 돈이 엄청나게 많이 들어갔다. 또한 IBM은 폭넓은 다
수의 고객을 기반으로 해서 폭넓은 응용 프로그램을 제공했다[954]. 이
를 이용해 IBM은 경쟁을 몰아낼 수 있었다. 전략은 벨시스템의 전략

과 같았다. 지금과 마찬가지로 그때에도 컴퓨터는 중앙처리장치와 기억장치(디스크 드라이브, 테이프, 컴퓨터카드), 입출력 장치(스크린, 프린터, 키보드 등)로 구성되었다. IBM은 배타적이고 독점적인 시스템 구성 정책을 엄격히 고수했다. 즉 IBM의 모든 장비들이 구비되었을 때에만(벨시스템의 기계처럼) 순조롭게 기계가 실행되었다. 미래의 경쟁업체들은 '플러그 호환성' 주변 장치들 - 카드 판독기, 프린터, 디스크드라이브, 모니터 등 - 을 열심히 팔려고 했다. IBM은 경쟁업체들이 그렇게 하지 못하게 하려고 결정했다. IBM 중앙 컴퓨터에 미해결 부분은 없었다. 전혀 말이다.

IBM과 별도로 정확히 무슨 일을 했어야 했는지에 관해 많은 의견 차이가 있었다. 돌이켜 생각해 보면 논란은 터무니없었지만 당시에는 매우 심각했다. 많은 권위자들이 여전히 그로시의 법칙을 믿었다. 그 법칙에 따르면 전자 컴퓨터의 효율과 성능은 크기에 비례해 꾸준히 증가할 것이었다. 두 대의 소형 컴퓨터가 아니라 커다란 한 대를 만들면 더 적은 비용으로 더욱 완벽한 연산력을 얻을 것이라고 생각되었다.

그 결과는 명백했고 또 불길했다. 연산은 한두 대의 기계 또는 어쩌면 아주 적은 수의 기계들에서 끝이 날 예정이었다. 그 기계들은 더러운 풍경 위로 하얗고 어마어마하게 우뚝 솟은 거대한 피라미드 구조물인 한두 개의 거대한 중앙 빌딩들 - 오웰이 예측한 대로- 에 소단위로 무리를 지어 설치되어 있다[955].

벨시스템과 IBM 사이에 직접적인 경쟁을 촉발시키는 것이 한 가지 가능한 해결책이 되었을 것이다. 어쨌든 벨시스템은 당시의 모든 전자계산기의 열쇠인 트랜지스터를 개발했다. 더욱이 매우 강력한 계산기들을 이미 많이 제조하고 있었다. 그러나 정부의 법률가들이 보았듯이 벨시스템은 이미 너무나 크고 강력했으므로, 정부의 전략은 벨시스템이 컴퓨터 사용과 같은 새 시장에 진입하지 못하게 고립시키는 것이었다.

따라서 정부는 다른 업체가 IBM과 경쟁하게 두는 대신에 잠시 IBM이 자신과 경쟁하게 만들기로 결정했다. 목적은 IBM을 해체시키는 것이었다. 이 일에는 어마어마한 규모의 반독점 소송이 요구되었다. 이후 13년간의 소송 과정은 연방 정부가 수행한 소송 중 가장 비용이 많이 들고 지난하며 쓸모없는 반독점 소송이었다. 이 소송은 '반독점 분과의 베트남(The Antitrust Division's Vietnam)'으로 알려졌다.

AT&T사의 해체 협정이, 연방 정부가 IBM 건을 기각하기로 합의한 날인 1982년 1월 8일에 발표되었다. 옛 벨시스템의 여덟 조각 중의 하나인, 살아남은 AT&T는 모든 반독점 격리에서 풀려나 컴퓨터 사업에 진입이 허락될 예정이었다[956]. 인텔은 이미 10살이 넘었고 애플은 빠르게 성장하고 있었다. 그리고 IBM은 인텔 마이크로프로세서에 기초한 최신 기기를 막 출시했다. 빅블루의 새 기기 '퍼스널 컴퓨터'는 소형이었고 베이지색이었다.

■

베이지색의 작은 기계는 집적회로, 마이크로프로세서, 칩에 의해 하나의 기기가 되었다. 집적회로는 변화 속도를 천 배나 가속화했다. 인텔은 모토롤라(Motorola)나 텍사스인스트루먼츠(Texas Instruments)와 같은 다른 칩 개발업체들과 나란히 트랜지스터라는 친숙한 장치를 취해 더 작게 만들었다. 트랜지스터는 손톱 크기에서 머리카락 크기로, 이어 미생물 크기로 더 작게 줄어들었다. 마이크로프로세서의 성능은 그 부품이 줄어든 만큼 더 빨라졌다.

전자 부품 생산 환경은 극적으로 변화했다. 고급 마이크로프로세서 하나를 설계하는 데 수십억 달러의 투자비용이 들 수 있다. 그러나 그 후엔 매우 적은 비용으로 많은 복제품을 생산할 수 있다. 따라서 기술은 새로운 탁상용 컴퓨터와 오피스 시스템, 이에 더하여 가전제품의 개화를 촉발시켰다. 모든 것은 동일한 기본 요소인 트랜지스터에 달려 있었다. 전부가 디지털 방식으로 작동되었다. 일단 장치가 처음 설계되면 적은 비용으로 대량 생산할 수 있었다.

결과는 획기적인 기술 혁신이었다. 이는 분열과 집중이라는 겉보기에는 대립하는 것 같은 두 가지 추세로 특징지을 수 있다.

첫 번째 주요 추세는 오늘날도 계속되고 있는 분열이다. 한때 중앙으로 집중되었던 네트워크는 분산되고 있다. 네트워크에서 단독으로 데이터 처리 능력이 없는 '터미널', 즉 단말기가 전에는 오직 한두 개의 요새화한 중앙의 대량 스위치와 컴퓨터 본체에만 맡겨졌던 기능인 정보를 처리하고 바꾸고 저장하고 검색하는 동일한 능력을 지닌 접속점인 노드, 즉 '세미널(seminals)'로 바뀌고 있다. 전국의 주택과 사무실이 새 세대 전화, 즉 컴퓨터와 팩스기, 전자 도난 경보기와 계량기, 원격 의료 검사 시스템, 고화질의 디지털 텔레비전 설비들로 빠르게 갖춰지고 있다. 큰 이윤을 제공하는 비디오카세트 녹화기와 비디오테이프는 영화 배급의 주요 매체이다. 1960년대에 벨시스템이 시장에 내놓으려 시도했지만 성공하지 못했던 '텔레비전 전화'는 이미 수백만의 미국인들이 소유하고 있다. 그것은 바로 비디오카메라이다.

분열은 컴퓨터 산업에서 가장 뚜렷하다. 1974년 인텔이 선보인 칩 컴퓨터, 8080 마이크로프로세서는 20년 전에 만들어진 중앙 컴퓨터 IBM704의 성능과 맞먹었다. 이런 상황에서 미국 법무부는 AT&T와 IBM에 대해 소송을 개시했고, FCC는 전화와 컴퓨팅 서비스 간의 '최대한 분리' 정책을 정식화했다. 그러나 1977년까지 자일로그(Zilog)사는 중앙 컴퓨터와 마이크로프로세서 간의 차이를 15년으로 줄였다. 자일로그 Z-80 마이크로프로세서는 IBM의 1962년 모델 IBM 7094에 필적했고 1981년까지 격차는 6년으로 좁혀졌다. 인텔이 1975년 출시한 디지털 장비 PDP 11/70과 거의 같은 정보처리 능력을 제공하는 인텔 8088(최초 IBM 퍼스널 컴퓨터의 중추부)을 선보였던 것이다. 1987년에 출시된 인텔 80386은 1984년에 출시된 DEC(Digital Equipment Corporation)의 VAX 8600의 성능과 거의 같았다. 1989년에 개발된 인텔의 80486은 1985년에 개발된 IBM 3090과 맞먹었다[957]. 따라서 10년 내에 마이크로프로세서와 중앙 컴퓨터 사이의 성능 격차는 20년에서 5년 이하로 줄어들었다. 1990년에 5천 달러짜리 개인용 컴퓨터는 1980년대 중반 25만 달러짜리 미니컴퓨터, 그리고 1970년대의 백만 달러짜리 중앙컴퓨터의 정보처리 능력을 지녔다[958]. 10년 만에 컴퓨팅 능력의 99퍼센트가 중앙처리장치 컴퓨터에서 개인 탁상용 컴퓨터로 이동했다. 전자 권력이 기술자와 정부 관료, 전통적인 시스템 관리자에서 개인 소유로 대거 이동했다.

IBM에 미친 충격은 엄청났다. 이 회사의 하드웨어 사업에서 유일하게 번창하던 영역이 오늘날 바닥으로 떨어졌는데, 빅블루의 베이지색 소형 컴퓨터가 표준화되고 광범위하게 복제되었던 것이다. 1985년에서 1992년 사이 IBM은 10만 명의 직원을 해고했다[959]. 1987년 주가가 176달러였던 IBM의 주식이 1992년 말 52달러로 폭락했다[960]. 1992년 《뉴욕타임스》는 "IBM의 뒤덮는 역할의 종말"을 알리면서 이렇게 지적했다[961]. "IBM의 문제는 핵심 사업인 컴퓨터 본체가, 값싸고 네트워크화한 개인용 컴퓨터와 더 빠른 네트워크화한 단말기로 대체되었다는 사실을 깨닫지 못한 데 기인한다."[962] IBM은 생존을 위한 필사적인 쟁탈전으로서 회사를 자주적인 단위별로 분리하고, 상대적으로 성공적인 몇몇 분과를 별도 회사로 분리하고 있다. IBM은 광고에서 하나의 컴퓨터 화면 대신 두 개의 유리 미닫이문이 광활하고 평화로운 바다를 향해 열려 있는 모습을 보여주며[963] "개방형 시스템의 아이디어 - 컴퓨터는 쉽게 나누고 기본적으로 친구 같아야 한다 - 는 모두의 목표이다"라고 선언한다.

저렴한 가격의 저장고와 컴퓨팅 능력이 고객의 영역으로 이동함에 따라 데이터 통신 사용은 증가했는데, 데이터 통신의 의존성은 실제로 감소했다. 오늘날 전화 사용자는 더 빠른 모뎀이나 팩스기를 또는 온라인 전자 서비스 대용으로 시디롬을 설치하기로 선택할 때, 또는 온라인 시분할 방식을 원격 중앙 컴퓨터로 대체하기 위해 개인용 컴퓨터의 근거리 통신망을 모으기로 선택할 때 일상적으로 교환한다. 각각의 경우, 사용자 구내에서 좀 더 큰 전자식 전력이 전화 통신망의 대량 사용에 대해서 강력한 대용물이 된다. 네트워크의 연결은 결코 완전히 끊기지 않는다. 실제로 네트워크 사용은 사업 자체가 점점 더 분산됨에 따라 꾸준히 증가한다. 그러나 전화 서비스 이용자와 공급자 사이의 관계는 고객의 힘이 증가하는 반면에 전화 회사의 힘은 감소함에 따라서 완전히 변하고 있다. 컴퓨터, 근거리 통신망, 대도시 통신망, 이동 통신 교환국, 유료케이블티브이 시스템 등 각각의 신세대 설비는 상호접속을 위한 새롭고 다양한 가능성들을 제공한다. 교환이 크게 증가하고 확산되며, 네트워크 내의 경로들이 급증한다. 한때 단순한 서비스를 제공하는 하나의 거대한 공급자가 있던 곳에서 이제 다수의 공급자들이 늘 특이한 서비스들을 제공하고 있다.

이것은 통신회사 본사에서 더 나아가는 일련의 구조조정을 촉발시켰다. 제 1세대 전자 교환은 아날로그 기술에 기초했고, 제 2세대의 전자 교환은 디지털이었다. 디지털 스위치는 1970년대 후반 공중 전화교환 무대에 진입했다. 1985년까지 모든 전화 통화의 반이 디지털 방식으로 전환되었다[964]. 새로운 교환 방식은 이전의 아날로그식 전자 교환보다 훨씬 강력하고 탄력적이었다. 앞선 세대는 중계 서비스 내의 경쟁에 적응할 만큼 충분히 강력했다. 새 세대도 통신과 온갖 종류의 컴퓨팅 서비스의 무수한 공급자들 사이의 경쟁에 적응할 만큼 충분히 강력했다.

진보적 규제 기관과 전화망을 통해 새로운 서비스를 공급하려고 하는 공급자들에게 자극을 받은 설비 제조업체와 전화 회사 들은 최근에 공공의 전화 교환국의 역할과 기능에 대한 새로운 개념을 개발하기 시작했다. 오늘날 규제 권한은 개방형 통신망 구조계획(ONA)을 지지하는데, 이것은 전화 접속의 개별적 요소들을 - 전화선, 신호(다

이얼과 통화중음 같은 것들), 전환 등 - 가격을 매기고 분리해서 팔며 상당히 다양하고 강화된 서비스로 통합될 수 있는, 기본 서비스 요소들로 분해할 것이다.

ONA는 아마 전자 혁명으로 촉발된 전화 통신의 분할과 분산화의 필연적인 기술의 정점일 것이다. 보편 서비스에 대한 시어도어 베일의 시각은 거부되는 대신 논리적 결말로 이동한다. 전화망은 고객뿐만 아니라 생산자에게도 보편 서비스를 제공할 것이다. 여기서 공급자란 경쟁하는 전화 회사들(장거리 전화 시장에 이미 존재하는)과 자사의 서비스를 일반전화망과 연결해야 하는 무선 전화 경쟁자들, 경보 장치를 감시하고 은행 자동화 기기들을 연결시키며 전자 메일을 전송하고 전자 신문을 발행하며 쇼핑몰을 운영하고 온라인 별점을 배달할 '강화된' 또는 '정보' 서비스를 제공하는 수많은 경쟁 업체들을 뜻한다.

분열에 대해서는 이쯤 해두자. 전자적 사고의 세계에서 두 번째 초월적 현실은 집중이다. 전화 통신과 텔레비전, 컴퓨터 사용은 이제 같은 미래를 공유한다. 케이블 텔레비전, 컴퓨터의 디지털 출력과 유연성, 전화의 주소에 따른 전환과 지시 가능 능력을 전달하는 고속 데이터 통신망을 조합하는 것은 미래의 교환되고 디지털화된 광대역 네트워크의 미래다. 디지털 시스템에서 1비트는 대화 중 딸꾹질한 번 또는 AT&T 주식이 특정한 순간에 팔리는 가격과 같은 것이다. 이전에 전송 방식(무선 대 유선)과 기능(전화, 케이블, 방송, 컴퓨터)에 의해 분리되었던 매체들 사이의 경계가 사라지고 있다. 우리는 끊김 없이 상호 연결되는 혼합 매체(무선/유선)와 통합(디지털) 광대역 통신망으로 이동하고 있다. 이딜 드 솔라 풀이 그의 획기적 저서《자유의 과학기술

Technologies of Freedom》에서 인정했듯이 "다른 매체 간의 깔끔한 구별은 더 이상 지속되지 않는다."[65]

아마도 이런 집중을 가장 생생하게 표현하는 것은 라디오와 전화, 컴퓨터의 통합으로 가능해진 휴대전화 통신일 것이다. 1980년대까지 지속된 초기의 무선 전화의 주요 문제는 대부분이 동시 사용을 허용하는 가용 범위가 충분하지 않았다는 것이다. 10여 개의 방송국들은 무선통신 다이얼로 거의 가득 채우고, 무선 전화는 양방향 대화를 지속시키기 위해 둘씩 짝을 이룬 무선국을 필요로 했다.

1940년대에 벨연구소의 연구원들이 기발한 해결책을 제안했다. 무선 전화는 저출력에 단거리 장치이다. 따라서 동일한 주파수들을 반복해서 사용할 수 있다. 그리고 동부 42번가의 무선통신 대화는 서부 51번가에서 사용하는 같은 주파수의 무선통신의 간섭을 받지 않는다. 도시는 고유의 저출력 전송기를 사용하는 많은 독립된 구역, 즉 '세포들'로 나뉘어져 있다. 무선 통화 구역 방식의 수용력은 구역들을 좁히고 수를 증가시킴으로써 거의 무한대로 증대될 수 있었다. 그러나 휴대전화 통신은 그 대신에 고도로 복잡한 송신기와 수신기가 필요했고, 42번가의 자동차 전화가 51번가로 이동함에 따라 통화를 '넘기고' 주파수를 조정하기 위한 구역 간의 대량 조정을 해야 했다. 이런 것들을 수행할 기술을 아무도 갖고 있지 않았다. 마이크로일렉트로닉스, 즉 초소형 전자공학기술이 도래하기 전까지 말이다.

1982년 FCC가 상업용 휴대형 전화 시스템을 승인한 이후, 시장은 폭발적으로 성장했다. 새로운 교환국 - 이동전화 교환국 - 은 확립된 유선 교환국과의 상호 연결 권리를 보장받았다. 1990년까지 사업자와 규제기관들은 사설교환이나 공공교환과 연계된 기본 방송국과 함께 마이크로셀에 기초한 방송 전화 시스템 - 개인 휴대 통신망(PCNs) - 의 제 2세대를 고려하고 있었다. 무대에 등장한 각각의 신 교환 장치들은 경합하는 네트워크로부터 새로운 서비스 가능성들을 이용할 수 있게 했다. 휴대전화 회사들은 밀집한 서비스의 이점들을 재빨리 인식했고, 자사의 교환국과 장거리 업체들의 교환국 사이에 전용 연결 수단을 수립했다. PCN 업체들은 자사 서비스를 지원하는 데 쓰일 휴대용 무전기 간의 이동을 제공하는 케이블 회사로 전환했다.

눈에 덜 띄지만 동일하게 혁신적인 라디오와 전화 기술의 합병이 무선 통화 구역 방식이 지상에서 전개되었던 시기와 거의 같은 시기에 지하에서 일어났다. 이것 역시 벨연구소가 몇십 년 전에 시동을 건 기술 발전에서 직접 진화했다.

동축 케이블의 발달과 마이크로파 전송은 언제나 용량이 크고 믿을 만하며 안전한 전송 체계를 향한 끝없는 탐색에서 중대한 진보를 표시했다. 전화 용도를 위한 마이크로파는 평범한 무선통신에서 중요한 진전을 나타냈는데, 이는 마이크로파가 집중된 경로로 훨씬 많은 정보를 전달할 수 있는 고주파에서 운용되기 때문이었다. 주파수를 더 높이면, 초고주파 전파, 즉 빛을 얻게 된다. 광선속은 마르코니의 무선 전파와 대체로 똑같은 방식이지만 대단히 많은 양의 정보를 전송하기 위해 모양이 형성되고 강도가 조절될 수 있다. 1930년대 벨연구소에서 개발한 것과 원리가 비슷한 도파관으로 가장 잘 전송된다. 머리카락만큼 가는 극히 순수한 유리 가닥들이 훌륭히 쓰인다.

광섬유 시스템은 오늘날 통신 기술의 정점, 그리고 무선통신과 전화선, 전자 공학의 최고의 합병을 나타낸다. 집적 회로는 전선 양 끝 각각에 고도로 복잡한 전송기와 수신기를 제공한다. 이제는 전화선 자체가 유리 가닥이다. 무선 전파는 레이저로 생성되는 빛줄기이다. 이 유리 한 가닥이 수천 건의 전화 통화 또는 수백 건의 컬러텔레비전 신호를 동시에 전송할 수 있다[966].

이제는 섬유가 사용자의 짧은 직선 코스를 제외한 전화망 어디에서나 구리나 동축 케이블, 마이크로파를 급속히 대체하고 있다. 그러나 지역의 경쟁 업체들이 엄청나게 급증하는 수요에 맞춰 신기술(마이크로파 대신 섬유)로 MCI 역사를 재현하려는 목적으로 전국 대도시에 독립적인 광섬유 시스템을 배치하기 시작했다.

■

1950년대에 경쟁 업체들은 B&B의 영향 하에 간과되었던 영역을 연구했는데, 그 영역에서 천공카드나 플라스틱 허시어폰 컵 같은 것들을 팔 수도 있었을 것이다. 우리는 오웰의 세계, 컴퓨터와 통신이 독점되는 옛 세계를 다시 보지 못할 것이다. 미해결 부분과 잊힌 구석들은 대체되었다. 천공카드와 플라스틱 컵 전쟁은 패배했다. 컴퓨터와 전화, 텔레비전은 현재 구멍과 포트, 잭, 조이스틱, 마우스, 접속기로 가득하고, 콤팩트디스크와 비디오카메라, 비디오카세트녹화기, 스캐너, 스크린, 광학식 문자 판독 장치, 팩스 접속기, 사운드 합성 장치, 무선 안테나에 둘러싸여 있다. 플러그와 잭, 콘센트 들이 텔레스크린 세계를 인수했다. 그리고 정부는 죽었다. 꽂히지 않은 모든 플러그, 연결되지 않은 모든 잭은 미해결 부분이고 네트워크로 연결되는 새로운 입구 또는 거기서 나오는 출구이며 하이드파크의 새 가두 연단이고 시나 산문을 위한 새 마이크며 사적인 감정을 표현하거나 선동하기 위한 또는 복음을 전하거나 갓 구운 빵을 팔기 위한 새로운 스크린 또는 텔레스크린이다.

이 책에서 전자통신 관련 부분은 Markle Foundation과 Manhattan Institute for Policy Research의 아낌없는 지원을 받았다. Bill Hammett의 끈기 있는 지원과 격려에 큰 빚을 졌다.

Janey Huber Reacher는 이 책에서 허구 부분, 특히 런던 장면과 관련해 광범위하게 도움을 주었다. 내 친구이자 동료들인 Michael Kellogg와 John Thorne은 초안을 읽고서 귀중한 비평을 해줬다. 우리 세 사람은 Federal Telecommunications Law(1992)와 The Geodetic Network(1993)의 공동 저자이기도 한데, 그 책들에서 우리는 Orwell's Revenge에서 언급한 많은 아이디어들을 좀 더 실제적으로 전개했다. 나는 또한, 이 책의 초안과 교정쇄 들을 전부 읽고 비평을 해준 Fred Siegel과 Lewis Bateman, Martin Kessler에게도 빚을 졌다. 특별히 Fred Siege는 정말로 필요할 때 격려를 해줬다.

1992년 여름, 나는 John O'Connor의 초청으로 Bohemian Grove에서 개최하는 호반 강연회에서 내 관점을 소개할 수 있었다. John과 매우 관대한 청중이 보여준 반응과 관심이 큰 힘이 되었다. 어쩌면 그것이 없었다면 나는 이 작업을 완성하지 못하고 포기했을지도 모른다.

몇 달 뒤 George Gilder가 친절하게도 내 원고를 읽고는 The Free Press의 편집자 Erwin Glikes와 만나게 해주었다. Erwin은 특이한 내 창작물을 가지고 모험을 하는 데 동의했다. 그는 내 책을 가지고 서 내 편과 대서양 건너 오웰 쪽 양측의 변호사와 대리인 들 사이를 끈기 있게 오갔다. 그는 내 책이 인쇄되고 있던 1994년 5월에 급작스럽게 사망했다. 나는 그에게 엄청난 빚을 진 셈이다.

나는 또한 The Free Press에서 Erwin의 조수, Marion Maneker에게 빚을 졌다. 그가 내 책이 완성되어 나오기까지 끝까지 도와주었다. 교열 담당 Beverly Miller는 도움이 되는 수정 사항들을 많이 제안했고, 주를 꼼꼼하고 깔끔하게 정리해 주었다. 멋진 표지는 Carla Bolte의 작품이다. The Free Press의 Loretta Denner는 책이 출판되기까지 전체적인 사항을 끈기 있게 조율해 주었다. 어머니 Dorothy Huber 그리고 연구 조교 Karin Albani, Olga Grushin, Laura Haefner, Penny Karas, Lynn Kelley, Rosemary McMahill, B. J. Min, T. J. Radtke와 Gary Stahlberg, Jr.는 원고의 교정을 봐주었고, 비서 Danelle Lohman은 그것이 최종적으로 전자 형태를 갖추도록 오랜 시간 작업해 주었다.

마지막으로 내가 오웰의 작품을 사용할 수 있도록 승낙해 준 런던에 있는 오웰의 유저 관리소 A. M. Heath & Company에 매우 감사한다. 이 기구는 이 책에서 나오는 저작권 사용료의 일부를 받고 있는데, 당연히 그럴 만한 자격이 있다.

참고도서

❖ 미주에서 인용한 책의 제목을 축약하여 사용하였다.
   아래의 참고도서 목록은 축약된 제목 : 전체 제목, 작품 출간 연도, 출판사명, 도서 출간 연도 순으로 수록하였다.

Down and Out : Down and Out in Paris and London. Harcourt Brace Jovanovich, 1933.

Burmese Days : Burmese Days. 1934. Harcourt Brace Jovanovich, 1962.

A Clergyman's Daughter : A Clergyman's Daughter. 1935. Harcourt Brace Jovanovich, 1960

Aspidistra : Keep the Aspidistra Flying. 1936. Harcourt Brace Jovanovich, 1956

Wigan Pier : The Road to Wigan Pier. 1937. Harcourt Brace Jovanovich, 1958

Homage to Catalonia : Homage to catalonia. 1938. Harcourt Brace Jovanovich, 1952

Coming Up for Air : Coming Up for Air. 1939. Penguin Books, 1990.

Lion : The Lion and the unicorn. 1941. Penguin Books, 1941.

Animal Farm : Animal Farm. 1946. Harcourt Brace Jovanovich, 1946.

1984 : Nineteen Eighty-Four. 1949. Harcourt Brace Jovanovich, 1977.

The Orwell Reader : The Orwell Reader. Harcourt Brace Jovanovich, 1956.

Essays, I : George Orwell : A Collection of Essays, Harcourt Brace Jovanovich, 1946.

Essays, II : The Orwell Reager : Fiction, Essays, and Reportage by George Orwell. Harcourt Brace Jovanovich, 1956.

Essays, III : The Penguin Essays of George Orwell. Penguin Books, 1984.

Essays, IV : George Orwell, Decline of the English Murder and Other Essays. Penguin Books, 1953.

Broadcast : Orwell, The War Broadcasts. W. J. West, ed. Duckworth/British Broadcasting Corporation, 1985.

CEJL, Vols. 1-4 : The Collected Essays. Journalism and Letters of George Orwell. Martin Secker &Warburg, 1968

Shelden : Michael Shelden, Orwell: The Authorized Biography. Harper Collins, 1991.

미주

1) Shelden, p.433. 나는 그 책을 처음 오웰이 Nineteen Eighty-Four라고 부른 대로가 아닌 1984라고 인용한다. 어쨌든 이 책에서 중요한 것은 오웰의 전 작품을 다시 쓰는 것이기 때문이다.

2) Shelden, p. 430.

3) Shelden, p. 430.

4) "Charles Dickens"(1939), Essays, I, p. 91.

5) "Charles Dickens", p. 91.

6) "Charles Dickens", p. 92.

7) "Rudyard Kipling"(1942), Essays, I, p. 126.

8) "Books v. Cigarettes"(1946), Essays, III, p. 349.

9) "Charles Dickens," p. 91(원본에는 "Nelson Column")

10) "Charles Dickens," p. 96.

11) 1984, p.296.

12) Coming Up for Air, p. 30.

13) Coming Up for Air, p .31.

14) Coming Up for Air, p. 176

15) Coming Up for Air, p. 186.

16) 1984, p. 70

17) Homage to Catalonia, p. 147.

18) "Inside the Whale"(1940), Essays, I, p. 210; "The Art of Donald McGill"(1941), Essays, I, p. 115(전체주의 사회에서 예술은 따라서 "어떤 형태로든 영웅적이지 못한 것"에 집중해야 한다)와 비교.

19) 1984, pp. 27, 157, 214.

20) 1984, pp. 35.

21) "Looking Back on the Spanish War"(1943), Essays, I. p. 199 (원본에서는 '빅브라더' 대신에 '리더 또는 몇몇 지배적 파벌' 또는 '리더')

22) 1984, p. 36.

23) 1984, pp. 215-216.

24)   1984, pp. 215-216.

25)   또 다른 부분에서 윈스턴과 줄리아는 폐허가 된 교회 종탑에서 만난다. 1984, pp. 129, 131. 교회는 Homage to Catalonia, p. 213에서 빌려온다.

26)   가망이 없기는 해도 저항은 필요하다고 오브라이언은 말한다. 1984, p. 177. 또는 오웰이 이미 Wigan Pier, p. 158.에서 언급했듯이 "모든 혁명적 견해는 전혀 바뀔 수 없는 은밀한 신념에서 힘을 끌어온다."

27)   1984 원본에서는 물론 이매뉴얼 골스타인Emmanuel Goldstein이다. '블라이드'는 '오웰'과 마찬가지로 영국에 있는 강 이름이다.

28)   미국에서 1984를 판매할 때 The Book-of-the-Monthe Club(미국 최대의 회원제 도서 통신판매 조직)은 이 부분을 삭제하기를 원했다. 오웰은 40파운드 손실의 위험을 무릅쓰고 거절했다. 오웰의 공인된 전기 작가가 언급하듯이 "오웰에게 책의 온전한 상태는 거액의 돈보다 훨씬 큰 의미가 있었다." Shelden, p. 430.

29)   모든 것이 과장되게 말해지고 있다는 사실을 감안하면 "과두제 집산주의 이론과 관행"에서 오웰의 정치적 견해가 분명하게 시작된다. 그는 1984를 집필하던 시기에 발표한 여러 글들을 비롯해 많은 에세이에서 그것의 본질적 부분들을 반복해 언급한다. 일례로 "Toward European Unity"(1947), CEJL, Vol. 4, p. 370을 보라.

30)   Wigan Pier, p. 171; "Looking Back on the Spanish War," p. 203; "As I Please"(1946), CEJL, Vol. 4, p. 249("모든 사람에게 모든 게 충분하거나 그럴 수 있다…… 부가 보편적으로 보급되어 정부가 진지한 반대를 걱정할 필요가 없게 될 수 있다")를 보라. 1984, p. 171.과 비교하라.

        그러나 1948년, 오웰은 1984 집필을 막 끝내고는 이 개념에 대해 다시 생각한다. 에세이에서 오스카 와일드를 "혼하지만 정당성이 없는 두 가지 추정"을 하는 것에 대해 비판한다. 첫 번째 추정은 "세계는 대단히 부유하지만 주로 불평등한 분배로 인해 고통을 받고 있다"는 것이다. 사실, 문제는 "존재하는 부를 어떻게 분배하느냐가 아니라 경제적 평등이 한낱 보편적 빈곤이 되지 않게 생산량을 어떻게 증가시키느냐에 있다"고 오웰은 선언한다. 와일드의 두 번째 실수는 기계의 잠재력을 과대평가하는 데 있다고 오웰은 명시한다. 사실 (오웰이 말하는데) "기계는 할 수 없는 일들 - 대략적으로 말해 융통성이 필요한 - 이 방대하게 많다." "The Soul of Man under Socialism by Oscar Wilde"(1948), CEJL,Vol. 4, pp. 426-428.

31)   "현재 파시즘은" 공산주의 사회나 자본주의 사회 양쪽에서 동시에 더듬어 찾는 "세계적 체제"이며 "국제적 동향이다." Wigan Pier, p. 215. Coming Up for Air, p. 205에서는 좀 더 다채로운 방식으로 이와 같은 주장을 한다; 그 책은 "모든 영혼구제자, 참견쟁이, 그리고 당신이 한 번도 보지 못했지만 그럼에도 당신의 운명을 지배하는 사람들, 내무장관, 런던경찰국, 금주(禁酒)동맹, 잉글랜드 은행, 비비브룩 경, 히틀러, 2인용 자전거를

탄 스탈린"을 늘어놓는다.

32) "Second Thoughts on James Burnham"(1946), Essays, Ⅱ, p. 335. 이 에세이는 처음에 "Second Thoughts on James Burnham"이라는 제목으로 Polemic에서 출간되었다가 후에 James Burnham and the Managerial Revolution이라는 소평론으로 재출간됨. CEJL, Vol. 4, p. 160.을 보라.

33) Cf. Wigan Pier, p. 231: "파시즘이 [영국에] 도래하고 있다; 아마 나치 고릴라 대신에 교양 있는 경찰, 만자(卍字) 대신에 사자와 일각수를 지닌, 영국화한 비굴한 형태의 파시즘일 것이다." 또한 다음을 보라. "Not Counting Niggers"(1939), CEJL, Vol. 1, p. 398: "장기적으로 전쟁 준비"를 하는 영국은 "오스트리아 파시즘의 지역적 변종에 거의 저항 없이 빠지게 될 것이다. 아마 1, 2년 뒤에는 이에 대한 반발로 지금껏 영국이 경험하지 못한 어떤 것, 즉 진짜 파시스트 운동이 등장할 것이다." 이와 유사하게 오웰은 Coming Up for Air, p. 176에서 이렇게 쓴다. "그 모든 일이 일어나고 있다. 증오의 세계, 구호의 세계 말이다…… 행진과 거대한 얼굴들의 포스터, 지도자에게 환호를 보내는 수많은 군중. 그들은 그들 자신이 그 지도자를 실제로 숭배한다고 생각할 정도로 환호성을 지르지만 속으로는 늘 토하고 싶을 정도로 그를 증오한다."

34) 1984년 경 이미 큰 전쟁이 하나 더 발발했고 적어도 하나의 원자폭탄을 영국에 떨어뜨렸다. 1984 원자폭탄이 콜체스터에 투하되었다. 1984, p. 33.

35) Wigan Pier, p. 226에서 오웰은 이런 유형의 사람들이 어떻게 다뤄지는지 이미 설명했다. "최악의 빈곤에 짓눌리고 감정적으로 여전히 씁쓸하게 반(反)노동차 계층에 남아 있는 중산 계급을 상상하기란 매우 쉽다. 물론 이들은 이미 만들어진 파시스트 당이다." 줄리아와 윈스턴에게는 이런 기미가 있다. 즉, 그들은 중산층 속물들이다. 윈스턴은 파슨스 노동자 계층의 땀 냄새를 경멸한다. 줄리아는 모두와 잤지만 "언제나 당원들과"(무산자들은 아니다)였지 내부 당의 "돼지들"과는 결코 아니었다. 1984, p. 126. 오웰은 다른 곳에서도 언급한다. "계급 문제에 관한 소설가의 진짜 감정에 대해 단서를 주는 한 가지는, 종종 계급이 섹스 문제에 부딪힐 때 취하는 태도이다…… 이 문제에서 '나는 속물이 아니다'라는 태도가 무너지기 쉽다." "Charles Dickens," p. 76.

36) 1984, p. 209.

37) 1984, p. 300.

38) 1984, p. 300. 오웰은 1984를 집필하기 6년 전인 1940년에 이미 상황이 어떻게 끝나게 될지 확신했다. "우리는 전체주의적 독재국가 시대로 이동하고 있다. 그 시대는 사상의 자유가 먼저 가공할 대죄의 하나이고 또한 무의미한 관념이다. 자주적 개인은 뿌리째 뽑혀 없어질 것이다." "Inside the Whale," p. 249.

39) "Why I Write"(1946), Essays, Ⅰ, p. 316.

40) "Politics and the English Language"(1946), Essays, I, p. 166.

41) 1984, p. 55.

42) "London Letter to Partisan Review"(1946), CEJL, Vol. 4, p. 189: "오려 내고 붙여 편집한 선집과 모음집 들이 계속 상당수 나오고 있다."와 비교하라.

43) 1984, p. 11. "Review, A Coat of Many Colours: Occasional Essays, by Herbert Read"(1945), CEJL, Vol. 4, p. 50: "언젠가는 책들이 기계로 작성되는 것은 얼마든지 생각해볼 수 있고, 시들이 일례로 만화경 비슷한 장치를 비롯한 우연한 수단에 의해 어느 정도 작성되는 일 또한 상상하기 쉽다."도 참조하라.

44) 1984, p. 107. 오웰 자신이 자신의 이름으로 여섯 권의 소설을 냈다. A Clergyman's Daughter, Burmese Days, Aspidistra, Coming Up for Air, Animal Farm, and 1984. (Down and Out in Paris and London은 소설보다는 일기에 가깝다.)

45) 1984, p. 139.

46) "The Prevention of Literature"(1946), Essays, III, p. 341. 기계를 이용한 예술에 대한 또 다른 언급을 보라. "As I Please" (1944), CEJL, Vol. 3, p. 274: "As I Please"(1944), CEJL, Vol. 3, pp. 229-230(비비씨 방송국과 영화사들은 "문학 창작을 그것의 개별적 특성을 박탈해 일종의 컨베이어 벨트를 거치는 과정으로 바꾸려고 한다.")

47) "The Prevention of Literature," p. 344. 그렇게 생산되는 것은 물론 무엇이든 '쓰레기'일 것이다,라고 오웰은 덧붙인다(p. 345).

48) "The Prevention of Literature," p. 345.

49) Down and Out in Paris and London(1933; 378,677바이트); Burmese Days(1934, 557,002바이트); A Clergyman's Daughter(1935; 552,502바이트); Keep the Aspidistra Flying(1936; 493,220바이트); The Road to Wigan Pier(1937; 402,951바이트); Homage to Catalonia(1938; 514,313바이트); Coming Up for Air(1939; 465,168바이트); A Collection of Essays(1936-1937; 669,623바이트); The Lion and the Unicorn(1941; 190,422바이트); Animal Farm(1945; 178,574바이트); The Orwell Reader(254,657바이트)와 The Penguin Essays of George Orwell(482,987바이트)에서 추가로 뽑은 에세이들과 The Collected Essays, Journalism and Letters of George Orwell(877,328바이트) 4권에서 선정한 페이지들.

50) The Authorized Biography: (1991)(1,165,724바이트)

51) "Letter to A. S. Gow"(1946), CEJL, Vol. 4, p. 146.

52) Wigan Pier, p. 206. Burmese Days의 예민하고 예술적이며 어느 정도 저자의 모습이 투영된 주인공 플로리는 "기계에 관한 한 아무것도 모르지만" 그래도 "시커메질 때까지 엔진과 씨름하고자" 한다(p. 200).

53) W. J. West가 오웰의 전시 방송 모음집 서두에서 논하듯이, 영국정보부가 비비씨 방송국을 감시했다. 그곳의 전신약호가 MINIFORM이었다. 전시에 그것은 런던에서 가장 높은 건물이었고, "고층건물들로 둘러싸인 오늘날에는 거의 상상할 수 없을 정도로 위로 높이 솟아 있었다." Broadcast, pp. 64-65. 오웰은 그가 살고 있던 공동주택에서 그 건물을 볼 수 있었다. 1984, p. 117에서 보는 리드미컬한 구호 'B.B.'는 Bracken을 가리키는 내부인의 농담이다.

54) Broadcast, p. 20.을 보라.

55) Broadcast, p. 28.을 보라. 버날은 마지막 순간에 손을 뗐는데, 이것은 오웰의 동료인 버지스의 비밀 지령에 따른 것일 가능성이 있다. 버날은 열렬한 마르크스주의자였고, 버지스는 소련 스파이였는데, 오웰은 러시아 공산주의를 경멸했다(p.30).

56) West는 이렇게 지적한다. "만일 오웰이 1984에서 오브라이언의 본보기가 될 사람, 즉 그와 당의 누구든 배신할 사람을 원했다면 그와 같이 이튼학교를 졸업한 동기이자 비비씨 방송국의 이전 동료요 친구인 버지스가 최선의 선택이었을 것이다." Broadcast, p. 67.

57) 1984, p. 293.

58) 오웰은 포스터를 혐오한다. Keep the Aspidistra Flying(1936)의 주인공 고든 캄스톡은 "그것들을 증오할 만한 사적 이유가 있었다." Aspidistra, p. 6. 실제로 "그는 그것들을 정말로 증오했다"(p. 14). Aspidistra의 포스터들은 "무시무시하게 컸고" 런던 도처에 "도배되어" 있었다. 특별히 한 포스터의 "가장자리가 찢겨서 종이 띠가 마치 작은 삼각기처럼 펄럭였다"(pp. 6, 230). 1984에서 빅브라더의 "어마어마하게 큰" 포스터들이 어디서건 "펄럭였고", 특별히 하나가 "가장자리가 찢겨 바람이 불면 발작적으로 펄럭였다." 1984, pp. 4, 150.

59) 오웰은 전시에 비비씨 방송국에서 일할 당시 포틀랜드 플레이스에 있는 셋방에서 살았다. Broadcast, p. 65.를 보라. 1984에서 이곳이 '승리 맨션'이 되었다.

60) 1984, p. 4.

61) 1984, p. 3.

62) 1984, p. 4.

63) 1984, p. 4.

64) 1984, p. 5.

65) 1984, p. 5.

66) 1984, p. 6.

67) 1984, p. 6.

68) 1984, p. 7.

69) 1984, pp. 7-8.

70) 1984, p. 15.

71) 1984, p. 184.

72) 1984, p. 8.

73) 1984, p. 19.

74) 1984, p. 29. 이 장엄한 한 단락을 중심으로 해서 1984에 대하여 완벽한 분석과 감상, 비평을 체계화할 수 있다. 깊이 들어가면 스미스의 일기가 한두 페이지 나오는데, 그 안에 이 소설의 정치적 관점이 두 문장으로 압축된다. 인간은 혼자 살아서는 안 되고, 그렇다고 개미들처럼 획일적으로 살아서도 안 된다. 인간은 사적 자유를 가지되 고독해서는 안 된다. 서로 달라야 하지만 고립되어서는 안 된다. 서로 의사소통해야 하지만 눈한번 깜박이지 않는 빅브라더의 감시 아래 살아서는 안 된다. 진실은 반드시 존재해야 한다. 과거는 불변해야 한다. 미래는 불변해서는 안 된다.

75) 1984, p. 9.

76) 1984, p. 9.

77) 1984, pp. 4, 8, 49, 61, 93, 176, 232, 234, 235, 241.

78) 1984, p. 11.

79) "Some Thoughts on the Common Toad"(1946), Essays, III, p. 367.

80) "Hop-Picking"(1931), CEJL, Vol. 1, pp. 53-54.

81) 1984, p. 123.

82) Broadcast, p. 99.

83) 1984, p. 18.

84) 1984, p. 18.

85) 1984, p. 6.

86) 1984, p. 20.

87) Homage to Catalonia, pp. 147, 200.

88) 저자의 문체가 컴퓨터에서 (어쩌면 편파적으로) 어떻게 분석되는지 여기서 약간 이해할 수 있다. 이 문장들은 Burmese Days(pp. 152, 210, 237)에서 따왔다. "냉랭하고 황량한 느낌이 내장을 집어 삼켰다." "모든 사람의 내장에서 뭔가가 일어났다." 다음은 1984(pp. 18, 116, 222, 235)의 대응 표현들이다. "윈스턴의 내장이 차가워지는 것 같았다." "잠시 동안 마치 그의 내장이 갈려서 걸쭉해지는 듯한 느낌이 들었다." "윈스턴의 내장은 얼어버린 듯했다." "윈스턴의 내장이 수축했다." "내장에 또 경련이 일었다."

89) 1984, p. 21.

90)   1984, p. 6.

91)   1984, pp. 291, 296.

92)   1984, p. 296.

93)   1984, p. 296.

94)   1984, pp. 206-207.

95)   1984, p. 74.

96)   1984, p. 39. 이와 대조적으로 1984의 3부에서 오브라이언이 사용하는 고문 기계와 관련해서는 다이얼이 18번 언급된다.

97)   "Charles Dickens"(1939), Essays, Ⅰ, p. 85("오웰은 디킨스의 책들이 친절한 엔지니어의 놀라운 발명품과 관련되어 있다고 불평하지만 사실 디킨스는 그런 발명품에 대해 언급도 하지 않았다")와 비교하라.

98)   1984, p. 21.

99)   A Clergyman's Daughter, p. 58.

100)   1984, p. 21.

101)   Wigan Pier, p. 18. 이 장면과 관련된 오웰의 처음 메모는 "The Road to Wigan Pier Diary"(1936), CEJL, Vol. Ⅰ, p. 177. 에 나온다.

102)   Wigan Pier, p. 7; 1984, p. 22.와 비교.

103)   1984, p. 22.

104)   1984, pp. 22-23.

105)   1984, p. 23.

106)   1984, p. 23.

107)   1984, p. 189.

108)   나는 A. Koestler, Darkness at Noon(New York: Bantam, 1989), p. 129에서 인용하고 있다. "우리의 기술자들은 계산 착오로 교도소 또는 교수대로 보내질 수 있다는 불변의 인식을 갖고 일한다."

109)   1984, p. 4.

110)   1984, p. 11.

111)   1984, p. 157.

112)   1984, p. 25.

113)   Shelden, p. 417.

114)   Broadcast, p. 99.

115) Shelden, p. 204.

116) 1984, p. 26.

117) 1984, p. 26.

118) 1984, pp. 26-27.

119) 1984, p. 28.

120) Wigan Pier, p. 201.

121) Wigan Pier, p. 208.

122) Wigan Pier, p. 189.

123) Wigan Pier, p.193.

124) Wigan Pier, p. 203.

125) 또한 Wigan Pier, p. 191("The machine is the enemy of life")를 보라.

126) Wigan Pier, p. 204.

127) Wigan Pier, p.193.

128) "Benefit of Clergy: Some Notes on Salvador Dali"(1944), Essays, IV, p. 20.

129) "Review: The Reilly Plan, by Lawrence Wolfe"(1946), CEJL, Vol. 4, p. 91.

130) "Review, Burnt Norton, East Coker, The Dry Salvages, by T. S. Eliot"(1942), CEJL, Vol. 2, p. 239.

131) "On a Ruined Farm Near the His Master's Voice Gramophone Factory"(1934), CEJL, Vol. 1, p. 134.

132) 보울링은 어린 시절의 고향을 재발견하고, 근사하게 보존된 소년 시절에 아끼던 낚시 연못으로 돌아간다. 마침내 그곳에 이르지만 연못은 완전히 파괴되어 있다. 축음기들에 의해서 말이다. "나는 강에 가까이 갈수록 소리 - 그렇다, 쿵 티들 티들 쿵! - , 축음기 소리에 빠져 들어갔다." Coming Up for Air, p. 238. 연못은 이제 없는 것과 다름없는 젊은 바보들로 가득하다. 그들은 모두 괴성을 지르고 소리치고 있고, 대부분이 축음기를 갖고 있다"(p.239). 보울링은 넌더리를 내며 그곳을 떠난다. "축음기 소음을 더는 견딜 수 없었다"(p. 239).

133) 다음을 보라. Coming Up for Air, p. 171 ("당신은 대화의 태도를 안다. 이 친구들은 시간제로 마구 만들어낼 수 있다. 꼭 축음기처럼 말이다. 손잡이를 돌리고 버튼을 누르면 시작된다. 민주주의, 파시즘, 민주주의"); Wigan Pier, p. 216("'사회주의'는…… 축 처진 수염의 채식주의자들, (반은 갱단이고 반은 축음기 같은) 볼셰비키 정치 위원들의 사진을 떠오르게 한다"); Homage to Catalonia, p. 198("대륙 정책의 갱스터 축음기, '좋은 당원'"); "Prophecies of Fascism"(1940), CEJL, Vol. 2, p. 30("영웅은 현재 사회주의 구

역에서조차 사라지고 있는 일종의 인간 축음기이다"); "Literature and the Left"(1943), CEJL, Vol. 2, p. 294; "A New Year Message"(Tribune, 1945), CEJL, Vol. 3, p. 313.

134) Shelden, p. 365.

135) Broadcast, p. 73.

136) Aspidistra, p. 72.

137) "London Letter to Partisan Review"(1941), CEJL, Vol. 2, p. 114.

138) 1984, p. 376.

139) Shelden, p. 324. 그러나 오웰은 Charlie Chaplin's The Great Dictator를 대단히 칭찬한다. 오웰은 문어의 한계를 지적할 때조차 영화를 안 좋게 보게 한다. Henry Miller의 책에 대한 1936년의 리뷰에서 오웰은 '순수한 꿈'의 영역을 묘사하려고 할 때 글쓰기는 실패한다고 주장한다. "말은 실제 영화의 영역을 침범하는 데 사용되기 위해서 존재한다." 그러나 영화가 현실을 탈출하는 방식을 보여 주는 오웰의 예는 Mickey Mouse 만화영화다. 반면에 '문어'는 "2 더하기 2는 4가 되는 평범한 세계"를 정말로 피할 수 없다. "Review, Black Spring, by Henry Miller"(1936), CEJL. Vol. 1, p. 231. 1984에서 2 더하기 2를 5가 되게 만드는 권력은 당에 속해 있고, 그 권력의 치명적인 영향력이 이 책의 중심 테마다.

140) 오웰은 1940년에 엮은 자신이 싫어하는 것들의 목록에 "큰 도시, 소음, 자동차, 라디오, 통조림 음식, 중앙난방, '현대적' 가구"를 적었다. Shelden, p. 323.

141) "Letter to A. S. F. Gow"(1946), CEJL, Vol. 4, p. 146.

142) "Letter to Stafford Cottman"(1946), CEJL, Vol. 4, p. 149.

143) Coming Up for Air, p. 182. 로워 빈필드의 몰락을 보여 주는 또 한 가지는 옛 정육점에서 현재는 라디오 부품을 판다는 사실이다(p.236).

144) 예를 들면 Burmese Days에서 엘리자베스. pp. 179-180을 보라.

145) Wigan Pier, pp. 204-205. 오웰은 1984를 완성하고 얼마 뒤 결핵으로 요양하는 동안 주변의 쾌적한 환경을 묘사할 때 거의 동일한 표현을 썼다. "모든 환자가 헤드폰을 사용했기에 라디오 소음도 별로 없다…… 가장 지속되는 소리는 새들이 지저귀는 소리다." Shelden, p. 427.

146) Wigan Pier, p. 90.

147) Wigan Pier, p. 89.

148) 다음을 보라. Burmese Days, p. 9("영사기, 기관총, 매독 등."); "Rudyard Kipling"(1942), Essays, Ⅰ, p. 118(키플링은 "탱크와 폭격기, 라디오, 비밀경찰 또는 이것들의 심리적 결과들"을 예견하는 데 실패한다); Coming Up for Air, p. 198("버스와

폭탄, 라디오, 전화 벨소리"). 로워 빈필드에서 작동하는 옛 축음기는 현재 폭탄을 만들고 있다(p. 206).

149) "England, Your England"(1941), Essays, I , p. 256.

150) "England, Your England," pp. 255-256.

151) Coming Up for Air, p. 22; 1984, p. 61("풍부부의 발표는 또 한 번의 나팔 소리로 끝이 나고, 금속성의 음악으로 이어졌다"), p. 77("금속성의 음악이 텔레스크린에서 흘러나오고 있었다"), p. 290("금속성의 음악이 텔레스크린에서 흘러나왔다").

152) Wigan Pier, p. 230.

153) "Pleasure Spots"(1946), CEJL, Vol. 4, p. 81: "즐거움이라는 이름으로 통하는 것 대부분은 그저 의식을 파괴하는 결과를 낳는다…… 특히 영화, 라디오, 비행기와 같은 현대의 많은 발명품들의 경향은 인간의 의식을 약화시키고 호기심을 무디게 하며 전반적으로 인간을 동물에 가깝게 만든다."

154) Burmese Days, p. 73. 1984에 나오는 '체조' 장면은 사실 Burmese Days의 맥그리거 씨가 '앉아서 지내는 사람들을 위한 체조'를 날마다 엄격히 따라하는 장면에서 따왔다(p. 73). 책 말미에서 맥그리거는 "좀 더 인간적이고 호감 가는 사람이 되었다"; "그는 아침 운동을 포기했다"(p. 287).

155) 1984, p.32.

156) 1984, p. 6.

157) 1984, pp. 17, 181, 182.

158) 1984, p. 129.

159) 1984, p. 27.

160) 1984, p. 101.

161) 1984, pp. 44, 139.

162) "Rudyard Kipling"(1942), Essays, I , pp. 130-131.

163) 1984, p. 33.

164) 1984, p. 33.

165) 1984, p. 47.

166) 1984, p. 48.

167) 1984, pp. 35, 251.

168) Burmese Days, p. 74.

169) 1984, p. 36.

170) 1984, p. 36.

171) 1984, p. 62.

172) 1984, p. 62.

173) 1984, p. 79.

174) 1984, p. 194.

175) 1984, p. 195.

176) 1984, pp. 194, 199.

177) 1984, p. 190.

178) 나는 과학에 대한 당의 적의를 조금도 과장하고 있지 않다. 오웰은 당이 이 모든 믿음을 유지하면서 동시에 기술적으로 뛰어난 텔레스크린 네트워크를 계속 작동시킬 수 있다고 실제로 믿었다. 1984, pp. 190, 194, 199, 267, 268, 270, 181, 312를 보라.

179) 1984, p. 160.

180) 1984, p. 16: "사람들이 느낀 분노는, 마치 한 물체에서 다른 물체로 옮겨 가는 블로램프의 불꽃처럼 대상이 불분명하고 추상적인 감정이었다"와 비교; "Review: The Totalitarian Enemy, by F. Borkenau"(1940), CEJL, Vol. 2, p. 26: "증오는 즉석에서 어느 쪽으로든 방향이 바뀔 수 있다. 마치 블로램프의 불꽃처럼 말이다."

181) 1984, p. 37.

182) 1984, p. 38.

183) 1984, p. 37.

184) 1984, p. 40.

185) 1984, p. 6.

186) 1984, p. 5.

187) 1984, pp. 5-6.

188) '부'와 줄임말 '진부, 애부, 화부, 풍부' 또한 셈에 포함했다.

189) "As I Please"(1945), CEJL, Vol. 3, p. 329.

190) 예를 들어, Homage to Catalonia, p. 50. 또한 다음도 보라. "The English People"(1944), CEJL, Vol. 3, p. 12: "영국 언론이 대단히 자랑하는 자유는 실제적이라기보다는 이론적이다. 첫째로 언론 소유권의 집중화가 있다."

191) "The Art of Donald McGill"(1941), Essays, Ⅰ, p. 109.

192) "Boys' Weeklies"(1939), Essays, Ⅰ, pp. 280, 281, 306.

193) "Boys' Weeklies", p. 281. 이와 유사하게 군사적이고 제국주의적인 중산층이 전신에 의해 파괴되었다. 이 전신이 "점점 더 영국 정부의 지배를 받는 좁아지는 세계"를 만들어 냈다. "England, Your England"(1941), Essays, I, p. 273.

194) Wigan Pier, p. 207.

195) Review, A Coat of Many Colours, Occasional Essays, by Herbert Read(1945), CEJL, Vol. 4, p. 49.

196) Wigan Pier, p. 188.

197) "London Letter to Partisan Review(1944), CEJL, Vol. 3, p. 125: "사실 산업의 집중화 없이는 광업을 현대화하는 데 필요한 엄청난 금액을 모으기란 불가능하다."

198) "You and the Atom Bomb"(1945), CEJL, Vol. 4, p. 7. 다음도 보라. Shelden, p. 328, 오웰 인용: "노동자 계급의 아파트나 노동자들의 작은 집 벽에 걸려 있는 저 라이플총이 민주주의의 상징이다."

199) 문명은 중앙 집중화될수록 외부의 적들에게 더욱 공격을 받기 쉬워진다. 오웰은 1937년에 침울하게 예언한다. "독일의 폭격기들이 아마 몇 주 만에 영국을 혼돈과 기아로 몰아넣을 수 있을 것이다." Review, The Men I Killed, by Brigadier-General F. P. Crozier"(1937), CEJL, Vol. 1, p. 283.

200) "You and the Atom Bomb," p. 8

201) "You and the Atom Bomb," p. 8.

202) "You and the Atom Bomb," p. 9.

203) "You and the Atom Bomb," p. 9.

204) 1984, p. 15.

205) 1984, p. 38.

206) "Letter to A. S. F. Gow"(1946), CEJL, Vol. 4, p. 146.

207) 1984, p. 41.

208) 오웰은 이런 사람들에게 평생 익숙했다. 기숙학교에 다니던 어린 시절에 대한 자전적 에세이에서 자신이 몰래 학교를 빠져나와 가게에 가서는 금지된 사탕을 산 이야기를 한다. "가게에서 나오자마자 나는 나의 학교 모자를 매섭게 노려보는 듯한 날카로운 얼굴의 키 작은 남자가 맞은편 보도에 선 것을 보았다. 즉각 무시무시한 공포가 밀려왔다. 그 남자가 누구인가에 대해서는 의심할 여지가 없었다. 그는 [교장] 심이 심어 놓은 첩자였다!…… 심은 전능했다. 따라서 그의 요원들이 곳곳에 있는 게 당연했다." "Such, Such Were the Joys"(1947), Essays, I, pp. 15-16.

209) Coming Up for Air, p. 254.

210) 1984, p. 42.

211) 1984, p. 38.

212) Wigan Pier, p. 193.

213) Wigan Pier, p. 197.

214) 1984, p. 67.

215) 1984, p. 55.

216) 1984, p. 194.

217) 1984, p. 91.

218) 1984, p. 93.

219) 1984, p. 61.

220) "Second Thoughts on James Burnham"(1946), Essays, II, p. 335.

221) "Second Thoughts on James Burnham," pp. 335-336. 다음과 비교. 1984, p. 206: "새로운 귀족 계층이 대부분 관료와 과학자, 기술자, 노동조합 지도자, 선전 전문가, 사회학자, 교사, 저널리스트, 직업 정치가들로 만들어졌다."

222) "Second Thoughts on James Burnham," p. 336. 다음과 비교. 1984, p. 186: "세계가 3개의 초국가로 나뉘는 일은 가능성이 있고, 실제로 20세기 중반 전에 예견된 사건이었다." "Second Thoughts on James Burnham," p. 336: "세 개의 초국가들은 지구상에 남은 비 정복 지역의 소유권을 두고 싸울 테지만, 초국가들끼리 상대를 완전히 정복하기란 불가능할 것이다." 다음과 비교. 1984, p. 188: "이런 인구 밀집 지역의 소유권을 놓고, 그리고 북극의 빙원을 놓고서 세 강국들이 끊임없이 싸우고 있다."

223) "Second Thoughts on James Burnham," p. 336. 다음과 비교. 1984, p. 266: "당은 전적으로 당의 이익을 위해 권력을 추구한다."

224) 이 에세이는 모두 1940년에서 1945년 사이에 출간된 버넘의 책 The Managerial Revolution과 The Machiavellians, 두 권과 버넘의 또 다른 글들 몇 편을 다룬다.

225) Wigan Pier, p. 231; "Not Counting Niggers"(1939), CEJL, Vol. 1, p. 398.

226) Coming Up for Air, p. 176.

227) "Second Thoughts on James Burnham," pp. 348.

228) "Second Thoughts on James Burnham," pp. 353-354.

229) "Review, Power: A New Social Analysis, by Bertrand Russell"(1939), CEJL, Vol. 1, pp. 375-376.

230) "Second Thoughts on James Burnham," p. 352.

231) "Review, The Calf of Paper, by Scholem Asch"(1936), CEJL, Vol. 1, p. 249.

232) "Review, Russia under Soviet Rule, by N. de Basily,"(1939) CEJL, Vol. i, p. 381. 다음을 보라. "Notes on the Way"(1940), CEJL, Vol. 2, p. 17: "바로 지금 우리가 지향하고 있는 것은 스페인 종교 재판과 비슷한데, 라디오와 비밀경찰 덕에 아마 그보다 훨씬 나쁠 것이다."

233) H. G. Wells' The Sleeper Awakes: 1900년 출판

234) Jack London's The Iron Heel: 1907년 출판. 그러나 런던의 책에는 이 단락이 들어가 있지 않다: "우리는 불안한 과두정부 체제에 첫 타격을 주려고 계획했다. 후자는 총파업을 기억하고는, 용병들의 통제 하에 무전국 설치에 의한 전신 기사들의 태만을 경계했다. 우리는 차례차례 이런 움직임에 대응했다. 도처에 있는 각 은신처와 도시, 마을, 막사들로부터 신호를 받으면 헌신된 동지들은 나가서 무전국들을 폭파하게 되어 있었다. 따라서 첫 충돌에 강철 군화는 땅에 떨어졌고 거의 분해되었다"(p. 195).

235) H. G. Wells' The Sleeper Awakes: 1900년 출판

236) Zamyatin's WE: 1923년 출판. 그러나 오웰은 1940년대에 이 책을 처음 읽었다. Shelden, p. 434.

237) H. G. Wells' The Sleeper Awakes: 1900년 출판

238) Aldous Huxley's Brave New World: 1930년 출판

239) H. G. Wells' The Sleeper Awakes: 1900년 출판

240) Arthur Koestler's Darkness at Noon: 1941년 출판

241) H. G. Wells' The Sleeper Awakes: 1900년 출판

242) E. M. Forster's "The Machine Stops": 다음에서 재판. The Collected Tales of E. M. Forster(New York: Knopf, 1947) 재판, p. 144. 그러나 1984에는 Foster의 단편의 자취가 많이 포함되어 있다. 포스터가 묘사하는 미래 사회에서 사람들은 기술이 지원된 절대적 고립의 삶의 산다. 중심인물은 "수많은 사람들을 알았는데, 어떤 지점에서 인간의 교류는 대단히 진보했다"(p. 145). 사람들은 "동그란 파란 접시"(p. 145) 또는 오웰의 텔레스크린과 매우 흡사한 "시네마토포트(cinematophote)"(p. 157)를 이용해 의사소통을 한다. 사람들은 "기계에 반하는 말은 뭐든 해서는 안 된다"(p. 146). "문학을 생산하는 단추"가 있다(p. 151). "중앙 위원회가 그것을 출판했다"(p. 152). 포스터의 이야기에서 "기계는 영원히 콧노래를 불렀다"(p. 152). 중심인물은 "의사소통-체계…… 기계의 보편 체제에 대해서 전부 알았다"(p. 153). "과학 덕분에 지구는 곳곳이 다 똑같아졌다"(p. 155). 사회는 "기계가 진보하고, 진보하고, 영원히 진보하도록" 인내한다(p. 167). "진정으로 사는 유일한 것은 기계이다…… 기계는 발전하지만 우리 노선으로는 아니다. 기계는 나아가지만 우리의 목표를 향해서는 아니다"(p. 176). "기계는 전능하고 영원하다"(p.

184). "해가 갈수록 [기계는] 증가하는 효율성과 감소하는 지능의 도움을 받았다"(p. 185). "진보는 기계의 진보를 의미했다"(p. 186). "기계는 여전히 그들을 연결했다. 바다 밑, 산 밑으로 전선들이 통과해 그들은 보고 들었고, 거대한 눈과 귀 들이 그들의 유산 이었으며, 많은 작업장들의 흥얼거림이 그들의 생각에 굴종의 옷을 입혔다"(p. 191). 모든 것이 "프랑스에서 멀리 떨어져 있는…… 중앙 발전소"에 의해 작동된다(p. 193). 그것은 "세계 도처에 있는 전체 통신-체계가 고장 났을 때 전부 끝이 난다"(p. 192). "나체의 아름다운 사내가 자신이 짠 옷에 목이 졸려 죽어가고 있었다"(p. 196).

오웰은 의심할 여지없이 포스터의 이야기에 친숙했다. 다음을 보라. Shelden, pp. 177, 342-343, 399. 그들은 BBC에서 동년배였고 "Story by Five Authors"를 공동 집필하기도 했다. Broadcast, pp. 32, 42를 보라.

243) 1984, p. 209.

244) 1984, p. 168.

245) 1984, p. 76.

246) "As I Please"(1946), CEJL, Vol. 4, p. 239.

247) 1984, p. 207.

248) 1984, p. 77.

249) 1984, p. 77.

250) 1984, p. 207.

251) 1984, p. 169.

252) Down and Out, pp. 131, 132, 134, 161.

253) "Review, Alexander Pope, by Edith Sitwell"(1930), CEJL, Vol. 1, p. 22.

254) 1984, p. 207.

255) Wigan Pier, p. 90.

256) "Pleasure Spots"(1946), CEJL, Vol. 4. p. 80.

257) "Lear, Tolstoy and the Fool"(1947), Essays, III, p. 413.

258) Coming Up for Air, p. 166.

259) Burmese Days, p. 14.

260) "Review, Power: A New Social Analysis, by Bertrand Russell"(1939), CEJL, Vol. 1, p. 376.

257) "Review, Power: A New Social Analysis, by Bertrand Russell," p. 376.

258) "군사적 효율성을 손상시킬 정도로 진실을 부인할 수 있는 국가는 없다…… 정복되지 않는다면 자유주의 전통은 살아 있을 수 있다." "Looking Back on the Spanish War"(1943),

Essays, I, p. 200. 또한 다음을 보라. "The Prevention of Literature"(1946), Essays, III, p. 346: "역사적으로 이 단계에서는 가장 독재적인 지배자도 물리적 현실을 고려해야만 한다. 부분적으로는 자유주의적 사고 습관이 남아 있기 때문이고 또 부분적으로는 전쟁을 준비해야 할 필요성 때문이다. 물리적 현실이 전부 무시될 수 없는 한, 예를 들면 당신이 비행기의 청사진을 그릴 때는 2 더하기 2가 4여야 하는 한, 과학자는 그 역할을 하며, 심지어 자유를 평가하는 일도 허용될 수 있다."

다음과 비교. 1984, pp. 198-199: "과거에는…… 전쟁이 인간 사회가 물리적 현실과 접촉하는 주요 수단의 하나였다. 모든 시대의 모든 통치자는 추종자들에게 잘못된 세계관을 주입시키려 애를 썼지만, 군사적 효율성을 약화시키는 오해는 어떤 것이라도 조장할 수 없었다…… 철학이나 종교, 윤리학, 정치학에서는 2 더하기 2는 5가 될 수 있을지 몰라도 총이나 비행기를 개발하고 있다면 그것은 반드시 4가 되어야 한다."

259) 1984, p. 269.

260) "Looking Back on the Spanish War," p. 200.

261) 또한 다음을 보라. "Letter to H. J. Willmett"(1944), CEJL, Vol. 3, p. 149: "정확한 과학은 군사적 필요성이 사람들의 기대에 부응하기를 그치자마자 위태로워진다. 히틀러는 유태인이 전쟁을 시작했다고 말할 수 있고, 그가 살아남는다면 그것이 공식 역사가 될 것이다. 히틀러는 예를 들어 탄도학을 목적으로 하면 2 더하기 2는 5라고 할 수 없고, 4로 만들어야 한다. 그러나 내가 두려워하는 세상은, 서로 정복할 수 없는 두세 개의 초대국이 있고 총통이 원하면 2 더하기 2는 5가 될 수 있는 세상이다."

262) 1984, p. 198.

263) 1984, p. 198. "[영국에서] 우리는 언제나 결국에는 악이 패배한다고 반쯤 직관적으로 믿는다"라고 오웰은 쓴다. "그렇다는 증거가 무엇인가? 그리고 외부의 군사력에 의해 정복된 경우 외에 산업화된 현대 국가가 무너진 어떤 사례가 있는가?" "Looking Back on the Spanish War," p. 200. 오브라이언은 1984의 끝부분에서 윈스턴에게 이와 정확히 같은 질문을 던진다(p. 273).

264) Univ. of Toronto Press, 1962.

265) "England, Your England"(1941), Essays, I, p. 254.

266) "England, Your England," p. 264. 그리고 오웰은 회화를 어떤 경우든 그렇게 생각하지 않는다. "회화는 재능이나 고된 노력 없이 할 수 있는 유일한 예술이다"라고 오웰은 Burmese Days, p. 89.에 쓴다.

267) Wigan Pier, p. 156; A Clergyman's Daughter, p. 17; Aspidistra, pp. 28, 71, 133, 136; Down and Out, p. 93; "As I Please"(1947), CEJL, Vol. 4, p. 267.

268) "Why I Write"(1946), Essays, I, p. 316.

269) "Charles Dickens"(1939), Essays, I, p. 103.

270) Shelden, p. 314.

271) "Politics and the English Language"(1946), Essays, I, p. 169. 또한 다음을 보라. "The English People"(1944), CEJL, Vol. 3, p. 27: "단순하고 구체적인 언어를 사용하고 실제로 시각적 이미지를 연상시키는 비유를 생각하기를 좋아하는 사람들은 물리적 실제와 접촉하는 사람들이다…… 영어의 활력은 지속적인 이미지 공급에 달려 있다." 또한 다음을 보라. "Tobias Smollett: Scotland's Best Novelist"(1944), CEJL, Vol. 3, p. 244: "'사실주의' 소설이란 대화가 일상의 구어체이고 구체적 대상들이 상상할 수 있게 묘사된 소설이다."

272) "Looking Back on the Spanish War," p. 199.

273) 1984, p. 194: "과거의 모든 과학적 성과의 기초가 되었던 실증적 사고방식은 영사의 가장 근본이 되는 원칙들에 반한다." 1984, p. 312도 보라.

274) "Review, The Martyrdom of Man, by Winwood Reade"(1946), CEJL, Vol. 4, p. 119.

275) Wigan Pier, p. 206. 그는 또한 "사회주의 신념이 기계생산의 신념과 거의 불가분하게 결합"되어 있음을 인정한다(p. 188).

276) 1984, p. 205 Essays, III, pp. 462-463. "감성적인 모든 사람은 산업주의와 그 산물에 대해 반감을 느낀다"라고 오웰은 "Writers and Leviathan"(1948), Essays, III, pp. 462-463에서 분명히 말한다. 그러나 오웰은 기계는 또한 경제적 구원의 가능성도 품고 있음을 꽤 확신한다. "빈곤의 정복과 노동계급의 해방을 위해서는 산업화가 점점 더 요구된다"라고 같은 문장에서 인정한다.

277) Wigan Pier, p. 190.

278) Broadcast, p. 27. 과학과 문학의 관련성에 관한 또 하나의 강연(p. 30).

279) Wigan Pier, p. 206.

280) Wigan Pier, p. 206. Burmese Days의 예민하고 예술적이며 저자의 반 자전적 주인공인 플로리는 '기계에 관한 한 백치'와 같지만 기꺼이 '기름 때로 시커메질 때까지 엔진 속에서 발버둥 친다'(p. 200).

281) 이 점은 우리가 알듯이(오웰 자신의 글로부터) 그가 어릴 때 다니던 학교에서는 과학을 몹시 경멸해 자연사에 관심을 갖는 일도 좌절시켰으므로 더욱더 놀랄만하다. "Such, Such Were the Joys"(1947), Essays, I, p. 8. 크로스게이츠 학교에서(오웰이 저학년이었을 때) 자연사는 "과학 냄새가 났기 때문에 고전 교육을 위협하는 듯했다"(p. 18).

282) Broadcast, p. 215.

283) Broadcast, p. 215.

284) "New Words" (written 1940?), CEJL, Vol. 2, p. 3.

285) "New Words," p.10.

286) "The English People"(1944), CEJL, Vol. 3, p. 23.

287) "London Letter to Partisan Review"(1941), CEJL, Vol. 2, p. 113. 그리고 또다시 다음에 나온다. "As I Please"(1944), CEJL, Vol. 3, pp. 128-129: "비비씨 방송은 일간지보다 더 나은 뉴스원이고, 대중도 그렇게 여긴다⋯⋯ 사회 조사 역시 동일한 것을 보여 준다. 즉 라디오와 대조적으로 신문의 명성은 떨어졌다⋯⋯ 내 경험 상 비비씨 방송은 상대적으로 진실하고 무엇보다 뉴스에 대해 책임감을 가지며 단지 소식이 흥미 있다고 해서 퍼뜨리지는 않는다."

288) "London Letter to Partisan Review," p. 119.

289) "London Letter to Partisan Review"(1946), CEJL, Vol. 4, p. 190.

290) "London Letter to Partisan Review," p. 190.

291) "As I Please"(1944), CEJL, Vol. 3, p. 146. 오웰은 몇 달 뒤 이 칼럼을 다시 참조하고 반복해서 주장한다: "현대의 과학 발명품들은 국제 교류를 증가시키기보다 방해하는 경향이 있다⋯⋯ 라디오는 주로 민족주의를 더욱 조장한다. 전쟁이 일어나기 전에도 지구상의 민족들 간의 접촉이 30년 전에 비해 엄청나게 줄었고, 교육은 왜곡되고 역사는 고쳐 써지고 사상의 자유가 이전 시대에는 상상도 할 수 없을 정도로 억압받았다. 이런 추세가 뒤바뀔 조짐이 전혀 없다." "As I Please"(1945), CEJL, Vol. 3, pp. 328-329.

오웰은 "You and the Atom Bomb"(1945), CEJL, Vol. 4, p. 9에서 다시 동일한 말을 한다. "한때 라디오는 국제적 이해와 협력을 증진시킬 것이라 기대되었지만 결국에는 한 나라를 다른 나라로부터 격리시키는 도구임이 드러났다." 그러나 다른 곳에서 오웰은, 전시의 양쪽 라디오 프로파간다는 적어도 적에 대해서 거의 영향을 미치지 못했다고 단호히 결론 짓는다. "Letter to George Woodcock"(1942), CEJL, Vol. 2, p. 268을 보라. 독일의 라디오 프로파간다는 "거의 완전한 실패작"이었다. "London Letter to Partisan Review"(1942), CEJL, Vol. 2, p. 182. 비비씨 방송의 프로파간다는 "아무도 듣지 못하고 단지 성층권으로 발사되었다." Shelden, p. 348.

오웰은 1947년에 쓴, Animal Farm의 우크라이나어 판 서문에서 "전체주의 프로파간다가 얼마나 쉽게 민주주의 국가들의 개화된 국민의 의견을 통제할 수 있는지"를 알게 되었다고 보고한다. "우크라이나어판 Animal Farm의 저자 서문"(1947), CEJL, Vol. 3, p. 404.

292) "Poetry and the Microphone"(1945), Essays, III, p. 245.

293) "Poetry and the Microphone," p. 250.

294) "Poetry and the Microphone," p. 250.

295) "Poetry and the Microphone," p. 250.

296) "Poetry and the Microphone," p. 250.

297) "Poetry and the Microphone," p. 251.

298) 아일랜드 태생의 철학자이자 평화주의자, 사회주의자인 Cyril Edwin Mitchinson Joad 는 1941년부터 1947년까지 방송된 비비씨 프로그램 "Brains Trust"의 두드러진 인물이 었다.

299) "Poetry and the Microphone," pp. 251-252.

300) 1984, p. 69. 저항은 필요하지만 가망이 없다고, 1984 후반부에서 오브라이언이 스미스 에게 말한다. "자네는 결실이나 희망 없이 사는 데 익숙해져야 할 거네…… 우리가 사는 동안 감지할 수 있는 변화가 일어날 가능성은 없네"(p. 177). 또는 오웰이 Wigan Pier, p. 158에서 이미 언급한 것과 같다. "모든 혁명적 여론의 힘의 일부는 은밀한 신념에서 오 기에 아무것도 바뀔 수 없다."

301) Wigan Pier, pp. 127, 129를 보라.

302) Aspidistra, p. 239.

303) 1984, p. 82.

304) 1984, pp. 82-83과 대조하라.

305) 1984, p. 166. 여기서 우리는 오웰이 자연스러운 질서와 시장에 대한 Hayek의 믿음을 공유했다면 그의 세계관이 얼마나 달라졌을지 다시 한 번 볼 수 있다. 그는 비관론을 견 지했음에도 불구하고 평범한 영국인 고유의 충실성을 굳게 믿었다. 그는 개개인의 충실 성과 믿음의 주제를 1984에, 특히 가족과 무산계급에 관한 토론에 다시 반복해서 등장 시킨다. 예를 들어 p. 31("사적이고 바꿀 수 없는 충실성에 대한 신념")과 p. 166("그들은 사적인 충실성의 지배를 받았다")를 보라. 동일한 주제가, 앞에서 내가 인용한 표현으로 Aspidistra에 짧게 등장한다. Aspidistra, p. 239를 보라. 그러나 1984에 분명히 드러나 듯이 오웰은 개인의 충실성이 공공의 배신을 극복할 수 없다고 믿었다. 오웰의 세계에 서 부(Ministry)는 그 아래 있는 개개인의 총합보다 언제나 더욱 강력하다.

306) 1984, p. 82.

307) 1984, P. 84와 대조하라.

308) Wigan Pier, p. 89. 이 부분은 오웰이 몇 해 전에 다른 글들에서 처음으로 전개한 주제가 논거들을 어떻게 1984에서 종합하는지를 보여주는 또 하나의 예이다. 그리고 무산계급 에 대한 오웰의 매우 비관적인 관점도 보여 준다. 무산계급은 금융 계정을 완벽히 유지 할 수 있는데, 생산적인 사업이 아닌 단지 도박과 같은 헛된 것에다 투자한다.

309) 1984, p. 85. 나는 이 문장을 믿기가 극히 어려워 문장 전체를 인용한다. 오웰은 사적 자 유가 전혀 없을 정도로 '의사소통'이 완벽한 텔레스크린의 시대에는, 그와 동시에 '진짜 의사소통'은 전혀 없다고 믿게 만들었다.

310) Aspidistra, p. 105. 내가 본문과 주에서 분명히 밝히듯, "거리는 사람들로 너무 붐벼서……"에서부터 "영국에 아직 희망이 남아 있다"까지 멋진 단락 대부분은 Aspidistra에서 따와 약간만 변경했다. (이와 흡사한 시장 묘사가 Burmese Days, pp. 126-127에 나온다.) 이 단락 역시 시장과 상업에 대한 오웰의 양가감정을 드러내므로 중요하다. 그는 작은 가판대나 가게 주인들 같은 소매상을 사랑한다. 그는 가판대 주인들을 사랑하지만 자본주의나 광고, 은행업, 사유재산은 경멸한다. 시장은 사랑하지만 '자유 시장'은 혐오한다.

311) 1984, p.72를 보라.

312) 1984, p. 207을 보라.

313) "Charles Dickens"(1939), Essays, Ⅰ, p. 65.

314) Coming Up for Air, p. 13.

315) 에릭 블레어는 어릴 때 "마음 놓고 함께 놀 수 있는 가상의 친구를 만들어냈다. 어떤 이유에서인지 그는 그 친구를 '프링키'라고 불렀다." Shelden, p. 19.

316) Aspidistra, p. 105.

317) 1984, p. 128.

318) 1984, p. 85.

319) 1984, p. 85.

320) 1984, p. 70.

321) 1984, pp. 27, 40, 59, 71, 163, 270.

322) 1984, p. 32.

323) 1984, p. 207.

324) 오웰의 사회주의 이상향은 "돈이 내부의 목적을 위해서, 불가사의하고 강력한 것이기를 그치고, 지금 소비 물자를 살 수 있도록 충분히 발부되는 쿠폰이나 배급권이 되는 것이다." Lion, p. 75.

325) Aspidistra, pp. 14, 48-49. 내 컴퓨터에 따르면 이 책에 '돈'은 366번, 즉 페이지 당 1.5번 꼴로 등장한다.

326) Coming Up for Air, p. 13.

327) Coming Up for Air, p. 13.

328) Coming Up for Air, p. 149.

329) "Charles Dickens"(1939), Essays, Ⅰ, p. 65.

330) 사유 재산은 "경제 정의"와 조화될 수 없다. "Review, Communism and Man, by F.J.

Sheed"(1939), CEJL, Vol. 1, p. 384.

331) "Charles Dickens," p. 51.

332) "Letter to Humphry House"(1940), CEJL, Vol. I, p. 532.

333) "Some Thoughts on the Common Toad"(1946), Essays, III, p. 368.

334) "Writers and Leviathan"(1948), Essays, III, p. 461.

335) "Spilling the Spanish Beans"(1937), CEJL, Vol. 1, pp. 273-274; 또한 다음을 보라. "Review, Russia under Soviet Rule, by N. de Basily" CEJL, Vol. 1, p. 381: "트위들덤을 전복시키고 그와 같은 또 다른 것, 트위들디를 세우는 일이 소용없음을, 단 몇 십만 명만이라도 알아챌 수 있다면 우리 귀를 먹먹하게 만드는 '민주주의 대 파시즘'이라는 논의가 뭔가 의미를 갖게 될 것이다."

실제로, 수년간 오웰의 자본주의에 대한 모든 언급은 파시즘과 함께 이뤄졌다. 일례로, 파시즘은 "단지 자본주의가 발전한 것일 뿐이며, 소위 온화한 민주주의라는 것도 위기가 오면 파시즘으로 변하기 쉽다." Shelden, p. 218에서 인용. 파시즘은 단지 "장벽이 무너지고 동기가 공공연하게 드러난" 자본주의적 민주주의에 불과하다. "Raffles and Miss Blandish"(1941), Essays, I, p. 144. "자본주의를 보호하려 하면서 '반 파시스트'인 것은 헛된 일이다." "Letter to Geoffrey Gorer"(1937), CEJL. Vol. 1, p. 284. 자유주의 유산 계급은 "현대적 형태로 등장한 파시즘의 지지자들이다." Homage to Catalonia, p. 48.

336) "Review, The Communist International, by Franz Borkenau"(1938), CEJL, Vol. 1, p. 350.

337) "Benefit of Clergy: Some Notes on Salvador Dali"(1944), Essays, IV, p. 30. 정말로 달리의 예술은 "퇴락한 자본주의 문명에 유익한 빛"을 던진다(p. 26).

338) "As I Please"(1944), CEJL, Vol. 3, p. 250. 또한 "The Prevention of Literature"(1946), Essays, III, p. 336("작가와 예술가의 독립성이 흐릿한 경제력에 침식된다")을 보라.

339) "Why I Joined the Independent Labour Party"(1938), CEJL, Vol. 1, p. 337.

340) Aspidistra, p. 51. 광고업은 영국 언론의 '어리석음'의 완전히 이유가 되는데, 이는 "신문이 소비재 광고에 의지해 유지된다는 사실에서 나온다." "The English People"(1944), CEJL, Vol. 3, p. 35. "기자들이 단지 큰 기업의 선전업자로 존재하는 한, 공정한 방법이나 반칙으로 얻어지는 막대한 발행 부수가 신문의 유일한 목적이다"라고 오웰은 "A Farthing Newspaper"(1928), CEJL, Vol. 1, p. 14에 쓴다.

341) "The Prevention of Literature," p. 335.

342) "As I Please"(1944), CEJL, Vol. 4, p. 242.

343) "The English People"(1944), CEJL, Vol. 3, p. 11.

344) "Freedom of the Park"(1945), CEJL, Vol. 2, p. 209.

345) "The British Crisis"(1942), CEJL, Vol. 2, p. 209.

346) Wigan Pier, pp. 206-207.

347) Aspidistra, p. 54.

348) that it kills thought: Aspidistra, p. 49.

349) "Review, Workers' Front, by Fenner Brockway"(1938), CEJL, Vol. 1, p. 305.

350) 1984, p.190에서 오웰은 "모든 사람이 짧은 시간 일하고 먹을 게 충분하며 욕실과 냉장고가 있는 집에서 살고 자동차 또는 비행기까지 소유하는 세상"에서 사회 불평등이 대체로 사라지고 '자유'가 실질적으로 증진될 것이라고(블라이드를 통해) 단언한다.

351) "Democracy in the British Army"(1939), CEJL, Vol. 1, p. 405.

352) "Review, The Calf of Paper, by Scholm Asch"(1936), CEJL, Vol. 1, p. 249: "당신은 히틀러나 무솔리니, 실업, 비행기, 라디오를 무시할 수 없다." Mark Twain의 책들의 주제에 대해 오웰은 이렇게 말한다. 즉 "이것이 인간이 해고의 위험을 받지 않을 때 행동하는 방식이다." "Mark Twain – The Licensed Jester"(1943), CEJL, Vol. 2, p. 325. 자본주의라는 기계의 '톱니'로서의 정기적인 고용도 동일하게 나쁘다. "Review, Red Spanish Notebook, by Mary Low and Juan Brea"(1937), CEJL, Vol. 1, p. 287.

353) 또한 다음을 보라. "Riding Down from Bangor"(1946), Essays, Ⅲ, p. 406: 19세기의 미국은 "19세기 후반에 급작스럽게 일어난 산업화된 미국보다 나은 사회였고…… 부패하지 않았다."

354) "Review, Herman Melville, by Lewis Mumford"(1930), CEJL, Vol. 1, p. 21.

355) "Riding Down from Bangor," p. 406.

356) "Mark Twain – The Licensed Jester," p. 325.

357) "Review, Herman Melville, by Lewis Mumford," p. 21. 또한 다음을 보라. "Riding Down from Bangor," p. 407: "모두를 위한 자리가 있었고, 당신이 열심히 일하기만 한다면 생계가 확실히 보장되었다."

358) 따라서 "19세기 미국은 자본주의 문명에서 가장 좋은 때였다." "Riding Down from Bangor," p. 407.

359) 1984, p. 169.

360) 1984, p. 169.

361) 1984, p. 170.

362) 1984, p. 170.

363) "Such, Such Were the Joys"(1947), Essays, Ⅰ, p. 25.

364) "As I Please"(1944), CEJL, Vol. 3, p. 181.

365) 1984, p. 170.

366) 1984, p. 54.

367) 1984, p. 54. 또한 "Politics and the English Language"(1946), Essays, I, p. 166을 보라.

368) 1984, p. 47.

369) 1984, p. 171.

370) 1984, p. 170.

371) Wigan Pier, p. 206.

372) "Review, A Coat of Many Colours: Occasional Essays, by Herbert Read"(1945), CEJL, Vol. 4, pp. 48-49.

373) Wigan Pier, p. 207.

374) "No, Not One"(1941), CEJL, Vol. 2, p. 171.

375) The Lion and the Unicorn 1941년판 책 커버 광고문은 이렇다. "이 독창적인 책은 개인 자본주의가 계급이나 소유주 없는 사회로 분해되는 시대에 영국과 영국의 특별한 문제들에 대한 연구다." 이 문구는 오웰이 직접 썼다. Lion, p. 30을 보라.

376) "The Proletarian Writer: Discussion between George Orwell and Desmond Hawkins"(BBC broadcast, 1940), CEJL, Vol. 2, p. 41; "Second Thoughts on James Burnham"(1946), Essays, II, p. 335.

377) "London Letter to Partisan Review"(1942), CEJL, Vol. 2, p. 235("명백히 운이 다한"); "Literature and Totalitarianism"(1941), CEJL, Vol. 2, p. 135("자유 자본주의는 끝나가고 있다")

378) "London Letter to Partisan Review"(1941), CEJL, Vol. 2, p. 117; Lion, p. 118: "자유 방임 자본주의는 죽었다."

379) "London Letter to Partisan Review," p. 117.

380) 오웰의 등장인물 중 하나가 단언한다. "대영제국은 단지 유태인과 스코틀랜드 갱들 대신에 영국인에게 무역 독점을 주기 위한 장치에 불과하다." Burmese Days, p. 40. 오웰의 아버지 Richard Blair는 벵골과 중국에서 아편 거래 독점권을 충실하게 주장하면서 평생을 보냈다. Shelden, p. 14.

381) "A Farthing Newspaper"(1928), CEJL, Vol. 1, p. 13. 반유태주의에 관해 쓴 1945년 에세이에서 오웰의 첫 번째 일은 유태인들이 영국의 사업을 독점했다는 비난에 대해 그들을 변호하는 것이다: "오히려 유태인은 대 합병을 향한 현대적 추세를 따라가는 데 실패하고, 필연적으로 소규모로 이행하는 옛 방식에 사업을 고정시킨 것 같다." "Anti-

semitism in Britain"(1945), Essays, Ⅲ, p. 285.

382) "Bookshop Memories"(1936), Essays, Ⅲ, p. 34.

383) Lion, p. 73.

384) "Notes on the Way"(1940), CEJL, Vol. 2, p. 16.

385) "Notes on the Way," p. 16.

386) "London Letter to Partisan Review," p. 120.

387) "Literature and Totalitarianism," p. 137. 또한 다음을 보라. "London Letter to Partisan Review," pp. 117-118: "소유권의 중앙화와 계획 생산은 반드시 오게 되어 있다."

388) Lion, pp. 74-76.

389) "우리는 이 전쟁을 혁명전쟁으로 바꾸든가…… 그렇지 않으면 지게 된다…… 우리의 현 사회 구조로는 전쟁에서 이길 수 없다는 게 확실하다. 물리적, 도덕적 또는 지적인 우리의 실제적 군사력이 동원될 수 없다." Lion, p. 114. 또한 다음을 보라. "London Letter to Partisan Review," p. 113: "현재 언론의 거의 전부가 케르크 철수 전과 비교해서 '남겨져' 있다. The Times조차 소유권의 중앙화와 더 커다란 사회적 평등의 필요성에 대해 중얼대고 있다."

390) Lion, p. 74. 또한 다음을 보라. "The British Crisis"(1942), CEJL, Vol. 2, p. 209: "우리의 군사적 열세는 자본주의 국가에 내재하는 열세를 넘어섬을 의미한다"; p. 214: "London Letter to Partisan Review," p. 236: "사회주의를 도입하거나, 그렇지 않고 전쟁에서 지거나 둘 중 하나다"; Lion, p. 79: "재난의 시기에 영국에 함선을 제외한 모든 전쟁 물자의 부족이 드러나는 동안 자동차나 털외투, 축음기, 립스틱, 초콜릿, 실크 스타킹 등의 부족은 전혀 기록되지 않는다."

391) Lion, p. 77.

392) Lion, pp. 79-80.

393) "London Letter to Partisan Review"(1944), CEJL, Vol. 3, p.294.

394) "London Letter to Partisan Review," p. 294. 또한 다음을 보라. "London Letter to Partisan Review"(1946), CEJL, Vol. 4, p. 186: "추이는 사회주의 또는 적어도 국유제로 나아가고 있다. 일례로 운송이 국유화되고 있다."

395) "Review, The Democrat at the Supper Table, by Colm Brogan"(1946), CEJL, Vol. 4, p. 97.

396) "Letter to the Reverend Herbert Rogers"(1946), CEJL, Vol. 4, p. 103.

397) "London Letter to Partisan Review"(1945), CEJL, Vol. 3, p. 384.

398) "The Soul of Man under Socialism by Oscar Wilde"(1948), CEJL, Vol. 4, p. 427.

399) 1984, p. 161.

400) 1984, p. 20을 보라.

401) "Notes on the Way"(1940), CEJL, Vol. 2, p. 15.

402) 1984, p. 161. 이 단락을 인용한 것은 다음과 같은 이유에서다. 1984에서 가장 중요한 은유는 빛의 은유다. 책의 다른 거의 모든 것과 같이 빛은 이중사고의 대상이다. 한편으로 "어둠이 없는 곳"은 런던 전체를 통틀어서 가장 악하고 사적 자유와 자아가 말살된 공간이며 고문과 자백, 세뇌가 이뤄지는 곳이다. 그런데 오웰의 천국, 금빛 나라 역시 빛으로 채워져 있다. 그리고 광대하고 사방이 탁 트여 있으며 밝고, "끝을 볼 수 없는" 곳이다(p. 161).

403) 오웰은 이 책 전반에 걸쳐서 이 은유를 전개한다. 1984, pp. 56, 76, 290, 295(밤나무 카페) 그리고 77, 296(흐드러진 밤나무 아래서 나는 당신을, 당신은 나를 배신했다")을 보라. 여기서도 이 이미지는 놀랍도록 잘 들어맞는다. 꽃이 핀 밤나무는 완전한 나무의 작은 복제품 같은 줄기에 핀 각각의 꽃이 세분된 그물망처럼, 마치 차원분열 도형처럼 넓게 퍼져 있다.

404) 이것은 1984에서 반복되는 또 하나의 이미지다. 시각적으로 산호는 밤나무처럼 세분된 기관들이 복잡하게 서로 연결된 그물망 같은 구조다. pp. 95, 148, 224를 보라.

405) 1984, p. 161

406) Aspidistra, pp. 69-70.

407) 1984, p. 65를 보라.

408) 1984, p. 112.

409) 1984, p. 112.

410) Aspidistra, p. 103.

411) 1984, p. 143.

412) 1984에서 줄리아와 윈스턴은 같은 계급이다. 둘 다 중산층 속물들이다. 일례로 줄리아는 "언제나 당원과는"(무산 계급과는 아니다) 모두와 자지만 내부 당의 "비열한 놈"들하고는 결코 자지 않는다(p. 126). 윈스턴은 파슨에게서 나서 노동자 계층의 땀 냄새를 경멸한다. 오웰은 "Charles Dickens"에서 이렇게 쓴다. "소설가가 계급 문제와 관해 실제 느끼는 감정을 알 수 있게 해주는 단서 하나는 계급이 섹스 문제에 부딪혔을 때 취하는 태도이다. 이것은 속이기에는 너무 괴로운 문제여서, 결국 '속물이 아닌' 체하는 허식이 무너지기에 이른다." "Charles Dickens"(1939), Essay, I, p. 76.

오웰은 외부 당이 어떻게 취급될 것인지를 Wigan Pier, p. 226에서 이미 설명했다: "최악의 빈곤에 짓눌리면서도 감정적으로는 노동자 계층에 대해 격렬하게 반감을 갖고 있는 중산 계층을 상상하기란 꽤 쉽다. 물론 이것이 진부한 파시스트당이다."

413) "Clink"(1932), CEJL, Vol. 1, p. 92.

414) "Clink," p. 92.

415) Shelden, p. 145에서 인용하고 다른 말로 바꿔 표현함.

416) Aspidistra, p. 70.

417) 1984, p. 109. 오웰은 그의 첫 번째 아내를 처음 만났을 때 함께 저녁 식사를 하자고 청했다. Shelden, p. 209.

418) 1984, p. 225. 나는 오웰이 이 부분을 쓰면서, 자신이 유년기에 겪은 매우 생생하면서 고통스러웠던 두 가지 기억 - 하나는 야뇨증, 또 하나는 그 때문에 가학성 교장, Vaughan Wilkes에게 회초리로 맞은 - 을 결합하고 있다는 사실을 알았는지 궁금하다. Shelden, pp. 26, 29, 36을 보라.

419) 1984에서 윈스턴은 술집에 들어간다. 이 장면은 Aspidistra에서 따온다. 그 책의 술집 여주인은 "팔뚝이 건장"하고, 1984의 술집 바텐더도 "팔뚝이 건장"하다(1984, p. 87). 두 곳의 술집에서 '시큼한' 맥주 냄새가 강하게 나고, 바닥에 톱밥이 있으며, 더럽고, 다트 게임을 하고 있고, 유리컵을 씻지 않으며 "그저 맥주 냄새가 나는 물에 헹구기만" 한다. 그리고 상위 계층 사람이 들어오자 "침묵의 순간"이 생긴다. Aspidistra에서 침입자는 에일 맥주 1파인트를 주문하지만 그 술집에는 반 파인트짜리 병만 취급한다. 1984에서 노인은 맥주 1파인트를 요구하는데 단지 반 리터만 얻을 수 있다. Aspidistra, pp. 86, 89와 1984, pp. 84, 87, 88을 비교하라. 실제로 1984의 노인은 'wallop(맥주)' 1파인트를 주문한다(p. 88). 오웰은 이 단어가 어떻게 해서 1940년에 갑자기 유행이 되었다가 1945년에 사라졌는지에 대해 짧게 한 단락 썼다. "As I Please"(1945), CEJL, Vol. 3, p. 326.

420) Aspidistra, p. 86. 1984, pp. 86-93과 비교하라.

421) Aspidistra, p. 86.

422) Aspidistra, p. 86-87.

423) 1984, p. 34.

424) 1984, p. 88.

425) 1984, p. 88.

426) Aspidistra, p. 87.

427) Aspidistra, p. 87.

428) Down and Out, p. 131.

429) 1984, p. 88.

430) 1984, p. 88.

431) Coming Up for Air, p. 48.

432) 1984, p. 90.

433) 오웰은 꿈과 그 의미에 매우 관심이 많았다. 그가 일기장에 마지막으로 기록한 것들 중 하나가 자신이 꾼 꿈의 묘사였는데, 그것이 자신의 죽음을 예고했다고 믿었다. 이 짧은 장에서 나는 기계 시대에 옛 산문에서 새 것을 만들어 냄으로써 무엇을 할 수 있는지 보여 주고자 한다. 나는 오웰의 광범위한 책과 에세이들에서 꿈에 관한 단편들을 골라, 새로운 오웰의 작품으로 결합시켰다.

434) Burmese Days, pp. 176-177.

435) 1984, p. 31.

436) "Why I Write"(1946), Essays, Ⅰ, p. 314.

437) A Clergyman's Daughter, p. 109.

438) 1984, p. 278.

439) Animal Farm, p. 22.

440) 1984, pp. 31, 166.

441) "Arthur Koestler"(1946), Essays, Ⅲ, p. 277.

442) "New Words"(1940?), CEJL, Vol. 2, p. 4. 1984 내에 이와 동일한 언어의 울림이 있다: "그는 '나는 꿈을 꿨다'로 시작했다가 갑자기 뚝 멈췄다. 말로 표현하기가 너무나 복잡했던 것이다"(pp. 160-161).

443) A Clergyman's Daughter, p. 96.

444) A Clergyman's Daughter, p. 185.

445) Shelden, p. 442.

446) 1984, pp. 161, 164(윈스턴의 어머니의 몸짓들)와 비교.

447) 1984, p. 32.

448) 1984, p. 164.

449) "Why I Joined the Independent Labour Party"(1938), CEJL, Vol. 1, p. 337. 또한 다음을 보라. "As I Please"(1944), CEJL, Vol. 3, p. 255: "국가적 후원이 사적 후원보다 기아에 더 잘 대응할 수 있다. 그러나…… 이것에는 [검열이] 수반된다." 또는 오웰이 (약간은) 빈정대듯 Lion, pp. 113-114에 쓰듯, 민주적 사회주의자인 영국인은 "어떤 공개적 반란도 즉각적이고 잔인하게 짓밟을 테지만 말로 하든 글로 쓰든 언어로는 거의 간섭하지 않을 것이다." 그로부터 얼마 지나지 않아 발표한 에세이에서 그는 "개인의 자유"에 관해 정중하게 언급한다. 그 글에 이렇게 서둘러 덧붙인다. "하지만 이것은 경제적 자유, 이윤을 위해 다른 사람을 착취할 권리와는 아무 상관이 없다." "England, Your England"(1941), Essays, Ⅰ, p. 256.

450) "Literature and Totalitarianism"(1941), CEJL, Vol. 2, pp. 134-137. 그는 여전히 이렇게 예상한다. "개인의 경제적 자유는 이것과 함께, 그리고 크게 말해 자신이 좋아하는 일을 하고 자신의 직업을 선택하며 지구상 어디로든 이동하는 자유와 함께 끝이 날 것이다."

451) "Literature and Totalitarianism," p. 135.

452) 또한 "Notes on the Way"(1940), CEJL, Vol. 2, p. 16을 보라.

453) "Letter to Victor Gollancz"(1940), CEJL, Vol. 1, p. 409.

454) "Review, The Unquiet Grave: A Word Cycle, by 'Palinurus'"(1945), CEJL, Vol. 3, p. 320.

455) "Letter to Francis A. Henson"(1949), CEJL, Vol. 4, p. 502.

456) Wigan Pier, p. 197: "땅을 파고 목수 일을 하고 나무를 심고 나무를 베고 타고 가고 낚시하고 사냥하고 닭을 먹이고 피아노를 치고 사진을 찍고 집을 짓고 요리하고 바느질하고 모자를 다듬고 모터바이크를 고치는 일인가? 이 모든 것은 누군가의 일이고, 또 누군가의 놀이이기도 하다. 사실 당신의 선택에 따라서 일 아니면 놀이, 한 쪽으로 구분될 수 있는 활동은 극히 드물다." 일과 놀이 사이의 경계선은 선택과 강요 사이의 경계선과 마찬가지로 결코 확실히 그어질 수 없다.

457) "The Cost of Letters"(1947), CEJL, Vol. 4, pp. 201-203.

458) 일례로 오웰은 또 "전체주의, 지도자 숭배 등"이 증가하고, 히틀러의 죽음은 단지 (a) 스탈린, (b) 영미의 대부호, (c) de Gaulle과 같은 유형의 온갖 저급한 독재들을"을 강화시킬 뿐이라고 확신한다. "Letter to H. J. Willmett"(1944), CEJL, Vol. 3, pp. 148-149. "유일하게 문제가 되는 것은 [집산주의]가 자발적인 협력에 근거해서인지 아니면 기관총에 의지해서 설립되었는지다." "Notes on the Way," p. 16. 또한 다음을 보라. Lion, p. 118: "선택은 히틀러가 세울 집산주의 사회 또는 그가 패배할 때 일어날 수 있는 종류의 사회, 이 둘 사이에 놓여 있다"; "London Letter to Partisan Review"(1941), CEJL, Vol. 2, p. 117: "전체적 문제는 집단이 소유한 생산 기계들을 누가 통제하는가이다."

459) "Letter to H. J. Willmett," p. 149.

460) "London Letter to Partisan Review"(1945), CEJL, Vol. 3, p. 396.

461) "Preface to Ukrainian Edition of Animal Farm"(1947), CEJL, Vol. 3, pp. 404-405.

462) "Letter to Francis A. Henson," p. 502.

463) "The Prevention of Literature"(1946), Essays, III, p. 339.

464) "The Prevention of Literature," p. 335.

465) "As I Please"(1944), CEJL, Vol. 3, pp. 229-230.

466) "As I Please"(1946), CEJL, Vol. 3, p. 230.

467) "As I Please," p. 229: "만일 예술가를 사회에 아무것도 빚지지 않은 자주적인 개인, Ishmael(이스마엘, 떠돌이, 부랑자)로 여긴다면 예술가의 황금기는 자본주의 시대였다. 그때 예술가는 후원자로부터 달아났고, 아직 관료에게 붙잡히지 않았다"라고 오웰은 동일한 칼럼에 쓴다(p. 229).

468) "Literature and Totalitarianism," p. 137. 또한 다음을 보라. "Letter to H. J. Willmett," p. 148: "나는 내 책 The Lion and the Unicorn에서 설명한 대로, 영국 국민과 자유를 파괴하지 않은 채 경제를 중앙집권화할 수 있는 그들의 능력을 매우 깊이 믿는다."

469) Coming Up for Air, p. 149.

470) Aspidistra, p. 239.

471) 1984, p. 96.

472) "As I Please"(1944), CEJL, Vol. 3, pp. 189-190.

473) "Review, Herman Melville, by Lewis Mumford"(1930), CEJL, Vol. 1, p. 21.

474) "Riding Down from Bangor"(1946), Essays, Ⅲ, pp. 406-407.

475) 1984, p. 221.

476) 1984, p. 70.

477) 1984, p. 267: "한 인간이 자기 정체에서 빠져나올 수 있다면, 당에 자신을 병합해 당이 될 수 있다면, 그때 그는 전능하고 불멸의 존재가 된다."

478) 1984, p. 19.

479) "England, Your England"(1941), Essays, Ⅰ, p. 252.

480) "England, Your England," p. 266.

481) 1984, pp. 185-186.

482) 1984, p. 154와 비교하라.

483) 1984, p. 191.

484) 1984, p. 192.

485) 1984, p. 192.

486) "Looking back on the Spanish War"(1943), Essays, Ⅰ, p. 200.

487) 1984, p. 198을 보라.

489) 1984, p. 195를 보라. 다른 곳에서와 마찬가지로 여기서도 오웰은 기술이 나아갈 곳에 대해 선견지명을 보인다. 그가 처음으로 '렌즈' 무기를 언급하고 나서 40년 뒤, "스타워즈(Star Wars)" 기술이 크게 유행한다.

480) 1984, pp. 196, 199를 보라.

490) 1984, p. 198. "[영국에서 우리는 언제나 결국에는 악이 패배한다고 반쯤 직관적으로 믿는다"라고 오웰은 쓴다. "그렇다는 증거가 무엇인가? 그리고 외부의 군사력에 의해 정복된 경우 외에 산업화된 현대 국가가 무너진 사례가 있는가?" "Looking Back on the Spanish War"(1943), Essays, I, p. 200. 오브라이언은 1984 말미에서 윈스턴에게 이와 동일한 질문을 던진다(p. 273).

491) 1984, p. 187.

492) 1984, p. 197을 보라.

493) 1984, p. 199.

494) Homage to Catalonia, pp. x (Lionel Trilling의 서문); pp. 121-22를 보라.

495) Broadcast, p. 62(Churchill 인용)를 보라.

496) "England, Your England"(1941), Essays, I, pp. 252-253.

497) 다음과 비교. Wigan Pier, p. 219: "영국과 같은 나라는…… 정확히 겨냥된 1, 2천 개의 폭탄이면 혼돈에 빠질 수 있다."

498) 1984, p. 187을 보라.

499) 다음과 비교. "Looking Back on the Spanish War," p. 210: "폭탄이 폭발한다 해도 수정 같은 민주주의 정신은 결코 부서뜨릴 수 없다."

500) "Reflections on Gandhi"(1949), Essays, I, p. 177.

501) 1984, p. 149를 보라.

502) 1984, p. 150.

503) "As I Please"(1944), CEJL, Vol. 3, p. 98.

504) Aspidistra, p. 128.

505) 1984의 연인들은 중고품 가게 위 다 허물어져 가는 방에 은신처를 마련한다. 그 방은 윈스턴에게 "일종의 향수, 원형적 기억을 일깨운다. 그런 방 안의 안락의자에 앉아, 주전자를 얹어 놓은 벽난로 앞 망에 발을 얹고 있는 느낌, 누구의 감시도 받지 않고 쫓기지 않으며 주전자에서 물 끓는 소리와 시계에서 친근하게 똑딱거리는 소리 외에 아무 소리도 들리지 않는 전적으로 안전한 느낌을 그는 전에 알았던 것 같았다." 1984, p. 96. 이 장면은 Wigan Pier(pp. 117-118)의 단락과 흡사하다. 한편 윈스턴과 줄리아는 폐허가 된 예배당의 종탑에서 만난다. 1984, pp. 129, 131. 예배당은 Homage to Catalonia, p. 123에서 차용한다.

506) 1984, p. 121.

507) Aspidistra, p. 97.

508) Coming Up for Air, p. 47.

509) 1984, p. 166.

510) Aspidistra, p. 105를 보라. 이와 흡사하게 풍부한 색감과 자세한 묘사가 두드러지는 낙관적인 시장 장면이 Burmese Days, pp. 126-127에 나온다.

511) 1984, p. 128.

512) "As I Please"(1947), CEJL, Vol. 4, p. 267.

513) Shelden, p. 322.

514) Shelden, 273.

515) Shelden, p. 273을 보라.

516) 1984, p. 156. 또 다시 우리는 오웰이 이와 같은 사색과 텔레스크린 기술 사이의 관계를 어떻게 무시하기에 이르렀는지 궁금하다. 1984에서 아주 명확히 밝히듯이, "동맹을 이룬 소그룹들"은 텔레스크린으로 연결된 큰 그룹인 정부에 대항할 가능성이 없다. 그런데 왜 그런가? 오웰은 어디서나, 정치적 반대자가 아닌 오직 정부만이 텔레스크린을 사용할 방법을 알기 때문이라고 상정해야 한다.

517) 1984, p. 157.

518) 1984, p. 222.

519) Burmese Days, p. 57. 물론 이와 흡사한 장면이 1984, p. 125에 있다.

520) 1984, p. 125.

521) 1984에서 줄리아는 오웰의 글에 등장하는 다른 여성들의 종합과 같다. Aspidistra에서 '줄리아'는 주인공의 누이이다. 1984의 줄리아는 Aspidistra의 여주인공과 마찬가지로 불편한 여성 숙소에서 산다. Aspidistra의 헤르미온느는 "특별히 할 일이 없을 때면 언제나 동물처럼 즉각적으로 잠이 든다"(p. 96). 1984의 줄리아는 "어느 때고 어떤 자세로도 잘 수 있는 사람들 중 하나다."
반면에 윈스턴과 별거 중인 아내, 캐서린은 "인간 녹음기"와 같았다. 1984, p. 67. 오웰이 다른 책들에서 보수당 정치인들을 모욕할 때 즐겨 쓰는 표현은 "갱단 같은 축음기 (gangster gramophone)"이다. Homage to Catalonia, p. 198("갱단 축음기 같은 대륙 정치")와 Wigan Pier, p. 216(볼셰비키 정치위원들은 "반은 갱단에 반은 축음기" 같다.).

522) 1984, pp. 97-100, 147, 179. 물론 종 역시 원거리 장치 중 하나다. 실제로 교회 종은 원래 그리스어로 '전화기' 또는 '멀리 말하는 사람'이다.

523) "England, Your England"(1941), Essays, I, p. 252.

524) "England, Your England," p. 266.

525) "England, Your England," p. 266.

526) "England, Your England," p. 267. 또한 다음을 보라. "Notes on the Way"(1940),

CEJL, Vol. 2, p. 17: "만일 전 군대를 강제해야 했다면, 어떤 전쟁도 결코 발생하지 못했다. 인간은 - 물론 기쁘게는 아니지만 어느 정도는 자발적으로 - 이른바 '명예, 의무, 애국심 등'의 추상적 개념들 때문에 전쟁에 나가 죽는다."

527) "England, Your England," p. 264. 또한 Homage to Catalonia, pp. 28, 59를 보라. 다음과 비교. "Review: The Totalitarian Enemy, by F. Borkenau"(1940), CEJL, Vol. 2, p. 25: "'전면' 전쟁을 벌이거나 준비하고 있는 나라는 어떤 의미에서는 사회주의적이어야 한다." Lion, p. 22: "전쟁은 박애 의식을 불러일으킨다. 무엇보다도 전쟁은, 개인들에게 자신들이 완전히 개인이 아님을 절실히 느끼게 한다." "Notes on the Way," p. 17: "사람들은 국가와 인종, 신념, 계급과 같은 부분적 공동체를 위해서 자신을 희생하고, 오로지 총알에 직면하는 순간에야 자신들이 그저 개인이 아님을 깨닫는다."

528) "Review: The Spirit of Catholicism by Karl Adam"(1932), CEJL, Vol. 1, p. 79.

529) Wigan Pier, p. 188.

530) "As I Please"(1944), CEJL, Vol. 3, p. 133: "디포가 실제로 무인도에 살았었더라면 로빈슨 크루소를 쓰지 않았고, 쓰려고 하지도 않았을 것이다. 언론의 자유를 박탈하면, 창조적 능력이 고갈된다.

531) "The Prevention of Literature"(1946), Essays, III, p. 334.

532) "Lear, Tolsty and the Fool"(1947), Essays, III, p. 421: 시는 "생존함으로써 자신을 방어한다. 아니면 방어할 수 없다."

533) "New Words"(1940?), CEJL, Vol. 2, p. 9.

534) Burmese Days, p. 57: "미는 공유되기 전까지는 의미 없다."

535) 1984, pp. 219, 280.

536) 1984, p. 80.

537) 1984, p. 80.

538) 1984, p. 80.

539) "The Prevention of Literature," pp. 342-343: "발라드와 같은 어떤 유형의 시들 또는 다른 한편으로 매우 인위적인 운문 형태의 글들은 여러 사람들 집단이 협력해서 만들어낼 수 있다. 고대 영어와 스코틀랜드 발라드들에 대해 처음부터 개인이 창작했다는 주장과 많은 사람들이 함께 만들었다는 주장으로 논란이 일고 있다. 어쨌건 그것들은 입에서 입으로 전해 내려오며 끊임없이 바뀌었다는 의미에서 개인의 작품이 아니다…… 산문에서는 이런 식의 은밀한 협력은 전적으로 불가능하다."

540) 1984, p. 265.

541) Homage to Catalonia, p. 61을 보라.

542) "England, Your England"(1941), Essays, Ⅰ, p. 265.

543) 스페인 경찰은 오웰을 추격할 때, "남편을 체포하는 데 이용할 유인용으로" 그의 아내
에일린을 체포했다. Shelden, p. 270.

544) Wigan Pier, p. 216.

545) Wigan Pier, p. 216.

546) "London Letter to Partisan Review" (1944), CEJL, Vol. 3, p. 81.

547) "London Letter to Partisan Review," p. 81.

548) 1984, p. 205.

549) 1984, p. 198.

550) "England, Your England," p. 269.

551) "England, Your England," p. 273.

552) "Review, Angel Pavement, by J. B. Priestley" (1930), CEJL, Vol. 1, p. 25.

553) 1984, p. 198을 보라.

554) "Such, Such Were the Joys"(1947), Essays, Ⅰ, p. 5.

555) "Such, Such Were the Joys," p. 9.

556) "Such, Such Were the Joys," p. 26.

557) "Such, Such Were the Joys," pp. 8, 18.

558) 1984, p. 194.

559) 1984, p. 269.

560) Wigan Pier, p. 189. 또한 "The Soul of Man under Socialism by Oscar Wilde"(1948),
CEJL, Vol. 4, pp. 426-428에서 오스카 와일드의 공상적 이상주의에 대한 오웰의 요약
을 보라.

561) Wigan Pier, p. 190.

562) Wigan Pier, p. 193.

563) 1984, p. 207.

564) 오웰은 이것을 완전히 믿었다. 전에 여러 번 언급하기도 했다. 새로운 전체주의는 더욱
강력한 기술에 의해 굳어졌으므로 달랐다. "우리는 과거의 박해자들과는 다르다"라고
오브라이언은 큰소리친다. Coming Up for Air에서 조지 보울링 역시 그렇게 봤다. "옛
히틀러는 뭔가 다르다. 조 스탈린도 그렇다. 그들은 단지 재미로 사람들을 십자가에 매
달아 죽이고 목을 베는 등의 짓을 저지른 옛 시대의 그 녀석들과는 다르다…… 그들은
전에 한 번도 들어보지 못한 아주 새로운 것을 쫓는다." Coming Up for Air, p. 185. 그

들이 쫓는 것은 물론 인간의 정신이다. 그들은 사상경찰이다.

다음과 비교. "Some Thoughts on the Common Toad"(1946), Essays, Ⅲ, p. 341: "과거 의 폭정은 전체주의적이지 않았다. 그들의 억압 장치들은 언제나 비효율적이고, 그들의 지배 계급은 대개 부패하거나 세계관이 냉담하거나 반(半) 자유주의적이었으며, 지배적 종교 교리가 대개 완전론과 인간의 무과실성에 반대했다."

565) 오웰은 이런 견해를 1984 중반에 나오는 블라이드의 에세이에 수용한다. 전에는 이런 주장을 제시했다. '기계'가 꾸준히 발전해 모든 부를 창조하고, 이것이 모든 사람에게 쉽게 공유될 것이다. Wigan Pier, p. 171; "Looking back on the Spanish War" (1943), Essays, Ⅰ, p. 203; "As I Please"(1946), CEJL, Vol. 4, p. 249.

566) 1984, p. 29.

567) A. Koestler, Darkness at Noon(New York: Bantam, 1989), p. 211.

568) Coming Up for Air, p. 271; 1984, p. 62.

569) 1984, p. 208을 보라.

570) 1984, p. 187을 보라.

571) Broadcast, p. 80과 비교.

572) 1984, p. 208.

573) 1984, p. 206을 보라.

574) 1984, p. 217을 보라.

575) 1984, p. 273.

576) 1984, p. 259를 보라.

577) 1984, p. 218.

578) 1984, p. 218.

579) "Such, Such Were the Joys," p. 27.

580) 1984, p. 180.

581) 1984, p. 180과 비교하라.

582) 1984, p. 181.

583) 1984, pp. 181-182를 보라.

584) 1984, p. 182

585) "Politics and the English Language"(1946), Essays, Ⅰ, p. 164.

586) "Politics vs Literature: An Examination of Gulliver's Travels" (1946), Essays, Ⅲ, p. 385. 또한 "그들은 사실 전체주의 조직의 최고 단계, 순응이 매우 일반적으로 일어나 더

이상 경찰력이 필요하지 않은 단계에 도달했다"(p. 385).

587) 1984, p. 182.

588) 1984에서 윈스턴은 대형 집회에 참석한다. 그 장면은 최면에 걸린 듯하면서 동시에 당의 프로파간다를 놀랍도록 교묘하게 패러디한다. 또한 10년 전에 쓴 Coming Up for Air, p. 175에서 글자 그대로 끌어온 장면이다. Wigan Pier, pp. 175-176는 이와 동일한 에피소드를 훨씬 짧게 표현한다.

키가 188센티미터 정도 되는 오웰은 키 작은 사람들에게 특별히 신경 쓰지 않았다. 일례로 다음을 보라. Coming Up for Air, p. 14: "무대 감독은 추하고 보통보다 키가 작은 악마 같은 자로, 떡 벌어진 어깨에 회색빛 콧수염이 삐죽삐죽 나 있었다⋯⋯ 얼마나 빈번하게 이런 키 작은 사내들이 약자를 괴롭히는 자리를 차지하고 있는지 알아챘소?"

589) Coming Up for Air, p. 172.

590) Aspidistra, p. 50.

591) "Politics and the English Language," p. 161.

592) "Politics and the English Language," p. 159.

593) "Politics and the English Language," p. 159.

594) "As I Please" (1944), CEJL, Vol. 3, p. 109.

595) 1984, p. 73.

596) "As I Please," pp. 108-109.

597) 1984, p. 90.

598) Coming Up for Air, p. 153.

599) 다음과 비교. Homage to Catalonia, p. 198 ("훌륭한 당원", "대륙 정치의 축음기 같은 갱단"); Wigan Pier, p. 216 ("볼셰비키 정치인 (반은 갱단 같고 반은 축음기 같은)").

600) Coming Up for Air, p. 156.

601) Coming Up for Air, p. 156.

602) "Lear, Tolstoy and the Fool" (1947), Essays, III, p. 420을 보라.

603) 1984, p. 54.

604) "As I Please," p. 109.

605) "Benefit of Clergy: Some Notes on Salvador Dalí," p. 24.

606) "As I Please," pp. 109-110. 또한 다음을 보라. "Politics and the English Language," p. 166: "짐승 같은 잔혹 행위, 강철 군화, 피로 물든 압제에 대항해, 전 세계의 자유인들이 어깨를 나란히 하고 맞선다."

607) Burmese Days, p. 252.

608) 1984, p. 181.

609) "The Spike"(1931), CEJL, Vol. I, p. 39.

1984에서 윈스턴 스미스는 물론 감방에 갇힌다. 우리는 이 감방 장면과 관련해서는 이전에 이미 읽었다. 오웰은 실제로 런던의 Bethal Green 경찰서에 갇혔었다. Down and Out(p. 146)과 오웰의 에세이 "Clink"(1932), CEJL, Vol, 1, p. 87 그리고 Aspidistra에 이런 독방에 대한 묘사가 여러 번 나온다. 벽은 "번쩍거리는 흰색 자기"로 되어 있었고, 죄수들은 벽돌을 세면서 시간을 보낸다. 그들은 벤치나 침대 대신 널빤지 '시렁'에 앉았다. 강철문에 안을 들여다볼 수 있는 작은 구멍이 하나 있다. 독방에는 단 하나의 변기가 가림막도 없이 개방되어 있어서, 죄수들이 수도 없이 자주 사용한다. 그들도 "어쩔 수가 없다." 변기는 물이 제대로 내려가지 않는다. 그래서 독방에서는 '지독한' 냄새가 난다. 이것은 오웰의 글 세 곳 모두에서 정확히 일치한다. 1984, pp. 223, 225, 229, 233, 237을 보라; Aspidistra, pp. 179, 183, 187을 비교하라; "Clink," pp. 87, 89, 90. 또한 다음을 보라. Homage to Catalonia, p. 31 ("그 자리에서는 지독한 냄새가 났고, 작은 울타리 밖에는 사방에 배설물이 있었다"); Burmese Days, p. 75 ("몹시 어둡고 숨 막힐 듯 더우며 가구라고는 사실상 거의 없었다. 악취가 진동하는 구덩이 변소 외에는 말이다"); Burmese Days, p. 217([보존이 잘 안 된 표범 가죽에서되] 지독한 냄새가 났다"); Down and Out, p. 199(부랑자들의 숙소에는 "지독한 냄새가 나는 공용 요강"이 있었다"). 1984, p. 237("파슨스는 변기를 매우 자주 그리고 요란하게 사용했다. 그러면 변기의 방수전에 결함이 드러났고, 감방 안에서는 그 뒤로 몇 시간 동안 지독한 냄새가 났다")과 비교하라.

굶주려 죽어가던 또 다른 수감자도 그 행동을 되풀이했다. 그는 "어떤 종류의 기술자였을지도 모르는 평범해 보이는 아주 흔한 사내이다." 1984, p. 238: "초췌해진 그의 얼굴은 깜짝 놀랄 정도였다…… 사내는 굶주려 죽어가고 있었다." 다음도 있다. Down and Out, p. 156: "나는 그의 얼굴을 볼 시간이 있었는데, 그의 얼굴은 고통에 차 있었다. 그의 얼굴 표정을 보고 돌연 깨달았는데, 그는 굶어 죽어가고 있었다."

610) 1984, p. 238; Down and Out, p. 97과 비교하라.

611) 1984, p. 239.

612) 1984, pp. 102, 167을 보라.

613) 1984, p. 218.

614) 1984, p. 218.

615) 1984, p. 218.

616) Down and Out, p. 131.

617) Coming Up for Air, p. 30.

618) "How the Poor Die"(1946), Essays, II, p. 89.

619) "England, Your England"(1941), Essays, I, p. 256.

620) 1984, pp. 202-203.

621) 1984, p. 44.

622) 1984, p. 132.

623) 1984, p. 70.

624) 1984, p. 211.

625) 1984, p. 92.

626) 1984, p. 265를 보라; "Lear, Tolstoy and the Fool"(1947), Essays, III, p. 407.

627) Burmese Days, p. 35.

628) Broadcast, p. 79와 비교.

629) Wigan Pier, p. 188과 비교.

630) "Review, A Coat of Many Colours: Occasional Essays, by Herbert Read"(1945), CEJL, Vol. 4, p. 48.

631) "Review, The Unquiet Grave: A Word Cycle, by 'Palinurus'"(1945), CEJL, Vol. 3, p. 320: 이 책의 오류는 "집산주의 사회가 인간의 개성을 파괴할 것이라고 가정하는 데" 있다.

632) 다음과 비교. Broadcast, p. 73: "그러나 돈 자체는 가치가 없고 오직 상품만 중요하다는 사실을 우리는 이제 알았다."

633) 1984, pp. 27, 32, 40, 59, 270.

634) R.H. Coase, "The Lighthouse in Economics," Journal of Law and Economics 17(1974): 357과 비교. Coase는 다음과 같이 끝을 맺는다: 경제학자들은 정부가 제공하는 최선의 서비스는 좀 더 견고한 후원을 입은 본보기를 사용해야 함을 시사하고자 한다(p. 376). 오늘날에는 기술 발전 덕에, 등대(또는 항공 교통통제센터)가 제공할 수 있는 서비스들을 민영화하는 일이 Coase가 상상한 것보다 훨씬 쉽다.

635) R. H. Coase, "The Problem of Social Cost," in Coase, The Firm, the Market, and the Law(Chicago: University of Chicago Press, 1988), pp. 95, 114-119를 개괄적으로 보라. Coase, "Notes on the Problem of Social Cost," in The Firm, pp. 157, 174-179.

636) 1984, pp. 8, 212. 또한 다음을 보라. "Who Are the War Criminals?" (1943), CEJL, Vol. 2, p. 319: "처음에 무솔리니는, 만약에 있다면, 어떤 죄를 저질렀나? 정권을 쥔 자리에서는, 법이 없기 때문에 범죄도 없다"; "As I Please"(1943), CEJL, Vol. 3, p. 66.

637) 다음과 비교. "The English People"(1944), CEJL, Vol. 3, p. 9: "영국 경찰력의 효율성은 경찰이 뒤에 여론을 업고 있다는 사실에 실제로 달려 있다." 다음도 보라. "Freedom of the Park"(1945), CEJL, Vol. 4, p. 40: "[법이] 이행되는 여부와 경찰의 행동 방식은 나라의 전반적 기질에 달려 있다. 일례로 국민 대다수가 언론의 자유에 관심이 있다면, 법이 금지한다 할지라도, 언론의 자유가 있을 것이고, 여론이 느리다면 불편한 소수집단은, 그들을 보호하는 법이 존재한다 하더라도, 박해를 받을 것이다."

638) Aspidistra, p. 72.

639) 다음과 비교. "London Letter to Partisan Review"(1941), CEJL, Vol.2, p. 118: "영국에서는 발언의 자유를 대단히 존중하지만 언론의 자유는 거의 존중하지 않는다."

640) "Freedom of the Park," p. 40.

641) 1984, p. 191.

642) "Boys' Weeklies"(1939), Essays, Ⅰ, pp. 280-281.

643) 다음과 비교. "The English People," p. 23: 대량 생산된 오락거리는 "수백만의 대중에게 호소해야 하므로 계급 간 적개심을 불러일으켜서는 안 된다."

644) "Boys' Weeklies," p. 280.

645) "Boys' Weeklies," p. 282.

646) "England, Your England," p. 255.

647) Burmese Days, p. 191: "그는 플로리에게 하이드파크의 넌더리나는 선동가처럼 말하지 말라고 했다"와 비교.

648) "Freedom of the Park," p. 39.

649) "Freedom of the Park," p. 39.

650) "Review, Herman Melville, by Lewis Mumford"(1930), CEJL, Vol. 1, p. 21.

651) "Riding Down from Bangor"(1946), Essays, Ⅲ, p. 406.

652) "Riding Down from Bangor," p. 407.

653) Burmese Days, p. 69.

654) "England, Your England," p. 256.

655) 1984, pp. 51, 54-55, 311.

656) "Reflections on Gandhi"(1949), Essays, Ⅰ, p. 176.

657) Shelden, p. 151과 비교.

658) Coming Up for Air, p. 173.

659) Aspidistra, p. 166.

660) Aspidistra, p. 172.

661) Aspidistra, p. 72.

662) Aspidistra, p. 174.

663) Shelden, p. 214.

664) Aspidistra, p. 179.

665) Aspidistra, p. 177.

666) Aspidistra, p. 179.

667) 1984, p. 243을 보라.

668) 1984, p. 77을 보라.

669) 1984, p. 274.

670) "Shooting an Elephant"(1936), Essays, I, pp. 151-152.

671) 1984의 오브라이언과 스미스가 감옥에서 나누는 대화 많은 부분이 오웰의 앞선 에세이
에서 따와 다시 고친 것이다.

예를 들면 다음과 같다. 오웰은 이전에 쓴 에세이에서 표현을 바로 끌어와, 오브라이언
을 통해 고문이 왜 필요한지 설명하게 한다. "윈스턴, 자네는 개인은 단지 세포 하나에
불과하다는 사실을 이해하지 못하나? 세포 하나의 피로는 전체 유기체의 활력이 되지."
1984, p. 267. 다음과 비교하라. "Notes on the Way"(1940), CEJL, Vol. 2, p. 317: "인
간은 하나의 개인이 아니네. 영원한 몸을 구성하는 하나의 세포에 불과하지." 또한 다음
을 보라. "Review, Communism and Man, by F. J. Sheed"(1939), CEJL, Vol. 1, p. 383:
"지금 삶이 다음 삶의 준비라면 개인의 영혼은 지극히 중요하지. 하지만 다음 삶이 없다
면 개인은 전체 몸의 대체 가능한 세포 하나에 불과하네."

마찬가지로 오브라이언은 권력이 전부라고 설명한다. "당은 전적으로 자기를 위해 권력
을 추구한다. 다음과 비교하라. "Raffles and Miss Blandish"(1944), Essays, I, p. 118:
"우리 시대에는 군사력보다 더 강력한 제재가 있다고 믿는 사람을 아무도 없다. 더욱 강
력한 물리력이 아니고서는 물리력을 능가할 가능성이 있다고 아무도 믿지 않는다. '법'
이란 없다, 오직 힘만 존재한다." "Charles Dickens"(1939), Essays, I, p. 65: "권력이 남
용되는 것을 어떻게 막는가,라는 핵심 문제는 여전히 해결되지 못했다."

오브라이언은 이것을 하나의 은유로 나타낸다. "미래의 그림을 보고 싶다면 인간의 얼
굴에 영원히 찍힌 군화 자국을 상상해 보게." 1984, p. 271. 다음과 비교하라. "England,
Your England"(1941), Essays, I, p. 259: "군인들의 행진은…… 적나라한 권력을 확인
할 뿐이다. 그 안에 인간의 얼굴을 짓밟는 군화의 환영이 매우 의식적이고 의도적으로
내포되어 있다." 또한 다음을 보라. "Raffles and Miss Blandish," p. 139: "영웅은…… 누
군가의 얼굴을 짓밟는 것으로 묘사된다."

672) Shelden, p. 212.

673) 1984, p. 248-249.

674) 1984, p. 265.

675) Wigan Pier, p. 50.

676) 1984, p. 262.

677) 1984, p. 249.

678) 1984, p. 249.

679) 1984, p. 190.

680) 1984, p. 190.

681) 1984, p. 190.

682) 1984, p. 191.

683) "The English People"(1944), CEJL, Vol. 3, p. 23.

684) 1984, p. 205.

685) 1984, p. 205.

686) "Second Thoughts on James Burnham" (1946), Essays, II, p. 351.

687) 1984, p. 274.

688) 1984, p. 275.

689) "A Hanging" (1931), Essays, II, p. 10. 또한 "As I Please" (1944), CEJL, Vol. 3. p. 267
을 보라.

690) Burmese Days, p. 255.

691) Down and Out, p. 82.

692) Homage to Catalonia, p. 65와 비교.

693) 나는 이 부분을 오웰의 "Review of Penguin Books" (1936), CEJL, Vol, 1, pp. 165-167
에서 인용해 다른 말로 바꿔 표현했다. 다른 많은 글들과 마찬가지로 이 에세이도 오웰
이 경제를 전혀 이해하지 못하고 있음을 증명한다. 그는 가격이 싼 책들은 "독자의 관
점에서 이득"이라고 확신하고, 그것들이 "전체 거래에 손해를 주지 않는다"고 인정한다.
그러면서 "출판업자나 작곡가, 저자, 책 판매자들에게" 값싼 책들은 "재난"이라고 확신
한다(p. 166). 사실상 오웰은 책 수요는 완전히 비탄력적이어서 책 가격 하락은 언제나
수입 하락을 의미한다고 가정한다. 그러나 McDonald는 Maxim보다 소고기를 싸게 팔
지만 그 소유주는 훨씬 부유해졌다.

694) Shelden, p. 325 (스티븐 스펜더가 오웰을 묘사한 글 인용).

695) "Benefit of Clergy: Some Notes on Salvador Dalí"(1944), Essays, IV, p. 26.

696) "Review, The Rock Pool, by Cyril Connolly"(1936), CEJL, Vol. 1, p. 226.

697) Wigan Pier, pp. 204-205.

698) 1984, p. 44.

699) "Benefit of Clergy: Some Notes on Salvador Dalí," p. 27.

700) "Freedom of the Press," Shelden, p. 235에서 인용.

701) "Raffles and Miss Blandish," p. 144.

702) "No, Not One"(1941), CEJL, Vol. 2, pp. 166-167.

703) "Benefit of Clergy: Some Notes on Salvador Dalí," p. 26.

704) "The Art of Donald McGill" (1941), Essays, I, p. 114.

705) "Shooting an Elephant"(1936), Essays, I, p. 151.

706) 1984, p. 270.

707) Homage to Catalonia, pp. 60, 69.

708) Wigan Pier, p. 174.

709) "Such, Such Were the Joys" (1947), Essays, I, p. 41.

710) "Review, A Coat of Many Colours: Occasional Essays, By Herbert Read" (1945), CEJL, Vol. 4, p. 49.

711) "Review, A Coat of Many Colours: Occasional Essays, By Herbert Read," p. 49.

712) "A Hanging," p. 13.

713) Burmese Days, p. 13.

714) 1984, p. 206.

715) 1984, p. 275.

716) 1984, p. 257.

717) 1984, p. 235.

718) 1984의 감옥 장면에서 오웰은, 그 책 곳곳에서 탐구한 문제, 즉 육체와 영혼의 죽음으로 돌아온다. 당을 거부할 때 인간은 죽는다. 윈스턴은 일기를 쓰기 시작하는 순간부터 자신이 "이미 죽게 됨"을 안다(p. 29). "우리는 죽은 목숨이오," 하고 윈스턴은 정사 중 줄리아에게 몇 번이고 읊조린다(p. 222). 그러나 당을 열렬히 수용하는 인간도 역시 죽는다. "우리는 자네를 다시는 돌아오지 못하도록 간단히 뭉개 버릴 거네" 하고 오브라이언은 윈스턴에게 말한다. "자네 안의 모든 게 죽게 되네"(pp. 259-260). 따라서 당신은 해도

죽고 안 해도 죽는다.

Coming Up for Air에서와 같다. 1차 세계대전에 나가 싸운 사람 모두가 죽었다(p. 133). 그러나 아무튼 싸우러 나가지 않았던 사람들도 역시 죽었다. 단지 "히틀러가 문제 된다"는 사실을 믿지 못하는 시인은 죽었다. "그는 유령에 불과하다…… 어쩌면 뇌가 멈추고, 새 아이디어를 받아들인 능력을 잃은 사람은 실제로 죽은 것인지 모른다"(p. 188). Aspidistra에서 고든 캄스톡은 이와 비슷한 생각을 한다. "내가 죽었으므로 내 시들은 죽었다. 당신은 죽었다. 우리는 모두 죽었다. 죽은 자들의 세계에 있는 죽은 사람들이다"(p. 83).

719) "A Hanging," p. 11.

720) 1984, p. 304.

721) 1984, p. 304.

722) Broadcast, p. 62를 보라.

723) "Shooting an Elephant" (1936), Essays, Ⅰ, p. 153.

724) A Hanging," p. 12.

725) "Shooting an Elephant," p. 154-155.

726) "Shooting an Elephant," p. 154; Burmese Days, p. 28.

727) 1984, p. 288. 쥐는 오웰의 책에 언제나 튀어 나온다. Homage to Catalonia에서 오웰은 쥐들과 끝없이 싸우는 병사들을 반복해서 등장시킨다(p. 106). "옛 군가(軍歌)"에는 쥐에 관해 두 번이나 언급한다(p. 78, 106). 특히 한 헛간에서는 이렇게 이야기한다. "아주 더러운 동물들이 사방의 땅속에서 기어 나오고 있었다. 내가 그 무엇보다도 혐오하는 한 가지는 어둠 속에서 내게 달려드는 쥐다"(p. 183). 이와 동일한 "아주 더러운 짐승들"이 1984에서 윈스턴을 공포에 몰아넣는다(p. 145).

728) Wigan Pier, pp. 25-27.

729) 1984, p. 286.

730) 1984, pp. 145, 287-288.

731) 1984, p. 288.

732) 1984, p. 289.

733) 1984, p. 289.

734) Shelden, p. 284, 오웰이 목에 총상을 맞은 뒤 미끄러운 참호에서 간신히 빠져 나올 때 얼굴을 스치던 은백양 나뭇잎들에 대해 생각하는 장면을 인용.

735) Shelden, p. 442: "나는 회복하는 것에 대해 체념하기 시작했다. 죽음을 두려워하지 않았기에(고통과 죽어 가는 순간에 대해서는 두렵지만 소멸하는 것에 대해서는 아니다)

그 이유가 이해되지 않았다."

736) "Review, Burnt Norton, East Coker, The Dry Salvages, by T. S. Eliot"(1942), CEJL, Vol. 2, p. 238.

737) Homage to Catalonia, p. 89.

738) 1984, p.221.

739) 1984, p. 17.

740) 1984, pp. 95, 148, 224.

741) 1984, p. 294.

742) 1984, p. 289.

743) "Reflections on Gandhi"(1949), Essays, Ⅰ, p. 176.

744) Aspidistra, p. 119.

745) 1984, pp. 16, 124-125, 294와 비교하라.

746) 1984, p. 300. 1984는 이렇게 끝이 나지만, 이 표현은 아주 다른 것을 의미한다. 오웰은 1984를 집필하기 6년 전인 1940년에 이미 이런 일이 벌어질 것이라고 말했다. "우리는 전체주의적 독재국가, 곧 생각의 자유가 우선적으로 대죄이며 나중에는 의미 없는 관념이 되는 시대로 이동하고 있다. 자주적인 개인은 뿌리째 없어지고 있다." "Inside the Whale" (1940), Essays, Ⅰ, p. 249.

747) 1984, p. 41.

748) Homage to Catalonia, p. 40.

749) 또는 Mark Twain은 다음과 같이 썼다. "이 모든 해가 흐른 뒤 나는 내가 이브에 대해 처음부터 오해했음을 알았다. 그녀 없이 에덴동산에서 사는 것보다 에덴동산 밖에서 그녀와 함께 사는 게 낫다. 처음에 나는 그녀가 말이 너무 많다고 생각했다. 하지만 이제 나는 그녀가 목소리를 내지 못하게 하고 내 삶에서 사라지게 한다면 유감스럽게 생각할 것이다." M. Twain, Adam's Diary(Oakland, CA: Star Rover House, 1984), p. 89.

750) Shelden, p. 294.

751) "As I Please"(1944), CEJL, Vol. 3, p. 250.

752) "Clink"(1932), CEJL, Vol. 1, p. 90; Shelden, p. 164.

753) 다음을 개괄적으로 보라. F. A. Hayek, "Notes on the Evolution of Systems of Rules of Conduck," in Hayek, Studies in Philosophy, Politics and Economics(Chicago: University of Chicago Press, 1967), p. 66; Hayek, "The Results of Human Action But Not of Human Design," in Hayek, Studies in Philosophy, pp. 96-105.

754) 예를 들면, "Politics and the English Language" (1946), Essays, I, p. 156.

755) 이 주제에 관한 최근의 놀라운 에세이로, Steven Pinker, The Language Instinct(New Yor: Morrow, 1994)에 근거한 Steven Pinker, "Grammar Puss," in New Republic, January 31, 1994, pp. 19-26을 보라.

756) "As I Please" (1947), CEJL, Vol. 4, p. 305: "영어는 세계의 제2언어가 되기에 아주 적합하다. 그런 것이 있다면 말이다. 그 어떤 자연어나 인공어보다 폭넓고 깊이 사용되고 있다."

757) Aspidistra, p. 239.

758) "Review, The Road to Serfdom, by F. A. Hayek; The Mirror of the Past, by K, Zilliacus" (1944), CEJL, Vol. 3. p.117.

759) 오웰 자신이 그 잡지를 적어도 가끔은 읽었다. "As I Please" (1945), CEJL, Vol. 3, p. 318을 보라.

760) R. Manvell, "Review, R. Coase, British Broadcasting: A Study in Monopoly," World Review (June 1950): 73 (Coase 인용)을 보라.

761) "Such, Such Were the Joys" (1947), Essays, I, p. 17을 보라.

762) "The Rediscovery of Europe" (1942), CEJL, Vol. 2, pp. 201-202.

763) 코스는 내가 이 책에서 언급한 다른 수많은 문제들에 대해서 썼다. "The Nature of the Firm," in R. H. Coase, The Firm, the Market, and the Law, (Chicago: University of Chicago Press, 1988), 사람들이 왜 시장을 포기하고 근본적으로 집산주의 기관인 법인을 구성하는가를 놓고 논한다. 간단히 말해, 그 이유는 거래비용을 절감하기 위해서다. 그러나 코스는 하마터면 큰 실수를 저지를 뻔한다. 그는 이렇게 주장한다. "공간 분포를 줄임으로써 생산 요소들을 모두 가까워지게 하는 발명품들은 회사 규모를 크게 만드는 경향이 있다. 공간 조직 비용을 감소시키는 전화와 전신과 같은 변화는 회사 규모를 키울 것이다"(p. 46). 코스는 이 점에 대해서 틀렸지만 각주에서 만회한다. "대부분의 발명품들이 구조화 비용과 가격기구 이용비를 바꿀 것이다. 그럴 경우 발명품이 회사 규모를 키울지 줄일지 여부는 이 두 가지 비용 장치의 상대적 효과에 달려 있다. 예를 들어, 전화가 구조화 비용보다 가격기구 이용비를 더 많이 줄인다면 회사 규모를 줄이는 효과를 낼 것이다"(p. 46, n. 31).

764) "As I Please" (1944), CEJL, Vol. 3, p. 178.

765) 1984, p. 35.

766) Broadcast, p. 215.

767) Lion, p. 68.

768) "The English People" (1944), CEJL, Vol. 3, p. 34.

769) Lion, p. 68.

770) Wigan Pier, p. 206: "자본주의의 풍조는 [발명]의 속도를 늦추는 것이다. 자본주의 하에서는 꽤 즉각적인 이윤을 약속하지 못하는 발명은 무시되기 때문이다."

771) "England, Your England" (1941), Essays, I, p. 266.

772) Wigan Pier, p. 188에서 오웰은 산업화와 사회주의는 형제간이며, 사회주의는 "지구상 모든 지역 간의 지속적인 의사소통과 상품 거래"에 의존한다고 주장한다. 그러나 "지속적인 의사소통과 거래"에는 정부 부처들이 필요하지 않다. 필요한 것은 텔레스크린이다.

773) 다음을 개괄적으로 보라. Michael Schrage, Shared Minds: The New Technologies of Collaboration(New York: Random House, 1990). Mitchell Kapor는 책 커버 광고문을 1984를 무의식적으로 따라했다. "마음을 공유한다는 것은 일터에서 협력을 위한 새로운 도구와 방법들이 어떻게 1+1=3이 되게 하는지를 말해주는 기민한 설명이다." 또한 다음을 보라. Globalization, Technology, and Competition: The Fusion of Computers and Telecommunications in the 1990s, ed. Stephen P. Bradley, Jerry A. Hausman, and Richard L. Nolan (Boston: Havard Business School Press, 1993); Tom Peters, Liberation Management: Necessary Disorganization for the Nanosecond Nineties (New York: Knopf, 1992); Shoshana Zuboff, In the Age of the Smart Machine: The Future of Work and Power(New York: Basic Books, 1998); 익명. "The Fall of Big Business," Economist (April 17, 1993), p. 13.

774) Wigan Pier, p. 159. 오웰은 Wigan Pier, p. 159에서 이렇게 쓴다. "자본주의 체제 하에서 영국이 비교적 안락하게 살기 위해서는 천만 명의 인도인들이 아사 직전 상태로 살아야 한다."

775) "Letter to F. J. Warburg"(1948), CEJL, Vol. 4, p. 448.

776) Broadcast, p. 62, W. J. West의 서문, Winston Churchill의 연설 인용

777) Broadcast, p. 7, W. J. West의 서문

778) Broadcast, p. 47. 오웰은 BBC 방송진행자로서 '기본영어'에 대한 강연을 의뢰했다.

779) "As I Please"(1944), CEJL, Vol. 3, p. 210: "기본영어의 논거 하나는, 그것이 표준영어와 나란히 존재함으로써 정치인과 홍보담당자의 웅변술에 대해 일종의 교정술로 작용할 수 있다는 점이다. 과장된 구절들을 기본영어로 바꾸면, 종종 놀랍게 줄어든다…… 기본영어를 쓰면 무의미한 진술을 할 수 없게 된다고 한다. 무의미함이 분명히 드러나기 때문이다. 바로 이 점이 그렇게 많은 학교 교사와 편집자, 정치가, 문학 비평가가 기본영어에 반대하는 까닭을 충분히 설명한다."

780) 오웰은 또한 "NuSpeling"을 비롯해 영국의 도량형 체계를 바꾸려는 어떤 시도도 거부했다. "As I Please" (1947), CEJL, Vol. 4, pp. 304-306.

781) "As I Please" (1944), CEJL, Vol. 3, pp. 228-230.

782) "As I Please," p. 230.

783) "Boys' Weeklies"(1939), Essays, I , p. 279.

784) "A Farthing Newspaper"(1928), CEJL, Vol. 1, p. 12.

785) "The Art of Donald McGill" (1941), Essays, I , p. 10.

786) Aspidistra, p. 205.

787) Wigan Pier, p. 79: "런던은…… 너무나 거대해서 그곳에서의 삶은 고독하고 익명이 보장된다."

788) Shelden, p. 403.

789) 다음을 보라. Howard Rheingold, The Virtual Community: Homesteading on the Electronic Frontier (Reading, MA: Addison-Wesley, 1993); Ithiel de Sola Pool, Tehnologies without Boundaries (Cambridge: Harvard University Press, 1990).

790) Shelden, p. 402.

791) "As I Please"(1947), CEJL, Vol. 4, p. 310.

792) 오웰은 1984 말미에 Jefferson의 글을 인용하면서 이상하게 'just'라는 단어를 뺀다 (p.313).

793) "Letter to Geoffrey Gorer"(1939), CEJL, Vol. 1, p. 381.

794) Lewis J. Perelman, School's Out: Hyperlearning, The New Technology, and the End of Education (New York: Morrow, 1992); Seymour Papert, "The Children's Machine," Technology Review, 30-3(July 1993).

795) 오웰은 정말로 매우 쉽게 그것을 상상했을지 모른다. 그 자신이 전시의 라디오 프로파간다 - "공중으로 흘러가는…… 쓰레기" 덩어리 - 는 전혀 영향력이 없다고 꽤 확신했다. Letter to George Woodcock(1942), CEJL, Vol. 2, p. 268. 독일의 라디오 프로파간다는 거의 완전한 실패작이었다. London Letter to Partisan Review(1946), CEJL, Vol. 2, p. 182. BBC 프로파간다는 "성층권으로 곧장 발사되었고, 아무도 듣지 않았다." Shelden, p. 34.

796) Ithiel de Sola Pool, Technologies of Freedom (Cambridge: Harvard University Press, 1983), pp. 26-27.

797) "Letter to F. J. Warburg," p. 448.

798) "London Letter to Partisan Review"(1944), CEJL, Vol. 3, p. 298.

799) 1984, p. 13.

800) 1984, p. 216.

801) "Why I Write" (1946), Essays, I, p. 316.

802) "Charles Dickens" (1939), Essays, I, p. 96.

803) Anthony Burgess, The Novel Now (New York: Norton, 1967), p. 43. 버지스는 10년 뒤인 1978년에 오웰의 1984에 대한 자신의 대답을 출판한다. A. Burgess, 1985 (Boston: Little Brown, 1978). 버지스의 1985는 버지스와 오웰의 가상 대화로 시작하고, 버지스 자신의 간략한 예언을 정리하는 중편소설로 결론 맺는다. 그의 주제는 노동조합이 세계를 장악할 것이라는 것이다. 버지스는 오웰보다 더 나쁜 예언자로 판명된다. 1985가 출간된 지 한두 해 만에 노동조합은 영국과 미국, 두 곳 모두에서 급속히 하락했다.

804) 이 사실을 애플 컴퓨터도 이해했다. 다음을 보라. "1984년은 왜 '1984'와 같이 있었을까"(광고), Wall Street Journal, January 24, 1984, p. A7. 이 광고는 커다란 매킨토시 사진을 보여 준다. 왼쪽 바닥에는 1984 책 커버 사진과 설명이 있다. "조지 오웰의 고전 공상과학 소설 '1984'. 이 책은 과학보다는 허구에 훨씬 가깝다고 판명되었다." Apple은 어쩌면 이와 비슷한 광고를 10년 전 Olivetti가 내보냈다는 사실을 몰랐을지도 모른다. 그 광고는 in John Rodden, The Politics of Literary Reputation: The Making and Claiming of "St. George" Orwell(New York: Oxford University Press, 1989), p. 257에서도 재현되었다. Olivetti 광고(Olivetti's M20 퍼스널 컴퓨터)는 "1984: 오웰은 틀렸다'라는 표제를 달았다. 매킨토시와 관련해서는 다음을 보라. Steven Levy, Insanely Great: The Life and Times of Macintosh, the Computer That Changed Everything (New York: Viking Press, 1993).

805) Shelden, p. 268.

806) "The Soul of Man under Socialism by Oscar Wilde"(1948), CEJL, Vol. 4, p. 426.

807) "Lear, Tolstoy and the Fool" (1947), Essays, III, p. 419.

808) "Letter to Francis A. Henson" (1949), CEJL, Vol. 4, p. 502. 오웰은 물론 이전 글들에서는 이보다 훨씬 덜 실험적인 예언들을 제시했다. 일례로 다음을 보라. "Why I Joined the Independent Labor Party" (1938), CEJL, Vol. 1, p. 337: "언론의 자유를 누리던 시대는 끝나가고 있다…… 모든 작가가 소수 특권층이 요구하는 정보에 대해 다 같이 침묵할 것인지 아니면 발표할 것인지 선택하는 때가 오고 있다. 그때는 이듬해, 어쩌면 10년 혹은 20년 내는 아니지만 오고 있다. 또한 다음을 보라. "The Prevention of Literature" (1946), Essays, III, p. 335: "우리 시대에는 모든 것이 작용해 작가와 다른 모든 종류의 예술가가 상부에서 제시하는 테마에 관해서 작업하며 진실이라 생각되는 것에 대해서는 결코 말하지 않는 하급관리가 되게 만든다."

809) Shelden, p. 432.

810) 더욱이 오웰은 다른 책들에서도 여러 번, 자신이 하고 있는 일을 설명하는 데 자조적으로 '예언'이라는 말을 사용한다. 예를 들면 이렇다. "로어빈필드를 슬그머니 빠져나와 과거를 되찾으려 노력하고, 이어서 차를 타고 집으로 돌아오는 길에 미래에 대한 예언적 헛소리를 많이 생각한다." Coming Up for Air, p. 270. "요즘 계속 엄습하는 이런 예언적 느낌, 전쟁이 곧 발발하며 모든 것을 끝내 버릴 것 같은 느낌은 내게 이상하지도 않다.

811) Burmese Days, p. 57.

812) "Charles Dickens," p. 98.

813) "Charles Dickens," p. 98. 또한 다음을 보라. "Lear, Tolstoy and the Fool," p. 421: 시는 "살아남음으로써 스스로 변호한다. 그렇지 않다면 방어할 수 없다."

814) "영국에는…… 강제수용소 문학이라 부를 수 있는 것이 부족하다"라고 오웰은 "Arthur Koestler" (1946), Essays, Ⅲ, p. 275에 썼다. "비밀경찰력, 여론 검열, 고문, 조작된 재판으로 만들어진 특별한 세계는 물론 알려지고 어느 정도 비난을 받지만 감정적 영향을 거의 미치지 못했다" (p. 275). 오웰은 이것을 최종적으로 받아들일 만하게 바꿨다.

815) "Politics vs Literature: An Examination of Gulliver's Travels" (1946), Essays, Ⅲ, pp. 392-393. 여기서 내 글 - "위대한 예술 작품의…… 작가에 대한 관점" - 은 오웰이 Jonathan Swift와 Gulliver's Travels에 대해 쓴 것을 제외하고서 글자 그대로 오웰이다.

816) Wigan Pier, p. 190.

817) "Charles Dickens," p. 85. Dickens의 "정신의 비과학적 자세는 악영향을 준다"; Dickens에게 "과학은 흥미롭지 않으며, 기계는 잔인하고 추하다"(p. 86).

818) "Charles Dickens," p. 85.

819) "Inside the Whale" (1940), Essays, Ⅰ, p. 243.

820) Wigan Pier, p. 202.

821) Wigan Pier, p. 202.

822) Wigan Pier, p. 203.

823) "Rudyard Kipling"(1942), Essays, Ⅰ, p. 126.

824) 1984, p. 3.

825) Wigan Pier, pp. 206-207.

826) Wigan Pier, p. 206.

827) Lion, pp. 82-83.

828) 더 많은 네트워크 침입자와 해커들에 관해서는 Bruce Sterling, The Hacker Crackdown: Law and Disorder on the Electronic Frontier (New York: Bantam, 1992)를 보라.

829) 그러나 1949년에 오웰 자신이 서방인들 중에서 공산당의 '비밀 당원'이라 의심하는 사람들의 개인 목록을 모으기 시작했다는 사실은 주목할 가치가 없다. 그는 정치적으로 독립적인 체하는 '스탈린 체제 옹호자들'이 '엄청난 장난'을 저지를 수 있다는 사실을 격정했다. Shelden, p. 428. "그가 공책에 작성한 목록, 즉 '비밀 당원'일 가능성이 있는 백 명 넘는 사람들 중 다수는 그가 개인적으로 모르는 이들이었다." 오웰은 또한 매키지가 엄청 마음에 들어 했을 '비밀 공산주의(Crypto-communism)'에 대해 최소한 하나의 칼럼을 썼다. 다음을 보라. "Two Letters to the Editor of Tribune" (1947) CEJL, Vol. 4, pp. 191-193 (Orwell's Reply to Konni Zilliacus MP): "핵심을 압축하면 이렇다. 즉, 그는 자신이 '비밀 공산당원'이 아니라고 말한다. 그러나 당연히 그는 비밀 공산당원이다! 그가 달리 어떻게 말할 수 있었겠는가?"

830) "Politics and the English Language" (1946), Essays, Ⅰ, p. 166.

831) "Looking back on the Spanish War" (1943), Essays, Ⅰ, p. 200.

832) "우리 경제는 정보 기술로 추진되었다"라고 마가릿 대처가 소비에트 연방의 최종 붕괴 직전에 한 연설에서 말했다. "그들의 경제는 보드카로 연료를 얻었다." 그녀는 승리주를 의미했을지 모른다. 마가릿 대처가 스스로 1984를 흉내 내고 있음을 알았는지 나는 모르지만 어쨌든 그녀가 옳았고, 오웰은 틀렸다.

833) "England, Your England" (1941), Essays, Ⅰ, p. 266.

834) "Politics and the English Language," p. 167.

835) "불행히도 나는 인간의 얼굴 표정에 냉담하도록 훈련하지를 못했다"라고 오웰은 버마에서 본 원주민들이 벌을 받는 장면에 대해서 썼다. Shelden, p. 112.

836) "In Front of Your Nose"(1946), CEJL, Vol. 4, p. 123.

837) "명백하고 바꿀 수 없으며, 조만간 마주해야만 하는 사실을 무시하는 힘은 [조현병과] 밀접히 관련이 있다," p. 123.

838) "Charles Dickens," pp. 82-83.

839) "Charles Dickens," p. 99.

840) Wigan Pier, p. 190.

841) "Politics vs Literature: An Examination of Gulliver's Travels" (1946), Essays, Ⅲ, p. 391.

842) Shelden, p. 219; "Inside the Whale" (1940), Essays, Ⅰ, p. 212.

843) "Benefit of Clergy: Some Notes on Salvador Dalí" (1944), Essays, Ⅳ, p. 25.

844) 1984, p. 36.

845) Bernard Crick in Introduction to Lion, p. 28에서 인용. 논평가는 New Stateman and Nation, March 1, 1941에 글을 쓴 V.S. Pritchett였다.

846) Lion, p. 103.

847) Lion, p. 70.

848) 이것은 내가 편파적으로 선택한 표현이 아니다. 오웰의 주요 책과 에세이들에서 '미국 (America)'을 찾으면 자판을 칠 때마다 거의 매번 이런 표현들이 제시된다. "싸구려 미국 치과의사"(Coming Up for Air, p. 21); 미국인 횡령자들(Down and Out, p. 26); 아내의 시신을 훼손한(그리고 내 기억이 맞는다면, 뼈를 다 꺼내고 머리를 바다에 버린) 키 작은 미국인 의사 (Coming Up for Air, p. 54). 우리는 "멍청한 미국인 선교사"를 만난다 (Wigan Pier, p. 146). 파리의 고급 호텔에 묵는 미국인들은 "사기 치기 쉽다"; 미국인들은 "좋은 음식에 관해서는 아무것도 모른다." 그들은 역겨운 미국산 '시리얼'로 배를 잔뜩 채우고 차에 마멀레이드 잼을 곁들이며 저녁식사 뒤 베르무트 술을 마시고 값비싼 전통 닭요리를 주문해서 우스터소스에 푹 찍어 먹는다…… 아마도, 이런 사람들이 사기 당하든 말든은 거의 중요한 문제가 아닌 것 같다(Down and Out, p. 82). 미국 사과는 "윤기가 나고 규격화되었으며 기계가 찍어낸 듯한 모양에 색깔이 진한 탈지면 덩어리" 인 반면 영국 사과는 "맛이 뛰어나다"(Wigan Pier, p. 204). 심지어 미국인 부랑자들은 몸집이 더 작다. 그들은 고의적이고 냉소적으로 기생 생활을 하는 반면, 영국 부랑자들은 "빈곤의 죄에 강하게" 물들어 있다(Down and Out, p. 202). "미국의 애인 레스토랑 (American soul-mate slop)"은 간통에 대한 완곡 표현(Aspidistra, p. 104)이다. 전형적인 미국 신문은 "그들 사이에 변명적으로 숨어 있는, 무지와 탐욕, 저속, 속물근성, 매춘, 질병의 파노라마 같은 한두 가지 이야기들에 주로 관심을 갖는다"(Aspidistra, p. 234). "미국인들은 어떤 종류의 추악한 것에서든 늘 더 나아간다. 그게 아이스크림소다든 공갈이든 견신론이든 말이다"(Aspidistra, p. 235). 그리고 오웰은 자신이 아주 좋아하는 대상과 관련해 침울하게 쓴다. "나는 책 거래를 도덕적으로 생각할 때면, 왜 우리가 철저히 하지 않고 미국인의 방식대로 부정한 돈벌이로 조작하는지 궁금하다"(Shelden, p. 294). 뚜렷이 구별되고 확실히 질이 더 낮은 "미국 영어"가 있다고 오웰은 암시한다 ("Raffles and Miss Blandish" (1941), Essays, Ⅰ, pp. 138, 140). 오웰은 "숨김없이 사디스트와 메조키스트를 겨냥하는"미국의 "거대한 문학"을 혹평한다("Raffles and Miss Blandish," p. 140). "대단히 많은 영국인이 언어에서 그리고 도덕과 관점에서도 부분적으로 미국화되는 현상"을 안타깝게 생각한다("Raffles and Miss Blandish," p. 141). 또한 다음을 보라. "Decline of the English Murder"(1946), Essays, Ⅳ, p. 13: "최근에 사람들 입에 가장 많이 오르내리는 영국의 살인사건은 미국인과 어느 정도 미국화된 영국 소녀가 저질렀을 것이다"; "As I Please"(1944), CEJL, Vol. 3, p. 169: "미국에서는 심지어 저급 비평가들이 책을 읽은 체하고 비평한 것에 돈을 받는 일이 부분적으로 중단되었다"; "As I Please"(1946), CEJL, Vol. 4, pp. 234-235: "그는 마치 여자에게 아부하듯 대충 한 번 훑어 봤다. 미국 문명의 안 좋은 상징적 모습이 아닌 최소한 중요한 부분인 듯."

아이러니하지만 지극히 예상에 맞게, 오웰은 영국의 여론이 미국에 대해 훨씬 적대적

일 때 다소 호의적이 된다. 전시에 거친 미국 군대가 영국에 상당히 많이 주둔했을 때 말이다. 일례로 다음을 보라. "London Letter to Partisan Review" (1945) CEJL, Vol. 3, p. 298: "내가 미국 간행물들을 살펴보고 나서 편견 없이 덧붙이고 싶은 말은, 미국의 정신적 분위기가 영국에서보다 훨씬 신선하다는 것이다." "In Defence of Comrade Zilliacus" (1948), CEJL, Vol. 4, p. 397: "Tribune의 반미주의는 참되지는 않지만 유행하는 여론과 긴밀함을 유지하려는 시도다. 요즘에 반미주의가 되는 것은 군중과 함께 소리치는 것이다. 물론 그들은 단지 2류 군중에 지나지 않는다…… 나는 이 나라 국민 다수가 정치적으로 반미주의라고 생각하지 않고, 문화적으로는 확실히 반미주의가 아니다." "In Defence of Comrade Zilliacus", p. 398: "결국 우리는 어느 하나의 강국의 정책에 우리 정책을 종속시켜야 하는데…… 현재 떠도는 모든 소문에도 불구하고 우리가 미국을 선택해야 함을 모두가 내심으로는 알고 있다."

849) 오웰은 1944년, 미국 영어를 비판하면서 1984 부록에 신어 목록을 확실하게 제시하여 미국인의 언어 습관이 도입된다면 "엄청난 양의 어휘 손실"이 예상됨을 보여 준다. "명사에 ise를 덧붙여" 동사형을 만드는 미국 영어는 타동사와 자동사의 차이를 무시하고, "시시한 완곡어법으로 강력한 기본 단어들을 대체한다." 미국 영어는 "자연물과 장소를 가리키는 명사가 지독히 부족"하다. 미국 영어는 "무당벌레와 각다귀, 잎벌, 물벌레, 왕풍뎅이, 귀뚜라미, 사번충 등 수많은 곤충 전부를 그저 벌레라는 무표정한 이름 아래 한 덩어리로 묶어 버리는" 경향이 있다. "The English People"(1944), CEJL, Vol. 3, pp. 28-29. 다음과 비교. 1984, p. 51: "우리는 단어들, 수많은 단어들을 날마다 파괴하고 있어"라고 1984에서 Syme은 만족스러워하면서 윈스턴 스미스에게 말한다.

850) "Inside the Whale," pp. 217-218.

851) 1984, pp. 93-94.

852) 1984, p. 294.

853) 1984, p. 293.

854) "Reflections on Gandhi" (1949), Essays, Ⅰ, p. 176.

855) 1984, p. 41.

856) 1984, p. 42.

857) "Charles Dickens"(1939), Essays, Ⅰ, p. 54.

858) "Such, Such Were the Joys"(1947), Essays, Ⅰ, p. 1.

859) 그 학교의 실제 이름은 St. Cypria's였다. Shelden, p. 23을 보라. Clergyman's Daughter 에서 이 주제를 상세히 전개한다.

860) Wigan Pier, p. 137.

861) Aspidistra, p. 43.

862) 다음과 비교. Lion, p. 107: "우리는 공립학교(미국 독자들에게는 '사립' 학교)와 오래된 대학들의 자치권을 폐지하고, 오직 역량을 근거로 선발한 학생들을 정부 보조금을 주어 그 학교들에 보내는 것으로 시작할 수 있다."

863) Elizabeth의 "전체 생활 규칙은 하나의 단순한 신념으로 요약되었다. 그것은 선(善)(그녀는 그것을 '사랑스럽다'라고 지칭한다)이란 값비싸고 세련되며 귀족적인 것과 동의어이며, 악('끔찍하다')이란 값싸고 질 낮으며 낡고 힘들어 보이는 것과 동의어라는 것이었다. Burmese Days, p. 90. Aspidistra, p. 97에서 헤르미온느는 취미가 사회주의인 부유한(그러나 예민하기도 한) 잡지 편집자의 완전히 자기중심적이며 부유한 여자 친구다. 그녀가 그에게 말한다. "물론 나는 당신이 사회주의자라는 것을 알아요. 나도 그래요. 내 말은 요즘에는 모두가 사회주의자라는 뜻이죠. 하지만 나는 당신이 왜 낮은 계급의 친구들과 다니며 그들에게 돈을 다 줘버려려 하는지 까닭을 모르겠어요. 내 말은, 당신은 사회주의자이면서 또 즐길 수 있다는 거예요."

864) Aspidistra, p. 78.

865) 일례로 오웰은, 자유 시장거래가 중앙사령부에 의해 대체될 수 있는 전시 경제를 대체적으로 인정했다. 거래에 관한 그의 사회주의적 개요는 이렇다. "전쟁 전에는 일반 대중이 적어도 재력이 허락하는 한 낭비할 만한 온갖 자극이 있었다. 모든 사람이 다른 모든 사람에게 뭐든 팔려고 했고, 가장 많은 상품을 팔고 대신에 가장 많은 돈을 번 사람이 성공했다. 그러나 이제 우리는 돈 자체는 가치가 없고, 오로지 상품만이 중요하다는 사실을 알았다." Broadcast, p. 73.

866) 1984, p. 205.

867) "Politics and the English Language" (1946), Essays, I, p. 163.

868) 문구는 이렇다. "현대에 나타나는 현상들을 객관적으로 숙고해 보면, 경쟁 활동에서 성공 또는 실패는 타고난 능력에 상응하지 못한다. 대신에 예측 불가능이라는 중요한 요인을 반드시 고려해야 한다고 결론 내릴 수밖에 없다."

869) 일례로 Keep the Aspidistra Flying의 첫 페이지는 고린도전서 13장이다: "내가 사람의 모든 말과 천사의 말을 할 수 있을지라도, 내게 사랑이 없으면……" 그러나 '사랑'이라는 말이 '돈'으로 일관되게 대체되었다.

870) Russell Baker, "Usuality as Usual," New York Times, March 14, 1992, p. 25에서 인용.

871) 오웰은 1943년 에세이에서 이렇게 말한다. "노동자가 요구하는 모든 것은 충분히 먹고 잊을 수 없는 실업의 공포에서 자유로우며, 자녀가 공정한 기회를 얻고 하루에 한 번 목욕하며 적당한 빈도로 깨끗한 속옷으로 갈아입으며, 지붕이 새지 않고 노동 시간이 적당히 짧아 하루가 끝나면 약간의 힘을 갖고 일터를 떠날 수 있음을 아는 것이다." - 이것이 인간에게 꼭 필요한 최소한의 것이다." "Looking back on the Spanish War" (1943),

Essays, Ⅰ, pp. 207-208. 1984, p. 190에 이와 흡사한 단락이 있다: "모든 사람이 짧은 시간 일하고 충분히 먹으며 욕실과 냉장고가 갖춰진 집에서 살고 자동차 또는 비행기까지 소유하는 세상에서는, 가장 명백하고 어쩌면 가장 중요한 형태의 불평등은 이미 사라졌을 것이다."

872) "England, Your England" (1941), Essays, Ⅰ, p. 256.

873) 1984, p. 197.

874) "England, Your England," p. 252.

875) "The English People" (1944), CEJL, Vol. 3, p. 7.

876) "Looking back on the Spanish War," p. 204; "England, Your England," p. 255.

877) "England, Your England," p. 264.

878) "England, Your England," p. 265.

879) "Politics and the English Language," p. 169.

880) "Looking back on the Spanish War," p. 191.

881) "Inside the Whale," p. 222.

882) "Inside the Whale," p. 230.

883) The New Cassell's French Dictionary (1971), p. 639. 오웰은 금리 생활자를 이렇게 설명한다: "금리생활자는 소유 계급에 속하고, 자신도 거의 알지 못한 채 다른 사람들을 자신을 위해 일하게 할 수 있고 그렇게 하지만 직접적 권력은 거의 갖고 있지 않다." "Charles Dickens," p53. 오웰은 대개 "상속받은 손으로 살아가는 제 2세대 금리생활자"를 염두에 둔다. "Review, Personal Record, by Julian Green"(1940), CEJL, Vol. 2, p. 20. 그러나 그는 제 1세대 거부 "미국인 백만장자" 역시 그만큼 경멸한다. 일례로 다음을 보라. "Letter from England to Partisan Review" (1943), CEJL, Vol. 2, p. 282: "미국 백만장자와 그들 주변을 어슬렁거리는 영국인들이 우리를 이용하려는 음울한 세상이 구체화되기 시작한다"; "Letter to H. J. Willmett" (1944), CEJL, Vol. 3, p. 148: "히틀러는 의심의 여지없이 곧 사라질 테지만 단지 (a) 스탈린, (b) 영미의 대부호, (c) de Gaulle과 같은 유형의 온갖 저급한 독재들"을 강력하게 만들 것이다." 1943년까지 사실 오웰은 경제적 적을 "미국 백만장자와 그들 주변을 어슬렁거리는 영국인"으로 설명한다. "Letter from England to Partisan Review" (1943), CEJL, Vol. 2, p. 282.

884) Coming Up for Air, p. 139. 오웰은 식민주의 - 영국의 "아시아와 아프리카 강탈" - 를 단지 금리 자본주의의 또 다른 표현, 즉 "해외 투자에서 나오는 이자"로 국부를 늘리는 제도로 본다. "Writers and Leviathan" (1948), Essays, Ⅲ, p. 462.

885) "England, Your England," p. 269. 그들은 또한 "너무나 문명화되어서 일하고 싸우고

심지어 번식도 못한다." "Review, Burnt Norton, East Coker, The Dry Salvages, by T. S. Eliot" (1942), CEJL, Vol. 2, p. 238. Dickens에 관한 이 에세이에서 오웰은 명시한다. "[Dickens]의 이 책들에서 부유한 좋은 사내는 '상인'에서 금리생활자로 타락했다. 이것은 의미심장하다." "Charles Dickens," p. 53.

886) 오웰은 경제 환경이 어떻게 과학 진전에 영향을 미치는가에도 마찬가지로 관심이 있었다. 비비씨에서 일할 때 그는 한 유명한 연사에게 "자본주의가 과학에 미치는 영향, 과학 발전을 촉진하는 정도, 지연 영향을 미치는 지점"에 관한 강연을 요청했다. Broadcast, p. 185. 그가 요청한 또 다른 비비씨 강연은 "The Economic Basis of Literature"였다(p. 31).

887) 오웰이 버넘에 관한 1946년 에세이에서 인정하듯이 "조직적이고 중앙집권화된 사회는 과두제나 독재 국가로 발전하기 쉽다." "Second Thoughts on James Burnham" (1946), Essays, Ⅱ, p. 338.

888) "Such, Such Were the Joys," p. 35.

889) "Review, Communism and Man, by F. J. Sheed" (1939), CEJL, Vol. 1. p. 384.

890) "In Front of Your Nose" (1946), CEJL, Vol. 4, p. 123.

891) 스페인 내전 때 오웰은 바르셀로나 전화교환국을 얻기 위해 총격전에까지 직접 참여한다. Homage to Catalonia, p. 121.

892) Shelden. p. 312. 에릭블레어는 1903년 6월 25일에 태어났다. 그의 아버지 리차드는 1857년 1월 7일에 태어나 1939년 6월 28일, 향년 82세 5개월에 죽었다.

893) Shelden, p. 219. 또한 버날드 크릭의 Introduction to The Lion and the Unicorn, p. 10을 보라. 오웰은 "자신의 가치들을 다른 개인이나 문화에 강요하는 개인 또는 문화에 분개한 개인주의자였고, '책임'있는 연설로 자신들의 권력을 설교하듯 하는 공무원들에게 특히 분개했다"고 크릭은 설명한다. 그러나 셀든이나 크릭 모두, 오웰이 그것을 조나단 스위프트에게 적용할 때 다소 냉소적이고 (부정적인) 의미를 부여했다는 사실에 주목하지 않는다.

894) "Politics vs Literature: An Examination of Gulliver's Travels," p. 386.

895) Homage to Catalonia, p. 65.

896) "War-time Diary" (1942), CEJL, Vol. 2, pp. 415-416.

897) Shelden, p. 332.

898) Shelden, p. 424.

899) 약은 1948년 초에 도착해 오웰은 정기적으로 그 약을 복용한다. Shelden, p. 424. 그 사이 1948년 2월 오웰은 또 다른 편지를 쓴다: "내게 무슨 일이 일어날 경우, 유고(遺稿)관리인인 리차드 리스에게 [1984 원고를] 아무에게 보이지 말고 파기하라고 일러두었소."

"Letter to F. J. Warburg," p. 404.

900) Shelden, p. 425.

901) "As I Please" (1945), CEJL, Vol. 3, p. 357.

902) 1984, p. 215.

903) 오웰은 비비씨 방송진행자로서 "Story by Five Authors"의 집필을 기획했다. 집필자들은 오웰 자신과 Inez Holden, L.A.G. Strong, Martin Armstrong, E. M. Forster였다. Broadcast, p. 41.

904) 구어(또는 표준 영어)로 이 문장은 이렇다. "1948년 4월 4일, 조지 오웰의 책에 텔레스크린과 관련된 매우 불만족스러운 참고문헌과 예측, 인용문, 오식(誤植)이 포함되어 있다. 그것을 완전히 새로 쓰고, 원고를 정리하기 전에 상부에 제출하라." Cf. 1984, pp. 39, 45.

905) 1984, p. 41. 오웰은 다른 글, 특히 종교 문서들을 가지고 이런 작업을 하는 것을 매우 좋아했다. 일례로 Burmese Days, p. 18을 보라: "그는 성가 '거룩, 거룩, 거룩, 오, 당신은 얼마나 거룩하신지요'라는 성가 선율에 맞춰 '피투성이, 피투성이, 피투성이, 오 당신은 얼마나 피비린내가 나는가'라고 큰소리로 노래 부르기 시작했다"; Burmese Days, p. 79: "사람이 자기 영혼을 구하고 전 세계를 잃는다면 무슨 유익이 있겠는가?"; Aspidistra(표지): "내가 사람의 모든 말과 천사의 말을 할지라도 돈이 없다면," etc.; A Clergyman's Daughter, p. 214: "고린도전서 13장을 취해, 각 구절에 '사랑' 대신 '돈'을 넣으면"; "The Prevention of Literature" (1946), Essays, Ⅲ, p. 336: "이 성가를 최신식으로 만들려면 각 행 앞에 'Don't'를 넣어야 할 것이다."

906) 나는 이것을 1991년 말에 깨달았다. 마침 윈스턴 스미스가 선동적인 일기를 쓰기 시작한 1984년 4월 4일의 10주년이 다가오고 있어서 이 작업을 착수하기에 좋은 시기인 것 같았다. 만일 오웰이 원래 계획대로 했다면 책은 1984가 아니라 1994라 불렸을 것이다. 책 제목은 오웰이 실제 그 책의 집필을 마친 1948년의 두 숫자를 바꾼 것이다. 그런데 책은 사실 1949년이 되어서야 출간되었다.

907) Shelden, p. 9와 비교.

908) 예를 들면 이렇다. Coming Up for Air, p. 163은 A Clergyman's Daughter의 요약 내용을 포함한다: "그녀는 아주 적은 액수의 연금 같은 일종의 고정 수입으로 살아간다. 그리고 나는 그녀가 교외 주택 지역으로 성장하기 전 작은 시골 마을이었을 때의 옛 West Bletchley의 남은 자라는 점이 아주 마음에 든다……"
Down and Out, p. 92에는 Coming Up for Air에서 이야기의 중심지인 Lower Binfield에 대한 언급이 들어간다.
Burmese Days, p. 58은 "확대된 엽란"에 대한 별도의 언급을 포함하고, "은행에서, 보험 회사에서 일하는 대신 기꺼이 평생을 무일푼으로 일하는 진짜 예술가"를 만난 여자의 불만을 묘사한다." 이것은 물론 Keep the Aspidistra Flying의 간략한 개요다.

909) 나는 오웰의 복수를 힘겹게 써나가는 도중, 뉴욕타임즈 일요판에서 다음 기사를 우연히 발견했다: "이런 류의 차용만큼 수치스러운 것은 없다. 문학의 역사는 도용의 역사다. Shelley의 괴기 소설 'Zastrozzi'는 그의 유명한 선배들인 Monk Lewis와 Mrs. Radcliffe의 소설과 단편들을 의도적으로 모방했다. Joyce는 영국 문학의 정전 전체를 자기 목적에 맞게 응용하여 강탈했다. 재산과 마찬가지로 문학은 절도물이다." J. Atlas, "Who Own a Life? Asks a Poet, When His Is Turned ino Fiction," New York Times, Februry 20, 1994, p. E14.

910) The Prevention of Literature" (1946), Essays, Ⅲ, p. 343: "어떤 경우든 진지한 산문은 고독 속에서 써져야 한다."

911) 1984, p. 35.

912) 초지능화된 미래에 대한 더 깊이 들어간 철학적 숙고를 원한다면 Albert Borgmann, Crossing the Post-modern Divide(Chicago: University of Chicago Press, 1992), pp. 102-109를 보라.

913) John Steinbeck, East of Eden(Penguin Books ed., 1986), pp. 395, 399.

914) "Poetry and the Microphone"(1945), Essays, Ⅲ, p. 245.

915) 자회사 매각 직전 절정기의 벨 시스템은 연수입이 580억 불에 자산 총액은 1380억 불이었고, 백만 명의 직원을 고용했다. 1986년 IBM의 직원은 407명이었다. "The End of I.B.M.'s Overshadowing Role," New York Times, December 20, 1992, 3: 2.

916) Robert W. Garnet, The Telephone Enterprise: The Evolution of the Bell System's Horizontal Structure, 1876-1909 (Baltimore: Johns Hopkins University Press, 1985), p. 12.

917) George Davide Smith, The Anatomy of a Business Strategy: Bell, Western Electric, and the Origins of the American Telephone Industry (Baltimore: John Hopkins University Press, 1985), pp. 20-22를 보라.

918) Garnet, The Telephone Enterprise, p. 15.

919) 다음을 보라. Garnet, The Telephone Enterprise, p. 23, 이런 문제와 근거에 관한 토의.

920) 다음을 보라. Robinson, "The Federal Communications Act: An Essay on Origins and Regulatory Purpose," A Legislative History of the Communications Act of 1934(Paglin ed., 1989), p. 7; Burch, "Common Carrier Communications by Wire and Radio: A Retrospective," Federal Communications Law Journal 37 (1985); 85, 87; Warren G. Lavey, "The Public Policies That Changed the Telephone Industry Into Regulated Monopolies: Lessons from Around 1915," Federal Communications Law Journal 39 (1987): 171.

921) Shelden, p. 39.

922) Richard Thomas DeLamarter, Big Blue: IBM's Use and Abuse of Power (New York: Dodd, Mead, 1986), p. 15.

923) 카드 판매량이 1930년 이후 20년 동안 IBM의 순수익의 거의 4분의 1에 달했다. Robert Sobel, I.B.M.: Colossus in Transition (New York: Times Books, 1981), p. 210.

924) DeLamarter, Big Blue, pp. 19-20.

925) Shelden, p. 81.

926) Edward Anton Doering, Federal Control of Broadcasting Versus Freedom of the Air (Washington, D.C., 1939), P. 4.

927) Ithiel de Sola Pool, Technologies of Freedom (Cambridge: Harvard University Press, 1983)에서 인용.

928) 이곳에 쓴 나의 요약본은 R. H. Coase, "The Federal Communications Commission," Journal of Law and Economics 2 (1959)와 Thomas W. Hazlett, "The Rartionality of U.S. Regulation of Broadcast Spectrum," Journal of Law and Economics 33(1990)에 서 인용.

929) Shelden, p. 111.

930) 다음을 보라. Richard McKenna, "Preemption under the Communications Act," Federal Communications Law Journal 37 (1985): 1, 8; Sen. Larry Pressler &Kevin V. Schieffer, "A Proposal for Universal Service," Federal Communications Law Journal 40 (1988): 351, 356; Robinson, "The Federal Communications Act," pp. 6-7.

931) S. Doc. No. 244, 73d Cong., 2d sess. (1934).

932) Congressional Record, June 9, 1934, pp. 10,912, 10,995를 보라.

933) Congressional Record, June 9, 1934, p. 12,451.

934) Communications Act of 1934, ch. 652, sec. 1, 48 Stat. 1064 (1934), (개정하여 47 U.S.C. sec. 151 (1988)에 성문화됨). 새 위원회는 유선 통신과 마찬가지로 무선 통신을 규제하고, 따라서 Radio Act of 1927, 44 Stat. 1162 (1927)에 의해 설립된 Federal Radio Commission을 대신하게 되었다.

935) Shelden, p. 165.

936) Burmese Days, p. 14.

937) DeLamartr, Big Blue, pp. 21-22.

938) Hush-A-Phone, 20 F.C.C. 391 (1955); 238 F.2d 266 (D.C. Cir. 1956); on remand, 22 F.C.C. 112 (1957).

939) 이런 규정은 전형적으로 다음과 같다: "전화 회사가 공급하지 않은 어떤 장비나 장치, 회선, 기구도 전화 회사가 공급하는 시설에 부착되거나 연결되어서는 안 된다. 이 요금 표에 제시된 경우만 예외이다. 어떤 것이든 허가 없이 부착되거나 연결된 경우 전화 회사가 제거하고 연결을 끊을 권리를 가진다. 그리고 그것이 부착되거나 연결이 지속되는 동안은 서비스를 중단하거나 종료할 권리를 가진다." Jordaphone, 18 F.C.C. 644, 647 (1954).

940) Hush-A-Phone, 20 F.C.C. at 397.

941) Hush-A-Phone, 20 F.C.C. at 398.

942) DeLamartr, Big Blue, p. 23; Sobel, I.B.M., p. 142.

943) Richard H. K. Vietor, "AT&T and the Public Good: Regulation and Competition in Telecommunications, 1910-1987," in Future Competition in Telecommunications, ed. Stephen P. Bradley and Jerry A. Hausman (Boston: Harvard Business School Press, 1989), pp. 27, 52.

944) Morton Ⅰ, Hamburg, All About Cable, rev. ed. (New York: Cambridge Univ. Press, 1985), pp. 1-6.

945) John Brooks, Telephone: The First Hundred Years (New York: Harper & Row, 1975), p. 244.

946) T. R. Reid, The Chip: How Two Americans Invented the Microchip and Launched a Revolution (New York: Simon & Schuster, 1984).

947) 다음은 주로 Peter Temin, The Fall of the Bell System (New York: Cambridge Univ. Press, 1987), pp. 47-54에 의존한다.

948) Temin, The Fall of the Bell System, p. 50에서 인용.

949) General Mobile Radio Serv. Allocation of Frequencies between 25 & 30 Megacycles, 13 F.C.C. 1190, 1228 (1949).

950) Amendment of the Commission's Rules, 98 F.C.2d 175, 218(1984)을 보라.

951) 일례로 다음을 보라. An Inquiry into the Use of Bands 825-845 MHz & 870-890 MHz for Cellular Communications Systems, 86 F.C.C.2d 469, 495-496 (1981); Amendment of Part 21 of the Commission's Rules with Respect to the 150.8-162 Mc/s Band to Allocate Presently Unassignable Spectrum to the Domestic Public Land Mobile Radio Service by Adjustment of Certain of the Band Edges, 12 F.C.C.2d 841, 849-850 (1968), aff'd, sub nom. Radio Relay Corp. v. FCC, 409 F.2d 322 (2d Cir. 1969).

952) Regis McKenna, Who's Afraid of Big Blue? How Companies Are Challenging IBM

        – and Winning(Reading, MA: Addison-Wesley, 1989), p. 18.

953) DeLamarter, Big Blue, p. 349.

954) Regis McKenna, Who's Afraid of Big Blue?, p. 22.

955) 1984, p.5.

956) 1991년에 AT&T는 National Cash Register의 전신인 NCR를 산다. 그곳에서 톰 왓슨은 기계를 파는 방법을 처음으로 배웠다.

957) Intel, "The Next Revolution," Business Week, September 26, 1988, p. 74. 마이크로프로세서는 속도가 얼마나 빠르든 분명 완전한 컴퓨터는 아니다; 초기 MIPS와 비교하는 것은 마이크로프로세서의 진전 상황을 어느 정도 과장하는 것이다. 어느 정도는 말이다.

958) Peter H. Lewis, "Chips for the Year 2," New York Times, June 19, 1990, p. C8.

959) "Deconstructing the Computer Industry," Business Week, November 23, 1992, p. 90.

960) "The End of I.B.M.'s Overshadowing Role," New York Times, December 20, 1992, 3:2.

961) "The End of I.B.M.'s Overshadowing Role," New York Times, December 20, 1992, 3:2.

962) "The End of I.B.M.'s Overshadowing Role," New York Times, December 20, 1992, 3:2.

963) IBM advertisement, Forbes, November 23, 1992, p. 202.

964) "AT&T and the Public Good," p. 52.

965) Pool, Technologies of Freedom, pp. 26-27. 1990년 Congress's Office of Technology Assesment에서 행한 주요 연구도 이와 동일한 결론을 내렸다. "디지털화된 모든 미디어는 서로 변환 가능하고, 전통적인 전송 수단에서 탈피한다. 영화, 전화 호출, 편지, 잡지 기사가 디지털화되어 전화선, 동축 케이블, 광섬유 케이블, 마이크로파, 위성, 방송파 또는 테이프나 디스크와 같은 물리적 저장 매체를 통해 전송될 것이다." Office of Technology Assessment, U.S. Congress, Critical Connections (Washington, D.C.: U.S. Government Printing Office, 1990), p. 50.

966) 현재의 용량이 24,000명의 동시 대화이지만 "전문가들은 이론적으로 약 6억 명의 [동시] 대화가 가능하다고 시사한다." Marshall Yates, "The Promise of Fiber Optics," Public Utilities Fortnightly, August 16, 1990, p. 14.